Melodie Winawer

Die Liebenden von Siena

Melodie Winawer

Die Liebenden von Siena

Roman

Aus dem Amerikanischen
von Marion Balkenhol

List

Die Originalausgabe erschien 2017 unter dem Titel
The Scribe of Siena bei Touchstone, New York

MIX
Papier aus verantwortungsvollen Quellen
FSC® C083411

List ist ein Verlag
der Ullstein Buchverlage GmbH

ISBN: 978-3-471-35158-1

Gesetzt aus der ITC Galliard
Satz: L42 AG, Berlin
Druck und Bindearbeiten: CPI books GmbH, Leck
Printed in Germany

Die kanonischen Horen - horae canonicae

Stunde	*Uhrzeit*	*andere Bezeichnungen*
Matutina	Mitternacht	Vigilien, Nocturnus
Laudes	3 Uhr	Morgenlob
Prima	6 Uhr	Erste Stunde
Tertia	9 Uhr	Dritte Stunde
Sexta	12 Uhr mittags	Sechste Stunde
Nona	15 Uhr	Neunte Stunde
Vespera	18 Uhr	Abendgebet
Completorium	21 Uhr	Nachtgebet

I

Einfühlungsvermögen

Wenn das Telefon klingelt, hat man als Neurochirurgin ein Problem: Man muss abheben. Als um drei Uhr nachts mein Handy neben dem Bett brummte, war ich daher auf der Stelle hellwach. Der Bereitschaftsarzt in der Notaufnahme klang, als hätte er eine schlechte Nacht.

»Doktor Trovato? Hier spricht Doktor Green, Station A. Wir haben hier eine alte Dame mit Kleinhirnblutung – sie reagiert nicht, und die CT sieht übel aus. Wie schnell können Sie hier sein?«

»In acht Minuten. Rufen Sie im OP an.«

Die hintere Schädelgrube, in der sich das Kleinhirn befindet, ist ein gefährlich kleiner Raum mit festen Wänden; kein Platz für eine Blutexplosion. Die Folge ist eine Katastrophe – das Hirn wird in die einzig mögliche Richtung gedrängt: durch das große Hinterhauptloch unten im Schädel hinab, wobei es das Stammhirn zerquetscht, das Kontrollzentrum für alle lebenswichtigen Körperfunktionen. Es sei denn, ein Chirurg trifft rechtzeitig ein. Es war noch dunkel, als ich ins Krankenhaus fuhr und meine Vorgehensweise plante. Auf dem kaum befahrenen Broadway suchten ein paar Taxifahrer vergeblich nach Fahrgästen. Ich erhöhte meine Geschwindigkeit, um überall bei Grün durchzukommen.

Ich desinfizierte Hände und Arme am großen Edelstahlbecken und ging rückwärts durch die Doppeltür in den OP. Linney, meine Lieblingsanästhesistin, nahm ihren Platz mir gegenüber am Kopf der Patientin ein, während ich Operationshandschuhe überzog. Aufgabe der Anästhesistin ist es, jeden Atemzug, jeden Herzschlag und den Blutdruck zu überwachen. Linney, geschickt und ruhig, signalisierte mir, dass alles für den Schnitt bereit sei. Ich betrachtete den Nacken der Patientin, unschuldig und leicht zerfurcht, der die Katastrophe darunter verbarg. Ich führte rasch einen Schnitt am Hinterkopf aus, ein paar Zentimeter hinter ihrem Ohr, dann an ihrem Nacken hinunter. Durch die Haut, dann die Muskulatur, anschließend sägte ich mit dem Kraniotom durch Knochen. Durchtrennte die Dura, um das Kleinhirn freizulegen … *da*. Als ich das frische Gerinnsel herausholte, bekam ich plötzlich keine Luft mehr. Einen Moment lang drohte ich zu ertrinken und versuchte, um mich schlagend an die Oberfläche zu gelangen.

»Linney«, sagte ich, »stimmt etwas nicht mit der Beatmung?« Linney schaute verblüfft zu mir auf, dann auf die Monitore. Drei Sekunden später, lange drei Sekunden, gingen die Alarmsignale los.

Kurz vor Mittag schlug die Patientin die Augen auf, und am späten Nachmittag war sie wach und hielt die Hand ihrer Tochter. Ich begab mich in den Umkleideraum.

»Beatrice, Mittagszeit«, sagte Linney, während wir unsere Kittel und Schuhüberzieher abstreiften. Ich folgte ihr in die Mitarbeiter-Kantine. Linney führte keine normalen Unterhaltungen. Wenn ich sie anrief und sagte: »Hi, wie geht's?«, pflegte sie zu antworten: »Komm zur Sache.« Wir saßen uns an einem weiß beschichteten Tisch gegenüber. Die Kantine, die Großes anstrebte, verfehlte knapp ihr Ziel. Auf einem Schild über einem Korb mit Brötchen in Plastikfolie stand in Buchdruck »Brotsorten aus eigener Herstellung«. Ich nahm lieber einen Apfel.

»Beatrice, woher wusstest du, dass die Frau unter Sauerstoffmangel litt?«

»Ich hatte das Gefühl, keine Luft mehr zu bekommen«, erwiderte ich, »aber ich wusste, dass es die Patientin war.« Das wurde mir erst klar, als ich es laut aussprach.

»Soll das heißen, Doktor Trovato«, (ich wusste, jetzt hatte ich ein Problem, da wir uns nicht mehr duzten), »dass Sie es einfach *wussten*?«

»Ich wusste es einfach«, sagte ich.

»Du solltest mehr als nur einen Apfel essen«, erwiderte Linney und wechselte so abrupt wie immer das Thema, »heute stehen noch fünf weitere Fälle an.« Sie stand auf und ließ mich mit der Apfelkitsche in der Hand zurück.

Ich blieb danach noch eine Weile am Tisch sitzen. Die Chirurgie scheint so einfach: jemanden aufschneiden, Schaden beheben, schließen. Doch selbst wenn man im Körper arbeitet, gelangt man nicht unbedingt an den Kern des Problems. Während meiner Ausbildung als Neurochirurgin wollte ich erfahren, ob die Kopfschmerzen einer Teenagerin Symptom für eine schwierige häusliche Situation waren oder der Vorbote eines undichten Aneurysmas im Gehirn. Ich wollte sichergehen, dass die deprimierte Patientin, die ich mit Schmerzmitteln für einen Hirntumor nach Hause schickte, nicht versuchen würde, alle auf einmal zu schlucken, um Selbstmord zu begehen. Und ich habe mir immer gewünscht, ich könnte meine Patienten erreichen, die durch den Verlust der Sprache zum Schweigen gebracht wurden oder in der Leere eines Komas gefangen waren und endlos in ihrer eigenen inneren Dunkelheit kreisten. Ich hatte das Gehirn vieler Menschen mit der Hand berührt, doch ich konnte nicht wissen, wie es sich anfühlt, tatsächlich im Kopf eines anderen zu *sein*. Heute jedoch *war* es anscheinend geschehen.

Ich bin zwei Mal Waise geworden. Das erste Mal bei der Geburt, da ich meinen Vater nie gekannt habe und meine Mutter und Zwillingsschwester starben, kurz nachdem ich auf die Welt gekommen war. Ich war Zwilling A, obwohl ich mir nicht sicher bin, ob das jetzt, nachdem nur noch einer von uns da ist, noch zählt. Mein Bruder Benjamin war gerade achtzehn geworden, als er eine kleine Schwester bekam und eine Mutter verlor; plötzlich war aus dem Bruder ein Elternteil geworden. Ich kann mir nicht vorstellen, wie er es geschafft hat. Ich weiß nur, dass sein Studium um ein Jahr verschoben wurde; mehr hat er nicht gesagt.

Ben erzählte mir, Mom habe sich nie die Mühe gemacht, Väter für ihre Kinder zu suchen. »Ein bisschen Zeit und eine Mutter, mehr brauchst du nicht«, lautete ihr Wahlspruch. Als Kind habe ich das zitiert, ohne es wirklich zu verstehen, und erntete ein paar sehr schräge Blicke. Sobald ich in die Pubertät kam, wurde mir klar, warum. Ich habe Mom nie gekannt, es sei denn, man rechnet die Zeit, die ich in ihr war, als die des Kennenlernens dazu.

In der Kita beneideten mich alle um meinen einen Elternteil. Zum Muttertag, wenn die Mamas zu Besuch kamen und ihre Karten in schiefer Herzform bekamen, erschien Benjamin in einem getupften Hauskleid, einer blonden Perücke und Pumps. Er hatte gerade ein Studium in Mikrobiologie angefangen, weshalb er Plätzchen in Form von Mikroorganismen mitbrachte. Mir gefielen die Viren am besten, weil sie wie Juwelen aussahen. Am Vatertag kam er in Anzug mit Weste und einem Schnurrbart-Nasen-Brillen-Gestell – frei nach Groucho Marx. Niemand hat sich jemals über mich lustig gemacht, weil ich weder Vater noch Mutter hatte; sie alle wollten einen Benjamin haben.

Zur Vorschule meldete Ben mich in der Franciscan Saint James Academy an, aus Gründen der Tradition und Nostalgie die nächstliegende Wahl; dort hatte Ben dreizehn Jahre zuvor schreiben und Antwortpsalmen gelernt. An der Wand hing ein

Schwarz-Weiß-Foto, auf dem er in seiner Rolle als Kamel im alljährlichen Krippenspiel zu sehen war – auf dem Weg zu meiner Dienstagsmesse blieb ich immer davor stehen. Ich musste die Jungfrau Maria spielen, aber im Grunde meines Herzens wäre ich viel lieber das Kamel gewesen.

Während ich in der Grundschule war, absolvierte Ben zwei Studiengänge – Mikrobiologie, dann Geschichte des Mittelalters. Als ich schließlich im neunten Jahr der Highschool mein erstes fetales Schwein sezierte, war er Experte für die Pest geworden, insbesondere für ihr Auftreten im mittelalterlichen Italien. Ben und ich näherten uns der Medizin von entgegengesetzten Seiten. Ich ging nach vorn, direkt zum Patienten, während er zurück ging – in die Vergangenheit.

Bruder oder Schwester zu haben entlastet in gewisser Weise – man teilt einfach alles untereinander auf. Ich wurde die Ärztin, Benjamin der Akademiker, daher beklagte sich meine wissenschaftliche Seite nicht, und er musste sich nie die Frage stellen, ob er nicht doch Arzt hätte werden sollen. Vermutlich hätte es auch anders laufen können – wir hätten auf demselben Gebiet um Exzellenz wetteifern können –, aber Konkurrenz ist mir nie in den Sinn gekommen. Zusammenarbeit auch nicht, bis es zu spät war.

Als ich dreißig war, verfolgte Ben ein Projekt in Siena in Italien und verliebte sich – nicht in eine Person, sondern in die Stadt.

»Kleines B, ich bin bis über beide Ohren verliebt«, schrieb er mir. *»Es ist wie eine Zeitreise, aber ohne auf alle Annehmlichkeiten zu verzichten – mittelalterliches Leben plus warme Dusche und Klopapier. Ich überlege, ob ich mir ein Haus kaufe, das groß genug für eine Familie ist. Auch als* Meine Kleine Schwester Beatrice *bekannt.«*

Mir gefiel das Wort *Familie* auf Papier, aber ich war es nicht gewohnt, Briefe zu schreiben. Den letzten Brief hatte ich aus dem Lager der Pfadfinderinnen geschrieben, auf Briefpapier, das mit Mäusen verziert war, die ihre Schwänze um ein Tintenfass ringelten. Aber Ben hatte es nicht so mit E-Mails – ich glaube, der mittelalterliche Wissenschaftler in ihm verweigerte sich dem Vormarsch der Technologie.

Ben kaufte sich schließlich sein Haus in Siena, doch drei Jahre später hatte ich es immer noch nicht nach Italien geschafft, und er war nicht nach New York zurückgekehrt. Das war der längste Zeitraum, in dem wir uns nicht gesehen hatten. Wir blieben durch seltene, kostbare Anrufe über die Zeitzonen hinweg in Verbindung und kommunizierten ansonsten auf Bens bevorzugte, wenn auch archaische Art und Weise. Ich hatte mich sogar vom Mittelalter inspirieren lassen und die alten Füllfederhalter ausgegraben, die ich früher einmal für Schönschrift benutzt hatte.

Lieber Ben,
ich weiß, ich muss dich bald besuchen und deine neue Freundin kennenlernen, soll heißen Heimatstadt. Aber ich komme hier im Moment einfach nicht weg. Ich verbringe täglich zwölf Stunden damit, auf zwanzig Quadratzentimeter eines menschlichen Körpers zu schauen und meinen Händen zu suggerieren, das Richtige zu tun. Ein kleiner Fehler, und die Folge ist Blindheit oder linksseitige Schwäche oder Tod – so etwas in der Art. Jede Woche habe ich einen freien Tag, das reicht nicht, um nach Siena und wieder zurück zu fahren. Aber bald, ja? Im OP ging es eindringlicher zu als sonst – ich habe das Gefühl, dass meine Selbstschutzreserven als Ärztin zur Neige gehen, und ich brauche ein Gegenmittel für diesen ganzen Chirurgenkram. Welche Jahreszeit ist am besten?
Alles Liebe, Beatrice

Im OP war es hektischer zugegangen als sonst, und nicht im guten Sinne. Am Tag zuvor hatten Linney und ich uns vor einem Fall von Basalzellenkarzinom im fortgeschrittenen Stadium die Hände desinfiziert. Hautkrebs gehört für gewöhnlich nicht zum Fachgebiet einer Neurochirurgin, doch in diesem Fall hatte die Patientin ständig ihre Perücke über die Wunde auf ihrer Stirn gezogen. Fünfzehn Jahre später saß die Perücke so tief über ihren Augen, dass sie nichts sehen konnte. Als sie dann zu uns kam, hatte der Krebs sich durch ihre Haut und ihre Schädeldecke gefressen, und sie hatte ein vierteldollargroßes Loch zwischen den Augenbrauen, durch das wir die Hirnhaut sehen konnten. Der Anblick im Untersuchungsraum jagte mir einen Schauer über den Rücken. Ich habe schon oft eine Hirnhaut gesehen – nur noch nie außerhalb des OP.

Während der Operation ging es schnell bergab. Kurz nachdem ich den ersten Schnitt gemacht hatte, meldeten die Monitore eine ventrikuläre Tachykardie – eine lebensbedrohliche Herzrhythmusstörung, die sich verschlimmern kann, da sie den Blutstrom behindert. Nicht gut. Ich warf einen kurzen Blick auf die Monitore – der Blutdruck war stabil, aber das konnte sich ändern. Aus den Augenwinkeln sah ich, wie Linney sich rasch bewegte und um Procainamid bat. Dann vernahm ich plötzlich ein Summen in den Ohren, und danach, völlig unpassend, die Stimme meines Bruders Ben. Mir wurde schwummrig, und dann waren mein Herz und mein Kopf mit der Angst gefüllt, ihn zu verlieren.

Benjamin hatte mir erst von seinem Herzen erzählt, als ich in der medizinischen Fakultät war. Ich war sauer gewesen.

»Ventrikuläre Tachykardie? Um Himmels willen, du bist eine wandelnde Zeitbombe!«

»Mein Kardiologe sagt, wir haben es im Griff. Und du könntest bitte darauf achten, in meiner Gegenwart nichts

Schockierendes oder Erschreckendes zu tun …« Er grinste schief, und ich starrte ihn wutentbrannt an, um meine Panik zu übertünchen.

»Warum hast du mir das nicht schon längst gesagt?«

»Du warst ein Kind – mein Kind im Grunde. Ich dachte nicht, dass du es wissen müsstest. Jetzt bist du ein großes Mädchen.«

Ich schlug ihn. Er hatte es verdient. Ben knurrte, dann fing er von vorn an.

»Du bist eine große *Ärztin*, wollte ich sagen …«

»Das klingt schon besser.«

»Und ich dachte, es ist an der Zeit, dass du mich aus der Perspektive einer Erwachsenen kennenlernst. Es ist Jahre her, mir geht's gut.«

Ich versuchte, diese neue Gebrechlichkeit in mein Bild vom unverwüstlichen Ben einzugliedern. Doch mein Herz hämmerte vor Mitgefühl. *Ich will ihn nicht verlieren.*

»Wie wäre es denn mit einer Umarmung, mein kleines B«, sagte er, »so wie früher?«

Ich barg meinen Kopf an seinem Wollpullover und lauschte auf seinen Herzschlag, langsam und gleichmäßig.

Plötzlich wurde mir bewusst, dass Linney mir schroff ins Ohr flüsterte. »Beatrice, der Blutdruck ist stabil, sie ist wieder im Sinusrhythmus. Was ist los?« Ich wusste nicht genau, was los war, aber das durfte nicht wieder vorkommen. Wenn man ein Skalpell in der Hand hat, ist keine Zeit für emotionale Abschweifungen.

»Alles in Ordnung«, sagte ich. Aber das stimmte nicht.

Siena, 2. Mai

Hey, mein kleines B: Was soll das heißen, im OP ging es eindringlicher zu? Wenn man eindringlich im Lexikon nach-

schlägt, findet man garantiert NEUROCHIRURGIN an erster Stelle. Ich stelle mir gern vor, wie du Menschen auseinandernimmst und (im Idealfall) wieder zusammensetzt. Auch ich versuche, in den Kopf von Menschen zu gelangen, aber meine Probanden sind bereits tot. Man könnte sagen, ich bin ein Gerichtsmediziner der fernen Vergangenheit. Ich höre dich förmlich sagen, »komm schon, Ben, erspare mir die verschwurbelten Metaphern«. Mir gefällt es, wenn du so etwas von dir gibst. Hey, herzlichen Glückwunsch zum bevorstehenden Geburtstag, Großes Mädchen.
Ich habe ein paar Neuigkeiten, soweit man von einem Mittelalter-Historiker überhaupt sagen kann, dass er »Neuigkeiten« hat. An der Pest und Siena ist mir etwas Komisches aufgefallen. Ich habe Zugang zu Primärquellen, aus denen hervorgeht, warum es Siena während der Pest so schlecht ging. Das wird einen Riesenwirbel geben, wenn ich so weit bin, es zu publizieren. Eigentlich habe ich schon für Aufruhr gesorgt, glaube ich – bei einer Konferenz toskanischer Mediävisten habe ich Hinweise eingestreut, und ein paar »Kollegen« haben sich über meine Andeutungen aufgeregt.
Sie sind wahrscheinlich empört, weil sie zuerst zu diesen Erkenntnissen gelangen wollten, aber ich bin nicht nur der Erste, ich habe sogar etwas, das sie nicht haben – und das ist etwas Heikles. Ich wünschte, du wärst hier und könntest mit mir zusammen darüber brüten, so wie damals, als du noch ein Kind warst. Ich sehe dich noch als Neunjährige vor mir, deine glatten schwarzen Haare um dein ernstes kleines Gesicht. Schon damals hattest du diesen konzentrierten Laserblick; du konntest immer nur die paar faszinierenden Zentimeter direkt vor dir sehen. Ich hätte darauf kommen können, dass eine Chirurgin aus dir wird. Eine Zeit lang dachte ich, du könntest auch Geschichte studieren, so wie ich, aber du hast dich stattdessen für das Messer entschieden.

»Eine Krankengeschichte aufnehmen«, sagt ihr Ärzte immer auf die besitzergreifende Art, die ihr nun mal an euch habt. Wir Historiker ziehen den Begriff »entlehnen« vor, da es uns nicht zusteht, etwas zu nehmen.

Siena würde dir gefallen, und es ist verrückt, dass du das Haus noch nicht gesehen hast. Du solltest Urlaub nehmen und mir bei meinem kleinen Rätsel helfen. Du willst im Juli ohnehin nicht im Krankenhaus sein, wenn die neuen Assistenzärzte kommen und du ihnen beibringen musst, wie man Menschen nicht umbringt.

Die Zeit ist ideal für einen Besuch. Die beiden Palios – die Pferderennen, die die Stadt seit siebenhundert Jahren jeden Sommer in Besitz nehmen – stehen bevor, und alle Welt ist hier in heller Aufregung. Wir können zusammen alte Manuskripte lesen. Das mittelalterliche Italienisch ist dem neuzeitlichen so nah, dass du damit klarkommen solltest. Wie gut, dass ich deine italienische Erziehung so ernst genommen habe, nicht wahr? Dass Beatrice Alessandra Trovato heranwachsen sollte, ohne in ihrer Muttersprache sprechen und schreiben zu lernen, kam nicht infrage. Vielleicht war Dante ein komischer Weg, es zu lernen, aber eigentlich kann einem nichts Besseres passieren.

Gib mir Bescheid, ich werde das Gästebett extra für dich frisch beziehen.

Ich hab dich lieb, meine kleine B,

Ben

Nachdem ich Benjamins Brief erhalten hatte, tat ich etwas absolut Untypisches – ich handelte spontan. Es war schon nach Mitternacht, als ich zu Ende gelesen hatte, aber ich ging ins Internet und suchte Flüge nach Siena heraus. Die Achtundvierzig-Stunden-Rücktrittsregelung machte mich leichtsinnig, und ich klickte bei einem unwiderstehlich günstigen Angebot auf »reservieren«. Ben würde wohl gerade aufwachen, also griff ich zum Telefon und wählte.

»Ben, ich habe ein Flugticket gekauft, ich komme dich besuchen.«

»In echt?«

»Ich bin in drei Wochen da.« Ich stellte mir Bens Gesicht vor mit seinem üblichen Dreitagebart, den Hörer ans Ohr gedrückt.

»Ich werde Waschmittel kaufen müssen, aber du bist es wert. Schick mir deine Daten, und ich hole dich vom Flughafen ab.«

»Prima. Und hey – ich hab dich lieb.«

»Ich dich auch, meine kleine B. Und jetzt geh ins Bett. Du musst bald aufstehen.«

Beim Einschlafen hatte ich das Bild vor Augen, wie wir über alten Manuskripten brüteten, so wie damals, als ich noch klein war. Aber es sollte nicht dazu kommen.

Eine Woche später wurde ich zum zweiten Mal Waise. Beim ersten Mal hatte ich Benjamin, beim zweiten Mal war ich allein. Der Anruf von Bens Anwalt in Siena kam am Tag, nachdem ich meinen Ausweis hatte verlängern lassen, und der eigenartige Widerhall in der Leitung ließ mich jedes Wort doppelt hören. Einmal war schon fast mehr, als ich ertragen konnte.

Bens Tod war einfach unfassbar für mich – der Augenblick, in dem mein einziger Quell uneingeschränkter Liebe sich in nichts auflöste und wie ein sterbender Stern zum letzten Mal aufblitzte. Vor Jahren, als ich zum ersten Mal von Bens Herz erfuhr, hatte ich gedacht: *Ich drehe durch, wenn ich ihn verliere, das überlebe ich nicht.* Nun aber, da er gestorben war und ich von jetzt auf gleich keinen Bruder mehr hatte, drehte ich nicht durch. Oder vielleicht doch, in den paar Sekunden, als die Welt, so wie ich sie kannte, schwindelerregend kippte und meine Beine unter mir wegrutschten. Auf dem Boden schob ich den Kopf in den Nacken und schaute zum Strahlenkranz der Dielenbeleuchtung auf. Eine Birne ist kaputt, dachte ich, als ich den einzelnen hellen Kreis sah, wo zwei hätten sein sollen, komisch, dass es mir bisher nicht aufgefallen war. Gerade war Ben noch da gewesen, und jetzt nicht mehr. Wäre ich durchgedreht, hätte es vielleicht die Qual gemildert, die Wahrheit zu begreifen. Aber mein Verstand ließ diese Erleichterung nicht zu.

Jahrelang war das Antiquariat bei mir gleich um die Ecke eine zweite Heimat für mich gewesen. Ein Ort, wie es ihn kaum noch gibt, mit schmalen Gängen und großen, abgenutzten Ledersesseln, auf denen man stundenlang sitzen und sich in einer vergriffenen Ausgabe des ersten Romans eines unbekannten Autors verlieren kann. Ich habe den zweifelhaften Ruf, Schriftsteller zu verehren, deren Bücher meist vergriffen sind, weshalb ich dort den Großteil meiner geringen Freizeit verbringe. So habe ich Nathaniel kennengelernt, dem das Antiquariat gehört und der es mit der außergewöhnlichen Magie der Literatur erfüllt hat. Jedes Mal, wenn ich dort hingehe, versinke ich in einem Buch und blicke erst Stunden später auf, nachdem ich eine Mahlzeit oder den Übergang vom Tageslicht zur Dunkelheit verpasst habe. Ich achte sehr darauf, wer mir ein Buch empfiehlt, und Nathaniel hat einen sicheren Griff, zumindest für mich.

Als ich ihm zum ersten Mal begegnete, saß ich in einem dieser Ledersessel, vertieft in eine seltene erste Ausgabe von Jane Austen, als ein Schatten über die Seiten fiel. Blinzelnd schaute ich auf.

»Haben Sie vor, etwas zu kaufen, oder möchten Sie die Nacht hier verbringen?«, fragte Nathaniel mit seinem britischen Akzent. Ich spürte, wie mir die Hitze ins Gesicht stieg, als ich aufsprang.

»Was kostet es?« Er sagte es mir, und entsetzt nahm ich wieder Platz.

»Kommen Sie doch einfach morgen wieder und lesen es zu Ende«, schlug er vor. »Offiziell machen wir um zehn Uhr auf, aber Sie können um neun schon anklopfen, wenn Sie es nicht erwarten können.« Das war der Beginn einer wunderbaren Freundschaft. Viele Stunden verbrachte ich in seinem Laden, und womöglich, nachdem wir uns besser kannten, noch mehr Stunden damit, üppige Mahlzeiten zu mir zu nehmen, die Nathaniels Mann Charles zubereitet hatte, ein Gerichtsmediziner mit Geschick in der Küche und trockenem Humor, was den Ursprung seiner Fähigkeiten mit dem Messer betrifft.

Nathaniel war der Erste, dem ich von Benjamin erzählte. An dem Tag, an dem die Anwälte mich angerufen hatten, erschien ich pünktlich zum Ladenschluss vor seinem Eingang. Nathaniel hatte gerade die Ladentür abgeschlossen, als er mich sah, und mein Gesichtsausdruck musste ihm klargemacht haben, dass wir unsere Unterhaltung nicht auf dem Bürgersteig beginnen sollten. Er winkte mich hinein.

»Mein Bruder ist gestorben und hat mir sein Haus in Siena hinterlassen«, sagte ich, ohne innezuhalten, damit die Wörter sich nicht zurückziehen konnten.

»Beatrice«, erwiderte er und führte mich sanft zu einem Sessel.

»Ich fahre nach Italien. Würdest du in meiner Abwesenheit auf meine Wohnung aufpassen?«

»Es wäre mir ein Vergnügen und eine Ehre«, erwiderte er förmlich, aber sein Blick war warmherzig wie die Umarmung, zu der ich ihn nicht ermunterte, obwohl ich sie dringend brauchte.

»Danke, Nathaniel, du bist meine Rettung. Und jetzt brauche ich Reiseführer.«

»Möchtest du lieber eine Reise planen, als zu reden?« Ich nickte. Er schaute mich vorsichtig an, als wollte er prüfen, ob er mich allein lassen konnte, und verschwand dann hinter einem hohen Bücherregal. Er kam mit einem Stapel Lesestoff über die Toskana zurück.

»Probier es damit«, sagte er. Eine Weile blätterte ich schweigend darin.

»In Siena gibt es viel zu sehen.« Ich schaute von einem Farbfoto der *Maestà* von Simone Martini auf.

»Stimmt, Beatrice.« Ich war dankbar, dass er den Rest nicht aussprach.

Ich drückte ihm einen Kuss auf die Wange und ging nach Hause, bevor ich gänzlich die Fassung verlor, blieb bis zwei Uhr morgens auf und las. Leider musste ich drei Stunden später aufstehen, um ein kompliziertes Basilar-Aneurysma zu operieren, aber daran sind Neurochirurgen gewöhnt.

Eine E-Mail von Bens Anwälten traf ein paar Tage später ein. Im Kopf übersetzte ich aus dem Italienischen ins Englische.

Gentilissima Dottoressa Trovato,

wir sind sehr betrübt über die Nachricht vom Tod Ihres Bruders und senden Ihnen unser tiefempfundenes Beileid. Wir kennen Ihren Bruder schon seit Längerem und trauern über den Verlust eines beliebten Wissenschaftlers, der sich mit der Geschichte unserer schönen Stadt befasst hat. Wie bereits am Telefon erwähnt, sind Sie seine einzige überlebende Verwandte und die Erbin seines Vermögens, das sowohl Grundbesitz als auch Sachgüter umfasst. Wir freuen uns auf Ihren Besuch in unserem Büro in Siena in nächster Zukunft, um Ihnen bei der Veräußerung behilflich zu sein. Wir werden Ihnen die Schlüssel für sein Haus in Siena zuschicken, um Ihnen die Unannehmlichkeit zu ersparen, sich ein Hotelzimmer nehmen zu müssen.

Als Dottore Trovato anfing, mit unserer Firma zusammenzuarbeiten, hat er Anweisungen hinterlegt für den Fall, dass ihm etwas zustoßen sollte, das ihn von seiner Recherche abhalten würde. Daher schicken wir Ihnen auf seinen Wunsch den Inhalt seiner Lesekabine in der Bibliothek der Università degli Studi di Siena. Sie müssten seine Notizen und das Manuskript in den nächsten Tagen erhalten. Es entspricht nicht unserem üblichen Prozedere, die Verteilung des Vermögens vor der Testamentseröffnung vorzunehmen, aber Dottore Trovato hat eindeutig klargestellt, dass Sie seine einzige überlebende Verwandte sind und niemand seinen Letzten Willen anfechten wird.

Obwohl Sie in Medizin und nicht wie Ihr Bruder in Philosophie promoviert haben, sind wir sicher, dass Sie verstehen werden, wie bedauerlich es für die Arbeit eines der großen modernen Historiker unserer Stadt wäre, wenn sie in Vergessenheit geriete. Wir sind die wichtigste Vertretung toskanischer Akademiker und haben uns die Freiheit genommen, Kontakt mit einigen Wissenschaftlern aufzunehmen, die so liebenswürdig waren anzubieten, die Aufzeichnungen Ihres Bruders zu untersuchen, um zu bestimmen, was für eine Veröffentlichung geeignet ist. Wir würden uns freuen, die weiteren Einzelheiten mit Ihnen zu besprechen, wenn es Ihnen recht ist.

Wir hoffen inständig, dass Sie in dieser Zeit des Verlusts Trost finden, und verbleiben

Cavaliere e Alberti, Anwälte

Obwohl ich nicht genau wusste, woran Ben gearbeitet hatte, beschlich mich bei dem Gedanken, dass andere Wissenschaftler Hand an sein Werk legten, ein mulmiges Gefühl. Ich schrieb eine rasche, aber höfliche Antwort, in der ich sie bat, niemandem Einblick zu gewähren. Ich wünschte, ich hätte die Chance gehabt, mir von Ben selbst etwas darüber erzählen zu lassen. Jetzt würde ich nie wieder ein Wort von ihm hören.

Drei Tage danach kam ich spät von der Arbeit nach Hause. Die U-Bahn hatte eine schlecht funktionierende Klimaanlage, und mir war noch immer furchtbar heiß, als ich das Päckchen von Bens Anwälten vorfand, das beim Pförtner auf mich wartete. Darin befand sich ein abgenutzter Ziehharmonika-Ordner, der mit einem Seidenband zusammengehalten war. *Ben hat diesen Ordner berührt, er hat das Band mit seinen Händen gebunden.* Ich schloss die Augen und atmete tief ein. Der Ordner roch nach einer Bibliothek, natürlich – alte Lederrücken und Staub –, nicht nach Ben. Die Papiere waren ein Durcheinander aus getippten Absätzen, durchsetzt mit Fotokopien von Originaltexten mit Randnotizen. Ich sah Ben vor mir, die Stirn vor Konzentration in Falten gelegt, Tinte, die beim Schreiben seinen Handballen verschmiert.

> *Agnolo di Tura, ein Chronist aus dem vierzehnten Jahrhundert, berichtet über die Auswirkungen des Schwarzen Todes auf Siena:*
> *»Das Sterben begann in Siena im Mai 1348 … an vielen Stellen in Siena wurden große Gräben ausgehoben und mit unzähligen Toten gefüllt. Und sie starben zu Hunderten, Tag und Nacht, wurden in diese Gräben geworfen und mit Erde bedeckt … der Vater ließ das Kind zurück, die Frau den Mann, ein Bruder den anderen … denn diese Pest schien durch den Atem und das Augenlicht zuzuschlagen. Ich … habe meine fünf Kinder eigenhändig begraben … Und so viele starben, dass alle glaubten, es sei das Ende der Welt …«*

Ben hatte eine Notiz an den rechten Rand von di Turas Aufzeichnung gekritzelt und unterstrichen:

Wie viele Menschen sind in Siena gestorben? Agnolo sagt 52 Tausend – Gottfried besteht darauf, das könne nicht sein, weil die Bevölkerungszahl nicht mehr als 60 Tausend betrug. BW behauptet, die Bevölkerung sei um 80 % geschrumpft! Tuchman: mehr als die Hälfte. Sind in Siena mehr Menschen an der Pest gestorben als in anderen Städten der Toskana? Anscheinend. Warum?

Ich widmete mich wieder Bens getippten Notizen.

In seiner Blütezeit hatte Siena einen Entwicklungsplan, um den Duomo zur größten Kathedrale der Welt zu machen – aus dem Längsschiff sollte das Querschiff eines riesigen Doms werden. Dieser Dom würde zum sichtbaren Symbol für Sienas Bedeutung unter den toskanischen Städten, aus denen einmal Europa und die Welt entstehen würden. Die Pest war der Vorbote für den Zusammenbruch eines strahlenden, selbst verwalteten Stadtstaates. Nach der Pest hat Siena sich nie erholt, im Gegensatz zu ihrer Erzrivalin Florenz. Warum? Jahrzehntelang haben Historiker versucht, die besonders verheerenden Auswirkungen der Pest auf Siena zu erklären, den erfolglosen Versuch, sich davon zu erholen, und am Ende fiel die große Kommune an ihre Konkurrentin Florenz. Die folgenden Seiten werden neue Beweise vorlegen, um Sienas Leid und den späteren Verlust der Macht und der politischen Unabhängigkeit zu erklären.

Ich war von dem mittelalterlichen Rätsel, über das Ben schrieb, derart fasziniert, dass ich kurz die Gegenwart vergessen hatte. Als ich nun von seinen Aufzeichnungen aufblickte, traf mich der Grund, warum ich sie überhaupt besaß, wieder wie ein Schlag in die Magengrube. All die Jahre hatte ich den Besuch in Siena verschoben, und jetzt würde ich mich mit dem Anwesen und dem Manuskript meines Bruders beschäftigen, ohne ihn zu sehen. Die Konsequenz daraus, dass ich mir nie die Zeit für einen Besuch genommen hatte, war beinahe unerträglich. Ich steckte Bens Papiere wieder in den Ordner, verschnürte ihn sorgfältig mit dem Band und versuchte durchzuatmen. Aber – ich konnte mir immer noch Bens Haus ansehen, auch wenn Ben nicht mehr da war. Ich konnte die Stadt trotzdem besichtigen, die es ihm so angetan hatte, auch wenn er mich nicht mehr in Empfang nehmen konnte. Ich musste das Anwesen in Ordnung bringen, und ich musste weg; vier Jahre hatte ich keinen Urlaub genommen. Der Gedanke nahm Gestalt an, und bevor die Nacht zu Ende war, hatte ich einen Entschluss gefasst. Ich schlief ein und sah Ben vor mir, seinen Lieblingsfüller in der Hand, während er über den Dom von Siena schrieb, der hätte entstehen sollen.

»Du verlässt New York zugunsten irgendeiner italienischen Stadt in den Hügeln?« Linney stemmte die Hände in die Hüften und funkelte mich an. Linney erinnert mich an einen kleinen, wütenden Falken. Ihr kurzes rotes Haar, so dunkel, dass es fast schon violett ist, liegt glatt an ihrem Kopf an, und von hinten kann man ihren Nacken sehen, eigenartig verletzlich, was sie ansonsten nicht ist.

»Nicht nur irgendeine Stadt in den Hügeln – *Siena.*« Ich erwiderte ihren wütenden Blick.

Die genauen Angaben besänftigten Linney ganz und gar nicht. »Was gibt es denn in *Siena*?«

»Mein Bruder hat mir dort ein Haus hinterlassen; ich muss hin, um sein Vermögen zu regeln.«

»Dein Bruder ist gestorben? Du hast beschlossen, mir so ganz nebenbei mitzuteilen, dass dein Bruder gestorben ist, während du ankündigst, dass du eine Reise in die Toskana unternimmst? Beatrice, hallo, geht's noch?« Ich schaute hinunter auf unsere blauen Schuhüberzieher. Linney ging in die Hocke, damit sie mich von unten ansehen konnte.

»Komm zurück«, sagte sie düster. »Die anderen Neurochirurgen sind nicht so gut wie du.«

»Warum sollte ich nicht zurückkommen? Es ist doch bloß ein dreimonatiges Sabbatical.«

Linney antwortete nicht.

Als mein Flugzeug abhob, überkam mich eine seltsame Leichtigkeit – als wären die Fäden, die mich an meinem bisherigen Leben vertäut hatten, überspannt worden und schließlich gerissen.

*

Ich stand vor Bens Haustür mit dem Schlüssel in der Hand – schwer und aus Messing, nicht so wie der Schlüssel für meine Wohnung in New York. Ich wollte ihn schon ins Schloss stecken, da war mir auf einmal, als hätte ich das schon einmal gemacht – diesen Schlüssel in dieses Schloss gesteckt, in diese Tür, in dieser Stadt. Es musste ein Déjà-vu gewesen sein, dachte ich, denn ich war nie in Bens Haus gewesen; ich war noch nie zuvor in Italien gewesen. Dennoch war mir alles so vertraut, es musste echt sein. Ein Déjà-vu sollte etwas Traumähnliches sein, und nicht eine derart scharf umrissene Klarheit haben. Ich *wusste* einfach, dass ich schon einmal hier war, und war mir gleichzeitig sicher, dass es nicht stimmte.

Die schwere Tür klemmte, aber es gelang mir, sie mit der Hüfte aufzustemmen. Im dunklen Eingangsbereich umfing mich der Geruch, der Mief eines verlassenen Hauses. Ich fuhr mit der Hand über die Wand auf der Suche nach einem Lichtschalter, fand aber keinen. Im schwachen Licht, das durch die offene Haustür fiel, konnte ich die Diele erkennen sowie eine Holztreppe, die nach oben in die Dunkelheit führte. Ich prallte gegen einen Dielentisch und stieß beinahe eine Stehlampe um, fing sie auf und schaltete sie an. Ich schloss die Haustür, verriegelte sie und begann, mein neues Haus zu erkunden.

Siena, 4. Juni

Lieber Nathaniel,
da Ben offenbar nicht an das Internet glaubte, schreibe ich einen Brief. Da hat er sehr mittelalterlich gedacht. Auch keine Lichtschalter – am ersten Abend, als ich im Dunkeln eintraf, habe ich mich beinahe umgebracht. Das Haus hat einen typisch mittelalterlichen Grundriss: eine sala (Wohnzimmer) nach vorn heraus, und die camere (Schlafzimmer) hinten. Diese hinteren Räume gehen auf einen zentralen Hof, den sich alle umstehenden Häuser teilen, bepflanzt mit drei blühenden Orangenbäumen – wenn ich wach werde, dringt der Duft durch die Fenster und erfüllt mein Schlafzimmer. Ich frage mich, wem dieses Haus vor uns gehörte, einem Kaufmann oder Handwerker, Weinhändler, Maler … weißt du, wie man es herausbekommt? Du weißt doch immer alles. Gab es im vierzehnten Jahrhundert Chirurgen? Im Moment komme ich mir nicht unbedingt wie eine Neurochirurgin vor, und mir macht es Spaß, zu schwänzen.
Mein erster Besuch in der Anwaltskanzlei Cavaliere, Alberti e Alberti war wie eine Szene aus einem Fellini-Film. Cavaliere ist so spindeldürr, dass man ihn fast übersieht; die Albertis klein und rundlich mit insgesamt sechs Kinnfalten, und alle haben diesen mitfühlenden Gesichtsausdruck für trauernde Klienten. Mir ist klar, dass du dir wahrscheinlich Sorgen um mich machst, aber denk dran, Ärzte machen immer Witze, wenn es ernst wird – damit geht es uns besser. Aber diese Anwälte … die Fenster in ihrem Büro sind so staubig, dass fast kein Licht durchdringt, und die antiquierten Lampen haben Glühbirnen mit höchstens zehn Watt. Ich

konnte kaum erkennen, was ich unterschreiben sollte. Aber ich habe es gemacht, und jetzt gehört mir ein Haus in Siena mit allem Drum und Dran.
Die Albertis drängen mich, das Projekt jemandem »mit mehr Erfahrung« zu überlassen. Aber ich folge ihnen nicht. Da ist dieser toskanische Wissenschaftler, Franco Signoretti, der behauptet, einer der ältesten und berühmtesten mittelalterlichen Familien Sienas zu entstammen. Er hat dem Regionalsender ein Interview gegeben, das ich mir auf Bens winzigem Schwarz-Weiß-Fernseher angeschaut habe. (Ich weiß, es fällt schwer, sich vorzustellen, dass mittelalterliche Geschichte ein aktuelles Thema sein könnte, aber hier laufen die Dinge anders.) Nach den bissigen Kommentaren zu urteilen, die dieser Mann während des Interviews von sich gab, hat er eindeutig versucht, Bens Arbeit in Misskredit zu bringen. Er teilte einen gemeinen Seitenhieb aus über den »in Amerika geborenen angehenden jungen Wissenschaftler«, der »in seiner bedauerlicherweise kurzen Laufbahn in Siena bemüht war, der langen und glorreichen Geschichte Sienas seinen Stempel aufzudrücken«. Es war unangenehm, jemanden auf diese Weise über Ben in der dritten Person sprechen zu hören, noch dazu auf Italienisch, zu dem ich erstaunlich schnell wieder zurückgefunden habe. Heute bin ich froh, dass Ben mich so gedrängt hat, es zu lernen, als ich noch klein war, obwohl ich mich damals vehement gewehrt habe. Als ich diesem Typen zuhörte, der sich darüber ausließ, wie nah er an einer Entdeckung sei, an der der »junge Amerikaner« gearbeitet hätte, schaltete ich auf stur: nicht gerade die Reaktion, die Alberti der Ältere sich erhofft hatte. Je eifriger die Anwälte Bens Recherche an einen anderen Wissenschaftler weitergeben wollen, desto eigensinniger halte ich daran fest. Vielleicht kann ich es sogar für ihn veröffentlichen, mithilfe ortsansässiger Experten. Schließlich hat Ben

mich ausgebildet. Ich wünschte, er wäre hier, um mir zu helfen.

Wie geht es dir? Sind in letzter Zeit neue Bücher reingekommen? Danke, dass du dich um meine Wohnung kümmerst. Die Pflanzen kannst du wegwerfen, falls sie zu viele Umstände machen.

Alles Liebe, Beatrice

Am Morgen nach meinem Besuch bei den Anwälten wurde ich im Gästezimmer im ersten Stock wach, als mir die Sonne ins Gesicht schien. Der Raum war offensichtlich für Gäste gedacht, weil er so ordentlich und nur spärlich möbliert war. Ich ging hinunter in Bens Schlafzimmer und blieb eine Weile an der Tür stehen, um einen Blick hineinzuwerfen. Das Bett war gemacht, aber nachlässig – er war nie der klinisch reinliche Typ gewesen. Auf seinem storchenbeinigen Nachttisch stapelten sich jede Menge Bücher, noch mehr auf dem Boden. An den Wänden hingen gerahmte Landkarten und mit schwarzen Buchstaben dicht beschriebene, mit Buchmalerei verzierte Manuskriptseiten. *Er hat seine Arbeit geliebt*, dachte ich – auch ich liebte meine Arbeit, aber ich hätte mein Schlafzimmer zu Hause niemals mit Seiten aus neurochirurgischen Lehrbüchern tapeziert. Die Sonne war im Parterre nicht so hell wie in meinem Zimmer oben, sie warf einen leicht grünen Schimmer durch den Orangenbaum und sprenkelte die Wände mit blattförmigen Schatten.

Ich holte tief Luft und trat über die Schwelle, wobei ich das Gefühl hatte, in seine Privatsphäre einzudringen – aber welche Privatsphäre haben Menschen nach ihrem Tod? Dann kam der Verlust wie eine riesige Flutwelle über mich, dort in dem unordentlichen Raum, der die Erinnerung an Ben wie ein Klagelied anstimmte. Ich setzte mich auf den Holzboden und sah zu, wie die Staubflocken ziellos im Licht trieben, bis mir der Rücken wehtat und mein Körper nach Kaffee und Frühstück schrie. Ich ging hinaus und machte die Tür hinter mir zu.

Ich beschloss, die Universität von Siena aufzusuchen, die sich direkt an die Piazza del Campo anschloss – die Einwohner Sienas sagen schlicht Il Campo –, um zu sehen, ob ich noch mehr Material zu dem Thema fand, an dem Ben gearbeitet hatte. Nathaniel hatte mir empfohlen, mit einem Archivar vor Ort zu sprechen, Emilio Fabbri. Es war noch zu früh, als ich dort eintraf, die Türen waren verschlossen und die Fenster dunkel, doch ich konnte mir auf dem Campo die Zeit vertreiben, zusammen mit der halben Stadtbevölkerung.

Es wurde langsam heiß, als ich auf den großen Platz kam, daher blieb ich an einem kleinen Laden stehen, um mir eine Flasche Limonade zu kaufen. Ich setzte mich auf eine Bank, um sie zu trinken, und beobachtete, wie die Linien zwischen den Pflastersteinen zusammenliefen und sich in der Hitze krümmten. Ich zählte die neun Segmente der Piazza – für den Neunerrat, *i Noveschi*, der in ihrer Blütezeit über Siena herrschte. Während ich dort saß, kam mein Verstand zur Ruhe. Die Geräusche ringsum wurden lauter; einzelne hohe Stimmen erklangen vor leisem Poltern im Hintergrund. Ich spürte, wie der Boden vibrierte, als Kinder auf der Jagd nach Tauben an mir vorbeiliefen, und ich atmete den durchdringenden Geruch von Knoblauch ein, der aus einer Trattoria direkt an der Piazza herüberwehte. Und in diesem Augenblick reiner, aufnahmebereiter Leere brach eine plötzliche Woge tiefgreifender, absoluter Panik über mich herein. Sie ging rasch vorbei und ließ mein Herz heftig schlagen. Kurz darauf überfiel mich das Entsetzen erneut. Ich stand auf, die Limonadenflasche glitt mir aus der Hand und zerbrach auf dem Pflaster. Da erblickte ich das kleine Mädchen ganz in meiner Nähe, allein in der Menge und bleich vor Angst. Sie schaute mir ins Gesicht, ihre dunklen Augen riesig und voller Tränen.

»Dov' è Mamma«, jammerte die Kleine und warf den Kopf in den Nacken, *»Mamma, Mamma …«*

Da wusste ich, dass es nicht meine Angst war, die ich spürte, sondern ihre. Ich nahm das kleine Mädchen an der Hand und schaute mich verzweifelt auf dem großen Campo um. Auf der anderen Seite stand unter dem Sonnendach eines Souvenirladens, in dem ich an meinem ersten Tag in Siena Postkarten gekauft hatte, eine Frau. Sie hatte dunkles, aus einem blassen Gesicht nach hinten gekämmtes Haar, und ihr rotes Kleid hob sich leuchtend vor dem Steingebäude hinter ihr ab. Sobald ich diese Frau erblickte, die mir hätte fremd sein sollen, wollte ich so schnell wie möglich in ihre Arme laufen. Also rannten wir los, Hand in Hand, das Mädchen und ich, beide vom selben Wunsch beseelt, stolperten den muschelförmigen, abschüssigen Platz hinauf, bis wir in Mammas bestürztes Gesicht schauten – ich von oben und ihre Tochter von unten. Unter Tränen bedankte sich Mamma überschwänglich auf Italienisch bei mir und nahm ihre Tochter fest in die Arme. Ich stand da wie erstarrt und sah ihnen zu. Sie war wieder bei ihrer Familie, aber niemand konnte mir helfen, meine zu finden. Ich hatte keine Energie mehr für den geplanten Besuch der Universität. Ich ließ das Mädchen und seine Mutter am Postkartenständer stehen und ging langsam nach Hause.

Dort setzte ich mich an den Küchentisch. Ich versuchte die Leere wiederherzustellen, die ich gespürt hatte, kurz bevor ich das verirrte Mädchen fand und seine Angst sich in meinem Kopf festsetzte. Das hatte ich schon einmal erlebt – bei einer Operation. Sobald ich meine Hände und Arme desinfiziert und die Handschuhe angezogen habe, wird mein Verstand ruhig, und etwas anderes übernimmt die Kontrolle. Im Rückblick auf all die Stunden während eines Eingriffs wurde mir klar, dass ich lausche, wenn ich operiere, und auf das reagiere, was ich höre. Und ich höre den Körper des Patienten, der mir berichtet, wie alles läuft, weil er weiß, dass ich ihm meine Aufmerksamkeit schenke. Ich spüre, wie das Blut fließt, höre, wie die Luft in die Lunge eindringt und wieder herausströmt, sehe die dicken grauen Hirnwindungen, die von einem wachsenden Tumor beiseitegeschoben werden. Ich weiß, wo ich gefahrlos schneiden kann, und ich weiß, wenn etwas schiefläuft.

Als ich Ben geschrieben hatte, dass es im OP eindringlicher zuging, hatte er sich darüber lustig gemacht. Aber für mich war es kein Scherz gewesen. Zunächst war mein zusätzlicher Sinn ein Summen im Hintergrund gewesen, eine natürliche und nützliche Ergänzung meiner Arbeit, dass er mir kaum aufgefallen war. In dem Augenblick im OP mit Linney vor drei Jahren, als ich ein Problem feststellte, bevor die Monitore anschlugen, hatten meine Fähigkeiten zum ersten Mal die Grenze überschritten. Die ventrikuläre Tachykardie hatte sich als schlimmer herausgestellt – meine emotionale Reaktion auf den Zustand eines Patienten hatte mich so sehr überwältigt, dass ich nicht mehr in der Lage war zu arbeiten. Immer wieder passierten solche Sachen, die ich Linney gegenüber gar nicht mehr erwähnte. Ich hatte Angst, es Ben zu erzählen, der sich womöglich zu große Sorgen aus zu großer Entfernung machte. Während ich operierte, wusste ich, dass eine verborgene Ader undicht war, weil ich es in meinem Kopf spürte. Ich wachte nachts um drei schweißgebadet auf und merkte, dass ein frisch Operierter einen Infekt ausbrütete, noch bevor die Schwestern mich riefen, weil sie Fieber festgestellt hatten. Und nun, nach dem Vorfall auf der Piazza, hatte diese Neigung auch von meinem restlichen Leben Besitz ergriffen, außerhalb der OP-Wände. Wie weit konnte dieses Einfühlungsvermögen gehen? Und würde es mich mit fortreißen?

Mag sein, dass die Tatsache, ein Zwilling gewesen zu sein,

wenn auch nur für so kurze Zeit, etwas damit zu tun haben könnte. Vielleicht fühle ich, was andere fühlen, weil ich dort, wo *sie* gewesen ist, eine durchlässige Stelle habe, und weil sie dort als Puffer und Verstärkung gegen die Außenwelt fehlt, nehme ich alles in mir auf. Vielleicht ist sie aber auch mein Fenster zum *Anderen*, weil ich einmal tief in mir wusste, wie es ist, mit jemandem identisch zu sein, bevor mir klar war, was dieses Wissen bedeutete.

Ben war Zeuge, als es zum ersten Mal passierte, obwohl keiner von uns beiden damals merkte, was *es* eigentlich war. Ruhezone stand auf dem Schild am Rande des steilen Pfades, der zu The Cloisters hinaufführte. Ben und ich gingen jeden Sonntag von unserer Wohnung in Washington Heights zu der aus Fragmenten mittelalterlicher Klöster zusammengetragenen Abtei im Fort Tyron Park, über Waldwege, die einen Blick auf den Hudson River freigaben. Wir betraten das Gebäude durch einen Eingang in den Steinmauern und über eine steile, dunkle Wendeltreppe und tauchten dann plötzlich in strahlendes Sonnenlicht ein, das den magischen Klostergarten aus dem zwölften Jahrhundert erleuchtete, mit einem stillen Brunnen in der Mitte, um den sich Flechten wanden.

Auf unserem Rundgang durch das Museum erzählte Ben mir Geschichten von Rittern, Lehnsherren und von Mariä Verkündigung – doch die Wandteppiche mit dem Einhorn gefielen mir immer am besten. Das trifft vermutlich auf alle Kinder zu, die The Cloisters besuchen – die Jagd nach einem mystischen Geschöpf übertrifft bei Weitem die Gemälde von einem Haufen alter, verstorbener Heiliger. Ich saß in der Galerie und betrachtete die komplizierten Blumenmuster, die den Hintergrund der Wandteppiche bildeten, und stellte mir vor, ich wäre die Jungfrau, die das Einhorn aufforderte, sein Horn in einen Waldbach zu tauchen. Als ich zwölf war, kam mein Bruder zu dem Entschluss, ich sei alt genug, um die wahre Geschichte hinter den Gobelins zu erfahren. Also setzte ich mich auf eine Holzbank an der Seite der Galerie mit der hohen Decke und lauschte.

Ben erzählte mir die Geschichte, während ich auf die Wandbehänge schaute, auf denen die Jagd nach dem Einhorn dargestellt war: die Jäger, die mit ihren Waffen herumfuchtelten, die Hunde, die nach ihrer Beute schnüffelten, die Jungfrau, die das Einhorn bezirzt hatte, seinen Kopf in ihren jungfräulichen Schoß zu legen. Und gegen Ende des Zyklus, als ich den Körper des Einhorns schlaff auf dem Pferd des Jägers liegen sah, sein weißes Fell blutbefleckt, wurde mir schwummrig, und die Geräusche ringsum wurden leiser. Ich roch den strengen Geruch nach Pferden, spürte, wie sich eine drahtige Mähne unter meiner Hand sträubte, und vernahm das Gebell von Jagdhunden. Ich sah dichtes Unterholz auf mein Gesicht zukommen, dann lag ich plötzlich auf dem kalten Steinboden der Galerie und schaute blinzelnd zu Benjamin auf.

Ben half mir auf und setzte sich neben mich. »B, Kleines, was ist passiert?«

»Ich bin von der Bank gefallen«, sagte ich. »Wusste die Jungfrau, was dem Einhorn blühte, als sie sich darauf einließ, den Köder zu spielen?« Ben antwortete nicht. »Sie hätte sich *niemals* darauf eingelasssen, wenn sie es ihr gesagt hätten!« Heranwachsende sind in der Regel sehr gefühlsbetont, und ich war da kaum eine Ausnahme; ich stand kurz davor, in Tränen auszubrechen. »*Ich* hätte es nicht getan, wenn ich gewusst hätte, dass sie es *töten*, TÖTEN würden! Nie, nie, niemals …« Meine Stimme wurde brüchig, und ich schaute auf meine Schuhe. Ein Schnürsenkel hatte sich gelöst, und ich beschäftigte mich damit, um Benjamins Blick auszuweichen.

»B, das Einhorn wird wieder lebendig« – er hob mein Kinn mit einer Hand, und mit der anderen zeigte er auf den letzten

Gobelin –, »und das Rot auf seinem Fell ist kein Blut. Das ist Granatapfelsaft, der vom Baum über dem Gehege tropft.«

»Damit ist es noch lange nicht gut! Es ist, es ist … LUG UND TRUG!!!« Er nickte schweigsam, während ich zeterte. Danach hielt ich mich vom Raum mit den Wandbehängen fern.

Nach dem Vorfall im Museum schickte Ben mich zu vielen Ärzten. Damals glaubte ich, etwas falsch gemacht zu haben, etwas Gefährliches. Ich wurde unserem Hausarzt vorgestellt, dann einem Allgemeinkardiologen, dann einem Spezialisten für Herzrhythmusstörungen. Sie alle erklärten mich für eine absolut normale Zwölfjährige, zumindest vom kardiologischen Gesichtspunkt aus. Als ich mit ansah, wie sehr Benjamin sich sorgte, schwor ich mir im Stillen, in der Gegenwart zu bleiben, weit weg von der Fantasievorstellung, die meinen Ausbruch verursacht hatte. Erst viele Jahre später begriff ich die Ursache für seine Angst – sein eigenes, unberechenbares, verletzliches Herz.

Statt ein weiteres Mal zur Bibliothek aufzubrechen, verbrachte ich den nächsten Tag zu Hause, um Bens Haus so umzugestalten, dass es sich eher wie meins anfühlte. Ich fing in der Küche an mit der dunklen Holzdecke, die auf dick verputzte weiße Wände traf. Eine friedliche Stunde verbrachte ich damit, den alten gusseisernen Herd zu putzen, während eine Brise durch die geöffneten Fensterläden wehte. Ich ordnete die kleine Sammlung angestoßener Töpfe aus gelbem und schwarzem Emaille. Als ich den kleinsten in die Hand nahm, fiel mir ein, wie Ben mir zum ersten Mal beigebracht hatte, darin Polenta zu machen. Schließlich, da ich allein vor diesem zwanzig Jahre alten Küchenutensil stand, kamen mir die Tränen.

Als ich die Treppe wieder sicher bewältigen konnte, begab ich mich ins Gästezimmer – den Raum, den Ben für mich vorgesehen hatte. Mir gefielen das Doppelbett mit Metallgestell, die verschossenen Bettlaken, der knarrende Eichenschrank, in den ich meine Kleidung hängte, und das winzige Wohnzimmer, das zur Straße hinausging. Ich fand einen alten Karton mit Nägeln und einen abgenutzten Hammer und hängte ein paar Bilder auf, die ich in einem Antiquitätengeschäft in der Nähe gefunden hatte, Reproduktionen alter Stadtkarten, auf denen zu sehen war, dass sich die Stadt seit dem vierzehnten Jahrhundert kaum verändert hatte. Als ich den letzten Nagel einschlug, kam mir in den Sinn, dass man nur renoviert, wenn man vorhat, irgendwo länger zu bleiben, an einem Ort, den man eventuell als sein Zuhause betrachten möchte.

Bis ich es ins Erdgeschoss schaffte, war es beinahe zwei. Ich entfernte den Staub von den Stühlen und Tischen im *sala* und ging dann nach hinten. Das war Bens Arbeitszimmer gewesen, sein Allerheiligstes. Der mit der Schreibplatte verschließbare Sekretär war die einzige Extravaganz, ein antikes Möbelstück aus dem Biedermeier, hergestellt aus Atlasholz und Ebenholz. Ich drehte den kleinen Messingschlüssel im Schloss und ließ die Klappe herunter, woraufhin sechs mit Ebenholzgriffen verzierte Schubfächer sichtbar wurden. Das erste enthielt eine Sammlung Füllfederhalter mit eingetrockneten Spitzen. Ein anderes war angefüllt mit krakeligen Notizen auf Papierfetzen und alten Briefumschlägen, und in dem nächsten waren alte italienische Münzen nach Größe in kleinen Gläsern geordnet. Das vierte war für Scheren vorgesehen: kleine goldene mit Gravuren, die wie ein Storchenschnabel aussahen, größere aus Stahl, die eher nützlich als dekorativ waren. In der fünften Schublade entdeckte ich Tinten in allen Regenbogenfarben – meine Finger zuckten, um einen Federhalter einzutauchen und zu schreiben. Die sechste Schublade klemmte, und ich ruckelte sie vorsichtig auf, um das Furnier nicht zu beschädigen. Darin lag ein in Leinen eingewickeltes Paket, in dem sich ein schwerer Aktenordner aus Pappe befand. Auf einer am oberen Deckel befestigten Karte stand: UNIVERSITÀ DEGLI STUDI DI SIENA. »Hallo«, sagte ich laut. Ich war lange genug allein gewesen, um mich mit leblosen Objekten zu unterhalten. Eine Pergamentseite war zwischen die Deckel geklemmt.

Florenz, Italien, September 1347

An Messer Salvestro de'Medici
Lieber Cousin,
ich schreibe dir, weil ich nicht weiß, an wen ich mich sonst wenden soll. Seit dem Tode seines Vaters treiben meinen kleinen Iacopo eigenartige, besorgniserregende Gedanken um. Ich liege falsch, wenn ich ihn als »klein« bezeichne, da er inzwischen achtundzwanzig geworden ist, aber mir fällt es immer schwer, mir ins Gedächtnis zu rufen, dass er erwachsen ist. Vielleicht ist es das Los einer Mutter. Das heißt der Mutter eines Sohnes – ich habe gehört, dass Töchter anscheinend schon reif werden, bevor ihre Jugend vorbei ist! In Wirklichkeit hatte Iacopo immer etwas Eigenartiges an sich, schon als kleiner Junge. Sehr ernsthafte Vorstellungen, an denen er noch dazu verbissen festhielt. Ich konnte ihn nie von seinem Groll ablenken. Ich weiß noch, als er drei Jahre alt war, hat er absichtlich seine Tasse Milch umgestoßen, was jedes Kind mindestens ein Mal macht. Aber, überlastet, wie ich war, nahm ich ihm die Tasse ab und wollte sie ihm trotz seines Geschreis nicht wiedergeben. Als ich nachgab, weigerte er sich zu trinken. Es dauerte Monate, bis er wieder Milch annahm, und ich machte mir Sorgen um seine Gesundheit. Seit dem Unglück, das über seinen Vater, meinen Gatten, gekommen ist, der Hinrichtung, die zur Tragödie für unsere edle Familie wurde, hat Iacopo sich verschlossen. Er brütet allein vor sich hin und schreibt in einer kleinen, verkrampften Handschrift zahllose Seiten voll. Ich weiß nicht, was er

schreibt. Es scheint kein Brief zu sein. Er geht Gleichaltrigen aus dem Weg sowie den Frauen aus gutem Hause, die ich ihm vorschlage in der Hoffnung, dass eine Verlobung Licht in seine Zukunft bringen wird. Vielleicht wird er auf einen anderen Mann hören, jetzt, da sein Vater verstorben ist. Ich bete, dass die Freude wieder ins Gesicht meines Sohnes zurückkehrt und den Schatten von uns nimmt, der schwer auf all unseren Herzen liegt.
Mit den besten Wünschen für deine geschäftlichen Unternehmungen in Venezia,
Immacolata Regate de'Medici

Warum hatte Ben einen über sechshundert Jahre alten Brief von einer Medici mit einem hingerichteten Gemahl und einem bekümmerten Sohn? Hatte das etwas mit Sienas Niedergang zu tun? Der Brief flößte mir Unbehagen ein, aber ich wusste nicht, warum.

Siena 8. Juni

Lieber Nathaniel,
heute war ich in der Universität von Siena und lernte den Archivar kennen, den du mir empfohlen hast. Er war hilfsbereit, sieht aber so aus, als habe er so viel Zeit im Dunkeln verbracht, dass er einen Vitamin-D-Mangel entwickelt hat. Ich sagte ihm, dass ich nach Informationen über die Pest in Siena suche. Er hat mit meinem Besuch gerechnet – dank deiner Ankündigung. Er hat sich tatsächlich verbeugt (so mittelalterlich!) und gesagt, er sei entzückt, mich mit Material versorgen zu können, das mir helfen würde, »mir das damalige Entsetzen in aller Deutlichkeit vorzustellen«. Ich vermute, manchmal wird einem schon ein wenig unheimlich zumute, wenn man sich auf den Schwarzen Tod spezialisiert. Aber Ben gruselte sich nicht. Vielleicht kommst du mich eines

Tages hier besuchen? Mein altes Leben fehlt mir. Zumindest dich vermisse ich.

Alles Liebe, Beatrice

Gleich nachdem ich begonnen hatte, etwas über Orte und Daten zu lesen, wurde mir klar, dass ich ein Schaubild brauchte. Ich nahm zahlreiche Quellen zu Hilfe, zog eine leere Seite hervor und begann den Pfad der Pest durch das heutige Europa mit Italiens Stiefel im Mittelpunkt grafisch darzustellen. Ich beugte mich über meine skizzierte Landkarte und trug Pfeile, die in viele Richtungen führten, in unterschiedlichen Farben ein, versehen mit Daten. Fabbri schaute in regelmäßigen Abständen höflich vorbei. Ich fragte mich, ob er wohl angenommen hatte, ich würde Originalmanuskripte mit Leuchtfarben verunstalten. Meine Karte sah aus wie eine Kinderzeichnung, aber sie war genau das, was ich brauchte. Ich kann mir vieles gut merken; Daten gehören nicht dazu.

In den nächsten Tagen brütete ich über modernen epidemiologischen Abhandlungen zu den Ursachen und der Verbreitung von *Yersinia pestis*, den für die Epidemie verantwortlichen Bakterien, und lernte etwas über das Verdauungssystem des infizierten Flohs, dem Hauptüberträger der Pest von infizierten Ratten auf Menschen. Ich las mittelalterliche Chroniken, in denen die Beulen beschrieben wurden – Schwellungen unter den Armen oder in den Leisten –, die platzten und eiterten. Menschen bluteten aus allen Körperöffnungen, und ihr Zustand verschlimmerte sich derart schnell, dass sie noch gesund zu Bett gingen und nie wieder aufwachten. Ich ging mit Kopfschmerzen nach Hause und wühlte fast die ganze Nacht im Bett herum, stellte mir Knoten unter meinen Armen vor und wünschte mir den Sonnenaufgang herbei. Doch ich spürte auch eine tiefe Verbindung zu Ben, der diesen Pfaden schon oft gefolgt sein musste.

An meinem dritten Tag in den Archiven kam ich mir allmählich wie ein Maulwurf vor. Ich schlug auf einem harten Holzstuhl Wurzeln und machte eifrig Notizen. Nach drei Stunden stand ich auf und suchte nach Fabbri. Ich schlenderte durch die Gänge voller Bücher mit verblassten Titeln und hatte schon bald unbekanntes Terrain betreten.

Die Bücher wurden dunkler und schäbiger, und mich überkam ein eigenartiges, mulmiges Gefühl. Ich bückte mich unter einem niedrigen Türrahmen hindurch und gelangte in einen kleinen, fensterlosen Raum. Dort wurde das Gefühl noch stärker, als vernähme ich ein gedämpftes Raunen. Die Bücher standen hier so dicht gedrängt, dass man sich kaum bewegen konnte, Sitzplätze gab es keine. Ich spürte, wie mein Herz höher schlug. *Es ist eine Bibliothek, Beatrice, kein Spukhaus.* Die meisten Buchrücken waren nicht beschriftet. Ich nahm ein kleines, in Leder gebundenes, völlig abgegriffenes Notizbuch zur Hand. Ich schloss die Augen, war wie benommen, und legte das Buch wieder auf den Tisch, auf den es gehörte.

Ich hielt mich am Tisch fest, bis ich wieder sicher auf den Beinen stand, aber das Buch wartete förmlich darauf, wieder aufgegriffen zu werden, leblos, aber unwiderstehlich. Als ich die Hand danach ausstreckte, vernahm ich einen hohlen Laut in meinem Kopf, wie das Echo in einem Tunnel, und roch feuchten Putz und Farbe. Als ich das Buch aufschlug, erschien mir die verblasste Handschrift unerklärlich vertraut. Ich warf einen Blick auf die erste Seite und las:

Anno Domini 1343

Gabriele Beltrano Accorsi

Meine liebe Mutter, so wurde mir gesagt, lebte mehr im Geiste als auf der Erde. Mit ihrem letzten Atemzug trug sie mich über die Schwelle auf diese Welt und verließ mich dann zugunsten der Engel. Noch immer trage ich die Narben dieses Verlusts auf meinem Herzen.

Ich erkannte das leise Brummen, anschließend die verstärkte Wahrnehmung, und dann wurde ich vom Verlustgefühl dieses Verfassers aus dem vierzehnten Jahrhundert überflutet. Die Wörter zu lesen und Mitleid zu empfinden ist das eine – *wie tragisch, er hat seine Mutter verloren, als er geboren wurde, genau wie ich*. Aber ich dachte nicht nur. Ich *spürte* seinen Kummer, obwohl er seit Jahrhunderten tot war. Ich klappte das Buch zu, konnte es aber nicht weglegen. Ich ging wieder zurück an den Tisch, an dem ich drei Tage lang gehockt hatte. Als ich meine Sachen packte, ließ mich eine Stimme hinter meiner rechten Schulter zusammenfahren. Ich drehte mich um und erblickte Fabbri, der in Habtachtstellung stand. Sein Kopf reichte kaum bis an mein Kinn.

»Dottoressa Trovato, hat dieses Buch Einfluss auf Ihre Recherche?«

»Es ist äußerst informativ, Signore«, krächzte ich, denn ich war es nicht gewohnt zu sprechen. »Es stammt genau aus der richtigen Periode.« Ich glaube, er erwartete von mir, dass ich ihm das Buch in Gewahrsam gab, aber das tat ich nicht.

»Meinen Sie, ich könnte es mit nach Hause nehmen, statt es hier durchzulesen?« Fabbri blies die Wangen auf, hob an zu sprechen, hielt inne und hob wieder an. Ich hoffte, der innere Kampf, den er mit sich austrug, würde zu meinen Gunsten entschieden.

»Ich hätte es nicht gern, wenn es unter Ihren Händen zu Schaden käme.«

Es war an der Zeit, Eindruck zu schinden. »Ich weiß nicht, ob ich es Ihnen bereits sagte – ich bin Beniamino Trovatos Schwester. Ich arbeite an einem Projekt, das er nach seinem Tod hinterlassen hat.« Fabbris Kinn fiel ihm auf die Brust.

»Sie sind *die* Trovato? Natürlich wissen Sie sorgfältig mit einem Manuskript umzugehen! Wenn es so ist, glaube ich, können wir die Richtlinien des Archivs vernachlässigen. Aber wären Sie so nett und würden eine Art Ausweis hinterlegen?«

Ich strahlte ihn an und reichte ihm eine Kreditkarte, auf die ich verzichten konnte. »Haben Sie vielen Dank.« Er half mir, das Buch sorgfältig zu verpacken, und ich begab mich hinaus ins Tageslicht. Ich ging nach Hause, das kleine Buch fest an mich gedrückt.

11. Juni

Lieber Nathaniel,
jede Nacht träume ich Streifen, Streifen, Streifen. Der grünweiße Dom hat sich in meinen Schlaf geschlichen. Dieser ganze Lesestoff geht mir allmählich unter die Haut. Bens Projekt ist zu meinem geworden, und alles andere versinkt daneben in Bedeutungslosigkeit. Ich bin dermaßen in Sienas Vergangenheit vertieft, dass ich das Gefühl habe, tatsächlich dort zu sein … genauer gesagt, in der Zeit. Vielleicht hätte ich doch Historikerin werden sollen – Ben würde sich so bestätigt fühlen, wenn er mich jetzt sehen könnte.
Dieser Franco Signoretti ist noch aufdringlicher geworden – irgendwie ist er an meine Adresse gekommen und hat mir einen Brief geschickt, der oberflächlich nett klingt, aber zwischen den Zeilen bedrohlich. Wahrscheinlich ein akademischer Konkurrent, der nicht will, dass ich veröffentliche, was Ben ausgegraben hat. Also werde ich natürlich genau das tun, sobald ich es herausgefunden habe. Die andere Option, zu der meine Anwälte mich drängen, sieht auch nicht gut aus – Bens Recherchen einem ortsansässigen Wissenschaftler in Siena zu geben, der aussieht, als hätte er gerade Abitur gemacht. Ich habe nicht vor, mich von denen herumkriegen zu lassen.
In den Reiseführern steht, dass Sienas Ruhm in der Zeit ein-

gefroren ist, unverändert im Mittelalter hängen geblieben – alles wegen der Pest. Kannst du dir vorstellen, wie es wäre, wenn über die Hälfte der Einwohner New Yorks innerhalb von zwei Jahren sterben würde? Wahrscheinlich würde es danach einfacher sein, eine Reservierung für ein Abendessen zu bekommen. Entschuldige, das war makaber. Tatsächlich stimmt es – die Menschen aßen nach der Pest viel besser als vorher, nachdem mindestens die halbe Bevölkerung tot war. Schwacher Trost, wenn man die Hälfte der Nachbarn und seiner Familie verloren hat, ich weiß, aber wenigstens gab es einen positiven Aspekt.

Ich habe ein interessantes Buch gefunden – eigentlich ein Tagebuch – aus dem vierzehnten Jahrhundert. Es erweckt die Vergangenheit wirklich zum Leben. Du bist doch auch jemand, der Primärquellen liebt, oder?

Alles Liebe, B.

Als ich meine lange vernachlässigte Wäsche im Hof hinter dem Haus aufhing, bemerkte ich, dass mich jemand beobachtete. Ein kleines Mädchen saß in der Astgabel des Orangenbaums und sah schweigend zu, wie ich mich abrackerte. Ich hatte keine Wäscheklammern finden können, und der Wind wehte immer wieder Sachen von der Leine, weshalb ich dazu übergegangen war, meine BHs zu verknoten.

»Was machst du mit deiner Unterwäsche?«, fragte sie. »Wohnst du hier?«

Ich brauchte eine Weile, um ihre italienische Kindersprache zu verstehen. »Ja, jetzt. Das hier ist das Haus meines Bruders.«

»Beniamino ist dein Bruder?« Die Kleine pflückte eine Orangenblüte von einem Ast über ihrem Kopf und steckte sie in ihre Bluse. Dann kletterte sie vom Baum. Ich beschloss, mit einem Kind, dem ich noch nie begegnet war, nicht über den Tod zu sprechen.

»Ja.«

»Ich mag ihn«, sagte das Mädchen. »Er gibt mir echt schöne Stifte.« Sie hielt kurz inne. »Hast du Stifte?«

»Ja, ich glaube schon«, antwortete ich, was sie offensichtlich zufriedenstellte. Sie kam zu mir und stellte sich vor. »Ich bin Felice Guerrini, und ich bin fünf zwei Drittel«, informierte sie mich. »Willst du mitkommen und Eis essen? Wir haben *nocciola.*«

Ich lernte die Familie Guerrini bei Haselnusseis kennen. Felice verkündete, sie habe Beniaminos Schwester entdeckt, und die Guerrinis hießen mich herzlich willkommen. Donata, die Mutter der Familie und Kunsthistorikerin an der Universität von Siena, sah mit ihrem nachlässig aufgesteckten goldblonden Haar wie eine Gestalt aus einem Boticelli-Gemälde aus, aber sie verhielt sich wie ein normaler Mensch. Sie zog mich beiseite, um zu bestätigen, was Ben zugestoßen war, aber eine weiterführende Diskussion verschoben wir.

Unser Haus befand sich in der *contrada* Civetta – kleine Eule –, einem der siebzehn verbliebenen mittelalterlichen Stadtteile von Siena. Donata und ihr Mann Ilario entschieden rasch, mich zu einer Sienesin ehrenhalber zu machen, oder, noch spezieller, einer Civettina, die ihrem besonderen Viertel die Treue hält. Außer Felice hatten sie noch zwei weitere Kinder, Gianni (acht) und Sebastiano (sechs Monate), beide ihrem Alter entsprechend laut. Das war eine nette Abwechslung zu meinen letzten Tagen in selbst auferlegter Einsamkeit.

Meine Einführung in das Intimleben der *contrada* erfolgte ein paar Tage später, als die Guerrinis mich zu Sebastianos Taufe im Brunnen der Civetta einluden.

Der Feiertag des heiligen Antonius von Padua, des Schutzpatrons der Civetta, ist der Tag, an dem alle Kinder der *contrada*, die im Jahr zuvor geboren wurden, im eigenen Brunnen des Stadtviertels getauft wurden. Um zwölf Uhr mittags am

Sonntag wartete Sebastiano neben anderen Neugeborenen und ihren Familien, bis er an der Reihe war. Sebastiano war ein perfektes Baby mit goldblonden Löckchen und pummeligen Armen und Beinen. Im Moment der Taufe schlief er engelsgleich zu den Worten des *priore*.

»Ich taufe dich im Namen des heiligen Antonius von Padua mit dem Wasser dieses edlen Brunnens, damit aus deinem Herzen für immer die Liebe zu deiner *contrada* fließen wird, und segne dich mit dem großen Erbe deiner Vorfahren.« Der *priore* tauchte seine Finger in den Brunnen und träufelte Wasser auf Sebastianos glatte Stirn, woraufhin dieser prompt erwachte und zu schreien begann. Geschickt öffnete Donata einen Teil ihrer Bluse und schob ihre Brust in seinen offenen Mund. Drapiert mit dem schwarz-weiß-roten Seidenschal der Civetta, die ihm für immer gehören würde, erkannte Sebastiano, dass man ihn nicht sich selbst überlasse, um auf einem Berggipfel im strömenden Regen zu verhungern, und döste schon bald wieder ein – zur offensichtlichen Erleichterung seiner Eltern und der restlichen Civettini.

Am nächsten Morgen erwachte ich bei Tagesanbruch. Zu unruhig, um zu lesen oder zu schreiben, zog ich mich an und verließ das Haus. Im schwachen Grau des frühen Morgens schlenderte ich durch die schmalen Straßen zur Piazza del Campo. Als ich an der Via Banchi di Sopra um die Ecke bog, erblickte ich eine Reihe Arbeiter, die schwere, mit gelblicher Erde beladene Schubkarren vor sich herschoben. Die Männer arbeiteten in andächtiger Stille – als handelte es sich eher um einen religiösen Akt als um eine einfache Tätigkeit. Dann sah ich, dass sich die Riege der Arbeiter zum äußeren Rand des Campo schlängelte, wo sie die gelbe Erde abluden, La Terra in Piazza, die schon bald eine Rennbahn für zehn Palio-Pferde sein würde. Ich sah den Arbeitern zu, ihrer Hände Arbeit von

Idealismus erfüllt, bis ich so hungrig war, dass ich fortging, um mir eine Flasche Wasser und einen runden *panforte* di Siena zu holen. Der trockene Gewürzkuchen, bestäubt mit Puderzucker, war so köstlich und so gehaltvoll, dass er mich über den Nachmittag brachte.

Am Abend kamen die Bewohner Sienas zur Piazza, um die Erde zu berühren und ihr die Ehre zu erweisen. Dort begegneten mir die Guerrinis, die mich zum Abendessen einluden, das nach einem Tag mit *panforte* eine willkommene Abwechslung war. Felice und Gianni gingen uns voraus zum Vicolo del Coltellinaio und stimmten die ganze Zeit ausgelassene Civetta-Gesänge an.

Ich saß auf der Couch in Donatas Wohnzimmer, den schlafenden Sebastiano auf dem Schoß, während Donata und Ilario gemeinsam in der Küche das Abendessen vorbereiteten. Noch nie war mir der Luxus zuteilgeworden, einen schlafenden, sechs Monate alten Jungen in den Armen zu halten. Ein süßer, puderiger Duft entströmte seiner Haut, sein Körper strahlte Wärme auf meine bloßen Arme aus. Seine Brust hob und senkte sich mit friedlichen Atemzügen, und hin und wieder huschte ein flüchtiges Lächeln über sein Gesicht. Ich schaute von der Welt kindlicher Glückseligkeit auf und stellte fest, dass Donata mich anschaute.

»Keine *bambini*, Beatrice?« Sie sprach meinen Namen italienisch aus, mit vier Silben. Be-a-TRI-tsche. Es klang unglaublich romantisch. »Aber wie ich sehe, spürst du seinen Zauber.«

Ich lächelte, noch nicht bereit, die wortlose Wonne aufzugeben, die ich in Gesellschaft des schlafenden Sebastiano empfand. »Ich hatte keine Ahnung, dass sie so … überwältigend sein können.«

Donata lachte gutmütig. »Genieße ihn, solange er friedlich ist, ich mache den Risotto fertig«, sagte sie und ging wieder an den Herd.

Ich schaute Donata zu, wie sie geduldig den Risotto umrührte, und nahm mir vor, einen Gang runterzuschalten. Mit Sebastiano in meinen Armen, der seine hypnotische, träumerische Macht auf mich ausübte, tat ich ohnehin nichts auf die Schnelle. Gerade als wir uns an den Tisch setzten, öffnete Sebastiano den Mund und drehte den Kopf zu meiner Brust auf der Suche nach Nahrung. Da ich ihm nichts zu bieten hatte, reichte ich ihn Donata. Er saugte sich begeistert an ihrer Brust fest und trank mit geschlossenen Augen, die Glückseligkeit in Person.

In dem Moment passierte es wieder. Plötzlich wurde es still. Dann hörte ich Ilario, Felice und Gianni wie aus weiter Ferne reden. Der Geruch nach Parmesan aus dem Risotto wurde stärker, und ich spürte die Wärme meines linken Arms, an dem Sebastianos Kopf geruht hatte. Dann empfand ich etwas, das ich noch nie zuvor empfunden hatte, zunächst ein sanftes, aber beharrliches Ziehen an meinen Brustwarzen, dann eine rasche Folge kleiner Elektroschocks in meinen Brüsten, die nach unten hin Funken schlugen, anschließend eine Woge der Hitze und Fülle sowie ein überwältigendes Gefühl des Friedens, und mir wurde klar – *ich stille*. Oder, genauer gesagt, *Donata stillt, und ich bin in ihr*. Donata war versunken in einer kleinen Welt mit Sebastiano, und sie bemerkte weder mein Eindringen noch meinen Rückzug.

Der Rest des Abendessens verlief ohne Vorkommnisse, wenn man davon absieht, dass Gianni auf einmal sein Glas Wasser in den Schoß seiner Schwester kippte. Nach dem Essen küssten Donata und Ilario mich herzhaft auf beide Wangen, und ich ging die paar Schritte durch den Hof zu Bens Haus und direkt ins Bett, wobei das Gefühl von Sebastianos Abendmahlzeit noch immer in meinem Körper nachwirkte. Es dauerte eine Weile, bis ich einschlief.

Am nächsten Morgen vertiefte ich mich wieder in Gabrieles Tagebuch.

Ich kam auf die Welt in dem Jahr, in dem Duccio di Buoninsegnas Maestà von einer großen, andächtigen Menge durch die Straßen zum Duomo getragen wurde.

Ich hörte auf zu lesen, um Duccio nachzuschlagen – die *Maestà* wurde 1311 fertiggestellt.

Mein Vater, ausgelaugt von der Trauer über den Verlust meiner Mutter, starb, als ich noch ein Säugling war, und mein Onkel nahm mich in seinen Haushalt auf. An meinem vierten Geburtstag bat ich ihn, mir einen Pinsel zu machen. Wir schnitten unserer sich sträubenden Katze ein Haarbüschel ab und banden es an einen dünnen Zweig. So begann meine Laufbahn als Maler.
Bis zu meiner Lehre war ich ein schwieriges Kind. Ich verwendete Eigelb, um die Wand hinter meinem Stuhl zu verschönern, und zeichnete mit der Soße unseres mittäglichen Eintopfgerichts die Umrisse einer Madonna auf den Tisch. Als offensichtlich wurde, dass ich lieber malte als aß, schickte mich mein Onkel bei Simone Martini in die Lehre. Unter seiner Anleitung wurde mein Unfug in einen Lernprozess verwandelt. Als Simone mich schließlich an seiner Seite arbeiten ließ, lenkte er nicht nur meine Hände, sondern auch meine Seele. »Male nach dem heiligen Text, aber lass deine Seele deinem Pinsel Leben einhauchen«, flüsterte er, als ich meine Hand hob, um Mariä Verkündigung abzuzeichnen, die er vor mich hingestellt hatte. Ich spürte den Pinsel nicht mehr zwischen den Fingern und war erfüllt von der Angst der Jungfrau vor der Ankunft ihrer ungebetenen engelhaften Gäste. Ich nahm mir die Worte des Meisters zu Herzen.

Siena, 28. Juni

Lieber Nathaniel,
tut mir leid, dass ich so lange nicht geantwortet habe. Ich versuche zu Ende zu führen, was Ben angefangen hat, bevor dieser schmierige Signoretti als Erster ans Ziel gelangt, was es auch sein mag. Ich weiß immer noch nicht, wonach Ben gesucht hat, aber ich möchte nicht aufgeben – ich möchte Ben gerecht werden, da er nun nicht mehr hier ist, um die Arbeit selbst zu vollenden. Daher möchte ich mir lieber ein Bild davon machen, was Siena während der Pest zugestoßen ist, und hoffe herauszufinden, wonach Ben gesucht hat, statt wieder nach New York zurückzukehren, um Aneurysmen zu reparieren. Ich habe bisher noch nichts gefunden. Aber wenn Ben etwas gefunden hat, muss es irgendwo sein.
Während du dich also um meine Wohnung kümmerst (nochmals vielen Dank dafür), genieße ich es, mit meinem reizenden Freskenmaler im vierzehnten Jahrhundert abzuhängen. Meine Leidenschaft ist ungefährlich, da er seit über sechshundert Jahren tot ist.
Die Chirurgin in mir scheint sich schlafen gelegt zu haben. Sag es nicht dem Chefarzt, denn ich hätte gern einen Job, wenn ich zurückkomme … obwohl ich noch nicht weiß, wann. Ein lange ruhender Teil von mir erwacht gerade, die Historikerin, die vor zwanzig Jahren im Arbeitszimmer meines Bruders erweckt wurde.
Hättest du gern etwas aus Siena? Vielleicht etwas für deine Buchhandlung?
Alles Liebe, B.

Ich schrieb nicht, was mir im Kopf herumging. Ich gestand nicht, dass ich inzwischen ebenso in den Seiten des Tagebuchs lebte wie in der realen Welt. Ich brachte nicht die quälende Sorge zum Ausdruck, dass mein Einfühlungsvermögen, so nützlich es mir als Ärztin war, nun von Wörtern angeregt wurde, die ein seit Jahrhunderten Verstorbener geschrieben hatte. Schon oft hatte ich mich mit Begeisterung in ein Buch vertieft, aber das hier war anders. Es entzog sich meiner Kontrolle. Selbst da, glaube ich, spürte ich die Möglichkeit, die der Vertiefung in das geschriebene Wort innewohnte – die Möglichkeit und die Gefahr. Doch das hielt mich nicht davon ab, weiterzulesen.

Zwei Tage später fand ich eine Notiz von Donata, die sie unter meiner Tür hindurchgeschoben hatte. Sie lud mich zum Kaffee ein. Als ich diese persönliche Einladung von meiner ersten Freundin in Siena las, wurde mir warm ums Herz. Wir wollten uns am nächsten Tag an der *Fonte Gaia* treffen, am Brunnen der Freude, bevor wir ihr Lieblingscafé aufsuchten. Ich steckte ihren Brief in meine Tasche und machte mich auf den Weg zur Piazza.

Donata kam in einem flachsfarbenen Leinenkleid und sah auf natürliche Weise perfekt aus. Ich vermutete, dass sie selbst im Schlaf noch Eleganz ausstrahlte.

»Wir nehmen es als selbstverständlich hin, dass hier Wasser ist«, sagte Donata und setzte sich neben mich auf den Rand des reflektierenden Wasserbeckens. »Im mittelalterlichen Siena war Wasser knapp, und als die Menschen der *commune* Zugang zum Wasser hatten, veränderte sich das ganze Leben. Es dauerte acht Jahre, den Kanal zu bauen und das Wasser hierherzuleiten, und im darauffolgenden Jahr, im Jahr 1343, wurde der Brunnen fertiggestellt. Niemand weiß, wie der Brunnen ursprünglich ausgesehen hat. Das ist eins jener Rätsel, die Kunsthistoriker wie mich die ganze Nacht wach halten.« Als wir zum Café gingen, schaute ich zum Brunnen zurück, dessen Wasser in der Sonne glitzerte, und fragte mich, wie er wohl zu jener Zeit ausgesehen hatte, als mein Künstler lebte.

Wir bestellten zwei Espressi, und ich betrachtete Donata, die langsam daran nippte.

Sie ergriff das Wort. »Wie kommst du zurecht?«

»Die Arbeit fortzuführen, die Ben hinterlassen hat, ist mir ein Trost, als wäre er in mir, um mir zu sagen, wie ich es anstellen solle. So wie früher.« Ich wandte den Blick ab und war froh, als Donata das Thema wechselte.

»Mir hat der Name Beatrice immer gefallen. Weißt du, wie deine Eltern darauf gekommen sind?«

»Ich habe nie gewusst, wer mein Vater war, und meine Mutter starb bei meiner Geburt. Ben hat meinen Namen ausgesucht. Er hat im Wartezimmer des Krankenhauses Dante gelesen.«

»Er hat eine gute Wahl für dich getroffen«, sagte Donata.

Ich schwieg und überlegte.

»Hast du das *ospedale* gesehen, Beatrice?«

»Nein, hätte ich das?«, erwiderte ich ohne die nötige Begeisterung. »Ich möchte meine Freizeit eigentlich nicht damit verbringen, über Medizin nachzudenken.« Meine Entgegnung hörte sich gereizter an, als ich beabsichtigt hatte.

»Beatrice, ich meinte das Ospedale Santa Maria della Scala – gegenüber dem Duomo. Das ist schon seit Jahrhunderten kein Krankenhaus mehr.« Ihr leiser Vorwurf trieb mir die Schamröte ins Gesicht.

»Tut mir leid. Die Vorstellung, ein modernes Krankenhaus in Siena zu besuchen, ist ungefähr so reizvoll, wie sich selbst ein Bein zu amputieren.« Donata prustete auf elegante, irgendwie italienische Weise los. »Ich bereue mein taktloses amerikanisches Benehmen – willst du trotzdem meine Freundin sein?«

»Aber natürlich«, erwiderte Donata. Mir gefällt dein taktloses amerikanisches Benehmen – Höflichkeit kann auf Dauer ermüdend sein.«

Einträchtig gingen wir zurück zur Piazza del Duomo, wo

sich Dom und Ospedale gegenüberstanden. Donata blieb vor dem Eingang des Ospedale stehen. »Seine Hauptfassade ist ein weiteres großes Rätsel für Kunsthistoriker.«

»Ich sehe keine Gemälde.«

»Genau. Man nimmt an, dass hier einst fünf Fresken waren, die das Leben der Jungfrau Maria darstellten. Aber es ist nicht klar, wer sie gemalt hat. Wahrscheinlich war es eine Zusammenarbeit zwischen drei von Sienas größten Malern: Pietro und Ambrogio Lorenzetti – die Maler der Sala della Pace im Palazzo Pubblico – und Simone Martini.«

Martini – Gabrieles Lehrmeister. Donata musste mitbekommen haben, dass ich tief Luft holte, legte die Reaktion aber falsch aus.

»Ja, eine außergewöhnliche Kombination von Malern, noch nie da gewesen und nie wiederholt. Simone ging etwa 1336 von Siena nach Avignon und kehrte nie mehr zurück. Die Lorenzettis starben im ersten Jahr der Pest. Vier Fresken – Mariä Geburt, Mariä Lichtmess, die Verlobung Marias und die Rückkehr der Jungfrau Maria ins Elternhaus – wurden aller Wahrscheinlichkeit nach von den Lorenzettis und Martini gemalt. Aber die Gemälde haben nicht überlebt.«

»Hattest du nicht von fünf gesprochen?«

»Das fünfte ist ein noch größeres Rätsel. Möglicherweise wurde es später als die anderen gemalt, und man kann es nicht zuordnen. Vier wurden über den Torbögen gemalt. Das fünfte befand sich vielleicht in der Mitte, jeweils flankiert von zwei anderen.«

»Und der Gegenstand?«

»Mariä Himmelfahrt – am Ende ihres Lebens.«

In dem Augenblick sah ich trotz vieler Jahre katholischer Schulerziehung die Geschichte zum ersten Mal aus Marias Perspektive. »Kannst du dir vorstellen, von einem Engel angesprochen zu werden, der dir sagt, dass du den Sohn Gottes zur Welt bringen wirst, nur um deinen Sohn dann an einen verrückten Haufen Aufwiegler zu verlieren? Ich käme damit nicht zurecht, auch wenn ich am Ende in den Himmel käme.«

Donata ließ ihre Perlenkette durch die Finger gleiten. Ich fragte mich, ob ich sie mit meiner Kurzfassung des Lebens der Jungfrau gekränkt hatte. »Wie ich sehe, geht Siena dir allmählich unter die Haut«, sagte sie. »Wir Sienesen fühlen uns mit der Jungfrau Maria in besonderer Weise verbunden. Sie hat uns über Jahrhunderte hinweg beschützt, und das mittelalterliche Siena stand ihrer Umarmung noch näher als das heutige. Wenn die Stadttore sich für die Nacht schlossen und der Umhang der Jungfrau sich über die Einwohner der *commune* legte, beteten Priester in den dunklen Nachtstunden das Brevier, um physische und seelische Gefahren fernzuhalten.«

»Seitdem ich hier bin, habe ich mich gefragt, wie es wohl wäre, eine Historikerin zu sein, und keine Ärztin.«

Donata drehte sich zu mir um. »Wie ist es denn, eine Neurochirurgin zu sein?«

»Vielleicht so, wie Kinder zu haben. Man erwartet von dir, jederzeit verfügbar zu sein, und bei den Entscheidungen, die du triffst, geht es um Leben und Tod. Aber wenigstens kann ich Urlaub nehmen.«

Donata lachte, und wir gingen durch die Tore in den *pellegrinaio*, die mit Fresken verzierte Halle, in der früher kränkelnde Pilger untergebracht wurden, um die man sich im Ospedale kümmerte. Jetzt war sie ein Museum.

»Fehlt dir gerade das Leben einer Chirurgin?«

Ich ließ mir Zeit mit meiner Antwort. Ich dachte an die überraschende, berauschende Freude, die ich empfunden hatte, als ich beobachtete, wie die Vergangenheit zum Leben erwachte. Der OP schien in weite Ferne gerückt zu sein. »Nein, es fehlt mir nicht. Noch nicht.«

»Ich bin mir sicher, deine Begeisterung für die Chirurgie

kommt zurück.« Donata lächelte. »Wenn du genug Urlaub gehabt hast.«

Ich nickte, war mir aber absolut nicht sicher.

Am nächsten Tag ging ich wieder in die Bibliothek, um Fabbri über die im vierzehnten Jahrhundert enthaupteten Medicis auszuquetschen, kam aber nicht dazu. Fabbri begrüßte mich mit gerunzelter Stirn. »Da ist ein Signor Signoretti, der nach Ihnen fragt. Er bestand darauf, zu warten, und zwar nicht so höflich, wie ich es bei einem Herrn seines Kalibers erwartet hätte.«

»Wo ist er?« Ich schaute mich nervös um, da er mir nach allem, was ich bisher gehört hatte, unheimlich vorkam.

Der berüchtigte Signoretti kam in den Lesesaal. Sein schwarzes Haar war streng nach hinten gekämmt, und sein heller Sommeranzug saß zu perfekt. »Signora Trovato.«

»Dottoressa«, verbesserte ich ihn.

»Ach ja, natürlich, aber ein Doktor der Medizin. Nicht wie Ihr verstorbener Bruder, dessen Fachgebiet Geschichte war. Mein Beileid. Alle, die ihn gekannt haben, trauern um ihn.«

»Danke für Ihre Anteilnahme«, erwiderte ich und versuchte, meine Verärgerung zu unterdrücken.

»Sie haben auf keine meiner Nachrichten geantwortet, Dottoressa.«

»Ich weiß Ihr großzügiges Angebot durchaus zu schätzen, aber ich brauche keine Hilfe. Ich hoffe, Sie entschuldigen mich. Wie Sie wissen, sind wir *Doktoren* sehr beschäftigt.«

Ich brauchte keine paranormalen Fähigkeiten, um Signorettis Wut zu spüren, während der Beamte ihn beflissen hinausgeleitete.

Den Rest des Morgens verbrachte ich mit der Sichtung des Buchbestands über die Medici, der klein war, was mich nicht überraschte, da wir nicht in Florenz waren. Das meiste, was ich fand, stammte aus dem sechzehnten Jahrhundert, zu spät für das, wonach ich suchte. Als ich die Bibliothek verließ, riss der Riemen an meiner Umhängetasche, und der Inhalt verteilte sich über den Boden.

Ich fluchte und bückte mich, um meine Habseligkeiten einzusammeln. Fabbri kam, als ich mich gerade aufrichtete, den Arm voller Bücher.

»Möchten Sie das alles hierlassen und morgen abholen? Vielleicht wenn Sie das Accorsi-Tagebuch zurückgeben?«

»Vielen Dank, ich nehme Ihr Angebot an.« Ich steckte mein Portemonnaie und die Schlüssel ein und ließ alles andere in Bens Lesekabine, wobei ich Fabbris zweite Frage sorgfältig umging. Ich klemmte meine kaputte Tasche unter den Arm und ging nach Hause.

Unterwegs hatte ich das Gefühl, dass mir jemand folgte. Neuerdings war mir ständig so, als lauerte hinter allem, was ich vor mir sah, eine andere Welt, die Vergangenheit, die in die Gegenwart drängte. Aber jetzt war es anders.

Ich suchte eine Bar in der Gegend auf, deren warmes bernsteinfarbenes Licht auf den Bürgersteig fiel, und nachdem ich ein Glas Wein getrunken hatte, fühlte ich mich wieder sicher genug, hinauszugehen. Auf dem Heimweg tauchte das unangenehme Gefühl wieder auf. Als ich in die verlassene Via Cecco Angiolieri einbog, vernahm ich Schritte hinter mir, die schneller wurden, und jemand stieß so fest gegen meine Hüfte, dass ich auf den Bürgersteig stürzte. Meine kaputte Tasche verschwand mit der dahineilenden Gestalt in der Dunkelheit. Ich erhob mich mit wild klopfendem Herzen und stand zitternd an der Ecke.

Wer auch immer mich überfallen hatte, würde mit einer Tasche dastehen, die nicht nur kaputt, sondern auch leer war. Im Stillen hoffte ich, es sei Signoretti gewesen, nur um der Schadenfreude willen, aber die Vorstellung, dass er auf gewalttätige Methoden zurückgegriffen hatte, um an Informationen zu gelangen, machte mich nervös. Welche Informationen konnte ich oder konnte Ben besessen haben, für die sich das Risiko lohnte? Und warum? Sobald ich zu Hause war und die schwere Tür verriegelt und zweimal abgeschlossen, ging ich an Bens Schreibtisch und durchsuchte die Schubladen, um sicherzustellen, dass nichts fehlte. Ich fand den kleinen Ordner und Gabrieles Tagebuch, wo ich sie abgelegt hatte. Beides packte ich in einen abgenutzten Lederrucksack, den ich hinten in Bens Kleiderschrank entdeckt hatte, und vergrub ihn unter meinen schmutzigen Sachen im Wäschekorb, nur für den Fall. Ich wusste, ich sollte das Tagebuch wieder ins Archiv bringen, konnte mich aber einfach noch nicht davon trennen.

Am nächsten Morgen verbrachte ich nutzlose sechs Stunden damit, eine Anzeige bei der Polizei aufzugeben, die mit an Sicherheit grenzender Wahrscheinlichkeit in irgendeinem Ordner landen würde. Als ich aus der Polizeiwache kam, beschloss ich, mich von der ersten Berührung mit der toskanischen Strafjustiz abzulenken und mich als Touristin zu betätigen – ich war seit einem Monat in Siena und hatte noch nichts von dem unternommen, was in Nathaniels Reiseführern empfohlen wurde.

Ich fing mit dem größten Gegenstand überhaupt an: dem Torre del Mangia, dem Glockenturm des Palazzo Pubblico. *Wozu gebe ich gutes Geld dafür aus, dreihundert Stufen zu steigen?*, fragte ich mich, als ich die Eintrittskarte kaufte. Vielleicht würde ich es später bereuen, aber ich hatte gehört, die Aussicht sei fantastisch. Der kleine Eingang zum Turm befand sich in einer Ecke des Innenhofs im Palazzo Pubblico. Er war durch eng beschriftete, wortreiche Schilder gekennzeichnet, sowie durch ein Licht, das in offensichtlich beliebigen Abständen von Rot auf Grün schaltete. Bei Rot kann man nicht hinaufsteigen; bei Grün ist es erlaubt. Wenigstens kann man es versuchen.

Auf meiner Eintrittskarte stand 9 Uhr 30, was hochoffiziell klang, und der Wärter am Eingang, der keine Miene verzog, zählte ebenso offiziell die eifrigen Touristen ab (fünfundzwanzig, mehr nicht), die pro Intervall bei Grün passieren durften. Außerdem war eine Kontrolle der Taschen fällig. Sobald ich auf der Treppe stand, wurde mir klar, warum die Regeln so strikt waren. Eine durchgehende Treppe überwindet die 102 Meter, wird nach oben hin immer schmaler und lässt kaum Platz, um umzukehren oder an jemandem vorbeizugehen. Die eckige Spirale wand sich an schmalen Fensterschlitzen vorbei, die keine Aussicht und nur wenig Luft boten. Dann gingen die Steinstufen in wackelige steile Holzleitern über, die zu immer noch furchteinflößenderen Plattformen führten; jede erschien mir wie eine sehr gute Gelegenheit, mich eines Besseren zu besinnen oder in den Tod zu stürzen. Dann taten mir allmählich die Beine weh, fingen an zu brennen, und ich musste mich fest an die Mauer drücken, als die absteigenden Touristen sich an mir vorbeizwängten. Schließlich war ich oben und hatte einen Blick auf den roten Backstein des *campo*, der sich tief unten ausbreitete, umgeben von einem Meer aus Terrakottadächern, dann kamen die Stadtmauern und der dahinter grün glitzernde *contado*. Der Abstieg war noch schwieriger: Er war nicht so anstrengend, aber ich hatte Angst zu stürzen. Ich war nicht erpicht darauf, es bald noch einmal zu versuchen.

Siena, 30. Juni

Liebe Linney,
danke für deinen Brief; es war schön, deine Handschrift woanders als auf einer Patientenkarte zu sehen. Sieht ganz so aus, als würde ich die drei Monate meiner Auszeit komplett hierbleiben. Es ist auch gut, nicht allzu viel Zeit im OP zu verbringen – du weißt ja, eine Pause ist angebracht, wenn man bei einem Fall von V-Tach durchdreht. Ich erzähle dir

ein Geheimnis: Ich schreibe ein Buch – das Buch, für das Ben seine Aufzeichnungen hinterlassen hat. Ich bin vielleicht nicht die gelehrteste Wissenschaftlerin auf dem Gebiet, aber das hier ist meine Aufgabe. Sag es niemandem; Neurochirurgen sollten ihre Zeit weder damit verbringen, über alte reich verzierte Handschriften zu brüten noch über mittelalterliche Fresken. Jedenfalls nicht öffentlich.

Alles Liebe, B.

Am 1. Juli, dem Vorabend des Palio, an dem das Festmahl stattfand, lief ich hinunter, um mich der Familie Guerrini anzuschließen. In feierlicher Stimmung versammelten sie sich auf dem Bürgersteig.

»Wir haben ein Geschenk für dich«, sagte Donata und schob Felice nach vorn. Sie hielt ein ungeschickt eingewickeltes Päckchen in der Hand, offensichtlich ihr Werk. Doch der Inhalt übertraf selbst die liebevolle Verpackung: mein eigener Civetta-Schal. Ich neigte den Kopf, und Felice schlang ihn um meinen Hals; ich spürte ihren warmen Atem auf den Wangen, als die Seide über meine Schultern glitt. Ich nahm die Kleine fest in den Arm.

»Perfekt.«

»Willkommen in der Familie, Civettina«, sagte Donata und drückte mir einen Kuss auf beide Wangen. Durch die dunkler werdenden Straßen setzten wir unseren Weg zum Festmahl fort.

Felice wollte an meiner Hand gehen. Ich machte kleinere Schritte, um mich ihr anzupassen, und wir blieben hinter dem Rest der Familie zurück. Schimmernde Fackeln und Laternen ließen die Gebäude golden erstrahlen, und weiß gedeckte Tische füllten die Plätze. Felice, für gewöhnlich überschäumend und albern, sprach kaum ein Wort, und ich spürte an ihrer Hand, die in meiner lag, die Anspannung in ihrem Arm.

»Letztes Jahr hat mein Papà nach dem Palio geweint«, sagte sie unaufgefordert. »Die sagen *›la nonna‹* zur Civetta, weil wir so lange nicht gewonnen haben.« Sie setzte eine finstere Miene auf, denn offenbar mochte sie den Titel »Großmutter« nicht, der ihrer *contrada* verliehen worden war. »Mamma hat gesagt, Papà weint, weil ihm das Herz wehtut.« Sie verstummte wieder, schaute auf ihre Sandalen, die sich vom Backsteinpflaster abhoben. »Ich war auch traurig, aber ich habe nicht geweint, weil ich nicht wollte, dass er noch trauriger wird«, sagte sie nüchtern. Dann entspannten sich ihre Schultern, und sie ließ meine Hand los. Sie stürmte voraus und rief: *»Civetta – andiamo!«*

Ihre Zöpfe hüpften auf ihrem Rücken, als sie zu ihrer Familie lief, glücklich, als eine der Eulen dazuzugehören. Wir blieben lange bei der *cena*, aßen süßsauren Wildschweinbraten an langen Tischen, die in den von Kerzen erleuchteten Straßen aufgestellt waren. Ilario und Donata gelang es, sich für einen Moment in die Arme zu schließen, als ihre Kinder anderweitig beschäftigt waren. Die beiden zusammen zu sehen machte mir bewusst, wie allein ich mein Leben lang gewesen war.

In der Woche bevor ich in New York aufbrach, waren Nathaniel und ich in eine Tapas-Bar gegangen, um sehr leckeren Serrano-Schinken zu essen und noch köstlicheren Sherry zu trinken. Wir hatten über mein Leben als Single gesprochen.

»Was glaubst du, warum ich mich nie verliebt habe?« Nathaniel hatte daraufhin nachsichtig gelächelt. Ich war immer dankbar für sein treffsicheres Urteilsvermögen, auch wenn es nicht immer angenehm war.

»Willst du meine Antwort hören?«, fragte er. »Oder möchtest du deinen Sherry genießen?«

Ich kippte den letzten Rest Manzanilla, der mich überhaupt erst dazu gebracht hatte, mich dieser Diskussion zu stellen.

»Ich bin bereit.«

Er holte tief Luft und fing an.

»Erstens: Du behauptest steif und fest, weniger arbeiten zu wollen, aber es gibt keinen Beweis dafür, dass du es umsetzt. Zweitens: Du weigerst dich hartnäckig, bekannt gemacht zu werden. Drittens: vermutlich, weil du eigentlich niemanden kennenlernen willst. Viertens: Manchmal schüchterst du andere ein.«

Ich öffnete den Mund, um zu protestieren – so schätze ich mich nicht ein –, aber Nathaniel hob eine Hand, um mich zum Schweigen zu bringen. Ich machte den Mund wieder zu.

»Fünftens: Im Idealfall findest du jemanden, der so stark ist wie du, und das ist ziemlich schwer.«

»Oh«, sagte ich, und mir war ein wenig übel. »Und was mache ich jetzt?«

»Deine beste Option im Moment ist wahrscheinlich, ins Bett zu gehen, da du mir zu Beginn unseres köstlichen Abendessens gesagt hast, dass du morgen eine spinale Dekompression vor dir hast.« Ich nickte, denn es stimmte. Und mit diesen Worten nahm er mich bei der Hand und führte mich aus dem Restaurant. Vielleicht hätte ich nicht fragen sollen.

Der nächste Eintrag in Gabrieles Tagebuch war kurz, aber verstörend.

Winter 1344

Meine kleine Paola geht mit unserem ersten Kind schwanger, und die Hebamme sagt uns, dass ihre Zeit kurz bevorsteht. Ich sehe sie von innen her strahlen, als trüge sie eine leuchtende Sonne in sich, die ihre Wärme und ihr Licht auf unser neues Leben werfen wird. Es gibt jedoch auch Momente, in denen das Licht beinahe kalt scheint, wie ein niedriger Mond durch Wolken, eine übernatürliche, unbehagliche Helligkeit. Das habe ich dem Priester nicht erzählt, der die Beichte in der Kirche der contrada abnimmt, sondern lieber allein für mich gebetet. Ich freue mich auf den Tag, an dem ich das Kind in meinen Armen halte, und schiebe alle anderen Visionen beiseite.

Ich blätterte weiter und suchte nach einem Eintrag, der die Geburt des Kindes anzeigte, fand aber keinen. Auch Paola wurde nicht mehr erwähnt.

Es gibt nicht viele Orte, in denen Pferdeäpfel in einer Kirche als etwas Erfreuliches angesehen werden. Siena gehört dazu. Ich zwängte mich in die überfüllte Kirche des Stadtviertels, um die Segnung des Pferdes der *civetta* vor dem Rennen mitzuerleben. Die Luft war erfüllt vom Weihrauchduft, als der Jockey der *civetta* sein Pferd am Zügel hereinführte, gefolgt von der *comparsa* – der offiziellen Delegation der *contrada*. Das Pferd zuckte nervös mit den Ohren und scheute vor der Menge, als man es in die kleine Kirche brachte. Die *contradaioli* hielten die Zuschauer zurück und schafften Platz für das Pferd und den Jockey, und ich manövrierte mich in die seitlichen Kirchenbänke.

»Gott der Herr ist unsere Hilfe«, stimmte der Priester der *contrada* an, und hielt ein Kreuz über den eleganten Kopf des Pferdes.

»Der Himmel und Erde erschaffen hat«, antwortete die Gemeinde.

Das Pferd bewegte sich und kotete auf den Marmorboden, woraufhin die Menge in begeisterten Jubel ausbrach.

»Führe, beschütze und verteidige deinen Diener gegen die Gefahren des bevorstehenden Rennens … gib ihm und seinem Pferd deinen Segen … und wende alle Gefahren von ihnen ab … durch die Fürbitte des heiligen Antonius … amen.«

Dann rief der Priester gemeinsam mit Hunderten Schulter an Schulter vereinten Civettini:

»Vai e torna vincitore!« Geh hin und kehre als Sieger zurück! Ich schloss mich der grölenden Menge an und versuchte, mich auf den Beinen zu halten, als wir uns aus der Kirche drängten und in die heiße Sonne hinaustraten, gründlich gesegnet und auf dem Weg zur Piazza. Jemand musste in der Kirche geblieben sein, um den Boden aufzuwischen.

Donata hielt unsere Plätze auf der überfüllten Piazza del Campo frei, mit aller Entschiedenheit einer vom Palio angeheizten sienesischen Kunsthistorikerin im Rang einer Professorin. Menschen sammelten sich auf Dächern, lehnten sich aus Fenstern, die mit Bannern der jeweiligen *contrada* geschmückt waren – Eule, Einhorn, Gans, Raupe, alle siebzehn ließen stolz ihre Farben wehen –, und Tausende, wir unter ihnen, drängten sich eng zusammen. Die große Glocke des Torre del Mangia begann zu läuten, eine der Glocken, die die Menschen schon seit Jahrhunderten vor Gefahren gewarnt hatte. Dann kamen die Pferde mit ihren Jockeys auf den Platz, bejubelt von der Menge. Ich nahm meinen *Civetta*-Schal und schwenkte ihn wild durch die Luft wie alle anderen auch. Als die Kanone abgefeuert wurde, schossen die Pferde nach vorn, rasten um die Piazza, die Hufe donnerten über den gelben Sand.

Neunzig Sekunden – mehr brauchten die zehn Pferde nicht, um die Piazza drei Mal zu umrunden –, die atemberaubendsten neunzig Sekunden, die ich je erlebt hatte. Bei der ersten Runde war ein Pferd gegen eine Mauer geprallt, der Reiter wurde abgeworfen und rollte zur Seite, um den Pferden auszuweichen, die an ihm vorbeistürmten. Das Pferd lief reiterlos weiter. An der Ecke San Martino gingen zwei Pferde zu Boden, zusammen mit ihren Reitern.

»OCA OCA OCA!«, schrien die Anhänger der Gans-*contrada*. Ihr Pferd führte, den Kopf nach unten gestreckt, der Jockey dicht am Hals seines Pferdes, grün-weiß-rote Seide flatterte. Civetta befand sich in der Mitte, kam bei der zweiten

Runde langsam nach vorn, doch Oca ging zuerst über die Ziellinie. Ocas *contradaioli* brachen in Freudengeschrei aus, und bei der *civetta* machte sich Verzweiflung breit, wieder einmal La Nonna. Die Ocaioli strömten auf die *terra*, grölten, lachten, lobten Gott und umarmten das siegreiche Pferd und den Jockey.

»Daccelo, daccelo, daccelo …« Der Gesang der *contadaioli* schallte über den Campo. »Gib es uns!« Woraufhin das Palio-Banner, auf dem das Bild der Jungfrau Maria prangte, in ihre gierigen Hände herabgelassen wurde.

»Nächstes Jahr, Papà«, sagte Felice und schlang ihre pummeligen Arme um den gebeugten Hals ihres Vaters.

An dem Abend, kurz bevor ich einschlief, blätterte ich noch in Gabrieles Tagebuch. Zum ersten Mal stellte ich mir seine Stimme vor und las laut. Die Geschichte der Heiligen wurde für mich so lebendig, wie ich es in den Jahren an der katholischen Kirche nie erfahren hatte.

Feiertag des heiligen Petrus Martyr 1346

Ich hatte das Glück, den Auftrag zu erhalten, einen Abschnitt der neuen Stadttore zu gestalten. Ich werde den heiligen Christophorus malen, den Beschützer der Reisenden, Schutzpatron der Fährleute und Helfer gegen einen unvorbereiteten Tod. Ein unvorbereiteter Tod – zu plötzlich, um noch Erlösung zu erbitten. Seitdem der Auftrag bestätigt wurde, habe ich viele Nächte wach gelegen, wie so oft zu Beginn eines Vorhabens, habe an die Deckenbalken gestarrt, während sich mein Kopf mit Bildern füllt, die allmählich Formen annehmen. Diese Geschichte hat mich stets zutiefst bewegt – mit dem Anliegen, seinem Herrn zu dienen, übernahm er die Aufgabe, Reisende über einen gefährlichen Fluss zu bringen. Eines Tages trug er ein kleines Kind, das immer schwerer wurde, je wilder das Wasser strömte. Christophorus beugte sich unter der Last, unsicher, ob er weitergehen konnte, und sagte: »Kind, du bist so schwer, als hätte ich die Last der ganzen Welt zu tragen.« Das war in der Tat so, da das Kind ihm anvertraute: »Ich bin Jesus, der Heiland. Und wie du weißt, trägt der Heiland die Last der ganzen Welt.« Diese Erzählung verdient es, dargestellt zu werden. Alle, die durch die Tore unsere Stadt betreten oder sie verlassen, werden ihre Gebete an sein Bildnis richten, und obwohl ich sicherlich kein Heiliger bin, nehme ich diese Last ernst.

Am nächsten Nachmittag zog ich mein ärmelloses Lieblingskleid aus weißem Leinen an, warf mir Bens Lederrucksack mit dem Tagebuch darin über die Schulter und nahm mir den Nachmittag Zeit, aus der Porta Camollia hinaus zu schlendern, durch Sienas mittelalterliche Mauern und an der Via Francigena entlang, dem alten Handelsweg zwischen Frankreich und Rom. Ich blieb stehen, um mir die Inschrift über dem Tor anzusehen. *Cor Magis Tibi Saena Pandit*: »Weiter als dieses Tor öffnet Siena dir das Herz«. Bisher entsprach dies der Wahrheit, und ich fantasierte mir eine zweite, wenn auch nur emotionale Staatsangehörigkeit herbei. Ich fragte mich, ob Gabrieles Gemälde einst wohl diese Mauern verziert hatte. Nachdem ich ein paar Stunden umhergewandert war, kehrte ich wieder zur Porta zurück und ging dann zum Museo dell'Opera del Duomo, wo der neue Dom hätte entstehen sollen.

Später würde ich versuchen, mir jede Einzelheit darüber, was dann passierte, ins Gedächtnis zurückzurufen, aber zu dem Zeitpunkt wusste ich nicht, wie wichtig das sein würde. Eine Bildserie, die das Leben des heiligen Christophorus darstellte, fiel mir ins Auge, und ich blieb wie angewurzelt stehen. Das Gesicht des Heiligen zeigte seine Entschlossenheit, das kleine Kind sicher über den gefährlich reißenden Fluss zu bringen, und die letzte Szene, in der sich Christophorus und das Kind in die Augen schauen, war so innig und schön, dass ich einen Moment lang die Macht begriff, mit der es die Sterblichen zur Heiligkeit hinzieht.

Ich schaute auf die kleine Tafel neben der Bildserie: »Studien für Fresken, die vermutlich einen Teil der Stadttore verziert haben, Tempera auf Tafel. Sie werden Gabriele Beltrano Accorsi zugeschrieben, Martini-Schule, 14. Jahrhundert.« *Mein Gabriele*, dachte ich und bekam eine Gänsehaut. Dann erblickte ich ein Detail am Rand einer Szene, so nebensächlich, dass man es gut übersehen konnte. Am fernen Ufer steht eine kleine Gruppe ängstlicher Reisender, darunter eine Frau in grünem Kleid mit schwarzen Haaren, die zu einer Krone geflochten sind. Das Gemälde war älter als sechshundertfünfzig Jahre. Aber das Gesicht der Frau war meins.

Ich muss das Museum verlassen haben, denn ich stand vor dem Duomo, umringt von Touristen. Ich schlüpfte durch die riesigen Bronzetüren in den kühlen Innenraum des Doms, in dem die gestreiften Säulen spektakulär zu den hohen Bögen des Gewölbes hinaufstrebten. Der Dom erhob sich über mir, verziert mit goldenen Sternen, die vor einem dunkelblauen Hintergrund glitzerten, und blendend helles Sonnenlicht strömte von oben durch das verglaste Rundfenster. Reflexartig bekreuzigte ich mich, zählte die Büsten der Päpste auf der Mauerbrüstung vorn im Kirchenschiff und versuchte, zur Ruhe zu kommen. *Das ist nur Zufall. Ich habe ein gewöhnliches italienisches Gesicht: Jemand aus dem Siena des vierzehnten Jahrhunderts sah mir eben ähnlich.*

Im Querschiff hielt ein Kreis aus Marmorlöwen die Säulen der achteckigen Kanzel aufrecht. Ich streckte die Hand nach einem Löwenrücken aus. Der Marmor war kühl und glatt durch unzählige Berührungen. Ich holte Gabrieles Tagebuch heraus, schlug es wahllos auf und neigte den Kopf darüber, um die Worte dieses Künstlers zu lesen, die in mein gegenwärtiges Dasein übergegriffen hatten, und in dessen Werk ich aus einem unerfindlichen Grund dargestellt war.

Juli 1347

Ich stelle fest, dass meine Gemälde beharrlich von einem Bild verfolgt werden, das ich nicht vertreiben kann, und dessen Ursprung ich nicht begreife. Eines Tages, als ich im Duomo kniete, legte sich eine eigenartige Ruhe über meine Sinne, und meine Umgebung – das Te Deum, das überall widerhallte, die Kirchenglocken, die unsere Bürger zum Gebet riefen und die nächtlichen Dämonen verscheuchten, das Knarren von Bänken, auf denen meine Nachbarn knieten – verstummte. In dem Augenblick sah ich die Gestalt einer Frau, dunkles Haar offen über ihrem schlichten weißen Hemd. Sie tauchte neben den Löwen an Pisanos Kanzel auf, aber als ich aufsprang, um die Erscheinung zu betrachten, war sie verschwunden. Ich stelle fest, dass die rätselhafte Gestalt am Rand meiner Gemälde schwebt und die Ereignisse in den Szenen beobachtet, die ich darstelle. Es ist, als suchte sie einen Weg durch meine Gemälde in diese Welt.

Mir wurde plötzlich schwarz vor Augen, und die letzten Wörter, die ich gelesen hatte, hallten in meinem Kopf wider, als hätte sie jemand laut ausgesprochen.

… einen Weg durch meine Gemälde in diese Welt.

Dann hörte ich nichts mehr.

II

Weiter als dieses Tor

Diese Episode verblasste nicht wie die anderen – ich sah und hörte nichts. Sekunden verstrichen, und ich bekam Panik. Wenn ich nun für immer in diesem Zustand verharrte? Allmählich drangen wieder Geräusche zu mir durch, und ich begann Umrisse zu erkennen, dann Details. Meine Angst ließ nach. *Es ist einfach Abend, und die Lichter sind aus*, sagte ich mir. Doch der Trost dieser Erklärung verflüchtigte sich schon bald. *Vor einer Minute war es noch nicht dunkel gewesen.*

Schwaches Mondlicht drang durch die Fenster des Doms. Ich hatte im hellen Licht des Nachmittags gelesen. Wie hatte ich Stunden verlieren können, ohne es zu merken? Ich ging alle möglichen Diagnosen durch. Komplexer partieller Anfall? Schlecht. Transiente globale Amnesie? Nicht ganz so schlecht, denn die war laut Definition vorübergehend.

Ich stand noch immer neben dem Marmorlöwen, ich streckte die Hand aus, um seinen Rücken zu berühren und mich abzustützen. Die Oberfläche fühlte sich jetzt anders an, rauer. Außer dem Löwen hatte ich nichts in den Händen – Gabrieles Tagebuch war verschwunden. Bens Rucksack trug ich jedoch noch immer, die Riemen schnitten in meine Schultern. Ich beugte Arme und Beine, um sicherzustellen, dass ich es noch konnte. Jetzt hatte ich in beiden Schläfen merkwürdige Kopfschmerzen. Konnte alles eine komplizierte Migräne sein? Migräne hatte ich noch nie. *Hirnaneurysma? Mein Gott, hoffentlich nicht.* Ich stolperte über einen hölzernen Chorstuhl und setzte mich. Irgendwo im Dunkeln begann eine körperlose Stimme die Abendmesse auf Lateinisch zu singen.

Dann fiel mir etwas sehr Seltsames auf. Auf dem hohen Gesims entlang des Kirchenschiffs fehlten die Büsten der Päpste, die ich gerade gezählt hatte; der Platz unter dem Fenstergeschoss war leer. Das Herz schlug mir bis zum Hals, als ich zu den großen Eingangstüren des Doms ging, meine Schritte hallten im leeren Kirchenschiff wider. Die Fensterrose in der Fassade war verschwunden und hatte ein klaffendes Loch zurückgelassen, hinter dem der Nachthimmel zu sehen war.

Ich taumelte durch die Türen des Duomo, die sich auf rätselhafte Weise von Bronze in Holz verwandelt hatten, nach draußen. Nirgendwo brannten Lampen. Kein Laternenpfahl, kein warmer gelber Lichtschein aus einem Café-Fenster, der Reisende anlockte. Und niemand war auf der Straße. Ich hatte noch nie eine Stadt so unheimlich leer gesehen. Ich überquerte den Campo, dessen Schräglinien im silbernen Mondlicht geheimnisvoll wirkten. Ein Traum? Für einen Traum schien es zu realistisch. Bewusstseinseinengung? Nervenzusammenbruch? Mir gingen die Diagnosen aus.

Die Straßen waren nicht beschildert, aber ich kannte den Weg zu Bens Straße auswendig. Sobald ich um die Ecke bog, war es so finster, dass ich die Hand vor Augen nicht sehen konnte. Die Gebäude neigten sich einander zu und schlossen das Mondlicht aus, Markisen verdunkelten die schmalen Gassen noch mehr. Ein Stromausfall? Ich tastete mich an den Mauern entlang.

Eine Votivkerze in einer Nische, die ein Bildnis der Jungfrau Maria beherbergte, warf ein schwaches Licht auf meine Straße. Als ich den Eingang von Bens Haus – meinem Haus – fand, fiel mir ein Stein vom Herzen. Jetzt konnte ich die Treppen zu meinem Schlafzimmer hinaufgehen, ins Bett schlüpfen und einschlafen. Alles würde wieder gut werden.

Irrtum. Das Schloss sah fremdartig aus, und mein Schlüssel passte nicht. Ich versuchte, ihn andersherum einzustecken, aber es war offensichtlich der falsche Schlüssel. Wie konnte das sein? Ich tastete die verputzte Mauer entlang nach der Klingel von Ilario und Donata. Aber da war keine. Statt der flachen Fassade des Gebäudes mündete die Mauer in eine verriegelte Ladenfront, die ich noch nie gesehen hatte. Zitternd wickelte ich mich in den Schal, den ich am Morgen eingesteckt hatte, hockte mich auf die Treppe vor dem Haus, in das ich nicht heimkehren konnte, und wartete auf den Sonnenaufgang.

Glockenläuten ließ mich noch vor dem Morgengrauen aus meiner verkrampften Schlafhaltung aufschrecken. Aus Donatas Hauseingang trat eine Mutter Arm in Arm mit ihrer Tochter, beide für eine Palio-Parade herausgeputzt, in knöchellangen Kleidern mit langen, eng anliegenden Ärmeln. Die jüngere Frau starrte mich an, während ihre Mom missbilligend mit der Zunge schnalzte und die Straße hinuntereilte, die Tochter hinter sich herziehend. Weitere Türen öffneten sich, und Menschen strömten heraus, die sich zur Piazza del Duomo auf den Weg machten. Ich schloss mich der Gruppe an und folgte dem Glockengeläut zur Morgenmesse in den gestreiften Dom.

Ich setzte mich ganz nach hinten, umgeben von Fremden, die meine Nachbarn hätten sein sollen, aber wie Schauspieler in einer historischen Aufführung wirkten. Begingen sie einen großen Feiertag, vielleicht den des Lieblingsheiligen im Ort? Das Gesicht des Priesters tauchte auf, von Kerzen erleuchtet und ernst unter einer Mitra. Es musste ein besonderer Feiertag sein, dass der Bischof die Messe las. Aber sobald der Bischof anfing zu sprechen und sein Latein durch das Kirchenschiff hallte, scheiterten auch meine letzten beharrlichen Versuche, vernünftig zu denken.

Feria Sexta Iulii Anno domini mille tres centum quadraginta et septem …

Den Rest des Gottesdienstes nahm ich nicht mehr wahr, da mein eingerostetes Highschool-Latein aus der Versenkung aufgetaucht war und mir begreiflich gemacht hatte, dass es der 6. Juli 1347 war. Mir schwirrte der Kopf. Diese Zeitverschiebung war unmöglich. Ich hatte mir häufig vorgestellt, dass ich irgendwann im Leben jemanden verlieren würde, den ich liebte, und das war geschehen. Aber ich hatte nie die Möglichkeit in Betracht gezogen, dass ich meinen Platz im Hier und Jetzt verlieren könnte.

Nach dem Gottesdienst blieb ich sitzen, während die anderen Kirchgänger nach und nach den Dom verließen. Ein Wort geisterte mir durch den Kopf, immer und immer wieder: *unmöglich, unmöglich, unmöglich.* Wenn man ein Wort oft genug ausspricht, verliert es seinen Sinn. *Das ist unmöglich.* Aber das hieß nicht, dass es nicht passierte.

Panik hielt mich auf meinem Sitz fest. Ein Junge in weißem Gewand schritt zum Altar und begann die Kerzen zu sortieren, entfernte die abgebrannten und ersetzte sie durch neue. Die Vorstellung war unbegreiflich, aber ihre Realität war offensichtlich; ich war ins Siena des vierzehnten Jahrhunderts zurückversetzt worden, in einem ärmellosen Leinenkleid. Ich kannte niemanden. Ich hatte kein Zuhause, nichts zu essen und kein Geld. Ich hatte keine Ahnung, wie ich hierhergekommen war, und, noch wichtiger, wie ich wieder zurückkehren sollte. Ich vernahm meinen Atem, flach und schnell, und spürte, wie mein Herz hämmerte. Ich stand kurz davor, entweder einen Nervenzusammenbruch oder einen Herzinfarkt zu erleiden.

Die meisten Menschen finden es nicht entspannend, die Namen der Arterien an der Schädelbasis in der richtigen Reihenfolge aufzusagen, aber die meisten sind auch keine Neurochirurgen. Um nicht völlig durchzudrehen, schloss ich die Augen und griff zu meiner Lieblingsstrategie, verfeinert durch jahrelanges Training. Ich stellte mir die netzartige Form des Arterienrings im Hirn vor, und die Adern, die davon abzweigten. *Vordere Halsschlagader, Arteria communicans anterior, innere Halsschlagader, mittlere Halsschlagader, hintere Halsschlagader, Basilararterie, Wirbelsäulenschlagader … Vordere Halsschlagader, Arteria communicans anterior, innere Halsschlagader …* Nach der dritten Wiederholung schlug mein Herz langsamer, und ich konnte wieder normal durchatmen. Der Messdiener war mit den Kerzen fertig und kam durch das Kirchenschiff auf mich zu. Ich schlang mir den Schal um die nackten Arme und Schultern und verließ den Dom.

Ich konzentrierte mich auf das, was ich am dringendsten brauchte: eine Toilette und passende Kleidung. In einer Gasse hinter dem Dom entdeckte ich eine stinkende Jauchegrube, in die wahrscheinlich das Nachtgeschirr entleert wurde, und erreichte mein erstes Ziel. Ich hielt die Luft an, bis ich wieder auf der Piazza war.

Auf dem Campo fingen Händler an, ihre Marktstände aufzubauen, doch ich sah keine Kleidung, die zum Verkauf angeboten wurde, und besaß ohnehin kein mittelalterliches Geld. Auf dem Campo herrschte unterdessen dichtes Gedränge. Ein paar Menschen schauten mich neugierig an. Vielleicht könnte ich zum Trocknen aufgehängte Wäsche finden, um mich einzukleiden – hier musste doch Wäsche gewaschen werden. Wichtig war, dass ich nicht beim Stehlen erwischt wurde, denn ich wollte nicht als Diebin gehängt werden. Meine Gedanken überschlugen sich, kramten meine sämtlichen Geschichtskenntnisse hervor in der Hoffnung, etwas Nützliches zu finden. Ich suchte mir eine beliebige Straße aus, bog nach rechts ab, dann nach links. Weiter entfernt vom Dom wurden die Straßen schmaler und dunkler, bis ich die Gebäude zu beiden Seiten mit ausgestreckten Armen berühren konnte. Die Wäscheleinen, die ich mir erhofft hatte, fand ich nicht.

Wahrscheinlich gab es Höfe hinter den Häusern, doch ich gelangte nicht dorthin. Ich ging immer weiter und wünschte, nicht mehr allzu lange im vierzehnten Jahrhundert verweilen zu müssen, bekleidet mit dem mittelalterlichen Äquivalent von Unterwäsche.

Ein Tropfen fiel auf meinen Kopf, und ich schaute auf, rechnete mit einer Taube. Immerhin war ich in New York City aufgewachsen. Stattdessen ragte ein meterlanger Holzpfahl aus der Fassade eines dreistöckigen Stadthauses. Er sah aus wie eine Fahnenstange, aber an diesem Pfahl hing ein nasser Umhang.

Ich hatte mir ein Kleid erhofft, wollte mich aber mit dem zufriedengeben, was ich kriegen konnte. Leider war der Pfahl hoch über meinem Kopf. Ich schätzte die Entfernung ab. Wenn ich auf die Loggia im ersten Stock käme, wäre es leicht. Ich drückte gegen die hölzerne Haustür, die sich natürlich nicht bewegte. Direkt über meinem Kopf war ein Haken, vermutlich für eine Laterne. Ich zog fest daran, um zu prüfen, ob er mein Gewicht aushielt. Er löste sich aus der Mauer und schlug mit lautem Knall auf dem Pflaster auf.

Im dritten Stock flogen die Holzläden auf. Ich drückte mich in den Eingang. *»Chi è?«*, ertönte eine scharfe Frauenstimme – wer ist da? Ich rührte mich nicht, bis die Fensterläden zugeschlagen wurden, und nach ein paar Minuten wagte ich einen vorsichtigen Blick aus dem Eingang. Niemand in Sicht. Ich schob den Haken wieder in die Mauer zurück, bis er hielt.

Ich hatte den Umhang schon aufgegeben, als vor mir eine junge Frau mit einem großen Korb aus einer Gasse kam. Ich folgte ihr in sicherem Abstand, bis sie an einem Haus stehen blieb, ihren Korb abstellte und die Tür aufschloss. Sie drehte sich um und wollte ihre Last gerade wieder aufheben, als eine ältere Stimme aus dem Haus nach ihr rief.

»Vengo, Nonna«, erwiderte sie, verschwand im Eingang und ließ den Korb stehen. An einem Haken vor dem Fenster hing

ein hölzerner Vogelkäfig, in dem zwei Lerchen zwitscherten und von Stange zu Stange hüpften; sonst war es ruhig in der Straße. Ich näherte mich vorsichtig und gab mir den Anschein, als gehörte ich hierher, falls Nachbarn auftauchen sollten. Der Korb war voll nasser Kleidung, wahrscheinlich in einem öffentlichen Brunnen gewaschen. Ich griff aufs Geratewohl nach einem dunkelgrünen Kleidungsstück und verschwand dann rasch um die Ecke. Mit klopfendem Herzen schaute ich mir an, was ich da genommen hatte. Zum Glück war es ein Kleid, hergestellt aus leichter Wolle mit langen Ärmeln. Mühselig und ohne stehen zu bleiben zog ich mir das tropfnasse Kleid über mein eigenes. Hoffentlich würde die Enkelin keinen Ärger bekommen.

Nachdem der Adrenalinschub infolge meiner ersten kriminellen Handlung nachließ, merkte ich, wie müde ich war. Ich ging wieder zum Duomo zurück. Ein niedriges Holzgebäude schloss sich an den Dom an; ich fand die Tür und bückte mich, um hineinzugelangen und mir eine Stelle zu suchen, an der ich mich ausruhen konnte. Ich war in einen Viehstall geraten; Öffnungen weit oben in den Wänden ließen gerade so viel Licht herein, dass ich Kühe, Pferde und Esel ausmachen konnte, die mich friedlich anstarrten. Als ich die Leiter erblickte, die auf einen Heuboden hinaufführte, kamen mir vor Erleichterung fast die Tränen. Oben angelangt, umgeben von duftendem Heu, streifte ich das nasse Kleid ab, breitete es auf dem Stroh aus, deckte mich mit meinem Schal zu und schlief ein.

Die Sonne stand in einem anderen Winkel, als ich erneut von Glockengeläut geweckt wurde, durstig und mit knurrendem Magen. Rasch prüfte ich den Inhalt von Bens altem Lederrucksack, der zum Glück so mittelalterlich aussah, dass er keine unnötige Aufmerksamkeit auf sich zog. Ein Stück *panforte* und eine kleine Thermosflasche mit Wasser, halb gefüllt. Ich verschlang das inzwischen trockene Stück Gewürzkuchen und schüttete dann den Rest aus dem Rucksack in meinen Schoß. Der nutzlose Schlüssel für Bens Haus, ein Geldbeutel, ebenfalls unbrauchbar. Ich kramte weiter: ein etwas schmuddeliges Taschentuch, zwei Sicherheitsnadeln und ein quadratisches Pillendöschen aus Perlmutt, in der die letzten fünf Antibiotika-Tabletten steckten, die ich vor zwei Monaten gegen Bronchitis hatte einnehmen sollen. Ganz unten in meinem Rucksack lag der Notizzettel mit Donatas Einladung zum Kaffee. *Donata.* Ich steckte den Zettel, meinen Schal und alle anderen weltlichen Besitztümer wieder in meinen Rucksack, wobei ich mich fragte, ob ich Donata jemals wiedersehen würde.

Schnauben, Wiehern und Grunzen drang zu mir herauf. Ich spähte vom Heuboden hinab und erblickte einen Jungen, der Futtersäcke mit Hafer füllte, Heu in die Futtertröge an den Ställen gab und frisches Wasser in Steinbecken goss. Dabei hatte er für jedes Tier leise, vertrauliche, warmherzige Worte. *»Ciao, bella, hai fame?«* Er rieb über die Nase des Esels, als dessen weiche Lippen sich um die Karotten auf seiner Handfläche schlossen. Die Karotten hatten es mir sofort angetan.

Der Junge beendete seine Runde und verschwand durch die Tür. Nachdem ich ein paar Minuten gewartet hatte, um sicherzugehen, dass er nicht zurückkam, zog ich mein feuchtes Kleid an, kletterte die Leiter hinunter, ging durch die Reihe der wiederkäuenden Tiere und nahm mir von jedem ein Stück, um fair zu sein. Gestärkt von meinem stibitzten Frühstück, zupfte ich mir das Stroh aus dem Haar, verabschiedete mich von meinen neuen Hausgenossen und machte mich auf den Weg in die Stadt.

Nachdem ich nun angezogen, ausgeruht und satt war, kam die Angst zurück. Mein altes Leben war Jahrhunderte entfernt, und alle, die ich kannte, existierten noch nicht. Wenn ich herausfinden wollte, wie ich wieder nach Hause gelangen könnte, musste ich begreifen, wie ich hergekommen war. Im

Geist ging ich jeden Schritt noch einmal ab – der Schock, als ich mich in Gabrieles Gemälde entdeckte, dann die Lektüre seines Tagebuchs. Was hatte da gestanden? Ich konnte mich nicht erinnern. Gerade noch hatte ich gelesen, dann war ich auf einmal an einem Abend sechshundertfünfzig Jahre vor dem Tag gelandet, an dem ich aufgewacht war. Ich habe stets der Vernunft den Vorzug vor blindem Vertrauen gegeben, aber was mir zugestoßen war, überstieg meine Fähigkeit, rational zu denken. Dennoch versuchte ich, systematisch alle Möglichkeiten in Betracht zu ziehen. Wenn das Tagebuch ein Schlüssel war, dann hatte ich ihn jetzt verloren. Der Duomo selbst könnte ein Tor von der Gegenwart in die Vergangenheit sein, aber ich hatte keine Ahnung, wie das Tor wieder zu öffnen war. Oder vielleicht war Siena selbst der Schlüssel; womöglich hatte diese Stadt, die auf magische Weise zwischen den Zeiten zu hängen schien, mir ermöglicht, aus meiner Welt in diese zu treten. Wie auch immer ich hierhergelangt war, ob es eine Möglichkeit gab, den Prozess umzukehren?

Mein Herumlungern hatte unerwünschte Aufmerksamkeit erregt, weshalb ich einfach eine beliebige Richtung einschlug. Meine Füße lenkten mich wie gewohnt zum Campo, und schon war ich mitten auf dem Marktplatz – einer wahren Orgie aus Farben und Lärm. Die Mittagssonne stand inzwischen hoch, der Markt, dessen Aufbau ich Stunden zuvor beobachtet hatte, war in vollem Gang. Ich war in der Abteilung Meeresfrüchte gelandet. Aale wanden sich in dem Steinbecken vor einem Stand – fleischig, wie der Fischverkäufer betonte. Daneben blitzten in einem anderen Becken die silbernen Schuppen von Forellen auf, Tintenfische mit großen Augen stießen gegeneinander und breiteten ihre Tentakel aus. Der Händler holte für seine Kundin ein Tier heraus, das einen Schwall schwarzer Tinte ausstieß – beeindruckend, aber vergeblich.

Ich ging an einem großen öffentlichen Brunnen vorbei, der

mir bekannt vorkam – *Fonte Gaia*. Die hohen, skulptierten Mauern an drei Seiten fehlten, aber die wasserspeienden Wölfe waren vorhanden. Schlagartig fiel mir Donatas improvisierter Vortrag ein – dieser Brunnen war jetzt erst vier Jahre alt. Frauen plauderten miteinander, während sie darauf warteten, dass sich ihre Eimer an den Wasserspeiern füllten. Ein quadratisches Becken, aus dem die Fischhändler ihre Behälter auffüllten, war unter einer Marmorstatue der Jungfrau Maria angelegt, die ihren kleinen Sohn nährte, ihr Gesicht strahlte Zärtlichkeit aus. Wie die Stadt Siena ihre Bürger, dachte ich und fühlte mich getröstet, als gehörte ich zu ihnen. Unter der Skulptur befand sich eine in lateinischer Sprache beschriftete Steinplatte; langsam übersetzte ich für mich:

An diesem Tag im Jahre 1343 ist der Durst Sienas gestillt
Der Brunnen ist das Herz des Campo
Der Campo das Herz von Siena
Der lange gesuchte Quell des Lebens und der Freude von jetzt auf immerdar

Falls ich noch Zweifel hinsichtlich der Möglichkeit einer Zeitreise gehegt haben sollte, so verschwanden sie beim Lesen. Ich sehnte mich danach, Donata alles darüber zu berichten – aber vielleicht würde ich ihr nie wieder etwas erzählen. Ich musste mich setzen und den Kopf zwischen die Knie nehmen, damit der Schwindel aufhörte. *Reiß dich zusammen*, sagte ich mir. Als das nicht funktionierte, zählte ich wieder die Arterien an der Schädelbasis auf. Einmal, zweimal, dreimal.

Die Benommenheit legte sich, ich holte tief Luft und stand auf. Ich bahnte mir einen Weg zum Obst und Gemüse auf dem Markt, blieb am Stand eines Obsthändlers stehen und betrachtete ausgiebig einen Berg dunkelroter Trauben, auf denen Wassertropfen wie Juwelen glitzerten. Beinahe halluzinatorisch stellte ich mir vor, mir eine Traube in den Mund zu stecken, zu spüren, wie sie platzte und weinähnliche Süße verströmte. Eine scharfe Stimme hinter meiner rechten Schulter riss mich aus meiner Träumerei. »Signora, *mi scusi*, auf ein Wort?«

Ich schaute in das pockennarbige Gesicht eines Mannes, der offensichtlich Ordnungshüter war, denn er sagte mit hämischem Grinsen: »Muss ich Euch an die Vorschriften bezüglich Eures Ausschnitts erinnern?« Demonstrativ schaute er auf das tiefe Dekolleté des Kleides, das ich kürzlich erworben hatte. Der Spitzenbesatz meines Sommerkleides lugte daraus hervor.

Krampfhaft versuchte ich mich an die richtige mittelalterliche Anrede zu erinnern. *»Ser?«*

Er grinste wieder. »Ihr erinnert Euch doch gewiss an die Vorschrift?« Während er auf meine Antwort wartete, versuchte ich mich zu entscheiden, ob Geständnis, Leugnen oder Schweigen die sicherste Taktik wäre. »Ser« war richtig gewesen, aber das Kleid hätte wahrscheinlich über einem höher geschlossenen Unterkleid getragen werden müssen, das ich nicht besaß. »Gemäß Gesetz werte ich Euer Schweigen als Geständnis und setze Euer Einverständnis voraus, wenn ich den Verstoß zu Protokoll nehme.« Er zog einen kleinen Metallstab hervor, um meine Blöße auszumessen. »Ihr habt zehn Tage Zeit, die erforderliche Geldbuße in Höhe von hundert Soldi zu erbringen«, fuhr er fort. »Dann werdet Ihr im Amtssitz des Donnaio im Palazzo das angemessen geschneiderte Kleidungsstück zur Überprüfung vorführen. Mit gewissen Konsequenzen« – er legte beide Hände auf seinen Bauch unterhalb seiner schwarz-weißen Tunika und streichelte ihn beinahe sinnlich –, »sollte es nicht den Maßgaben entsprechen. Nennt mir Euren Wohnsitz, damit wir Euch finden, falls Ihr Hilfe bei der Erfüllung der Auflagen braucht.«

Ich stand kurz davor, wegen Unschicklichkeit belangt zu werden, hatte kein Geld, um die Strafe für Nichtbefolgen der

Kleiderordnung zu bezahlen, und keine Adresse in diesem Jahrhundert, die ich diesem Gesetzeshüter hätte geben können. Wenn die Konsequenz für Schamlosigkeit im Siena des vierzehnten Jahrhunderts nun Gefängnis wäre? Oder Schlimmeres? Mir brach der Schweiß aus. Ich musste etwas sagen, im Idealfall etwas, das so mittelalterlich klang wie die Briefe, die ich zu meiner Zeit gelesen hatte. Da mir nichts anderes übrig blieb, begann ich möglichst schnell zu lügen.

»Ich bin frisch verwitwet.« An dieser Stelle holte ich mit einem überzeugenden Beinahe-Schluchzer tief Luft, obwohl er eher echter Angst entsprang als der Trauer über den Verlust meines erfundenen Gemahls. »Aus der Stadt … Lucca. Nach dem Tode meines geliebten Gatten brach ich mit meiner Magd und Wachleuten zu einer Pilgerreise auf, um meinen Kummer zu lindern und meine Seele zu reinigen.« Ich stellte klar, dass ich Unterstützung hatte, sollte es brenzlig werden, aber der Beamte kniff die Brauen zusammen.

»Euer Kleid geziemt sich weder für eine reumütige Pilgerin noch für eine jüngst Verwitwete.« Er schaute mich durchdringend an und packte mich fest am Handgelenk. »Ihr werdet mich jetzt auf der Stelle zum Palazzo Pubblico begleiten, in dem *i Noveschi* sich Anträge anhören. Es sei denn, Ihr habt dreißig Soldi zur Hand? Dann könnte ich darauf verzichten, Euren Fall beim Neunerrat vorzutragen.« Natürlich hatte ich keine Soldi, nachdem ich gerade erst erfahren hatte, was Soldi überhaupt waren.

Der Gesetzeshüter geleitete mich in die Sala della Pace. Lorenzettis Gestalt der Justitia thronte an der Mauer über mir, überlebensgroß und in leuchtenden Farben. Ich schaute zu ihrem Gesicht auf und hoffte verzweifelt, sie würde meinen Fall heute zu meinen Gunsten auslegen.

An der nächsten Wand erblickte ich das Fresko mit den Auswirkungen des guten Regierens von Ambrogio Lorenzetti, vom geschäftigen Stadtzentrum bis hin zur ländlichen Umgebung. Als ich das Gemälde betrachtete, fühlte ich mich an allen Orten zugleich – ich spähte in die Fenster im ersten Stock, kaufte Schuhe an einer Ladenfront, ging zu den Stadttoren hinaus und wandelte durch Wald und über Weiden. Acht Gestalten tanzten auf der Straße und feierten zu der Musik eines Tamburinspielers, dessen Instrument ich geradezu klingen hörte. Ein Vogelkäfig an einem Fenster war fast zu klein für seinen quirligen gefiederten Bewohner, und Männer beugten sich gespannt über ein Würfelspiel an einer niedrigen Mauer. Die gefesselte Justitia an der Wand, auf der die Auswirkungen des schlechten Regierens dargestellt wurden, starrte traurig auf mich herab, ihre Waage war zerbrochen.

In der Halle standen Bittsteller Schlange, um Anfragen vorzubringen oder Klage einzureichen. Ein aufgeregtes Raunen ging durch die Menge, als neun Gestalten in Amtsroben den Saal betraten und sich auf ein Podest begaben. Das waren *i Noveschi*, die neun berühmten Führer der Republik, die Gesetze verabschiedeten, Edikte verkündeten und Strafen festlegten – einschließlich wahrscheinlich meiner. Ich beobachtete die anderen Bittsteller, während wir warteten. Eine kleine Nonne stand etwas weiter hinter mir in der Schlange. Sie schaute von einem Dokument auf, das sie in den Händen hielt, und fing meinen Blick auf. Alle drei Stunden läuteten die Glocken, um das Stundengebet zu verkünden – jetzt musste es Mittag sein.

Der komplizierte Gesetzesapparat in Siena war so interessant, dass er mich von meinen eigentlichen Problemen ablenkte. Der erste Bittsteller trug einen Waffenrock aus tiefblauem Damast, gesäumt mit goldener Stickerei, und seine dunkelbraunen Locken kringelten sich unter einem weichen, mit Pelz besetzten Samthut um sein Gesicht.

»Ich, Tancredi Lisini, Vertreter meiner *consorteria*, möchte vorliegendes Dokument zur Beachtung bringen. Meine

Brüder und ich wurden in Gewahrsam genommen infolge der Schädigung, die der Vater der Familie Regnoni erfahren hat, aber die Erben haben hiermit dieses *instrumentum pacis* angefertigt, das die Möglichkeit gesetzlicher Schuldzuweisung zunichtemacht und uns erlaubt, am Fest Mariä Himmelfahrt teilzunehmen. Wir bitten darum, dass der Staat jegliche strafrechtlichen Maßnahmen einstellt zur Lösung dieses Streites.«

Einer der Neun, der in der Mitte saß und offenbar Vorsitzender war, schaute Tancredi blinzelnd an. »Auch jene, die einen Friedensschluss vorlegen, müssen eine Strafe zahlen. Der Vertreter der Familie Lisini muss zehn Prozent der Gebühr in Lire für das Verbrechen aufbringen, dessen die Familie beschuldigt wird, abzuliefern innerhalb von sieben Tagen nach dieser Ratssitzung.«

Tancredi verneigte sich und trat rückwärts ab. In Gedanken fügte ich meiner Liste über die Währung Sienas im vierzehnten Jahrhundert *Lire* hinzu.

Nach fünfzehn weiteren Petitionen wurde mir allmählich flau. Meine letzte Mahlzeit war viel spärlicher gewesen und lag länger zurück, als mir lieb war. Sehnsüchtig dachte ich an die Wasserflasche in meinem Rucksack, doch die würde nur Aufmerksamkeit erregen, da es im Siena des vierzehnten Jahrhunderts keinen Edelstahl gab. Hinzu kam, dass ich mich nicht auf die Suche nach einem anderen Äquivalent für eine Toilette machen wollte. Dann war ich plötzlich an der Reihe.

»Messer Stozzi, Vertreter des Donnaio von Siena, bitte tretet mit Eurem Antrag vor.«

Ich versuchte, die Ruhe zu bewahren. Ich konnte mir nicht vorstellen, dass mein Dekolleté den Tod durch den Strang rechtfertigte, aber mein Mangel an Geldmitteln, meine widersprüchliche Pilgergeschichte und die Tatsache, dass ich als Frau allein war, ergaben eine riskante Kombination.

Stozzi begann seine formale Anrede. »*I Noveschi Onorevole*, ich führe Euch eine sich selbst als trauernde Witwe und Pilgerin aus Lucca bezeichnende Frau vor, die für ihre erklärten Zwecke unangemessen gekleidet ist. Ich entdeckte sie, wie sie ohne den nötigen Anstand über den Platz schlenderte, und ohne Geldmittel, um die geforderte Strafe bezüglich ihres Ausschnittes bei sich zu tragen. Ich trage Euch ihren Fall heute vor, statt während der für die Verfolgung von Verstößen gegen die Kleiderordnung anberaumten Sitzung, weil die Situation, in der ich sie vorfand, einzigartig ist, und erwarte Euer geschätztes Urteil.«

Eine spitze, hohe Stimme durchbrach das nach Stozzis Vortrag über meine unsittliche Kleidung eingetretene Schweigen. »Die *mantellate* des Ospedale della Scala – insbesondere ich, Suor Umiltà, ihre bescheidene Vertreterin – unter der Anleitung unseres verehrten Rektors, bitte *i Noveschi* untertänigst, ihre Bürgerpflicht gegenüber der beraubten Witwe und reumütigen Pilgerin zu erfüllen.« Gesprochen hatte die Nonne, die ich zuvor gesehen hatte. Ihre Stimme war erstaunlich laut für eine so zierliche Gestalt. Sie holte tief Luft und fuhr mit ihrem Anliegen fort. »Das ist die Pflicht, der sich das Ospedale seit Jahrhunderten widmet, mit der Gnade Gottes und der Unterstützung unserer herausragenden *commune*, in den Händen ihrer großartigen Herrscher, deren Ziel es ist, das Licht dieser strahlenden Republik noch heller leuchten zu lassen.« Sie musste noch einmal durchatmen. »Ich verknüpfe diese Bitte um Wohltätigkeit gegenüber Pilgerreisenden, die das große Glück haben, an unsere Tore zu gelangen, mit einer Bitte um Geldmittel, damit das fünfte Fresko an der Fassade des Ospedale Santa Maria della Scala fertiggestellt werden kann, der Ort, an dem wir diese Seelen auf ihrer Reise zur Erlösung willkommen heißen.«

Inzwischen starrten die meisten Anwesenden auf die Sprecherin. Sie trug eine schwarze Robe mit einem weißen Skapulier, aber offenbar nicht klösterlich. Ich fragte mich, was *mantellate* in diesem Zusammenhang wohl bedeutete – »verhüllt« schloss ich aus meinen Italienischkenntnissen. Ihre schwarzweiße Robe war mit einem merkwürdigen Abzeichen in Form einer goldenen Leiter verziert.

»Wir begrüßen die Großzügigkeit und Wohltätigkeit der *commune* bei der Unterstützung des Ospedale. Die Mauern dieser erlauchten Institution sollen auch weiterhin bei den Malern von Siena Beachtung finden, deren Ziel es ist, die Heilige Jungfrau zu ehren, die uns beschützt.« Das hörte sich in meinen Ohren gut an; ich hoffte, den Experten erging es nicht anders. »Ich schlage in aller Bescheidenheit vor, dass die Summe der Geldstrafe für den unseligen Missgriff bei der Kleidung dieser jungen Frau von der mit Sicherheit viel höheren Summe abgezogen wird, die für die Verschönerung des Ospedale mit dem zuvor erwähnten Auftrag vorgesehen ist. Die Konten können bei der nächsten Zusammenkunft der Biccherna ausgeglichen werden. Bis dahin bitten wir darum, dass diese Witwe und Pilgerin mit uns ins Ospedale kommt.« Mit diesen Worten presste Suor Umiltà die Lippen fest zusammen, schaute zum Podest auf und schenkte dem Neunerrat ein gewinnendes Lächeln. Darin war sie offensichtlich Expertin.

Einer der Neun antwortete. »Eure Bitte sei Euch gewährt, in beiden Punkten, Suor Umiltà. Die Dame kann mit Euch zum Ospedale zurückkehren, wobei ihr eine Verurteilung wegen ihrer Verletzung der Kleidungsvorschriften erlassen wird. Und der Rektor kann Angebote für das neue Fresko einholen, mit Unterstützung der *commune.*« Danach nahm ich nichts mehr wahr, da meine Retterin mich am Ellbogen packte und mich hastig aus der *sala* schob.

»Wen habe ich denn nun zu meinem großen Vergnügen aus Messer Stozzis Klauen befreit?«, sprach mich die zierliche Schwester in ihrer überraschend volltönenden Stimme an. »Eure Notlage wurde mir klar, da sie sich nahtlos meiner Bitte um Ergänzung unserer Geldmittel von der Gemeinde anschloss. Für gewöhnlich erreiche ich meine Ziele, mit Gottes Hilfe natürlich. Bitte gestattet, dass ich mich vorstelle. Suor Umiltà.«

Die Finger der kleinen Frau schlossen sich fest um mein Handgelenk. Sie hätte jedgliches Alter zwischen vierzig und achtzig haben können, und der stechende Blick aus ihren dunklen Augen durchdrangen mich wie Röntgenstrahlen.

»Ich bin Beatrice Alessandra Trovato, aus Lucca, kürzlich verwitwet und auf Pilgerreise. Ich bin sehr dankbar dafür, dass das Ospedale mich aufnimmt.« Die Geschichte kam mir immer glatter über die Lippen. Das Wort *ospedale* umfasste die zahlreichen Rollen der Institution als Krankenhaus, Pilgerspital und Beschützer von Witwen und Waisen. Ich beglückwünschte mich, eine Identität erfunden zu haben, die mich mehr als einer Kategorie der Hilfsbedürftigen zuordnete, um die sich das Ospedale kümmerte.

»Trovato: ›gefunden‹, wie in Findling oder Waisenkind. Ein verheißungsvoller Name für die Empfängerin der Wohltätigkeit des Ospedale.« Umiltà strahlte, höchst zufrieden mit der linguistischen Übereinstimmung. »Erzählt mir von Euren Reisen, Beatrice Alessandra Trovato, und seid versichert, dass wir Euch die Unterstützung zukommen lassen, für die das Ospedale bekannt ist.« Angesichts des ersten wirklich offenen Ohrs seit meiner Ankunft im Jahre 1347 überkam mich der sehnliche Wunsch, ihr alles zu erzählen. Stattdessen sagte ich:

»Danke, dass Ihr mich gerettet habt. Ich kann mir nicht vorstellen, was passiert wäre, wenn Ihr es nicht getan hättet.«

Umiltà lächelte selbstzufrieden. »Habt Ihr auf Eurer Reise durch die Maremma Unheil erfahren? Ich habe von brutalen Räubern gehört, die sich dort herumtreiben. Ich hoffe, Eure Reisegefährten wurden nicht Opfer von Gewalt?« Die Fragen verblüfften mich im ersten Moment – Maremma, Räuber, Gefährten? Was war die Maremma? Das musste das Land zwischen Siena und Lucca sein. Um Zeit zu schinden, barg ich mein Gesicht in beiden Händen. Umiltà legte mir einen Arm um die Schulter und beugte sich besorgt zu mir.

»Die Trübsal einer Pilgerreise lastet schwer auf denen, die den Weg auf sich nehmen, aber seid versichert, er bringt uns immer näher zu Gott.« Meine Gedanken überschlugen sich. »Könnt Ihr über Eure Verluste sprechen?«

Hinter den Händen schlug ich die Augen auf. Die Aufforderung, meinen Kummer zu überdenken, brachte die Erinnerung an den Tag zurück, an dem ich mich zum letzten Mal von Ben verabschiedet hatte. »Mein Bruder«, sagte ich mit brüchiger Stimme.

»Mein Kind, Ihr habt in so kurzer Zeit so viel verloren«, erwiderte Umiltà, ihre Hand noch immer fest auf meiner Schulter. »Seid versichert, die *mantellate* werden sich Eurer seelischen Wunden annehmen. Viele kommen zu uns, die ebensolche Verluste erlitten haben wie Ihr, und wir sind gut ausgerüstet, um Balsam für leidende Seelen zu finden.«

»Mantellate?« Ich blinzelte, um meine Tränen zu unterdrücken.

»Wir sind gläubige Frauen und tun das Werk Gottes durch Wohltätigkeit in der Welt der Menschen, statt im Kloster. Habt Ihr in Lucca nicht auch so etwas?«

»Ja, ja, natürlich, wir nennen sie nur anders.« Das klang lahm in meinen Ohren, aber sie ließ es durchgehen. Als Umiltà wieder das Wort ergriff, hörte ich Neugier heraus.

»Was könnt Ihr?« Umiltà musterte mich. »Nähen, sticken, spinnen, kennt Ihr Euch mit Heilkräutern und ihrer Zubereitung aus?«

Die Frage zielte deutlich darauf ab, festzustellen, ob ich nützlich wäre oder einfach nur ein belastender Mildtätigkeitsfall. Ich erwog meine Möglichkeiten. Meine Nähkunst hatte sich größtenteils darauf beschränkt, Wunden zu schließen. Mich als Ärztin auszugeben könnte mich in Schwierigkeiten bringen, und ich wusste nichts über Kräutermedizin. Meine erste und einzige Begegnung mit einem Spinnrad hatte ich in der Grundschule während eines Schulausflugs zu einem nachgebauten, vorsintflutlichen amerikanischen Dorf gehabt.

Auf unserem Weg über den Hof zum Eingang des Ospedale legte Umiltà ihre Hand fest in mein Kreuz, um mich durch die Tür zu schieben. Ich dachte noch immer darüber nach, was meinen Aufenthalt unterstützen würde, als mir einfiel, dass ich Bens Manuskripte abgeschrieben hatte.

»Ich kann lesen und schreiben. Ist das hilfreich?«

Sie schaute mich mit neuem Interesse an. »Aber gewiss doch. Natürlich kämt Ihr auch so in den Genuss der Wohltätigkeit des Ospedale, aber die zusätzliche Hilfe, die Ihr als Schreiberin für unsere große Institution wärt, ist höchst willkommen.«

»Es wäre mir eine Ehre, wenn ich meinen Beitrag für das Ospedale und seine Bewohner leisten könnte, und darüber hinaus auch der *commune* von Siena, deren Wohltätigkeit und Schutz Reisenden und Bürgern gleichermaßen als Leuchtfeuer dienen.« Ich fragte mich, ob Umiltàs Sprachgebaren wohl ansteckend war. Doch je mehr ich wie die Menschen in meiner Umgebung klang, desto weniger fremd würde ich ihnen vorkommen, und das könnte mir Schwierigkeiten ersparen. Die zahlreichen mittelalterlichen Dokumente, die ich im neuzeitlichen Siena gelesen hatte, hatten mir einen Wortschatz vermittelt, auf den ich zurückgreifen konnte, um wie eine Frau aus dem vierzehnten Jahrhundert zu klingen. Dieser Gedanke ließ in mir den Wunsch aufkommen, Gabriele Accorsis Tagebuch bei mir zu haben.

*

Die Saison für Freskenmalerei hatte die Kürze und Intensität einer Teenagerliebe. An diesem heißen Julitag, mitten in der Jahreszeit für Farbe und Putz, widmete Gabriele sich leidenschaftlich einer laufenden Arbeit. Er wachte vor Tagesanbruch auf, wenn die Glocken vom Torre del Mangia zur Matutin läuteten – und damit das Ende der Sperrstunde und die Öffnung der Stadttore verkündeten –, und machte sich auf den Weg zur Messe in der kleinen Kirche der *contrada.* Statt sich auf die Predigt zu konzentrieren, stellte Gabriele sich das Gesicht von Santa Anna vor, der Mutter der Jungfrau, wie sie staunend auf ihre neugeborene Tochter herabschaut, die in einem Wasserbecken gebadet wird. Gabriele spürte das Gewicht eines vermeintlichen Pinsels in der rechten Hand, und die Finger seiner Linken bewegten sich, als prüfe er den Putz, um sich zu vergewissern, dass er feucht wäre. Gabriele konnte Annas inneren Schmerz nachvollziehen, ihre Tochter im Arm zu halten, die eines Tages zu ihrer Freude und Verzweiflung den Sohn Gottes gebären würde.

»Träumst du wieder von deinem Gemälde?« Gabrieles Cousine Ysabella schaute zu ihm auf, als die Gemeinde die Kirche verließ.

»Der Arm der Mutter der Jungfrau ist heute dran, Ysabella, aber bis zum Fest von Mariä Geburt ist Anna fertig.« Ein Lächeln huschte über Gabrieles Gesicht, Ysabella erwiderte es und suchte in seiner Miene nach Hinweisen auf seine Stimmung. Nachdem seine Frau ein paar Jahre zuvor gestorben war, hatte Gabriele sich verschlossen. Mit seinen unbeweglichen Zügen sah er selbst schon aus wie ein Gemälde von Lorenzetti. Er war anders als alle übrigen Familienmitglieder groß, langgliedrig und bedächtig. Gabrieles Onkel, Ysabellas Vater Martellino, war ein Bäcker mit rundem, fröhlichen Gesicht, und die Kugelform setzte sich fort. Sein Bauch wölbte sich unter seiner Tunika, seine kurzen Beine waren krumm. Ysabella hatte ihren Teil

Rundlichkeit geerbt; sie erinnerte Gabriele an einen nistenden Zaunkönig, flink und mit hellen Augen. Gabriele jedoch hatte das Aussehen eines Falken. Seine gewölbten Augenbrauen im olivfarbenen Gesicht waren dunkel, im Gegensatz zu seinem vorzeitig ergrauten Haar. Gabriele und seine Cousine gingen nebeneinander durch die heller werdenden Straßen.

»Deine Gemälde sehen dich öfter als wir«, scherzte Ysabella und hakte sich bei ihm unter. »Wenn du zum Abendessen den Weg nach Hause fändest, würden wir dich mitsamt deinen Farbklecksen willkommen heißen. Ich mache heute Abend Hammelfleisch – vielleicht lockt dich das?« Gabriele nickte abwesend, im Geist stieg er bereits auf sein Gerüst. Er brachte seine Cousine bis zur Tür.

»Gabriele.« Ysabella zögerte. Gabriele sah ihr an, wie ungern sie ihn gehen ließ. Ihre fröhliche Gegenwart war eine angenehme Ablenkung von seiner Beschäftigung. Ysabella war überaus praktisch veranlagt, gesprächig, während er eher still war, und sie brachte ihn zum Lächeln. »Ich wünschte, ich könnte mitkommen.«

»Ysabella«, erwiderte Gabriele und musste über ihr breites, offenes Gesicht lächeln, »mein Leben als Maler ist nicht so aufregend, wie es vielleicht den Anschein hat.«

»Verglichen mit meinem ist es aufregend, ich helfe Vater den ganzen Tag in der Bäckerei und versuche, seine Vorschläge zu heiratsfähigen jungen Männern abzuwehren. Er macht sich Sorgen, dass niemand eine Frau haben will, die ihr fünfundzwanzigstes Lebensjahr überschritten hat. Als wäre ich überhaupt an einer Eheschließung interessiert.« Ysabella lachte. »Alle Mädchen fragen mich, ob du vielleicht wieder heiraten wirst.«

»Deine Gefährtinnen sollten ihre Aufmerksamkeit lieber auf Ziele richten, die ihre Zuneigung mehr verdient haben«, sagte Gabriele. »Das Leben einer Malergattin ist nicht leicht.« Er fragte sich beim Anblick des hellen, intelligenten Gesichts seiner Cousine, ob sie überhaupt je heiraten würde. Ihr Vater hatte nur halbherzig versucht, eine Partie für sie zu finden, denn er wusste die Anwesenheit seiner Tochter zu sehr zu schätzen, als dass er sie verlieren wollte, jetzt, da ihre Mutter tot war.

»Aber wirst du je wieder heiraten, Gabriele?«

»Ich darf wirklich nicht zu spät zur Arbeit für einen meiner wenigen Stammkunden kommen. Mein Ruf steht auf dem Spiel, und meine imaginären zukünftigen Bräute können warten.« Gabriele tätschelte sanft Ysabellas Hand und ging die schmale Straße hinunter, die zur Privatkapelle des Palazzo Signoretti führte. Je nachdem, wie er diesen Auftrag ausführte, könnten für ihn in Zukunft wichtigere Aufträge dabei herauskommen. Martellinos Großzügigkeit war willkommen, doch Gabriele wünschte sich, er könnte mehr zum Haushalt beitragen. Unterwegs verblassten all die praktischen Belange, und er richtete seine Gedanken auf die Muster aus Licht und Schatten, auf die Engel, die in den Ecken seines imaginären Bildes mit den Flügeln schlugen.

Gabriele ging am Ospedale vorbei, das über ihm aufragte und im Glanz der leuchtenden Farben erstrahlte, mit denen die vier Szenen aus dem Leben der Jungfrau Maria gemalt waren. Eine leere Stelle gab es noch über dem Eingang, der blanke Stein lockte. Einen Moment lang verlor Gabriele seinen Halt in der Gegenwart, und er befand sich wieder hoch auf dem Gerüst neben seinem früheren Lehrmeister, während sie daran arbeiteten, das letzte der vier Fresken für das Ospedale noch vor Anbruch der Dunkelheit fertigzustellen. Die Darstellung der vierjährigen Maria, die Abschied von ihrer Familie nimmt, weckte stets mächtige Gefühle in ihm. Marias Mutter und Vater, mit einem Kind gesegnet, nachdem ihre Zeit der Empfängnis schon längst überschritten war, übergaben das Ungeborene in den Dienst Gottes, und dieses Versprechen wurde erfüllt, als die Zeit reif war. Maestro Simone Martini hatte sich mit ihm an dem Abend hingesetzt, bevor Gabriele begann, das Gesicht der Jungfrau zu malen.

»Ihre Unschuld hält ein prekäres Gleichgewicht mit der mächtigen Zukunft, die ihr vorausgesagt wurde. Wenn du den Ernst der Lage nicht nachempfindest, steige morgen nicht auf das Gerüst.«

Gabriele war bis tief in die Nacht wach geblieben und hatte sich vorgestellt, wie es im Herzen des Kindes Maria ausgesehen hatte. Mit dem Fresko hatte er unter Martinis Anleitung den Höhepunkt seiner bisherigen Arbeit erreicht, doch seitdem der Maestro nach Avignon abgereist und dort gestorben war, hatte sich Gabrieles Ruf nur mehr langsam aufgebaut. Er war angesehen – »der grauhaarige Schüler Marinis« –, aber noch nicht berühmt.

Am anderen Ende der Piazza schaute er zum Ospedale zurück. »Ich werde wieder auf dem Gerüst vor dir stehen, das schwöre ich«, sagte er kaum hörbar. Er lächelte bei der Vorstellung, wie Ysabella sich über ihn lustig machen würde, weil er mit einem Gebäude sprach. *Maria Santissima Annunziata sollte diesen Platz einnehmen*, dachte Gabriele, *und ich wäre gern der Autor dieses gemalten Gebets.*

*

Als Umiltà und ich an den Eingang des Ospedale kamen, schaute ich an der Mauer hoch. In meiner Erinnerung hatte ich die leere Backsteinfassade vor Augen, doch der Eingang war mit den Szenen bemalt, die das Leben der Jungfrau darstellten, wie Donata es mir beschrieben hatte. Die fünfte Stelle über dem Torbogen war noch leer; Umiltà hatte gerade erst den Neunerrat um Geld für einen Auftrag gebeten. Umiltà blinzelte mich an.

»Ich bringe Euch in ein Zimmer, in dem Ihr Euch ausruhen und in der inneren Einkehr Trost suchen könnt. Braucht Ihr etwas zu essen?« Mir lief das Wasser im Mund zusammen, als sie das Wort *essen* aussprach. Sie betrachtete mich eingehend. »Fasten bringt uns zwar näher zu Gott, aber es hat seinen Preis. Ich werde Euch heute Abend lieber eine Mahlzeit schicken, statt Euch im Refektorium die Gesellschaft anderer zuzumuten.« Umiltà drehte sich um und führte mich durch das Tor.

Als wir den *pellegrinaio* betraten – den Pilgersaal des Ospedale –, sah ich, warum Messer Stozzi meine Geschichte kaum hatte glauben können. Die meisten Pilger im Saal trugen raue Sackkleidung und sahen viel bußfertiger aus als ich. Erschöpfte Familien hockten zusammen, während Klosterbrüder in wallenden Roben einsame Reisende untersuchten. Ein Teil des Raums war für Betten vorgesehen, die mit Vorhängen abgetrennt waren. Dahinter tauchten Gesichter und Hände auf, um Essensschalen entgegenzunehmen.

Umiltà erzählte. »Die körperlich schwachen Pilger bleiben hier im *pellegrinaio*. Dieser junger Mann dort befindet sich auf einer Pilgerreise, die er barfuß von Rom nach Venedig angetreten hat, um das *brachium* von San Magnus im Reliquiar zu besuchen – in den letzten Tagen mussten wir uns sehr um seine Füße kümmern.« Sie zeigte diskret in seine Richtung.

»Er geht barfuß quer durch Italien, um den Arm eines Heiligen zu sehen?«

»I-ta-lien?« Umiltà schaute mich befremdet an. »Das Wort habe ich noch nie gehört. Spricht man so in Lucca?« Weder das Wort Italien noch das vereinte Land existierten schon. Ich ließ mir rasch etwas einfallen.

»Ja, wir verwenden den Ausdruck, wenn wir … eine große Entfernung meinen.«

Umiltà akzeptierte meine Erklärung und fuhr fort. »Seine

Frau leidet im Kindbett, ist angeschwollen und schlecht gelaunt. Sein Gemeindepfarrer hat ihm geraten, sich zum Wohle seiner Frau und des ungeborenen Kindes auf diese Reise zu begeben.« Vermutlich handelte es sich um Schwangerschaftstoxicose – sie brauchte ärztliche Hilfe, um ihren Blutdruck unter Kontrolle zu halten, keine Gebete.

»Und der Mann dort ist ein Ritter aus Orvieto auf seinem Weg nach Rom, um Absolution für das von ihm vergossene Blut auf dem Schlachtfeld zu erbitten.« Ich starrte auf meinen ersten Ritter aus Fleisch und Blut, aber er sah wie ein gewöhnlicher, wenn auch muskulöser Mann aus. Ich nehme an, wenn man sich auf eine Pilgerreise begibt, um Buße für kriegerische Gewalttaten zu tun, lässt man seine Rüstung zu Hause.

»Allem Anschein nach sind nicht viele Frauen hier.« Ich zögerte, denn ich war mir nicht sicher, ob mir nicht ein weiterer Patzer unterlaufen war.

»Unser letzter Rektor, der verehrte Giovanni di Tese dei Tolomei, förderte die Einrichtung unseres neuen Ospedale delle Donne, das sich um Pilgerinnen und kranke Frauen kümmert. Dort werdet Ihr Eure Unterkunft finden.«

Umiltà blieb vor einem jungen Mann stehen, der auf einer Liege an der Wand lag. Er war in Schweiß gebadet und mit Ausschlag überzogen – kleine, blasse, hart aussehende Beulen sprenkelten Gesicht, Rumpf, Arme und Beine. Er stöhnte vor Schmerz, während sich Bedienstete des Ospedale seiner annahmen.

»Wir müssen einen Platz für ihn suchen, damit er den Rest seiner Krankheit getrennt von den anderen Pilgern austrägt, wie lange es auch dauern mag. Oder wie kurz«, sagte Umiltà, offenbar nichts Gutes ahnend. Sie neigte den Kopf, um sich mit einem seiner Betreuer zu beraten. Ich betrachtete das fleckige, fiebrige Gesicht des leidenden Pilgers, und plötzlich fiel es mir ein. *Das ist die Pest, die große Plage Europas. Morgen werden wir alle tot sein.* Ich war genau zur gefährlichsten Zeit in Sienas langer Geschichte aufgetaucht, in der Periode, die mein Bruder jahrelang untersucht hatte. Ich war in der Stadt, die von der verheerendsten Epidemie getroffen würde, die es jemals gegeben hatte, und hier würde es schlimmer sein als woanders, wobei ich den Grund dafür noch nicht kannte. Mir wurde schwarz vor Augen, und ich begann zu schwanken. *Bitte, lass mich hier nicht sterben, gestrandet in der Vergangenheit mit nur fünf Antibiotika in der Tasche.* Dann entsann ich mich meiner Ausbildung. Diese Art von Ausschlag hatte ich zuvor schon in medizinischen Fachbüchern gesehen – es waren die Pocken, nicht die Pest. Die Pocken waren 1975 ausgemerzt worden, aber bis dahin war es noch eine lange Zeit. Rasch überschlug ich meine Schutzimpfungen und atmete erleichtert auf. Ich war froh um alle anderen, dass Umiltà genug wusste, um auf Quarantäne zu bestehen. Aber in zehn Monaten, im Frühjahr 1348, würde die Pest nach Siena kommen. Auch zu mir, falls ich noch hier sein sollte, und zu all meinen ahnungslosen Gefährten in diesem Hier und Jetzt.

Umiltà führte mich schnell durch den Saal. Beim Hinausgehen deutete sie auf die Kirche Santissima Annunziata. »Wenn Ihr in der Lage seid, besucht doch heute Abend mit uns die Vesper in der Kapelle des Ospedale«, schlug sie vor, und ich kam mir vor wie ein Schulkind, das sich überlegt, ob es schwänzen solle.

Ich folgte Umiltà zum Pellegrinaio delle Donne. Wir kamen durch einen kleinen Innenhof mit einem runden Steinbrunnen, dann ging es zwei Treppen hinauf in eine winzige Zelle, gerade groß genug für ein schmales Bett mit einer Holztruhe am Fußende. Ein kleines Bogenfenster ging auf den Dom und die leuchtend grüne ländliche Umgebung von Siena hinaus.

»Ich hoffe, Ihr werdet an diesem Punkt Eurer Reise Frieden finden, auf dass Eure Pause hier Euer Leid mildern wird«, sagte Umiltà, die hinter mir stand, während ich aus dem Fenster die prächtige Fassade des Duomo betrachtete. Das hoffte ich auch.

Eine scheu wirkende junge Frau in einem braunen gesponnenen Kleid klopfte an die Tür, als Umiltà gerade ging. Sie stellte ein Tablett mit einer Schüssel duftender Suppe, einem Krug und einem Kelch, einem Löffel und einer knusprigen Brotscheibe auf die Holztruhe, ging rückwärts aus dem Zimmer und ließ mich in Ruhe essen.

Die dickflüssige weiße Suppe war mir völlig unbekannt, schmeckte aber köstlich. Sie erinnerte mich an warme Vichyssoise ohne Kartoffeln. Sie war mit Kräutern bestreut – Zimt und Muskat, und was noch? Nelken, auf jeden Fall Nelken. Und Kardamom, wie der Reisbrei in indischen Restaurants. Und die Suppe selbst hatte Ingwerschärfe. Doch die wichtigste Zutat konnte ich nicht ausmachen. Ich fuhr mit dem Brot durch die Schüssel und aß es auf. Ein Blick in den Krug verriet mir: Wein. Ich schenkte mir etwas ein und trank, aber nur einen Schluck. Er war rot, süß und mit Wasser verdünnt – umso besser.

Schon nach wenigen Minuten hatte ich meine Mahlzeit beendet. Ich setzte mich auf die Truhe, die offenbar als Tisch und Stuhl zugleich diente. Außer der Truhe und dem Himmelbett gab es ein weiteres Möbelstück im Raum, das aussah wie eine Mischung aus Podest und Tischchen – eine kleine Holzstufe und darüber eine schräge Oberfläche. Ein *inginocchiatoio* – die italienische Version einer Kniebank. Der Betende sollte auf der Stufe niederknien und seine Arme und vielleicht einen inspirierenden Text auf die kleine Ablage darüber legen. Sie war leer.

Obwohl Gebete seit der Grundschule nicht mehr zu meinem täglichen Repertoire gehört hatten, fühlte ich in dieser Situation so, als sollte ich es wenigstens versuchen. Unbeholfen kniete ich mich auf die Bank und legte die Handflächen aneinander. Ich hatte keine Inspiration, weshalb ich beschloss, mit der Aufforderung anzufangen, mit der das heilige Stundenbuch eingeleitet wird, in der Hoffnung, dass sie mir daraus zufließen würde.

»Herr, tue meine Lippen auf, dass mein Mund deinen Ruhm verkündige.« Ich hielt inne. Eine persönlichere Ansprache wäre vielleicht besser. »Danke für die wirklich gute Suppe. Auch das Zimmer hier ist herrlich, abgeschieden, prächtige Aussicht, ruhig.« Das sollte ein Gebet sein, nicht die Bewertung eines Hotels. »Und danke, dass du mir Umiltà geschickt hast. Ich wusste nicht, was da draußen mit Stozzi passieren würde.« Ich hoffte, niemand konnte mich hören. Die schwere Tür war zu, und die Mauern wirkten wie solider Putz. »Worauf ich also hinauswill, ist, dass dies eine echt außergewöhnliche Erfahrung war, was auch immer hier los ist, aber ich wüsste nur zu gern, wie ich wieder nach Hause komme. Ich hoffe, dass ich im Idealfall vor Mai 1348 wieder weg bin. Bitte.« Ich merkte, dass meine Augen feucht waren.

Ich wischte sie mit dem Ärmel trocken und legte meine Stirn auf das kalte Holz des *inginocchiatoio*. Ich kniete dort, bis das Licht, das durch das kleine Fenster fiel, das dunkle Gold des späten Nachmittags annahm. Als ich mich wieder aufrichtete, vernahm ich Schritte, dann öffnete sich die Tür. Ich schaute auf in das Gesicht der jungen Frau, die mir die Suppe gebracht hatte. Sie war eigentlich noch ein Mädchen, vielleicht dreizehn Jahre alt, helle Haarsträhnen lugten unter der Bundhaube aus Leinen hervor und ringelten sich um das Gesicht.

»Was war in der köstlichen Suppe?«

Sie starrte mich an, als wäre ich von einem anderen Stern, was in gewisser Weise ja stimmte. »Die *poratta*, Signora?«, fragte sie.

Mir war wieder ein Ausrutscher unterlaufen, da ich nicht wusste, was ich aß. »Ich komme aus Lucca.« Sie sagte nichts.

»Da hieß es immer, dass das Essen hier in Siena nicht seinesgleichen hat.«

Ihre Miene wurde etwas freundlicher. »Ich habe der Köchin selbst dabei geholfen, Signora.«

Ich war auf eine Sache persönlicher Eitelkeit gestoßen. »Du bist gewiss auf dem besten Weg, eine außergewöhnliche Köchin zu werden.«

Ihr bleiches Gesicht nahm eine reizende rosa Farbe an. »Grazie, Signora. Der Lauch kommt vom *mercato*, aber die Mandelmilch machen wir selbst, mit Nüssen aus dem eigenen *grance* des Ospedale.«

Mandelmilch: Das war der schwer definierbare Geschmack, nach dem ich gesucht hatte. Zuletzt hatte ich Mandelmilch aus der Packung getrunken, aber sie war mit dieser hier nicht zu vergleichen. »Kannst du mir sagen, was dieses Symbol bedeutet?«, fragte ich und zeigte auf die goldene Leiter, die auf ihr Kleid gestickt war.

»Das ist das Abzeichen unseres Ospedale – Santa Maria della Scala. Das Ospedale hat seinen Namen von den Stufen des Duomo, auf der anderen Seite der Piazza.«

Ich riskierte eine persönliche Frage. »Wohnst du hier im Ospedale?«

»Das Ospedale ist mein Zuhause seit der Nacht, in der meine Eltern mich im Steinbecken auf der Piazza ablegten, wo die Waisen bei Sonnenaufgang von den *mantellate* des Ospedale aufgefunden werden.« Sie griff in ihr Leibchen und zog an einer dünnen Kordel die Hälfte einer runden Metallscheibe heraus, die sie um den Hals trug.

»Als ich gefunden wurde, hatte ich das hier in meinen Windeln. Suor Umiltà sagt, meine Mutter habe es bei mir gelassen, damit sie mich eines Tages finden kann.« Sie steckte den Anhänger wieder in ihr Kleid. »Sie sagt mir auch, dass ich eine ausgezeichnete Köchin werde.«

»Dessen bin ich mir sicher«, erwiderte ich. Wir lächelten uns an.

»Habt Ihr gebetet? Verzeiht, wenn ich Euch unterbrochen habe.«

Ich wusste nicht genau, was ich gemacht hatte. Sie nahm das Tablett, und die Glocken läuteten erneut. »Die Vesper«, sagte sie und wandte sich rasch zur Tür.

Ich folgte ihr, zog das Mieder meines weißen Unterkleids hoch, damit es meine Brust bedeckte, und legte mir meinen Schal über die Schultern; später müsste ich mir eine dauerhafte Lösung einfallen lassen.

Die kleine Kapelle Santissima Annunziata des Ospedale war voll besetzt. Einige Kirchgänger sahen aus wie Nonnen, einige wie Mönche; andere hatten das angeschlagene Äußere von Pilgern. Viele waren wie die junge angehende Köchin, der ich hierher gefolgt war. Mir fiel auf, dass ich nicht nach ihrem Namen gefragt hatte. Das Kirchengewölbe füllte sich mit Gesang, und ich ließ mich dahintreiben und dachte einen gesegneten Moment lang an nichts. Nach dem Gottesdienst blieb ich hinten in der Kirche stehen, während sie sich leerte.

Umiltà trat zu mir, als ich zu den Buntglasfenstern des Lichtgadens hinaufschaute. »Unsere Kirche ist schlicht, aber erfüllt vom Wesen unseres Herrn, nicht wahr? Es ist unsere Pflicht und unsere Freude, eine Zuflucht für Bedürftige zu schaffen.« Abrupt schlug sie einen anderen Ton an. »Erzählt mir noch einmal von Eurer Herkunft, von Eurem Ziel. Habt Ihr einen Brief von Eurem ortsansässigen Pfarrer, in dem er Eure Pilgerreise unterstützt, ein schriftliches Zeugnis, um Eure guten Absichten zu bestätigen?« Ich traf die verwirrend leichte Entscheidung, erneut zu lügen.

»Den habe ich auf dem *mercato* verloren.« Umiltà legte die Stirn in Falten. Benjamin hatte immer gesagt, »Wenn du lügen musst, verwende die verfügbaren Fakten«. Das tat ich.

»Meinen Vater habe ich nie gekannt, und meine Mutter starb kurz nach meiner Geburt. Mein älterer Bruder Beniamino hat mich großgezogen, und auch er ist vor Kurzem unerwartet verstorben. Er war … Chronist. Mein Mann, ein Notar in Lucca, ist ebenfalls tot. Ich habe mich, von Gram und Verlust gebeugt, auf diese Pilgerreise über die Via Francigena begeben.« Plötzlich tauchte das Bild vor mir auf, wie ich in meiner alten Zeit aus der Porta Camollia heraustrat. Das meiste an der Geschichte stimmte, auch die Sache mit Gram und Verlust, und die Witwe eines Notars zu sein würde meine gesellschaftliche Stellung anheben. »Ich hoffte, die Reise würde mir helfen, mit reinem Herzen ein neues Leben zu beginnen.«

»Wie lange wollt Ihr denn an diesem Punkt Eurer Pilgerreise verweilen, Monna Trovato?« Ich hatte natürlich keinen Plan.

»Ich finde so viel Trost in der Warmherzigkeit des Ospedale, dass ich meinen Aufenthalt, wenn möglich, gern verlängern möchte. Ich hoffe, dass meine Fähigkeiten die Kosten ausgleichen, die dem Ospedale durch seine Wohltätigkeit entstehen.« Jetzt redete ich in ihrer Sprache.

»Ich freue mich, dass Ihr hier Beistand gefunden habt, Monna Trovato. Heute Abend werdet Ihr Euch ausruhen, und morgen werden wir eine Arbeit suchen, mit der Eure Hände beschäftigt sind, während Eure Seele heilt. Ihr habt Clara kennengelernt, die Euch heute Abend etwas zu essen gebracht hat? Sie wird Euch morgen früh abholen und nach der Messe ins Skriptorium bringen.« Mit dieser Ankündigung besiegelte sie meine nächste Zukunft, und ich begab mich wieder in mein Zimmer.

Ich hatte mich jetzt um Grundlegendes gekümmert, war einer Haftstrafe entgangen und hatte ein paar nette Bekanntschaften gemacht. Das wäre schön gewesen, wenn ich in ein neues Land umgezogen wäre. Aber das hier war eine Zeitreise, und kein Urlaubsvergnügen. Und wenn ich nicht bald hier rauskam, musste ich mit der Pest fertigwerden. Mir wollte einfach kein genialer Plan in den Sinn kommen, um dieses Problem zu bewältigen, und endlich sank ich hundemüde in den Schlaf.

Bei Sonnenaufgang weckte mich Glockengeläut. Im ersten Moment dachte ich, alles sei womöglich ein Traum gewesen, bis ich die Augen aufschlug und die Decke meines Zimmers im Pellegrinaio delle Donne erblickte. *Es ist der 7. Juli 1347*, sagte ich mir, als könnte die Feststellung des Datums ihm mehr Sinn verleihen. Ich benutzte das Nachtgeschirr in der Ecke und gab mir dann die größte Mühe, mich mithilfe eines Krugs voll Wasser an einem Becken zu waschen. So etwas wie ein Bad hatte ich noch nicht entdeckt. Übernachtet hatte ich in meinem weißen Leinenkleid aus dem einundzwanzigsten Jahrhundert – es gab ein annehmbares mittelalterliches Nachthemd und Unterkleid ab, und das grüne Kleid hatte ich über Nacht über das *inginocchiatoio* gelegt.

Die Tür ging auf, und Clara erschien mit einer flackernden Laterne, als ich mich gerade anzog. Sie hängte das Licht an einen Eisenhaken in der Wand und sah mir zu, wie ich mir mein Taschentuch in den unziemlichen Ausschnitt schob. Das Taschentuch war nicht ganz sauber, aber das war ich auch nicht, und ich wollte schließlich nicht noch weitere Sitten-Regeln verletzen. Während Clara mir zuschaute, steckte ich das Taschentuch mit den beiden Sicherheitsnadeln aus dem einundzwanzigsten Jahrhundert fest.

Ich stolperte durch den dunklen Korridor zur Santissima Annunziata. Die Kapelle war erleuchtet vom Schein von Kerzen; flackerndes Licht verklärte die Gesichter der Kirchgänger.

Eile Gott, mich zu erretten, Herr, mir zu helfen … Ich kannte den lateinischen Text des siebzigsten Psalms noch aus dem katholischen Unterricht. Es war schön, die vertrauten Wörter zu hören; das Gefühl, über die Jahrhunderte hinweg dazuzugehören, war ein Vorteil der Religion. So sehr hatte ich es noch nie gebraucht.

Die sollen loben den Namen des Herrn; denn Er gebot, da wurden sie geschaffen.

Durch die großen Fenster sah ich das Licht heller werden, und die Scheiben begannen zu glühen.

Unter dem Schatten deiner Flügel frohlocke ich.

Die letzten Zeilen der Morgenpsalmen hallten in meinem Kopf wider, als die Gemeinde sich erhob. Draußen begrüßte uns die strahlende Sonne. Clara fragte mich, ob ich mich auf meiner Pilgerreise zum täglichen Fasten verpflichtet habe; ich entschied mich für Essen.

Diesmal war es eine mit geräuchertem Schwein gewürzte Brühe, die über ein Stück Brot geschöpft wurde. Ich aß in Gesellschaft von Hunderten Pilgern, die an langen, aufgebockten Tischen im großen Speisesaal des Ospedale saßen, das laute Stimmengewirr nach der Stille in der Kirche war erschreckend. Nachdem ich fertig war, führte Clara mich zum Skriptorium, damit ich den Ersten Schreiber kennenlernte.

»Fra Bosi kommt gleich«, verkündete sie und ließ mich stehen, damit ich mich umsehen konnte.

Eine Wand mit Säulenfenstern aus dicken, kleinen Glasscheiben ließ das Sonnenlicht herein. Die Fenster waren breit genug, dass man hätte hindurchgehen können, ließen sich aber anscheinend nicht öffnen. Zwei schräge Schreibpulte aus Holz standen im Raum, wie Zeichentische mit einer Leiste am unteren Rand, damit nichts herunterfiel. Über jedem Pult war eine kleine Ablage. Auf einer sah ich ein aufgeschlagenes Buch; frische leere Seiten lagen auf dem Pult darunter.

An den Wänden Nischen und Holzregale, die vor Manuskripten und Büchern überquollen. Einige hatten kunstvoll verzierte Ledereinbände und waren mit einfachen oder doppelten Schnallen verschlossen. Andere waren schlicht gefaltete Seiten, die zwischen Rechtecken aus Holz gehalten wurden. *Ben hätte alles darum gegeben, einen Tag hier recherchieren zu können. Vielleicht könnte ich es ja auch?* Bevor ich irgendetwas genauer unter die Lupe nehmen konnte, betrat ein Mann in langem Gewand den Raum. Er hatte ein großes, fleischiges Gesicht, einen runden Kopf mit einem krausen Ring aus kurzem grauen Haar und tief liegende Augen, überschattet von dichten Brauen. Er trug eine raffinierte rote Klappbrille ohne Bügel, die auf seinem Nasenrücken klemmte. Schwer zu sagen, wie alt er war; der Alterungsprozess schien hier einen anderen Rhythmus zu haben.

»Wie ich hörte, könnt Ihr schreiben«, sagte er zweifelnd. Das musste Fra Bosi sein. Ich nickte. »Mein früherer Assistent, Guido Baldi, der Jüngere der beiden Baldi-Brüder, hat sich vor ein paar Tagen in der Schenke blamiert, und ich habe ihm vorgeschlagen, sich eine andere Beschäftigung zu suchen.« Allem Anschein nach war ich genau in dem Augenblick eingetroffen, als eine Stelle frei wurde. Bosi fuhr stirnrunzelnd fort. »Ich habe nicht die Absicht, meine Zeit damit zu verschwenden, aus Gründen der Wohltätigkeit unfähigen Witwen beizubringen, wie man eine Feder hält, aber Suor Umiltà scheint zu glauben, Ihr könntet von Nutzen sein.«

»Das hoffe ich«, erwiderte ich. An der Wand schlug ein Junge mit einem Schlegel auf Tücher ein, während ein Eisentopf über einem Feuer in einem Kamin in der Ecke kochte. Fra Bosi sah, wohin mein Blick wanderte.

»Wir haben die moderne Technik der Papierherstellung übernommen, zusätzlich zum Pergament«, sagte er schroff. »Egidio ist versiert darin, die Blätter vorzubereiten, aber er hat sich noch nicht mit Feder und Stift hervorgetan.« Egidios Schultern sackten nach vorn, und das Schlagen wurde lauter.

»Ich bin hier, um zu schreiben«, sagte ich geradeheraus. Fra Bosis Gesicht lief rot an, und seine Augen traten hervor; ich befürchtete schon, ihm könnte irgendwo eine Ader platzen.

»Das werden wir sehen.« Bosi bedeutete mir, Platz zu nehmen, und legte Seiten aus einem Wirtschaftsbuch vor mich. Jede Zeile begann mit einem Satz, der die Art und Weise der Ausgaben oder der Bezahlung beschrieb, und die Spalten waren unterteilt in Haben und Soll, wie die moderne doppelte Buchführung. Die kleinen, eng geschriebenen Buchstaben und Zahlen waren alle sorgfältig von Hand eingetragen.

»Das Ospedale muss der Biccherna eine Kopie seiner Geschäftsbücher seit Beginn der Fastenzeit liefern.« Er legte einen Stapel steifer, etwas durchsichtiger Pergamentseiten vor mich auf das Pult. Ich hatte von der Biccherna gelesen, Sienas Finanzbehörde, daher musste ich nicht das Risiko eingehen, Fra Bosi zu fragen, was er meinte. »Ich komme wieder, wenn es zur Nona schlägt, um nachzusehen, wie Ihr vorankommt. Das Material ist kostbar, das ist Euch gewiss bekannt. Ich schlage vor, Ihr macht möglichst wenig Fehler.« Er drehte sich um und ließ mich mit meinem Auftrag allein. Ich überprüfte die Federspitzen, stellte die Tintenfässer auf, legte das Geschäftsbuch auf die Ablage, schob Lineal und Winkel zurecht und begann abzuschreiben. Die Nona war in sieben Stunden; ich hatte einiges vor mir.

Eigenartigerweise fühlte ich mich im Skriptorium des Ospedale della Scala wohler als an jedem anderen Ort im vergangenen Monat, selbst in meiner Zeit. Vielleicht weil es mich daran erinnerte, wie ich in Bens Büro meine Hausaufgaben gemacht hatte, während er las und schrieb. Sobald ich fertig gewesen war, hatte ich versucht Rubriken zu kopieren, die roten Initialen, mit denen die kunstvolleren Manuskripte verziert waren. Ich hatte in der Schule eine Abhandlung über die Geschichte von Büchern verfasst und dafür eine Eins minus bekommen. Die Tinte hatte ich selbst hergestellt. Danach hatte Ben mich »meine kleine Schreiberin« genannt.

Das nächste Mal, als ich von den Geschäftsbüchern aufblickte, rührte Egidio gerade in einem großen Bottich mit Lumpenhalbstoff und heißem Wasser; sein Gesicht glitzerte rosa vom Dampf. Während ich eine Pause einlegte, um meine Finger zu strecken und meine Beine auszuschütteln, sah ich ihm zu, wie er die Brühe mit den Lumpen auf Siebe schüttete und die Flüssigkeit in ein großes Steinbecken tropfen ließ. Auf einem anderen Arbeitstisch waren Ablagen mit frisch hergestelltem Hadernpapier nebeneinander aufgereiht, das sich an den Rändern von den Rahmen zu lösen begann. Egidio wandte sich den Ablagen mit den fertigen Papieren zu und entfernte vorsichtig die Blätter vom Siebnetz. Er legte sie auf den Tisch und bestrich eine Seite eines jeden Blattes mit einer dickflüssigen Masse, die wie Klebstoff aussah. Wir hatten in den Stunden, in denen wir Seite an Seite gearbeitet hatten, nicht ein Wort miteinander gesprochen.

»Was ist das?«

Egidio drehte sich verblüfft um; ich konnte mir vorstellen, dass Fra Bosi müßige Unterhaltung nicht gerade guthieß. »Leimung«, sagte er und wurde hochrot. »Fra Bosi sagt, dadurch läuft die Tinte nicht auf dem Papier aus. Ich kann nicht schreiben wie Ihr, deshalb weiß ich es nicht.«

»Hast du versucht, schreiben zu lernen?«

»Fra Bosi sagt, ich kann es nicht, Signora.«

»Du kannst lernen«, erwiderte ich, unwillkürlich meinen erzieherischen Grundsätzen folgend. »Ich kann kein Papier herstellen, und du kannst nicht schreiben. Unsere Schwächen können beide behoben werden.« Egidios scheues Lächeln verwandelte sein ernstes kleines Gesicht.

Beim nächsten Glockenläuten verkrampfte sich meine Hand schmerzhaft – hora tertia, neun Uhr. Ich streckte mich eine Weile und schrieb dann weiter. Als die Glocken ein paar Stunden später erneut läuteten, zog sich der Schmerz bis in meine Schulter. Hora sexta – Mittagszeit. Noch drei Stunden. Niemand hatte etwas von einer Mittagspause gesagt. Heimlich trank ich einen Schluck aus meiner Wasserflasche. Ich war bei einer langen Liste von Produkten aus den Ländereien des Ospedale angelangt und den mit dem Verkauf verbundenen Einnahmen:

80 soldi/35 staia/grano/Grancia di Cuna
150 soldi/15 staia/mandorle/La Grancia Spedaletto
60 soldi/5 barili/olio d'oliva/Grancia di Grosseto

Ich wusste nicht, welche Größenordnung *staia* und *barli* bezeichneten, aber als ich über Weizen, Mandeln und Olivenöl schrieb, wurde mir schmerzhaft bewusst, dass ich nichts zu Mittag gegessen hatte. Ich versuchte, mich auf die Geschäftsbücher zu konzentrieren. Sollte ich jemals zu eigenem Geld kommen, müsste ich wissen, was es wert war. Ich kopierte ein paar Zeilen über die Bezahlung der Künstler für ihre Aufträge sowie Verträge mit Architekten. Über das fünfte Fresko an der Fassade stand nichts da, aber natürlich hatte Umiltà gerade erst um Geldmittel dafür gebeten; das war noch nicht festgehalten.

Auf der nächsten Seite entdeckte ich einen vertrauten Namen: Vitalis Signoretti. Derselbe Signoretti, den ich kannte? Seine Familiengeschichte reichte tatsächlich bis ins Siena des vierzehnten Jahrhunderts zurück. Anscheinend war er ein Kunstmäzen – viele Summen unter seinem Namen waren für Gemälde auf dem Anwesen des Ospedale bestimmt. Nach den Zahlen zu schließen, hatte er tonnenweise Geld und gab zumindest einiges davon für Kunst aus.

Als die Glocken zur Nona läuteten, hatte ich Kopfschmerzen, meine Hand und der Ärmel waren mit Tinte verschmiert. Aber ich war fertig. Bosi tauchte am Eingang auf, als ich meinen Stift gerade ablegte, kam zu mir und spähte über meine Schulter. Er nahm die Seiten an sich, prüfte jede genau und verglich sie mit der Vorlage. Ich wartete, das Herz schlug mir bis zum Hals.

»Wir werden es mit Euch versuchen, Monna Trovato«, sagte er. »Kommt morgen nach der Prim wieder.« Mit diesen Worten ging er, Egidio im Schlepptau.

Ich stand mitten im Skriptorium, sprachlos über meinen Erfolg. Mir war es gerade gelungen, meinen ersten mittelalterlichen Job zu ergattern, ein Symbol für Dauerhaftigkeit und Stabilität an einem Ort, von dem ich nicht wusste, ob ich dortbleiben wollte. Ich säuberte mir die Hände und den Ärmel, so gut es ging, und grübelte. Ich hatte freibekommen, aber ich wollte noch nicht zurück in mein Zimmer.

Ich war umgeben von Primärquellen – Tausende Bücher –, die auf den Regalen standen und nur darauf warteten, dass ich sie herunterholte und las. Wenn nun die Antworten auf Bens Fragen in einem dieser Bücher zu finden waren? Ich hatte diesen Brief von Immacolata de'Medici zwischen Bens Papieren entdeckt, in dem sie den Tod ihres Mannes beklagt, ihn jedoch nicht mit Sienas Untergang in Verbindung bringen können. Vielleicht gab es hier etwas Brauchbares über die Medici.

Ich schaute mir die Buchrücken in den Regalen an den langen Wänden an, doch die meisten waren nicht beschriftet. Ich zog mindestens dreißig Bücher heraus, prüfte sie und stellte sie wieder zurück, stieg auf Leitern, um an die oberen heranzukommen. Ich hätte mich mit allem Möglichen über Florenz abgefunden, obwohl es in einer mittelalterlichen Bibliothek in Siena viel aussichtsloser war als in einer der Neuzeit. Dann hatte ich Glück.

Es war die dünne, gebundene Abschrift der Gerichtsverfahren des Stadtrats, deren Titelseite mit der Jahreszahl 1342 versehen war. Ich überflog die Seiten. Walter von Brienne, Herzog von Athen, der kurzzeitig Vorsitzender der Signoria von Florenz gewesen war, hatte Siena in dem Jahr einen Besuch abgestattet. Er war mit einem üppigen Festmahl empfangen worden, zu dem lebendige Singvögel in Blätterteig gehörten, die während der Veranstaltung herausflogen. Auch eine Gästeliste war vorhanden, und interessanterweise tauchte Signorettis Name wieder auf sowie, weiter unten auf der Liste, ein Ser de'Medici, ebenfalls ein Besucher aus Florenz.

Ich überlegte. War das derselbe Medici – der hingerichtete Medici –, der in Immacolatas Brief erwähnt wurde? Dieser Besuch hatte fünf Jahre zuvor stattgefunden – falls es derselbe Medici sein sollte, war er in all den Jahren nach Siena gekommen? Um was zu tun? Und wenn es derselbe Medici sein sollte, war er mindestens ein Mal im selben Raum mit Signoretti gewesen, dem wohlhabenden Edelmann aus Siena. Als ich diese Namen zusammen auf einem Blatt Papier sah, überlief mich ein eigenartiger kalter Schauder: Signoretti und Medici, der eine aus Siena, der andere aus der konkurrierenden *commune*, beide auf diesem Fest mit dem Vorsitzenden der florentinischen Regierung. Hatten sie sich damals kennengelernt? Als ich das Buch wieder ins Regal zurückstellte, kribbelten meine Finger, aber ich wusste nicht, welche Bedeutung ich dem geben sollte, was ich gelesen hatte. Ich wünschte, ich hätte Ben nach seiner Meinung fragen können.

Daneben gab es nichts mehr, was für meine Fragen relevant gewesen wäre. Eine Weile vertiefte ich mich in eine prächtig illustrierte Ausgabe von Dantes *Göttlicher Komödie* sowie einer mathematischen Abhandlung, scheinbar auf Arabisch. Dann gab ich auf. Erschöpft und hungrig ging ich wieder in mein Zimmer. Dort wartete eine herzhafte Pastete auf mich, noch warm und nach Safran duftend. Als ich hineinbiss, füllten Käse, Zimt und Rosinen meinen Mund. Still vor mich hin kauend, segnete ich Clara und spülte die Pastete mit Wein hinunter. Ohne mich auszuziehen, legte ich mich auf das Bett, und als ich die Augen schloss, sah ich kleine schwarze Buchstaben flackern.

*

7. Juli 1347

Kurz nach Tagesanbruch kletterte Gabriele auf das Gerüst in der Signoretti-Kapelle, sein Atem beschleunigte sich vor Anstrengung und freudiger Erwartung. Auf der oberen Plattform des Gerüsts angelangt, rührte er frischen Putz an und trug mit einer Kelle eine dünne Schicht auf die Nahtstelle vom Abend zuvor auf. Die Linie, an der die Decke von Annas Bett auf den Rand der Holzkommode traf, hatte sich ideal zum Aufhören geeignet, und die Grenze zwischen dem getrockneten Putz und dem frischen würde schließlich in dem Gemälde verschwinden. Sobald der Putz hart genug war, glättete Gabriele die gesamte Oberfläche gleichmäßig.

Die ersten Stunden der *giornata*, der Tagesarbeit für den Freskenmaler, waren entscheidend für die Arbeit des ganzen Tages. Ein ruhiger Start ließ das Werk in wonnigem, gleichmäßigen Rhythmus voranschreiten. Gabriele legte die Pausbeutel aus – er verwendete den Kohlenstaub, um die Umrisse der Zeichnung zu markieren – und stellte die Gläser mit den Pigmenten auf, die er vorbereitet hatte. Die Kommode neben dem Bett nahm unter seinem Pinsel Formen an. Einige Maler aus Simones Werkstatt beklagten sich, wenn sie leblose Objekte malen sollten, denn sie waren erpicht darauf, die menschliche Form darzustellen, doch für Gabriele pulsierte alles gleichermaßen mit Leben und Schönheit: die Linie eines Musters, ein Metallschloss, das komplizierte geometrische Muster des Teppichs – das alles hatte dieselbe Aufmerksamkeit verdient wie die gebogenen Finger der Jungfrau oder die Furchen auf Gioacchinos besorgtem Gesicht.

Zu Tagesbeginn, wenn der Putz noch feucht war, wurden die Farbpigmente nur langsam gebunden, als wären Wand und Farbe scheue Liebende. Doch am Ende eines jeden Tages, während die Sonne immer tiefer sank, nahm die Wand die Farben begierig auf. Gabriele sputete sich, wusste er doch, wie schnell Putz trocknete. Er lehnte sich zurück, um das rote Kleid der Amme neben dem Rosa der neugeborenen Jungfrau zu überprüfen, die ihre Hand zum ersten Gruß eines Säuglings erhoben hatte. Das Nebeneinander war genau so, wie er es sich vorgestellt hatte. Zögernd legte er seinen Pinsel ab; bald wäre es zu dunkel, um zu malen. Als das Licht langsam nachließ, begab er sich hinaus auf die geschäftigen Straßen.

Auf dem Heimweg blieb Gabriele bei einem *trovatore* stehen, der Dantes *Paradiso* sang. Eine kleine Menschenmenge hatte sich versammelt, um ihm Anerkennung zu zollen – ein älterer Geistlicher neben dem unruhigen kleinen Sohn eines Edelmanns und ein paar verwahrlost aussehende Kinder. Die schöne Stimme des Sängers hielt sie alle in Bann.

Quando Beatrice in sul sinistro fianco
Vidi rivolta, e riguardar nel sole
Aquila sì noch gli s'affisse unquanco.

E sì come secondo raggio suole
Uscir del primo, e risalire in suso,
Pur come peregrin che tronar vuole;

Così dell'atto suo, per gli occhi infuso
Nell'imagine mia, il mio sì fece,
E fissi gli occhi al sole oltre a nostr'uso.

Und links gewandt erschien Beatrix mir,
Und wie kein Aar je fest und ungeblendet
Zur Sonne sah, so blickte sie zu ihr.

Und wie der erste Strahl den zweiten sendet,
Der, ihm entflammt, hell auf- und rückwärts blitzt,
Dem Pilgrim gleich, der sich zur Heimat wendet,

So macht' ihr Blick, der durch die Augen itzt
Mein Innres traf, zur Sonn' auch meinen steigen,
Mit größrer Kraft, als sonst der Mensch besitzt.

Wie die Muse eines Künstlers, dachte Gabriele. Der Sänger hatte eine seiner Lieblingspassagen gewählt. Kurz tauchte das Bild seiner verstorbenen Frau Paola vor seinem inneren Auge auf, doch zu seiner Bestürzung wollten ihre Gesichtszüge nicht ins Blickfeld rücken. Sie war schüchtern gewesen, fast noch ein Kind, als sie heirateten; aber eine gute Partie für Gabriele, der ohne Vater und Mutter war und nur das Handwerk des Malers ausüben konnte, um eine neue Familie zu unterhalten. Gabriele war begeistert einem Beschützerinstinkt gefolgt und hatte mit der Zeit auch Zuneigung empfunden, wenn auch keine Leidenschaft.

Nach wenigen Monaten war Paola schwanger geworden, aber ihr Kind sollte nie weinen oder Trost an der Brust seiner Mutter finden. Als Paola und ihr Sohn starben, hatte Gabriele sich noch intensiver seiner Kunst gewidmet. Er sprach nie über Paola, obwohl seine Familie versuchte, ihn aus der Reserve zu locken oder ihm einen neuen Quell weiblicher Ablenkung zu suchen.

Doch Gabrieles Muse hatte zu seinem Entsetzen nicht Paolas Gesicht. Die Frau, die er am Ufer dargestellt hatte, wie sie den heiligen Christophorus beobachtet, der das Christuskind trägt, stammte aus schemenhaften Fantasien, nicht aus dem Gedächtnis. Er fühlte sich auf eine Weise schuldig, aber könnte eine imaginäre Frau aus der Geisterwelt Untreue gegenüber einer Frau bedeuten, die seit fast drei Jahren tot war?

Der Klang der Glocken gemahnte ihn an das Abendmahl-Versprechen seiner Cousine Ysabella. Er wandte sich von dem Schauspiel ab und eilte zum Haus seines Onkels.

»Gabriele hat sich herabgelassen, uns mit seiner Künstler-

Anwesenheit zu beehren!« Ysabellas Worte wurden durch ihr strahlendes Lächeln abgemildert. Sie blieb wie angewurzelt stehen und schaute Gabriele an.

»Wechsle deine Ärmel, sonst beschmutzt du uns alle mit Farbe.« Er schaute an sich hinunter und erblickte Spritzer und Schlieren an Armen und Händen.

»Gewiss doch, Königin Ysabella«, sagte er, verneigte sich und ging durch die geschlossene Bäckerei im vorderen Teil des Hauses. Gabriele knöpfte seine schmutzigen Ärmel an der Schulter ab, noch während er die Treppe zu seinem Schlafzimmer unter dem Dach hinaufstieg, wo er sie wechselte. Seinen Kittel behielt er an.

»Vergiss nicht, dir die Hände zu waschen!« Ysabellas Stimme hallte durch das schmale Treppenhaus. Als er hinunterkam, bestrich Ysabella gerade eine Hammelschulter mit einer Paste aus gehacktem Knoblauch, während das Fett ins Feuer tropfte und zischte.

»Mit deiner Kochkunst würdest du einen Franziskaner zum Vielfraß machen«, sagte Gabriele anerkennend. Sein Onkel Martellino betrat die Küche, die Hände auf seinem Bauch.

»Mit ihrem Vater hat sie es schon geschafft!« Sein breites Grinsen zerknitterte sein Gesicht.

»Wo ist denn unsere Bianca?«, fragte Gabriele.

»Oben. Und sie betet wieder zum heiligen Nikolas, ihr ungeborenes Kind zu beschützen«, antwortete Ysabella und zog eine Pfanne gerösteter Zwiebeln vom Feuer.

»Du wirst schon sehen, wie es sich anfühlt, wenn du so weit bist«, sagte Martellino. Ysabella schüttelte den Kopf, hielt aber den Mund. Sie hatte offenbar nicht die Absicht, sich jemals wie ihre Schwägerin aufzuführen; Gabriele hatte nie zwei unterschiedlichere Frauen erlebt.

Die schwere Holztür schlug gegen die Wand, und Rinaldo, Biancas Mann, kam unter seinem üblichen Gepolter ins Haus.

»Wann ist das Essen fertig?«, brüllte Rinaldo. »Der Weizenpreis ist schon wieder gestiegen, und nach einem Tag im Bankhaus habe ich immer einen Bärenhunger.«

»Das Essen kann nie schnell genug für dich auf dem Tisch stehen, Rinaldo«, entgegnete Ysabella, rührte Essig in die goldbraunen Zwiebeln und streute Salz darüber.

»Niemand will eine Braut mit so einem Mundwerk.« Rinaldo schaute seinen Vater vielsagend an.

»Ich bin mir sicher, dass deine Schwester einen Mann finden wird, der froh ist zu hören, was sie zu sagen hat«, erwiderte Martellino großmütig. »Welcher Mann würde sich nicht mit Gezänk abfinden, wenn er im Gegenzug solche Mahlzeiten vorgesetzt bekommt?« Er legte Ysabella eine Hand auf die Schulter, um ihren offensichtlichen Zorn zu beschwichtigen. »Und bis sie tatsächlich einen Mann findet, werden wir mit Sicherheit von ihrem Talent in der Küche profitieren. Deine Mutter wäre stolz auf dich, mein Engel.«

Bianca wählte diesen Moment, um unter Schmerzen die steile Treppe herunterzukommen.

»Setz dich, Bianca, sonst kommt unser Kind noch vor seiner Zeit.« Rinaldo trat zu Bianca und geleitete sie zu einer Bank am Tisch.

Gabriele seufzte im Stillen, als Rinaldo sich neben ihn setzte; sie würden sich an diesem Abend eine *tagliere* teilen. Die meisten Tischgenossen benutzten die Holzplatte gemeinsam und teilten anständig, aber anständiges Teilen lag Rinaldo nicht. Gabriele ging davon aus, an diesem Abend nur wenig zu essen, denn Rinaldos Geschwindigkeit bei Tisch war kaum zu überbieten.

Die Mahlzeit begann mit einem kurzen Gebet, dann gab es feste rote Trauben, um den Appetit anzuregen, danach den duftenden Salat aus gerösteten Zwiebeln. Martellino lenkte Rinaldo mit Fragen nach den neuen Preisvorschriften des Stadtrats für den Verkauf von Brot ab, was Gabriele die Gelegenheit gab, ein ordentliches Stück Hammelfleisch abzuschneiden, bevor Rinaldo es in Angriff nehmen konnte. Ysabella sprach in das zufriedene Schweigen, bevor der Nachtisch kam.

»Die Leute auf dem *mercato* platzten vor Neuigkeiten«, sagte sie. »*I Noveschi* haben dem Ospedale Geldmittel der *commune* gewährt, um noch ein Gemälde zu Ehren der heiligen Maria in Auftrag zu geben.«

Bianca spielte mit der Goldkette, die sie um den Hals trug. »Die Rede ist von Simones Schülern, aber andere sagen, die Gebrüder Lorenzetti …«

»Gabriele ist die naheliegende Wahl«, beharrte Ysabella. Sie knallte nachdrücklich eine Ecke cremigen weißen Käse auf ein Brett und steckte ein Messer hinein.

Martellino schnitt ein Stück ab und sprach mit vollem Mund. »Wir kennen die Verdienste unseres Gabriele, aber der Rektor des Ospedale wird selbst entscheiden müssen. Und du, Schweigsamer, hast du nichts dazu zu sagen?«

Gabriele spürte, wie sein Puls raste. Er und die anderen, die Martinis *studium* angehörten, hatten sich bemüht, nach dem Tod ihres Meisters die Arbeit fortzuführen. Er musste die *colzoleria* bezahlen, um seine Schuhe neu besohlen zu lassen, und es war eine Weile her, seitdem er seinen Anteil an den Kosten für Martellinos Haushalt geleistet hatte.

»Ich werde meinen Namen bei der Kommission einreichen«, sagte Gabriele ruhig und erhob sich. »Und ein Beispiel für meine Arbeit steht vor dem Rektor, jedes Mal, wenn er durch die Türen des Ospedale tritt. Ich hoffe, das wird ihn lenken.«

»Kein Nachtisch für dich, Gabriele?«, fragte Ysabella ungläubig. Ihre Figur demonstrierte ihren Hang zu Süßigkeiten.

»Ich habe genug gegessen, um mir den Bauch zu füllen, trotz der Widrigkeiten.« Gabrieles Gesicht blieb so ausdruckslos, dass seine Worte harmlos erschienen. Rinaldo bemerkte nichts und wischte mit den Fingern die letzten Zuckerkrümel aus der Mandelschale. Gabriele schob seinen Stuhl an den Tisch. »Ihr entschuldigt mich bitte. Nach einem Tag auf dem Gerüst sehne ich mich nach dem Bett.«

Oben im Zimmer, in dem seine Skizzen und Studien von den verputzten Wänden ihn lockten, zog Gabriele seinen Kittel über den Kopf, dann sein weißes Baumwollhemd. Er hängte die Sachen an die Stange, die aus der Mauer ragte, löschte die brennende Kerze, legte sich ins Bett und betete vor dem Einschlafen.

»Herr im Himmel, lass das fünfte Fresko meins sein, damit ich dir und Santa Maria beim Malen dienen kann«, flüsterte er und schloss die Augen. In der Dunkelheit hinter seinen Lidern erwachte das Bild zum Leben: Die Jungfrau fährt in den Himmel auf, getragen von vier Engeln mit goldenen Flügeln. Während Gabrieles Atem zu dem gleichmäßigen Rhythmus fand, der den Träumen vorangeht, sah er das Gesicht der Frau vor sich, die er am Ufer gemalt hatte, ihre graublauen Augen in der Farbe des Meeres.

So macht' ihr Blick, der durch die Augen itzt
Mein Innres traf, zur Sonn' auch meinen steigen,
Mit größrer Kraft, als sonst der Mensch besitzt.

Ich werde sie zum Engel an der Seite der Jungfrau machen, dachte Gabriele, schon halb im Traum. Als er in den Schlaf sank, roch er feuchten Putz.

*

Endlich, dachte Iacopo de'Medici, als er das Arbeitszimmer seines Vaters betrat, *endlich hat er mich seines Vertrauens würdig befunden.* Vier Jahre lang war Iacopo an der geschlossenen

Tür vorbeigegangen, hatte einen Blick auf das Rechteck aus Holz geworfen, das ihn von der Verantwortung ausschloss, die er übernehmen wollte. Diesmal jedoch stand die Tür offen, Iacopo trat ein und neigte den Kopf hochachtungsvoll vor seinem Vater, der hinter dem Schreibtisch saß und schrieb.

»Ihr habt mich gerufen, Vater«, sagte Iacopo, wohl wissend, dass er seinen Satz nicht als Frage zu formulieren hatte, worüber Giovanni de'Medici sich stets ärgerte. »Wenn du in Fragen sprichst, wird man dich infrage stellen, statt dir zu gehorchen«, hatte Giovanni unzählige Male wiederholt.

Giovanni legte seine Feder ab. »Mach die Tür hinter dir zu.« Iacopo musste sein ganzes Gewicht einsetzen, um die Tür zu schließen. »Ich habe geschäftlich in Siena zu tun, Iacopo, und ich möchte, dass du mich begleitest.«

»Euer Vertrauen ehrt mich, Vater.« Iacopo fuhr sich mit einer Hand über den Nacken, in dem seine Kopfschmerzen immer einsetzten. Sie hatten sich dort eingenistet, während er darauf gewartet hatte, dass sein Vater ihn zu sich rief. Doch nun würde er sich nicht beschweren. Beim letzten Mal, bevor sein Vater nach Siena aufgebrochen war, hatte ihn eins seiner Leiden heimgesucht, und er hatte sich entschuldigen müssen, als er seinen Vater an die Stadttore begleitete.

»Ich habe keine Geduld für diese Schwäche in dir, die Unpässlichkeit erfindet. Du bist jetzt ein Mann, noch dazu ein Sohn der Medici. Du solltest dich lieber hinsetzen und Buchführung lernen, statt wie eine Hure auf dem Rücken zu liegen und auf den nächsten Besucher zu warten. Wenn ich fort bin, wird deine Unkenntnis meinen Geschäftspartnern und Kunden ebenso deutlich sein wie mir. Zuerst musst du die Kontobücher beherrschen. Dann wollen wir sehen, ob du eine eigene Geschäftsreise bewerkstelligen kannst.«

»Ich hoffe, dass ich Euer Vertrauen eines Tages verdiene«, hatte Iacopo gesagt und die Fingernägel in seine Handfläche gedrückt. Und nun war allem Anschein nach endlich der Tag gekommen, an dem sein Vater ihm Vertrauen schenkte.

Obwohl Giovanni angefangen hatte, Iacopo in die Handelsbank der Familie einzubeziehen, hatte er sich bezüglich seiner Reisen nach Siena auffällig bedeckt gehalten. Iacopo hatte eine heimliche Geliebte vermutet, die seines Vaters Bedürfnisse befriedigte, doch die Einzelheiten, die Giovanni nun berichtete, überraschten ihn.

»Ich muss dir von den Geschäften erzählen, die mich inzwischen seit fünf Jahren nach Siena führen, im Dienst unserer *commune*. Du bist nicht zu jung, um dich noch an das Jahr zu erinnern, in dem Florenz sich der Herrschaft des Walter von Brienne unterwarf, des Herzogs von Athen. Ich weiß noch, dass dir um 1342 allmählich Flaum am Kinn wuchs.«

Iacopo erinnerte sich noch genau. Die Rolle der bereits berühmten Familie Medici beim Sturz Briennes ein Jahr nach seiner Amtseinführung als Vorsitzender der Signoria war stadtweit bekannt und verschaffte ihnen politische Macht.

Sein Vater fuhr fort. »Bevor deutlich wurde, dass Brienne eine Katastrophe für unsere Republik war, unterstützten einige mächtige Familien von Florenz die Herrschaft des Herzogs in der Hoffnung, er würde nach ihrem furchtbaren Versagen in Bankgeschäften und im kostspieligen Krieg gegen Lucca wirtschaftliche Stabilität bringen. Hörst du mir zu?«

Iacopo schüttelte sich wieder in die Gegenwart. Er hatte an sein Abendessen gedacht, an den Kapaun, der ihm schwer im Magen lag. Giovanni waren seine geistigen Abwesenheiten immer aufgefallen.

»Im Jahre des Herrn 1342 habe ich mich einer Gruppe *casati* angeschlossen – Adelsfamilien in Siena –, die von Gesetzes wegen nicht *i Noveschi* angehören durften. Da sie sich über diese Beleidigung ärgerten, sorgten sie für Unruhe, die man sich zunutze machen konnte. Unter dem Schutz und der

Anleitung des Herzogs von Athen versuchten wir, einen Aufstand gegen *i Noveschi* in Siena anzuzetteln. Wie boten den *casati*, unseren Verbündeten auf Zeit, ihren rechtmäßigen Sitz in der Regierung von Siena. Wir stellten uns vor, dass wir mit diesen Familien Sienas auf unserer Seite, besonders den Signorettis, *i Noveschi* unterminieren und ein anderes Gesetz wieder einführen könnten, das Florenz endlich erlauben würde, von innen her die Kontrolle zu übernehmen. Und natürlich würde man diesen Familien als Anreiz dafür, sich unserer Sache anzuschließen, eine Rolle in der neuen Regierung zusagen.«

Iacopo nickte und sprach: »Da wir in der Schlacht von Montaperti unterlagen, erscheint mir Verschwörung eine vernünftige Alternative.« Er hörte den Schlag seines Vaters, bevor er das Stechen in der Wange spürte.

»Hör zu, du Dummkopf. Solche Reden wirst du dir verkneifen müssen, wenn du an meiner Seite arbeitest.« Der Schmerz in Iacopos Wange strahlte zu seiner Schläfe aus, die anfing zu pochen. »Dieser Plan für Siena misslang, und Brienne erwies sich als nutzlos.« Giovanni lachte barsch. »Ich hatte die Freude, an seinem plötzlichen Verschwinden aus Florenz beteiligt zu sein. Du weißt, dass er knapp mit dem Leben davongekommen ist.«

Iacopo wusste noch, wie Brienne aus der Stadt vertrieben worden war. Die Familien, die ihn anfangs unterstützt hatten, zettelten einen Aufstand an und verjagten ihn, sobald seine despotische Herrschaft und die harschen wirtschaftlichen Einschnitte diejenigen gegen ihn aufbrachten, die ihn an die Macht geholt hatten. Giovanni fuhr fort: »Manche unter uns glauben immer noch, dass wir durch Aufwiegeln der *casati*-Familien eine Möglichkeit finden könnten, dem florentinischen Einfluss Geltung zu verschaffen. Meine Besuche in Siena sollten dieses Ziel voranbringen, über Verbündete, die unserem Zweck dienlich sind. Verstehst du das jetzt?«

»Ja, Vater.«

»Bereite dich vor, denn wir reiten morgen früh nach Siena. Dort werden wir Ser Signoretti treffen, einen Edelmann aus Siena, der erntereif sein dürfte. Er hat alles, was wir brauchen, um unseren Plan voranzutreiben – Macht, Wohlstand und Unzufriedenheit. Und die werde ich zu meinem Vorteil nutzen.«

»Ja, Vater.« Iacopo schwirrte der Kopf nach allem, was er gerade erfahren hatte. *Mein Vater verfolgt einen Plan, Sienas Regierung zu stürzen, und ich, der Erbe der Medici, soll ihm folgen.* Iacopo begann sich die Begegnung mit Ser Signoretti vorzustellen, er an der Seite seines Vaters, Respekt gebietend, wenn nicht gar Ehrfurcht. Man würde ihnen guten Wein vorsetzen, ihre Stimmen wären ernst, leise, gedämpft durch Wandteppiche, die Dienerschaft entlassen, während ihr wichtiges Geschäftsvorhaben Formen annehmen würde. Die Visionen in seinem Kopf stellten die Gegenwart in den Schatten, bis Iacopos Vater ihn anblaffte.

»Ich sagte, bereite dich vor, hast du mich verstanden?« Iacopo verneigte sich und ergriff die Flucht, stolperte über die Marmorschwelle, aber es gelang ihm, sich zu fangen.

*

An dem Tag, nachdem Ysabella den Auftrag des Ospedale erwähnt hatte, gelang es Gabriele nicht, seine Arbeit in der Signoretti-Kapelle vor Einbruch der Dunkelheit fertigzustellen. Er hatte den Tag schlecht eingeteilt, und als das Licht schwächer wurde, starrte er finster auf das unfertige Gesicht der kleinen Maria. In der Hoffnung, dass er es nicht bereuen würde, länger zu bleiben, zündete Gabriele eine Kerze an und machte weiter, bis die Gesichtszüge des Säuglings auf dem schnell trocknenden Putz Gestalt annahmen, die rundlichen Wangen rosa überzogen.

Er jubelte, löschte die Kerze und stieg in der anbrechenden Dunkelheit vom Gerüst. Als er die Kapelle verließ, sah Gabriele eine Gestalt aus dem Signoretti-Palazzo auftauchen, trotz des warmen Abends in Umhang und Kapuze. Eine zweite Gestalt folgte der ersten. Es war spät, um Besuch zu empfangen, und die meisten wären über Nacht geblieben, statt zu dieser Stunde noch aufzubrechen. Sobald er sicher war, dass die Männer fort waren, überquerte Gabriele den Hof und trat auf die Straße hinaus. Er hielt sich im Schatten der Gebäude, um der Nachtwache aus dem Weg zu gehen. Eine Geldstrafe dafür, dass er sich nach der Sperrstunde draußen aufgehalten hatte, würde teuer, und andere Gefahren, die sich ergaben, wenn man bei Nacht durch die Straßen der Stadt ging, konnten noch schlimmere Folgen nach sich ziehen.

Gabriele war noch nicht lange unterwegs, als er die Stimme des Wächters vernahm; Cristoforos keuchender Atem würde ihn überall verraten. Gabriele hatte Cristoforo in der Woche zuvor auf dem *mercato* gesehen, einen Arm stolz um die Schultern seiner neuen Frau gelegt. Obwohl sie sich kannten, würde der Nachtwächter Gabriele an diesem Abend wegen Nichtbeachtung der Sperrstunde unter Anklage stellen müssen. Gabriele hielt sich im Verborgenen und lauschte.

»Halt, Fremde, was veranlasst Euch, zu so später Stunde draußen zu sein?«

»Unser Geschäft geht dich nichts an.« Diese zweite Stimme war unbekannt: leise und bedrohlich.

»Erklärt Eure Absicht und gebt Euch zu erkennen, sonst findet ihr Euch im Gefängnis wieder.«

»Ein Herr aus Florenz beugt sich nicht den Gesetzeshütern aus Siena«, erwiderte der Fremde. »Ich schlage vor, du lässt mich vorbei.«

»Ihr werdet mir Euren Namen nennen und erklären, was Ihr im Einzelnen hier zu tun habt, wenn nicht hier, dann vor dem Podestà höchstpersönlich. Ich bin mir sicher, dass unser Oberster Richter sich sehr für Eure Geschichte interessieren würde.«

Eine weitere Stimme war höher, leicht unsicher. »Das hier ist Messer Giovanni de'Medici aus Florenz, einer Stadt, gegen deren Schönheit Siena eine Jauchegrube ist. Der Zweck unseres Besuchs geht dich nichts an, Hurensohn.«

Gabriele biss sich auf die Lippe und versuchte, keinen Ton von sich zu geben.

»Florentiner Dreck verschmutzt unsere Stadt. Ich werde dafür sorgen, dass Ihr vor den Richter geführt werdet wegen Verletzung der Sperrstunde und Beleidigung eines Gesetzeshüters. Ihr könnt diese Nacht beide in einer Zelle verbringen und Euer nächtliches Geschäft morgen dem Podestà erläutern.«

»Ich bedaure, dass du nicht die Gelegenheit haben wirst, mich sicher zum Amtssitz des Podestà zu bringen.« Die Stimme des ersten Fremden, der wohl Giovanni de'Medici sein musste, war erfüllt von Bosheit und erschreckte Gabriele, doch die Geräusche, die dann folgten, waren noch schlimmer: das Scheuern eines Schwertes, das aus der Scheide gezogen wurde, Cristoforos Schrei, dann das Poltern schneller Schritte. Gabriele stand im ersten Moment wie erstarrt, dann holte er eine Kelle aus seiner Tasche und sprang aus seinem Versteck. Die Straße war schwach erleuchtet von einer Votivkerze in einer Mauernische vor einem Bildnis des heiligen Ansanus, der traurig nach unten blickte, und der flackernde Lichtschein fiel auf ein Durcheinander schwarz-weißer Kleidung am Boden. Cristoforo lag auf dem Pflaster und schaute mit weit aufgerissenen Augen zu Gabriele auf. Seine Angreifer waren geflohen.

Blut sickerte rasch durch zwei Risse in Cristoforos Tunika, und er tätschelte sie sanft mit seinen Händen, als suchte er nur nach seiner Brille, statt an seinem Leben festzuhalten, das dabei war, zu entweichen. »Gabriele Accorsi?«

Gabriele nickte, schlang die Arme um Cristoforo und hob ihn auf die Beine.

»Cristoforo, hier in der Nähe wohnt ein Wundarzt, der einmal meinen Onkel versorgt hat. Könnt Ihr gehen?«

»Eure Mühen könnt Ihr Euch sparen, aber für Eure guten Absichten erlasse ich Euch die Strafe für Missachtung der Sperrstunde.« Er hustete stockend. Gabriele legte sich den Wächter über die Schulter und taumelte zum Haus des Wundarztes. Cristoforos Blut floss an Gabrieles Hals und Schultern hinunter, und unter seinem Gewicht knickten Gabriele die Knie ein.

»Legt mich lieber ab«, keuchte Cristoforo, noch bevor sie das Haus des Wundarztes erreicht hatten. Gabriele ließ seine Last langsam zu Boden gleiten. »Zeigt die Florentiner an«, flüsterte Cristoforo, »und sagt meiner Frau, dass ich sie von ganzem Herzen liebe.« Er schloss die Augen.

»Mein Guter«, begann Gabriele, doch Cristoforo hatte seinen letzten Atemzug getan.

Gabriele legte den Umhang seines Freundes über dessen Leiche und schloss die starren Augen mit einer Hand. Gabriele ging schnell nach Hause, aber als er im Bett war, fand er keine Ruhe, denn ihm fiel immer wieder ein, was er gehört und gesehen hatte – die harschen Drohungen, der Blick in Cristoforos Augen, während er verblutete. *Ich bin Zeuge eines Mordes geworden*, dachte Gabriele, *und ich muss handeln.* Aber was würde das nach sich ziehen? Einen mächtigen Edelmann aus der konkurrierenden *commune* anzuzeigen, dessen Macht eine Bedrohung für Siena war? *Wäre ich doch nur heute Abend frühzeitig gegangen* … aber er war geblieben. Vielleicht war es Gottes Wille, dass er Zeuge sein und den Mörder vor Gericht bringen sollte. Gabriele wusste, dass es vor dem Amtssitz des Podestà Kästen für Zuträger gab. Rinaldo wurde nicht müde zu erzählen, dass er einmal eine anonyme Anschuldigung gegen einen Sodomiten auf ein Stück Pergament geschrieben und weitergegeben hatte. Die Beschuldigung hatte zur Verurteilung des Mannes und zu seinem Tod geführt. Gabriele fragte sich, ob Rinaldo wohl ohne den Schutz der Anonymität auch so stolz auf seinen Anteil am Schutz der *commune* gewesen wäre. Genügend Zeugen waren aufgetreten, damit Rinaldo ein stiller Zuträger bleiben konnte, der die Maschine des Iudex Maleficiorum in Gang setzte. Gabriele hatte versucht sich auszudenken, wie er im Dienst an seiner *commune* aufsteigen könnte, aber er wusste, dass er nicht so viel Freude haben würde wie Rinaldo, davon zu erzählen.

Am nächsten Abend, nachdem er Zeuge des Mordes an Cristoforo geworden war, konnte Gabriele wieder nicht schlafen. Da sein Wissen ihn belastete, schrieb er einen Brief auf Pergament, verließ leise das Haus und machte sich auf den Weg zum Büro des Podestà. Die Wörter, die er geschrieben hatte, hallten in seinem Kopf wider:

Ich bin Zeuge des brutalen Mordes an Cristoforo da Silvano geworden in Erfüllung seiner Pflicht, Siena zu beschützen, durch die gewalttätige Hand von Giovanni de'Medici aus Florenz. Aufgezeichnet an diesem Tag durch meine Hand, lege ich Zeugnis über dieses Verbrechen ab und würde es vor dem Podestà und den Richtern beschwören, falls dieser Mörder vor Gericht käme. – Gabriele Beltrano Accorsi

Die Notiz fiel durch den Schlitz in dem großen Holzkasten vor dem Palazzo. Gabriele verschwand im Schatten der verschlossenen Gebäude und ging auf schnellstem Wege nach Hause.

*

Einer der Nachteile, einen so wütenden Gatten zu haben, überlegte Immacolata de'Medici, als sie sich langsam in ihr Bad gleiten ließ, war, einen ebenso wütenden Sohn großzuziehen. Immacolatas Magd stand hinter ihr und goss warmes Wasser in die Holzwanne, bis das Wasser Immacolatas Schultern umspülte. Rosenblätter schwammen auf der Wasseroberfläche und erfüllten den Raum mit ihrem Duft. Die Magd wandte den Blick ab und tat, als hätte sie die Prellungen auf Immacolatas Rücken nicht bemerkt, bevor sie ins Wasser geglitten war. Giovanni war schlecht gelaunt gewesen, als er zu dieser neuerlichen Geschäftsreise aufbrach.

Immacolata hatte den Umhang ihres Mannes gehalten, während er sein Pferd und seine Taschen vorbereitete. »Wann werde ich das Vergnügen haben, dich wieder zu Hause begrüßen zu dürfen, mein Gatte?«

»Erdreiste dich nicht, in meinen Geschäftsangelegenheiten herumzuschnüffeln«, hatte Giovanni sie angeschrien und seine Stiefel angezogen. »Wann immer ich zurückkehre, wirst du bereit sein, mich zu empfangen, andernfalls musst du die Konsequenzen tragen.«

Zugegeben, Giovannis Abwesenheiten waren eine gewisse Erleichterung. Ein Bad wie dieses war ein Vergnügen, das sie sich für ihre einsamen Abende vorbehielt – Giovanni hätte es frivol und verschwenderisch gefunden. Diese Reise dauerte länger als sonst. Er war bereits fünf Tage fort, und nur nach Siena; mit der Entfernung war die verstrichene Zeit gewiss nicht zu rechtfertigen.

Immacolata sah zu, wie ihre Brüste an der Oberfläche des warmen Wassers schwammen. Der stechende Schmerz, den sie noch immer empfand, wenn sie ihren Körper betrachtete, überraschte sie; nach so vielen Jahren hätte ihr Versagen sie nicht mehr quälen sollen. Immerhin hatte sie ein Kind. Obwohl Iacopo jetzt kaum noch ein Kind war, mit achtundzwanzig arbeitete er nun an der Seite seines Vaters – und reiste sogar mit ihm nach Siena. Sie freute sich darüber, dass Iacopo Interesse an der Handelsbank entwickelte, obwohl seine Abwesenheit natürlich mit der dazugehörigen Sorge einherging.

Seufzend erhob sich Immacolata aus dem kühler werdenden Bad. Als sie allein im Bett lag, gestattete sie sich einen Moment der Lust in der Einsamkeit, die ihr durch Giovannis Abwesenheit gewährt war.

*

Nachdem ich eine Woche mit den Geschäftsbüchern verbracht hatte, beschloss Fra Bosi schließlich, mich mit einer wichtigeren Aufgabe zu betrauen. Bosi legte eine Wachstafel vor mich hin.

»Heute sollt Ihr einen Vertrag nach dieser Vorlage aufsetzen, die von unserem Notar angefertigt wurde«, sagte er mürrisch. »Passt auf, dass Ihr keine Fehler macht.« In der üblichen Abwesenheit jeglicher Höflichkeit wandte er sich ab, und ich setzte mich, um die in Wachs eingravierten Wörter zu lesen, wobei ich über den wieder verwendbaren mittelalterlichen Notizblock staunte. Ich las, im Kopf aus dem Lateinischen übersetzend:

An diesem 14. Juli 1347, im Namen Gottes, amen, stelle ich, der Rektor des Ospedale della Scala di Siena, mit Unterstützung der Neun Herrscher und Verteidiger der commune, hiermit zum Zwecke der Verschönerung unserer Stadt durch Gönnerschaft den Vertrag für ein fünftes Fresko an der Fassade des Ospedale auf, um die Gesegnete Jungfrau zu ehren und zu verherrlichen, die himmlische Beschützerin von Siena. Wir erteilen diesen Auftrag in Höhe von vierzig Lire in Gold an Messer Gabriele Beltrano Accorsi, den Schüler des verstorbenen Meisters Simone Martini von Siena.

Ich ließ die Tafel auf das Pult fallen und schreckte damit Egidio auf.

»Geht es Euch gut, Signora?« Seine Stirn legte sich in Falten.

Das ist mein Gabriele, und er wird die Fassade dieses Gebäudes bemalen. Und ich bin beauftragt, an diesem Vertrag zu arbeiten.

»Ich brauche ein wenig frische Luft«, sagte ich und eilte aus dem Skriptorium, die steile Steintreppe hinunter und in den Hof. Ich setzte mich auf eine Steinbank und holte ein paarmal tief Luft. Gabriele war *hier*, und kein längst verstorbener Verfasser eines mittelalterlichen Tagebuchs. Der plötzliche Zerfall von Jahrhunderten, die uns getrennt hatten, als ich zum ersten Mal seine Zeilen las, war wie ein Schock.

Ich schüttelte den Kopf, bis ich wieder klar denken konnte und mein Atem sich normalisierte. Außer mir war niemand im Hof. Ein Schwarm Spatzen versammelte sich um den Brunnen in der Mitte. Eine Weile beobachtete ich die Vögel in der Sonne. Langsam stand ich auf und ging wieder ins Skriptorium, um mich Gabrieles Vertrag zu widmen, der dort auf mich wartete.

III

Die kleine Eule

Bartolomeo stand hinter der Kanzel im Dom und probte im Stillen seine Predigt. Er hatte länger als die meisten anderen auf seine Chance gewartet – ein Jahr als Messdiener, ein weiteres als Assistent der Kirchenältesten bei den Vorbereitungen für ihre Gottesdienste, dann hatte er monatelang die Nachtmesse gesungen, bevor man ihm erlaubte, selbst zu predigen. *Schalte deine Gedanken ab. Sei offen für den Heiligen Geist.* Überall waren Ablenkungen – der Schmerz in seinen Beinen, das Kratzen im Hals, von dem er befürchtete, es könnte ihn zum Schweigen bringen, wenn er an diesem Tag zu seiner Rede ansetzte.

Die anderen jungen Priester strebten danach, rasch in der Kirche aufzusteigen, doch Bartolomeo hatte seine Ausbildung so lange wie möglich hinausgezogen. Wie viele seiner Kirchenbrüder war er der dritte Sohn einer wohlhabenden Familie. Sein ältester Bruder hatte das Familienerbe angetreten, während der zweite die Fähigkeit und das Temperament für die Ausbildung zum Ritter hatte und dem Geleit eines der reichsten Großgrundbesitzer in der Umgebung von Siena angehörte.

Die geistliche Richtung passte zu Bartolomeo. Er hatte sich schon immer gern mit einem Buch zurückgezogen; bereits als Kind waren seine Versuche, Ritter zu spielen, hoffnungslos gescheitert. Demzufolge verbrachte er einen Großteil seiner Kindheit am Rockzipfel seiner Mutter in der Küche des großen Steinhauses. Seine Brüder nannten ihn »kleine Schwester«, wenn ihre Mutter außer Hörweite war, aber sie stellte sein ruhiges Wesen nicht infrage. Die geistliche Ausbildung war ein perfekter Rückzug von allem, was Bartolomeo zu schaffen machte, mit einer Ausnahme: dem öffentlichen Auftritt. Er hatte gehofft, Routine könnte seiner Angst die Spitze nehmen, doch nun stand er hier, fünf Minuten vor dem Läuten der Glocken, und kaute an den Fingernägeln.

»Heute, am heutigen verheißungsvollen Tag …« *Nein, nein, ich kann nicht zwei Mal ›heute‹ in einem Satz sagen.* »An diesem verheißungsvollen Tag vor dem Feiertag der heiligen Maria Magdalena …« *ZWEI Tage vor dem Fest. Kann ich nicht eine Äußerung fehlerfrei vorbringen? Oh hilf mir, Heilige Jungfrau, damit ich diese Predigt überstehe.* Bartolomeo wischte die Hände an seinem Gewand ab, räusperte sich und begann von Neuem: »An diesem verheißungsvollen Tag …« Die Glocken fingen an zu läuten. Bartolomeo schickte ein Stoßgebet an einen Heiligen, der vielleicht nah genug war, um zu helfen, und stieg die Steinstufen zur Kanzel hinauf.

Als ich wieder an meinem Pult war, legte ich ein Blatt Pergament vor mich hin und bereitete rote Tinte für die Initialen zu. Ich hatte mich stets an Regeln gehalten und schriftliche Verträge ernst genommen. Doch da ich nun selbst einen schrieb für jemanden, den ich zu kennen glaubte, wurden die Wörter noch gewichtiger. Als Fra Bosi gegen Mittag kam, um meine fertige Arbeit zu prüfen, stieß er tatsächlich ein anerkennendes Grunzen aus. Inzwischen hatte ich gelernt, es von den missbilligenden Lauten zu unterscheiden.

»Ihr seid eine Schreiberin, Ihr braucht eine Signatur«, sagte er. »Das Zeichen, das die Arbeit als Euer Werk kennzeichnet und Eure Rechtsgültigkeit bezeugt sowie die des Dokuments, das Ihr geschaffen habt.« Bosi zog einen Stuhl neben mich und ließ seine beachtliche Körpermasse darauf nieder. »Ihr müsst eine Signatur entwerfen, die einzigartig ist und dem Pfad folgt, den Gott für Euch vorgesehen hat. Denkt an die Zeichen, die Euch hierhergeführt und Euch als die markiert haben, die Ihr seid.«

Ich nahm eine Feder zur Hand und ein leeres Blatt Papier, das Egidio frisch hergestellt hatte. Mein Kopf füllte sich mit Bildern – Felice, wie sie mir den Civetta-Schal um den Hals schlingt, mein Skalpell, wie es durch Hirnhaut fährt, um auf eine Ansammlung von frischem Blut zu stoßen. Ich zeichnete die Umrisse einer Eule, darunter, wie ein Ast unter ihren Füßen, ein Skalpell, das Zeichen für den Beruf, den ich erst kürzlich hinter mir gelassen hatte. Meine verschachtelten Initialen wurden zu Blättern an dem Ast. Fra Bosi nahm ein Tuch, um die Zeichnung abzutupfen. Mir war, als hätte ich gerade mein erstes Aneurysma abgeklemmt, und ein erfahrener Chirurg würde mir Anerkennung zollen.

»So könnt Ihr Euer Werk signieren, Schreiberin Beatrice Alessandra Trovato, und nutzt den Rest des Tages, um Kraft für die morgige Anstrengung zu sammeln.« Er erhob sich langsam und ging.

Ich verließ das Ospedale und vergaß angesichts des schönen Nachmittags einen Moment lang meine kuriose Situation. Doch als ich in den Schatten des Duomo trat, fiel sie mir wieder ein. Ich schaute an der gestreiften Fassade hoch, dann zu der Stelle, an der ich meine Zeit verlassen hatte und in diese gekommen war. Ob der Weg zwischen diesen beiden Zeiten noch offen war? Sollte Gabrieles Tagebuch mich in dieses Jahrhundert hineingezogen haben, dann hatte ich Pech, denn ich besaß es nicht mehr. Und wenn es nun der Duomo selbst war? Ich folgte dem Geläut der Glocken, ging die Treppe hinauf und durch die prachtvollen Türen. Diesmal setzte ich mich in eine vordere Bank, betrachtete die Löwen und dachte daran, wie der Marmor sich einst abgegriffen und warm unter meiner Hand angefühlt hatte. Ich folgte den verwirrend gestreiften Säulen des Kirchenschiffs bis zur riesigen Kuppel. In diesem Jahrhundert waren die goldenen Sterne auf ihrem dunklen Himmelsblau noch nicht gemalt; die Gewölbebögen waren aus bloßem, schmucklosen Stein. Dennoch kam mir der Dom mit dem in der Mittagssonne hellen Rundfenster vor, als könnte er das Portal in eine andere Welt oder Zeit sein. Ich schaute hinauf, bis sich mein Nacken verspannte und meine Augen brannten, aber nichts passierte. Ich versuchte es noch einmal, diesmal schloss ich die Augen und stellte mir das kleine Gästezimmer in Bens Haus vor, mit seinen weißen Vorhängen, die über das mit Leinen bezogene Bett wehen. Das löste nur Heimweh aus – eine Gefühlsregung, aber keine Zeitreise.

Bevor ich einen weiteren Versuch starten konnte, tauchte ein junger Priester auf der Kanzel auf, räusperte sich und begann mit zitternder Stimme zu sprechen. Dann versagte sie piepsend. Die Kirchgänger ringsum rutschten unruhig auf den Bänken hin und her, während der Priester mit offenem Mund auf der Kanzel stand, aber keinen Laut von sich gab.

Plötzlich sah ich den panischen Priester nicht mehr an, sondern war in seinem Kopf. Er war wirklich arm dran. Ich spürte seine Übelkeit und hörte sein rasendes Herz in meinen Ohren. Aus der Perspektive des jungen Priesters schauten die Kirchgänger verächtlich zur Kanzel hoch, als wollten sie ihn von seinem Hochsitz herunterholen. *Ich bin ungeeignet, eine Predigt zu halten, ungeeignet, ungeeignet* … Seine Wörter hallten in meinem Kopf wider. Doch diesmal gelang es mir, mich teilweise zurückzuziehen. Ich näherte mich der Angst des Priesters genau so, wie ich den Blutfluss aus einer Ader einzudämmen pflegte – methodisch, ohne Hast. *Komm runter, atme, alles in Ordnung* – ich sprach mit ihm und mir gleichzeitig. *Es ist eine großartige Predigt; du machst deine Sache gut, sprich weiter. Du bist umgeben von Mitbürgern, die geduldig darauf warten, deine Worte zu hören. Ruhiges Herz, ruhiger Verstand, kräftige Stimme.* Ich spürte, wie seine Furcht nachließ, während mein Herz zusammen mit seinem langsamer schlug. Ich zog mich so schnell wie möglich zurück.

»Gut gesprochen, Bartolomeo«, sagte der sonst eher schweigsame Diakon, als die Gemeinde die Kirche verließ. »Ich dachte schon, man müsste dich mitten in der Predigt von deiner Kanzel retten, aber du hast Inspiration gefunden, um weiterzumachen.«

»Wohl wahr«, sagte Bartolomeo, noch immer ein wenig verblüfft über seine plötzliche Erlösung. »Mit Gottes Hilfe natürlich.« Er atmete erleichtert auf und schaute den Kirchgängern nach. Mitten unter ihnen erblickte er eine Frau mit dunklen Zöpfen, die um ihren Kopf gewunden waren, ihr grünes Kleid bauschte sich auf, als sie sich umdrehte, um hinauszugehen. Er hatte sie schon einmal gesehen – an dem Abend, als er zum ersten Mal die Stundengebete angestimmt und mit seiner Stimme den dünnen Gebetsfaden gewoben hatte, der Sienas Bürger behüten würde: »Bewahre sie, Herr, und wache über ihnen, wenn sie schlafen.« Abgelenkt von einem Geräusch in den Kirchenbänken hatte er die Frau gesehen, als sie rasch mit wehendem schwarzen Haar durch das Kirchenschiff ging. Damals hatte er befürchtet, dass womöglich ein Geist seinen Weg aus der übernatürlichen Welt gefunden hatte, eingelassen von seinem halbherzigen Gebet. Allem Anschein nach war der Geist geblieben.

*

»Ist es ein Liebesbrief?« Ysabella stand auf Zehenspitzen und versuchte, die gefaltete Pergamentseite zu sehen, die am Nachmittag durch einen Boten ins Haus gebracht worden war, aber Gabriele hielt sie außer Reichweite.

»Etwas in der Art«, erwiderte Gabriele und deutete ein Lächeln an. »Aber nicht, was du denkst. Ich habe den Auftrag bekommen, über dem Eingang des Ospedale eine Szene aus dem Leben der Jungfrau zu malen.«

Rinaldo lächelte, doch seine Worte klangen bissig. »Jetzt verdienst du ja vielleicht deinen Unterhalt und kannst die Großzügigkeit meines Vaters wiedergutmachen.«

»Es fällt leicht, einem so großmütigen Geist wie unserem Gabriele gegenüber großzügig zu sein«, entgegnete Martellino. »Und was den Auftrag betrifft, überrascht es mich nicht. Wen sonst hätten sie auswählen sollen?«

Ysabellas Augen leuchteten auf. »Gabriele, wie großartig! Wann fängst du an, und was wirst du malen?«

»Der Rektor hat mich gebeten, morgen zu ihm zu kommen, um das Projekt zu planen. Und das Thema – ich hoffe schon lange, Mariä Himmelfahrt malen zu können, um ihren Lebenszyklus mit ihrem Aufstieg in den Himmel zu krönen.« Gabriele freute sich.

Ysabella machte ein Gesicht wie eine Heranwachsende mit Liebeskummer. »Santa Maria, Gabrieles einzige wahre Liebe. Wer kann es schon mit der Jungfrau aufnehmen? Vielleicht hättest du lieber Mönch werden sollen!« Sie wich Gabrieles Arm aus und ging ans Feuer, um Asche darüber zu streuen.

Vor dem Zubettgehen mussten Bohnen geschält, Mandeln blanchiert und gehäutet, Reparaturen vorgenommen werden – am großen Kessel war der Holzgriff abgebrochen –, und bis die Familie sich nach oben zurückzog, waren es noch ein paar Stunden. Martellinos Haus war gut ausgestattet, mit zwei geräumigen *camere*. Rinaldo und Bianca teilten sich ein Schlafzimmer, Ysabella und ihr Vater das andere mit einem großen Bett und einer kleineren Pritsche daneben. Im oberen Stockwerk unter dem Dach mit Holzbalken hatte Gabriele einen bescheidenen Raum für sich, wo er nicht nur schlafen, sondern an den verputzten Wänden auch Skizzen für seine Gemälde anfertigen konnte.

Nachdem Gabriele endlich allein in seinem Zimmer war, starrte er auf den Vertrag in seinen Händen und berührte die Wörter. Die Handschrift war zierlich und sah irgendwie eigenartig aus – sie erschien ihm, als würde man die eigene Sprache mit einem leichten Akzent hören, wie der Tonfall eines Besuchers, der von weit her kam. Auch die Signatur war ungewöhnlich: eine Eule auf einem Ast, die Initialen des Schreibers in dessen Krümmung eingearbeitet. Ein neuer Schreiber vielleicht, oder einer, der zu Besuch im Ospedale weilte.

Gabriele lag im Bett und stellte sich sein bevorstehendes Treffen mit dem Rektor vor. Stundenlang starrte er auf die Schatten, die langsam über die Holzbalken an der Decke wanderten. Stunden später hörte er die Glocken zur Matutin läuten und stellte verzweifelt fest, dass erst ein Drittel der Nacht hinter ihm lag. Als er endlich einschlief, träumte er, er sei wach und suche in den Fenstern nach ersten Anzeichen für die Morgendämmerung. Erschöpft wachte er vom Geruch nach frisch gebackenem Brot auf und befürchtete schon, seine Verabredung verschlafen zu haben. Martellino gelang es, Gabriele einen kleinen Brotlaib in die Hand zu drücken, als er aus der Haustür eilte.

An Monna Immacolata de'Medici
Palazzo Medici, Florenz
Handschriftlich von Eurem Gatten, Giovanni de'Medici
Aus dem Stadtgefängnis im Palazzo Pubblico, Siena
25. Tag des Juli, drei Wochen vor Mariä Himmelfahrt, 1347

Es heißt, ein verschwenderisches Weib sei eine Last für den Ehemann. Ich vertraue darauf, dass du in meiner Abwesenheit nicht die Rücklagen verschwendest, die ich für meine

Freilassung benötige. Die Geschäfte sind nicht so gelaufen, wie ich gehofft hatte, und ich werde hier in dieser Jauchegrube von einer Stadt aufgehalten. Iacopo dürfte jetzt auf seinem Rückweg nach Florenz sein, doch in der Zwischenzeit schicke so schnell wie möglich einen Boten. Gib ihm fünfzig Fiorini d'oro mit, um meine Abreise aus diesem erbärmlichen Gebäude der Stadtjustiz von Siena zu beschleunigen. Ich gehe davon aus, dass ich freigelassen werde, obwohl sich diese Stümper bemühen, mich in Gewahrsam zu halten.

Giovanni faltete diesen ersten Brief und drückte sein Wachssiegel darauf. Für ihre nächtliche Begegnung mit dem Nachtwächter gab es einen Zeugen, der Giovanni des Mordes beschuldigt hatte. Als es an der Tür des Gasthauses klopfte, hatte Giovanni seinen Sohn hinter einen Vorhang geschickt, um sich zu verstecken, damit er keinen Ärger verursachen konnte. Doch Ärger gab es dennoch, denn die beiden stiernackigen Ordnungshüter nahmen Giovanni fest, führten ihn durch die Stadt wie einen gewöhnlichen Dieb und steckten ihn in diese scheußliche Zelle, in der er auf sein Gerichtsverfahren warten sollte. Iacopo besaß genug Verstand, in seinem Versteck zu bleiben, und hatte dem Befehl seines Vaters Folge geleistet, nach Florenz zurückzukehren und auf weitere Nachrichten zu warten.

Giovanni spuckte in die schlechte Tinte, die der Wärter am Morgen dagelassen hatte, und begann sein zweites Sendschreiben. Der Wärter hatte ihm auch Feder und Pergament gestattet, wenn auch zu einem exorbitanten Preis.

An meinen Sohn Iacopo de'Medici
Der Herr sei mir gnädig
Mein Aufenthalt hier in einer Gefängniszelle in Siena hat meine schlechte Meinung über die Bürger dieser commune

nicht gebessert. Sie rühmen sich für ihre neuen Einrichtungen, als hätten ihre kläglichen Anstrengungen, ein modernes Gefängnis zu errichten – diese kleine Hütte, die sie an ihren sogenannten Palazzo Pubblico angebaut haben –, sie in das Firmament städtischer Gerichtsbarkeit erhoben. Ich werde in einer Zelle gefangen gehalten und warte auf den Prozess wegen der Beseitigung dieses Nachtwächters, der so dumm war, sich uns in den Weg zu stellen. Hätte er gewusst, dass es klüger ist, einen Geschäftsmann ungestört seinen Geschäften nachgehen zu lassen, könnte er heute noch leben.

Offenbar hat ein anderer Bürger unter Missachtung der Sperrstunde meine Lektion für den Nachwächter mit angesehen und sich erdreistet, mich beim Podestà zu denunzieren. Bei meiner Ankunft im Gefängnis habe ich den Wärter mit einem kleinen Anreiz versorgt, um meine Unterbringung zu verbessern. Auf diese Weise ist es mir gelungen, die gewöhnlichen Zellen zu meiden, doch die relative Freiheit, die meinem Stand gebührt, wurde mir nicht gewährt. Ich gehe nicht davon aus, dass ich lange hierbleibe, aber solange ich hier bin, sollte ich meine Tage so verbringen, wie es dem Ansehen unserer Familie geziemt. Hier gibt es eine Abteilung für Magnati, aber anscheinend verhindert die Behandlung von »Fremden« und »schweren Verbrechen« meine Unterbringung dort.

Deine Mutter wird einen Boten mit Geldmitteln schicken, um meine Zeit hier zu erleichtern, aber ich rechne damit, dich vor diesem heiligen Sonntag wiederzusehen, damit ich mit dir eine äußerst wichtige Angelegenheit in Bezug auf den Verursacher meiner Haft besprechen kann.

Giovanni hielt inne, rieb die rechte Hand mit der linken, um den Krampf zu lösen, der sich in seinem Daumengelenk eingenistet hatte. Als er seine Feder wieder aufnahm, um sie in die restliche Tinte zu tunken, vergaß er im ersten Moment, was er hatte schreiben wollen. Seine übliche Selbstsicherheit war einem merkwürdigen Gefühl gewichen, wie Hunger, nur saß es weiter oben in seiner Brust. Als er dann zu schreiben begann, war er selbst erstaunt über seine Wörter.

Ich stelle fest, dass die unerwartete Gefangenschaft und die Einschränkung meiner Freiheit Sehnsucht nach meiner Familie in mir ausgelöst haben, nach den Menschen, in denen Liebe und Treue zu Florenz so stetig fließen wie das Blut, das uns verbindet. Ich freue mich auf ein Gesicht, das Mitleid mit meiner Notlage zum Ausdruck bringt, nicht diese verächtlichen Visagen, die auf eine dunkle Zukunft für mich hindeuten, und auf die, die meinen Namen tragen. Wenn ich die Augen schließe, um zu ruhen, glaube ich mit der Zeit, dass das Gewicht der dicken Mauern auf mir lastet, die mich hier umgeben und mir die Teilhabe an Sonne und Luft verwehren. Ich bitte dich, schnellstmöglich zu mir zurückzukehren, nicht nur, um mir zu helfen, die Gerechtigkeit und Freiheit zu erlangen, die mir zustehen, sondern auch, um an meiner Seite zu stehen, damit mich jemand an ein Leben außerhalb dieser Mauern erinnert. Behalte diesen Brief für dich, mein Sohn, es soll unter uns bleiben.
Handschriftlich von deinem Vater
Giovanni de'Medici
Inhaftiert bis zum Prozess und in Gottes Hand
Am 25. Tag des Juli 1347

Drei Aspekte der Gefangenschaft waren besonders ärgerlich. Zunächst die Gewissheit, dass er sein eigenes Gold verwenden würde, um für seinen unfreiwilligen Gefängnisaufenthalt zu bezahlen – dabei drehte sich ihm der Magen um. Die körperliche Einschränkung verursachte noch größeres Elend. In seiner

Zelle, die nur etwas größer war als eine Pferdebox, streckte er seine schmerzenden Glieder aus. Was ihn in Gefangenschaft jedoch am zornigsten machte, war die Langeweile. Nachdem er seine beiden Briefe geschrieben und einem Wärter mitgegeben hatte, zusammen mit den erforderlichen Soldi, um ihre Zustellung zu gewährleisten, hatte Giovanni keine Aufgabe mehr zu erledigen, an keiner Unterredung teilzunehmen, keine Untergebenen herumzukommandieren. Die Wärter hatten ihm das Messer abgenommen, sonst hätte er es gern an dem Wetzstein geschliffen, der in seiner Gürteltasche steckte, oder er hätte es als besonderen Kitzel an seinem Daumen ausprobiert. Der Anblick und der Geruch von Blut, selbst seines eigenen, wären eine willkommene Anregung in diesen endlosen, faden Stunden gewesen.

Eine gewisse Erleichterung brachte der Wärter, der mit einer Abendmahlzeit kam, aber der Bohneneintopf stellte Giovanni ganz und gar nicht zufrieden. Als der Wärter sich zurückzog, hob Giovanni die Hand, um zu signalisieren, dass er ihn etwas fragen wollte. Der Wärter blieb stehen und schaute Giovanni misstrauisch an – er war vor diesen Florentinern gewarnt worden, vor ihrer offenen Missachtung von Recht und Gesetz in Siena.

»Wisst Ihr etwas über … wie soll ich sagen, Vergnügungen, die man Besuchern mit den erforderlichen Mitteln ermöglicht?« Giovanni fuhr mit der Hand an seine Gürteltasche und ließ die Münzen darin hörbar klimpern.

Der Wärter leckte sich die Lippen. »Ihr wisst doch sicherlich, Ser, dass nächtlicher Besuch streng verboten ist.« Dabei rieb der Wärter jedoch die Finger aneinander, als wollte er kundtun, dass etwas fehlte.

»Natürlich. Aber wir beide wissen, dass die strengste Regel übertreten werden kann.«

Der Wärter kam näher. »Sind das goldene Lilien, die Ihr da

bei Euch habt? Die könnten einen ebenso liebreizenden nächtlichen Besuch herbeirufen.«

Giovanni lachte leise. »Die Florine werden schön in deiner Hand Wurzeln schlagen«, sagte er und ließ zwei in die offene Hand des Wärters fallen.

»Erwartet einen Besuch zur Matutin«, sagte der Wärter und ging. Das Geräusch der Riegel bekümmerte Giovanni nun weniger, da er um die Ablenkung wusste, die ihm die Nacht bringen würde.

Der Raum war dunkel, als die Tür wieder aufging und Giovanni aus einem leichten Schlaf riss. Seine Besucherin trug einen Umhang mit Kapuze, die ihr Gesicht verbarg. Sie stellte eine kleine Laterne mit Kerze auf den Tisch neben seinem Schlafplatz.

»Ich würde gern sehen, was meine Lilien gekauft haben«, sagte Giovanni leise und sah dann zu, wie zwei weiße Hände aus den langen Ärmeln auftauchten, um die Kapuze nach hinten zu schieben. Ein überraschend junges, zartes Gesicht für eine Hure – vielleicht war sie neu im Geschäft. Umso besser; frische Jungfern waren noch nicht gegen den Schock über die Wünsche ihrer Kunden gefeit. Immacolata erregte ihn schon lange nicht mehr, doch woanders fand Giovanni reichlich Gelegenheit zur Befriedigung.

»Ich hatte noch nie die Möglichkeit, Sienas Felder zu pflügen«, sagte Giovanni und stellte erfreut fest, dass die Hände des Mädchens zitterten.

»Zu Euren Diensten, mein Herr.« Auch ihre Stimme bebte, reizend jung und verängstigt. Giovanni lehnte sich an die Wand und genoss die Anspannung im Gesicht seiner Besucherin.

»Bist du neu in diesem … Geschäft?«

Das Mädchen nickte. »Soll ich mich hinlegen?«

»Hier geht es nicht um ein Treffen frisch Vermählter. Dreh dich um.«

»Ser?«

»Ich sagte, dreh mir den Rücken zu. Ich habe für deinen Körper bezahlt, nicht für deine Unterhaltung.« Sie fügte sich, und er sah mit Befriedigung, wie sie verängstigt die Schultern unter dem schlichten Kleid einzog. »Und jetzt hör mir gut zu – ich möchte meinen Atem nicht an Wiederholungen verschwenden. Knie dich auf den Boden und heb dein Kleid über den Kopf – aber zieh es nicht aus.« Giovanni spürte seine Erregung, als das Mädchen gehorchte, und er sah ihr bleiches Gesäß vor sich, durch ihre Stellung einladend geöffnet.

»Habe ich das Glück, eine Jungfrau gekauft zu haben?«

»Herr, ich war erst ein Mal mit einem Mann zusammen.«

»Nun, dann werde ich dich da benutzen, wo es dir noch nicht zuteilwurde. Ich bin gern der Erste, wenn es um die Erforschung von Neuland geht.«

»Ser?«

»Und natürlich wäre mir lieber, wenn ich es vermeiden könnte, dich zu schwängern.«

»Ich kann Euch nicht hören, Herr.« Ihre Stimme war unter dem Stoff gedämpft.

»Ich nehme an, du bist eine Jungfrau, was Sodomie betrifft?«

»Ich bin eine Frau, Herr.«

»Das wird dich nicht schützen. Die Anatomie, die du mit einem Mann teilst, erlaubt dasselbe Eindringen.« Giovannis Stimme war nur noch ein Flüstern. Er hörte sie nach Luft schnappen, und die damit zum Ausdruck gebrachte Angst verschaffte ihm solche Wonne, dass er sich nicht länger beherrschen konnte. Seine Hände waren zart, dachte das Mädchen – wie die eines Edelmanns –, als er sie an den Hüften packte, aber seine Absicht war es offensichtlich nicht.

*

»Iacopo, bist du in deinem Zimmer? Der Tisch ist für das Abendessen gedeckt.« Iacopo trat in das Licht des Esszimmers, seine gewohnt trübe Miene noch finsterer als sonst. Immacolata strich ihrem Sohn über die Haare.

»Mutter, ich bin nicht mehr Euer kleiner Junge«, sagte Iacopo, gab der Liebkosung aber nach. Es schien noch nicht allzu lange her zu sein, dass sein Kopf an ihrer Taille geruht hatte, dachte Immacolata und ließ ihre Hand zögernd sinken.

»Kannst du nicht noch eine Nacht ausruhen, bevor du wieder nach Siena zurückkehrst?«

»Mein Vater hat mich gebeten, schnellstmöglich zu kommen, wie Ihr sehr wohl wisst.« Iacopo legte die Hand über die Augen, um das letzte Abendlicht auszublenden, das durch die Buntglasfenster der *sala* fiel.

»Ich habe getrocknete Früchte und Mandeln eingepackt, die dein Vater so gern mag, sowie alles, was du für deine Reise brauchst. Das Schreiben deines Vaters an mich war kurz – hat er erklärt, warum sie ihn inhaftiert haben?« Iacopo schwieg. In der Dunkelheit hinter seinen Augenlidern sah Iacopo eigenartige, pulsierende geometrische Muster aus Licht und Schatten. Wenn er die Augen aufschlug, blieben die flackernden Linien erhalten und verzerrten eine Gesichtshälfte seiner Mutter. Er blinzelte, um das Bild gerade zu rücken.

»Mein Sohn, du bist so dünn, und seit deiner ersten Abreise nach Siena bist du noch dünner geworden. Bitte, iss heute Abend ein wenig Forelle mit mir.«

»Ich kann nichts essen.« Iacopo griff nach einem Krug Würzwein und stellte ihn gleich wieder ab. »Vater hat einen Nachtwächter von Siena umgebracht. Der Mann hatte seinen Tod verdient, aber das hat die Erfüllungsgehilfen des Podestà nicht davon abgehalten, Vater einzusperren.« Iacopo de'Medici hatte in den Nächten seit der Gefangennahme seines Vaters nicht mehr als ein paar Stunden unruhig geschlafen, und sein

Kopf brummte vor unausgesprochenen Wörtern. *Es ist meine Schuld, dass sie ihn jetzt haben, meine Schuld, dass mein Vater in einer Kerkerzelle in Siena eingesperrt ist und auf seinen Prozess wartet. Er hat mir die Chance gegeben, mich zu beweisen, und ich habe ihn im Stich gelassen. Ich habe den Namen meines Vaters ausgesprochen, als ich den Mund hätte halten sollen. Ich habe mich hinter einem Vorhang versteckt, als ich vielleicht hätte helfen können. Ich habe Siena verlassen, als ich an der Seite meines Vaters hätte bleiben sollen. Soll ich sein in mich gesetztes Vertrauen auf diese Weise enttäuschen?*

»Sie werden ihn des Mordes anklagen?« Immacolata stützte sich auf dem Tisch ab. »Gott stehe uns bei.« Sie beobachtete, wie ihr einziger Sohn die Tür öffnete. Sie sah ihn noch immer als kleinen Jungen vor sich, pummelige Beine, die unter dem Saum eines roten Kinderkittels hervorlugten.

»Wir werden Gottes Hilfe brauchen«, antwortete er und verschwand im Hof, während sie sich die Tränen aus dem Gesicht wischte.

Draußen wurde es dämmrig, als Iacopo sich in den Stall am Palazzo Medici duckte. Die unablässige Gesellschaft im Haus ermüdete ihn, und er zog die Entspannung in den Ställen vor, die Geräusche der unruhigen Pferdehufe im Stroh, das leise Prusten der Stuten an den Hälsen ihrer Fohlen. Er ging zu den Hengstboxen, um sich ein Pferd für die Reise am folgenden Tag auszusuchen. Im Dunkeln hatten die gezackten Linien aus Licht sein Gesichtsfeld fast vollständig eingenommen, und er musste blinzeln, damit er sah, wohin er seine Füße setzte. Kopfschmerzen setzten ein, die linke Schädelseite brannte, als hätte er zu nah am Kamin geschlafen, und eine Woge von Übelkeit ließ ihn beinahe einknicken. Er fasste sich wieder, schluckte Galle und wartete, bis die Krämpfe nachließen. Kurz darauf waren die Blitze vor seinen Augen verschwunden. Nur noch ein dumpfes Pochen im Schädel war zurückgeblieben.

Als Iacopo näher kam, wurde Pellegrino in seiner Box unruhig. Der Hengst trug zu Recht den Namen Pilger, denn er war gern in Bewegung. Iacopo sprach ihn an, bevor er sich ihm näherte; Pellgrino hatte den Hang zu scheuen.

»*Buona sera*, Pellegrino. Willst du morgen mit mir reiten?« Iacopo berührte die weiße Blesse des Pferdes und strich über sein weiches Fell. Das Pferd wollte nichts außer Futter, Wasser und Auslauf von ihm. Im Sattel fühlte sich Iacopo wohl, was er in Anbetracht der ihn erwartenden Aufgaben nicht sagen konnte. Iacopo trat näher an Pellegrino heran, legte seine Wange an den langen, muskulösen Hals und schloss kurz die Augen. Er spürte, wie Pellegrinos Fell zuckte, um eine lästige Fliege zu verscheuchen.

Iacopo wünschte sich, er könnte ewig im Stall bleiben, statt in den Palazzo zurückzukehren, in seinen mit Gobelins verzierten und einem imposanten Bett aus geschnitztem dunklen Holz ausgestatteten Raum, zu den besorgten Worten seiner Mutter und in Erwartung der anstehenden Reise. Lieber hätte er hier geschlafen, umgeben von den weichen, warmen Flanken der Pferde und den lieblichen, moschusartigen Gerüchen nach Heu und Pferdedung.

Als Iacopo aus dem Stall trat, wehte ein scharfer Wind vom Arno herüber. Ein schlechtes Omen für die bevorstehende Reise; Regen könnte die Straße zwischen Florenz und Siena schnell in aufgewühlten Schlamm verwandeln, der einen Ritt schwierig, wenn nicht gar gefährlich machte. Iacopo spürte den gefalteten Brief seines Vaters auf der Haut unter seinem Hemd, nahe am Herzen. Die Wörter tauchten vor seinem geistigen Auge auf, als würde er sie lesen …

Ich bitte dich, schnellstmöglich zurückzukehren … um an meiner Seite zu stehen, damit ich eine Erinnerung an ein Leben außerhalb dieser Mauern habe.

Er wünscht meine Rückkehr, trotz meiner Verfehlungen, dachte Iacopo, und als die Brise aufkam, war ihm, als streiche sie ihm mit zärtlicher Hand die Haare aus der Stirn.

Ein teuflischer Regen kam mit dem unheiligen Wind wie auf einem *carroccio* daher, ungewöhnlich für den Monat Juli. Kurz nach der Matutina fielen die ersten Tropfen, die zunächst nur leise auf die Markise vor Iacopos Fenster platschten, dann hartnäckiger wurden, wie das Poltern Hunderter Füße auf den Pflastersteinen des Hofes. Ein greller Blitz, dann ein Krachen aus dem Himmel gingen einer Sturzflut voraus, die in Kaskaden vom Ziegeldach des Palazzos schoss.

Die Straßen hatten sich in Flüsse verwandelt, als Iacopo am nächsten Morgen aufbrach, und die überlaufenden Jauchegruben in der Gasse schwängerten die Luft mit widerlichem Gestank. Iacopos Befürchtungen hinsichtlich des Zustands der Straßen waren durchaus begründet; als es Abend wurde, hatte er erst ein kleines Dorf kurz vor Arezzo erreicht, in dem er zwangsläufig die Nacht in einem Gasthaus verbringen musste, zusammen mit anderen Reisenden, die ebenfalls einen Halt einlegen mussten. Iacopo teilte sich ein Bett mit einem korpulenten, geschwätzigen Weinhändler, der ohne Unterlass redete, bis die Matutin geläutet wurde. Dann schlief er mitten auf dem Bett plötzlich ein, woraufhin Iacopo sich für den Rest der Nacht an den Rand der Matratze klammern musste.

Am nächsten Morgen zog Iacopo sich mühevoll seine feuchte Kleidung an und stieg zögernd auf Pellegrino. Der Regen hatte nachgelassen, aber die dichten Wolken hingen tief und tropften unablässig während der gesamten Reise. Iacopo kam schlammbespritzt zum Gefängnis, hungrig und unausgeschlafen. Die Kopfschmerzen lauerten noch immer hinter seinen Augen und warteten auf die leiseste Herausforderung, um schlimmer zu werden.

Iacopo stellte sein Pferd unter und betrat den Wachraum,

und die Blicke wurden misstrauisch, als er den Zweck seines Besuchs erklärte.

»Ihr seid der junge Medici? Ihr gleicht ihm gar nicht. Vielleicht hat Eure Mutter einen Moment woanders hingeschaut, als ihr Mann gerade auf einer seiner *Geschäfts*reisen war.« Die Wärter lachten schallend und tätschelten ihre Genitalien. »Ihr seid ein dürrer Kerl. Ist der Bulle stolz auf das kleine Kalb, das er gemacht hat?« Der Zorn ließ alles vor Iacopos Augen verschwimmen, er nahm den Beutel von seinem Gürtel und knallte ihn auf den Tisch.

»Ich werde dafür sorgen, dass mein Vater und ich so behandelt werden, wie es unserem Ansehen zusteht. Das hier dürfte Euren Respekt verdienen.« Die Wärter schauten anerkennend auf die Geldbörse, aus der zwei mit Lilien geprägte Goldmünzen herausgefallen waren.

»Ihr seid zwar kein erfreulicher Anblick, aber Euer Geld sieht gut aus. Gerardo, bring den feinen Herrn zur Zelle seines Vaters.«

Iacopo schaute an sich hinunter, als er dem zweiten Wärter durch die Gefängnisflure folgte. Die Kniehose klebte an seinen schlanken Beinen und war mit Schlamm verschmiert. Die Wolle seines Umhangs war feucht und roch wie schmutziges Schaf. Er hatte kein Glas, um sein Gesicht zu betrachten, aber er kannte seine Schwächen gut genug. Seine lange Kinnpartie und die dicht beieinanderstehenden Augen zogen nur wenig Bewunderung auf sich, und selbst da hatte er den Verdacht, sie sei vorgetäuscht, weil seine Familie mächtig und reich war. Er war volljährig geworden, ohne den gebührenden Respekt für sein Alter hervorlocken zu können – er war und blieb der enttäuschende einzige Sohn seines Vaters.

Der Wärter blieb vor einer Holztür stehen. Seine Schlüssel rasselten, als er das Schloss öffnete und grunzend den Riegel zurückschob.

»Ich bin hier draußen, falls Ihr uns hereinlegen wollt, Kälbchen.«

Iacopo hoffte inständig, dass Giovanni weder die Beleidigung gehört hatte noch das leise »Muh« und das Gelächter, das ihm in die Zelle seines Vaters folgte. Der Wärter schloss die schwere Tür hinter ihm.

Das Licht, das durch den Fensterschlitz fiel, beleuchtete Giovannis Mähne von hinten, ließ aber seine Gesichtszüge im Dunkeln.

»Du kommst spät, was ich mir hätte denken können, und siehst aus wie einer, der Gräben aushebt, statt wie der Sohn eines Edelmannes.«

»Der Regen hat mich aufgehalten, Vater.«

»Ich habe kein Interesse an deinen Ausführungen über das Wetter. Ich habe eine Aufgabe für dich, die alle Ressourcen erfordert, die du aufbringen kannst.« Giovanni drehte sich um, sodass seine Gesichtszüge zu erkennen waren, und Iacopo suchte nach einem Anzeichen für die Stimmung, die seinen Vater zu seinem letzten Brief veranlasst hatte.

»Werden sie Euch freilassen?«

»Ich dachte mir, mit dem Versprechen zusätzlicher Geldmittel könnte ich mir größere Freiheit leisten, aber man hat mir nicht erlaubt, diese Zelle zu verlassen, nicht einmal, um meine Mahlzeiten einzunehmen.« Iacopo holte die Mandeln und Trockenfrüchte hervor, die seine Mutter am Abend zuvor eingepackt hatte, und hielt sie seinem Vater hin. Giovanni nahm sich eine Handvoll getrockneter Feigen und aß sie schnell auf. Iacopo versuchte, ihn beim gierigen Verschlingen der Früchte nicht anzustarren. Er hatte seinen Vater noch nie in einer Situation erlebt, in der er etwas gewollt oder gebraucht hätte. »Sie haben mir nichts gesagt. Ich habe vor, mich dafür zu verbürgen, dass ich in Notwehr gehandelt habe.«

Giovanni hatte die Feigen aufgegessen und griff nach den

Mandeln, die er nacheinander verzehrte. »Du siehst aus, als hättest du dich in einem Pferch gewälzt, und riechst noch schlimmer.«

Iacopo widersprach ihm nicht. Kurz darauf seufzte sein Vater, als gebe er sich damit zufrieden, das Beste aus dem Material zu machen, das man ihm zugestanden hatte, auch wenn es fehlerhaft war.

»Nun zu dem Thema, das ich in meinem Brief angesprochen habe. Meine Inhaftierung ist das Werk eines Zuträgers, der mich schriftlich denunziert hat. Der Wärter hat mir den Namen des Mannes genannt – solche Auskünfte kann man kaufen, für einen hohen Preis: Accorsi. Jetzt musst du ihn suchen.«

Iacopo musste schwer schlucken, seine Kehle war trocken. »Und wenn ich ihn finde?«

»Dann wirst du tun, was getan werden muss. Suche die Mitglieder unserer Bruderschaft auf; es gibt Männer in der Bruderschaft San Giovanni, die deinen Anweisungen Folge leisten, wenn ich nicht in der Lage bin.« Giovanni schwieg eine Weile. Aus den Tiefen des Kerkers waren die Schreie eines Mannes zu hören. Die Stille nach dem Geschrei hielt lange an, und als Giovanni fortfuhr, war seine Stimme leiser als zuvor. »Mag sein, dass ich dieses Gefängnis nicht mehr verlasse, Iacopo.«

»Die Richter werden doch gewiss das Argument der Notwehr in Betracht ziehen?«

»In Florenz, wo alle den Namen Medici achten, wären meine Einwände fraglos akzeptiert worden. Aber unsere Macht ist hier ohne Bedeutung. Dieser Ort hat mich meiner Sicherheit beraubt.« Giovanni schaute seinem Sohn in die Augen, und Iacopo konnte seinen Blick nicht abwenden. »Für den Fall, dass mir nicht erlaubt ist, in das Leben zurückzukehren, das ich einmal genossen habe, falls das Schlimmste eintreten und ich für meine Taten gehängt werden sollte, musst du meinen Tod rächen. Die Rede ist hier von dem Feigling Accorsi, der gegen mich ausgesagt hat, aber auch von der Stadt, die es wagt, einen Edelmann aus Florenz zu bestrafen, der sich verteidigt hat. Eine Stadt, deren Anspruch auf Größe wir Männer aus Florenz schon lange verachten.«

Wir Männer aus Florenz. Iacopo beugte sich vor, um Giovannis Worte zu hören, so nah, dass er die Wärme des Atems spürte, der nach Feigen und Todesangst roch.

*

28. Juli, 1347

Lieber Nathaniel,
obwohl ich keine Adresse habe, an die ich diesen Brief schicken könnte, habe ich das Bedürfnis, dir zu schreiben. Hattest du nicht vor mir schon den Verdacht, dass meine Beschäftigung mit der Vergangenheit zu weit gegangen war? »Du steckst bis über beide Ohren drin, Doktor Trovato«, höre ich dich sagen, als stündest du hier neben mir, aber das stimmt natürlich nicht. Du existierst noch nicht einmal, aber mir gefällt der Gedanke, dass du und Charles euch irgendwo aus dem Bett wälzt, aus euren Leinenlaken mit Stickrändern, und in die Küche latscht, um Espresso zu machen. Herrgott, wie mir Kaffee fehlt. Und Toilettenpapier, und … Ben. Ich bin mir sicher, es würde ihn amüsieren, zur selben Kategorie wie Toilettenpapier zu gehören. Aber auch wenn ich nach Hause käme, könnte ich Ben nicht haben. Nie mehr.
Was mir am meisten fehlt, sind nicht die Annehmlichkeiten des modernen Lebens; mir fehlt, dass man mich kennt. Alles, was ich über mich sage, ist frei erfunden, aber es gibt keine Alternative, denn die Wahrheit ist unmöglich. Es gibt Momente, in denen ich mein altes Leben vergesse und gerne schreibe, die Staubflocken schweben in der Luft und fangen

das Licht ein, das durch die bleiverglasten Fenster dringt. Doch jenseits dieser Alltagsroutine habe ich Heimweh, oder genauer: Zeitweh. Ohne die Möglichkeit, nach Hause zu kommen.
Das ist besser als eine Postkarte, nicht wahr? Ich glaube nicht, dass man im 14. Jahrhundert schon Postkarten hatte, ich meine, HAT.
Alles Liebe, B.

Ich sah noch immer keine Möglichkeit, wieder nach Hause zu gelangen, aber wenigstens hatte ich eine Arbeit, die in diesem Augenblick darin bestand, einen Vertrag mit dem Grance di Grosseto aufzustellen über die Höhe der Einnahmen für zwanzig Scheffel Gerste. Egidio war unterwegs, um etwas zu besorgen, und ich war allein im Skriptorium. Während ich schrieb, hörte ich die Geräusche von der Straße – Gelächter spielender Kinder, ein Krämer, der seine Waren anpries. Am Morgen hatte ein unregelmäßiges lautes Hämmern angefangen, als würde jemand draußen vor dem Fenster etwas bauen, aber ich konnte durch die Bleiverglasung nichts erkennen. Als ich den Vertrag fertig hatte, fielen mir beinahe die Augen zu. Ich hatte in der Nacht zuvor schlecht geschlafen, war immer wieder von Albträumen über die Pest aufgewacht, nachgestellt von mittelalterlichen Gestalten aus den Chroniken, die ich in meinem Jahrhundert gelesen hatte. Ich schob den Brief an Nathaniel unter das Geschäftsbuch und legte den Kopf auf das Pult. Der Vertrag konnte ein paar Minuten warten, im Gegensatz zur Neurochirurgie. Kurz darauf träumte ich: Ich lag auf dem Bauch in der Sonne an einem Sandstrand und ließ die Wärme in meinen Rücken eindringen. Dann befand ich mich mit Fieber in meinem Kinderbett und wurde von Benjamin mit Alkohol abgerieben, um meine Temperatur zu senken. Die Bilder zerfielen, ein Lagerfeuer in dem Ferienlager, in dem ich mit neun Jahren war, Gesichter, von der wabernden Hitze verzerrt. Als ich aufwachte, lag ich auf der Straße.

Gabriele hatte keinen Arbeiter aus der Werkstatt um Hilfe gebeten, denn er erledigte die Vorarbeiten lieber selbst, um die Ausgaben zu begrenzen. Für das Fresko über dem Eingang wären weder Zimmerleute nötig, um das Gerüst zu erstellen, noch Hilfskräfte für den Maler, um Putz oder Pausbeutel vorzubereiten und täglich die Pigmente zu mischen. Tommaso, sein engster Freund aus Simones Werkstatt, zweifelte an seinem Verstand, aber Gabriele genoss die körperliche Anstrengung.

Er verlängerte die Bühne, um an die Wand über dem Eingang des Ospedale zu gelangen. Schon bald war ihm sein Kittel zu warm, und er arbeitete in seinem langärmeligen Unterhemd aus Leinen weiter, leise vor sich hin summend im Einklang mit den Spatzen, die sich auf der Piazza versammelt hatten. Allmählich stieg ihm der Duft aus der Küche des Ospedale in die Nase, rauchig und kräftig. Doch nach ein paar Minuten wurde der Geruch unangenehm, und seine Augen brannten. Gabriele kletterte rasch vom Gerüst und ging zum Haupteingang. Dort stellten sich ihm die beiden Wächter in den Weg, bis sie ihn schließlich erkannten.

»Feuer!«, brüllte Gabriele und rannte dann an ihnen vorbei durch den Eingang ins Ospedale, eine Treppe hinauf, dem Qualmgeruch folgend. Als er den Treppenabsatz erreicht hatte, ließ er sich zu Boden gleiten und kroch weiter, bis er eine geschlossene Tür erreichte. Sie war warm, doch er erhob sich und stemmte sie auf.

Beim Anblick der Rauchwolken und hellroten Flammen, die an den Bücherstapeln im großen Skriptorium des Ospedale emporzüngelten, blieb Gabriele das Herz stehen. In einer Ecke des Raums erblickte er eine große Zisterne mit einem Eimer und einer Schöpfkelle daneben und kroch auf allen vieren zur

Wasserquelle. Als er an den Pulten der Schreiber vorbeikam, stolperte er über etwas Weiches, das unter ihm nachgab. Erschrocken erkannte er den Fuß einer Frau, die eine Sandale mit feinen Lederriemen trug. Der wogende Qualm isolierte den Fuß auf eigentümliche Weise, als wäre er vom Körper abgetrennt. Als die Rauchsäulen wanderten, sah Gabriele eine Wade über dem Fußgelenk und einen Rocksaum – alles gehörte zu einer Frau, die über ihrem Pult zusammengebrochen war.

Gabriele zog sich in die Höhe. Sein Verstand funktionierte langsam, aber immerhin mit solcher Klarheit, dass er trotz der gefährlichen Lage Details aufzunehmen vermochte. Die Wange der Schreiberin ruhte auf dem tintenverschmierten Holz, und ihre schlanken Finger bogen sich noch um die Feder. Ein paar feine schwarze Haarsträhnen hatten sich aus ihrem geflochtenen Haar gelöst und berührten ihren Nacken. In dieser Sekunde bemerkte Gabriele das leichte Anheben der Schultern, als sie flach einatmete. Sie lebte.

Er packte die Schreiberin unter den Achseln und zog sie zur Tür. Dabei vernahm er ein schreckliches Splittern – ein volles Bücherregal löste sich von der Wand neben der Tür, schwankte und fiel in einem Funkenregen direkt vor seine Füße, ging in Flammen auf und blockierte den Ausgang. Er zog seine schwache Last mit sich zu Boden und suchte den Raum nach Möglichkeiten ab. An der linken Wand befanden sich hohe, dick verglaste Fenster, und er sah einen Pfad durch Flammen und Rauch, um dorthin zu gelangen. Er nahm ein schweres Tintenfass vom Pult und kroch weiter, die Schreiberin hinter sich herziehend. Am Fenster erhob er sich, holte mit dem Tintenfass aus und zerschmetterte die rautenförmige Scheibe. Sie zersplitterte, die dünnen Bleinähte krümmten sich, und Glasscherben prasselten auf ihn und die Schreiberin nieder.

Gabriele hatte seine Fluchtroute mit Bedacht gewählt; draußen vor dem zerbrochenen Fenster standen die Pfosten seines Gerüsts. Er kniete nieder, hob die Frau hoch und legte sie sich über seine Schulter. Als er mühsam durch die gezackte Öffnung stieg, kam ihm unwillkürlich der Gedanke, wie bizarr es doch war, dass er innerhalb weniger Wochen nun schon den zweiten Menschen dem Tod oder der Rettung entgegentrug. Er hoffte Letzteres, als er die Frau aus dem Fenster auf die kleine Bühne hinabließ, die er an jenem Morgen erst gebaut hatte, und sprang dann keuchend hinterher.

Unter einem letzten Kraftaufwand gelang es Gabriele, mit der Frau über der Schulter von dem Gerüst hinunterzuklettern; später wusste er nicht mehr, wie er es geschafft hatte. Seine Knie gaben unter ihm nach, und er glitt langsam zu Boden, wo er sich einen Moment ausruhte und um Luft rang. Dort lag er, sah den Duomo in Seitenlage, die Streifen waren in die Senkrechte gekippt, veränderten die Farbe von Grün zu Schwarz und wieder zu Grün.

Eine kleine Armee junger Wachmänner rannte mit Eimern aus dem Ospedale zum nächsten Brunnen. Gabriele hatte das Bedürfnis, dort liegen zu bleiben, als genieße er einfach einen trägen Moment im Bett und kauerte nicht auf dem Boden vor einem brennenden Gebäude. Ein Hustenanfall, gefolgt von tiefem Einatmen brachte ihn wieder zu Bewusstsein, er stützte sich auf und schaute ins Gesicht der Schreiberin.

Gabriele hielt inne und starrte sie an. Er dachte nicht daran, sich darüber zu wundern, dass die Vision, die ihn in seinen Träumen verfolgt und seine Gemälde bevölkert hatte, sich als leibhaftige Schreiberin im Ospedale entpuppte, die jetzt vor ihm auf dem Pflaster lag. Die Wangen der Frau waren von der Hitze des Feuers gerötet, aber kein einziges Haar war versengt, ebenso wenig wie der Stoff ihres grünen Kleides – irgendwie hatten die Flammen sie verschont. Und er hatte richtiggelegen, als er ein grünes Gewand für die Zuschauerin in seinem Gemälde vom heiligen Christophorus gewählt hatte. Dantes

Verse gingen ihm im Kopf herum, und er sprach den Namen der Muse des Dichters laut aus.

»Beatrice.«

*

Durch tiefe Schichten Schlaf hörte ich eine Stimme, die meinen Namen auf diese wundervolle italienische Art aussprach, wie Dante es wohl getan hätte. Ich schlug die Augen auf und stellte fest, dass ich auf dem Pflaster vor dem Ospedale lag und in das Gesicht eines Fremden schaute.

»Was mache ich hier draußen?« Meine Kehle war rau und schmerzte, und meine Lunge brannte. Der Mann lehnte sich zurück, und ich konnte mich auf sein Gesicht konzentrieren. Seine silbergrauen, lockigen Haare fielen ihm fast bis auf die Schultern, und auch seine Augen waren grau, gerahmt von langen, dunklen Wimpern, die Augenwinkel leicht nach oben gezogen, die Iris hatte dunkelblaue Tupfer.

Sein verwirrter Blick sagte mir, dass ich Englisch gesprochen hatte.

»*Mea scusi*? Darf ich Euch helfen, Euch aufzurichten, Signora?«

Rasch schaltete ich wieder auf Italienisch um. »Ich glaube, ich schaffe es alleine.« Er sah mir geduldig zu, während ich mich in meinem verdrehten Kleid abmühte. Ich vernahm Unruhe im Ospedale. »Wie bin ich hierhergekommen?«

»Ich habe Euch im Skriptorium gefunden, edle Dame, und da es in Flammen aufging, habe ich Euch aus dem Gebäude entfernt.«

Ich starrte ihn an. »Verzeiht, wenn ich unhöflich war.«

»Ganz und gar nicht, Signora.« Er verneigte sich auf galante Weise. Ich wusste noch immer nicht, woher er meinen Namen kannte. Unsere Unterhaltung wurde unterbrochen von einer herbeistürmenden Horde Wachmänner, aus deren Eimern Wasser auf die Pflastersteine spritzte. Der Ruf, *»Fuoco, fuoco!«*, drang aus dem zerbrochenen Fenster über uns, zusammen mit Rauchschwaden.

»Sieht so aus, als könnte ich jetzt nicht wieder an meine Arbeit«, sagte ich geradeheraus. Menschenscharen strömten jetzt aus den offenen Türen des Ospedale. »Aber ich sollte hingehen und helfen.« Meine Worte endeten in einem Hustenanfall. Offensichtlich war ich nicht in dem Zustand, überhaupt helfen zu können.

»Ich würde mich glücklich schätzen, Euch nach Hause zu Eurer Familie begleiten zu können, oder zu einem Arzt.«

»Ich wohne *dort.* Zumindest bis jetzt.« Ich zeigte auf den Pellegrinaio delle Donne. Erleichtert sah und hörte ich Umiltà, die einer Gruppe von Menschen Anweisungen gab. Clara stand neben ihr und starrte hinauf. Ich hoffte, dass Egidio noch dabei war, seine Besorgungen zu erledigen.

»Ihr nehmt hoffentlich eine Einladung ins Haus meines Onkels an, wo Ihr Euch in größerer Sicherheit und Bequemlichkeit erholen könnt. Sein Haus ist nicht weit weg, und solltet Ihr nicht in der Lage sein zu gehen, kann ich Euch wieder tragen.«

»Nein, danke, ich glaube, ich kann laufen«, sagte ich, aber als ich versuchte aufzustehen, zitterten meine Beine. »Ich muss Suor Umiltà sagen, wohin ich gehe.« Graue Rauchschwaden zogen auf uns zu und lösten den nächsten Hustenanfall bei mir aus.

Der Gedanke, mich durch die Menge zu zwängen und zum brennenden Gebäude zurückzugehen, war mir unerträglich. Mein Retter hielt einen der Wachmänner an, der mit einem leeren Eimer wieder zum Brunnen eilte.

»Junger Mann, bitte richtet Suor Umiltà und dem Meister des Skriptoriums aus, dass die Schreiberin in Sicherheit ist und sich im Haus des Bäckers Martellino Accorsi in der Civetta *contrada* befindet. Ich bringe sie zurück, wenn es ihr gut geht und die Gefahr vorüber ist.« Der Wachmann nickte und entfernte sich mit seinem Eimer.

Accorsi, dachte ich, *das ist ja interessant*. Wie geläufig war der Name im vierzehnten Jahrhundert in Siena? Vermutlich hätte ich es mir gründlich überlegen sollen, bevor ich das Ospedale mit einem Fremden verließ. Das Letzte, was ich sah, als ich über die Schulter zurückschaute, war Fra Bosi, der neben dem Eingang des Ospedale stand. Tränen rannen ihm über die Pausbacken.

Seit meiner Rettung aus Stozzis Fängen hatte ich mich kaum über die Piazza del Duomo hinausgewagt. Ich war nicht in bester Verfassung, um meinen ersten richtigen Ausflug zu genießen, aber ich kam trotzdem nicht umhin, das tosende Leben Sienas wahrzunehmen. Zwei Jungen in bunten Kitteln und Kniehosen – halb rot und halb gelb – jonglierten vor einer Menge jubelnder Zuschauer. Sie konkurrierten mit einer jungen Krämerin, die lauthals ihre Waren anpries – ein Tablett mit Knöpfen verschiedener Größen und Farben, einige aus glitzerndem Metall, ein paar helle mit Elfenbein oder Knochen, andere wiederum braun wie Holz oder Leder. Wir kamen an einer Buchhandlung vorbei, in der sich Herren mit Hüten drängten. In ihren Gewändern erinnerten sie an Professoren von der Universität. Ich blieb stehen und dachte an meinen letzten Besuch der Universität – zu meiner Zeit. Dann wurde mir klar, dass ich unseren Weg sehr gut kannte, und meine Haut begann zu kribbeln. Als wir einen Torbogen durchschritten und vor einem dreistöckigen Haus aus stuckverziertem Stein mit einer einladenden Bäckerei zur Straße hin stehen blieben, wusste ich genau, wo ich war – vor Bens Haus, meinem Haus. Und auf unheimliche Weise schien es auch das Haus meines Retters zu sein. Verblüfft schaute ich auf die offene Tür, die

Tür, die ich einst mit meinem Schlüssel geöffnet hatte. Die Diele wurde von einem großen Ziegelsteinofen beherrscht. Trotz der zeitlichen Verschiebung war dieses Haus ein Ort, den ich kannte, der mir allmählich ans Herz gewachsen war. Es war das Erste, das mir in diesem Jahrhundert vertraut vorkam, und vor Erleichterung bekam ich weiche Knie.

Ein mit Mehl bestäubter Mann begrüßte uns an der Tür, ein breites Lächeln legte sein Gesicht in Falten. »Gabriele, das sieht dir aber gar nicht ähnlich, schon vor Einbruch der Dunkelheit einen Besuch abzustatten – wie ist es dir nur gelungen, dich von deiner Arbeit loszureißen? Rinaldo ist unterwegs, um unser Korn einzukaufen, und Bianca ist oben und schläft.« Er erblickte mich, und sein Lächeln wurde noch breiter. »Und wer, wenn ich fragen darf, ist dieser hinreißende Gast? Wird sie mit uns zu Abend essen?« *Gabriele.* Beim Klang dieses Namens zuckte ich zusammen. Der Bäcker, von dem ich annahm, dass er Gabrieles Onkel Martellino war, verbeugte sich aus der Hüfte heraus und wirbelte dabei eine kleine Mehlwolke von seiner Schürze auf. Bevor Gabriele antworten konnte, kam eine junge Frau aus dem hinteren Teil des Ladens. Sie war kleiner als der Onkel und versuchte vergeblich, um seine Körpermasse herum zu spähen.

»Vater, rück mal ein Stück, ich kann nicht durch dich hindurch sehen!« Der Bäcker trat zur Seite, und sie zwängte sich durch die Lücke. »Gabriele, solltest du nicht am Ospedale malen?« Das Mädchen erblickte mich. »Hattest du vor, deine Begleiterin vorzustellen? Das Abendessen ist noch nicht fertig.« Als sie Gabriele ansah, veränderte sich ihr Gesichtsausdruck abrupt. »Gabriele – deine Sachen sind voll Asche –, was ist passiert?« Als mein Verstand die Puzzlestücke zusammensetzte: Gabriele, Maler, Ospedale, Accorsi, bekam ich eine Gänsehaut.

»Diese edle Dame ist Schreiberin im Ospedale, und ich konnte sie aus dem brennenden Skriptorium befreien. Darf ich meine Cousine Ysabella vorstellen, und …«, sagte er und deutete mit einem Kopfnicken auf den Bäcker, »meinen Onkel Martellino.«

Ysabella berührte besorgt meine Hand. »Wie kommst du darauf, diese arme Frau draußen auf der Straße stehen zu lassen? Gabriele, hast du keinen Verstand?« Mit einer viel freundlicheren Miene wandte sie sich mir zu. »Kommt herein und setzt Euch; ich bringe Euch einen Becher Würzwein, damit Ihr Euch erholt.«

Ich wandte mich an meinen Retter. »Euer Name ist Gabriele?«

»Ja, Gabriele Beltrano Accorsi. Es ist mir ein großes Vergnügen, Euer Diener zu sein. Und Ihr, Signora?«

»Beatrice.« Ich sprach den Namen italienisch aus. »Beatrice Alessandra Trovato.« Gabriele jetzt vor mir zu sehen, so leibhaftig wie ich selbst, verunsicherte mich. In meinem Kopf hatte ich eine Person erschaffen, basierend auf den Worten, die ich gelesen hatte. Der Gabriele meiner Fantasie war blass, entkräftet und emotional oberflächlich, ohne Sinn für Humor. Die imaginäre Person hatte mit dem Mann, der vor mir stand, ganz und gar nichts zu tun.

Der echte Gabriele war viel größer, als ich erwartet hatte – größer als ich und größer als die meisten anderen Menschen, denen ich im vierzehnten Jahrhundert begegnet war – und obwohl er schlank war, hätte ihn niemand als schwächlich beschrieben. Er bewegte sich grazil, trotz seiner Größe. Seltsamerweise konnte ich überhaupt nicht in ihn hinein sehen. Seine Stimme war leise, aber in ihr drückte sich eine Souveränität aus, wie ein Meer ohne Wind – friedlich, aber man weiß, dass man es nicht damit aufnehmen kann.

Ysabella und Martellino führten mich zu einer Bank und erkundigten sich nach meinem Wohlbefinden. Ysabella verschwand und kam mit einem Tablett voller Köstlichkeiten zurück: ein Becher Hypocras –, Wein mit Gewürzen und Honig – ein Stück gelber Käse und frische Brotscheiben, noch warm vom Ofen. Ich verschlang alles ohne Hemmungen und bedankte mich bei ihnen, sobald mein Mund leer war. Während ich aß, nahm ich die Einzelheiten des Zimmers wahr. An der Stelle, an der eines Tages ein Dielentisch und eine Lampe stehen würden, die ich an meinem ersten Tag im neuzeitlichen Siena beinahe umgestoßen hätte, befand sich jetzt ein hölzerner Mehltrog – ich hatte gehört, wie Ysabella ihn *madia* nannte. Ein Satz fein säuberlich geordneter Gewichte und eine Waage waren vorn im Laden aufgestellt. Der Holzofen mit seiner bogenförmigen Öffnung deutete auf das Gewerbe eines Bäckers hin, ebenso wie die flachen Holzpaddel mit langen Stielen, die mich an die Pizzerien zu Hause erinnerten. Was ich als dekorative Feuerstelle angesehen hatte, war einmal der Ofen dieser mittelalterlichen Küche gewesen.

Ein aufgebockter Tisch mit einer Bank auf jeder Seite war in dem Raum aufgestellt, bereit für eine Familienmahlzeit – die Hauptmahlzeit war in diesem Jahrhundert das Mittagessen; abends kam das Abendbrot. Zwei riesige Eisentöpfe hingen an einer Kette über einem offenen Feuer: In einem wurde Wasser erhitzt, aus dem anderen duftete es nach geschmortem Fleisch. Auf einem schmalen Regal standen mehrere Gläser, ein Mörser mit Stößel, eine Salzschachtel, ein Satz ineinandergestapelter Messingschüsseln, eine Kupferpfanne und ein Satz Tongeschirr. Ein paar beeindruckend große Utensilien hingen an Wandhaken neben der Feuerstelle.

Sobald ich fertig gegessen hatte, stand Ysabella auf und verkündete, ich müsse mit hinaufkommen, um mich auszuruhen. Sie hatte mich offensichtlich als ihr Projekt übernommen. Gabriele erhob sich, um uns zu helfen, doch Ysabella verscheuchte ihn. »Ich kann der Dame alles besorgen, was sie braucht«, sagte sie nachdrücklich. Gabriele schaute sie warmherzig an und wandte sich dann an mich. »Bei unserer Ysabella seid Ihr in den besten Händen. Ihr müsst nur achtgeben, alles zu tun, was sie sagt.«

Ich folgte Ysabella nur ungern die steile Treppe hinauf, denn ich wollte mich nicht vom Verfasser jenes Tagebuchs trennen, das ich im neuzeitlichen Siena gelesen hatte. Noch oben auf der Treppe konnte ich Gabriele und seinen Onkel mit gedämpften Stimmen reden hören. Ysabella führte mich in den Raum, der einst Bens Schlafzimmer gewesen war, aber dort lagen keine Bücher und Papiere auf dem Boden, nur frisch duftende Binsen waren über die Holzdielen gestreut. Da keine Hinweise auf Ben vorhanden waren, fehlte er mir plötzlich sehr. Aber zu diesem Zeitpunkt existierten weder er noch andere, die ich zu meiner Zeit gekannt und geliebt hatte.

Ysabellas nächste Frage lenkte mich wirkungsvoll ab. »Würdet Ihr gern baden? Das wird den Qualmgeruch von Eurer Haut und aus Euren Haaren nehmen.«

»Ihr habt einen Badezuber?« Seit meinem letzten Zugriff auf die sanitären Anlagen des einundzwanzigsten Jahrhunderts hatte ich kein richtiges Bad mehr genommen.

»Wir sind zwar keine *casati*«, hob sie an – ich erkannte das Wort, das den Adelsstand kennzeichnete –, »aber mein Vater hat unseren eigenen Zuber gebaut. Die öffentlichen Bäder sind besser ausgerüstet, aber ich hoffe, Ihr findet unsere bescheidene Version zufriedenstellend.«

Wie dumm war ich gewesen. Wochenlang hatte ich unbeholfen mit einem Krug und einer Wasserschüssel in meinem kleinen Zimmer hantiert, während sich in der ganzen Stadt, und vielleicht in dem Gebäude, in dem ich wohnte, Menschen in großen Badezubern aalten. »Ich bin Euch für Eure Gastfreundschaft sehr dankbar.«

Ysabella schenkte mir ein strahlendes Lächeln und brüllte dann aus vollem Hals die Treppe hinunter.

»Fazio! Bring heißes Wasser, und beeil dich! Über dem Feuer hängt schon ein Topf.« Sie verschwand aus der Tür und kam bald zurück, einen kleinen runden Zuber aus Holzlatten, ausgeschlagen mit einem schweren, geölten weißen Tuch, hinter sich herziehend. Ich stand auf, um ihr zu helfen.

»Ihr müsst erst zu Kräften kommen.« Ysabella drückte mich energisch auf das große Himmelbett und ging wieder hinaus und die Treppe hinunter. Ich saß auf der Bettkante und schaute mich im Zimmer um. Das einzige Fenster war noch nicht verglast; ich sah das durchsichtige Ölpapier, das vor der Fensteröffnung aufgerollt war, und dahinter ein rechteckiges Stück Himmel. Kurz darauf kamen Ysabella und ein Junge mit zerzaustem schwarzen Haar mit dem ersten einer ganzen Reihe dampfender Eimer zurück. Als der Junge wieder gegangen war, stand ich auf, um mein verrauchtes Kleid auszuziehen. Ich hakte meinen Büstenhalter auf und stieg vorsichtig aus meiner Unterwäsche, denn ich fühlte mich etwas unsicher auf den Beinen. Ysabella starrte auf meinen BH wie eine Naturforscherin, die eine neue Spezies entdeckt hat.

»Was ist *das* denn für ein Kleidungsstück?« Die alltäglichsten Sachen aus meinem alten Leben konnten mich in Schwierigkeiten bringen.

»Oh, das habe ich selbst gemacht«, erwiderte ich leichthin, behielt ihn aber in den Händen, damit sie ihn nicht näher ansehen konnte. Haken und Ösen waren wahrscheinlich mittelalterlich genug, um keinen Verdacht zu erregen, aber Gummiband oder Nylon bestimmt nicht. Ysabella war so freundlich, mich mit meinem Bad allein zu lassen, ohne weitere Fragen zu stellen, und ich ließ mich in das heiße Wasser gleiten, vor Wonne seufzend. Ich musste die Knie bis an die Brust ziehen, damit ich hineinpasste, aber das tat dem wohligen Gefühl des Eintauchens keinen Abbruch. Ich dachte an den nächsten Brief, den ich Nathaniel schreiben würde, um ihm zu berichten, dass es hier normal sei, Gästen ein Bad anzubieten.

Ysabella kam zurück, als das Wasser allmählich abkühlte. Sie trug ein sauberes weißes Leinenhemd – eine passendere mittelalterliche Unterwäsche als meine unzeitgemäße.

»Ich werde Euer Kleid zusammen mit unserer Wäsche waschen«, sagte sie bestimmt, und ich hatte nichts dagegen. Den Büstenhalter und die Unterhose behielt ich.

Ysabella reichte mir ein Kleid aus blau gefärbter leichter Wolle. Es hatte lange Ärmel wie alle Kleider, die ich hier gesehen hatte, und war im Rücken geschnürt, was eine gute Passform ermöglichte. Zufrieden stellte ich fest, dass das neue Kleid höher geschlossen war als mein altes Grünes. Als ich das Kleid über den Kopf zog, fragte ich mich, wem es wohl gehörte. Für Ysabella wäre es viel zu lang gewesen. Bei dem Gedanken, es hätte Paolas sein können – Gabrieles verstorbene Frau –, lief es mir kalt über den Rücken. Ich bedankte mich bei Ysabella, und sie nickte wortlos. Als ich mich anzog, wurde mir wieder schwindelig, und ich musste mich auf die Holztruhe setzen.

Ysabella deutete auf das Bett, und ich fügte mich ihrer Anweisung. Sie brachte mir mit Honig und Ingwer gewürzte Milch in einem Becher, legte mir ein feuchtes, nach Lavendel duftendes Tuch auf die Stirn und verließ den Raum über knarrende Dielen.

Ich trank ein paar Schlucke Milch und legte mich hin. Nach einer Weile wurde der Lavendelduft durch einen stärkeren Geruch ersetzt, der die Treppe hinauf zog. Etwas mit Anis vielleicht, oder Fenchel, Zwiebeln, Huhn. Es dauerte nicht lange, bis die einschläfernde Wirkung des Bades und des warmen Getränks nachließ und ich klarer denken konnte. *Gerade bin ich Gabriele Accorsi begegnet.* Der Tagebuchschreiber aus dem vierzehnten Jahrhundert, der Freskenmaler und mein Retter mussten ein und derselbe Mann sein – und er würde bald unten Hühnereintopf essen, im zukünftigen Haus meines Bruders. Das Ganze war ein unwahrscheinlicher Zufall, aber nicht unmöglich – nicht unmöglicher, als in der Zeit zurück zu reisen. Ich lauschte auf Gabrieles Stimme aus der Küche, hörte aber meist nur Ysabella. Man musste sie ernst nehmen, trotz ihrer Jugend, und mir war klar, dass die Männer des Haushalts ihren starken Willen respektierten.

Dieser letzte mäandernde Gedanke setzte meinem Müßiggang ein Ende. Hier lag ich nun im Bett mit einem duftenden Tuch auf der Stirn, während die anderen drüben im Ospedale mit den Nachwirkungen eines verheerenden Brandes kämpften. Mit einem Ruck richtete ich mich auf und ging die Treppe hinunter. Gabriele, Ysabella und Martellino saßen am Küchentisch und aßen.

»Ich muss wieder zurück zum Ospedale.« Drei Köpfe schwenkten zu mir herum.

»Ihr seid noch nicht richtig auf den Beinen!«, rief Ysabella empört. Martellino und Gabriele tauschten vielsagende Blicke.

»Monna Trovato, ich hoffe, Ihr nehmt unsere Gastfreundschaft an und die heilende Pflege meiner Tochter Ysabella; sie hat das Handwerk der Frauen zum Teil von ihrer Mutter gelernt, die jetzt bei den Engeln weilt.« Martellino schwieg eine Weile, bevor er weitersprach. »Ihr Kleid steht Euch, Signora.«

Ich legte eine Hand auf den glatten Stoff. Es hatte seiner verstorbenen Frau gehört, Ysabellas Mutter. Ich fragte mich, wie sie wohl gestorben war. »Danke, dass Ihr es mich tragen lasst«, sagte ich, »das ist mir eine große Ehre.«

»Bitte, behaltet es«, fügte Martellino hinzu. »Und bleibt bei uns, bis Ihr wieder zu Kräften gekommen seid, dann werden wir Euch gern wieder nach Hause oder ins Ospedale begleiten.«

Ich korrigierte seine Vermutung nicht dahingehend, dass mein Zuhause und das Ospedale zwei verschiedene Orte waren. Meine nächsten Worte wählte ich sorgfältig. »Ser Martellino, ich hätte mir keine bessere Fürsorge wünschen können, als Eure Familie sie mir gewährt hat. Euer Neffe hat mir das Leben gerettet, und Eure Tochter hat mich gesund gepflegt. Eine solche Großzügigkeit habe ich kaum verdient.« Ysabella und ihr Vater lächelten. *So weit, so gut.* »Aber ich kann es nicht rechtfertigen, mich hier auszuruhen, während meine Freunde sich um den Brand und die Folgen kümmern müssen.«

»Ich geleite Euch sofort zurück, wenn Ihr Euch kräftig genug fühlt«, sagte Gabriele. Ysabella setzte an, um zu protestieren, aber Gabriele legte ihr eine Hand auf den Arm. »Du hast deine Aufgabe erfüllt und unseren reizenden Gast wieder gesund gemacht, beste Cousine. Aber bedauerlicherweise können wir beide deine fähigen Hände nicht weiter in Anspruch nehmen und müssen zu unserer Arbeit zurückkehren. Es gibt sogar noch mehr Arbeit als vorher, nach diesem schrecklichen Ereignis. Gott sei Dank war es nicht schlimmer.«

Als wir hinaus auf die Straße gingen, dachte ich daran, dass er *reizender* Gast gesagt hatte. Natürlich hätte es auch einfach eine höfliche Redewendung sein können. Heimlich schaute ich zu ihm auf, aber sein Blick war starr geradeaus gerichtet. »Nochmals danke für Eure Hilfe. Ich wäre dort gestorben, wenn Ihr nicht gewesen wärt.«

»Ich bin froh, dass ich Euch vor Verletzungen bewahren konnte, oder Schlimmerem.« Gabriele blieb stehen und wandte sich zu mir um. Die Menschenmenge auf der Straße teilte sich um uns, wie große Steine den Flusslauf teilen. »Obwohl es den Anschein hat, als hätte eine andere Kraft als meine für Euren Schutz gesorgt. Als ich zu Euch kam, stand der Raum in Flammen, und alles war voll Qualm. Ihr habt geschlafen, ohne eine einzige Verletzung – keine Verbrennungen, keine Blasen, keine Atemwegsvergiftung. Ihr habt mindestens einen Heiligen, der Euch auf Eurer Pilgerreise beschützt.«

»Woher wisst Ihr, dass ich eine Pilgerin bin?«

»Eine Frau, die allein im Ospedale wohnt, mit einem merkwürdigen Akzent spricht, keine Familie in der Nähe hat, an die sie sich lieber wenden würde, als die Hilfe eines Fremden anzunehmen, die unwillkürlich alles anstarrt, was sie entlang der Straßen zu sehen bekommt? Bei dieser hinreichenden Beweislage habe ich mir meinen Teil gedacht.«

»Es ist nicht nett, sich über Einwanderer lustig zu machen«, sagte ich sarkastisch. Gabriele reagierte mit verdutzter Miene und bat mit einer Verbeugung um Verzeihung. Offenbar machen sechshunderfünfzig Jahre Abstand in Sitten und Gebräuchen sehr viel aus, und mein Sarkasmus wurde nicht gleich erkannt. Hinzu kam, dass er das Wort *Einwanderer* noch nie gehört hatte.

»Ich meinte nur, dass Euer offensichtliches Entzücken über die Wunder der Stadt – einer Stadt, über deren Schönheiten ich tagtäglich staune – mir großes Vergnügen bereitet. Dort, woher Ihr kommt, wachsen auf jeden Fall Frauen mit bemerkenswertem Temperament und Willensstärke auf.«

Er schenkte mir ein Lächeln, das ich unwillkürlich erwiderte. »Lucca«, sagte ich reflexartig.

»Ich war noch nie in Lucca, aber ich hoffe, dass ich noch hinkomme; es soll auch eine Zuflucht für Pilger sein?« Ich nickte wieder, statt meine Unkenntnis zu offenbaren.

Als wir zum Ospedale kamen, hing der Geruch nach Rauch in der Luft. Wasserpfützen vom Löschtrupp hatten sich auf dem Straßenpflaster gebildet, und auf dem Platz drängten sich Menschen – Pilger, die aus dem *pellegrinaio* evakuiert worden waren, Wachleute in Roben, Männer und Frauen der Laienorden, die im Ospedale arbeiteten. Eine bekannte Gestalt tauchte aus der Menge auf und kam rasch auf uns zu. Umiltàs Gewand blähte sich hinter ihr auf und ließ sie aussehen wie ein kleines Segelboot bei Wind.

»Beatrice – es ist wirklich ein Wunder, Euch hier zu sehen, unverletzt. Gott sei gepriesen für seine Güte. Wie ist es Euch gelungen, den Flammen zu entkommen? Allem Anschein nach war die Feuerstelle im Skriptorium die Brandursache – Ihr hättet ebenso gut den Tod finden können.«

Sie starrte mich an, als könnte ein durchdringender Blick ihr die Antwort liefern. *Ich brauche ein paar Fakten, um Euch richtig zu verteidigen*, hätte sie auch sagen können. Rasch wanderte ihr Blick zu Gabriele, der neben mir stand, dann wieder zu mir.

»Ich habe nichts mit der Feuerstelle gemacht.« Ich erwähnte nicht, dass ich völlig unfähig war, den Kamin zu bedienen. »Ich bin bei der Arbeit eingeschlafen.« Ich zeigte mit dem Kopf in Gabrieles Richtung. »Zum Glück hat Messer Accorsi mich gefunden.«

»Messer Accorsi, wir schulden Euch doppelte Dankbarkeit: zum einen, weil Ihr durch Eurer Hände Arbeit unsere Fassade verschönert, und dann für die Rettung dieser ergebenen Pilgerin und trauernden Witwe.« Gabriele warf mir einen Blick zu, nachdem Umiltà das Wort *Witwe* ausgesprochen hatte.

»Es ist mir ein großes Vergnügen, Suor Umiltà, endlich Eure Bekanntschaft zu machen.« Gabriele verbeugte sich tief. »Ich bedauere, dass die Umstände unserer Begegnung so unerquicklich sind. Ich weiß, Monna Trovato hat bedauert, dass sie nicht in der Lage war zu bleiben und dem Ospedale zu helfen, aber ich versichere Euch, dass ihr Zustand es nicht erlaubte.«

Umiltà nickte zufrieden und schaute mich dann wieder an. »Beatrice, Ihr müsst ruhen. Ich werde dafür sorgen, dass Clara sich in Eurem Zimmer um Euch kümmert. Müssen wir einen Arzt holen?«

»Nein, Messer Accorsis Cousine hat sich meiner angenommen. Ist jemand verletzt worden?«

»Zum Glück nicht. Und der Brand wurde früh entdeckt, dank Messer Accorsi. Das ist nicht der erste Brand im Ospedale, obwohl ich inständig hoffe, dass es der letzte war. Heute Abend beseitigen die Dienstboten die schlimmste Unordnung im Skriptorium. Morgen werden wir damit beginnen, eine Inventur anzustellen und die beschädigten Bücher zu restaurieren.« Mit »wir« meinte sie »Ihr«, wie mir klar war.

»Heute Abend gibt es nichts mehr zu tun?«

»Ihr würdet dem Ospedale einen größeren Dienst erweisen, wenn Ihr morgen gut ausgeruht zur Arbeit erscheint, statt kompetenten Dienern bei ihrer heutigen Arbeit im Weg zu stehen.« Es hatte keinen Zweck, mit Umiltà zu verhandeln. Bevor ich ging, verabschiedete ich mich von Gabriele, der meinen Wortwechsel mit Umiltà lächelnd verfolgt hatte.

»Danke, Messer Accorsi«, sagte ich, »für alles.«

»Es war mir eine große Freude«, erwiderte er und verbeugte sich. Ich wandte mich ab und machte mich nur ungern auf den Weg zum Pellegrinaio delle Donne. Als ich die Treppe zu meinem Zimmer hinaufging, begannen meine Beine zu zittern, und ich musste mir eingestehen, dass Umiltà womöglich recht gehabt hatte und ich tatsächlich Ruhe brauchte. Beim Einschlafen hatte ich Fra Bosis tränenüberströmtes Gesicht vor Augen.

Anfang August war das Skriptorium wieder voll funktionstüchtig, dank der Bemühungen einiger Wachmänner des Ospedale unter Anleitung von Fra Bosi. Einige Dokumente waren unwiderruflich zerstört, andere waren beschädigt, aber noch lesbar. Bosi stellte mir die Aufgabe, Seiten zu kopieren, und Egidio produzierte rund um die Uhr Papier, um den Bedarf zu decken.

Der Tag des Brandes erschien mir mit der Zeit merkwürdig losgelöst, als hätte er außerhalb des üblichen Zeitablaufs gestanden. Tagelang hatte ich lebhafte Rückblenden – ich sah Gabrieles Gesicht, umgeben von Himmel, als ich auf dem

Straßenpflaster vor dem Ospedale erwachte, und roch den Lavendel, der aus dem Bad stieg, das Ysabella mir hergerichtet hatte. Ich schaute während der Arbeit regelmäßig aus dem zerbrochenen Fenster im Skriptorium, doch Gabriele war noch nicht wieder auf seiner Bühne. Ich war unruhig und zappelig und konnte mich nur mit Mühe länger als eine Stunde konzentrieren. Bens Rätsel erschien mir wie eine Geschichte, die ich vor langer Zeit gelesen hatte.

Nach dem Brand beschloss Umiltà, mir eine feste Anstellung als erste Assistentin des Schreibers zu geben, statt mich weiterhin als Wohltätigkeitsfall zu führen, und bot mir ein kleines Gehalt an, zusätzlich zu Kost und Logis. Im vierzehnten Jahrhundert zum ersten Mal eigenes Geld zu verdienen verfestigte die Tatsache meiner Existenz hier ein für alle Mal – ich war keine Touristin mehr. Ich hatte die witzige Vorstellung, mich um ein Arbeitsvisum als Zeitreisende zu bewerben, hatte aber niemanden, mit dem ich den Witz teilen konnte. Ich steckte die Münzen in eine Geldbörse, die ich an der Taille trug, und hin und wieder holte ich die Silberstücke hervor, um sie zu betrachten. Ihre Fremdheit rief mir ins Gedächtnis, wie unendlich weit ich von der Heimat entfernt war, ohne Rückfahrschein.

Nachdem ich eine Woche lang von morgens in aller Herrgottsfrühe bis abends spät daran gearbeitet hatte, beschädigte Texte wiederherzustellen, hatte ich Zeit, wieder zu denken, und das Denken löste unweigerlich Angst aus. Angesichts meiner Kenntnis über die Zukunft und meines zunehmenden Zweifels daran, das vierzehnte Jahrhundert verlassen zu können, bevor die Pest eintraf, hatte ich das dringende Bedürfnis, einen Plan zu fassen. Doch wie sollte ich etwas planen? Niemand sonst wusste, dass die Pest bevorstand; wenn ich also versuchte, Menschen zu warnen, würden sie mir nicht glauben, oder, schlimmer noch, sie würden mich für eine Hexe halten. Beides wäre nicht hilfreich, um die Pest zu beseitigen, und es bestand das Risiko, dass ich beseitigt wurde. Ich machte mir keine Illusionen über meine Macht, die tödlichste Epidemie der Geschichte davon abzuhalten, mehr als die Hälfte der Weltbevölkerung umzubringen. Selbst in einer elektronisch vernetzten neuzeitlichen Gesellschaft mit Hochgeschwindigkeitstransport und gehorteten Antibiotika wäre es ein gewaltiges Unterfangen gewesen.

Vielleicht gab es dennoch etwas, das ich für Siena tun konnte, wenn ich mein medizinisches Wissen einsetzte. Quarantäne? Mir fiel ein, was ich über Mailands Reaktion auf die Pest gelesen hatte – die drakonische Lösung der Stadtverwaltung hatte darin bestanden, Kranke in ihren Häusern einzuschließen und sterben zu lassen. Es hat vielleicht funktioniert – Mailand war bekannt dafür, dass es viel weniger gelitten hatte als der größte Teil Norditaliens –, aber es war eine barbarische Lösung, die ich in Siena nicht anregen wollte. Im Übrigen wurde die Pest meist nicht von Mensch zu Mensch übertragen.

Ich hatte fünf Antibiotika unten in der Tasche, die ich in meinem Zimmer aufbewahrte; wahrscheinlich nicht genug, um mich zu heilen, geschweige denn noch jemanden. Flüchtig dachte ich daran, Brot liegen zu lassen, damit es schimmelig wurde, tat diesen Gedanken jedoch als absurd ab, teilweise aufgrund meiner Unwissenheit über dieses Thema. Nicht zum ersten Mal wünschte ich mir, Ben wäre da; ein Mikrobiologe wäre enorm nützlich gewesen. Ich hörte Egidio draußen vor dem Skriptorium und wusste, meine Denkzeit war vorerst abgelaufen.

Nach dem Brand benahm Egidio sich eigenartig. Er wurde rot, wenn wir uns begegneten und wich meinem Blick aus. Ich vermutete, er fühlte sich schuldig, weil er mich im Skriptorium allein gelassen hatte. Ich trieb ihn in die Enge, denn ich konnte die Anspannung nicht hinnehmen.

»Egidio, es geht mir gut, verstehst du?«

»Ja, Monna Trovato.« Egidio sah so unglücklich aus, dass ich ihn am liebsten in den Arm genommen hätte, aber ich wusste, dass es sich für eine mittelalterliche Frau nicht gehörte, selbst wenn sie Witwe war.

»Egidio, es ist nicht deine Aufgabe, auf mich aufzupassen.«

»Ich habe meine Pflicht nicht erfüllt.«

»Deine Pflicht ist, zu tun, was man dir sagt.« Meine Deutung der Aufgabe eines mittelalterlichen Dieners stimmte. Noch immer war Egidio betrübt. Ich hatte eine Idee. »Soll ich dir nicht das Schreiben beibringen, dann kannst du mir helfen, dieses Chaos hier zu beseitigen. Würde das dein schlechtes Gewissen vertreiben?«

»Das würdet Ihr tun, Signora?« Er strahlte wie jemand, dem gerade ein Platz im Himmel versprochen worden war.

In den nächsten Tagen arbeitete ich mit Egidio an seiner Schreibkunst, wenn ich gerade mein Pensum verbrannter und durchnässter Dokumente aufgearbeitet hatte. Er wusste mehr, als er zugegeben hatte, und brauchte nur ein paar Übungen, bis er fähig war, einfache Dokumente sauber zu kopieren. Ich legte seine Schreibproben Fra Bosi vor, der Egidio grummelnd zu meinem Assistenten ernannte. Den Rest der Woche schwebte Egidio wie auf Wolken.

Unterrichten war eine angenehme Ablenkung, doch schon bald stellte ich fest, dass ich immer reizbarer wurde. Jedes Mal, wenn ich eine Seite zu Ende kopiert hatte, schlenderte ich durch das Skriptorium, schüttelte meine schmerzende rechte Hand, blieb schließlich vor dem zerbrochenen Fenster stehen und schaute zum halb fertigen Gerüst hinaus.

Am Morgen des 6. August war Bosi unterwegs zu einer Besprechung von Amtsträgern des Ospedale, um einen städtischen

Zuschuss für die Behebung von Brandschäden zu erörtern, und Egidio war hinausgegangen, um mehr Pigmente für den rasch abnehmenden Vorrat an Tinte zu kaufen. Ich war derart vertieft in die Wiederherstellung mehrerer Dante-Bände, dass ich das laute Klopfen zunächst nicht bemerkte. Schließlich richtete ich mich auf und streckte mich. Da wurde mir klar, dass das Geräusch durch das zerbrochene Fenster hereindrang. Ich trat an die gezackte Öffnung und erblickte das Gerüst, dahinter den blauen Himmel mit ein paar dahinziehenden weißen Wolken. Abrupt schob sich die Silhouette eines Kopfes in mein Blickfeld.

»Wie ich sehe, seid Ihr diesmal wach, im Gegensatz zu unserer letzten Begegnung.« Gabrieles Stimme kam durch die Fensteröffnung.

Ich lächelte. »Bei der Arbeit einzuschlafen ist mir das letzte Mal nicht bekommen. Ich habe beschlossen, es nicht zu wiederholen.«

»Freut mich, dass eine erneute Rettung nicht notwendig ist, da ich mich erst vor Kurzem von der ersten erholt habe.« Er lächelte, um seinen Worten die Schärfe zu nehmen.

»Wollt Ihr hereinkommen? Vielleicht kann man dann leichter plaudern.«

Gabriele schwang sich auf die Fensterbank und trat in den Raum.

»Wie war Eure freie Zeit?«

»Wenn ich ganz ehrlich sein will, fiel es mir schwer, an etwas anderes zu denken, als hierher zurückzukehren. Eine laufende Arbeit treibt mich immer mächtig an.«

Ich war eigenartig enttäuscht. »Also seid Ihr für die Jungfrau Maria zurückgekommen.«

»Die heilige Maria hat ihren Platz in all unseren Herzen und Seelen, aber Zwischenmenschlichkeit hat durchaus ihren Reiz«, erwiderte er und suchte den Blickkontakt mit mir.

»Ich fühle mich geehrt.« Mir fiel das Gemälde vom heiligen

Christophorus ein, das ich kurz vor meinem Aufbruch in der Galerie gesehen hatte, und mir wurde leicht schwindelig. Hatte er mich bereits gemalt, bevor wir uns überhaupt begegneten? »Was malt Ihr gerade?« Einen Moment lang vergaß ich, dass ich die Antwort kannte; Donata hatte es mir gesagt, im Siena der Neuzeit.

»Mariä Himmelfahrt – wie sie in Begleitung von Engeln in den Himmel aufsteigt. Ich hatte daran gedacht, einen Engel zu schaffen, der Euch gleicht, wenn Ihr nichts dagegen habt.« Gabriele neigte den Kopf leicht schief. Ich spürte, wie mir die Hitze vom Hals ins Gesicht stieg. »Falls das Ansinnen zu dreist sein sollte, werde ich es überdenken …«

»Nein, nein, ist schon gut. Das schmeichelt mir.«

»Vielen Dank, Signora.« Ich warf ihm einen verstohlenen Blick zu und versuchte herauszufinden, ob das seine Art des Flirtens war oder nur das alltägliche Bemühen eines Künstlers, der ein Modell sucht. Ich wünschte mir nicht zum ersten Mal, dass ich mein Einfühlungsvermögen willentlich einsetzen könnte, in diesem Fall, um festzustellen, was Gabriele dachte. Doch aus welchem Grund auch immer, entweder lag es an meiner Unfähigkeit oder an seiner Undurchdringlichkeit – mein Versuch, in ihm zu lesen, schlug jedenfalls fehl. Elegant wechselte er das Thema. »Wir sollten uns lieber an unsere jeweilige Arbeit machen bis zur Mittagsmahlzeit. Dann fühlen wir uns freier, zu reden. Ich würde mich sehr freuen, wenn Ihr Euch zu mir gesellt.«

»Abgemacht.«

Gabriele lächelte, womöglich über die Fremdheit meines modernen Ausdrucks, und verschwand wieder durch das offene Fenster.

In den nächsten Stunden arbeiteten wir im Gleichtakt, die Mauer des Ospedale zwischen uns. Als die Mittagsglocken läuteten, hatte ich es geschafft, den am stärksten beschädigten

Teil des *Inferno* zu kopieren. Die Arbeit war so fesselnd, dass ich tatsächlich aufgehört hatte, an meine bevorstehende Verabredung zu denken, bis ein Schatten über die Seite fiel, an der ich arbeitete.

»Die Höllenqualen sind kein gutes Thema, um den Appetit anzuregen.« Gabrieles Stimme schreckte mich auf.

Die Tür des Skriptoriums ging quietschend auf. Clara stand auf der Schwelle, die Hand auf den Mund gelegt und die Augen vor Überraschung weit aufgerissen.

»Ser Accorsi, zu Euren Diensten.« Gabriele verbeugte sich galant. »Es ist mir eine große Freude, Euch kennenzulernen.«

Claras Gesicht lief rot an. »Oh, danke, Ser, uns ist es eine Freude, Euch in jeder Hinsicht zu dienen. Habt Ihr Hunger? Oder braucht Ihr einen kühlen Platz, um Euch auszuruhen? Soll ich Wein holen?«

»Monna Trovato und ich wollten gerade eine Pause einlegen und uns erfrischen.«

Clara schaute mich an, als wäre ich zur Königin von England gekrönt worden, oder zu etwas Vergleichbarem.

»Ser, ich würde mich sehr freuen, wenn ich Euch eine Mahlzeit ins Skriptorium bringen könnte.«

»Wir danken dir für dein freundliches Angebot.« Wenn wir uns jemals besser kennenlernen sollten, müsste Gabriele aufhören, für mich das Wort zu ergreifen, aber ich wusste seine mittelalterliche Liebenswürdigkeit durchaus zu schätzen.

Clara ging rückwärts aus dem Raum mit einer eifrigen, wenn auch irgendwie unbeholfenen Kombination aus Verbeugung, Nicken und Knicksen. Ihre Schritte beschleunigten sich, sobald sie aus der Tür war.

»Clara scheint Ehrfurcht vor Euch zu haben, Ser Accorsi.«

Gabriele lächelte ironisch. »Ich vermute, sie hat noch nie einen Künstler gesehen. Ich bin kein besonders bemerkenswertes Exemplar.«

»Retten alle Künstler Frauen aus brennenden Gebäuden?«

»Wenn sie die Gelegenheit hätten, bin ich sicher, dass es viele tun würden.«

»Das ist eine großzügige Meinung über Euren Beruf.«

»Ich bemühe mich, großzügig zu sein, was ich auch von anderen mir gegenüber erhoffe.«

»Das seid Ihr auf jeden Fall gewesen – habt mich mit in Euer Haus genommen, mir Kleidung und etwas zu essen gegeben, habt Euch nach dem Brand um mich gekümmert.«

Bescheiden schüttelte er den Kopf. »Ysabella hat sich gekümmert und gekocht, und das Kleid ist der Großzügigkeit meines Onkels zuzuschreiben.«

»Ich schulde Euch allen meinen Dank.«

»Ihr habt viele Verluste erlitten, Monna Trovato, und jetzt lebt Ihr ohne den Schutz, den Euer Gemahl Euch einst gewährt hat. Meine Familie und ich haben gern ein wenig der Fürsorge geleistet, die Ihr verloren habt.«

Ich hatte verloren, aber keinen Ehemann. Angesichts dieses reinen Großmuts lasteten meine Lügen schwer auf mir. »Ich habe Euch nicht viel über mich erzählt.«

»Vertrauen kann nicht überstürzt entstehen.«

Wieder einmal hatte ich die Gelegenheit, jemandem die Wahrheit zu sagen, und der Wunsch, es zu tun, wurde übermächtig. Ich wischte mir mit dem Handrücken über die Augen. »Ich möchte mich nicht brüsten. Verzeiht.«

»Eure Tränen verraten eine Verletzlichkeit, die in Eurem Verhalten nicht sogleich zutage tritt«, sagte Gabriele leise. Clara würde bald mit dem Essen kommen, und wenn ich etwas sagen wollte, dann musste ich es schnell tun.

»Hört, ich muss Euch etwas sagen. Ich bin keine Witwe. Ich war nie verheiratet. Aber meine Mutter starb bei meiner Geburt, zusammen mit meiner Zwillingsschwester. Ich weiß nicht, wer mein Vater ist. Mein Bruder war meine einzige Familie; er hat mich nach dem Tod unserer Mutter großgezogen, und nun ist auch er tot.« Diesmal weinte ich wirklich, Tränen rannen mir über das Gesicht. Ich fügte nicht hinzu, dass ich fast sieben Jahrhunderte aus meiner Zeit gerissen worden war, obwohl das sicherlich zu meiner Einsamkeit beitrug. Ich hoffte, Clara würde sich mit dem Essen Zeit lassen.

»Uns ist eine Menge Trübsal gemeinsam, Euch und mir«, sagte Gabriele und neigte den Kopf. »Ich habe meine Frau verloren, so wie Ihr Eure Schwester und Euren Bruder verloren habt, und auch ich habe weder Mutter noch Vater. In unserem gemeinsamen Kummer werden wir Trost finden.« Er beendete den Satz in einem Tonfall, der einer Frage glich. Er behielt die Hände bei sich, aber seine Stimme war wie eine Umarmung.

»Wir könnten wahrscheinlich beide ein wenig Trost gebrauchen.« Ich wusste bereits aus seinem Tagebuch, dass seine Frau gestorben und er ein Waisenkind gewesen war. Ich wünschte, ich hätte ihm noch mehr offenbaren können als Gegenleistung für seinen angebotenen Trost. Er reichte mir ein Taschentuch aus Leinen, das ich möglichst elegant benutzte.

»Die Freude an der Arbeit hilft, nicht wahr?« Er sagte nicht viel, aber was er sagte, traf ins Schwarze.

»Ja. Ziemlich.«

Das war der Augenblick, in dem Clara mit unserer Mahlzeit hereinkam. Gabrieles Gegenwart schien sie abzulenken, weshalb sie nicht bemerkte, dass ich geweint hatte; sie sah mich nicht einmal an. Nach ihrem Tablett zu urteilen, hatte die Verpflegung des künstlerischen Gasts Clara besonders inspiriert. Ich fragte mich, für wen die köstliche Mahlzeit ursprünglich gedacht war, da man nichts davon rasch zubereiten konnte.

Gabriele nahm Claras Angebot mit derart ausgesuchter Galanterie entgegen, dass ich schon dachte, sie würde in Ohnmacht fallen. Er bat sie sogar, die Speisefolge aufzusagen. Stolz verkündete sie die einzelnen Gerichte.

»Lasagne, Ser, aus *pastam fermentatam*, mit Käse und Gewürzen, *limonia* aus Huhn und *torta di marzapane*. Ich hoffe, es schmeckt Euch, Ser.«

»Eine wunderbare Mahlzeit, vorgesetzt von einer reizenden Magd mit offensichtlicher Begabung in der Küche.« Gabriele verbeugte sich. Clara strahlte und ging hinaus.

Meine erste Lasagne im vierzehnten Jahrhundert war hervorragend. *Fermentatam* musste »gesäuert« heißen, und die Pasta war elastisch und weich. Sie hatte nicht viel Ähnlichkeit mit der modernen italienischen Lasagne. Die Pasta war in einzelne, etwa zweieinhalb Zentimeter breite Quadrate geschnitten, mit frisch geriebenem Parmesan bestreut, Pfeffer und einer himmlischen Kombination aus Kardamom, Muskat und Zimt. Sie war nicht süß, aber so reichhaltig, dass sie ein Nachtisch hätte sein können, und wir aßen sie mit spitzen Holzstäbchen, etwas länger als normale Zahnstocher. Die Marzipantorte zum Abschluss erinnerte mich an den inzwischen verschwundenen Alk Candy Shop an der Upper East Side in New York City, in dem Ben mir jedes Jahr zu Weihnachten eine Marzipanfigur kaufte. Ich hatte versucht, sie über Wochen zu strecken, jeden Tag nur ein winziges Stück abzubrechen und sie dann wieder in ihre Glanzverpackung zu wickeln.

Als unsere Teller leer waren, lehnte Gabriele sich zurück. »Ich vermute, Ihr seid wirklich eine Schreiberin. Stimmt wenigstens der Teil der Geschichte?«

»Ich bin Schreiberin, ja. Verzeiht, wenn ich Euch getäuscht habe. Es ist kompliziert.«

»So scheint es«, stellte er nüchtern fest, ohne Spitzen. »Und seid Ihr eine Pilgerin?«

»Ich komme tatsächlich von weit her. Reicht das vorläufig?« So viel konnte ich preisgeben, ohne die Unwahrheit zu sagen.

Er nickte. »Ich werde Euch nicht weiter ausfragen und damit riskieren, Eure Verdauung zu stören.«

Als die Tür des Skriptoriums gegen die Wand krachte, rechnete ich mit Clara, doch stattdessen kam ein unbekannter Junge in schwarz-weißem Kittel und Kniehose herein.

»Messer Gabriele Beltrano Accorsi?« Der Junge war außer Atem, als wäre er gerannt.

»Der steht vor Euch«, sagte Gabriele und drehte sich zu dem Boten um.

»Ich habe den Auftrag, diese Vorladung abzugeben.« Der Junge reichte Gabriele ein eingerolltes Stück Pergament. Es war mit einem amtlich wirkenden Siegel aus rotem Wachs verschlossen: zwei Jungen, die an den Zitzen einer Wölfin saugten, das Symbol für Sienas Ursprünge.

»Ich komme vom Amtssitz des Podestà, Ser Accorsi«, sagte der Junge und streckte die Schultern. Seine Stimme schwankte zwischen hoch und tief. »Eure Präsenz wird am dritten Tag nach Mariä Himmelfahrt erwartet.« Er verbeugte sich und wartete auf Gabrieles Reaktion.

»Erfahre ich auch den Grund, warum ich einbestellt werde?«

»Der ist im Dokument erläutert, das Ihr in Händen haltet«, antwortete der Bote. »Zumindest glaube ich das. Ich habe es weder geschrieben noch gelesen. Ich versichere Euch, Ser, es wurde mir so versiegelt gegeben, wie Ihr es hier seht.« Er schaute erneut zu Gabriele auf, diesmal war er eher ein Junge, weniger der Amtsträger, als der er erscheinen wollte.

»Ich bin mir sicher, Ihr habt Euren Auftrag mit äußerster Aufrichtigkeit erfüllt, wie es Eurer Rolle zukommt.« Ich war erstaunt, wie umgänglich Gabriele bei der Aushändigung einer derart rätselhaften Botschaft war.

»Dann gehe ich«, sagte der Junge verlegen, machte auf dem Absatz kehrt und verließ den Raum so schnell, wie er hereingeplatzt war. Er vergaß, die Tür zu schließen. Gabriele und ich starrten auf die Pergamentrolle.

»Gabriele, seid Ihr in Schwierigkeiten?«

Er zog die Brauen zusammen, während er das Wachssiegel entfernte.

»Das hoffe ich nicht«, sagte er, doch nach seiner Miene zu urteilen, während er die Vorladung las, vermutete ich, dass Ärger bevorstand.

IV

Zeuge

Die Hektik vor Mariä Himmelfahrt verhinderte weitere Unterhaltungen mit Gabriele, in denen wir einander unsere Herzen ausschütten konnten. Er verschloss sich – die Veränderung war subtil, aber ich spürte den Unterschied deutlich. Er arbeitete beständig draußen vor dem Skriptorium, doch seine Bemerkungen mir gegenüber waren formeller und distanziert.

Teilweise war ich erleichtert, dass ich mich hinter meinen Schutzwall zurückziehen konnte. Ich hatte mir Sorgen darum gemacht, welche Konsequenzen es wohl nach sich zöge, wenn ich meine Geschichte der Witwe aus Lucca aufgegeben hätte, ohne jedoch die Wahrheit sagen zu können. Aber mir fehlte der Zugang, der mir für kurze Zeit zu Gabrieles Innenleben gewährt worden war – sowohl die Ehrlichkeit über sein Leid als auch der Trost, den er mir vielleicht spenden könnte.

Jedenfalls war das gesamte Personal des Ospedale, einschließlich meiner Wenigkeit, mit den Vorbereitungen für das Fest beschäftigt, das auf den 15. August fiel. Ich hatte die Aufgabe, die *libri dei censi* herzustellen: Bücher, die alle Abgaben aufführten, die während des Fests an die *commune* geleistet wurden. Die meisten wurden in Form von Kerzen gezahlt; Wachs war teuer, und selbst gewöhnliche Wachskerzen waren kostbar. Unter Fra Bosis Anweisungen führte ich die Anzahl und das Gewicht aller Wachskerzen auf, die zugesagt worden waren. Die *commune* selbst sollte am Vorabend des Feiertags eine einzige Kerze präsentieren, die fünfzig Kilo wog. Die

Wachsmenge, die für die Abgaben verwendet wurde, war tatsächlich per Gesetz festgelegt. Ich fand das zunächst seltsam, aber wahrscheinlich gab es im einundzwanzigsten Jahrhundert ein paar Gesetzesregelungen, die sechshundertfünfzig Jahre nach ihrer Niederschrift ebenso seltsam ausgesehen hätten.

Umiltà nahm mich zu Beginn der Arbeitswoche beiseite, um mir alles zu erklären. »Wir kommen am Vorabend von Mariä Himmelfahrt zusammen, um der Königin des Himmels, dem Quell von Sienas Stärke und Trost, zu huldigen. Ihr zu Ehren zünden wir Tausende Kerzen an und erschaffen damit ein so helles Feuer, dass die Jungfrau persönlich, wenn sie von ihrem himmlischen Thron auf die Stadt herabschaut, das Leuchten unserer Verehrung und das Ausmaß unserer Ergebenheit sieht.«

Am Tag vor Mariä Himmelfahrt stieg Gabriele durch das Fenster und kam an mein Pult. Er trug ein weißes Leinenhemd mit Ausschnitt für seine Arbeit in der Sonne, das über dunkelbraunen Beinlingen gegürtet war. Seine Füße verschwanden in Schuhen, die vorn spitz zuliefen. Ich hatte mich so an die mittelalterliche Mode gewöhnt, dass es mir nicht mehr eigenartig vorkam, Männer in Strumpfhosen zu sehen. Die Kleidung im Italien des vierzehnten Jahrhunderts konnte recht attraktiv aussehen, wenn der richtige Mann sie trug. Nicht jeder sieht in Beinlingen gut aus.

»Geht es Euch gut, Monna Trovato? Ich bedaure, dass wir in letzter Zeit nicht genug Zeit hatten, uns zu unterhalten.« Er war liebenswürdig wie immer, doch ich spürte die Last der ungeklärten Vorladung, die ihn drückte.

»Meine Hand ist lahm nach fünf Tagen, in denen ich jede Kerze, jede Fahne und Münze, die jeder Magistrat und Repräsentant der *contados* besitzt, aufgeschrieben habe, aber sonst geht es mir gut. Und Euch?«

»Ja, danke, besonders in diesem Augenblick.« Er lächelte,

ein aufrichtiges, srahlendes Lächeln. Es war wie die Sonne, die durch Wolken dringt.

»Was habt Ihr da draußen gemacht? Das Gerüst müsste doch nach so langer Zeit längst fertig sein.«

»Stimmt. Und um Eurem Interesse Genüge zu tun: Ich habe die Mauer über dem Eingang für den Putz vorbereitet.«

»Wie geht das?«

Gabriele schaute mich an, als wollte er abschätzen, wie viel er beschreiben sollte. Der Blick eines Arztes, der sich darauf vorbereitet, etwas zu erklären. *Wie viel will die Patientin wirklich wissen, und wie viel versteht sie?*

»Feuchtigkeit ist der Feind der Freskenmalerei, gegen den wir Maler unsere Arbeiten wappnen, damit sie die Jahrhunderte überdauern.« Ich konnte den Gedanken nicht ertragen, dass kein einziger Pinselstrich des Gemäldes, das Gabriele vorbereitete, erhalten bleiben würde, und es war eigenartig, ihm dieses Wissen voraus zu haben. Meine Bestürzung muss man mir angesehen haben.

»Ihr reagiert wie ein Maler«, sagte Gabriele. »Man könnte meinen, Euch wären Pinsel nicht fremd.«

»Ihr beschreibt es so anschaulich, daran liegt es. Ich bin keine Künstlerin. Wie verhindert Ihr es?«

»Ich bereite die Wand mit Teer vor, dann baue ich Rinnen, um die Ansammlung von Wasser zu verhindern. Im Moment glätte ich die Oberfläche, damit der Putz aufgetragen werden kann.« Er schaute mich an und wartete auf Anzeichen von Langeweile.

Ich lächelte. »Bitte, fahrt fort.«

»Ich trage mehrere Schichten Putz übereinander auf, eine jede feiner als die letzte. Diese Schicht ist mit Marmorstaub versetzt, dann ist die Mauer bereit, Farbe anzunehmen.« Den letzten Satz sprach er aus, als beschreibe er ein lange verschobenes Stelldichein.

»Wisst Ihr, was Ihr malt, bevor Ihr anfangt?«

»Ich verbringe viele Tage damit, Studien anzufertigen, bevor ich mich an die unbemalte Wand mache, und umreiße das Bild, das mir vorschwebt, in rotbrauner *sinopia*, lange bevor ich anfange zu malen. Aber ich kann nur bedingt planen. Die gesamte Ausführung entzieht sich mir bis zu dem Augenblick, in dem ich Farbpigmente auf den nassen Putz auftrage, den Pinsel in meiner Hand spüre, als würde er durch eine fremde Kraft geführt. Das ist der Moment, für den ich lebe und den ich nicht erklären kann. Vielleicht übersteigt das Eure Vorstellungskraft?« Gabriele lächelte schief.

»Ganz und gar nicht.« Er beschrieb etwas, das ich beim Operieren gespürt hatte – wenn man von jetzt auf gleich weiß, was zu tun ist, ohne es vorher geplant zu haben. »Wann fangt Ihr an zu malen?«

»Nach Mariä Himmelfahrt. Gehe ich recht in der Annahme, dass Ihr zum Fest der Gesegneten Jungfrau noch nie in Siena wart?«

»Ja.«

»Ich würde gern eine Einladung von meinem Onkel Martellino weitergeben, unserer Familie heute bei der Prozession der Civetta *contrada* zur Kirche Gesellschaft zu leisten, wenn Ihr freihabt.«

»Natürlich habe ich frei, und ich würde gern mitkommen.« Ich strahlte ihn an. »Siena ist mir zur zweiten Heimat geworden, und als ich bei Eurer Familie war, fühlte ich mich so herzlich aufgenommen, wie ich es mir nicht hätte vorstellen können.« Mir fiel ein, wie Felice mir den Schal der Civetta um den Hals gebunden und ihre weiche Hand in meine gelegt hatte.

»Wir alle werden zutiefst geehrt sein, Euch heute Abend willkommen zu heißen, bei unserer Familie und in unserer *contrada*«, sagte Gabriele mit der umwerfenden Verbeugung, die er an dem Tag vorgeführt hatte, an dem wir uns zum ersten

Mal begegnet waren. Ich unterdrückte das Bedürfnis, ihm zu sagen, dass ich mich der Civetta längst verbunden fühlte.

»Vielen Dank für die Einladung. Wohin soll ich kommen? Was soll ich mitbringen? Um welche Uhrzeit fängt die Prozession an?« Gabrieles Lächeln war mit jeder Frage breiter geworden, und jetzt sah es aus, als wollte er in lautes Gelächter ausbrechen.

»Ich muss darum bitten, dass Ihr Euch wiederholt, da mein langsamer Verstand als Maler nicht mit Eurem agilen als Schreiberin mithalten kann. Werdet Ihr Nachsicht mit meinen Schwächen haben?«

»Da, wo ich herkomme, sprechen viele Menschen schnell.« Ich dachte an New York, aber das konnte er natürlich nicht wissen.

»Wie schwindelerregend Lucca sein muss.«

Wir schauten uns fröhlich an, bis mir klar wurde, dass ich meine Fragen noch einmal stellen sollte.

»Verzeiht, ich habe meine Fragen auch vergessen. Vermutlich sind Schreiber auch nicht flinker als Maler.«

»Das sollten wir später erörtern. Ich hole Euch ab, wenn die Glocken zur Nona läuten, und Ihr müsst nur Euch selbst mitbringen.« Er verbeugte sich elegant und stieg durch das offene Fenster auf das Gerüst. Der zuständige Glaser hatte sich eine Hand verletzt, und die Reparaturen waren verschoben worden; ich hoffte, niemand würde das Fenster in nächster Zeit reparieren.

In den Straßen drängten sich die Feiernden, als die Glocken mittags läuteten, und immer mehr strömten in Festtagskleidung aus ihren Häusern. Gabriele trug eine leuchtend rote, schwarz-weiß gesäumte Tunika und einen Hut mit Krempe in denselben Civetta-Farben, die sich vom Silbergrau seiner Haare abhoben. Die Familie wartete draußen vor der Bäckerei. Zwei Menschen, die ich noch nicht kannte, standen zwischen

Ysabella und ihrem Vater. Der eine war ein selbstzufrieden wirkender Mann, dessen Grinsen seine eigentlich attraktiven Gesichtszüge verschandelte. Einen Arm hatte er beschützend um die Schultern einer Frau gelegt, deren kleine Gestalt von ihrem schwangeren Bauch beherrscht wurde. Gabriele stellte mich vor.

»Mein lieber Vetter Rinaldo Giacomo Accorsi und seine ihm ergebene Frau, Bianca, es ist mir eine Freude, euch Beatrice Alessandra Trovato vorzustellen, die stellvertretende Schreiberin im Ospedale. Sie war so freundlich, meine Einladung anzunehmen, uns heute Gesellschaft zu leisten, und ihre Anwesenheit ehrt uns.« Martellino schenkte mir ein strahlendes Lächeln und verbeugte sich. »Es ist uns ein Vergnügen, Euch hier bei uns zu haben, Signora.«

Auch Ysabella begrüßte mich warmherzig und berichtete mir dann von meinem Kleid. »Ich fürchte, Euer grünes Kleid ist noch nicht gewaschen – unsere Vorbereitungen für das Fest haben viele alltägliche Aufgaben in den Hintergrund gedrängt. Obwohl das Blau Euch steht.« Ich versuchte ihr zu sagen, es sei nicht nötig, das Kleid in sauberem Zustand abzuliefern, aber sie schnitt mir das Wort ab.

Rinaldo nahm seinen Arm von Biancas Schultern und trat vor. »Eine Schreiberin, wie erfrischend«, sagte er, »und aus Lucca, wie die kleine Ysabella mir sagte. Ihr müsst uns erzählen, wie es ist in einer derart Ehrfurcht gebietenden Stadt, verglichen mit einem zwar reizvollen, aber doch bescheidenen Ort.« Seine übertriebene Verbeugung brachte eher Hohn zum Ausdruck als Achtung. Ich kam zu dem Entschluss, ihn nicht zu mögen.

»Wir alle brauchen eine Erfrischung an so einem heißen Tag. Ich freue mich, sie anbieten zu können.« Ich sah Rinaldo an, dass er versuchte herauszufinden, ob ich mich über ihn lustig machte.

Bianca machte den Mund auf, doch Rinaldo tätschelte ihr

die Schulter und brachte sie zum Schweigen. »Bianca heißt Euch auch willkommen. Ihr Zustand lässt sie zuweilen langsam sprechen.«

»Ich freue mich, Euch kennenzulernen, Bianca«, sagte ich und schaute ihr in die Augen. »Wie geht es Euch?«

»Gut, danke, Monna Trovato.« Ihre Stimme war so leise, dass ich die Ohren spitzen musste, um sie zu verstehen.

»Herzlichen Glückwunsch. Es muss wie ein Wunder sein, wenn Leben in einem entsteht.«

»Ich danke Gott für dieses Geschenk, aber ich fürchte mich vor dem, was kommt. Möge Gott mir und unserem Kind eine gefahrlose Niederkunft gewähren.« Sie warf Gabriele einen raschen Blick zu. Ich spürte, wie er schauderte, doch seine Miene blieb unverändert. Instinktiv versuchte ich, in seine Gedanken einzudringen, kannte ich doch die Tragödie, die seine Reaktion verursacht haben könnte. Er drehte sich zu mir um und schaute mich durchdringend an. Vielleicht bildete ich es mir nur ein, aber ich hatte das Gefühl, er warnte mich, das nicht noch einmal zu versuchen.

»Ich werde für Euch beide beten.« Hatte ich das wirklich gerade gesagt?

»Eure Gebete sind höchst willkommen, danke«, antwortete Rinaldo und zog Bianca an sich. Ich gewann den Eindruck, dass er sie am liebsten in seine Hosentasche gesteckt hätte, wenn es 1340 denn schon Hosentaschen gegeben hätte.

Eine gute Parade hat mich schon immer begeistert, und die heutige war die beste, die ich je gesehen hatte. Gabriele neben mir war in Feiertagslaune, und zum ersten Mal begriff ich, was es hieß zu glauben, die Jungfrau Maria sei in Begleitung von Engeln in den Himmel gefahren und betrachte nun ihre geliebte Stadt von oben. *Ich werde ein bisschen mittelalterlich*, dachte ich. Der Gedanke machte mich überaus glücklich.

Auf unserem Weg waren wir umringt von Musikern; der feine, hohe Ton von Holzflöten vermischte sich mit den blechernen Klängen eines Horns. Über der Musik begannen die Glocken des Doms zu läuten und riefen uns dazu auf, der Jungfrau unsere Ehre zu erweisen. Es war wie ein kleiner Pilgerzug.

Auf der Piazza del Duomo versammelten wir uns alle unter einer Fahne der Civetta. Yasabella packte mich fest am Handgelenk.

»Kommt, trinkt einen Becher Wein«, befahl sie und zog mich zu einem Meer von Fässern, die vor dem Dom aufgestellt waren. An jedem stand ein Mann, der Getränke an die Feiernden verteilte. Mit dem vollen Becher in der Hand sah ich zu, wie Sienas hochrangige Magistrate in den Dom einzogen. Ihnen folgten die Repräsentanten der Gebiete Sienas in der ländlichen Umgebung, anschließend die *casati*-Familien. Alle hatten als ihren Beitrag Kerzen bei sich. Verzierte Seidenfahnen flatterten über uns, und durch die geöffnete Domtür erblickte ich den Glanz Tausender Kerzen.

»Die Jungfrau muss sehen, wie sehr wir sie lieben.« Ysabella, die für gewöhnlich eine Reife ausstrahlte, die über ihr Alter hinausging, wirkte plötzlich jung, ihr Gesicht war Ausdruck purer Wonne. Alles war schön, und ich vergaß beinahe, dass ich nicht hierher gehörte. Dieser Gedanke führte zu einem noch besorgniserregenderen: Wenn ich nun nicht in meine eigene Zeit zurückfand, einfach weil ich es nicht wollte, aber nur reines Sehnen mich zurückbringen würde? Wenn Bens Verlust meine Verbindung mit der Realität gelöst und mir erlaubt hatte, ungebunden in ein anderes Jahrhundert zu schlüpfen, ohne ausreichende Motivation, es wieder zu verlassen? Wenn ich hier für immer gestrandet wäre, könnte es allein an mir liegen.

Als wir in der Schlange darauf warteten, den Dom betreten zu können, wurde mir unbehaglich zumute. Neben dem Eingang des Duomo erblickte ich eine große Gestalt in einem kunstvollen, mit Pelz besetzten roten Hut und passendem

Umhang. Für August war die Kleidung zu warm, doch das hatte mich nicht auf ihn aufmerksam gemacht. Der Mann mit seinem dunklen Haar und der Adlernase erinnerte mich an den Wissenschaftler, der mir in meiner Zeit so viel Ärger bereitet hatte. Ysabella merkte, wohin ich schaute.

»Das ist Ser Signoretti«, verkündete sie stolz, »einer der höchst geschätzten Herren Sienas und ein großer Förderer der Künste. Er hat unseren Gabriele damit beauftragt, ein Fresko in seiner Privatkapelle zu malen – der Mann hat offenbar einen tadellosen Geschmack.« Sie lächelte, und ich versuchte, es zu erwidern. Gabriele arbeitete also für Signoretti, zumindest für den Haushalt der Signorettis. Ich schaute mich um auf der Suche nach Gabriele, doch er stand ein Stück hinter uns in der Schlange, Arm in Arm mit seinem Onkel. Ich wandte mich wieder an Ysabella.

»Kennst du ihn?«

Ysabella schenkte mir ein nachsichtiges Lächeln, so wie freundliche Menschen es für unwissende Besucher übrig haben. »Ser Signoretti? Wir alle wissen, wer er ist. Ser Signorettis Schirmherrschaft ist ein großer Segen für Siena.«

»Weißt du von einer Verbindung zwischen der Familie Signoretti und den Medici aus Florenz?«

Ysabellas Lächeln verblasste. »Ser Signoretti soll mit den Medici verkehren? Ihr habt vielleicht nicht bemerkt, da Ihr aus Lucca kommt, welche Feindschaft zwischen Sienna und Florenz herrscht. Und gerade jetzt – die Neuigkeit ist bereits in aller Munde, dass ein krimineller Medici einen unserer Nachtwächter ermordet hat.« Ich nickte entschuldigend, sollte sie den Fehler ruhig meiner fremden Herkunft zuschreiben. Aber ich wusste etwas, das ihr unbekannt war. Ich leerte meinen Becher, ohne zu schmecken, was ich trank.

*

Giovanni bekam für das Fest keinen Freigang, musste aber zusehen, wie andere Gefangene in Scharen aus den Gefängnistoren hinaus auf den Campo strömten. Täter, die des Mordes beschuldigt seien, hatte er sich von einem Wärter sagen lassen, wurden an Feiertagen nicht freigelassen. Das Fenster im Raum und der hohe Aussichtspunkt über dem Campo, ein Privileg, für das Giovanni teuer hatte bezahlen müssen, erwiesen sich nun als Ärgernis. Die Kerkermeister erlaubten ihm jedoch einen Besuch von Iacopo. Der schmale Raum roch nach Angstschweiß. Iacopo setzte sich diesmal unaufgefordert.

»Mein Fall kommt in drei Tagen vor Gericht; es bleibt nicht viel Zeit zu planen.«

»Habt Ihr Einzelheiten erfahren können?«

»Nur dass der Zeuge bei der Verhandlung aussagen wird. Hast du Accorsi schon gefunden?«

»In der Stadt gibt es viele Accorsis ...« Iacopo zuckte zusammen, da er damit rechnete, dass sein Vater angesichts seines Unvermögens wütend zum Schlag ausholen würde, doch Giovanni schwieg. »Mutter ist auf dem Weg hierher. Ich habe ihr gesagt, dass Eure Freilassung unwahrscheinlich ist.«

»Immacolata hat alle Schwächen ihres Geschlechts, aber keine seiner Tugenden. Ihre Anwesenheit wird keinen Trost spenden. Besorge mir einen Anwalt aus Bologna für den Prozess. Die besten *procuratores* werden dort an der Universität ausgebildet, und sie sind bekannt für ihre Verteidigung. Geh persönlich dorthin und suche den Mann mit dem besten Ruf, gib ihm fünfzig Florine mit der Aussicht auf mehr, falls er zu meinem Freispruch beiträgt, und hol ihn her.«

»Ja, Vater.« Iacopo gab nicht preis, was er dachte – dass die Reise nach Bologna und zurück kaum rechtzeitig zu bewältigen wäre. Er hatte die Erfahrung gemacht, dass solche Einwände bei seinem Vater nutzlos, wenn nicht gar gefährlich waren. »Würde Ser Signoretti zu Euren Gunsten aussagen?«

Giovanni schaute Iacopo an, als wäre er ein dickköpfiger Schuljunge, der die einfachsten Lektionen nicht begriff. »Iacopo – glaubst du ernsthaft, dass unser Mitverschwörer, der vorhat, sich mithilfe einer verfeindeten *commune* gegen seine Regierung zu erheben, diesen Zeitpunkt wählen würde, in dem ich von ebendieser *commune* inhaftiert und womöglich wegen Mordes verurteilt werde, um mich zu verteidigen und damit seine Loyalität zu mir offenzulegen?« Iacopo krümmte sich, als er erfasste, wie sein dummer Gedankengang zu seiner noch dümmeren Schlussfolgerung gebracht wurde. »Jetzt ist nicht der richtige Zeitpunkt. Später, wenn mein Prozess vorbei ist, solltest du dich an Signoretti wenden, um fortzuführen, was wir begonnen haben. In dieser Hinsicht wirst du die Bruderschaft San Giovanni hinter dir haben, falls ich mit meinen Versuchen, meine Unschuld zu beweisen, versagen sollte.« Iacopo wusste über die Treffen seines Vaters mit der Bruderschaft Bescheid, die sich wohltätigen Zwecken widmete – dachte er zumindest. Giovanni hatte es bisher nicht für nötig befunden, ihn einzubeziehen.

Giovanni seufzte. Sein kurzer Wutanfall hatte nachgelassen, und er wirkte schwach. »Iacopo, ich rechne nicht damit, Siena lebend zu verlassen.« Iacopo musste schwer schlucken, es schmeckte nach Galle. »Seit deinem letzten Besuch haben die Wärter keinen anderen zugelassen, bis heute, und die Einsamkeit nagt an meiner Seele. Ich versuche zu beten, doch mir schwirren unliebsame Gedanken durch den Kopf. Mich überrascht, dass ich es sage, aber ich vertraue darauf, dass du unseren Namen in Ehren halten und Florenz dienen wirst.« Iacopo hielt die Luft an aus Angst, den Worten seines Vaters den Zauber zu nehmen.

»Du wurdest auf den Namen Iacopo getauft – der Rivale, derjenige, der danach kommt. In diesen Namen musst du hineinwachsen – als mein Nachfolger, als Sienas Feind, als der

Zerstörer des Mannes, der mich an dieses entwürdigende Ende gebracht hat. Du musst meine Sache aufnehmen, nachdem ich gezwungen wurde, sie aufzugeben. Ich bedaure, dass du weder mit Scharfsinn noch körperlicher Kraft geboren wurdest, weder mit Schönheit noch der Gabe der Eloquenz. Du hast weder Leidenschaft in Frauen entfacht noch das Vertrauen meiner Kunden geweckt, und ich habe deine Fähigkeiten bei vielen Gelegenheiten angezweifelt.«

Iacopo fuhr bei jedem der kühl konstatierten Mängel zusammen, war jedoch bemüht, nicht mit der Wimper zu zucken. Im Gegensatz zu den barschen Worten streckte Giovanni dem Sohn seine breite Hand entgegen, eine dermaßen bestechende und ungewohnte Geste, dass Iacopo nicht widerstehen konnte. Er legte seine Hand in die seines Vaters – soweit er sich erinnern konnte zum ersten Mal, seitdem er mit Holzspielzeug im Hof des Palazzos gespielt hatte.

»Nun, mein Sohn, übertrage ich dir diese Aufgabe, weil ich weiß, dass du trotz deiner Mängel den Willen hast, erfolgreich zu sein, und dieser Wille facht deine Bemühungen an. Du trägst unseren Familiennamen, und ich fordere dich auf, diesem Namen eine Zukunft zu geben, sollte ich gezwungen sein, diese Welt vor meiner mir bestimmten Zeit zu verlassen. Schwöre mir jetzt, dass du dich der Sache widmen wirst. Möge Gott dir Kraft schenken, wenn ich nicht mehr bin.«

»Ich nehme diese Herausforderung an, Vater.«

»Nun gut, Iacopo. Du musst dich mit der Bruderschaft treffen und ihnen sagen, dass ich dich ins Vertrauen gezogen habe. Hier in Siena gibt es noch mächtige Männer, deren Unzufriedenheit mit ihrer Regierung in Rebellion verwandelt werden kann, wenn Florenz ihnen den Rücken stärkt. Das geschwächte Regime von Siena wird für Florenz eine leichte Beute sein, wenn diese Arbeit getan ist.« Giovanni bedeutete Iacopo, näher zu kommen.

»Wenn ich wegen Mordes gehängt werde, sorge dafür, dass du meinen Tod rächst, bring diesen Accorsi vor Gericht und zwinge Siena in die Knie. Ich werde bei dir sein, selbst aus dem Grab heraus, meine Stimme in deinem Ohr wird dich antreiben. Du wist nicht aufhören, bis du diese Ziele erreicht oder bei dem Versuch ums Leben gekommen bist. Ich werde meinem Tod ins Auge sehen, wohl wissend, dass du auf meinem Pfad schreiten wirst, wenn ich tot bin, und mich damit trösten, wenn sie mir die Schlinge um den Hals legen.«

»Ich schwöre es, mein Vater, so wahr Gott mein Zeuge ist.«

Giovannis Umarmung kam überraschend. Zunächst versteifte Iacopo sich, doch dann schlang er beide Arme um Giovannis Rücken und spürte den Herzschlag seines Vaters.

*

Am Tag nach dem Fest klopfte Umiltà an meine Zimmertür. Ich saß gerade auf der Truhe neben meinem Bett und streifte meine Sandalen über. Ich müsste anderes Schuhwerk finden, falls es mir nicht gelingen sollte, vor Ende des Sommers in meine Welt zurückzukehren.

»Monna Trovato, Ihr seid jetzt seit über einem Monat bei uns, und Ihr habt Euch als vertrauenswürdige und begabte Schreiberin erwiesen. Fra Bosi spricht gut über Euch, und das ist kein kleines Wunder, da er seine Helfer fast nie lobt. Gott in seiner Weisheit hat es für angebracht gehalten, uns mit Eurem Fleiß und Eurer Hingabe zu beschenken, und Euch alles zu geben, was Ihr gesucht habt: Balsam für Eure Seele, eine Quelle für Euren Lebensunterhalt, ein sicheres Zuhause und eine Arbeit, um etwas unter den Händen zu haben.« Ich hatte das Gefühl, zu einem ganz bestimmten Zweck Honig um den Mund geschmiert zu bekommen. »Wir haben auch das Glück gehabt, in unserer Mitte einen Maler von außergewöhnlicher

Hingabe und Begabung begrüßen zu können, der, inspiriert durch seine Liebe und Verehrung der Heiligen Jungfrau, den Auftrag bekommen hat, die Himmelfahrt an die Fassade dieser großartigen Einrichtung zu malen.« Natürlich wusste sie, dass ich anwesend war, als sie um Geldmittel gebeten hatte, um diesen Maler zu beauftragen, und seinen Vertrag eigenhändig geschrieben hatte.

Sie holte tief Luft. »Messer Accorsi wurde von unserem Podestà vorgeladen, um als Zeuge in einem Prozess auszusagen, der in zwei Tagen stattfindet.« Dieser Donnerschlag ließ mich abrupt aufhorchen. »Der Schreiber des Gerichts ist erkrankt. Der Podestà hat mich gebeten, das Ospedale möge einen Schreiber an seiner Statt schicken, und Fra Bosi und ich haben beschlossen, dass Ihr ihn ersetzen sollt.« Das musste die Vorladung gewesen sein, die Gabriele erhalten hatte.

»Es wäre mir eine Ehre, wenn ich behilflich sein kann.«

»Fra Bosi wird Euch morgen Eure Aufgabe ausführlich erklären, um Euch auf Eure Rolle vorzubereiten. Ich vermute, Ihr habt noch keine Erfahrung vor Gericht?« Ich versicherte ihr, dass ich in der Vergangenheit keine Berührungspunkte mit der Strafjustiz hatte, bis auf das eine Mal, als sie mich aus Strozzis Fängen gerettet hatte, dem Beamten für Kleiderordnung, der meinen unangemessenen Ausschnitt bemängelt hatte. Sie nickte, um zu signalisieren, dass die Unterhaltung beendet war, und verließ meinen Raum unter dramatischem Rauschen ihres Gewands.

*

Auf dem Weg nach Siena dachte Immacolata über die Aussicht auf den Tod ihres Mannes nach. Überrascht stellte sie fest, dass sie weder Kummer noch Angst empfand. Stattdessen wandten ihre Gedanken sich anderen Dingen zu – der Unbequemlichkeit der Reise, den Fliegen, die um den Kopf ihres Pferdes summten, und dem Aussehen des Leibwächters, der vor ihr herritt, Gesäß und Oberschenkel breiteten sich auf dem Sattel aus, das Fleisch wackelte wie Aspik in seinen Beinlingen. Derart banale Gedanken angesichts des Prozesses, der Giovanni bevorstand, waren verwerflich, aber ihr Verstand produzierte sie unablässig und mit verblüffender Hartnäckigkeit.

Die beiden Leibwächter hinter ihr sprachen leise miteinander. Hin und wieder schnappte sie ein Wort auf, für gewöhnlich etwas Unanständiges. Sie kümmerte sich nicht darum, ihr Benehmen zu kommentieren. Sie waren bewaffnet und würden sie beschützen; das reichte.

Sie hatte sich in die Aufgaben eingearbeitet, die in Giovannis Abwesenheit angefallen waren, und bei der Bewerkstelligung der Buchhaltung einen zufriedenstellenden Rhythmus gefunden. Das war die Freude, von der Männer sprachen, wenn sie zu ihrer Arbeit verschwanden, als gingen sie zu einer heimlichen Geliebten. Während die Pferde dahintrotteten, betrachtete Immacolata die Landschaft entlang der Straße: dichte Wälder, hin und wieder ein Gasthaus oder eine kleine Ortschaft.

Seitdem Iacopos letzter Brief eingetroffen war, hatte sie neben sich gestanden, als beobachte sie sich von außen.

Vater ist noch in Siena im Gefängnis, und es heißt, sie werden ihn erhängen. Kennt Ihr einen Accorsi in Siena? Womöglich ist er ein Zuträger gewesen, ich suche nach ihm. Ich werde bis zum Prozess in Siena bleiben. Kommt, wenn Ihr müsst.
Am 5. Tag vor Mariä Verkündigung
Euer Sohn, Iacopo de'Medici

Als sie Iacopos kurze Nachricht las, lief es ihr kalt den Rücken hinunter. *Er plant etwas, etwas, das nach Gewalt riecht*, dachte sie. *Ein rechtschaffener Sohn sollte gewiss den Tod seines Vaters rächen. Aber wenn Iacopo nun vorhat, in die blutigen Fußstapfen seines Vaters zu treten und seine Seele mit einem Mord zu belasten? Ich weiß nicht, was er vorhat – aber selbst wenn, wie sollte ich ihn aufhalten?*

*

Der Gerichtssaal war überfüllt mit Zuschauern, und es wurde gespenstisch still, als Giovanni de'Medici in die Sala della Pace geführt wurde, die Arme hinter dem Rücken gefesselt. Von meinem Platz als Schreiberin aus, direkt neben dem Richter, beobachtete ich ihn, bis er so dicht vor uns stand, dass ich die Bartstoppeln an seinem unrasierten Gesicht sah, die angespannten Sehnen am Hals, den Schweiß auf seiner Stirn. Als der Büttel das Wort ergriff, zwang ich mich, den Blick abzuwenden, tauchte meine Feder in die Tinte und begann zu schreiben.

Niederschrift über den Prozess gegen
Giovanni de'Medici
Commune di Siena

Kalendae Augustus 1347

Giovanni de'Medici aus Florenz, aber auf Geschäftsreise in Siena, hat wissentlich einen Nachtwächter von Siena, Cristoforo Buonaventura, mit einem Messer in den Bauch gestochen und tödlich verletzt. Die Begegnung wurde von einem Bürger Sienas, Gabriele Beltrano Accorsi, mit angesehen, der vergeblich versuchte, das Leben Cristoforos zu retten und demzufolge den Podestà darüber informierte, was er gesehen und gehört hatte. Messer de'Medici wurde vor den Podestà gebracht, einen tüchtigen Mann, der stets Gerechtigkeit walten lässt. Da es nur einen Zeugen für das Verbrechen gibt, wurden besondere Überlegungen angestellt. Die Tat wurde spätabends und heimlich begangen, weshalb nur ein Zeuge erforderlich ist, um die Wahrheit des Geschehens zu bestätigen, Ne crimina remaneant impunita – sonst bleiben die Verbrechen ungesühnt. Der Angeklagte hat einen Verteidiger berufen, Messer Nicolai di Coppo aus Bologna, um seinen Fall zu vertreten. Er legte Widerspruch ein, um zu erwirken, den Verdächtigen nicht länger als eine Woche in Haft zu halten. Messer di Coppo wies zudem auf das Fehlen eines belastenden Beweismittels hin, was jedoch vom Gericht abgewiesen wurde. Schließlich wurde das Argument vorgebracht, der Angeklagte habe in Notwehr gehandelt. Consilia wurden vom Podestà, dem ehrenwerten Guerra Sambonivacio, zurate gezogen, um anhand schriftlicher Auslassungen höchst geschätzter Juristen zu begründen, ob die Tat wirklich per definitionem Mord nach Recht und Gesetz ist.

Nach einer längeren Diskussion erwies sich die Art des Beweises als ausreichend, das Verbrechen als Mord mit böser Absicht zu bewerten, begangen von Giovanni de'Medici. Der Gewaltakt wurde als besonders schwerwiegend eingeschätzt, nicht nur wegen des tödlichen Ausgangs, sondern auch wegen der Eigenschaft des Opfers, das in seiner rechtmäßigen Rolle handelte, um die Bürger Sienas zu beschützen.

An diesem Tag wurde Messer Giovanni de'Medici daher zum Tode durch den Strang verurteilt, ausgeführt vom Podestà und Juristen, die im Namen des Podestà handeln.

Gezeichnet durch meine, und nur durch meine Hand,
Beatrice Alessandra Trovato
21. August 1347

Am Morgen der Hinrichtung kniete Bartolomeo auf dem harten Boden seiner Kammer. Er wünschte, dieser Tag wäre nie gekommen, wünschte, er wäre nie dazu bestimmt worden, den

Florentiner zum Tod auf dem Schafott zu begleiten. Seine Gebete brummten in seinem Schädel wie ein Hornissenschwarm, unablässig und unheilvoll.

Gott der Gnade und Erlösung, lass mich deinen Willen tun
und diesen Gefangenen zu seinem Ende führen.
Hilf mir, ihn in einen guten und bußfertigen Tod zu geleiten.
Gib meinen Füßen Kraft, den Pfad des Verurteilten zu beschreiten.
Lass meine Gebete die Seele aus seinem gequälten Körper geleiten.

Er hielt inne, um einen persönlicheren Appell hinzuzufügen in der Hoffnung, die Jungfrau wäre den persönlichen Sorgen eines jungen Priesters mit mangelndem Selbstvertrauen zugänglicher:

Bitte, Allerheiligste Jungfrau, wenn meine Zeit gekommen ist zu sprechen, lass meine Stimme nicht versagen.

Bartolomeo schloss die Augen und ließ die Gestalt der Jungfrau in seiner Vorstellung aufblühen. Er stellte sie sich oft als Duccios *Maestà* vor, rätselhaft und großartig. Bartolomeo hatte dieses Gemälde so oft betrachtet, dass er jedes Detail in Erinnerung hatte, und das Bild beruhigte ihn oft. Doch heute verschwamm das Gesicht der Himmelskönigin, er vermochte ihre Miene nicht zu erkennen, und je mehr Mühe er sich gab, desto undeutlicher wurde sie. Als Bartolomeo seinen Priesterrock überzog, konnte er nicht sagen, was ihn mehr beunruhigte: die vor ihm liegende Aufgabe oder die Art, wie die Jungfrau sich ihm an diesem Tag entzog. Er hoffte inständig, dass sich keine Katastrophe ankündigte.

Ich hätte mich von Giovanni de'Medicis Hinrichtung fernhalten können. Doch die vielen Stunden, die ich im Gerichtssaal verbracht hatte, banden mich unentrinnbar an das Schicksal des Verbrechers, dessen Verurteilung ich niedergeschrieben hatte. Ich hatte viele Menschen im einundzwanzigsten Jahrhundert schreckliche Tode sterben sehen – nach Kopfschüssen, Hirnblutungen –, aber ich hatte noch nie eine geplante, staatlich genehmigte öffentliche Hinrichtung erlebt.

Gabrieles Zeugenaussage ging mir nicht aus dem Kopf. Sein unsichtbarer Kummer war mir so vertraut, dass er mich ebenso rührte wie offen gezeigte Gefühlsregungen. Unsere Blicke trafen sich, als er den Gerichtssaal verließ, und ich sah ihm die Sorge an über die Gewissheit darüber, was infolge seiner Aussage geschehen würde. Am Abend vor der Hinrichtung kam Clara mit einem Becher Wein und einer Schale Suppe in mein Zimmer. Ich bedeutete ihr, mir Gesellschaft zu leisten, denn ich wollte nicht mit meinen Gedanken allein sein.

»Möchtest du etwas davon essen? Ich habe heute Abend keinen Hunger.« Clara machte ein langes Gesicht. »Ich habe nur Sorge wegen morgen.« Ich wollte nicht sagen, dass ich noch nie eine Hinrichtung gesehen hatte.

»Habt Ihr den Florentiner gesehen? Ich habe gehört, dass er so groß ist wie ein Löwe mit einer goldenen Mähne und wildem Temperament. Es heißt, Ser Medici habe einen Gefängniswärter in den Arm gebissen, und die Wunde hat so geeitert, dass der Mann fast daran gestorben ist.« Clara schwankte beim Erzählen zwischen sprachlosem Entsetzen und wohligem Schauder.

Natürlich hatte ich ihn gesehen. Seine Gesichtszüge hatten sich in mein Gehirn eingebrannt, in seinen Augen siedete die Wut. Seine elegante Kleidung und die gute Körperpflege wiesen ihn als Edelmann aus – aber er hatte die Seele eines Mörders. »Ich habe ziemlich viel von ihm gesehen. Ich kann mir nicht vorstellen, dass er jemanden beißt, aber man kann nie wissen.« Zufrieden nahm Clara meine Worte auf. Vermutlich würde sie sie weitergeben, sobald sie mich verlassen hatte. »Du hast wahrscheinlich schon Hinrichtungen gesehen?«

»Das ist erst die zweite in diesem Jahr. Die letzte war auch wegen Mordes«, antwortete sie nüchtern. »Kann sein, dass sie eine große Menschenmenge anzieht.«

»Hättest du es lieber nicht mit angesehen?«

»Der Anblick ist schrecklich, gewiss«, erwiderte Clara und legte die Stirn in Falten. »Nach meiner ersten hatte ich wochenlang Albträume. Umiltà musste mir ein Schlafmittel verabreichen.«

»Warum hast du es dir angesehen?«

»Mit Hinrichtungen wird die Rechtsprechung der *commune* sichtbar gemacht«, sagte sie ernst, »und die Bürger lernen am besten, wenn sie es mit eigenen Augen sehen.«

Ich fragte mich, ob sie etwas zitierte, das man ihr beigebracht hatte. »Dann stört es dich nicht, wenn deine Regierung jemanden umbringt?«

»Der Podestà, seine Gesetzeshüter und die Neun beschützen uns«, sagte sie schlicht, und ich sah, dass für sie kein Widerspruch zwischen den Gewaltakten der Regierung und ihrem friedlichen Zweck bestand. »Umiltà sagt, die Wachleute müssen die Hinrichtungen mit ansehen als ein Beispiel dafür, was allen zuteilwird, die sich den Verlockungen des Teufels nicht widersetzen. Bürger müssen die Konsequenzen eines Verbrechens vor Augen haben, damit Männer, die Böses vorhaben, sich besinnen und stattdessen lieber die Weisheit Gottes suchen.«

In meiner Zeit hatte ich diese Argumente gehört, wenn auch nicht immer in einem religiösen Zusammenhang. Ich war mir nicht sicher, ob ich Claras Wiedergabe als tröstlich oder unangenehm empfand.

»Im Übrigen«, fügte sie fröhlich hinzu, »ist er ein Fremder.«

Am nächsten Morgen wurde ich vom Lärm einer Menschenmenge wach, die sich draußen versammelte. Ich zog mich an und ging zum Eingang des Ospedale. Drei Reiter in der schwarz-weißen Uniform der *commune* ritten in die Menge. Ihre Blechtrompeten schmetterten eine laute Fanfare, und der mittlere Trompeter erhob sich in seinem Sattel, um die Neuigkeiten auszurufen.

»Giovanni de'Medici aus Florenz wurde vom Gericht des Podestà wegen Mordes verurteilt. Seine Strafe: Hinrichtung durch den Strang!« Es herrschte eine gefährlich aufgeheizte Stimmung in der Menge. Gruppen heranwachsender und kleinerer Jungen hielten kampfeslustig Steine in den Händen. Auf einer Seite der Piazza erhob sich ein Singsang: »Tod den Florentinern!« Kurz darauf stimmte die ganze Meute mit ein.

Die Glocken des *torre* begannen zu läuten. Die Menschenmenge teilte sich, und ich erblickte die feierliche Prozession: Drei Priester begleiteten einen von einem Pferd gezogenen Mistkarren. Giovanni de'Medici stand darauf, die Hände auf den Rücken gebunden, im Griff eines grimmig dreinschauenden Wärters mit einem Schwert am Gürtel. Giovanni blickte geradeaus und schwankte in dem Karren, der über die Steine holperte.

Ein Junge warf einen Stein, der harmlos von der Seite des Karrens abprallte. Dann regnete es Steine, von denen einer Giovanni an der Stirn traf, woraufhin Blut auf seinen Nasenrücken tropfte. Er reagierte nicht und ließ es wortlos geschehen. Ich erkannte den sprachlosen Priester aus dem Dom, der nun laut betete.

Immer mehr Schaulustige folgten der Prozession, während wir bergab gingen. *»Penitenza, penitenza, penitenza«*, sangen die Zuschauer: Buße. Doch die Menge forderte etwas von Giovanni, das er nicht zu geben bereit war. Er verhielt sich ebenso schweigsam wie sein Wärter neben ihm.

»Er wird seine Übeltat nicht bereuen, auch wenn er sich dem Tod nähert«, murmelte eine Frau neben mir. »Er hat es verdient, dass sein Hals gestreckt wird und er bis in alle Ewigkeit den Qualen der Hölle ausgesetzt ist.« Sie spuckte in den Rinnstein.

Durch die Porta Giustizia verließen wir die Stadt. Die Menge wurde langsamer, und vor uns erhob sich das Schafott, ein hoch aufragendes Ungeheuer, das auf seine Mahlzeit wartete. Giovanni wurde aus dem Karren geholt und vor die Zuschauermenge gestellt, während ein hohlwangiger Mann mit Narbengesicht die Schlinge um Giovannis Hals legte. Der kleine Priester zog mit zitternden Händen ein Kruzifix aus den Falten seines Gewandes und hielt es dem Gefangenen vor das Gesicht.

»Sieh auf das Kreuz, auf dass du im Anblick Gottes sterben wirst.« Die Stimme des Priesters verstummte nach einem letzten Piepton, aber er hatte die Wörter über die Lippen bekommen. Die Menge schien den Atem anzuhalten, als Giovanni sein Gesicht vom Kreuz abwandte.

»Habt Ihr kein einziges Wort, um Euch Gott anzuempfehlen?«

Giovanni legte ein eigenartiges, grausames Lächeln an den Tag. »Siena wird für ihre Rolle bei meinem Tod verrotten.«

Der Henker versetzte dem Holzblock unter Giovannis Füßen einen raschen Fußtritt, und die Schlinge ruckte und straffte sich unter dem Gewicht. Der kleine Priester fiel zu Boden, als die Menge mit Gebrüll nach vorn drängte.

Ich wusste, warum ich keine Berichte über einen hingerichteten Medici gefunden hatte, als ich danach suchte. Weil ich sie noch nicht verfasst hatte.

Die Wärter schnitten Giovannis Leiche nach der Hinrichtung nicht ab, sondern ließen sie baumeln und sich drehen. »Als Beispiel für die Feinde Sienas und alle, die Gottes Willen trotzen«, verkündete ein Wärter unter Jubelrufen aus der Menge. Iacopo schaute entsetzt zu, geduckt hinter einem Dornbusch. Stundenlang blieb er dort, bis ein Krähenschwarm es auf die geöffneten Augen seines Vaters abgesehen hatte. Von plötzlicher Müdigkeit überwältigt, schloss er die Augen vor dem Anblick und schlief ein. Der Lärm spielender Jungen weckte ihn. Im ersten Moment glaubte er sich im Hof des Palazzos seiner Familie, während seine kleinen Vettern lachten und einen Lederball um den Brunnen in der Mitte warfen.

Iacopo erhob sich vorsichtig und erblickte ein paar Jungen, die auf das Schafott kletterten, um Finger von der Leiche seines Vaters abzuschneiden, ein Glied nach dem anderen. Sie versammelten sich lachend unter dem hängenden Körper und setzten zu grausamen Würfelspielen mit den abgehackten Fingern an. Iacopo übergab sich in die Büsche. Seine Beine zitterten so stark, dass er kaum aufrecht stehen konnte, doch es gelang ihm, sich taumelnd von der Richtstätte zu entfernen, den Hügel hinauf zu den Stadttoren. Er mied die Straße, um nicht gesehen zu werden.

Die Wärter an der *porta* beäugten ihn misstrauisch. Seine Kleidung war zerknittert und stank, in seinen Haaren steckten dünne Zweige. Als die Männer ihn hindurchwinkten, atmete er erleichtert auf. Iacopo kehrte zu dem Gasthaus zurück, in dem er die vergangene Woche verbracht hatte. Er hatte dort einen falschen Namen angegeben, da der Name Medici in der ganzen Stadt verpönt war. Der Wirt Semenzato begrüßte ihn verächtlich und versperrte ihm mit seinem breiten Körper die Tür.

»Ich will keine Trunkenbolde in meinem Haus haben, ich warne dich, ganz gleich, was du für das Privileg bezahlst.«

»Ich bin unterwegs krank geworden und in einem Graben neben der Straße zusammengebrochen. Ich gehe davon aus, dass Eure Gastfreundschaft so gut ist wie an den letzten sechs Tagen.«

»Nur ein falsches Wort, und Ihr werdet achtkantig hinausbefördert, krank oder gesund«, sagte Semenzato drohend.

Iacopo schluckte die Beleidigungen, die ihm einfielen; den Übereifer des Gastwirts musste er hinnehmen, wenn er Ruhe finden wollte. Die Stammgäste wichen zurück, als er den Schankraum zur Treppe hin durchquerte.

In seinem Zimmer überkam Iacopo die Verzweiflung und das Entsetzen über die Ereignisse des Tages erneut. Er legte sich auf den Boden und weinte, aber ohne die tröstliche Feuchtigkeit von Tränen.

Stunden später wurde Iacopo von einem beharrlichen Klopfen an seiner Zimmertür geweckt. Er erhob sich, bevor er Einlass gewährte. Die schwarzhaarige Kammerzofe starrte ihn wortlos an.

»Hast du noch nie einen Mann gesehen, der sich von einer Krankheit erholt? Hol mir frisches Wasser und ein Tuch.«

»Ich bin hier, um eine Botschaft zu überbringen, Ser.«

»Dann sprich.«

»Nur dass Eure Mutter Euch sucht, Ser. Sie wartet draußen. Aber sie hat Euch Medici genannt. Habt Ihr zwei Familiennamen? Ich wusste, dass Ihr es seid, nach ihrer Beschreibung.«

Meine Mutter. »Zuerst Wasser, bevor ich meinen Gast empfange«, sagte Iacopo und ließ die gefährlichen Fragen der Magd unbeantwortet. Das Mädchen verließ das Zimmer ohne ein weiteres Wort, kehrte schweigend mit Wasser zurück und ging dann wieder. Iacopo wusch sich das Gesicht und zog sich frische Sachen an, bevor seine Mutter kam.

Als Iacopo sie sah, war ihm eigenartig zumute, ihr Anblick war unnatürlich lebhaft und strahlend. Der Pelzrand an Immacolatas Haube leuchtete weiß neben der dunkelroten Wolle. Iacopo starrte seiner Mutter ins Gesicht, so wie er es nicht mehr gemacht hatte, seitdem er erwachsen war. Ihre Augen waren braun und groß, mit dichten dunklen Wimpern, und ihr Haar war geflochten und hinter ihren Ohren eingerollt, verwoben mit einem dunkelroten Band. *Sie muss einmal sehr schön gewesen sein, in der Blüte ihrer Jugend.* Doch seine Worte kamen ihm strenger über die Lippen, als er dachte, es waren Worte, die sein Vater vielleicht gesagt hätte.

»Du kommst zu spät.« Iacopo sah, wie seine Mutter zusammenfuhr und spürte, wie sich sein Magen als Reaktion auf ihre Qual verkrampfte.

»Dein Vater ist tot?«

»Die Krähen haben sich bereits über ihn hergemacht, ich habe sie mit eigenen Augen gesehen.«

»Und hat er bereut, bevor er starb?«

»Er hat Siena mit seinem letzten Atemzug verflucht.«

Immacolata legte sich beide Hände auf das Herz. »Iacopo, ich fürchte um deine Sicherheit hier, nachdem Sienas Bürger nun womöglich zur Gewalt angestachelt werden. Komm wieder mit mir nach Firenze, wo unser Name eher geehrt denn verachtet wird. Ich habe meinen Mann verloren und will nicht mein einziges Kind verlieren.«

Iacopo schüttelte den Kopf. »Ich bin nicht mehr der Junge, der ich einmal war. Mein Vater hat mich angewiesen, seine Geschäfte hier zu übernehmen, wie es sich für mich als Erben geziemt. Diesem Vertrauen werde ich gerecht werden.« Er klang, als versuche er, auch sich selbst zu überzeugen.

»Gewiss, Iacopo.« Sie bemühte sich, ihn nicht kleiner Iacopo zu nennen, obwohl er ihr in dem Augenblick kleiner vorkam als je zuvor. Vielleicht könnte er nun in die Machtstellung seines Vaters hineinwachsen – und zugleich mit Gottes Hilfe ein gewisses Maß an Grausamkeit, die seinen Vater eignete, ablegen. In dem Moment drängte sich ihr unwillkürlich das Bild der Krähen auf, die sich über Giovannis goldblonden Schopf hermachten.

»Wie war er in seinen letzten Tagen, Iacopo? War er verzweifelt? Hat er seinen Hinterbliebenen eine Botschaft geschickt?«

Iacopo hörte die Bitte seiner Mutter, und das Verlangen, ihr Trost zu spenden, stieg in ihm wie Flammen auf, die der Glut nächtlicher Asche entlockt werden. Er hatte noch Giovannis Worte im Kopf und spürte die Kraft der Umarmung durch seinen Vater. Diese Kraft gehörte jetzt ihm.

»Er sprach von seiner Familie.« Iacopo konzentrierte sich auf den Saum des Kleides seiner Mutter. Das Tuch war abgenäht mit einer kunstvollen Borte aus Blättern und Blumen, jedoch mit Straßendreck verkrustet. »Er hat mich aufgefordert, den Namen Medici nach seinem Tod aufrechtzuerhalten.«

Der Saum des Kleides tanzte, als Immacolata sich bewegte. »Er hat dich seinen Sohn genannt in den letzten Stunden seines Lebens?«

»Warum sollte er nicht?«

»Gewiss; du bist sein Sohn. Anscheinend hat Giovanni Huld und Gnade gelernt, bevor er diese Welt verließ, Dank sei dem Ewigen Gott, dem wir alle dienen.«

Iacopo umarmte seine Mutter und atmete ihren moschusartigen Duft ein, der ihm so vertraut war wie die eigene Haut. Immacolata brach am selben Nachmittag nach Florenz auf und überließ ihrem Sohn die Geschäfte der Medici in Siena, was auch immer sie beinhalteten.

Nachdem seine Mutter gegangen war, zog Iacopo ein sauberes Gewand und ein schwarzes Barett an und stieg die knarrenden Stufen hinunter in den großen Schankraum. Er hatte keinen Appetit, aber sein Durst verlangte nach einem Krug Wein. Iacopo bestellte, nahm Platz und wartete. Er ließ den Blick durch den Raum schweifen, obwohl er nicht damit rechnete, jemanden zu finden, mit dem er hätte sprechen wollen. Er hatte in der Woche, die er hier verbracht hatte, keine Bekanntschaften geschlossen, doch die Aufgaben, die ihm sein Vater übertragen hatte, erforderten auch zwischenmenschlichen Austausch. Er hatte einen bitteren Geschmack im Mund, und ihm brummte der Schädel.

Der Wein war dunkelrot mit einer leichten Duftnote nach Brombeeren. Nachdem er einen Schluck getrunken hatte, bemerkte er eine Gruppe Männer an der Rückwand der Gastwirtschaft sitzen, die über klackernden Würfeln die Köpfe zusammensteckten. Iacopo hatte als Heranwachsender ein paarmal gespielt, bis sein Vater ihn dabei erwischte. Er hörte noch den Klang seiner Stimme im Ohr:

»Welchen Vergnügungen gehst du nach, um mein gutes Geld auszugeben, Iacopo?«

»Ich dachte, Ihr wärt bei der Arbeit, Vater.«

»Verstehe. Wenn ich also arbeite, nimmst du dir die Freiheit heraus, zum Teufel zu gehen und meine Soldi mitzunehmen?« Giovanni hatte ihn damals so fest geschlagen, dass er eine Woche lang kaum noch stehen oder reiten konnte. Damals hatten seine Kopfschmerzen eingesetzt. Seither hatte er nicht mehr gespielt.

Mein Vater ist tot, und niemand kann mich jetzt davon abhalten, mitzuspielen, dachte er wie betäubt. Er stand auf und ging zum Spieltisch. Ein Spieler hatte ein teigiges Gesicht wie ein ungekochter Brotlaib und fettige schwarze Locken unter einem mit einer schmuddeligen Feder verzierten Filzhut.

»Na, seht euch den feinen Herrn an, der uns beim Spielen zuschauen will. Freunde, ist er nicht hübsch anzusehen in seiner Mütze und den Gewändern? Vielleicht hat er Geld zu verlieren.« Als der Mann lächelte, konnte Iacopo die Zahnlücken hinter seinen fleischigen Lippen sehen.

»Darf ich mich zu Euch gesellen, meine Herren?« Iacopo gab eine höfliche Anrede zurück, obwohl er ganz und gar nicht davon überzeugt war, dass diese Männer sie verdienten.

»Könnt Ihr, wenn Ihr bereit seid zu verlieren.« Der bleiche Mann zog einen leeren Stuhl hervor.

Der Nächste, der das Wort ergriff, war so unangenehm dürr, wie sein Gefährte fleischig war, und als er sprach, rann ihm Speichel aus dem Mund. »V'lleicht sollten wir uns vorstellen. Ich weiß gern, gegen wen ich gewinnen werde.«

»Matteo di Giunta. Ich bin Weinhändler aus Mailand und auf Geschäftsreise in Siena«, sagte Iacopo. Wein schien ein so alltägliches Geschäft, dass es kein besonderes Interesse erweckte. Auch Mailand würde nicht infrage gestellt, da es für seine erlesenen Weine bekannt war.

»Guido Baldi«, sagte der Bleiche, »ein großer Weinliebhaber.« Er lachte und schlug auf seinen hervortretenden Bauch, wobei das Fleisch waberte. Er wandte sich an seinen Gefährten. »Und das hier ist mein guter Freund Fanti. Er ist zu dünn für mehr als einen Namen.« Die Würfelspieler brachen in zustimmendes Gelächter aus.

Als die Heiterkeit nachließ, ergriff Baldi wieder das Wort. »Jetzt seid Ihr an der Reihe, aber lasst uns zuerst Euer Geld sehen.«

Iacopo spielte ein paar Runden und sorgte dafür, dass er genug verlor, damit die Männer nicht ihre Meinung über seine Anwesenheit am Tisch änderten. Nach einem besonders hohen Verlust täuschte er Betrübnis vor und schlug sich genüsslich auf die Schenkel. »Ich gebe mich geschlagen.«

Fanti grinste breit, doch Baldi war nicht so leicht zu amüsieren. »Seid Ihr fertig mit uns?«

»Tatsächlich habe ich mich gefragt, ob Ihr mir vielleicht helfen könntet. Ich suche nach einem Mann, der mich um guten Gewinn betrogen hat, und wenn einer von Euch mich zu ihm führen könnte, wird es sich für ihn lohnen.«

Baldi packte Iacopos Schulter mit seiner fleischigen Hand. »Wie heißt Euer Mann? Vielleicht kann ich Euch helfen.«

»Gabriele Accorsi. Wisst Ihr, wo ich ihn finden kann?«

Baldis Augen verengten sich. »Wir sollten unter vier Augen sprechen. Ich habe mein Zimmer für eine Frau gemietet, aber jetzt, da sie fort ist, stehen dort zwei freie Stühle. Es riecht brünstig, aber es geht auf den Hof hinaus und ist still.«

Iacopo stand auf und folgte Baldi. Seine Quelle mochte zwar kein angesehener Herr sein, doch er schien etwas zu wissen und bereit zu sein, es mitzuteilen. Das Geräusch fallender Würfel ließ auf sich warten, und er spürte die neugierigen Blicke von Baldis Gefährten im Rücken.

V

Der vierte Engel

Am Morgen nach der Hinrichtung kam ich zu spät ins Skriptorium. Fra Bosi schaute mich schief an, machte mir aber keine Vorwürfe. Irgendjemand hatte das kaputte Fenster repariert; keine spontanen Besuche mehr von Gabriele, auf die ich mich hätte freuen können. Ich hatte noch ein paar *libri* mit den Abgaben für das Fest Mariä Himmelfahrt zu vervollständigen, doch jedes Mal, wenn ich nach einer Feder griff, erstand blitzartig ein Bild vom Prozess vor meinen Augen – Giovanni de'Medici mit zusammengebissenen Zähnen, die angespannten Sehnen, die oberhalb des Kragens am Hals deutlich hervortraten, während er Gabriele beobachtete, der sein vernichtendes Zeugnis ablegte. Ein Mann wie Giovanni de'Medici konnte Ärger machen, selbst nach seinem Tod. Ich spürte die nahende Gefahr wie dunkle Wolken, die sich vor einem Gewitter auftürmen.

Meine Erinnerungen an den Prozess waren beunruhigend, die Rückblenden auf die Hinrichtung jedoch noch schlimmer. Immer wieder sah ich vor mir, wie Giovannis Beine nach einem Halt suchten, als der Holzblock unter ihm weggestoßen wurde, und wie er allmählich immer bleicher wurde. Ich war davon überzeugt, dass es monatelang Stoff für meine Albträume liefern würde.

Nachdem ich die *libri* mit den letzten Schnörkeln versehen hatte, legte ich die Feder nieder. Ich blieb am Pult sitzen und dachte nach. Meine Gedanken wanderten zu Nathaniel, der mich am Nachmittag zum Tee einlud und mit einer Erstausgabe von Henry James empfing. Ich dachte an die Verabredung zum Kaffee mit Donata, an die Unbeschwertheit unserer Gespräche. Sie muss sich gewundert haben, warum ich verschwunden war, ohne mich zu verabschieden.

Mir hatte es hier gefallen – ich hatte Arbeit gefunden, neue Freunde und Mitstreiter und auch etwas nicht Greifbares, eine überraschend angenehme Mittelalterlichkeit. Natürlich hatte ich auch Gabriele gefunden, und die Freundschaft mit ihm hatte etwas unleugbar Anziehendes. Aber reichte das, um mit meinem alten Leben zu konkurrieren? Und selbst wenn, mit den angenehmen Seiten dieser fremden Zeit gingen die drohende Pest und das schreckliche Gefühl der Machtlosigkeit einher, das mich angesichts der bevorstehenden Vernichtung befiel, und nun der gehängte Medici, gegen den Gabriele ausgesagt hatte und der womöglich gefährliche Freunde hatte. Ich musste zurück. Aber wie?

Ich reinigte meine Federn und ordnete den Stapel Pergament auf dem Pult. Gab es da etwas, das mir entgangen war, ein Schlüsselmoment, das meine Reise durch die Zeit umkehren könnte? Ich war in den Duomo zurückgegangen; das hatte nichts genützt. Ich hatte meine Schritte zurückverfolgt, im Geiste. Als ich fortging hatte ich Gabrieles Tagebuch gelesen – das erschien mir als vielversprechende Brücke in die Vergangenheit, aber ich konnte mir nicht vorstellen, ihn zu bitten, mir seine privaten Aufzeichnungen zu zeigen. Auf jeden Fall schien das Tagebuch wie eine Einbahnbrücke, wenn es denn überhaupt eine Brücke war – die Vergangenheit war durch Gabrieles Niederschrift für mich lebendig geworden, aber die Gegenwart würde es nicht. Was gab es noch? Ich war im Museo gewesen. Das Museo … wo ich Gabrieles Gemälde des heiligen Cristophorus gesehen hatte. Die Erinnerung bescherte mir eine Gänsehaut. Hatte es etwas mit dem Gemälde zu tun, mit dem Umstand, dass ich mich darin gesehen hatte, ein Gemälde, das unsere beiden Zeiten verband? Wo konnte ich ein anderes Gemälde von Gabriele finden, auf dem ich dargestellt war? Der Gedanke traf mich wie ein Elektroschock: gleich draußen vor dem Ospedale. Meinen neuen Plan im Kopf, machte ich mich auf den Weg zum Eingang. Zeit für eine weitere Lektion in Kunstgeschichte.

Draußen stand Gabriele hoch oben auf seiner Bühne mit einem Pinsel in der Hand. Er hatte das Abbild der Jungfrau Maria fertiggestellt, und ihr Körper hatte eine Leichtigkeit, als habe der Maler aus einer himmlischen Quelle geschöpft. Doch diese himmlische Gnade war mit einer für ein mittelalterliches Gemälde überraschenden menschlichen Emotion verbunden. Sie wirkte beklommen, ängstlich, ihre irdische Existenz zu verlassen, aber zugleich hingezogen zu dem, was sie erwartete. Gabriele arbeitete nun an den Engeln. Sie umringten Maria beschützend, die Flügel emporgestreckt und golden glänzend. Drei Engelsgesichter waren vollendet, und Gabriele malte das vierte. Zunächst verstellte sein Körper den Blick auf das Bild, an dem er arbeitete. Als er den Arm mit dem Pinsel senkte, blieb mir das Herz stehen – ich spürte die Pause, die Stille, dann etwas verzögert den nächsten Schlag; das Blut strömte wieder. Ich sah das schwarze, glatte Haar des vierten Engels, die graublauen Augen und langgliedrigen Hände. Er sah genau so aus, wie ein mittelalterlicher Engel aussehen sollte und wäre in jedem Fresko des vierzehnten Jahrhunderts zu Hause gewesen. Aber alle, die mich kannten, würden das Modell erkennen. Ich spürte, wie mir die Hitze ins Gesicht stieg, und die Eile, die ich noch im Skriptorium empfunden hatte, ließ nach, während ich dort stand und zusah. Der Gedanke, dass das Gemälde mich in die Zukunft transportieren könnte, erschien mir jetzt, da ich davorstand, albern. Und nicht einmal wünschenswert.

Gabriele nahm den Pinsel vom Putz und legte den Kopf

schief, um zu mir herunterzuschauen. Er hob die Stimme, damit er von oben zu verstehen war. »Wartet Ihr schon lange? Ich bedaure, dass ich so vertieft war und Euch nicht vorher bemerkt habe.«

»Ich bin gerade erst gekommen!«, rief ich zurück und reckte den Hals. »Sehe ich wirklich so aus?«

Gabriele lachte. »Ihr stellt die außergewöhnlichsten Fragen. Sagen wir so, Ihr liefert Inspiration. Genügt das?«

»Vorerst.«

»Signora, ich würde gern länger mit Euch reden, aber der trocknende Putz ruft mich, und die warme Sonne treibt zur Eile.«

»Ich muss auch zurück ins Skriptorium«, sagte ich enttäuscht.

»Falls Ihr nicht übermäßig zu tun habt, würde ich mich freuen, wenn Ihr mir auf dem Gerüst Gesellschaft leistet.«

An dem Tag hatte ich weniger zu tun als sonst. »Wie komme ich hinauf?« Wieder hörte ich Gelächter von oben. Gabriele legte seinen Pinsel ab und stieg rasch von der Bühne, bis er neben mir stand. Aus der Nähe konnte ich die feinen Schweißspuren sehen, die auf seinem gebräunten Gesicht glitzerten, und das Leinenhemd klebte feucht an seinen muskulösen Armen.

»Ich führe Euch«, sagte er, »aber passt auf, wohin Ihr tretet. Ich möchte Euch nur ungern aufgrund eines Unfalls auf einem Gerüst verlieren, da wir uns doch erst seit Kurzem kennen und der Engel, der an Euch erinnern soll, erst halb gemalt ist.«

»Ich bin gerade meiner ersten Berührung mit dem Tod entronnen, dank Euch. Ein zweites Mal möchte ich lieber nicht riskieren«, sagte ich.

Gabriele hielt mir die Hand hin, um mir zu helfen, und es gelang mir, trotz meines hinderlichen Rockes hinter ihm her- und auf das Gerüst zu klettern. Ich setzte mich auf die Bühne und versuchte, nicht über den Rand zu schauen. Gabriele wandte sich wieder der Mauer zu, um seine Arbeit fortzusetzen.

Ich lauschte den gedämpften Geräuschen von unten, die eine schwache Brise zu uns heraufwehte. Einmal läuteten die Glocken des Doms, um das Vergehen der Zeit anzuzeigen, aber ich war in das Gemälde vertieft, das vor meinen Augen entstand – die leichte Rötung auf den Wangen des vierten Engels, die sanfte Biegung des Halses, der in einem blauen Kleid verschwand, die Geste der Hände, mit der er die Jungfrau nach oben geleitete. Gabrieles linke Hand strich über den Putz, während er malte, um zu fühlen, ob der *intonaco* bereit war für seine Pinselstriche. Er malte mit bedächtiger Anmut, obwohl er den Abschnitt unbedingt vor Sonnenuntergang beenden musste. Das erinnerte mich an den gedämpften, wohlüberlegten Rhythmus eines chirurgischen Eingriffs. Aber er schuf Wesen aus Farbe, oder aus einer rätselhaften Kombination aus Pigmenten und dem, was in seinem Herzen und seiner Seele wohnte. Ich hatte Menschen repariert, hatte sie nicht mit Pinselstrichen gemacht.

Gabriele hielt inne und legte seine Werkzeuge ab. »Ich muss eine kurze Pause einlegen und hinuntersteigen. Mein Geist ist zufrieden, wenn ich den ganzen Tag male, aber mein Körper braucht Zuwendung.«

»Manchmal denke ich, schade, dass es überhaupt einen Körper gibt«, erwiderte ich wehmütig. »Seine Bedürfnisse stören.«

»Aber die Freuden und Möglichkeiten dieses beschränkten Körpers bewahren auf wundersame – wenn auch schmerzliche – Weise unsere Menschlichkeit. Oder nicht?« Er sagte es so leise, dass ich mich schon fragte, ob ich es überhaupt hören sollte.

Guido Baldi beobachtete Accorsi und diese Schreiberin, als sie vom Gerüst heruntersteigen und im Eingang des Ospedale verschwanden. Der Maler war mit der Hure zusammen, die Baldis

Stellung im Skriptorium an sich gerissen hatte. Das Gold des Weinhändlers hatte ihm den Anreiz gegeben, zum Ospedale zurückzukehren; für Wein, Würfelspiel und Fleisch bedurfte es eines beträchtlichen Budgets.

Wie traurig wäre es, wenn der Maler von seiner hohen Bühne stürzen müsste. Ein Gerüst konnte ziemlich instabil sein – er hatte schon oft von solchen Unfällen bei Künstlern gehört. Sehr, sehr traurig. Baldi fragte sich, ob die Schreiberin nach ihrer Pause mit Accorsi zurückkehren würde. Er hoffte es. Auch wenn der Weinhändler nur an einem Opfer interessiert war, dachte Baldi für sich, es wäre eine saubere Sache, zwei Probleme auf einen Schlag zu lösen. Noch einmal schaute er sich das Gebilde an, das sich vor ihm erhob. *Schöne Engel*, dachte er, *schade nur, dass sie nicht vollendet werden*. Bei einem Engel kniff er die Augen zusammen, denn das Gesicht kam ihm bekannt vor, aber vielleicht hatte er zu Mittag etwas zu viel Wein getrunken.

Iacopo de'Medici vertraute seiner neuen Anwerbung nicht. Wie konnte er? Einem Mann, der so leicht zu überreden war, jemanden umzubringen, durfte man nicht über den Weg trauen. Es war leichter gewesen, als er gedacht hatte, zu erklären, was getan werden sollte, und Baldi die Soldi zu geben, damit er dafür sorgte, damit er die Aufgabe zuverlässig erledigte. Aber sein Vater hatte ihm gesagt: »Du musst die Arbeit derjenigen, die du in deinen Dienst stellst, überwachen, sonst nutzen sie deine Abwesenheit aus.« Im Grunde seines Herzens schrak er davor zurück, das Ziel seines Plans mitzuverfolgen, aber er überwand sich und suchte eine Stelle, an der er das gesamte Gerüst nebst allen, die hinaufkletterten, im Blick hatte.

Mein Vater würde mit Vergnügen zuschauen, dachte Iacopo, und obwohl er wusste, dass er seinen Vater achten sollte, selbst im Tode, drehte sich ihm bei dem Gedanken der Magen um.

Ich werde beobachten, um sicher zu sein, dass es getan wird, und zwar gut. Aber ich werde mich nicht daran erfreuen, meinen Feind in den Tod stürzen zu sehen. So stellte er sich außer Sichtweite, den Blick nur widerwillig auf den Ort des Geschehens gerichtet.

Nachdem ich vom Gerüst gestiegen war, begab ich mich in die Küche des Ospedale, in der ein Stück gelber Käse und eine Handvoll kleiner lila Pflaumen ein köstliches Mahl ergaben. Ich warf einen Blick ins leere Skriptorium und kam zu dem Entschluss, dass ein paar weitere freie Stunden nicht schaden würden. Draußen war Gabriele bereits auf die Bühne geklettert und arbeitete am Haar des Engels. Irgendwie gelang es ihm, Schwarz so aussehen zu lassen, als beherberge es in seinen Tiefen tausend andere Farben.

Ich schaute am Gerüst hinauf und beobachtete die Wolken, die dahinter vorbeizogen. Es war gerade so, als bewegte sich das Gerüst selbst. Ich schüttelte den Kopf, um die Täuschung abzuschütteln, und mir war schwindelig. Selbst als ich nach unten schaute, hielt das Gefühl an, als neigte sich der Boden unter meinen Füßen.

Ein hohes Heulen setzte in meinen Ohren ein, und der Nachgeschmack der Pflaumen in meinem Mund wurde stärker. Als die Geräusche wie gewohnt in den Hintergrund traten, wurde mir endlich klar, dass es sich um einen neuerlichen Anfall handelte. Ich atmete langsamer und zwang mich, meinen Blick zu fokussieren. Gewöhnliche Menschen schlenderten über die Piazza und gingen ihren Geschäften nach. Aber als ich wieder auf das Gerüst blickte, sah ich im Geist vor mir, wie Gabriele fiel, die Gliedmaßen ausgestreckt, vorbei an den Holzbalken auf die Pflastersteine am Boden. Gleichzeitig mit dieser Vision überkam mich eine Woge der Zufriedenheit, die jemand empfand, der ihn in den Tod stürzen sah. Aber Gabriele war noch dort oben und malte, als gäbe es die Welt nicht. Der Wind hatte sich gelegt, aber das Gerüst schwankte. Ich rief zu ihm hinauf.

»Ist alles in Ordnung da oben?« Er war in seine Arbeit vertieft und hörte mich nicht. »Messer Accorsi!« Er ließ fallen, was er gerade in Händen hielt – ich hörte es klappern, als seine Werkzeuge aufprallten –, er wirbelte herum und schaute zu mir herab. Mir kam es seltsam vor, ihn Accorsi zu nennen, obwohl er in meinem Kopf doch Gabriele war.

»Stimmt etwas nicht?«

»Kommt herunter!«

Er zögerte. Die meisten Menschen hätten zumindest gefragt, warum, doch Gabriele nickte und begann, seine Ausrüstung zusammenzupacken. Das Heulen in meinen Ohren wurde lauter, bis ich fast nichts mehr hören konnte. »Bitte, beeilt Euch!«

Er ließ seine Werkzeuge liegen und begann, herunterzuklettern. Er hatte es erst zur Hälfte geschafft, als die Bühne über ihm sich allmählich neigte. Dann vernahm ich das echte Knacken von splitterndem Holz, als die Verbindungen des Gerüsts nachgaben, und danach passierte alles in grausamer Zeitlupe. Im Fall griff Gabriele mit einer Hand nach einem hölzernen Stützpfosten, während das Gebilde, das er so sorgfältig errichtet hatte, wie ein riesiges, aus der Balance geratenes Mikadospiel zusammenbrach. Mit dumpfem Schlag traf er auf dem Boden auf, und die Bretter der Plattform krachten nur wenige Fuß von seinem Kopf entfernt zu Boden.

Plötzlich stand ich neben Gebriele, der mit dem Rücken auf dem Straßenpflaster lag. Er hatte die Augen geschlossen, und ich war mit nicht sicher, ob er atmete. Sein Gesicht war blass. *Sieh hin, bevor du handelst* – jahrelange Ausbildung hatte mich das gelehrt. Gabrieles Kopf hatte eine natürliche Haltung. Gut. Ich suchte nach Atmung. Eine, zwei, drei Sekunden. *Komm schon, atme.* Da: Seine Brust hob und senkte sich ein Mal. *Luft-*

wege, Atmung frei. Jetzt der Kreislauf. Vorsichtig fühlte ich nach dem Puls an seinem Handgelenk – kräftig und gleichmäßig – und spürte die beruhigende Wärme seiner Haut. Seine Finger krümmten sich und entspannten sich wieder – nicht gelähmt. Seine Füße bewegten sich in den weichen Lederstiefeln. Vier Gliedmaßen funktionierten: umso besser. Ich suchte in seinem Gesicht nach Wachsamkeit. Wenn er nun nie wieder aufwachte? Ich habe vielleicht fünf Sekunden hingeschaut, aber es fühlte sich an wie eine Ewigkeit. In dem Augenblick übernahm meine nicht ärztliche Seite das Kommando.

Ich schloss die Augen und flüsterte aus dem Bauch heraus ein Gebet. *Nimm ihn mir nicht weg; das ertrage ich nicht. Niemals.* Ich glaubte zu versinken und nie wieder an die Oberfläche zu kommen, Jahrhunderte von jeglicher Vertrautheit und Trost entfernt, ohne in Zeit und Raum verankert zu sein. Ich machte die Augen wieder auf.

Gabrieles Mundwinkel bogen sich nach oben. Hatte ich laut gesprochen? Seine Augen blieben geschlossen.

»Messer Accorsi? Es kann nicht sein, dass Ihr lächelt.«

Die grauen Augen öffneten sich. Gleich große Pupillen, rund, bei Lichteinfall rasch kleiner werdend. Die schnelle Beurteilung kam unwillkürlich.

»Ich lächle, eigenartig«, sagte er und richtete seinen Blick auf mein Gesicht. »Warum weint Ihr?« Da begann ich tatsächlich zu schluchzen. »Ich weiß nicht, wie Ihr darauf kamt, mich zu retten, aber ich glaube, ich verdanke Euch mein Leben, Beatrice Alessandra Trovato.«

Ich erklärte es ihm nicht. »Dann sind wir ja quitt«, erwiderte ich und keuchte zwischen Schluchzern, die in Gelächter mündeten.

Gabriele wurde auf schnellstem Wege in die Krankenstation des Ospedale gebracht, und ich ging wieder ins Skriptorium, um zu arbeiten, doch das war verständlicherweise unmöglich. Clara kam in regelmäßigen Abständen vorbei, um mich über den neuesten Stand zu unterrichten, und gegen Ende des Tages verkündete sie, man habe Gabrieles Gesundheitszustand für so gut befunden, dass er nach Hause gehen konnte. Das freute mich zu hören, aber es änderte nichts an der Tatsache, dass jemand versucht hatte, ihn umzubringen, jemand, dessen boshafte Absicht ich am eigenen Leib gespürt hatte, als das Gerüst begann zusammenzustürzen. Ich verließ das Skriptorium und ging früh zu Bett.

In der Nacht träumte ich von meinem früheren Leben. Ich war im OP und entfernte neben Linney ein Meningiom an der Großhirnsichel. Linney stand neben mir, kompetent und ruhig. Für mein voriges Leben war es eine völlig normale Situation, doch im Traum war mir extrem unbehaglich zumute, ein Gefühl, etwas Wichtiges versäumt zu haben. Ich versuchte, Linney zu sagen, was nicht stimmte, doch sie hörte mich nicht. Dann war ich wach und lag schwer atmend und nass geschwitzt in meinem schmalen Bett im Ospedale. Zum ersten Mal, seit ich im vierzehnten Jahrhundert weilte, war ich zutiefst erleichtert darüber, wo ich war.

*

Am nächsten Tag kam Clara atemlos mit einer weiteren Botschaft ins Skriptorium: Umiltà wollte mich auf der Stelle im *pellegrinaio* sehen, dem Saal, in dem ich an meinem ersten Tag im mittelalterlichen Ospedale den Mann mit Pocken gesehen hatte. Ich wusch mir die Tinte von den Händen und folgte Clara.

Umiltà erklärte. »Ein junger Priester – ein gewisser Fra Bartolomeo – wird wegen seiner Wunden behandelt. Er spricht wirr durcheinander, aber ich glaube, er fragt nach Euch.«

»Warum um alles in der Welt sollte er das tun?«

»Ich bin ebenso verblüfft wie Ihr, Beatrice, aber in seltenen Momenten, wenn er klar denken kann, ruft er nach der großen Frau mit rabenschwarzem Haar und meerblauen Augen.« Sie zog mich hinter sich her zu einer Pritsche, auf der dieser Mann mit geschlossenen Augen und einem blutigen Verband um den Kopf lag. Ich hoffte, dass keine Hirnmasse darunter hervorquoll; selbst eine erfahrene Neurochirurgin wäre überfordert, so etwas unter mittelalterlichen Voraussetzungen zu behandeln. Ich erkannte sein Gesicht – der stumme Mann, in dessen Gedanken ich eingedrungen war, der Priester, der Giovanni de'Medici zum Galgen geleitet hatte.

Wäre der Kopfverband nicht gewesen, hätte er auch nur schlafen können. Mit seinen geröteten Wangen und seinem dünnen hellbraunen Haar sah er aus wie ein Pfirsich.

»Er wurde bei der Hinrichtung von der Menge niedergetrampelt«, sagte Umiltà, »und die Wärter haben ihn hierhergebracht.« Der Priester begann zu stöhnen, machte die Augen aber nicht auf.

»Ich werde ihm noch mehr Laudanum verabreichen, Suor Umiltà.« Ein älterer Mann in rotem, mit weißem Pelz besetzten Gewand trat an ihre Seite. Der Arzt hielt eine dünne Glasflasche gegen das Licht und spähte auf die gelbliche Flüssigkeit darin.

»Das ist Dottore Agnolo di Boccanegra«, stellte Umiltà ihn mir vor, »ein höchst angesehener Arzt, in Paris ausgebildet. Wir haben großes Glück, ihn hier zu haben. Und das hier« – Umiltà wandte sich mir zu – »ist unsere neue stellvertretende Schreiberin, Beatrice Trovato.« Ich fragte mich, wie es im Paris des vierzehnten Jahrhunderts wohl aussehen mochte. Dottore Boccanegra verbeugte sich kurz vor mir, bevor er wieder in die Flasche schaute.

»Die Farbe seines Urins kündet von seiner Störung. Laudanum wird seinen fiebrigen Zustand beruhigen und seine Körpersäfte ins Gleichgewicht bringen.«

»Noch nicht«, entgegnete ich, und alle schauten mich verwundert an. »Das könnte seinen Zustand verschlechtern, bei einer Kopfverletzung. Und Ihr wüsstet auch nicht, wie es ihm geht, wenn Ihr ihn weiterhin ruhigstellt.«

»Habt Ihr Erfahrung mit der Heilkunst, Signora?« Der Mann mit dem Fläschchen rümpfte die Nase, als hätte ich länger kein Bad genommen, was stimmte. Ich musste mir wohl rasch etwas Plausibles einfallen lassen.

»Mein verstorbener Gemahl hatte ein ähnliches Leiden«, log ich, »und das Laudanum schwächte seine Sprachfähigkeit in den letzten Stunden seines Lebens. Er war nicht in der Lage, seine letzte Beichte abzulegen.« Sie schauten mich verständnisvoll an.

Der Arzt wechselte den Verband, und ich erblickte eine Prellung am Kopf des jungen Priesters mit einer leichten Schwellung unter der Haut. Mir gefiel die Lage nicht – direkt an seiner Schläfe, über der mittleren Hirnhautarterie. Wenn dort eine Fraktur saß, stünde ihm ein rasch expandierendes Epiduralhämatom bevor – eine linsengroße Ansammlung von Blut zwischen dem Schädel und dem Gehirn –, und wenn sie nicht behandelt würde, wären Koma und Tod die Folge. Er war blass, sein Atem ging unregelmäßig. Nicht gut. Heimlich streckte ich eine Hand aus, um seinen Puls zu fühlen – langsam. Auch nicht gut. Nachdem der Verband erneuert worden war, sah er zwar sauberer aus, aber in meinen Augen schlechter. Er stöhnte nicht mehr, und als ich ihn unbemerkt in den Arm kniff, zog er ihn weder fort, noch zuckte er. Ich sah zu, wie der Arzt ihn untersuchte und riss mich zusammen, um nicht die Führung zu übernehmen. Der Priester hatte die verdächtigen Anzeichen für erhöhten intrakraniellen Druck – etwas schwoll an oder sammelte sich in seinem starren Schädel. Und wenn dieser Druck nicht abgelassen wurde, würde der Mann womöglich nie wieder aufwachen. Wie konnte ich eingreifen? Ich hatte keine Instrumente, keinen Anästhesisten und keine Autorität, was mich am meisten entmutigte.

»Er hat nach mir gefragt?«

»Er hat Euch in einem Moment der Klarheit beschrieben, vor der dritten Dosis Laudanum«, sagte Umiltà. Bevor ich überlegen konnte, was ihn dazu gebracht haben könnte, trat das Stimmengewirr im überfüllten *pellegrinaio* plötzlich in den Hintergrund, und ich spürte das Pochen von heftigen Kopfschmerzen, einen unerträglichen Druck, wie eine Zange die beide Schläfen zusammendrückte. Und ich wusste mit der Sicherheit, die ich durch all die Stunden im OP erlangt hatte, dass sich unter der gewölbten Schädeldecke des Priesters Blut sammelte. Noch ein paar Minuten, und es wäre vorbei. Ich zog mich aus dem Kopf des Priesters zurück, noch taumelnd unter dem Eindruck der Qualen.

Zum Teufel mit fehlender Autorität – ich musste etwas tun. »Dottore Boccanegra«, sagte ich, »habt Ihr ein …« Ich wollte eine Kraniotomie durchführen, doch diese Terminologie würde hier nicht greifen. Ich versuchte mich an meinen Kurs »Geschichte der Medizin« während meines Studiums zu erinnern, bis es mir einfiel. »Habt Ihr eine Trephine?«

Boccanegra zog die Augenbrauen hoch. »Diese Schreiberin weiß mehr über Medizin als die meisten Frauen ihresgleichen.«

Ich griff zurück auf meine alte Ausrede. »Mein Gemahl ist auf diese Weise gestorben. Aber man hätte ihn retten können, hat man mir gesagt, wenn der Augur rechtzeitig an seinem Schädel angewandt worden wäre …« Ich warf einen verstohlenen Blick auf das Gesicht des Priesters und fragte mich, ob sich nun unter einem der Augenlider die Pupille weitete, da der für die Kontraktion verantwortliche Nerv durch das Hämatom zerdrückt wurde.

Boccanegra rieb sich mit einer Hand das Kinn. »In manchen Fällen kann eine Verletzung des Schädels und seines zarten Inhalts nur mittels einer Öffnung behoben werden, wie Ihr sie beschreibt.« Ich hielt die Luft an, aber meine Gedanken überschlugen sich. Komm schon, entscheide dich, Dottore, bevor wir ihn verlieren. »Dieses Verfahren liegt jedoch häufiger im Tätigkeitsbereich des Militärarztes.« Boccanegra sagte das in einem überheblichen Tonfall, als stellte er sich weit über einen Chirurgen, aber etwas an seiner Haltung warf in mir die Frage auf, ob diese Selbstgewissheit echt war. Wenn ich Boccanegra überreden könnte, mir die Führung zu übertragen, müsste ich wissen, was er dachte. Ich nahm den direkten Weg. Es war erstaunlich leicht, in seinen Kopf zu schlüpfen und zu finden, was ich brauchte, und sobald ich seine Gedanken lesen konnte, lachte ich beinahe laut auf. Der Mann war völlig entsetzt. Er hatte noch nie eine Schädelöffnung vorgenommen, hatte überhaupt noch nie operiert. Ich hatte die größere Erfahrung von uns beiden. Wenn ich Hilfe anbot, musste er sie annehmen.

»Dottore, meine Kenntnisse sind natürlich Eurer beachtlichen Erfahrung weit unterlegen … aber ich habe in den letzten verzweifelten Stunden meines Mannes dem Chirurgen bei dem Eingriff assistiert, was ihm das Leben gerettet hätte, wäre er rechtzeitig vorgenommen worden. Wenn ich Euch assistiere, können wir diesem jungen Priester vielleicht ein ähnliches Schicksal ersparen.« Schließlich nickte Boccanegra, und ich wusste, die Erleichterung auf seinem Gesicht bildete ich mir nicht nur ein. Aus seiner Arzttasche zog er ein chirurgisches Messer, einen Handbohrer, der mit einer Holzkurbel bedient wurde, und einen entsetzlich aussehenden Meißel. Primitiv zwar, aber scharf: Die Geräte mussten reichen. Sterilisation war offenbar keine Option, doch während Boccanegra sich die Stirn mit einem weiten Ärmel abwischte, nahm ich heimlich einen Weinkrug von einem Tisch und tauchte die Geräte hinein.

Ich hoffte, der Alkoholgehalt in dem mit Wasser verdünnten Wein wäre so hoch, dass er etwas taugte.

Ich trat vor und brachte den Kopf des Priesters in die richtige Stellung. Meine Hand griff begierig nach dem Messer, mit dem ich in mir vertrauter Manier durch die Haut an der Schläfe schnitt und dann den Lappen aufklappte, um den Knochen freizulegen. Boccanegra ließ mich erstaunlicherweise gewähren. Er tupfte mit einem Tuch das Blut von der Haut, während ich den Bohrer nahm und zunächst ein Loch, dann ein zweites bohrte. Unser Patient krümmte sich nicht einmal, als ich einen Ring aus Löchern in seine Schädeldecke bohrte, die ich dann mit dem Meißel verband, wobei winzige Knochensplitter aus der Wunde flogen. Als die Knochenklappe sich anhob, glaubte ich fast, das Zischen entweichenden Drucks zu hören, wie aus einem angestochenen Reifen. Da war es, das Gerinnsel, mit dem ich gerechnet hatte, vermischt mit frischem dickflüssigem Blut. Ich schöpfte es in eine Schale fürs Aderlassen, die Boccanegra auf seinem Instrumententablett hatte. Boccanegra, kompetent, obwohl er mit der Materie nicht vertraut war, fand die offene Stelle, stoppte die Blutung und hielt fest, bis sie aufhörte. Ich nähte sie zu, und wir setzten den Knochen wieder ein, dann schlossen wir die Hautklappe. Boccanegra nähte die Wunde mit Nadel und Darmseite.

Ich trat zurück, während Boccanegra sich umdrehte und einen Verband suchte. Ich beobachtete den Priester und zählte seine Atemzüge. Eins, zwei, drei … regelmäßiger jetzt. Ich spähte unter seine Augenlider – die Pupillen zum Glück gleich groß.

Boccanegra übernahm wieder die Führung. »Der gute Priester muss sich jetzt ausruhen. Ich werde ihn zur Ader lassen und ihm dann Laudanum verabreichen. Danke, Monna Trovato, dass Ihr als Laie in dieser ernsten Sache assistiert habt.« Ich hob an, um zu protestieren – der Prister hatte schon genug geblutet –, aber ich wollte meine unverlangte medizinische Autorität nicht zu weit treiben. Ich warf noch einen Blick über die Schulter, als wir den *pellegrinaio* verließen, und sah, wie der *dottore* ein weiteres Tablett mit übel aussehenden Instrumenten bereitstellte.

Am nächsten Tag stattete ich Bartolomeo einen Besuch ab. Ich hatte über die hohe Überlebensrate nach einer Schädelöffnung gelesen, die seit der Steinzeit praktiziert wurde, hatte es aber kaum glauben können, bis jetzt.

Der Priester schaute mich mit großen Augen an, als ich auf seine Pritsche zuging. »Der Geist der Kathedrale, der mir zur Hilfe eilt«, sagte er. »Dank sei der Heiligen Jungfrau dafür, dass sie Euch geschickt hat.« Ich gab mir nicht die Mühe, ihn zu korrigieren.

»Wie geht es Euch?«

»Ich kann mich an nichts mehr erinnern, nachdem ich den Messer de'Medici hab hängen sehen.«

»Das ist nichts Ungewöhnliches nach einem Schlag auf den Kopf.«

»Wirklich?« Er wirkte erleichtert. »Ich hatte Angst, ein Teufel habe meine Seele geraubt. Aber mithilfe der Jungfrau, die uns alle behütet, und Euch, ihrer Botschafterin des Heilens, bin ich wieder gesund.« Sorgenvoll verzog er das Gesicht. »Der Angeklagte hat nicht bereut vor seinem Tod. Ich habe mit meinen eifrigsten Gebeten versagt, und er ist in die Hölle hinabgestiegen, verdammt bis in alle Ewigkeit, während ich machtlos danebenstand und ihn nicht an Gottes Seite zu bringen vermochte.«

»Er war ein Mörder.«

»Meine Aufgabe war es, seine Seele in den Himmel zu bringen.«

»Ich glaube, niemand hätte diese Seele von ihrem Weg

abbringen können. Vielleicht haben Eure Bemühungen ihm Qualen erspart.«

»Eure Worte sind mir ein Trost«, sagte der Priester ernsthaft, und seine Miene veränderte sich so plötzlich wie die eines Kindes. »Die Jungfrau selbst hält Euch in ihrem Herzen.«

»Ich bete darum, dass es stimmt, aber ich bin nur eine Schreiberin. Danke für das Kompliment.«

»Es ist kein Kompliment, Monna ...«?

»Beatrice Alessandra Trovato. Und ich bin wirklich nur eine Schreiberin.« Ich schenkte ihm ein Lächeln. Er war offensichtlich ein sehr netter, wenn auch äußerst sensibler junger Mann.

»Pater Bartolomeo der Schüchterne, so nennen sie mich. Aus gutem Grund.« Er lächelte ironisch. »Seit dem Augenblick, als ich Euch durch den Duomo laufen sah, wusste ich, dass Ihr ein Geist seid, der mit einer himmlischen Aufgabe auf die Erde geschickt wurde.« Bevor ich ihn fragen konnte, was er damit meinte, tauchte Boccanegra an seiner Seite auf. Ich machte einen Knicks und entfernte mich. Als ich den *pellegrinaio* verließ, fiel mir ein, was Bartolomeo gesagt hatte. Konnte es sein, dass er an jenem Abend meine Ankunft im vierzehnten Jahrhundert mit angesehen hatte?

Jedes Mal, wenn ich ihn in den nächsten Tagen wieder besuchte, schlief Bartolomeo, oder er war in Gesellschaft eines Betreuers. Ich gab mich der Hoffnung hin, dass er vielleicht einen Schlüssel zu meiner Rückkehr in meine eigene Zeit besaß, so unschuldig er auch erscheinen mochte. Das letzte Mal, als ich zu ihm ging, war die Pritsche leer. Umiltà sagte mir, der Priester sei zum Dom zurückgekehrt, wo er wohne und arbeite.

Am nächsten Morgen ging ich zur Messe in den Dom. Ein runzliger, spindeldürrer Priester stand auf der Kanzel und hielt eine Predigt, die ebenso nichtssagend war wie sein Gesicht. Nachdem der Gottesdienst beendet war, schlenderte ich umher und warf einen Blick in die Seitenkapellen. Endlich entdeckte ich Bartolomeo, der im Gebet versunken vor einem Altar kniete. Er schaute auf, als ich vorbeiging.

»Ich wollte Euch nicht stören«, sagte ich.

»Leider bin ich sehr anfällig für Störungen, Signora, und meinen Gebeten mangelt es an Ausdauer. Deshalb bin ich heute hier, statt auf der Kanzel.« Er rieb sich dabei über den Kopf, und sein Gesichtsausdruck veränderte sich im Nu. »Die Sonne ist heute Morgen so herrlich, nicht wahr? Ich habe mir vorgestellt, dass ich auf einem Lichtstrahl zu diesem Fenster hinausreite und ihm zu seinem himmlischen Ursprung folge.« Er lachte, ein zwitschernder, kindlicher Laut, und deutete auf ein leuchtendes Buntglasfenster. War er auch schon vor der Kopfverletzung so gewesen?

Unwillkürlich verfiel ich in meine alte Routine und versuchte das Ausmaß seiner Amnesie zu erörtern. »Erinnert Ihr Euch, wie Ihr Euren Kopf verletzt habt?«

»Die Einzelheiten weiß ich nicht mehr. Wart Ihr anwesend, Signora?« Er starrte ins Leere. »Eure Erscheinung hat sich in mein Gedächtnis eingebrannt. Ich hielt Euch für einen Dämon, von der Nacht entfesselt, als ich in meinen Gebeten versagte, mit denen ich unsere Stadt vor dem Bösen bewahren wollte. Aber jetzt begreife ich Eure segensreiche Bestimmung.« Die Härchen an meinen Armen stellten sich auf, als ich mich an die Stimme erinnerte, die das nächtliche Stundengebet sang an jenem ersten Abend, an dem ich in Sienas Duomo aufwachte.

»Was wisst Ihr noch aus der Nacht?«

»Ich hörte Schritte im Kirchenschiff und sah eine Gestalt, die durch die großen Türen des Doms verschwand – heute weiß ich, dass Ihr es wart. Dann betete ich intensiver in der Hoffnung, dass mein hilfloses Gestammel nicht unerwünschten Geistern die Tür geöffnet hatte.«

»Ich bin kein Geist«, sagte ich mit Nachdruck. Aber das

war ein interessanter Gedanke. Hatten seine Gebete – oder das Versagen seiner Gebete – einen Spalt in der Mauer geöffnet, die eine Zeit von der anderen trennte? Ich erfand eine realistischere Geschichte für ihn. »Nach der Komplet bin ich in der Kirchenbank eingeschlafen und vom Klang des nächtlichen Stundengebets wieder aufgewacht.« Ich wollte noch mehr Auskünfte aus ihm herauslocken, dieser Verbindung zu meiner alten Zeit. »Habt Ihr jemals zuvor solche Erscheinungen erlebt, Pater?«

»Noch nie, Signora. Doch meine Stunden, die ich in Andacht mit dem Heiligen Geist verbrachte, haben meinen Blick für die Welt jenseits der unseren geschärft, und es war nur eine Frage der Zeit, bis sich mir Wesen aus dem Jenseits zeigten.«

»Ich bin kein Wesen aus dem Jenseits.« Das stimmte nicht ganz; vielleicht war es besser, ihm auf seinem eigenen Terrain zu begegnen. »Pater, meint Ihr, der Dom ist eine Art Portal, durch das Geister ein und aus gehen – so wie ich zum Beispiel?«

»Der Mensch ist das Portal, nicht der Ort.«

Seine Bemerkung hatte eine scharfsinnige Klarheit, die mich erschütterte. »Welcher Mensch?«

Der Priester sprach mit leiser, melodischer Stimme, die beinahe ein Singsang war. »Der Dom kann trotz all seiner Pracht nicht die Liebe Gottes beherbergen, ohne ein menschliches Element als Gefäß, und Gott muss durch die Handlungen von Heiligen und Menschen tätig werden. Wo Herz und Seele ein und aus gehen, bewirkt die göttliche Gegenwart ihre Wunder. Die Mystiker dienen als Eingang, durch den Gott mit unserer bescheidenen Welt kommuniziert. Sie tragen jederzeit und überall das Göttliche in ihren Herzen und Seelen. Ihr zum Beispiel scheint nicht an einen bestimmten Ort gebunden. Oder an eine bestimmte Zeit, was das betrifft«, fügte er hinzu, als Nachsatz gewissermaßen.

Nach dieser beunruhigenden Feststellung schloss er die Augen. »Ich bin so müde, Signora, ich muss einen Moment meinen Kopf ablegen.« Er verneigte sich und verließ die Kapelle. Kurz darauf ging ich auch. Als ich den Hof überquerte, fragte ich mich, ob er einer Sache auf der Spur war. Doch wenn es der Mensch war und nicht der Ort, der eine Rolle spielte, sollte ich dann nicht in der Lage sein, jederzeit nach Hause zu gehen?

Das Eigentümlichste an meiner Begegnung mit dem Priester war, dass sie überhaupt stattgefunden hatte. Nach meiner bisherigen mittelalterlichen Erfahrung gab es nur selten vertrauliche Unterhaltungen zwischen Männern und Frauen. Ungestört war man fast nie, und Privatgemächer durften nicht betreten werden. Gabriele und ich waren zusammen auf dem Gerüst gewesen, doch das war in aller Öffentlichkeit, und er hatte gearbeitet, nicht geplaudert.

Ich fragte mich weiterhin, ob Gabriele wohl an mir interessiert wäre, wenn ich weder eine bedürftige Waise noch ein Modell für einen Engel wäre, doch da ich über mittelalterliche Verhaltensweisen nur wenig wusste, war es schwer zu sagen. Die größte Herausforderung war Gabriele selbst; ich war noch nie jemandem begegnet, der so schwer zu deuten war. Meine Versuche, seine Gedanken zu lesen – entweder auf normalem oder auf meinem paranormalen Weg –, schlugen wiederholt fehl. Mein Abbild, das unter seinen Pinselstrichen an der Fassade eines der berühmtesten Gebäude in Siena erblühte, hätte ein Beweis für sein Interesse sein können, aber Gabriele schien seinem Gemälde mehr Aufmerksamkeit zu schenken als seinem Modell.

Anfang der zweiten Septemberwoche war Gabrieles Fresko schon weit gediehen, und ich arbeitete an einem Angebot, wobei ich mich auf Notizen des vom Rektor bevorzugten Notars stützte. Das Dokument war adressiert an einen Wollhändler namens Girolamo Lugani, dessen Firma in Genua neue Gewänder für das Personal des Ospedale und bestickte Altartücher für die Kirche Santa Annunziata liefern sollte. Lugani war auf dem Weg nach Siena, und der Vertrag musste fertig sein, bevor der Händler eintraf. Die Hälfte des Dokuments hatte ich fertiggestellt, als von draußen ein Hämmern hereindrang – gedämpft, da das Fenster inzwischen repariert war. Ich ging hinaus, um zu sehen, was los war. Gabriele war wieder vor dem Skriptorium am Werk, diesmal mit einer Gruppe von Zimmerleuten.

»Ich habe nicht die Muße, das hier eigenhändig wieder aufzubauen, da die Jungfrau und der Rektor mich zur Eile antreiben«, sagte er, als ich die drei Arbeiter, die er zum Wiederaufbau des Gerüsts mitgebracht hatte, erstaunt betrachtete.

»Ihr traut Eurer eigenen Arbeit nicht?«

»Ich vermute, ebenso wie Ihr, dass meine Arbeit nicht fehlerhaft war.«

Ich schaute ihn fragend an. »Woher wisst Ihr, was ich denke?«

In dem Augenblick tippte ein Arbeiter ihm auf die Schulter. Gabriele entschuldigte sich mit einem Schulterzucken bei mir und folgte dem Mann zum Gerüst. Widerwillig ging ich zurück zu meiner Korrespondenz mit dem Wollhändler.

In den nächsten Tagen hatte Bosi ständig eine finstere Miene und korrigierte alles, was ich tat, mindestens drei Mal. Selbst die unerschütterliche Umiltà war zappelig, redete schnell und vergaß, ihre langen Sätze zu beenden. Auch ich wurde allmählich nervös und fragte mich, ob ich wohl die Gelegenheit bekam, diesen Lugani kennenzulernen, und war mir nicht sicher, ob ich es wollte.

Ich hatte die Tür des Skriptoriums geschlossen, um mich zu konzentrieren. Jeder Fehler bedeutete, die ganze Seite neu zu schreiben, weshalb ich mir die größte Mühe gab, gleich beim ersten Mal alles richtig zu machen. Als es an der Tür klopfte, fuhr ich zusammen.

»Wer ist da?«

Die Stimme wurde durch das Holz gedämpft. »Gabriele Accorsi.« Ich sprang auf, stolperte über meinen Rock und öffnete die Tür. Gabriele stand auf der Schwelle und hatte ein Paket in der Hand. »Guten Tag, Signora. Ysabella bedauert, dass es so lange gedauert hat, Euch das Kleid zurückzugeben.«

Gabriele reichte mir das Paket. Meine Hand streifte die seine, als ich das Kleid entgegennahm, und ich zog mich instinktiv zurück. Ich hatte ihn seit dem Sturz vom Gerüst nicht mehr berührt, und da war er nicht bei Bewusstsein gewesen.

»Danke – ich werde Euch das blaue zurückgeben. Soll ich es vorher noch waschen?«

»Ysabella und mein Onkel bitten Euch, es zu behalten, wenn es Euch passt.«

»Das Kleid ist wunderschön. Ich wünschte, ich könnte Eurer Familie etwas dafür geben, aber das, was ich besitze, hat keinen großen Wert.«

»Dass Ihr in unser Leben getreten seid, war Belohnung genug, Signora.« Mir fiel alles Mögliche ein, das ich hätte sagen können, aber nichts war angemessen. »Darf ich Euch kurz um Eure Aufmerksamkeit bitten, Monna Trovato? Ich möchte mit Euch über eine Angelegenheit von gemeinsamem Interesse sprechen, aber ich möchte Euch nicht von Eurer Arbeit abhalten.«

»Ich brauchte ohnehin eine Pause. Wollt Ihr Platz nehmen?« Ich zog einen zweiten Hocker neben meinen, und wir setzten uns.

Gabriele griff in den Beutel, der an seinem Gürtel hing, und zog etwas Kleines heraus, das in seiner Hand verschwand. Als er sie öffnete, wurde mein Mund trocken. Zwei stählerne Sicherheitsnadeln glitzerten auf seiner Handfläche – damit hatte ich nach meinem Zusammenstoß mit dem Sittenpolizisten mein Taschentuch an das Mieder des grünen Kleides gesteckt.

»Monna Trovato … würde es Euch etwas ausmachen, wenn ich Euch mit dem Vornamen anspreche?«

»Wie Ihr wollt. Kann ich dann Gabriele zu Euch sagen?«

»Gewiss, nennt mich Gabriele«, antwortete er. »Beatrice, ich fürchte, Ihr wart nicht ehrlich zu mir. Ich respektiere Eure Privatsphäre, aber Euer Schweigen erlaubt mir nicht, Euch so zu beschützen, wie es mir möglich wäre.« Früher hätte ich gesagt, dass ich keinen Schutz brauche, aber jetzt war ich mir nicht sicher. »Edle Frau, könnt Ihr offen zu mir sein? Ich kann verstehen, wenn Ihr lieber schweigen wollt und nur Gott Eure Gebete hören soll.«

»Ich habe gebetet«, sagte ich leise.

»So wie ich.« Gabriele ließ sich nicht ablenken. »Diese Geräte gehören Euch, nicht wahr? Sie sind fein gearbeitet, und das Material ist mir unbekannt. Ich habe noch nie dergleichen gesehen und wäre sehr überrascht, wenn es in Lucca gefunden worden wäre.«

»Die sind nicht aus Lucca.«

»Und seid Ihr aus Lucca, Beatrice? Oder ist dieser Teil Eurer Geschichte ebenso fraglich wie Euer rätselhafter Gemahl?«

Gabriele wartete ohne eine Spur Ungeduld auf die Antwort. Es fiel mir leichter, auf Gabrieles Hände zu schauen, die auf dem Tisch ruhten, als in sein Gesicht. Er hatte lange, anmutige Finger, die Haare auf seinen Armen waren von der Sonne gebleicht und zeichneten sich hell vor seiner gebräunten Haut ab. Unter seinen Fingernägeln waren Farbspuren zu sehen, Reste von Engeln in der Entstehungsphase.

»Ich bin nicht aus Lucca, nein.« Ich hoffte nur, er würde glauben, dass ich von sehr weit weg kam. Edelstahl war im vierzehnten Jahrhundert noch nicht erfunden. Vielleicht dachte Gabriele, die Sicherheitsnadeln wären aus Silber, aber ihre Form hatte zu der damaligen Zeit nicht ihresgleichen.

»Ich gehe davon aus, dass Ihr sie noch braucht, da sie an Eurem Kleid befestigt waren?« Gabriele hielt mir die Sicherheitsnadeln wieder auf der ausgestreckten Hand hin, bis ich sie mir nahm. »Es wäre mir eine Ehre, wenn ich Euch helfen könnte, Beatrice. Womöglich verstehe ich nicht alles, was Ihr zu sagen habt, aber ich werde Euch nicht verurteilen, und ich werde für Euer Wohlergehen alles tun, was in meiner Macht steht. Ich stehe Euch zu Diensten.«

Ich konnte ihm nicht sagen, woher ich kam, wer ich war, was ich wusste. »Danke«, sagte ich stattdessen, und das Schweigen, das ich nicht ausfüllte, nahm immer mehr Raum zwischen uns ein. Schließlich erhob sich Gabriele, verneigte sich kurz und ließ mich mit Ser Luganis Vertrag und den Sicherheitsnadeln in meiner Hand allein.

Umiltà und Bosi schienen beide ungewöhnlich nervös in Bezug auf den Kaufvertrag, den ich aufsetzte. Lugani hatte seinen Stammsitz in Genua, besaß aber in vielen Städten Außenposten. Er war ein berühmter Geschäftsmann, dessen in Brokat gefasste und fein gewobene Wollstoffe für ihre Qualität bekannt waren, und seine Monopolstellung auf den regionalen Handelsrouten sorgte dafür, dass alle bestrebt waren, ihn zufriedenzustellen. Das Ospedale hatte eine Menge Vereinbarungen mit Mächtigen aller Art: wohlhabende Barone und Landbesitzer, Handelsbankiers, Kunstmäzene, Stadtbeamte, hochrangige Geistliche – und ich hatte an vielen ihrer Verträge gearbeitet. Doch Lugani übte selbst in absentia einen außergewöhnlichen Einfluss aus. Als ich das Angebot des Rektors anhand meiner Notizen niederschrieb, fiel ein Schatten über die Seite. Bosi stand hinter mir, das Gesicht in noch tiefere Sorgenfalten als sonst gelegt.

»Ist meine Arbeit nicht zufriedenstellend?« Bosi hatte seit den ersten Wochen meiner Anstellung noch nie etwas so genau überprüft. Er war mit der Kopie eines Stundenbuchs für einen wohlhabenden Mäzen des Ospedale beschäftigt, sonst hätte er den Vertrag selbst übernommen. Stattdessen schwebte er über mir wie eine Gewitterwolke.

»Noch nicht«, antwortete Bosi mürrisch. »Aber irgendein Fehler wird gefunden, ein Anhaltspunkt, den Ser Lugani zu seinem Vorteil nutzen wird.«

»Das klingt, als wäre Lugani ziemlich … anspruchsvoll«, sagte ich, wobei ich das Wort vorsichtig wählte, während ich die letzte Zeile auf der Seite fertigstellte.

»Lugani bekommt alles, wonach er die Hände ausstreckt, was man als Zeichen seines Erfolgs betrachten kann. Gott obliegt die Entscheidung, ob dieser Erfolg den Mann in den Himmel bringt, wenn sein Leben zu Ende ist.« Mit dieser ominösen Feststellung verließ Bosi das Skriptorium.

Bevor die Woche zu Ende war, traf Girolamo Lugani mit einer Entourage aus *fattori* ein – das Äquivalent einer Finanzabteilung in der mittelalterlichen Toskana: Geschäftsbuchführer, Notare und Buchhalter – sowie einer Horde gepflegter Bürogehilfen, sogenannten *garzani*, der niedrigste Rang auf der Geschäftsleiter. Im Ospedale brach hektische Betriebsamkeit aus. Meine fertiggestellte Arbeit wurde mir aus den Händen gerissen, nachdem der Notar sie überprüft hatte. Ich war Lugani nicht persönlich begegnet, da es keinen Grund gab, mich ihm zu präsentieren. Clara gab die Information weiter, er habe eine besondere Vorliebe für Süßigkeiten, und die Küche überschlug sich, gezuckerte Mandeln, Vanillecreme mit Honig und gelierte, mit Puderzucker bestreute Früchte vorzubereiten. Als ich an der Küche vorbeikam, schmeckte die Luft geradezu süß.

Jedes Mal, wenn ich durch das Haupttor des Ospedale ging, warf ich einen verstohlenen Blick auf das Fresko, das allmählich

Form annahm. Gabriele hatte Überstunden gemacht, und man hatte ihm einige Helfer vom Ospedale zur Seite gestellt, die ihm zur Hand gingen. Sie kletterten auf das Gerüst und brachten ihm Mahlzeiten sowie die Werkzeuge und Pigmente, die er brauchte. Er war kurz vor Tagesanbruch auf der Bühne und kam herunter, wenn es dunkel wurde. Ich sah ihn nur von unten, wenn ich vorbeiging. Wir hatten nicht mehr miteinander gesprochen, nachdem er mir die Sicherheitsnadeln gebracht hatte, und ich wusste nicht, wie ich das Schweigen brechen sollte, da ich erneut seinen freundlichen Vorschlag abgelehnt hatte, mich ihm anzuvertrauen.

Mangels direkten Kontakts beobachtete ich, wie seine *Himmelfahrt* Form annahm. Die vier Engel schauten bewundernd auf die Jungfrau und hoben sie himmelwärts, die Bewegung war förmlich zu spüren. Drei Engel glitzerten prächtig, ihr helles Haar mit Blattgold in Licht getaucht. Der vierte Engel bildete einen starken Kontrast, das Haar war so schwarz, dass es endlose Tiefe vermittelte. Das Gesicht des dunklen Engels ließ ein verborgenes, tödliches Geheimnis erahnen, etwas Unfassbares und Düsteres hinter dem ruhigen Blaugrau seiner Augen. Niemand erwähnte mir gegenüber unsere Ähnlichkeit, aber ich war trotzdem verlegen und vermied es, zu lange auf das Gemälde zu schauen, wenn andere in der Nähe waren. Demzufolge hatte ich nur selten das Vergnügen, Gabrieles Werk ausgiebig zu betrachten.

*

Anfang der dritten Septemberwoche kam Umiltà kurz nach der Prime ins Skriptorium. Selbst zu der frühen Stunde war das Sonnenlicht so hell, dass ich schreiben konnte, doch die Sommerhitze ließ nach, und abends wehte eine kühle Brise, die den Herbst ankündigte. Gerade dieser Jahreszeitenwechsel hatte mich immer ein wenig melancholisch gestimmt, ein Gefühl, das sich nun verstärkte, da der Kalender auf den Ausbruch der Pest zuraste. Ich war dem Mysterium, wie ich dieses Jahrhundert wieder verlassen konnte, genauso wenig auf der Spur wie am Tag meiner Ankunft, und ich konnte weder mich noch meine Umgebung vor der sich nähernden Katastrophe bewahren.

Als Umiltà eintrat, hatte ich mich gerade an meine neue Aufgabe gesetzt. Lugani wollte eine Kopie von Dantes *Paradiso*, und mir war aufgetragen worden, innerhalb von einer Woche eine neue Ausgabe zu erstellen. Ich bemerkte Umiltà erst, als sie direkt vor mir stand.

»Ich bin noch nicht annähernd fertig«, sagte ich und schaute von dem Gesang auf, den ich gerade abschrieb.

»Ser Lugani möchte Euch kennenlernen«, sagte sie mürrisch.

Die Kürze ihres Satzes beunruhigte mich. »Warum?«

Umiltà verzog das Gesicht. »Messer Luganis Schreiber ist auf der Reise von Genua hierher an der Ruhr gestorben, und der Händler braucht auf der Stelle einen Ersatz.«

»Ihr habt mich vorgeschlagen?« Ich war entsetzt. Ich versuchte, dem vierzehnten Jahrhundert zu entkommen, und mich von Siena zu entfernen war wenig hilfreich. Es hatte keinen Zweck, vor der Pest davonlaufen zu wollen, da sie sich über ein Gebiet verbreiten würde, das eines Tages Italien und der Rest der Welt wäre.

»Natürlich nicht. Aber Ser Lugani hat von Eurer Existenz erfahren und wünscht persönlich einzuschätzen, ob Ihr für die Stellung geeignet seid.«

»Und wenn ich meine Arbeitsstelle nicht wechseln will?«

»Keiner von uns hat die Position, diese Entscheidung zu treffen«, entgegnete Umiltà spitz, obwohl ihr deutlich anzusehen war, dass sie wütend auf Lugani war. »Wir wollen Euch nicht verlieren. Ich habe Messer Lugani gebeten, Eure Anstellung als vorübergehend zu betrachten, damit er Euch nach Beendigung seiner Reise wieder zu uns zurückschickt.«

Mir gefiel ihre Wortwahl nicht. Ich kam mir vor wie ein falsch ausgeliefertes UPS-Paket. »Dann werde ich ihn vermutlich kennenlernen müssen«, brummte ich.

»Er verlangt Euer Erscheinen heute nach der Sixt. Ich werde Clara schicken, die Euch begleitet.«

»Lieber würde ich den Nachmittag mit Dante verbringen«, sagte ich kaum hörbar.

Lugani war anders, als ich erwartet hatte. Da ihm der Ruf vorausging, ein Schleckermaul zu sein, hatte ich ihn mir als überfütterten, verwöhnten Koloss vorgestellt. Clara führte mich in die Räume, die in das provisorische Büro des Händlers verwandelt worden waren, und Luganis Willensstärke hatte mich bereits getroffen, bevor es seine Erscheinung tat. Er hatte sein rotes Barett abgenommen und auf den Tisch gelegt. Darunter wurden schwarze, kurz geschnittene Haare freigelegt – dem Pagenschnitt der damaligen Zeit zum Trotz. Er trug ein scharlachrotes Gewand und am dritten Finger seiner rechten Hand einen Goldring mit eingefasstem Rubin. Er war ein Jaguar, der zögerte, bevor er zuschlug, und ich war seine Beute.

Ein Wachmann mit einer hässlich aussehenden Waffe befand sich im Raum. Ich betrachtete Luganis Gesicht und zwang mich, nicht mit der Wimper zu zucken. Seine Augen waren so dunkel, dass ich die Pupillen kaum erkannte, und sein Mund unpassend sinnlich.

»Monna Trovato, es freut mich sehr, Eure Bekanntschaft zu machen. Man hat mir von Euren Fähigkeiten berichtet, aber niemand hat mich vor Eurer außergewöhnlichen Schönheit gewarnt.«

»Meine äußere Erscheinung ist nicht von Belang, wenn Ihr

mich als Schreiberin in den Dienst nehmen wollt.« Lugani lachte, ein tiefer, unbefangener Laut, erfüllt mit Heiterkeit. Auch das überraschte mich.

»Und einen scharfen Verstand, der seinesgleichen sucht. Das wird ein Vergnügen auf unserer gemeinsamen Reise.«

»Ich habe hier im Ospedale eine hervorragende Stellung.«

»Und ich werde Euch auf diese Anstellung zurückgeben, wenn ich mit Euch fertig bin. Das ist beschlossene Sache.«

Da eine Weigerung offensichtlich keine Option war, verlegte ich mich auf Verhandlungen. »Wie lauten Eure Bedingungen?«

»Zwanzig Florine als meine Schreiberin für die Dauer der Reise, die Nutzung eines Pferdes, um an die Küste zu gelangen, eine Schiffspassage und eine private Unterkunft. Das ist viel mehr, als Ihr hier bekommt.« In Bezug auf den Lohn hatte er leider recht. Ich nahm an, dass er mein Gehalt vor unserer Begegnung in Erfahrung gebracht hatte.

»Wie lange dauert die Reise nach Genua?«

Lugani hob eine Augenbraue und lächelte auf eine Art, die mir nicht gefiel. »Die Reise nach *Genua*? Die kann für gewöhnlich in drei bis fünf Tagen zurückgelegt werden, wenn die Witterungsbedingungen günstig sind.«

»Wollen wir denn nicht nach Genua?« Lugani schüttelte den Kopf, noch immer lächelnd. »Was ist dann unser Ziel?«

»Ah, unser Ziel?« Er antwortete mir nicht, was mich ärgerte. »Wenn alles wie geplant läuft, sollten wir Mitte Oktober dort sein.«

Ich versuchte, ihn auszutricksen. »Wie komme ich wieder zurück nach Siena, sobald die Arbeit getan ist?«

»Wie ich sehe, gehört zu Euren vielen bemerkenswerten Eigenschaften auch Intelligenz. Ihr seid sogar noch besser, als man Euch beschrieben hat, und Ihr wurdet mir auf jeden Fall sehr empfohlen, wenn auch widerwillig. Ich bin mir sicher,

Suor Umiltà hätte ein noch höheres Loblied auf Euch gesungen, wenn sie nicht befürchtet hätte, Euch an mein Unternehmen zu verlieren.«

Schön zu hören, dass Umiltà mich schätzte, doch den Anlass für diese Auskunft mochte ich nicht. »Die Schmeichelei ist schön und gut, aber sie beantwortet meine Frage nicht.«

»Ich werde eine Rückreise für Euch in die Wege leiten, sobald Euer Vertrag bei mir erfüllt ist.«

»Was genau beinhaltet die Stellung einer Schreiberin?«

»Ihr werdet über alle Materialien, die wir bei uns haben, Buch führen, über jeden Gegenstand, den wir verkaufen oder kaufen, seinen Ursprung und seine Kosten. Darüber hinaus erwarte ich ein tägliches Protokoll. Ihr werdet alle notwendigen Briefe verfassen, die ich Euch diktiere. Die Buchführung wird von meinem übrigen Personal erledigt.«

»Was ist, wenn ich Euer Angebot nicht annehme?«

»Tut mir leid, aber ablehnen könnt Ihr nicht.«

»Was soll das heißen? Ich bin keine Sklavin.« Ich spürte, wie mein Gesicht heiß wurde.

»Natürlich seid Ihr eine freie Frau. Gleichwohl habe ich dafür gesorgt, dass die Weiterführung Eurer jetzigen Tätigkeit von der Anstellung bei mir abhängt. Ich bin mir sicher, Euch ist klar, dass das beste Ergebnis für alle Beteiligten erzielt wird, wenn wir uns einigen.« Trotz der Existenz des freien Willens hatte ich offenbar keine Wahl.

»Wann brechen wir auf?«

»In einer Woche. Ich gehe davon aus, dass Ihr Eure Angelegenheiten rechtzeitig regeln könnt.« Ich wartete. »Wir machen uns auf den Weg nach Sizilien«, sagte er und nannte mir schließlich unser Ziel. »Ich habe geschäftlich mit einem Seidenhändler aus Messina zu tun, dessen Waren auf dem Kontinent unübertroffen sind.«

Sizilien. Fast fünfhundert Meilen. Falls Siena der Schlüssel für meine Rückkehr nach Hause war, würde ich ihn zurücklassen, zusammen mit einem Leben, das mir im Lauf der Zeit so verlockend erschienen war, dass ich mir nur schwer vorstellen konnte, wegzugehen. Lugani bedeutete mir, am Tisch Platz zu nehmen. Darauf lag ein Vertrag mit allen Bedingungen, die wir besprochen hatten, und Platz für meine Unterschrift. Im Stillen fluchend, setzte ich meinen Namen unter den Vertrag und nach kurzem Zögern mein Zeichen als Schreiberin. Und schließlich war ich als solche eingestellt worden.

In jener Nacht hatte ich einen eigenartigen Traum – ein Bruchstück. Ein Mann, der wie Lugani aussah, aber in einem dunkelgrauen Nadelstreifenanzug und schwarzen, spitz zulaufenden Schuhen steckte, stand draußen vor dem Ospedale und betrachtete den dunkelhaarigen Engel über ihm. Er blinzelte nicht, und ein kleines Lächeln huschte über seine Lippen. Gabriele malte hoch oben an der Fassade und war sich des Zuschauers nicht bewusst. Er legte letzte Hand an mein Ebenbild an. Im Traum stand ich auf dem Boden, so nah neben Lugani, dass ich die Wärme spürte, die sein Körper ausstrahlte, und ich konnte mich weder bewegen noch sprechen. In Schweiß gebadet, wachte ich auf. Es dauerte lange, bis ich wieder einschlief.

Ich schlug die Augen auf und erblickte Clara neben meinem Bett. Sie lächelte.

»Suor Umiltà hat mich geschickt, um Euch bei den Vorbereitungen für die Reise zu helfen. Ich kann mir nicht vorstellen, wie wunderbar es sein muss, mit einem prächtigen Handelsschiff zu fahren! Beladen mit Gold und exotischen Gewürzen, Waffen, Pigmenten … Wolle natürlich, da Ser Lugani ein Wollhändler ist. Und er ist eine ziemlich schneidige Erscheinung, nicht wahr? Ich habe oft vom Reisen geträumt, aber ich habe mein ganzes Leben innerhalb dieser Stadtmauern verbracht. Nicht einmal das Meer habe ich gesehen.« Clara begann planlos aufzuräumen, als müsste sie ihre Hände beschäftigen. Dabei hatte ich fast keine Besitztümer. Während ich aufstand und mich anzog, hob sie wahllos ein paar Gegenstände an, staubte sie an ihrem Rock ab und stellte sie wieder hin.

Ich hatte eine glänzende Idee. »Clara, würdest du gern mitkommen?«

»Signora, wie soll das möglich sein?«

»Ich werde Lugani sagen, dass ich eine persönliche Assistentin brauche.«

»Ich kann weder lesen noch schreiben! Wie kann ich da einer Schreiberin zur Seite stehen? Vielleicht ladet Ihr lieber Egidio ein.« Sie verstummte unglücklich.

»Es ist doch nur recht und billig, dass ich eine Dienerin für die Reise brauche.« Die Vorstellung, eine Dienstmagd zu haben, war mir fremd, aber hier war es die Norm.

»Wollt Ihr das wirklich?« Clara hatte die Augen weit aufgerissen.

»Es würde mich freuen, deine Gesellschaft zu haben und deine Hilfe. Ich werde wohl in der Lage sein, dir etwas von dem Lohn zu bezahlen, der mir zugesagt wurde. Wir müssen natürlich Suor Umiltà fragen, und die Köchin vom Ospedale sollte auch ihr Einverständnis geben, bevor du ihre Küche im Stich lässt.«

»Erlaubt Ihr mir, dass ich mich zurückziehe, um Suor Umiltà sofort zu fragen? Ich kann es nicht erwarten!«

Ich nickte und lächelte über ihre Begeisterung. Clara quietschte vor Entzücken, bevor sie aus dem Raum rannte. Vergessen war die Aufgabe, für die sie zu mir geschickt worden war, aber ich wollte eigentlich auch nicht, dass sie meine Sachen durchwühlte. Die Sicherheitsnadeln hatten genug Schwierigkeiten bereitet.

Sobald Clara fort war und ich einen Augenblick nachdenken konnte, traf es mich wie ein Schlag: Messina, Sizilien – die erste Anlegestelle für die Pest in Italien. Die Stadt, in die zwölf genuesische Galeeren aus Caffa, der mittelalterlichen Ukraine, zurückkehrten und mit ihrer todbringenden, mikroskopisch kleinen Ladung in den Hafen einlaufen würden. Mir fiel das Buch ein, in dem ich über die Ankunft der Pest gelesen hatte, ich sah die eng gesetzten Wörter auf der Seite. Aber *wann* war sie angekommen? Wenn es Anfang 1348 gewesen war, das Jahr, in dem die Pest Ende April Siena erreicht hatte, dann hätte ich noch Zeit – wenigstens ein paar Monate. Zeit, um was zu tun? Das war das größere Problem, das ich noch immer nicht gelöst hatte. Ich sah die Karte vor mir, die ich angefertigt hatte. Aber natürlich hatte ich die Grafik nicht bei mir, um nachzusehen – sie steckte noch an einer Pinnwand über Bens Küchentisch im neuzeitlichen Siena. Ich strengte mich an, um mich an Details zu erinnern, doch das Bild wurde immer undeutlicher, je mehr ich mich bemühte. Erinnerung ist wie eine Katze. Sie kommt und schlingt sich um einen, wenn man es am wenigsten wünscht, und sobald man sie sucht, verschwindet sie.

*

Iacopo traf Baldi in derselben Ecke an wie bei ihrer ersten Begegnung. Er spielte Würfel, während er einen Kelch mit Messer Semenzatos bestem Wein trank.

»Wenn wir uns weiter heimlich treffen, Ser, wird irgendjemand auf die Idee kommen, ich hätte eine Schwäche für Männer.«

Baldi brach in schallendes Gelächter aus, während Iacopo sich angewidert krümmte.

»Unser Geschäft geht niemanden etwas an«, fuhr Iacopo ihn an, als sie die schmale Treppe hinaufgingen. Sobald sie hinter der geschlossenen Tür seiner Kammer waren, drehte er sich zu Baldi um. »Accorsi ist nicht tot. Er ist nicht einmal verletzt.«

»Ach nein? Zu schade. Aber ich habe Euer Geld genossen.« Baldi hob anerkennend den Weinkelch.

Iacopo packte Baldis fleischigen Arm. »Du hast es dir noch nicht verdient. Ein kleiner Sturz und ein Schreck werden dem nicht gerecht, was Accorsi angerichtet hat.«

»Soll ich es noch einmal versuchen? Ich könnte noch ein paar Münzen gebrauchen, um meinen Sack zu füllen.«

»Diesmal werde ich dich erst dann bezahlen, wenn du Erfolg hast.«

»Ist Tod durch meine Hand das einzige Ergebnis, für das Ihr zu zahlen bereit seid?«

Iacopo kniff die Augen zusammen. »Drücke dich deutlich aus.«

»Was ist, wenn Euer Mann ein unglückliches Ende nach Recht und Gesetz findet?«

»Mir war nicht bewusst, dass Accorsi etwas getan hat, das eine Gefängnisstrafe nach sich zieht.«

»Er muss den Mord ja nicht begangen haben, für den er angeklagt wird.« Baldi grinste. »Oder verurteilt.«

*

Als Lugani seine Absicht verkündete, mich aus Siena zu entfernen, hatte ich das Gefühl, dass mir plötzlich die Zeit weglief. Ich hatte einen stummen Countdown der Pest im Kopf (jetzt war September, noch acht Monate), aber bis dahin glaubte ich in der Lage zu sein, in mein altes Leben zurückzukehren, bevor es zu spät war. Luganis Ankunft vergrößerte mein Dilemma: Was immer ich hier auch tun wollte, es musste bald geschehen.

In einigen schlaflosen Nächten versuchte ich mir einen Plan zurechtzulegen. Es hatte keinen Sinn, die Stadt zu evakuieren oder den Bewohnern zu raten, sie zu verlassen, da ich wusste, dass die Pest überall hinkommen würde. Den Untergang predigen? Zwecklos, da ich eher als Hexe im Gefängnis landen würde, als dass man mir Glauben schenkte. Am Morgen nach meiner zweiten schlaflosen Nacht hatte ich eine vage Idee, befeuert von meiner Nachlässigkeit. Am Abend zuvor hatte ich ein Stück Obstkuchen mit in meine Kammer genommen. Kurz vor der Morgendämmerung hörte ich ein kratzendes Geräusch und sah eine beachtliche braune Ratte, die sich mit den Resten meiner nächtlichen Nascherei aus dem Staub machte. Dann fiel es mir ein: *Ratten. Flöhe beißen von der Pest infizierte Ratten, dann Menschen.* Wenn es nun weniger Ratten gäbe?

Sobald die Sonne aufging, machte ich mich sogleich auf den Weg zu Umiltàs *studium*, um mit ihr über die Vorbeugungsmaßnahmen für die Pest zu sprechen. Sie saß an ihrem Schreibtisch über ein Geschäftsbuch gebeugt und runzelte die Stirn.

»Suor Umiltà, darf ich Euch kurz stören?«

»Beatrice, was kann ich für Euch tun?«, fragte sie lächelnd.

»Ich meine, das Ospedale sollte in einen Rattenfänger investieren.«

»Was hat Euer Interesse an den Nagetieren im Ospedale angeregt? Wurde der *pellegrinaio* verseucht? Falls Ihr gebissen wurdet, müssen wir Euch schleunigst zu Dottore Boccanegra bringen, denn solche Bisse können furchtbar eitern.« Damit hatte sie mir das Stichwort gegeben.

»Ich muss nicht zum Arzt. Aber ich bin ebenso besorgt wie Ihr über die Krankheiten, die diese Ratten haben. Es wird Zeit, vorzubeugen. Sofort.«

»Warum gerade *jetzt*, da Ihr Euch auf eine Reise über Land und Meer vorbereitet?«

»Gerade weil ich fortgehe – ich sorge mich um das Wohlergehen des Ospedale in meiner Abwesenheit.«

»Warum solltet Ihr Euch in Eurer Abwesenheit größere Sorgen um das Wohlergehen des Ospedale machen als während Eurer Anwesenheit hier? Mir ist nicht ganz klar, aus welchem

Grund Euer bevorstehender Aufbruch eine solche Sorge hervorrufen sollte.«

Ich suchte nach einer Antwort. *Wenn du lügen musst, verwende die verfügbaren Fakten.* »Ich habe etwas über die Krankheiten gelesen, die Ratten verbreiten können ... ein Text, der mir zufällig in die Hände fiel, als ich den Dante vorbereitete. Kann das Ospedale einen Rattenfänger einstellen?«

»Das Küchenpersonal stellt bereits Fallen auf.«

»Das reicht nicht.«

»Beatrice, ich bin ziemlich verblüfft über Eure Beschäftigung mit dem Ungeziefer im Ospedale. Das ist eine Sache, von der Ihr nichts versteht, noch dazu eine kostspielige.«

»Ich gebe Euch alles, was ich gespart habe, wenn Ihr jemanden dafür bezahlt, Ratten zu töten, solange ich fort bin«, sagte ich. Umiltà schaute mich lange an, als versuchte sie, meine Seele zu ergründen.

»So unbegründet Euer Vorschlag auch sein mag, ich sehe, dass er einem Herzen entspringt, das zur Wohltätigkeit neigt, und Wohltätigkeit zaubert ein Lächeln auf Gottes Antlitz. Aber Ihr müsst Euch etwas für die Reise aufheben. Wohltätigkeit, gepaart mit Dummheit, ist keine gute Verbindung.« Ich nickte. Sie hatte natürlich recht, sowohl im Besonderen als auch im Allgemeinen. »Schön, Beatrice. Haben wir die Sache damit erledigt?« *Wohl kaum*, dachte ich, aber vielleicht hatte ich eine winzige Veränderung angestoßen. Umiltà ermunterte mich erneut. »Ist noch etwas? Ich muss mich wieder den Unterlagen der Biccherna widmen.«

»Da ist noch etwas. Erinnert Ihr Euch noch an den Mann mit dem furchtbaren Hautausschlag, den wir am ersten Tag sahen, als Ihr mich ins *pellegrinaio* brachtet? Was ist aus ihm geworden?« Umiltà machte ein betrübtes Gesicht.

»Er ist gestorben«, sagte sie. »In der Nacht, als Ihr ihn gesehen habt, an einem Fieberanfall.«

»Ihr wusstet, dass er ansteckend war, nicht wahr?«

»Gewiss, und ich habe es Euch auch gesagt, als ich ihn von seinen Pilgergefährten trennte.«

»Aber Ihr habt Euch trotzdem um ihn gekümmert.«

»Natürlich. Das ist meine Aufgabe, Körper und Seele dieser armen verirrten Reisenden zu pflegen, die keine andere Zuflucht haben, und ihnen Trost und Heilung zu spenden.«

Ich dachte daran, was sie für mich getan hatte. »Habt Ihr Euch nicht gesorgt, dass auch Ihr krank werden könntet, da Ihr die ganze Zeit in seiner Nähe wart?«

»Ich habe lange gelebt, Beatrice, und wenn ich bei der Erfüllung einer solchen Pflicht mein Ende finden sollte, würde ich mich glücklich schätzen.« Das meinte sie ernst; ihre Bestimmung verlieh ihr ein Strahlen, das von innen kam. Ursprünglich hatte ich sie warnen und ihr Informationen geben wollen, nach denen sie sich womöglich von ihrer Arbeit abwenden würde, um sich zu retten. Mir war jedoch klar, dass es keinen Zweck hatte, Umiltà zu überreden, einen Patienten im Stich zu lassen, jetzt oder in Zukunft, und diese Erkenntnis empfand ich irgendwie als Erleichterung.

Als Nächstes traf ich Luganis Hauptbuchhalter. Seine braunen Haare hatten graue Strähnen, tiefe Falten furchten seine Stirn. Er hatte noch fast alle Zähne, was für das vierzehnte Jahrhundert ungewöhnlich war, und war ordentlich mit einer dunkelgrünen, über einem weißen Leinenhemd gegürteten Tunika bekleidet. Als er mich ansprach, beugte er sich näher zu mir vor, als mir lieb war. »Monna Trovato, nicht wahr? Möge Gott mit Euch sein auf Eurer bevorstehenden Reise, und mit uns allen.«

Ich nickte zustimmend. »Ja, ich bin Beatrice Trovato.« Ich wartete darauf, dass er sich vorstellte.

»Ser Orazio Cane.« Er neigte den Kopf, aber nicht ehrerbietig. »Wie ich hörte, werdet Ihr Euch auf der Reise nach Messina uns anschließen, und Ihr wurdet vor Kurzem erst hier im Ospedale Santa Maria della Scala als Schreiberin in den Dienst genommen. Wohnt Ihr schon immer in Siena? Euer Tonfall klingt fremd.« Cane lächelte dünnlippig, und ich fragte mich, ob meine Antworten auf Richtigkeit geprüft würden. Ich sah in ihm einen Bluthund. Sein Familienname, das lateinische Wort für »Hund«, passte zu ihm.

Ich hielt mich an meine alte Geschichte, für den Fall, dass er sie bereits kannte. »Anfang des Sommers brach ich in Lucca zu meiner Pilgerreise auf, die ich nach dem Tod meines Gemahls antreten wollte.«

»Ihr seid dann nicht weiter nach Rom gezogen? War das Euer Ziel?«

»Sienas Ospedale bot mir eine Zuflucht vor dem Leid.« Ich stand kurz davor, diese Zuflucht zu verlassen, obwohl ich es nicht wollte.

Cane nickte kurz. »Und eine Einkommensquelle; keine Bagatelle für eine junge Witwe, wie Ihr es seid, noch dazu allein.«

»Allem Anschein nach sind meine Angelegenheiten weithin bekannt.«

»Ser Lugani zieht mich immer ins Vertrauen.«

»Ihr müsst hoch angesehen sein, um von einem Mann seines Standes so geschätzt zu werden.« Ich schenkte Cane mein freundlichstes Lächeln, hatte aber das Gefühl, dass er mit Komplimenten nicht leicht weichzuklopfen war.

Meine Gelegenheit, Ser Signoretti persönlich zu begegnen, kam völlig unerwartet. In den letzten Tagen vor meinem geplanten Aufbruch mit Luganis Reisegesellschaft kam Cane ins Skriptorium und verkündete, ich solle umgehend meinen Pflichten nachkommen. Wie sich herausstellte, hatte Signoretti Interesse an Kunst aus dem In- und Ausland und wünschte, mit Lugani einen Vertrag abzuschließen, dem zufolge er Tafelbilder an einen Käufer auf Sizilien verschiffen sollte. Lugani und Signoretti waren offenbar schon seit Längerem Geschäftspartner, und Lugani musste nicht an der Besprechung teilnehmen. Als ich hinging, bewaffnet mit einem Stapel Pergament und einem Kasten mit Tinte und Federn, wurde ich nur vom beflissenen Cane begleitet.

Der Palazzo Signoretti war ein imposantes Gebäude mit hohen Bleiglasfenstern und einer Haustür aus massivem Holz am Ende einer breiten Treppenflucht. Ein Wächter stand draußen, bewaffnet mit einem kurzen, aber gefährlich wirkenden Schwert. Nachdem Cane uns vorgestellt hatte, wurde uns rasch Einlass gewährt.

Im Palazzo zierten große Gobelins die Wände, auf denen elegant gekleidete Männer und Frauen dargestellt waren, die in einem Lustgarten vor einem Millefiori-Hintergrund wandelten. Ein Diener führte uns durch die Eingangshalle zu Signorettis *studium*.

Aus der Nähe sah Signoretti seinem neuzeitlichen Pendant weniger ähnlich als beim Himmelfahrtsfest. Bens wissenschaftlicher Konkurrent war schlank und überheblich, ein Wichtigtuer. Der mittelalterliche Signoretti war schwer und strahlte Macht aus, ein etablierter Edelmann, der nichts beweisen musste. Er sprach mit leiser Stimme, die ihre Wirkung nicht verfehlte.

»Ah, Ser Cane, Ihr seht gut aus, wie immer. Eure Anstellung bei Ser Lugani scheint wie auf Euch zugeschnitten.«

Cane verbeugte sich. »Das stimmt in der Tat. Er ist ein ausgezeichneter Dienstherr, noch dazu einer, dessen Geschäftspartner stets vom Handel profitieren.« Das klang für mich wie eine parteiische Einschätzung, doch in diesem Rahmen war es vermutlich angemessen. Signoretti war anscheinend derselben Meinung, da er schweigend mit seinem schweren Kopf nickte. Er trug eine rote Samtkappe, verziert mit Goldbrokat, die mich erdrückt hätte, an ihm aber zierlich wirkte.

Als Signorettis tief liegende Augen sich auf mein Gesicht richteten, kam ich mir vor wie eine Sezierprobe. »Ich nehme an, diese Dame, die heute hier ist, gehört ebenfalls zu Messer Luganis wohltätigem Reich?«

Cane nickte. »Das ist Monna Beatrice Trovato, unsere neue Schreiberin. Wir hatten das Glück, sie vom Ospedale zu übernehmen, das sehr von ihren Diensten profitiert hat. Ich bedaure Euch mitteilen zu müssen, dass wir Ser Migliorotti verloren haben, ihren Vorgänger, der auf unserer Reise hierher an Ruhr verstarb.«

»Das ist bedauerlich«, erwiderte Signoretti, wobei seine Stimme mühelos in einen ernsten, gewichtigen Ton des Trauerns verfiel. »Möge er in Frieden ruhen.« Sobald wir uns vorgestellt und respektvoll geschwiegen hatten, kamen wir zügig auf das Geschäftliche zu sprechen, das heißt, ich musste zwei Kopien von jeder dort angesprochenen vertraglichen Vereinbarung niederschreiben. Signoretti hatte Gemälde zu verkaufen, wollte aber auch in andere Materialien in Übersee investieren. Signorettis Familie förderte nicht nur die Künste, sondern bestand obendrein noch aus Befehlshabern eines Kriegsheeres, und Signorettis Liste an benötigten Waffen und Rüstungen reichte aus, um ein privates Arsenal zu bestücken. Ich nahm mir vor, ihm nicht in die Quere zu kommen.

Als wir fertig waren, stand Signoretti auf, um uns hinauszugeleiten. Selbst hinter seinem mächtigen Schreibtisch wirkte er noch riesig. Er muss fast zwei Meter groß gewesen sein.

»Es war uns eine Freude und ein Privileg, mit Euch zu arbeiten, und wir fühlen uns durch Euer Vertrauen in unsere *compagnia* geehrt«, sagte Cane und verbeugte sich.

»Die Freude ist ganz meinerseits«, erwiderte Signoretti mit gnädigem Kopfnicken. »Und es ist ein Privileg, Monna Trovato kennengelernt zu haben. Ich freue mich auf zukünftige Geschäfte, die durch Eure Anwesenheit geadelt werden.«

Ein Diener begleitete uns nach draußen. Natürlich riskierte ich nicht, Signoretti nach seiner Bekanntschaft mit den Medici zu fragen, und konnte mir nicht vorstellen, wie ich es jemals herausfinden sollte. Wenn Signoretti mit einem florentinischen Edelmann sprach, dann wahrscheinlich nicht öffentlich. Trotz der Gehässigkeit des Signoretti im einundzwanzigsten Jahrhundert schien es viel gefährlicher, der Frage hier und jetzt nachzugehen, als im Siena der Neuzeit.

*

Er muss den Mord ja nicht begangen haben, für den man ihn anklagt …

Baldis Worte purzelten wie Würfel durch Iacopos Kopf, während er sich anzog und sich Wasser aus der von der Magd des Gasthauses bereitgestellten Schüssel ins Gesicht spritzte. Damit dieser Plan gelänge, würde man mächtige Zeugen benötigen, und Ser Signoretti war die naheliegende Wahl. Giovanni hatte Iacopo gewarnt, sich nicht aus einer Position der Schwäche an Signoretti zu wenden, und bestimmt könnte sich Signoretti so kurz nach der Hinrichtung sperren. Doch jetzt war es an der Zeit, sich erneut mit Signoretti zu treffen und ihm zu versichern, dass der Sohn dieselbe Loyalität verdient hatte wie der Vater. Iacopo trank rasch einen Becher Wein, um sich Mut zu machen, und begab sich anschließend zum Palazzo des Edelmanns. Unterwegs studierte er ein, was er sagen wollte, und zog seine Kappe tief ins Gesicht, damit ihn niemand erkannte. Doch gerade als er die *via* erreichte, an der Signorettis imposanter Palazzo stand, sah er zwei andere Gäste auf die Tür zugehen – eine Frau mit dunklem Haar, das ihr in Zöpfen um den Kopf geschlungen war, und einen Mann an ihrer Seite, gut gekleidet, aber kein Edelmann – ein Geschäftsmann. Iacopo erhaschte einen kurzen Blick auf ihre Gesichter, bevor sie vom Wächter eingelassen wurden. Er blieb stehen und starrte auf die Flügeltür, die sich wieder geschlossen hatte. Iacopo zog sich in den Schatten einer Loggia zurück, um nachzudenken. Vielleicht war jetzt doch nicht der rechte Zeitpunkt – nicht am helllichten Tage, nicht ohne Einladung, nicht, wenn Signoretti andere Besucher hatte, nicht so bald nach dem Tod seines Vaters. Vor Iacopos innerem Auge erschien Giovannis rot angelaufenes Gesicht wie ein Albtraum. Er blieb noch eine Weile stehen, bis das schreckliche Bild so weit verschwand, dass er wieder die Straße vor sich erkennen konnte. *Jetzt nicht, aber bald. Sobald ich die Unterstützung der Bruderschaft hinter mir habe, komme ich wieder und besiegle Accorsis Schicksal. Signoretti wird mich nicht abweisen, wenn er erfährt, was ich anzubieten habe.*

*

Triumphierend kehrte Clara mit der Erlaubnis von Umiltà zurück, mich nach Sizilien zu begleiten. Ich bat um eine Unterredung mit Lugani, um seine Zustimmung zu erwirken, und wurde angewiesen, meine Magd zur Überprüfung mitzubringen. Clara fügte sich bereitwillig, aber mir gefiel nicht, wie er sie anschaute – eine Mischung aus dem prüfenden Blick eines Viehzüchters und dem eines Mannes, der ein Mädchen aus einem Harem aussucht. Clara schlug während des Prüfungsvorgangs die Augen nieder, auch als Lugani sie dicht umrundete und genau unter die Lupe nahm. Am Ende der Begutachtung nickte er mir zu und winkte uns mit einer Handbewegung aus dem Raum.

Am nächsten Tag sagte Clara, sie wolle mich in der Küche des Ospedale treffen, um für die Reise zu packen. Alle Vorstellungen, die ich mir von üppigen Banketten auf einem Kreuzfahrtschiff gemacht hatte, verflüchtigten sich sofort.

»Muss ich mich selbst verpflegen?«

Clara stellte fleißig Vorräte aus der Speisekammer des Ospedale in ordentlichen Stapeln auf dem Tisch zusammen. »Luganis Assistenten versicherten mir, dass ich Zugang zur Vorratskammer des Schiffes habe. Wie kommt es, dass Ihr so wenig über Reisen wisst, trotz Eurer Pilgerreise und Eurem fortgeschrittenen Alter?«

Ich dachte, Clara meinte das mit meinem »fortgeschrittenen Alter« vielleicht als Scherz, aber ihr Gesicht war nicht weniger ernst als sonst.

»So alt bin ich nun auch nicht«, sagte ich mürrisch, »auf jeden Fall bedarf es bei der Reise von Lucca nach Siena keines Schiffes.« Ich hatte die erfundene Geschichte von meiner Herkunft und Witwenschaft beibehalten, nur gegenüber Gabriele nicht. »Was macht dich zu einer Expertin? Ich dachte, du hättest Siena nie verlassen.«

»Ich habe ausgezeichnete Quellen«, erwiderte Clara hochmütig. Ich unterdrückte ein Lächeln, wusste ich doch, dass sie ernst genommen werden wollte.

Über die Jahrhunderte hinweg scheinen Heranwachsende ohne Unterschied zu Selbstgefälligkeit und übertriebenem Ernst zu neigen. Stolz erlöste sie mich von meiner Unkenntnis, während sie mir dabei half, eine unglaublich schwere Truhe mit Vorräten zu packen.

»Muss das alles da hinein? Ich kann das Ding nicht einmal ziehen.«

»Wir müssen uns vor Ratten in Acht nehmen«, sagte Clara düster, »oder vor noch Schlimmerem.« Ich versuchte mir nicht vorzustellen, was schlimmer sein konnte als Ratten. Gemeinsam packten wir Trockenfrüchte und Nüsse, eingelegtes Fleisch, Zwiebeln und papierene Knoblauchknollen ein.

»Ich hoffe, an Bord gibt es genug zu trinken.« Ich hatte es nicht ganz ernst gemeint, aber Clara lächelte nicht.

»Ich auch«, sagte sie. Ihr Kopf war bei der Arbeit nach vorn gebeugt, ihr Gesicht hinter den Flügeln der Bundhaube verborgen, die ihr helles Haar bedeckte. Ich musste schlucken, denn plötzlich war mein Mund wie ausgetrocknet. Die letzte lange Reise, die ich unternommen hatte, war der Flug ins neuzeitliche Siena gewesen, und die größte Mühsal, die ich auf dieser Reise erduldet hatte, war am Flughafen ein welker Caesar Salad für neun Dollar gewesen.

Clara fügte noch einen Krug Wein hinzu und zwei Metallbecher mit gebogenen Henkeln. Ich versuchte mir auszurechnen, wie lange wir etwas davon hätten, wenn es sonst nichts zu trinken gäbe.

Als Clara mich ansprach, war ich überrascht. »Wie alt seid Ihr, Signora, wenn ich fragen darf?« Meine Antwort schockierte sie. »Dreiunddreißig? Und noch keine Kinder? Was für eine furchtbare Tragödie, verwitwet zu sein, schon so alt und ohne eigene Familie. Wie wollt Ihr so weit weg von der Heimat einen neuen Mann finden, ohne Vater, der eine Mitgift stellt?« Ein vages Bild der Erinnerung stieg in mir auf: wie ich den kleinen Sebastian in meinen Armen hielt, sein undefinierbar köstlicher Geruch und das Ziehen in meinen Brüsten, als ich mich in Donata hineinversetzte. Das war Monate her. »Ich habe von Frauen gehört, die noch in ihrem vierten Lebensjahrzehnt Kinder austragen«, fuhr sie fort. »Vielleicht ist es ja noch nicht zu spät für Euch.«

»Aber ich habe niemanden, mit dem ich Kinder haben könnte. Das ist durchaus ein Hindernis.« Für mich war dreiunddreißig auch kein Hindernis gewesen, für Clara offenbar schon.

»Ich kann es kaum erwarten, bis ich mein eigenes Kind in den Armen halte«, sagte Clara sehnsüchtig. »Im letzten Monat bin ich vierzehn geworden. Und meine Zyklen haben gerade eingesetzt; Umiltà sagt, dass ich jetzt eine Frau bin.« Sie sah jünger aus, und aufgrund ihrer Unschuld handelte sie trotz ihrer Verantwortlichkeiten auch wie eine Jüngere.

»Was hat Umiltà gesagt, als du gefragt hast, ob du mich begleiten kannst?« Schweigen. Clara packte mechanisch weiter – einen Sack Zucker, eine Flasche Essig, eine Sammlung Kräuter in kleinen Holzschachteln. »Clara, sieh mich an.«

Sie schaute auf, lächelte abwesend, nahm dann ihre Arbeit wieder auf und zwängte mühsam eine kleine Salzdose in eine noch kleinere Lücke in der Truhe.

»Du hast sie doch gefragt, oder?«

»Natürlich habe ich sie gefragt!« Clara war entsetzt bei dem Gedanken, sie könnte aus dem Ospedale stolzieren, ohne mit der Löwin gesprochen zu haben, die dessen Tore bewacht. »Wir dürfen die Brotlaibe und Eier erst kurz vor Reisebeginn einpacken.«

»Was hat sie zu dir gesagt?«

»Ich frage mich, ob Umiltà uns eins der Lämmer mitnehmen lässt.«

»Clara!«

Clara lächelte, als hätte sie meine Frage gerade erst vernommen. »Ja, Signora. Sie freute sich, dass Ihr meinen Beistand und meine Gesellschaft wollt.« Unangenehm berührt hielt sie inne. »Aber dass ich lieber vorsichtig sein sollte, über das Meer zu fahren in einem Schiff, das unter dem Befehl einer … einer … lasi, lassi …«, sie hatte Mühe mit dem Wort, brachte es aber schließlich heraus, »lasziven, korrupten, machthungrigen Giftschlange von einem Mann steht.« Sie lief rot an. »Was heißt lasziv?«

»Wollüstig«, antwortete ich behutsam.

Clara schien das nicht zu beunruhigen. »Oh, das dachte ich mir. Lugani ist von fleischlichen Lüsten getrieben.«

Das Lächeln auf Claras Gesicht machte mir Sorgen. »Er hat nicht mit dir gesprochen, oder?«

»Nein, überhaupt nicht!« Clara ließ das eingelegte Schweinefleisch fallen, das sie in Händen hielt.

»Clara, du siehst aus, als hätte man dich beim Falschspiel erwischt.« Ich war mir nicht sicher, ob Falschspiel in der mittelalterlichen Rangordnung der Unmoral ein schlimmeres Vergehen war als heimliche Treffen mit einem Händler aus Genua, der ihr Vater hätte sein können. Wie sich herausstellte, war es nicht die beste Wahl.

»Ich habe noch nie gespielt! Wie könnt Ihr das von mir denken!« Clara brach in Tränen aus. Ich legte einen Arm um ihre schmalen Schultern und flüsterte ihr Schmeicheleien ins Ohr, die hoffentlich tröstlich waren, bis sie aufhörte zu schluchzen.

»Bitte, Clara, ich wollte dich nicht kränken. Du solltest wissen, wie viel ich von dir halte, sonst hätte ich dich nicht gebeten, mich zu begleiten.«

Clara wischte sich die Nase an ihrem Ärmel ab und blinzelte mich mit feuchten Augen an. »Ich hoffe nur, dass ich Euch nie Anlass gebe, mich der Unehrlichkeit zu verdächtigen.«

»Ich bin mir sicher, dass ich dazu nie einen Grund haben werde.« Ich tätschelte ihr beruhigend den Arm. Ich hielt sie nicht für eine Spielerin, aber Lugani hatte es ihr mehr angetan, als mir lieb war. Ihr zuliebe hoffte ich, dass ihr Interesse nicht erwidert wurde.

Die Woche verging schnell. Ich verbrachte Stunden mit der Kopie des *Paradiso*, die Lugani verlangt hatte, und in meiner begrenzten Freizeit stellte ich eine Sammlung von Gegenständen zusammen, die ich mitnehmen wollte. Bosi rief mir ins Gedächtnis, dass ich mein Handwerkszeug als Schreiberin – Federn, Wachs, Siegel und Tinte – mitbringen müsse, und fügte düster hinzu, dass Lugani lieber sein eigenes Geld für Pergament ausgeben solle.

»Schlimm genug, dass er Euch fortgenommen hat«, sagte er mürrisch.

Ich packte die Sachen in einen mit Samt ausgeschlagenen Kasten, wobei ich durchaus Zuneigung zu dem Werkzeug meiner neuen Tätigkeit empfand. Im Gegensatz zu dem Problem, im Jahre 1347, kurz vor Ausbruch der Pest, gestrandet zu sein, gefiel mir meine Arbeit tatsächlich. Die friedliche Versunkenheit kam mir zupass, und die Aufzeichnungen des Geschehens hatten die Historikerin in mir wieder zum Leben erweckt, die meine Karriere als Neurochirurgin nachhaltig hatte einschlafen lassen. *Immerhin bin ich Bens Schwester.* Ich stellte mir vor, wie ich meinen Freunden im einundzwanzigsten Jahrhundert erzähle, womit ich mir jetzt meinen Lebensunterhalt verdiene, und musste kichern.

»Habe ich etwas Humorvolles verpasst?« Bosi zog die Augenbrauen zusammen, was ihm das Aussehen eines Neandertalers verlieh.

»Nein, nein, natürlich nicht. Überhaupt nichts.« Ich packte weiter und behielt meine Gedanken für mich.

*

Iacopo stand an der Mauer des *pellegrinaio* und beobachtete Accorsi beim Malen. Das Gemälde berührte Iacopo mehr, als er zugeben wollte – selbst im unvollendeten Zustand war der Flug der Engel mit der gesegneten Jungfrau in ihrer Mitte so schön, dass Iacopo der Atem stockte. So oft hatte er sich den Augenblick vorgestellt, in dem die Jungfrau in den Himmel aufsteigt, und nun hatte er ihn vor Augen, realistischer, als er gedacht hätte. »Verschwende deine Zeit nicht mit Frivolitäten«, hatte sein Vater gesagt, als Iacopo im zarten Alter von zehn Jahren zu lange die Fresken an den Wänden der Familienkapelle betrachtet hatte. »Aber das ist doch schön, Vater«, hatte Iacopo erwidert. »Schönheit ist ja gut, aber nicht, wenn sie uns von der Arbeit abhält«, hatte sein Vater entgegnet und ihn mit festem Griff an der Schulter zurück zu den Geschäftsbüchern geführt, mit denen er umgehen lernen musste. Iacopo schüttelte den Kopf, als könnte die Erinnerung wie Wasser aus dem Fell eines Hundes geschüttelt werden. Sein Opfer zu gut kennenzulernen barg eine gewisse Gefahr in sich – er durfte nicht zulassen, sich von unangebrachtem Mitleid hinreißen zu lassen, das seinen Zweck untergraben könnte –, und er konzentrierte sich wieder auf die vor ihm liegende Aufgabe.

Das Gerüst war wieder aufgebaut, stabiler als zuvor. Der neue Plan war raffinierter und sicherer. Accorsi hätte gegenüber Signorettis Zeugnis keine Chance. Er würde hängen, genau wie Iacopos Vater, und hätte niemanden, der ihn verteidigte. Die Türen des Ospedale unter dem Gerüst öffneten sich, und eine Frau trat heraus. Ihre vertraute Silhouette ließ Iacopos Herz schneller schlagen. Es war die Frau, die er gesehen hatte, als sie an der Seite des Kaufmanns Signorettis Palazzo betrat. Bevor er sich davonschleichen konnte, drehte sie sich um und bemerkte ihn. Dann schaute er in ihre blassen Augen unter einer Krone von dunklen Flechten, und es war zu spät, sich zu verbergen.

*

Luganis große Reisegesellschaft sollte das Ospedale planmäßig Ende September verlassen und bis zum Hafen von Pisa reiten. Lugani hatte eine Gruppe bewaffneter Wachleute angeheuert, die uns begleiten sollten, und gegen Ende der Woche hatten sie ihr Lager im *pellegrinaio* aufgeschlagen. Sie wirkten grimmig und unnahbar. Von Pisa aus hatte Lugani ein Schiff gechartert, das uns nach Messina bringen sollte. Lugani besaß trotz seines offensichtlichen Reichtums kein Schiff; den Unterhaltungen meiner neuen Kollegen entnahm ich, dass das bei den meisten Kaufleuten der Fall war. Luganis Angestellte waren mitteilungsfreudig, aber nicht besonders entgegenkommend, vielleicht weil ich neu war oder eine Frau oder beides.

Der Gedanke, dass ich Gabriele in Siena zurücklassen würde, kam hin und wieder auf, und jedes Mal schlug ich ihn mir aus dem Kopf. Das funktionierte nur teilweise; ich dachte immer häufiger an ihn und mit zunehmender Klarheit. Zuweilen glaubte ich seine leise Stimme im Skriptorium zu hören, während ich arbeitete, doch dieser Klang verließ nie das Reich meiner Fantasie.

Am Tag vor meiner Abreise nach Pisa ging ich noch einmal hinaus, um Gabriele beim Malen zuzuschauen. Diesmal stand ich neben dem Eingang zum Pellegrinaio delle Donne. Von dort aus konnte ich sehen, ohne gesehen zu werden. Eine Zeit lang betrachtete ich den Flug der Engel, doch dann hatte ich das Gefühl, mich umdrehen zu müssen. Ein Fremder stand hinter mir an der Mauer des *pellegrinaio* und hielt den Blick nach oben gerichtet, so wie ich kurz zuvor. Er war klein und dunkel, trug einen langen schwarzen Umhang, der fast bis auf den Boden reichte. Seine Lippen bewegten sich, als spräche er, aber es war niemand da. Auch sein Blick war merkwürdig – in Richtung auf das Gemälde, aber nicht direkt darauf, als wäre etwas auf dem Gerüst noch interessanter. Er muss gespürt haben, dass ich ihn beobachtete, denn er drehte langsam den Kopf, bis er meinem Blick begegnete. Seine Augen waren klein, tief liegend und hatten dunkle Ränder.

»Kennt Ihr den Künstler?« Seine hohe Stimme passte nicht zu einem erwachsenen Mann.

»Ich weiß von ihm«, antwortete ich vorsichtig. »Warum?«

»Das ist Ser Accorsi, nicht wahr? Ich habe von seinem Können gehört.«

Irgendetwas hielt mich davon ab, ihm Auskunft zu geben,

doch wie es aussah, kannte er die Antwort bereits. »Ja, das ist Ser Accorsi. Seid Ihr auch Künstler?«

»Nur ein Förderer der Kunst.« Er warf einen Blick zurück auf das Ospedale. In seinem Gesicht war mehr Berechnung als Bewunderung zu erkennen, aber vielleicht waren Kunstmäzene so.

Die Glocken läuteten zur Sixt, und ich fuhr schuldbewusst zusammen. Ich hatte vor dem morgigen Tag noch jede Menge Arbeit zu erledigen. Als ich zurück zum Eingang ging, warf ich noch einen Blick über die Schulter. Der Fremde war noch immer dort und beobachtete – ob Gabriele oder das Gemälde war nicht zu erkennen.

Als die Frau ging, blieb Iacopo noch stehen, Angst schnürte ihm die Kehle zu. Sie hatte ihn gesehen, diese Frau, die offenbar beide kannte – Accorsi und Signoretti. Vielleicht hatte sie Iacopo sogar vor Signorettis Palazzo warten sehen. Und allem Anschein nach hatte sie hier im Ospedale geschäftlich zu tun. Womöglich konnte diese Frau sich an sein Gesicht erinnern, sollte es dazu kommen. Vielleicht könnte sie Probleme bereiten, was Iacopo nicht riskieren konnte, nicht, wenn so viel auf dem Spiel stand. Er müsste mehr über sie herausfinden, wer immer sie sein mochte. Und Probleme abwenden, bevor sie bedrohlich würden.

*

Am nächsten Morgen wachte ich vor Tagesanbruch auf und wusste, dass ich mit Gabriele reden musste, bevor ich fortging. Wir hatten nicht mehr miteinander gesprochen, seit er mir die Sicherheitsnadeln gegeben hatte. Ich zog mich in der kühlen Dunkelheit an und tastete nach meinem Schal.

Ich überquerte die verlassene Piazza, die im Mondlicht flach und unwirklich aussah. Ich setzte mich am Gerüst auf den Boden und lehnte mich an einen Pfosten. Die Glocken läuteten zur Matutin, und die Gebäude ringsum bekamen deutlichere Konturen. Ein paar Vögel landeten auf dem Straßenpflaster und pickten nach Leckerbissen vom Tag zuvor. Schließlich tauchten Menschen auf, die mit Körben und Eimern zum Markt und den Stadtbrunnen gingen und Vieh auf die Felder hinter den Stadtgrenzen führten, um es dort grasen zu lassen. Aber Gabriele war nicht zu sehen. Ich wartete, solange ich es wagte – Lugani sollte kurz nach der Prim aufbrechen –, und gab schließlich auf. *Ausgerechnet heute nimmst du dir frei*, schimpfte ich im Geiste mit Gabriele. Noch nie hatte er einen Tag ausgelassen. War etwas passiert? Ich hatte noch eine Stunde Zeit, es herauszufinden. Rasch verließ ich die Piazza del Duomo und machte mich auf den Weg zum Haus des Bäckers Martellino – Bens zukünftigem Haus.

In der Nacht, bevor Ser Lugani Siena verließ, wachte Gabriele auf und spürte, dass etwas fehlte. Dann vernahm er das leichte Stöhnen, so leise, dass man es mit Wind hätte verwechseln können, der durch die Lücken in dem Segeltuch vor den Fenstern heulte. Gabriele zog sein Hemd über und folgte dem Geräusch bis zur Schwelle vor Biancas und Rinaldos Zimmer, in dem Rinaldo als müßiges Gegenstück zu den unterdrückten Schreien seiner Frau vor sich hin schnarchte. Im Dunkeln sah Gabriele den Schmerz, der Biancas Rücken zeichnete, als sie sich auf dem Bett krümmte.

Gabriele wurde von einer unerwünschten Erinnerung heimgesucht – Paolas bleiches Gesicht, als sie unter Mühen ihren unglückseligen Sohn zur Welt brachte, ihr goldenes Haar feucht von Schweiß. Es war über ein Jahr her, seit das Bild mit solcher Macht wieder in ihm aufgetaucht war. Bei der nächsten Schmerzwelle wiegte sich Bianca derart heftig, dass das schwere Holzbett schwankte. Gabriele ging vorsichtig näher heran. Das Bettlaken war mit dunklen Flecken übersät, in der Luft hing der metallische Geruch von Blut. Seine geflüsterte Begrüßung war kaum zu hören, doch Biancas Kopf fuhr hoch, als hätte er neben ihrem Ohr eine Kanone abgefeuert. Sie packte seine Hand und drückte so fest zu, dass er schon fürchtete, seine Finger könnten brechen.

»Gabriele, hilf mir, Gott hilf mir!«, flüsterte sie, die Qual und das Entsetzen in ihrer Stimme veranlassten Gabriele zu handeln.

»Ich wecke Ysabella und hole die Hebamme«, antwortete er heiser. »Du wirst hier nicht sterben, weder du noch dein Kind. Dieses Haus wird kein weiteres Leben verlieren.« Bianca ließ Gabrieles Hand los und schloss die Augen.

Ysabella war sofort wach. Sie sprang aus dem Bett, zog sich ihr Hauskleid über und rannte die Treppe hinunter. Rinaldo war nun wach und stand mit dem Rücken zur Wand, möglichst weit vom Bett entfernt. Ysabella bückte sich, um Biancas Bauch zu fühlen, und schaute dann über die Schulter zu Gabriele und Rinaldo.

»Steht da nicht rum, ihr Dummköpfe!«, schnauzte sie die beiden an. »Rinaldo, mach die Fenster zu, und Gabriele, lauf und hol Monna Tecchini.«

Unten zog Gabriele sein *calze* an und schlüpfte in die Stiefel neben der Tür, wobei ihm zu spät auffiel, dass es die seines Onkels waren, eine Nummer zu klein. Er vergaß den Schmerz an seinen Füßen, als er durch die dunklen Straßen zum Haus der Hebamme lief. Auf Gabrieles heftiges Klopfen an Monna Tecchinis Haustür hin tauchte der Kopf eines Kindes am Fenster auf – Monna Tecchinis kleiner Sohn.

»Sie ist unterwegs zu einer Geburt«, rief der Junge hinunter. Gabriele war verzweifelt, als der Junge ihm eine Adresse in der Nähe der Porta San Marco nannte, rannte aber so schnell wie möglich los. Dort traf er Monna Tecchini an, die gerade eine Geburt beendet hatte.

Monna Tecchini strahlte mitten in der Nacht etwas Tröstliches aus – eine gute Eigenschaft für eine Frau ihres Berufsstands. Sie war bei Ysabellas Geburt zugegen gewesen; damals hatte sie braune Haare gehabt, keine grauen. Aber sie hatte auch Paolas Wehen begleitet, und sie wusste, Gabrieles Ruf war von Verlust geprägt.

»Bianca ist fällig?«, fragte sie und schaute in Gabrieles Gesicht. Er nickte stumm. Monna Tecchini lief rasch zu Martellinos Haus, und Gabriele folgte ihr, wobei er versuchte, seine Erinnerung im Zaum zu halten.

Auf dem Weg zu Martellinos Haus sammelte ich Argumente, mit denen ich meinen Besuch bei Tagesanbruch begründen könnte, aber das musste ich gar nicht. Als ich eintraf, ertönte ein durchdringender Schrei, der das Blut in den Adern gefrieren ließ, lang, laut und qualvoll. Als ich in die Küche platzte, standen Rinaldo und Martellino verlegen an der Wand.

»Ist da Gabriele mit der Hebamme gekommen?« Ysabella tauchte am Fuß der Treppe auf, und ich sah ihr an, wie sie ihre Möglichkeiten abschätzte – zwei nutzlose, männliche Drückeberger und eine Schreiberin zu Besuch? »Monna Trovato, habt Ihr Erfahrung mit Geburten?«

»Ja«, rief ich, hastete hinter ihr die Treppe hinauf und versuchte verzweifelt, mir alles ins Gedächtnis zu rufen, was ich in meinen sechs Wochen Geburtshilfe vor zwölf Jahren gelernt hatte. Meine Gedanken überschlugen sich. *Ich bin Neurochirurgin. Ich kann das nicht. Aber es ist sonst niemand da.*

Der Raum war von flackernden Kerzen erleuchtet. Bianca kauerte auf einem Geburtsstuhl und fletschte die Zähne wie ein wildes Tier. Der Boden war dunkel und nass, und es roch eigenartig – Blut mit Fruchtwasser vermischt. Also hatte der

Blasensprung stattgefunden. Stand sie kurz davor? Ysabella zeigte auf ein Wasserbecken, in dem ich mir die Hände abspülte, und sie band mir eine schwere Schürze um. Ich trat vorsichtig ans Bett.

»Bianca, ich glaube, ich kann helfen.«

Sie starrte mich an, keuchend und mit weit aufgerissenen Augen. »Bitte! Gott hilf mir, jemand soll mir helfen!« Ich hockte mich neben sie, legte eine Hand auf ihren Bauch, die andere zwischen ihre Beine. Ich brauchte ein paar Sekunden, um mich zurechtzufinden, aber als mir klar wurde, was ich da fühlte, verließ mich der Mut. Steißlage – dieses Kind kam nicht mit dem Kopf zuerst. Bianca war dilatiert, sehr weit fortgeschritten. Ich tastete noch ein Stück weiter. Kein Nabelschnurvorfall, zumindest nicht, soweit ich es erkennen konnte. Ich legte ein Ohr an Biancas Bauch und lauschte. War das ein Herzschlag? Hoffentlich.

Bei der nächsten Wehe heulte Bianca erneut auf. Ich brachte sie zum Bett, wies sie an, in den Vierfüßlerstand zu gehen, damit die Nabelschnur sich nicht vor dem Kind senkte. Bianca packte meinen Arm so fest, dass ihre Nägel sich in meine Haut gruben. Als der Schmerz nachließ, überdachte ich noch einmal, was ich wusste. *Bei einer Steißlage nichts überstürzen* – der Kopf kann stecken bleiben. Ich wartete und versuchte mich in Geduld zu fassen. Bianca schrie und presste wieder, und dann sah ich die Pobacken. Immerhin besser als ein Fuß. Bei der nächsten Wehe tauchten die Beine an der Hüfte auf – erst das eine, dann das andere –, ich tastete mich bis hinter die Knie vor, schob die Beine des Kindes auseinander und drückte sie an den Rumpf. Bei der dritten Wehe erwischte ich ein Fußgelenk, den einen Fuß, dann den anderen. *Die Nabelschnur ist frei, das ist die Rettung. Komm schon, Kind, los geht's.*

Eine Schulter, die andere Schulter, dann der Arm. Fast geschafft. Ich wusste, sobald der Bauch des Kindes an die Luft kam, blieben mir höchstens zehn Minuten, um den Kopf herauszubekommen. *Nicht ziehen. Keine Hektik.* Auf der Welt gab es nur noch uns drei: mich, Bianca und dieses schlüpfrige Baby in Steißlage. *Direkt über dem Schambein mit einer Hand Druck ausüben, mit der anderen leicht ziehen, langsam, langsam.* Bianca schrie und keuchte jetzt. Schließlich und endlich spürte ich den Mund und die Nase des Kindes in meiner Hand, dann war in der nächsten Sekunde der ganze Kopf da. Der Schrei eines Neugeborenen erfüllte die Luft, lustvoll und wütend.

Auf der Treppe waren schnelle Schritte zu hören, und zwei Gestalten stürzten in den Raum. Die eine war eine gebieterisch wirkende Frau. Das musste die Hebamme sein. Die andere war Gabriele.

»Monna Trovato.« Gabriele schnappte nach Luft und schaute mich mit weit aufgerissenen Augen an. »Was macht Ihr hier?«

»Sie bringt Eure neue Nichte zur Welt«, antwortete die Hebamme und übernahm die Regie. Wie betäubt wusch ich mir die Hände, trat vom Bett zurück und zog mir die verschmutzte Schürze über den Kopf. Ich hatte gerade Biancas Baby zur Welt gebracht – in dem Raum, der eines Tages mein neuzeitliches Schlafzimmer sein würde.

»Danke, Monna Trovato«, sagte Gabriele, sein Blick wanderte von mir zum Neugeborenen und wieder zurück. »Alle Dankbarkeit, die ich zum Ausdruck bringen könnte, reicht nicht aus.«

»Nichts zu danken!« Ich holte tief Luft und versuchte mich zu fangen. Meine Gedanken wurden von den Glocken unterbrochen, die zur Prim läuteten und mich an die Zeit erinnerten. »Mein Gott, ich muss jetzt gehen.« Luganis Reisegesellschaft würde sich vor dem Ospedale sammeln. »Ser Lugani nimmt mich mit – mit seiner *compagnia*, meine ich – nach Messina.«

Gabriele riss die Augen auf. Ich vermutete, dass er es noch nicht erfahren hatte. »Ich bringe Euch zurück zum Ospedale.«

»Nein«, sagte Bianca zur Überraschung aller. »Gabriele muss für meine Tochter beten. Er ist diesen Pfad schon gegangen, und die Jungfrau persönlich wird seine Gebete erhören.« Inzwischen war es hell draußen, und ich konnte die kurze Strecke alleine schaffen.

Gabriele nickte zögernd. »Möge Gott über jeden Eurer Schritte wachen, Monna Trovato. Messina ist weit von Siena entfernt.« Wie recht er hatte.

Die Hebamme band die Nabelschnur ab und durchtrennte sie. Dann wusch sie das Kind in einem Becken und wickelte es fest in Leinenwindeln. Ich ging rückwärts aus dem Raum und prägte mir den Anblick von Ysabella ein, die dem Neugeborenen die Zunge mit Wasser spülte und einen glitzernden Honigtropfen darauf gab.

Als ich ins Frauenquartier zurückkam, ging Clara besorgt auf und ab.

»Wo wart Ihr? Ich habe schon befürchtet, Euch wäre etwas zugestoßen und unsere Reise müsste abgesagt werden.« Ich überging ihre Frage und schaute an meinem Kleid hinunter, um mich zu vergewissern, dass ich keine Blutspritzer davongetragen hatte, die mich verraten würden.

Egidio tauchte auf und stellte sich in den Eingang. Er sah aus wie ein Kind, große Augen und unsicher. Aufgrund seines Könnens vergaß ich gern, wie alt er war, wenn wir Seite an Seite arbeiteten. Ich durchquerte den Raum und umarmte ihn zum Abschied, entgegen des mittelalterlichen Anstands. Als ich mich zurückzog, war sein Gesicht hochrot.

»Du wirst mir fehlen.« Ich lächelte in sein verblüfftes Gesicht.

»D-das ehrt mich, Monna Trovato. Ich bin hier, um Euch

bei Eurem Gewicht zu helfen. Eurer Truhe, meine ich, dem Gewicht Eurer Truhe. Wir sind zu zweit.« Er zeigte auf einen anderen Jungen hinter sich, der sonst in der Küche arbeitete und jetzt auf Anweisungen wartete. Die Jungen hatten die größte Mühe, die Truhe über die Treppe nach unten zu befördern, während ich mich zurückhalten musste, um ihnen nicht zu helfen. Im Hof wurden meine Habseligkeiten von den bulligen Wächtern, die ich Ende der Woche gesehen hatte, auf einen Pferdekarren verladen. Meinen Rucksack mitsamt Inhalt behielt ich bei mir.

*

Als der Medici-Junge – er war kaum groß genug, um als *Ser* zu gelten – die Frau mit den dunklen, geflochtenen Haaren beschrieb, die er draußen vor dem Ospedale gesehen hatte, wusste Baldi, dass es die Trovato-Hure war, die ihm die Arbeitsstelle weggenommen hatte.

»Soll ich sie nicht einfach für Euch entsorgen?«, fragte Baldi und kippte noch einen Becher des exquisiten Weins hinunter, mit dem Semenzato ihn versorgte. Der Medici zögerte – zimperlich, vermutete Baldi, ein zweites Verbrechen hinzuzufügen, wobei das erste noch nicht einmal begangen war, aber am Ende hatte er zugestimmt.

Von einem Diener des Ospedale hatte Baldi erfahren, dass die Schreiberin in dieser Woche Siena mit einem Haufen Kaufleute verlassen würde. Sobald sie außerhalb der Stadttore sei, sagte er seinem neuen Herrn aus Florenz, wäre es eine leichte Sache; Reisegesellschaften seien nun einmal der Bedrohung durch Räuber ausgesetzt. So gefährlich sei es außerhalb der sicheren Stadtmauern von Siena. Niemand würde jemals auch nur vermuten, dass die Bande womöglich auf diese spezielle Reisegesellschaft angesetzt worden war, und besonders auf die

Schreiberin, die mitreiste. Vielleicht könnte Baldi sogar seine alte Arbeitsstelle zurückbekommen, sobald die Schreiberin auf der Strecke geblieben war. Und er musste dem Anführer der Bande Gesetzloser nur die Hälfte des Betrages zahlen, den der Medici-Junge ihm gegeben hatte. Es wäre noch genug Gold übrig für eine Hure und ein Glas Wein danach.

Zuletzt hatte ich im Alter von elf Jahren auf einem Pferd gesessen, in einem kleinen Stall an der Upper West Side von Manhattan. Ben hatte mir Reitstunden zum Geburtstag geschenkt. Der Reitlehrer setzte mich auf einen mächtigen, friedlichen Braunen mit einem Rücken wie ein Tisch, und meine kurzen Beine reichten kaum über seine Seiten. Mein Lehrer war ein strenger Reiter, der keine Geduld für Schwäche hatte. Der Pollenflug war auf seinem Höhepunkt, und als ich die vierte Runde durch den Ring drehte, fing ich an zu niesen und konnte nicht wieder aufhören. Als ich nach Hause kam, waren meine Augen rot, sie tränten, und meine Hände zitterten. Das war das Ende meiner Reiterkarriere, bis zu dem Augenblick, in dem ich auf den großen Grauen stieg, den Lugani mir besorgt hatte. Man sagte mir den Namen der Stute – Margherita. Alles andere musste ich selbst herausfinden. Ich schaffte es auf ihren Rücken, ohne Verletzungen davonzutragen, und sie fügte sich meiner Anwesenheit mürrisch, zuckte ungeduldig mit den Ohren, während ich Mühe hatte, mich an den Damensitz zu gewöhnen. Clara ritt neben mir auf ihrem eigenen Pferd und machte den Eindruck, als säße sie sehr bequem.

Unsere Reisegesellschaft verließ die Stadt durch die Porta Camollia. Rechts und links der Via Francigena breitete sich die grüne und braune Hügellandschaft aus. Ich schaute zurück auf die Inschrift über der Porta: *Weiter als dieses Tor öffnet Siena ihr Herz für dich* – aber wir lösten uns jetzt aus ihrer schützenden Umarmung.

Nachdem wir die Tore hinter uns gelassen hatten, kamen wir an einigen kleinen Dörfern vorbei, die sich des Schutzes und der Aufsicht der *commune* erfreuten, doch als wir unsere Reise fortsetzten und die Sonne sich über den Bäumen erhob, wurden Ansiedlungen rar. Wir durchquerten einen Olivenhain, dessen Blätter im frühen Morgenlicht silbrig-grün glitzerten. Bauern arbeiteten an einer großen Presse im Freien, und bei dem frischen Duft gepresster Oliven lief mir das Wasser im Mund zusammen.

Als wir die Grenzen der Stadt überschritten, kamen wir immer tiefer in eine Waldlandschaft, die Straße verwandelte sich in einen steinigen, von Wildwuchs gesäumten Pfad. Baumkronen schoben sich vor die Sonne, und ich zog meinen Schal aus dem Rucksack, wobei es mir gelang, ihn über die Schultern zu legen, ohne von Margherita zu fallen. Zwei von Luganis bewaffneten Wächtern führten unsere Reisegesellschaft an, direkt dahinter folgte Lugani. Von unserem Platz weiter hinten sah ich seine rote Kappe und seinen Umhang, den Arroganz ausstrahlenden geraden Rücken. Er ritt einen feurigen schwarzen Hengst mit kräftigem Hals und einer wehenden schwarzen Mähne. Zwei Wachleute hielten sich hinter der Gruppe, um sicherzustellen, dass niemand zurückblieb. Ich spähte in die dichten Wälder am Wegesrand und fragte mich, wovor man uns wohl beschützen mochte.

Ein lautes Krachen in den Zweigen ließ mich aufblicken. Plötzlich preschte vor uns ein Hirsch aus dem Gebüsch, und Margherita scheute. Ich glitt von Margheritas Rücken und landete hart auf dem Boden. Der Hirsch lief auf seiner Flucht kurz im Kreis, starrte uns mit großen dunklen Augen unter hellem, verzweigten Geweih an, setzte dann in großen Sprüngen davon und verschwand wie ein braun-weißer Blitz im Wald.

Ich erholte mich noch vom Schreck, als Luganis Buchhalter Cane auf mich zuritt.

»Ich hoffe, der Hirsch hat Euch nicht in Angst und Schrecken versetzt, Monna Trovato.«

Das hatte er, aber ich sagte es nicht. Ich stieg wieder auf, unter Schmerzen zwar, aber ich war zum Glück nicht ernsthaft verletzt. »Er hat Margherita erschreckt.«

Cane lächelte schmallippig. »Ein flüchtender Hirsch kann bedeuten, dass in der Nähe andere Gefahren lauern«, sagte er düster. Die beiden Wörter »andere Gefahren« gefielen mir nicht. »In welcher Gesellschaft seid Ihr von Lucca hierhergereist, Monna Trovato?«

»Gesellschaft?«

»Ich kann mir nicht vorstellen, dass Ihr die Reise allein unternommen habt.«

Denke, Beatrice, denke nach. »Meine Gefährten waren drei andere Pilger auf ihrem Weg nach Rom.«

»Und wo sind die jetzt?«

Ich kaschierte mein Zögern mit dem Richten des Zaumzeugs. Das Schöne am Lügen ist, dass man sich etwas ausdenken kann. »Als ich in Siena haltmachte, sind sie auf der Straße nach Rom weitergezogen.«

»Warum seid Ihr ihnen nicht gefolgt?«

»In Siena habe ich mich zu Hause gefühlt.« Das waren die ersten Worte mit Wahrheitsgehalt.

»Und Eure Reise – von Lucca, sagtet Ihr –, verlief ohne Zwischenfälle?«

»Zum Glück ja.«

»Das freut mich zu hören«, erwiderte Cane und deutete ein Lächeln an. »Reisen mit Zwischenfällen mag ich ganz und gar nicht.« Cane nickte mir zu, um das Ende unserer Unterhaltung zu signalisieren, so, wie Lugani es bei unserem Gespräch gemacht hatte. Diese Manier ärgerte mich, aber ich hielt den Blick starr geradeaus auf den Weg gerichtet, als er sich wieder zurückfallen ließ.

»Was hat er gesagt?«, erkundigte sich Clara, die ihr Pferd an meine Seite lenkte. Sie war offenbar nicht an die Rolle einer unsichtbaren Dienerin gewöhnt und hatte keine Bedenken, ihr Interesse an meinen Unterhaltungen zu bekunden.

»Schon möglich, dass er einfach nur versucht hat, freundlich zu sein«, erwiderte ich zweifelnd.

Clara nickte fröhlich, ohne den Sarkasmus zu bemerken. »Auf einer langen Reise ist es gut, Freunde zu haben.« Sie hatte recht, aber Cane, obwohl er offenbar kein Feind war, kam mir nicht unbedingt wie ein Freund vor.

Der Weg begann sich an einem bewaldeten Hügel aufwärts zu winden; zu unserer Rechten ging es steil bergauf, zu unserer Linken befand sich ein schwindelerregender Abgrund. Als es bergan ging, konnte ich die Spitze unserer Reisegesellschaft sehen, an der Luganis Kundschafter Antonio ritt. Er hatte die Pausbacken eines Jungen, bedeckt mit leichtem Flaum.

Plötzlich krachten Zweige und Äste, und eine Bande von sechs Männern tauchte zwischen den Bäumen vor uns auf, blitzendes Metall in den Händen. Zuerst griffen sie Antonios Pferd an, das ein ohrenbetäubendes Wiehern ausstieß. Die Beine des Pferdes knickten ein, und das Tier fiel zu Boden, wobei es Antonio abwarf und unter seiner schweren Flanke einklemmte. Die anderen Pferde hatten weder Platz, um zu wenden, noch, um an Antonios Pferd vorbeizukommen und zu fliehen. Margherita blieb wie angewurzelt stehen, scheute und schlug aus. Diesmal gelang es mir, auf ihrem Rücken zu bleiben. Die Räuber fielen über uns her, sprangen von oben auf die Wachleute herab, die an der Spitze ritten; links war der Kliffrand. Die einzige Fluchtmöglichkeit bestand darin, auf dem schmalen Pfad umzukehren.

Antonio lag unter seinem verwundeten Pferd, sein Bein stand in unnatürlichem Winkel ab. Er bedeckte sein Gesicht mit beiden Händen, doch sein Angreifer durchtrennte die Finger des Jungen und schlitzte ihm den Hals auf. Als der Räuber sich vorbeugte, um die Satteltaschen von dem gestürzten Pferd abzuschneiden, zog einer von Luganis berittenen Wächtern sein Schwert und holte aus. Der Schlag enthauptete den Dieb, woraufhin alles ringsum mit hellem Blut bespritzt wurde. Ich saß erstarrt auf Margheritas Rücken, während das Gesicht des Gesetzlosen kreidebleich wurde, als würde sein vom Körper abgetrenntes Gehirn die schreckliche Wahrheit des Geschehens erkennen. Dann erblickte ich Lugani, sein Umhang wie ein roter Blitz unter den niedrigen Bäumen, als er sein Pferd wendete, um sich dem nächsten Angreifer entgegenzustellen.

Clara begann zu schreien, sobald Antonios Pferd verstummt war. Während ich den Angriff auf die Vorhut unserer Reisegesellschaft beobachtet hatte, sprang ein furchterregend großer Mann in Lederrüstung vom Berghang über dem Weg herab und landete zwischen meinem Pferd und Canes, ein blitzendes Messer schwingend. Bevor ich reagieren konnte, zog Cane seinen Dolch aus dem Gurt und stieß die Klinge in den stämmigen Nacken des Gesetzlosen. Unser Angreifer sank langsam hinter Margheritas Hinterläufen zu Boden, und Clara hörte abrupt auf zu schreien, als wäre sie daran erstickt. Cane ritt rasch zum hinteren Wächter, der Claras Pferd rückwärts über die Leiche des Räubers zog, aus dessen Hals noch immer Canes Dolch ragte. Als der Wächter zu mir zurückkam, folgten unsere Pferde halb rutschend dem schmalen, sich windenden Pfad. Der Wächter führte uns über eine Felszunge an der Steilwand zu einer Öffnung, die gerade so groß war, dass ein Pferd und ein Reiter hindurchpassten, und wir gelangten in eine überraschend große Höhle. Der Kampf auf dem Pfad über uns wurde fortgesetzt, gedämpft durch den dicken Stein.

»Bleibt hier«, befahl uns der Wächter überflüssigerweise und verschwand. Ich schaute mich unter meinen Begleitern um – der hintere Teil unserer Reisegesellschaft. Außer mir und

Clara gab es noch zwei Frauen, wahrscheinlich Dienerinnen, nach ihrer Kleidung zu urteilen, zwei ältere Herren, die ich für Buchhalter hielt, und zwei junge Lehrlinge. Der Letzte war Messer Cane, der abgestiegen war und seinem Pferd etwas ins Ohr flüsterte, um es zu beruhigen. Auch ich stieg ab, woraufhin meine Beine sich schmerzhaft verkrampften, doch kurz darauf konnte ich wieder stehen.

Ich lehnte mich an Margheritas warme Flanke, um mich zu fangen. Clara taumelte, als sie von ihrem Pony stieg, und als ich ihr die Hand reichte, um sie zu stützen, sank sie an meine Brust und verbarg ihr Gesicht an meinem Hals. Ich spürte, dass ihr Herz so schnell schlug wie das eines kleinen Vogels. Schließlich kam unser Wächter mit grimmig zufriedener Miene zurück. Er hatte Blut an der Wange, doch es schien nicht sein eigenes zu sein; ich konnte keine Wunde an ihm entdecken.

»Der Kampf ist vorüber. Ihr könnt wieder aufsteigen, sobald wir wieder auf dem Weg sind.«

Als wir den Berg hinaufkamen, sah ich, wie zwei unserer Wächter Antonios schmalen Körper auf den Rücken eines Packpferdes banden. Einer seiner Arme schwang ohne jeglichen Muskeltonus, was ein Lebender nicht nachzuahmen vermag.

Luganis Stimme war schroff, bar ihrer üblichen Geschliffenheit. »Habt Respekt vor dem jungen Mann – seine Mutter würde nicht gern sehen, wenn man ihn wie einen Sack Gerstenmehl behandelt.« Lugani beugte sich vor, schloss Antonios Augen und bedeckte seine Leiche mit einer Segelplane. Luganis Lippen bewegten sich still. Ich stellte mir vor, es wäre ein Gebet, spürte jedoch, dass Lugani stärkere Gefühle bewegten, als für ein schlichtes Ritual erforderlich waren. Das war das erste Mal, dass Lugani mein Herz berührte; bisher hatte der Kopf unsere Begegnungen dominiert. Schaudernd löste ich mich aus dieser unerwarteten Verbindung und betrachtete ihn mit neuer Wertschätzung, als er wieder auf sein Pferd stieg.

Zwei Leichen lagen am Wegesrand, als unsere Gesellschaft den Pfad bergan wieder aufnahm – die Gesetzlosen, die das Pech gehabt hatten, die Vorhut ihrer Bande gewesen zu sein. Ihre Leichen hatte man der Waffen und aller Wertsachen entledigt. Cane lenkte sein Pferd neben das meine.

»Wie eigenartig, dass die erste Reise, an der unsere neue Schreiberin teilnimmt, voller Gefahren steckt, obwohl ihre eigene Pilgerfahrt über dieselbe Strecke ohne Zwischenfall verlief.«

»Messer Cane, ich habe keine Ahnung, was Ihr damit sagen wollt.«

»Ich lege besonderen Wert darauf, die gewählte Route und den Zeitpunkt des Aufbruchs falsch anzugeben, um Schwierigkeiten zu vermeiden. Es wäre sehr schade, wenn Eure Bekannten von unseren Plänen erführen und noch mehr Unannehmlichkeiten bereiteten.«

»Ich habe keine Bekannten, die Unannehmlichkeiten bereiten, Ser.«

»Das will ich hoffen, aber wir werden Euch unter Beobachtung halten, Signora.« Vermutlich merkte er, dass etwas mit mir nicht stimmte, aber er konnte nicht wissen, was. Aber vielleicht hatte Cane recht – hatte ich unliebsame Bekannte? Konnte ich mir nach nur wenigen unschuldigen Monaten im vierzehnten Jahrhundert bereits Feinde gemacht haben? Der Rest des Tages verlief ohne Vorkommnisse, doch bei jedem aufsteigenden Vogel oder beim Rascheln des Windes in den Bäumen stockte mir der Atem.

Gabriele kam zum Ospedale, als die Sonne schon hoch stand, und traf Suor Umiltà mit grimmiger Miene vor dem Eingang. Er sprach sie vorsichtig an, denn er rechnete mit einem Wutanfall über sein spätes Eintreffen. »Fehlt etwas?«

»Bis auf die Tatsache, dass wir eine Schreiberin und eine

Küchenhilfe in einem einzigen verhängnisvollen Augenblick verloren haben?« Umiltà atmete tief ein und schien vor Gabrieles Augen größer zu werden, während sie sich weiter ausließ. »Unsere kleine Clara ist mit einer Freude fortgegangen, als würde sie jede Bedrohung ihrer Jungfräulichkeit begrüßen, sollte sie von dieser Natter in Rot kommen, und ich bezweifle stark, dass uns unsere Lämmer unverletzt wieder zurückgebracht werden, wenn überhaupt. Sonst fehlt nichts, Messer Accorsi, ganz und gar nichts.«

»Wird er sie denn nicht wieder nach Hause bringen, sobald ihre Arbeit getan ist?«

»Ich würde Lugani nicht einmal einen Sack Korn anvertrauen, schon gar nicht eine Jungfrau und eine trauernde Witwe.«

»Wie lange sind sie schon fort?«

»Zu lange, um ihnen zu folgen«, antwortete Umiltà und schaute Gabriele aus zusammengekniffenen Augen an. Eine Weile teilten sie schweigend ihren Schmerz und lauschten auf den Glockenturm, der die Mittagsstunde einläutete. In Gedanken begann Gabriele, einen Plan zu umreißen, als zeichne er mit *sinopia* Konturen auf frischen Putz.

»Der Rektor möchte Euch sprechen. Er ist zufrieden mit Eurer Arbeit, und die Bezahlung findet in Kürze statt.« Umiltà hatte sich zum Fresko über dem Eingang umgedreht und gestikulierte weit ausholend mit einem verhüllten Arm. »Euer Gemälde ist außerordentlich, Messer Accorsi. Habt Ihr einen Mäzen für Euren nächsten Auftrag gefunden?«

»Die Saison für Fresken in Siena neigt sich dem Ende entgegen, aber in den kälteren Monaten findet sich Arbeit an Tafelbildern.«

Umiltà betrachtete die Wand über dem Eingang ungewöhnlich lange, bevor sie ihren Blick wieder auf Gabriele richtete. »Der dunkle Engel ist so ganz anders als die drei anderen. Sie scheint beinahe sterblich, verglichen mit dem himmlischen

Auftreten ihrer Begleiterinnen. Und ihr Gesicht kommt mir irgendwie bekannt vor.« Die gefährliche Richtung ihrer Unterhaltung wurde zum Glück in andere Bahnen gelenkt, als eine ausgelassene Gruppe jonglierender Gaukler in rot-weißer Aufmachung auftauchten, begleitet von zwei Musikern, die Flöte und eine kleine Trommel spielten. Als sie ihre Vorstellung beendeten, hatte Umiltà entweder den Faden verloren oder absichtlich abgelassen.

Umiltà hielt inne, um eine Fluse von ihrem Ärmel zu entfernen. »Der Rektor des Ospedale Santa Maria Alemanna in Messina möchte ein paar Tafelbilder für den Altar in der Kapelle in Auftrag geben. Messinas Ospedale ist vom Maßstab und von der Pracht her nicht mit unserem zu vergleichen, aber vielleicht ist diese Gelegenheit für Euch von Interesse. Ihr seid beinahe fertig mit der Himmelfahrt, nicht wahr?«

Gabriele spürte, wie ihm die Hitze ins Gesicht stieg. »Dieses Fresko werde ich in den nächsten beiden Tagen fertigstellen, so Gott will, und es wäre mir eine Ehre, wenn man mich für den Auftrag in Messina in Erwägung zöge.«

»Das sind gute Neuigkeiten. Ich habe unserem Rektor tatsächlich bereits vorgeschlagen, dass er seinen beträchtlichen Einfluss hinsichtlich Eurer Bewerbung geltend macht. Ein Brief, in dem Eure Arbeit gepriesen wird, ist unterwegs nach Messina. Die Jahreszeit für eine Reise in den Süden ist ausgezeichnet.« Umiltà lächelte kurz, drehte sich um und ging ins Ospedale. Gabriele blieb noch zurück, um einen Blick auf sein Gemälde zu werfen. Er hatte sich nie die Zeit genommen, es von unten zu prüfen, und aus dieser neuen Perspektive wirkte es fremd. Während er hinschaute, verschwamm es vor seinen Augen, und er sah, wie der vierte Engel leicht den Kopf neigte, um seinem Blick zu begegnen, das Haar wehte wie eine dunkle Flamme.

VI

Der Eingeweihte

Um nach Pisa zu gelangen, mussten wir drei Tage lang reiten. Unangenehme Überraschungen gab es unterwegs keine mehr. Wir zogen nach Norden, bis zum Arno, dann nach Westen zur Küste, wo Luganis Schiff warten würde. Als es am ersten Tag dunkel wurde, machten wir an einem Wirtshaus am Straßenrand halt. Dort musste ich feststellen, dass Clara schnarchte. Ich konnte dem Einhalt gebieten, indem ich sie unter der Bettdecke mit dem Fuß anstieß. Sie schnaubte dann ein Mal und atmete eine Weile ruhiger weiter. Ich versuchte einzuschlafen, bevor sie wieder anfing zu schnarchen, hatte aber nur selten Erfolg.

Auf unserem Weg kamen wir an ein paar imposanten Klöstern und Burgen vorbei, die ich verwundert betrachtete – ich hatte Fotos in Reiseführern gesehen, doch statt Ruinen waren es bewohnte Anlagen voller Leben und Treiben. Stattliche Soldaten bewachten die Burgtore, auf Türmchen wehten bunte Wimpel. Klöster waren von eingezäunten Gärten umgeben oder von Weiden mit Vieh, das von Mönchen gehütet wurde. Lugani bestand darauf, die größeren Städte zu umgehen, darunter auch San Gimignano und Poggivonsi, und nach der ersten Nacht in einem Gasthaus fanden wir Unterkunft bei Pächtern im *contado*. Offensichtlich vermochte der Wohlstand von Luganis Reisegesellschaft unser Erscheinen abzufedern – mehrere Goldstücke wechselten zur gegenseitigen Zufriedenheit die Besitzer. Auch die bewaffneten Wächter waren wahrscheinlich ein Argument. Und in jeder Nacht hielt ein Wächter vor unserer Tür Wache.

Wir ritten in Pisa ein, als die Glocken zur Terz läuteten. Zwei Wächter am Tor senkten ihre Waffen, um uns den Zugang zu der ummauerten Stadt zu gewähren. Eine Straße, gesäumt von belebten Geschäften, führte an der glitzernden Flussbiegung des Arno entlang, und in der Herbstbrise flatterten Fahnen, die ein weißes Kreuz auf rotem Grund zeigten. In der Ferne erblickte ich zwei Brücken, die das Wasser überspannten. Auf den Gehwegen am Fluss drängten sich Spaziergänger. Als wir den Ponte Nuovo in Richtung Norden überquerten, tauchte der große Glockenturm auf, noch nicht fertig, aber schon deutlich schief. Ich unterdrückte ein Lachen beim Anblick des Turms, der infolge eines architektonischen Fehlers zu einem der bekanntesten Gebäude in der Geschichte werden sollte. Hinter der Brücke holte Cane zu mir auf.

»Gibt es etwas, das Euch amüsiert, Monna Trovato?«

Ich fühlte mich ertappt. »Oh, nur der Turm. Erstaunlich, ihn endlich leibhaftig vor mir zu sehen, bereits in Schräglage. Ein kleiner Irrtum kann einen Architekten berühmt machen – oder berüchtigt.«

»Habt Ihr schon Zeichnungen von dem Turm gesehen?« Cane schaute mich durchdringend an, und ich merkte, dass mir ein gefährlicher Patzer unterlaufen war. »Oder wart Ihr schon einmal hier? Habt Eure Gefährten getroffen, von denen Ihr sagtet, sie seien ›ohne Euch weitergereist‹, als Ihr Euch entschieden habt, in Siena zu bleiben? Die zum Beispiel dazu neigen könnten, Reisende auf dem Weg nach Pisa zu belästigen und die Beute aus dem Überfall mit Euch zu teilen?« Jetzt wurde mir klar, welchen Verdacht er gegen mich hegte. Er lag fern der Wahrheit, war aber gefährlich.

»Ich habe von dem Turm gehört«, erwiderte ich, »mehr nicht.« Ob er mir glaubte, wusste ich nicht zu sagen.

Unser erstes Ziel war Pisas romanische Kathedrale, in der Lugani ebenso mitfühlend wie zuvor beim Anblick des toten Antonio mit den Geistlichen die Beisetzung des Jungen in die Wege leitete. Er ließ mich einen Brief an die Familie schreiben, die Antonio hinterließ.

»Der junge Antonio war nicht weit von seinem Zuhause entfernt, als er sein Leben verlor«, sagte Lugani leise. »Aber in der kurzen Zeit, die er unserem Unternehmen angehörte, hat er sich als wertvoll erwiesen. Wir müssen seiner Familie unsere Dankbarkeit zum Ausdruck bringen, zusammen mit der traurigen Nachricht. Hätten wir doch stattdessen lieber Neuigkeiten über seinen Erfolg zu berichten!« Er seufzte, während ich seine Worte auf Pergament niederschrieb. Ich wurde aus dem Mann nicht schlau – so schroff, aber auch überraschend feinfühlig. Die Kombination war eigenartig fesselnd.

Es dauerte fast eine Woche, um unsere Überfahrt zu organisieren. Lugani hatte eine moderne Karacke chartern wollen, schneller und effizienter aufgetakelt als das *nave*, das wir schließlich erstanden – ein flaches Frachtboot.

»Altmodischer Bottich«, sagte er offensichtlich verärgert, aber ein anderes Schiff in angemessener Größe stand nicht zur Verfügung. Wenigstens war es wasserdicht.

Ich konnte Latein und Italienisch, jetzt aber musste ich mittelalterliche Seemannssprache lernen; das neue Vokabular bereitete mir Kopfzerbrechen. Voraus, achtern, Lateinsegel, Takelage … Pyxis.

»Pyxis, ist das nicht der runde Behälter, den man für Hostien bei der Kommunion benutzt? Wird an Bord eine Messe abgehalten?«

Luganis Lachen war echt. »Eure Fragen belustigen mich immer wieder aufs Neue. Euer Wert in dieser Hinsicht übertrifft bei Weitem den Eures Vorgängers. Und er war entschieden weniger attraktiv.«

»Ich würde meine Arbeit noch besser erledigen, wenn Ihr mir meine Fragen direkt beantwortet«, erwiderte ich.

Lugani schaute mich so überrascht an wie häufig, wenn ich ihn ohne Umschweife ansprach. Doch diesmal antwortete er kommentarlos. »Pyxis ist ein Kompass, benannt nach dem kleinen runden Kasten, in dem er steckt, ähnlich dem Hostienbehälter. Wenn uns dieses Instrument die Richtung vorgibt, ist es gerade so, als würde unser Herrgott selbst uns geleiten.«

Ich nickte. »Im Idealfall haben wir beides.«

Lugani lachte und legte mir kurz eine Hand auf die Schulter. »Wir haben zu tun, obwohl mir unser Schlagabtausch wirklich gefällt, Signora. Zurück zur Schreibarbeit.«

Nachdem das Schiff gechartert war, hielt Lugani mich mit der Niederschrift von Verträgen mit ortsansässigen und auswärtigen Kaufleuten auf Trab. Der mittelalterliche Wollhandel umfasste jeden Teil des Prozesses, von den erforderlichen Rohmaterialien angefangen – Schafwolle, Pigmente, Alaun, um die Pigmente zu binden – bis hin zu fertig gewobenem Tuch. Mir gefielen die Namen der Farbstoffe – *tintura di guado, indigo, rubia tinctorum, robbia, saffron, oricello.* Hintereinander ausgesprochen klangen sie wie eine Zauberformel für Farbe. Am außergewöhnlichsten war *grana*, ein lebhaftes, besonders lang haltbares Rot, hergestellt aus dem Insekt *Coccus ilicis.* Man benutzte diesen Farbstoff, um das leuchtend rote Tuch zu erzeugen, aus dem Luganis Umhang gefertigt war, seiner Macht und seinem Wohlstand angemessen. Der Gedanke, dass für die Herstellung eines Farbstoffs Tausende mediterraner Insekten zerquetscht wurden, war abschreckend.

Ich hielt auch Vereinbarungen zum Kauf oder Transport von Seide, Heilkräutern, Olivenöl, Wein, Leder, Wachs, Rüstungen, Waffen und dem einzigartigen, geäderten Marmor aus Siena schriftlich fest. Manche Verträge versprachen Waren *»salvi in terra«* – Lieferung garantiert, aber kostenpflichtig.

Eine preiswertere Option war *»ad risicum et fortunam Dei, et gentium«*, womit der für den Transport zuständige Händler keine Verantwortung für unvorhergesehenes, von Gott oder von Menschen herbeigeführtes Unglück zu übernehmen hatte. Es erinnerte mich an das neuzeitliche Versicherungswesen.

Gegen Ende der ersten Oktoberwoche waren wir startklar. Inzwischen hatten wir unsere gesamten verderblichen Lebensmittel aufgegessen, und ich beschloss, den Marktplatz der Stadt aufzusuchen, um die Vorräte aufzufüllen. Der Tag war kühl, doch der Sonnenschein milderte die herbstliche Frische. Über kurz oder lang musste ich mir einen Umhang suchen. Ich kaufte einen kleinen Korb und schlenderte zwischen den Ständen hindurch. Ich wurde schwach bei Bergen von Haselnüssen und frühen Pilzen, ein paar duftenden Bündeln von Kräutern, die zu dieser Jahreszeit noch immer draußen wuchsen. Die letzten goldbraunen Pfirsiche der Saison lockten. Ich betrachtete ein paar schwarz-weiße Hühner, die in Lattenkisten gackerten, und überlegte, wie schön frische Eier doch wären. Doch dann krächzte eine Henne laut auf und ließ Kot unter sich, woraufhin ich es mir anders überlegte. Stattdessen kaufte ich zwei Dutzend Eier, ohne die Hühner. Fische würden sich auf einer langen Reise nicht halten, aber ich blieb einen Augenblick stehen, um ihre fließenden Bewegungen zu beobachten, wobei mir die Herbstsonne den Nacken wärmte.

Irgendetwas ließ mich aufblicken. Ich sah glitzerndes silbergraues Haar, wie eine Spiegelung des metallischen Glanzes der Fische – dann einen wehenden schwarzen Umhang. Die Gestalt verschwand in einer Gasse zwischen zwei Gebäuden am Marktplatz. Ich zwängte mich so schnell es ging durch die Menge und stolperte in die Gasse, aber die kleine Straße war leer. Ich ging wieder zurück über den Markt und hielt den Korb in meiner Hand fest umklammert. Schmerz setzte sich in meiner Brust fest.

Der Ritt vom Stadtzentrum zum Hafen von Pisa dauerte mehrere Stunden. Ich stand neben unserem Schiff im betriebsamen Hafen und trug die Ladung in ein Logbuch ein, während die anderen verschnürte Truhen, Fässer, Körbe, Tuchballen und Tonkrüge im Laderaum verstauten. Neben der Ladung schrumpfte meine riesige Truhe zur Bedeutungslosigkeit. Mit seinem dicken Schiffsbauch und dem runden Bug schien das *nave* nicht besonders schnell, doch Cane, der neben mich trat, wies darauf hin, dass Stabilität wichtiger sei als Geschwindigkeit. Eine schnelle Überfahrt habe keinen Sinn, wenn man sie nicht überlebe.

Unser Schiff, *Il Paradiso*, war groß, hatte vorn und achtern dreieckige Lateinsegel und zwei Steuerruder. Die beiden standen so weit auseinander, dass zwei Rudergänger notwendig waren, um sie zu bedienen, was mir nicht unbedingt wie ein effizienter Einsatz von Schiffspersonal vorkam. Aber ich vermutete, mittelalterliche Schiffsbauer wussten, was sie taten.

Fünf heruntergekommene Pilger schlossen sich Luganis Gruppe an. Wir nahmen auch fünf Sklavinnen unter dem Kommando eines Händlers an Bord, der sie in Sizilien verkaufen wollte. Die Sklavinnen waren noch zu jung, um als Frauen bezeichnet zu werden, und ihre Sprache klang arabisch. Cane wies die menschliche Fracht an, durch eine Luke am Heck unter Deck zu steigen. Ich wollte ihnen schon folgen, doch er hielt mich mit einer Handbewegung auf.

»Sklaven und Pilger beziehen die schlechtesten Unterkünfte im Laderaum. Ihr und Eure Dienstmagd habt Quartiere neben der Einstiegsluke achtern.« Er sorgte dafür, dass ich seinen Befehl befolgte.

Eine Mannschaft aus wettergegerbten Seeleuten machte sich an Deck an Segeln und Leinen zu schaffen. Lugani überprüfte die Passagierliste und die tabellarisch aufgeführten Gebühren für das Zwischendeck, die ich für ihn zusammengestellt hatte.

»Im Lagerraum haben noch ein paar Platz, und wir brauchen das Gold«, sagte er stirnrunzelnd. »Cane soll sich auf die Suche nach anderen Gruppen machen, die eine Überfahrt brauchen. Ihr könnt Euch mit Eurer *kompetenten* Magd in Euer Quartier zurückziehen.« Seine leichte Betonung auf »kompetent« machte mich misstrauisch, und dieser Eindruck verstärkte sich noch, als ich den ekstatischen Ausdruck in Claras Gesicht sah, sobald Lugani uns verlassen hatte.

»Er hat mich kompetent genannt – er ist so männlich, nicht wahr?«

»Er ist zweifellos ein Mann«, sagte ich, aber Clara entging mein spitzer Tonfall.

Clara fand rasch unsere winzige, fensterlose Kabine mit den schmalen Kojen übereinander und veranlasste einen der stämmigen Seeleute, meine Truhe hineinzuwuchten, die den meisten Platz einnahm, sich aber gut als Einstiegshilfe in die obere Koje eignete. Ich war froh, dass Clara sie wählte; in der einzigen Nacht, die ich in einer oberen Koje verbracht hatte, habe ich, aus Angst hinausfallen, kein Auge zugetan.

In der Kabine bestand Clara darauf, mir die Frisur zu richten, der in meinen über dreißig Jahren, seitdem ich Haare hatte, noch nie so viel Aufmerksamkeit zuteilgeworden war. Ich ließ zu, dass sie die Zöpfe neu flocht und um meinen Kopf wand, und genoss das sanfte Ziehen. Wir waren noch unter Deck, als der Anker quietschend gelichtet wurde. Clara und ich gingen an Deck, um zu beobachten, wie wir vor einem vielversprechenden Wind aus dem Hafen segelten.

An unserem zweiten Tag wurden die Wellen kabbelig, und ich erfuhr, dass Clara anfällig für Seekrankheit war. Das Schlingern, verbunden mit der Übelkeit erregenden Senkrechtbewegung, jedes Mal, wenn wir einen Wellenkamm erklommen, um dann auf der anderen Seite hinunterzugleiten und unten im Wellental hart aufzukommen. Ein kalter, peitschender Regen prasselte auf das Deck und machte alle Versuche zunichte, frische Luft zu schnappen. Clara war nicht allein in ihrem Elend; schon bald waren Holzeimer für empfindliche Mägen in Benutzung. Sie nahm einen davon mit unter Deck und hatte ihn in unserer engen, zunehmend ranzig stinkenden Unterkunft ständig in Gebrauch. Ich kletterte über die Leiter an Deck, um den Eimer zwischen den Brechanfällen zu leeren. Irgendwie schaffte ich es, Clara am Eimer nicht Gesellschaft zu leisten.

Nach zwei weiteren Tagen ließ der Wind nach, und das Meer kam zur Ruhe. Die Sonne ging wässrig und blass auf, trocknete die nassen Planken und die Takelage. Clara war grau im Gesicht, aber sie konnte sich aufrichten und trinken.

Der Wetterumschwung half den seekranken Passagieren, aber Lugani und die Mannschaft waren nicht erfreut. Die Seeleute hatten die Segel gesetzt, um möglichst viel aus der Brise herauszuholen, doch sie reichte kaum, um jemandem die Haare zu zerzausen, geschweige denn ein dickbäuchiges *nave* nach Messina zu bringen. Lugani schritt an Deck auf und ab wie ein Tier im Käfig, und Cane streifte umher, behielt die Passagiere im Blick, die vorsichtig auftauchten. Ich entdeckte eine abgeschiedene Ecke an Steuerbord hinter einer Reihe Fässer mit Olivenöl und setzte mich, lauschte dem Knarren der Schiffsplanken und dem Knattern der Takelage.

Reisen – der Schwebezustand zwischen dem, was ich verlassen habe, und dem, wohin ich gehe – hat etwas, das Zeiten überschreitet. Auf hoher See wird dieses Gefühl noch verstärkt – das Wasser erstreckt sich bis an einen flachen Horizont, an dem das dunkle Wasser auf das hellere Blau des Himmels trifft. Das Meer hält wie schon seit Jahrhunderten an seinem mächtigen, unablässigen Rhythmus fest, und Menschen befahren es in ihren kleinen Booten in dem Glauben, irgendwo anzukommen. Ich lehnte mich in der Sonne zurück und hatte das Gefühl, wenn ich nur ein paar Sekunden lang die Augen schließe, wäre ich, wenn ich sie wieder öffne, auf einem neuzeitlichen Schiff, statt auf einem mittelalterlichen. Aber ich war nicht auf einer Kreuzfahrt nach Sizilien – ich war eine angestellte Schreiberin unterwegs zu einem mittelalterlichen Handelshafen. Meine Fantasie reichte nicht aus, um mich sechs- oder siebenhundert Jahre nach vorn zu bringen; welches Zusammenspiel von Ereignissen das bewerkstelligen könnte, musste ich noch herausfinden. Jetzt entfernte ich mich von dem Zuhause, das ich in diesem Jahrhundert gefunden hatte, und ließ fast alle zurück, die ich kannte, während die Pest immer näher rückte. Schlimmer noch, ich fuhr direkt auf sie zu.

Nach ein paar Stunden frischte der Wind wieder auf. Lugani stand mit finsterer Miene an Deck, in eine Unterhaltung mit dem Kapitän vertieft. Ich stellte mich neben sie und hörte zu.

»Ein schwerer Sturm zieht auf; ich schmecke das Bittere im Wind.« Der verschrumpelte Kapitän, der aussah, als hätte er mehr als genug Bitterkeit erfahren, spuckte auf das Deck.

»Halt uns vom Meeresboden fern, Schiffsführer, dann bekommst du zusätzliches Gold für deine Mühen.«

»Wenn Gold den Sturm besänftigen könnte, wäre das Segeln ein anderes Geschäft«, knurrte der Kapitän, »aber ich werde Euer Versprechen als zusätzlichen Ansporn betrachten.« Er lächelte, wobei er ein paar Zahnstümpfe entblößte. »Seht Ihr die dunklen Wolken, die sich dort am Horizont ballen? Die sind bald hier, und wir werden ja sehen, ob Euer Gold es damit aufnehmen kann.« Sein Lachen klang humorlos.

Ich blieb so lange an Deck, wie es mein Mut zuließ, erschreckt und fasziniert vom heranziehenden Sturm. Das Schiff preschte durch den scharfen Wind, unsere Reling an Steuerbord war so dicht am Wasser, dass sie von der Gischt nass wurde. Das Handelsschiff erschien winzig vor den sich auftürmenden Wellen.

Ich wusste nicht genau, ob meine Unkenntnis mir Sicherheit verlieh oder nicht. Bestand die Gefahr, dass die Segel rissen? Konnte ein Mast brechen? Ich bezweifelte, ob Rettungswesten überhaupt schon erfunden waren. Gab es etwas, das als Schwimmweste dienen konnte? Ich hatte jeden Gegenstand an Bord aufgelistet, aber mir fiel nichts ein. An Deck schwärmten die Seeleute aus, zogen und verknoteten Leinen. Die wendigsten kletterten mühelos an den Masten hoch, um die Segel zu bedienen, während der Kapitän seine Kommandos brüllte. Die ersten Regentropfen platschten auf das Deck, dann öffneten sich die Wolken innerhalb weniger Sekunden, und eine Wasserwand fegte über das Schiff, durchnässte mich und alles, was ihr in die Quere kam. Als der Kapitän zwei Matrosen schickte, um die erschöpften Rudergänger zu ersetzen, erblickte er mich an der Reling.

»Geht unter Deck, Ihr Wahnsinnige, bevor die Wellen Euch holen!« Ich nahm seinen ausgezeichneten Rat widerspruchslos an. Der Wind war so stark, dass ich es kaum bis zur Einstiegsluke schaffte. Ich schlug die Klappe über meinem Kopf gegen den immer lauter heulenden Wind zu und stieg in die Kabine hinunter, wobei ich mich zu beiden Seiten an den Wänden abstützte. Dort traf ich Clara an, zu einer Kugel zusammengerollt in einer Ecke, die Knie an die Brust gezogen und die Hände über dem Kopf. Sie schaute zu mir auf, als ich hereinkam, Tränen rannen ihr über die Wangen.

»Werden wir umkommen, Beatrice?«

»Das will ich nicht hoffen.« Zitternd zog ich meine nasse Kleidung aus. Ich suchte unsere wärmste Decke und legte sie Clara über die Schultern, dann holte ich mir auch eine Decke und setzte mich neben sie. Sie schlang ihre Arme um mich, als wäre ich ein Floß, das sie in Sicherheit bringen könnte. Wir klammerten uns in der düsteren Kabine aneinander, spürten, wie das Schiff jedes Mal bebte, wenn ein Brecher gegen die

Seiten krachte, und vernahmen stampfende Schritte über uns. Alle paar Minuten hob sich das eine Ende des Raums, krachte dann hinunter und warf uns gegeneinander und an die Wand. Der Übelkeit erregende Rhythmus dauerte Stunden, wie eine entsetzliche, außer Kontrolle geratene Achterbahnfahrt. Clara und ich zogen uns in einen primitiven Zustand zwischen Wachen und Schlafen zurück. Wir teilten uns die untere Koje, eng umschlungen, und wiegten uns im Rhythmus der tosenden Wellen. Was würde geschehen, wenn ich in diesem mittelalterlichen Meer ertrank, Hunderte von Jahren vor meiner eigenen Zeit? Ich schlief ein und hatte meinen leblosen Körper vor Augen, der in Bens Gästebett aufwachte, völlig durchnässt, die Lunge voll Meerwasser, reglos, während sich die Leinenvorhänge in der nach Orangen duftenden Brise aufblähten.

Eine Veränderung in den Schiffsbewegungen weckte mich. Clara schlief noch – ihren Kopf in meiner Halsbeuge geborgen. Das Schaukeln hatte aufgehört, und ich hoffte, es wäre ein gutes Omen. Ich hatte keine Ahnung, wie sich eine Katastrophe anfühlen mochte. Wäre es ein wildes, spiralförmiges Abtauchen unter die Wellen, oder ginge es rasch und still vonstatten, während das Schiff seinen Kampf gegen das Wasser aufgab? Sanft löste ich mich von Clara. Mein Kleid war noch zu nass, um es anzuziehen, aber mein Unterkleid war trocken genug. Ich zog mir die Decke fest um die Schultern und nahm den Eimer mit. Clara wurde wach, die Augen im schwachen Licht weit aufgerissen.

»Sind wir tot, Signora?«

Dessen war ich mir zumindest ziemlich sicher. »Nein, wir sind sehr lebendig.«

»Ich würde nicht gern sterben, jetzt, da mein Leben gerade anfängt«, sagte Clara. *Gerade anfängt.* Das war ein eigenartiger Ausdruck, und ihr verzückter Tonfall ließ mich aufhorchen.

»Gerade anfängt? Weil du zum ersten Mal Siena verlässt?«

Sie reagierte nervös. »Oh, es sollte nichts heißen. Ja, wie Ihr sagt, die Reise, ein Neuanfang.« Sie lachte verlegen. Ein langes Schweigen trat ein, das sie schließlich brach. »Monna Trovato, wie fühlt es sich an, verheiratet zu sein?« Ich sagte nicht, dass ich keine Ahnung hatte, da ich nur theoretisch Witwe war.

»Ich bin traurig, dass es vorbei ist. Warum?« Ich wollte nicht schnippisch sein, aber es war ein sonderbares Gesprächsthema in diesem finsteren, stinkenden Schiffsbauch, während wir durch einen tödlichen Sturm fuhren.

»Ich kann es nicht länger für mich behalten!« Sie strahlte. »Ich bin so froh, heute am Leben zu sein, mit der Aussicht auf eine Verlobung.«

»Verlobung? Mit wem?« Ich hatte sie nicht länger als ein paar Stunden aus den Augen gelassen – wie hatte sie das geschafft?

Clara schaute himmelwärts und seufzte theatralisch. »Messer Lugani hat mir gezeigt, wie Liebe geht.«

»Er hat *was*?«

»Er hat mir versichert, dass unsere Intimität von der Kirche gesegnet würde, sobald wir sicher an Land wären.«

Mein Verdacht war leider begründet; Lugani hatte Clara verführt und ihr sogar die Heirat versprochen – dieser heranwachsenden, verwaisten Köchin aus dem Ospedale. Ich wusste nicht viel über Lugani, aber wenn er dieses Versprechen halten würde, dann sollte mich der Teufel holen.

»Ich gehe nach oben, Clara. Bleib hier.« Ich stieg mit dem Eimer die Leiter hinauf.

Die Sonne war untergegangen, während Clara und ich uns unter Deck aneinander geklammert hatten, und ein Halbmond stand hoch zwischen den rasenden Wolken am Himmel. Die Masten warfen ein Netz aus dunklen Schatten, das sich kreuz und quer über das Deck zog. Ich leerte den Eimer über die Reling und blieb dort stehen, um meine Wut abzukühlen, anstatt wutentbrannt in Aktion zu treten. Ich stellte mir vor, zu Lugani zu gehen und ihn zu ohrfeigen – ich hörte förmlich das Geräusch, wie meine Hand auf seine glatte, selbstzufriedene Wange traf. Hätte ich keinen Respekt vor dem Mann gehabt, wäre es leichter gewesen, aber da er seine Macht stets mit Freundlichkeit paarte, konnte ich das, was er getan hatte, noch schlechter ertragen. Ein kleines Mädchen – und das war Clara, ein unschuldiges, leicht zu beeindruckendes Mädchen, das einst vor einer unsicheren Zukunft bewahrt und nun von einem Mann wieder in Ungewissheit gestürzt worden war, der seine Macht ausnutzte, um sich alles zu nehmen, was er wollte.

»Der Mond steht Euch gut, Monna Trovato.« Ich wandte mich um. Lugani stand dicht hinter mir. »Was führt Euch heute Abend an Deck, Signora? Ich würde nur ungern mit ansehen, wie eine Welle Euch über Bord spült.« Ich zog die Decke noch fester um mich, denn mir war peinlich bewusst, wie wenig ich darunter anhatte.

»Ich brauchte frische Luft.«

»Ich auch, Signora. Ich hoffe, Ihr habt nichts dagegen, die Luft mit mir zu teilen?«

»Doch, das habe ich.« Ich sprach leise, damit die Matrosen mich nicht hörten, aber mein Tonfall war alles andere als liebenswürdig. Lugani zog fragend eine Augenbraue hoch. »Ihr habt meine Magd verführt.«

»Wärt Ihr lieber an ihrer Stelle gewesen, Signora? Sie ist eine flackernde Kerze im Vergleich zu Eurer strahlenden Präsenz.«

»Nein!« Meine Empörung ließ mich alle Vorsicht vergessen. »Clara glaubt, Ihr wollt sie heiraten.« Mir missfiel der Ausdruck in seinem Gesicht – als amüsierte ihn mein Gerede.

»Sie ist ganz lieblich. So eifrig, aber mit der Blüte der Unschuld.« Er lächelte versunken. »Mutterschaft wird ihr eines Tages gut bekommen.«

Am liebsten hätte ich ihn umgebracht. »Wenn auch nicht als Eure Gemahlin.«

»Natürlich habe ich nicht die Absicht, eine Magd zu heiraten. Wohingegen Ihr, Signora, eine bessere Partie wärt.« Aufdringlicher Mistkerl. Er griff nach meinen Armen, beugte sich zu mir vor und drückte mich mit dem Rücken an die Holzfässer. Die Decke rutschte von meinen Schultern, und ich sah das Funkeln in Luganis Augen.

»Nehmt Eure Hände von dieser Frau, Ser, bevor ich sie Euch abhacke.« Ruckartig wandte ich den Kopf, als ich die Stimme vernahm.

Lugani ließ die Hände sinken und drehte sich zu meinem Retter um. »Haltet Ihr Euch für ihren Leibwächter? Monna Trovato und ich waren mitten in einer vertraulichen Unterhaltung.«

Gabriele stand mit einem gezückten Messer an Deck. »Signora, störe ich, oder kann ich Euch helfen, Eure Ehre zu verteidigen?«

»Mir ist kalt, Messer Lugani, und ich möchte zurück in meine Kabine. Vielen Dank, Messer …«

»Accorsi«, sagte Gabriele, ohne eine Miene zu verziehen. »Gabriele Accorsi, zu Euren Diensten.«

Lugani behielt sein ungezwungenes Lächeln bei. »Wie es scheint, hat Euer Charme mehr als nur einen Mann auf Euch aufmerksam gemacht.« Er zog seinen Umhang um sich. »Wir können unsere Unterhaltung morgen früh fortsetzen. Bitte, haltet Euch warm, und lasst mich wissen, wie ich diese … *Wärme* befördern kann.« Er lachte leise auf und entfernte sich, wobei er seinen Gang dem schwankenden Schiff anpasste.

Gabriele steckte sein Messer in die Scheide am Gurt. Bei seinem Anblick hätte ich am liebsten beide Arme um seinen Hals geschlungen, aber ich unterließ es.

»Was um alles in der Welt macht Ihr hier?«

Er ging nicht auf meine Frage ein. »Habe ich recht daran getan, Euch zu retten, Monna Trovato? Messer Luganis Abschiedsworte lassen vermuten, dass die Störung nicht erwünscht war.«

»Natürlich war sie erwünscht!« Ich schenkte ihm ein Lächeln, das er nicht erwiderte.

»Eure Umarmung und die Vertraulichkeit seiner Worte lassen vermuten, dass Ihr einen interessanteren Vertrauten gefunden habt als die, die Ihr in Siena zurückgelassen habt.«

Ich konnte mir vorstellen, wie es für ihn ausgesehen haben musste – ich in meinem Unterkleid und einer Decke, Lugani, der mich an die Fässer drückte. »Gabriele, er ist mein Dienstherr und hat einen unanständigen Annäherungsversuch unternommen. Was muss ich tun, um das klarzustellen?«

Gabriele schaute mich ein paar Sekunden lang durchdringend an. »Er hätte nicht wagen sollen, Hand an Euch zu legen.«

»Amüsant, denselben Gedanken hatte ich auch.«

Endlich lächelte Gabriele – ein reizendes Lächeln, das mir das Gefühl verlieh, die Sonne würde nur für mich aufgehen. »Eure Fähigkeit, in ernsten Situationen Humor zu zeigen, verblüfft mich, Monna Trovato.«

Noch nicht wieder beim Vornamen, aber auf jeden Fall eine Verbesserung. »Ich habe Euch lange nicht lächeln sehen.«

»Ich hatte bisher keinen Anlass.«

Es war so normal, wieder mit ihm zu sprechen, dass ich beinahe vergessen hatte, wie seltsam es war, dass er mitten auf dem offenen Meer auf der *Il Paradiso* auftauchte. »Und was genau macht Ihr hier?«

Sein Lächeln wurde breiter. »Ich habe meinen nächsten Auftrag unter Dach und Fach, in Messina, durch die Gnade des Rektors im Ospedale von Siena. Ein Künstler reist, wenn seine Mäzene rufen.«

»Oh, Ihr habt also rein zufällig Euren nächsten Auftrag in Sizilien bekommen? Was für eine erstaunliche Fügung.«

»Ich fand keine andere Möglichkeit, Euch hierher zu folgen, Signora.«

Mein Herz überschlug sich. »Mir zu folgen?«

»Ich hatte das Glück, Messer Cane auf der Suche nach zusätzlichen Passagieren zu treffen, kurz bevor *Il Paradiso* auslief. Erst als ich an Bord ging, wurde mir klar, dass er in Messer Luganis Dienst steht. Das mag Zufall gewesen sein, wie Ihr sagt, oder die Hand Gottes, die mir zugearbeitet hat. Ich hatte geplant, in Messina nach Euch zu suchen, wäre aber nicht auf den Gedanken gekommen, dass wir mit demselben Schiff reisen.«

»Warum habe ich Euch bis zum heutigen Abend nicht gesehen? So groß ist das Schiff nicht.«

»Wie Ihr sicher wisst, stellt Messer Lugani an Bord strenge Regeln auf. Ich wurde nicht dazu ermutigt, mich an Deck zu zeigen oder die angeseheneren Passagiere zu stören. Ich habe eine Art Unterkunft im vorderen Laderaum.«

Mir fiel Canes Befehl ein, mich nicht von der Stelle zu rühren. »Aber Ihr seid heute Abend heraufgekommen.«

»Ich habe innerhalb der mir auferlegten Einschränkungen versucht, für Eure Sicherheit zu sorgen.«

»Ihr seid also fünfhundert Meilen gereist, um mein Leibwächter zu sein?«

»Beatrice, war ich so undurchsichtig?«

»Ihr seid so undurchsichtig wie eine Ziegelmauer.«

Er lachte laut. »Habt Ihr wirklich keine Ahnung, was ich für Euch empfinde?«

»Ich vermute, ich bin so dumm, wie Ihr undurchsichtig seid.«

»Keine andere lebende Frau hat den Weg in mein Herz gefunden.«

Ich ließ seine Worte auf mich einwirken, dachte an das Gemälde des heiligen Christophorus, das mich veranlasst hatte, in meinen letzten Minuten im einundzwanzigsten Jahrhundert den Duomo aufzusuchen. Hatte er es gemalt, bevor wir uns kennengelernt hatten?

»Ich bin sehr froh, Euch zu sehen«, sagte ich einfach.

»Ich ebenso.«

Ich betrachtete diesen Mann, der mir quer durch die Toskana gefolgt war auf ein Schiff, dessen Ziel fünfhundert Meilen von seiner Heimat entfernt war. Ich hatte Gabriele seit meiner Ankunft im mittelalterlichen Siena oft gesehen und mir wochenlang, bevor ich meine Zeit verließ, ein Bild von ihm gemacht. Aber nun fand ich etwas in seinem Gesicht, das ich nie zuvor entdeckt hatte. Es schien, als stünde er in Flammen, als würde direkt unter der Oberfläche ein Strom von Gefühlen fließen.

»Ihr seht anders aus«, sagte ich, was meine Gedanken nicht vollständig ausdrückte.

»Ich bin derselbe Mann.« Etwas hatte sich verändert – war er es oder ich? Gabriele schaute mich aufmerksam an. »Monna Trovato, der Wind ist kalt, und Ihr zittert. Darf ich Euch zu Eurer Unterkunft begleiten?«

Ich konnte mir nicht vorstellen, wieder in meine Kabine zurückzukehren. »Ich möchte Clara nicht stören. Ihr war entsetzlich schlecht, und wahrscheinlich schläft sie jetzt.« Gabriele schwieg kurz, als wollte er abwägen, was zu tun sei. An seinen Augenwinkeln verliefen dünne Linien, die ich vorher nie bemerkt hatte. Von den Angaben in seinem Tagebuch wusste ich, dass er etwas älter war als ich: 1311 geboren, und jetzt hatten wir 1347, also war er sechsunddreißig, plus mehr oder weniger sechshundert Jahre. Ich erlaubte mir, ihn zu betrachten; ein Bart, den er sich während seiner Reise hatte wachsen lassen, färbte sein Kinn dunkler. Ich sah die Kuhle über seinem

Brustbein, wo sein Umhang sich teilte. Er erwiderte meinen forschenden Blick, und ich fragte mich, welche Details er wohl mit diesen jenseitigen grauen Augen wahrnehmen mochte. Schließlich streckte er den Arm aus und berührte meine Schulter.

»Dann kommt mit mir hinunter. Ich habe einen Umhang übrig und eine Decke, damit Ihr nicht frieren müsst.« Ich nickte, denn ich traute meiner Stimme nicht. Er führte mich sanft mit einer Hand. »Meine Unterkunft ist nicht so komfortabel wie Eure. Aber sie ist warm und ruhig.«

»Das klingt perfekt«, sagte ich und folgte ihm. Den Eimer ließ ich an Deck stehen.

Mit einem Feuerstein zündete Gabriele eine Kerze an und stellte sie vorsichtig in einen eisernen Wandleuchter. Er hatte mich zu einem Lagerraum im Bug geführt, in dem Ballen mit gewobener Wolle und rohes Schafsfell aufbewahrt wurden. Die Tierhäute waren hoch aufgestapelt, dahinter lagerten die Rollen mit feinem Tuch, sodass eine provisorische Unterkunft entstanden war. Es roch nach Schaf, aber es war warm und abgeschieden. Gabriele hüllte mich in seinen Umhang und eine raue Decke. Wir waren still, bis ich aufhörte zu zittern. Er saß mir gegenüber auf einem niedrigen Stapel Schafsfell.

»Beatrice … darf ich Euch Beatrice nennen? Allem Anschein nach stehen wir wieder auf gutem Fuß miteinander, was einen weniger förmlichen Umgang rechtfertigt.« Ich nickte, froh, meinen Vornamen zu hören. »Wie kam es dazu, dass Ihr um Mitternacht mit Messer Lugani an Deck wart, wenn ich fragen darf?«

»Lugani hat Clara verführt, und jetzt ist sie der irrigen Meinung, dass er vorhat, sie zu heiraten. Der Mann ist« – mir fiel meine Unterhaltung mit Clara ein, bevor wir nach Pisa aufbrachen – »wollüstig. Ich wollte, dass er Verantwortung für sein skrupelloses Benehmen übernimmt.«

Gabriele zog eine Augenbraue hoch.

»Ihr seid mitten in der Nacht in Unterkleid und einem Überwurf an Deck gegangen, habt Euren Dienstherrn zur Rede gestellt und ihn beschuldigt, Eure Magd belogen zu haben?«

»So ungefähr.« Es klang unglaublich.

»Wie ungewöhnlich.«

»Können wir diese Unterhaltung von vorn anfangen? So habe ich sie mir nicht vorgestellt.« Ich räusperte mich. »Wie geht es Bianca und ihrem Kind?«

»Bianca geht es sehr gut, Gabriella auch, die Ihr auf die Welt geholt habt.«

»Sie hat das Kind nach Euch benannt? Das wird Rinaldo aber nicht gefallen haben.«

Gabriele lachte wieder. »In kürzester Zeit habt Ihr meine Familie gut kennengelernt.«

»Es muss schön sein, ein kleines Kind im Haus zu haben.«

Gabriele seufzte. »Ich war nicht lange genug da, um von dem Kind zu profitieren. Aber die Präsenz der winzigen Gabriella hat das Haus meines Onkels mit einer Herzenswärme gesegnet, die lange gefehlt hat.« Gabriele verstummte erwartungsvoll, während ich meinen Mut zusammennahm.

»Wahrscheinlich fragt Ihr Euch, warum ich dort war, in Eurem Haus, bei Tagesanbruch, und Biancas Kind auf die Welt geholt habe?«

»Ich war dankbar für Eure Anwesenheit. Aber gewundert habe ich mich.«

Ich sagte es schnell, bevor mich der Mut verließ. »Ich wollte zu Euch.«

»Ich fühle mich sehr geschmeichelt. Aber wie habt Ihr es geschafft, Euch das Können einer Hebamme anzueignen, während Ihr zu einer versierten Schreiberin ausgebildet wurdet?«

Ich zögerte. Sollte ich erneut lügen oder ihn mit der Wahrheit konfrontieren? Ich stellte mir mein früheres Leben vor:

das kalte Blau des Operationssaals, die warme Zuflucht von Nathaniels Buchladen, die Hand von Donatas Tochter in meiner.

»Gabriele, ich komme nicht aus Lucca.«

»Das habt Ihr mir schon gesagt.«

»Ich komme aus so weiter Ferne, dass es unvorstellbar ist.«

»Ich gebe mir die größte Mühe, es zu begreifen.«

»Es ist schlimmer, als nicht aus Lucca zu kommen.« Die Wahrheit konnte nicht länger zurückgehalten werden. »Ich bin nicht einmal aus Eurer Zeit.« Ich vernahm meine eigenen Worte in einem Strudel, die Wahrheit wirbelte hinaus in die Dunkelheit, unbegreiflich und gefährlich.

»Aus welcher Zeit kommt Ihr denn, Beatrice?« Gabriele sah vollkommen gefasst aus, trotz allem, was ich gerade gesagt hatte.

»Aus dem einundzwanzigsten Jahrhundert. Ungefähr sechshundertfünfzig Jahre weiter, zweitausend Jahre nach der Geburt Christi … unseres Herrn.«

Ich rechnete mit dem Schlimmsten. Gabriele stand auf und begann, auf und ab zu schreiten, wobei er abwechselnd auf mich und auf seine Füße schaute. Als er schließlich antwortete, verfluchte ich im Stillen den idiotischen Impuls, der mich dazu gebracht hatte, mich ihm anzuvertrauen.

»Ich gebe zu, dass mir nach Eurer Offenbarung viele Gedanken durch den Kopf gingen, Beatrice. Ich habe mich gefragt – habt Ihr Euch vielleicht im Sturm den Kopf angeschlagen, leidet Ihr an den Nachwirkungen einer Verletzung? Hat man Euch womöglich ohne Euer Wissen einen Trank verabreicht, vielleicht sogar Ser Lugani selbst, als Vorbereitung für die Verführung, die zum Glück nicht stattgefunden hat? Dann wiederum …«

Ich hielt die Luft an; meine Hände und mein Gesicht kribbelten. Ich ermahnte mich, weiterzuatmen.

»Dann wiederum dachte ich über Eure merkwürdige Sprache und Euer Verhalten nach, Eigenarten, die Eure Herkunft aus Lucca nicht hätten rechtfertigen können.« Er blieb vor mir stehen und hielt inne, um sich zu sammeln, bevor er schließlich wieder das Wort ergriff. »Wie einsam Ihr sein müsst … wie schrecklich einsam.« Die Exaktheit seiner Antwort, die einzig richtige, die er hatte geben können, berührte mich zutiefst.

»Es ist eine furchtbare Last, dieses Geheimnis zu haben, das ich unmöglich mitteilen kann, das mich von allen in meiner Umgebung abschneidet. Ich wusste nicht, was passieren würde, wenn ich am Ende die Wahrheit erzählte – das Letzte, was ich mir wünsche, ist Mitleid.«

»*Mitgefühl*, Beatrice«, sagte Gabriele und wischte mir mit seinem Hemdsärmel die Tränen von den Wangen.

Ohne den Klang von Kirchenglocken fehlte mir die zeitliche Orientierung, aber ich weiß, die Wahrheit bricht aus mir heraus, wie ein Fluss einen Damm bricht. Gabriele, der mir in unserer Wollkammer gegenübersaß, hielt der Wahrheit stand, ohne mit der Wimper zu zucken.

Seine erste Frage überraschte mich. »Warum bist du in diese Zeit an diesen Ort gekommen?«

»Warum? Ich habe keine Ahnung.« Ich hatte mir nicht einmal die Mühe gemacht, mir diese Frage zu stellen – die Frage nach dem *Wie* hatte mich am meisten beschäftigt, und ich bin in dieser Hinsicht nicht viel weitergekommen.

»Vielleicht können wir einen Sinn darin erkennen, wenn du darüber sprichst?«

Wir. Mir wurde warm ums Herz.

»Ich habe immer intensiv auf die Erfahrungen anderer Menschen reagiert – wobei ich mich ins Herz und in den Kopf der Person hineinversetze, die bei mir ist.« Das hatte ich vorher noch nie laut ausgesprochen. »Ich glaube, deshalb bin ich

Ärztin geworden. Ich wollte etwas Konstruktives mit diesem Zugang und den damit verbundenen Informationen anfangen. Aber bis vor Kurzem war mir nicht klar, wie eigenartig es war.«

»Bist du denn in das Herz und den Kopf eines Menschen aus diesem Jahrhundert eingedrungen? Hat dich das zu uns gebracht?« Seine knappe, präzise Zusammenfassung meiner nebulösen Vermutung verblüffte mich, aber ich war nicht bereit, ihm zu erzählen, um wessen Verstand und Herz es sich handelte.

»Schon möglich«, sagte ich matt. »Du kannst das gut.«

Er lächelte. »Fehlt dir dein Zuhause sehr, Beatrice?«

»Anfangs konnte ich an nichts anderes denken als: Wie komme ich wieder zurück?«

»Und jetzt?«

»Jetzt? Ich weiß nicht.« Wenn ich mir jetzt mein Zuhause vorstellte, sah ich meinen kleinen Raum im Ospedale vor mir, die zerkratzte Oberfläche meines Schreibpults im Skriptorium. Anscheinend sammelte ich Orte, die Heimweh in mir auslösten. »Der Tod meines Bruders hat mich aus der Bahn geworfen. Ich war mir so lange sicher gewesen – wo ich lebte und wie ich meine Zeit verbrachte, der Chirurgie, allem. Jetzt habe ich überhaupt keine Sicherheit mehr.« Ich musste hier innehalten, um die moderne Form der Chirurgie zu erklären, da die mittelalterliche eher einer Ersten Hilfe gleichkam.

»Du bist auf mehrere Arten in die Köpfe von Menschen vorgedrungen – mit deinen Händen und mit deinem Herzen?«

»Stimmt.« Ich erinnerte mich an das Gefühl, die Krümmung des Cortex unter der einen behandschuhten Hand zu spüren, das Gewicht eines kühlen Skalpells in der anderen. Fehlte mir das? »Die Medizin wurde zu einem gefährlichen Job für mich – ich konnte mich nicht vor dem Leid meiner Patienten schützen. Und sobald ich mit Recherchen für Bens Buch begann …« Ich verstummte und überlegte, wie es mir ging, als ich Dokumente entdeckte, die mir ein Fenster in die Vergangenheit öffneten. »Da fand ich andere Arbeit, in die ich mich verliebte.« Es hatte sich auch wie Liebe angefühlt, dieser Rausch der Versunkenheit und das Hochgefühl.

»Ich kenne diese Liebe zur Arbeit«, sagte Gabriele leise. »Ben war dein Bruder?«

»Ja.« Ich kämpfte mit den Tränen. »Er hat über Siena in dieser Zeit geschrieben. Ich habe mich in die Welt versetzt, die er wiederauferstehen ließ, und fing an, intensiver dort zu leben als in meiner eigenen. Und jetzt stecke ich hier fest.« Ich wünschte mir, nichts von dem zu wissen, was ich wusste, und Gabriele nicht darüber aufklären zu müssen, wohin seine Geschichte steuerte. »Siena schafft es auf zauberhafte Weise, in mehr als einer Zeit gleichzeitig zu existieren. Vielleicht konnte ich deshalb von dort ins Hier und Jetzt kommen.«

Gabriele nickte. Dass er meine Aussagen hinnahm, war verblüffend. Lag das an der mittelalterlichen Weltsicht, oder vermochte nur er es?

»Ich weiß nicht, ob es beunruhigender ist zu erkennen, dass ich vielleicht lieber eine Forscherin über Sienas Geschichte wäre als eine Neurochirurgin oder …«

»Oder?«

»Oder zu erkennen, dass ich mich im vierzehnten Jahrhundert womöglich wohler fühle als in meinem eigenen.«

»Warum verstört es dich so, dass du hier glücklich sein könntest?« Der Ernst seiner Frage entging keinem von uns beiden.

»Ich fürchte, wenn ich mich zu wohl fühle, könnte ich meine Fähigkeit verlieren, zurückzukehren. Dabei habe ich keine Ahnung, wie ich das anstellen soll. Vielleicht geht es gar nicht.«

Gabriele betrachtete sorgenvoll mein Gesicht. »Möchtest du wieder in deine Kabine? Ich fürchte, ich habe dich mit meiner Fragerei ermüdet.«

Ich wollte noch nicht gehen. Ich dachte an das erste Mal, als ich Gabrieles handschriftliche Wörter gelesen hatte. »Ich habe über dich gelesen. Das heißt in meiner Zeit. Nicht nur über dich – ich habe gelesen, was du geschrieben hast.«

Er schaute mich verwirrt an. »Ich bin kein Schriftsteller, Beatrice. Ich bin ein Maler. Welche Wörter meinst du?«

»Hast du kein Buch, in dem du deine Gedanken aufzeichnest?«

Er hielt inne, griff dann hinter sich und zog einen Lederrucksack hervor, den er zwischen uns stellte. Er schlug die Klappe auf und holte ein kleines, vertrautes Buch hervor, schlicht gebunden und mit einem Lederband umwickelt. Es sah eigenartig neu aus, ungewohnt hell. Ich betrachtete das Buch beklommen und fragte mich, ob es die Macht hatte, mich gewaltsam durch die Zeiten zu schleudern.

»Das hier? Ausgerechnet das wird mich überleben?«, fragte er zweifelnd.

»Man weiß nie, was in die Geschichte eingeht.« Ich lächelte vorsichtig. »Darf ich es berühren?«

»Gewiss«, erwiderte Gabriele und hielt es mir hin. Das Buch fühlte sich vollkommen normal an, und als ich die Seiten aufschlug, passierte nichts. Aber natürlich war es dort, wo es hingehörte, in seiner Zeit, ebenso wie sein Verfasser.

Gabriele stand abrupt auf. »Wir werden im Dunkeln sitzen, wenn ich die Kerze nicht ersetze.« Ich sah ihm zu, wie er den fast niedergebrannten Stummel verwendete, um eine neue Kerze anzuzünden. Sie brannte hell auf und warf einen goldenen Schimmer auf seine Gesichtszüge. Mein Verlangen nach ihm wurde so stark, dass es mich überraschte. Ich musste den Blick senken, zog Umhang und Decke fester um mich und spürte, wie die Hitze in meiner Brust anstieg. Nur unsere Atemzüge waren zu hören, bis er das Wort ergriff.

»Schau mich an«, sagte er harsch.

Ich ließ das Tagebuch in meinen Schoß fallen. Gabriele kniete auf dem Boden nieder, bis unsere Köpfe auf gleicher Höhe waren, und zwang mich, ihm in die Augen zu schauen. »Beatrice, es wäre mir eine große Ehre, wenn du mir erlaubtest, deine Hand zu ergreifen.«

Ich fühlte mich wie im freien Fall, als hätte ich vergessen zu atmen. Im OP zitterten meine Hände nie, ganz gleich wie dringend oder tödlich das Problem sein mochte, aber jetzt sah ich, wie meine ausgestreckte Hand bebte.

Seine langen Finger schlossen sich um meine, überraschend warm. Ich spürte jedes Glied, jeden Zoll Haut, jeden winzigen Nerv, der bei der Berührung aufschrie. Ein Teil meines Verstandes lehnte sich auf – *ich kann doch unmöglich mit einem siebenhundert Jahre alten Freskenmaler Händchen halten.* Der Rest meines Hirns war Gott sei Dank still.

Kurz darauf lächelte Gabriele. »Vielleicht ist das alles, was wir zustande bringen.« Er ließ mich los und zog seine Hand zögerlich zurück. »Wenigstens vorerst.« Er berührte mein Kinn und hob es sacht an. »Stimmst du mir zu?«

Ich spürte, wie mein Herz pochte. »*Jetzt* aufhören?«

»Nichts täte ich lieber, als fortzufahren, Beatrice, wirklich.«

»Du weist mich ab?«

»Du darfst meine Zurückhaltung nicht mangelndem Verlangen zuschreiben. Ich bitte nur um Verschiebung, Beatrice, … bis du meine Frau bist«, sagte Gabriele schlicht, »falls dir das eine Überlegung wert ist.«

»Deine Frau?«

»Schockiert dich das so wie mich dein Vorschlag, fortzufahren und dich hier und jetzt zu nehmen? Aus welcher eigenartigen Welt musst du kommen.« Jetzt lächelte er.

»Total schockierend.« Mein Herz raste, und ich kam mir vor, als müsste ich gleich in Ohnmacht fallen.

»Beatrice, ich muss dir gestehen, dass ich seit Beginn unserer Bekanntschaft oft daran gedacht habe, dich zu fragen, ob du meine Frau werden willst. Aber deine Offenbarungen heute Abend haben diesen Gedanken noch dringlicher gemacht, da ich befürchte, die Zeit, die wir noch zusammen haben, könnte kürzer sein, als ich mir vorgestellt habe. Fällt es dir so schwer zu glauben, dass ich mir zweifelsfrei sicher bin, dein Leben mit meinem verbinden zu wollen?«

Ich überlegte mir meine Antwort. Als ich noch klein war, erzählte mir Ben die Geschichte unserer Großeltern, Sofia und Luca, die ich nie kennengelernt hatte. Luca hat Sofia zum ersten Mal hinter der Theke des Lebensmittelladens ihres Vaters in Brooklyn gesehen. »Das ist die Frau, die ich heiraten werde«, hatte er gesagt. Sofia hat ihn sechs Monate lang nicht zur Kenntnis genommen, während er ihr beharrlich den Hof machte, und dann merkte sie, dass sie sich in ihn verliebt hatte. Sie waren zweiundfünfzig Jahre verheiratet, bis sie innerhalb von einer Woche beide im Schlaf starben.

Gabriele legte seinen Daumen auf meine Lippen, eine liebevolle Geste, mit der er mich zum Schweigen brachte. »Du musst mir jetzt nicht antworten«, sagte er eindringlich. »Die Entscheidung für einen Ehemann fällt schon schwer genug; die Entscheidung für ein Jahrhundert erst recht. Ich könnte es verstehen, wenn eine Bindung, die dich in dieser Zeit festhalten würde, es dir unmöglich macht, mein Angebot anzunehmen. Solltest du dich aber tatsächlich für mich und die Zeit, in der ich lebe, entscheiden, soll sich der Aufenthalt für dich lohnen, das verspreche ich dir.« Er beugte sich vor, um mir einen Kuss auf die Stirn zu drücken. »Kein Teil von dir wird verschont bleiben, wenn du mir gehörst.« Ich wollte ihn so sehr, dass ich am liebsten im Laderaum des Schiffes über ihn hergefallen wäre, aber ich sah ihm an, dass er nicht nachgeben würde. »Darf ich dich jetzt zu deiner Kabine begleiten? Es wäre nicht schicklich, wenn man dich bei Tagesanbruch hier fände.«

»Ich nehme deine Begleitung an«, sagte ich und hatte das Gefühl, meine Stimme würde versagen. »Und …«

»Und?«

»Mach in der Zwischenzeit niemandem sonst einen Heiratsantrag, ja?«

»Ich werde mich beherrschen«, sagte Gabriele und verbeugte sich. Er brachte mich bis an die Luke zu meiner Kabine. Meine Beine zitterten vor Müdigkeit und Verlangen, aber ich schaffte es, in den Raum zu gelangen und in die Koje zu fallen.

VII

Messina

Das Klatschen der Wellen gegen den Schiffsrumpf weckte mich. Ich reckte mich unter dem Gewicht und der Wärme der Wolldecke. Decken? Ich stellte fest, dass zwei über mir lagen, ein dunkler Wollumhang lag als dritte Schicht obenauf. Ich barg mein Gesicht im Umhang, und der Geruch – ein Hauch von Putz und Farbe und der beinahe würzige Moschusduft, den ich inzwischen Gabriele zuordnete – ließ die Erinnerung an den vergangenen Abend wieder aufleben.

Endlich kennt jemand die Wahrheit. Erleichterung über diese Gewissheit, die monatelanges ängstliches Schweigen und Täuschung auflöste, durchströmte mich. Hatte Gabriele wirklich um meine Hand angehalten? Ich versuchte mir vorzustellen, wie wohl eine mittelalterliche Hochzeit aussehen mochte. Plötzlich wurde mir warm, ich warf die Decken von mir, zog mich rasch an und ging an Deck. Clara trat schon nach wenigen Sekunden zu mir und sprudelte über vor Aufregung.

»Signora, habt Ihr die Neuigkeiten gehört? Die Matrosen sagen, der Sturm habe unsere Überfahrt beschleunigt, und wir dürften früher als erwartet in Messinas Hafen einlaufen! Ich kann mir kaum vorstellen, wie es in Sizilien aussieht.« Clara hielt in ihrem Redefluss inne und schaute mich besorgt an. »Monna Trovata, seid Ihr seekrank?«

»Mir geht es ganz gut, danke, Clara«, brachte ich über die Lippen. In Gedanken aber antwortete ich still – *da, wo wir hinfahren, wird es für lange, lange Zeit niemandem gut gehen.*

Clara beeilte sich, unsere Kabine aufzuräumen, während ich an Deck der *Il Paradiso* blieb. Drei Monate waren seit meinem Eintreffen im vierzehnten Jahrhundert vergangen, Monate, in denen ich mehr hätte tun sollen, um mich auf diese drohende Katastrophe vorzubereiten. Ich suchte den Horizont nach dem ersten Blick auf unser todbringendes Ziel ab, auf den Einlaufhafen Europas für eine der größten Volksepidemien der Weltgeschichte. Ich hatte neuzeitliche Kenntnisse, aber keine modernen Werkzeuge zur Hand, um den Pfad des Schwarzen Todes durch Europa zu verändern. Keine Stadt, kein Dorf, nicht die kleinste Ansiedlung würde von der Krankheit verschont bleiben, und am Ende könnte man nirgendwo hin.

Ich ging wieder an meinen abgeschiedenen Platz hinter den Fässern und setzte mich auf die Decksplanken. Konnte ich mich den Kräften in den Weg stellen, die Siena mit besonders schweren Verlusten strafen würden? Ich hatte keine Ahnung. Ich dachte an Gabrieles Gemälde, auf dem ich zu sehen war, gemalt vor dem Juli 1347. Hatte die Vergangenheit Raum für mich geschaffen als Vorbereitung auf meine bevorstehende Ankunft – oder war ich immer schon hier gewesen, um gemalt zu werden? Diese Überlegungen verursachten mir Kopfschmerzen. Ich wusste nicht einmal, ob ich hier sterben konnte. Und Gabriele – ich hatte keine Einträge in seinem Tagebuch gesehen, die nach Eintreffen der Pest datiert waren. Gab es einen schrecklichen Grund für das Schweigen? Oder hatte ich einfach nicht weit genug gelesen?

Sobald wir Messina erreichten, wäre meine Arbeit erledigt, und ich konnte fortgehen – im Idealfall mit Clara und Gabriele –, bevor es zu spät war. Ich würde jetzt zu Lugani gehen und mit ihm sprechen, um die Bedingungen für das Ende meiner Anstellung zu klären. Nach unserer Ankunft könnte ich nach Siena zurückkehren, wo ich zumindest mehr Zeit hätte.

Als ich meinen Rückzugsort verließ, erblickte ich Lugani am

Bug des Schiffes im Gespräch mit dem grauhaarigen Kapitän. Der Kapitän klang selbstgefällig.

»Ich habe Kunde, Ser, von einem kleinen Schiff, das uns heute Morgen geschickt wurde, dass die Galeeren aus Genua in Messina vor Anker gegangen sind. Eure Kontaktperson wird sich freuen, wenn Ihr schon so früh eintrefft.«

Eine Woge der Benommenheit ergriff mich, und ich hielt mich an dem Fass neben mir fest. Wenn die Galeeren aus Genua hier waren, dann war auch die Pest da.

»Ausgezeichnete Neuigkeiten. Ich werde Euch für die schnelle Reise gut bezahlen.« Ich trat hinter Lugani und versuchte möglichst gelassen zu klingen.

»Guten Morgen, Ser.«

Lugani drehte sich zu mir um. Sein Gesicht war sauber rasiert, auf seinem kurzen Haarschopf saß ein rotes Barett, sein hellroter Umhang leuchtete vor dem matten Braun des verwitterten Schiffes.

»Es ist in der Tat ein guter Morgen, Monna Trovato. Ihr seht aus, als hättet Ihr gut geruht, was uns sehr zupass kommt, da wir heute alle viel zu tun haben werden. Wir werden früher als erwartet in Messina einlaufen.«

»Das habe ich gehört.«

»Ich habe Eure Magd – Clara, heißt sie, nicht wahr? – geschickt, damit sie Eure Habseligkeiten packt. Wenn Ihr mich bitte entschuldigen wollt, ich habe mit unserem Kapitän noch Geschäftliches zu besprechen.«

Du Bastard. Du kennst ihren Namen so gut wie alles andere von ihr.

»Ich muss umgehend mit Euch sprechen. Vertraulich.«

»Wie interessant.« Allem Anschein nach überlegte er, ob er noch Zeit für ein wenig Spaß hatte, bevor wir den Anker auswarfen. »Kapitän, wir werden unser Gespräch gleich fortsetzen.«

»Wie es Euch beliebt, Messer«, erwiderte der Kapitän mit anzüglichem Grinsen.

Ich folgte Lugani in seine Kabine in der Hoffnung, ich könnte mich zur Wehr setzen, wenn sein Missverständnis zu weit ginge. Seine Unterkunft war relativ luxuriös: eine breite Koje mit einer Tagesdecke aus blauem Samt und ein an der Wand angebrachtes Holzpult. Darauf ausgebreitet lag eine *Portolan*-Karte. Ich hatte sie im Skriptorium des Ospedale gesehen, Tierhaut, auf der die Küstenlinien des Mittelmeers und des Schwarzen Meers mit schwarzer und farbiger Tinte dargestellt waren.

»Ich freue mich, dass Ihr Eure Meinung geändert habt«, sagte Lugani und winkte mich in den Raum. Er schloss die Tür und stellte sich zwischen mich und den Ausgang. Das gefiel mir ganz und gar nicht.

»Wir dürfen in Messina nicht an Land gehen.«

Lugani zog die Augenbrauen hoch. »Was führt Euch zu diesem merkwürdigen Entschluss?«

»Die Pilger an Bord haben Nachrichten über eine schreckliche Pest, die sich im Süden zusammenbraut, und Messina liegt mittendrin.«

»Wieso sollten diese heruntergekommenen Pilger bessere Informationen haben als ich? Und wenn, warum haben sie nach einer Überfahrt zu der Stadt gesucht, die hinter ihren Mauern Krankheit beherbergt?«

Ich gab mir Mühe, der Geschichte mehr Überzeugungskraft zu verleihen. »Einer erzählte mir, er sei in seinen Gebeten von einer Vision heimgesucht worden.« Ich kramte in meinem Gedächtnis nach Wörtern aus den Chroniken, die ich gelesen hatte. »Die Vision eines schwarzen Hundes, der alles verschlingt, was sich ihm in den Weg stellt, und eine Spur des Todes und der Finsternis hinterlässt.«

»Und warum, Monna Trovato, sollten sie Euch bitten, als

Sprachrohr für ihre düsteren Prophezeiungen zu dienen, statt sich direkt an mich oder an den Kapitän zu wenden?«

»Sie haben Angst vor Euch«, erwiderte ich, denn ich wusste, er würde mir glauben.

Er nickte. »Das mag sein, aber ich habe nicht die Absicht, den Wahnvorstellungen einer Gruppe zerlumpter Pilger Folge zu leisten.«

»Ich jedenfalls bitte um Erlaubnis, an Bord bleiben zu dürfen, bis das Schiff wieder ablegt, um nach Norden zu segeln.«

»Ihr seid eine hartnäckige Frau«, sagte Lugani glucksend, »aber ich fürchte, ich kann Euren Wünschen nicht entsprechen. Zumindest nicht in dieser Angelegenheit.«

»Warum nicht?« Ich versuchte, mir meine Verzweiflung nicht anmerken zu lassen.

»Ihr steht noch in meinen Diensten, Monna Trovato. Ich werde mich um Eure Heimreise kümmern, wenn Eure Arbeit bei mir beendet ist, vorher nicht.« Er beäugte mich kritisch. »Ihr seid recht nützlich gewesen, doch Messer Cane hat mir zur Vorsicht geraten, ich solle Euer Verhalten genau beobachten. Er scheint beunruhigt wegen des Überfalls auf unserem Hinweg und der Rolle, die Ihr womöglich dabei gespielt habt. Es gibt Menschen, die mit Räuberbanden Vereinbarungen treffen – oder mit anderen Halunken – und davon profitieren, während sie nach außen hin unschuldige Opfer sind. Euer Umgang mit zerlumpten Pilgern, die Euch nicht im Geringsten interessieren sollten, und jetzt Euer Beharren auf einer Änderung der Reiseroute sind angesichts des Verdachts von Messer Cane beunruhigend. Ich habe ihn gedrängt, sein Misstrauen zu zügeln, weil Ihr für unsere *compagnia* ein großer Gewinn seid, doch sein Interesse ist es, zu Recht, mich und mein Geschäft zu schützen. Besorgniserregend ist auch, dass zwei Passagiere aus derselben Stadt – womit ich Euch und Messer Accorsi meine – unabhängig voneinander dasselbe Schiff besteigen, sich zur selben Zeit übersetzen lassen und trotzdem nicht zu erkennen geben, dass sie voneinander wissen. Sollte ich in meinem Umgang mit Euch auf Canes Rat hören? Vielleicht habe ich Euch mehr Freiheit gelassen, als angemessen oder klug war.«

»Ich habe nichts getan, um Euer Vertrauen zu missbrauchen.«

»Das werden wir sehen. Wenn wir anlegen, werde ich dafür sorgen, dass Ihr nicht in die Position kommt, meine Geschäfte in Gefahr zu bringen, falls Canes Verdacht berechtigt ist. Ich werde Euch in meiner Nähe behalten, bis Ihr mit der Arbeit fertig seid, die ich von Euch in Sizilien verlange. Und wir werden ein Auge auf Euch haben, Monna Trovato. Sind wir jetzt fertig?«

Das war deutlich. Er öffnete die Tür, um mich vor sich hinauszulassen, und folgte mir dicht auf den Fersen. Mir blieb die Überlegung, was sein Misstrauen für meine Zukunft zu bedeuten hatte, während er ans Vorderdeck zurückkehrte, um unsere Route in den Hafen von Messina zu planen.

Trotz der Brise an Bord war die Luft warm, ein Zeichen dafür, dass wir uns Sizilien näherten. Ich schaute starr in Richtung Hafen, bis mir die Augen tränten. Kein noch so prüfender Blick konnte mir verraten, was dort vor sich ging. Alle an Deck waren so beschäftigt, dass sie mich nicht bemerkten, als ich mich in den Laderaum begab, in dem Gabriele mit dem Rücken zu mir stand, über seine Habseligkeiten gebeugt.

»Gabriele.« Er wirbelte herum.

»Beatrice! Kann es sein, dass du dich so bald schon zu meinen Gunsten entschieden hast?« Sein Lächeln verblasste, als er den ernsten Ausdruck in meinem Gesicht sah.

Ich wünschte, wir hätten über seinen Antrag sprechen können, statt über das, was ich zu sagen hatte. »Mir ist etwas über Messina eingefallen. Etwas, das ich aus meiner Zeit weiß.«

»Du bist fest entschlossen, mir die Zukunft zu sagen?«

»Ich muss.«

»Nur zu.«

Ich wählte meine Worte vorsichtig. »Eine schreckliche Pest erwartet uns in der Stadt. Eine tödliche Krankheit, die eines Tages der Schwarze Tod heißen wird.«

Gabriele betrachtete mein Gesicht, als stünden die Einzelheiten dort geschrieben. »Ich wünschte, ich könnte deine Gewissheit anzweifeln.«

»Das geht mir auch so.«

»Besteht denn Hoffnung, aus Messina zu fliehen? Kann man dieser Pest ausweichen?«

Ich sah uns beide vor mir, wie wir vor etwas sich dunkel und bedrohlich formierendem Bösen davonlaufen. »Vorübergehend vielleicht, aber nicht auf Dauer.«

Er stellte meine Kompetenz in dieser Sache nicht infrage.

»Hast du mit Messer Lugani gesprochen?«

»Ja, aber nun glaubt er, ich führte etwas Gefährliches im Schilde, womöglich sogar mit dir zusammen. Cane hat Verdacht gegen mich geäußert, und Lugani glaubt ihm allmählich.«

»Er wäre besser beraten, dir zu vertrauen. Aber vermutlich wird sein Verdacht gegen uns beide nur anwachsen, wenn ich dich unterstütze?«

Ich nickte finster. »So muss Kassandra sich gefühlt haben.«

Gabriele lächelte über den Bezug auf die Antike. Zumindest diese Geschichte hatten wir gemeinsam.

»Gibt es kein Heilmittel für diese Pest?«

»Jetzt noch nicht.« Ich sah die Opfer vor mir, übersät von Eiterbeulen, Ärzte mit schnabelförmigen Masken, die sich über sterbenskranke Patienten beugen. »In eurer Zeit wird keine Lösung gefunden, und die Krankheit wird in der ganzen Welt wüten.«

»Gibt es in deiner Zeit ein Heilmittel?«

Ich dachte an die paar Antibiotika-Tabletten, die ich aus meinem früheren Leben aufgehoben hatte, ein kleines Symbol für die Fähigkeit meines Zeitalters, Krankheiten zu bekämpfen. Diese Tabletten könnten einen Menschen vielleicht retten, aber zwei wahrscheinlich nicht, erst recht keine Schiffsladung oder eine Stadt oder ein Land. Ich war nicht einmal sicher, ob es die richtige Sorte Antibiotikum war.

»Sogar in meiner Zeit sterben Menschen noch an dieser Krankheit, aber nicht so viele.« Ich holte die Tabletten heraus und zeigte sie ihm. Er streckte die Hand aus, um die kleinen weißen Ovale zu berühren.

»Wie schön sie sind. So wie du, Beatrice, fremd und schön.« Er schloss meine Hand um die Tabletten. »Als ich dich näher kennenlernte, habe ich mich gefragt, ob du eine Heilige oder ein Geist bist, oder vielleicht ein Zauberwesen, das seine Seele in den Dienst Gottes gestellt hat. Deine ungewöhnliche Redeweise, dein überirdisches Auftreten, deine Visionen und deine Fähigkeit, sich in die Herzen anderer Menschen hineinzuversetzen, machten dich zu etwas Besonderem. Aber jetzt, da ich festgestellt habe, dass du einfach sterblich bist, betrachte ich dich gern als Frau. Nicht weniger fantastisch, aber menschlich.«

Meine Vorstellung, ihn zu küssen, war so lebhaft, dass sie an Halluzination grenzte. Ich war immer schon erstaunt gewesen, wie Glück in Unglück eindringt, ohne Rücksicht auf den Ernst der Lage.

»Unsterblich zu sein wäre gerade jetzt ganz nützlich«, sagte ich.

»In der Tat, obwohl du vielleicht furchtbar erschöpft wärst, wenn du ewig lebst und alle um dich herum sterben.«

Ich fragte mich, ob wir dasselbe dachten. Unsterblichkeit mit der richtigen Gesellschaft war vielleicht gar nicht schlecht.

»Ich habe mir den Kopf darüber zerbrochen, wie ich meine Kenntnisse nützlich anbringen könnte. Hier stehe ich nun mit meinem Eid, mich der menschlichen Gesundheit zu widmen. Ich sehe den Tod kommen, aber ich kann nur abwarten. Das ist der Albtraum für einen Arzt.« Erneut spürte ich Panik in mir aufsteigen.

»Bestimmt sterben nicht alle, wie sonst würde es in deiner Zeit Männer und Frauen geben?«

»Nein, nicht alle.«

»Und woran liegt es, dass einige überleben, wenn es diese Zaubermedizin, die du aus deinem Jahrhundert mitgebracht hast, nicht gibt? Kannst du mir das sagen?«

»Niemand kann diese Frage beantworten, auch in meiner Zeit nicht, nur dass diejenigen, die diese Krankheit überlebt haben, nicht noch einmal angesteckt werden können. Und ...« – ich zermarterte mir das Hirn, um mich an einen hilfreichen Text zu erinnern – »die Abschottung der Gesunden von den Kranken könnte helfen sowie die Vermeidung von Ratten und Flöhen.«

»Ratten und Flöhe? Verbreiten die einen Pesthauch, dem Menschen erliegen?«

Ich überlegte, wie ich den Lebenszyklus des Parasiten und die gesamte Keimtheorie in möglichst knappen Worten beschreiben sollte. Ich gab auf. »So ungefähr.«

»Wird sie auch nach Siena kommen?«

»Am Ende ja.«

»Dann ist Flucht zwecklos.«

»Sie könnte uns für ein paar Monate retten, länger nicht.«

»Wenn das so ist, werde ich tun, was ich kann und was mir gefällt, bis die Zeit kommt und ich dieser Pest zum Opfer falle oder sie überlebe. Ich werde zur Jungfrau beten, uns und andere gesund zu erhalten. Ich werde meinen Auftrag in Messina ausführen, damit ich meine Pinsel wieder in die Hand nehmen kann. Ich werde malen, und während ich male, werde ich von dir träumen und von dem Tag, an dem du meinen Antrag annimmst.« Ich schloss die Augen für ein paar Sekunden.

»Da ist noch etwas«, sagte ich.

»Vermutlich geht es um Sienas Schicksal und nicht um unsere Verlobung«, erwiderte Gabriele nüchtern. Über seine Feststellung musste ich trotz des betrüblichen Themas lächeln.

»Leider ja. Siena wird unter dem Ausbruch der Pest leiden, vielleicht mehr noch als andere Städte – aber ich weiß nicht, warum. Wenn ich es nur wüsste, dann könnte man etwas unternehmen.«

Ich fuhr zusammen, als ich jemanden die Leiter hinter mir herunterkommen hörte.

»Monna Trovato«, sagte Cane mit leiser Stimme. »Was für eine Überraschung, Euch hier anzutreffen, mit Messer Accorsi höchstpersönlich. Der auch aus Siena stammt, wie Ihr, wenn ich mich nicht täusche – habe ich Euch bei einer vertraulichen Angelegenheit gestört?« Er schaute mich kalt an. »Es wird Messer Lugani sehr interessieren zu hören, wo ich Euch heute gefunden habe und mit wem. Lasst uns gemeinsam hinauf an Deck gehen, Monna Trovato. Ich weiß gern, wo und zu welchem Zweck sich die Bediensteten meines Herrn und Meisters aufhalten.«

»Ich brauche keine Kontrolle.«

»Aber Kontrolle ist notwendig für das Wohlergehen unserer *compagnia*. Dem werdet Ihr sicherlich zustimmen.« Er packte mich fest am Oberarm. »Und sorgt dafür, dass Ihr jeden weiteren Kontakt mit Eurem Landsmann unterlasst, damit ich mich nicht in seine Geschäfte in Sizilien einmischen muss. Verstanden?« Ich nickte freudlos. Cane geleitete mich hinaus und ließ Gabriele stehen. Ich wagte nicht, mich umzudrehen, um ihn noch einmal anzuschauen, und hoffte, dass Cane und Lugani ihn in Ruhe ließen.

Für den Rest der Reise hatte ich längst nicht mehr so viele Freiheiten wie bisher – wie Cane es mir angedroht hatte; Lugani hielt mich vom Morgengrauen bis zur Abenddämmerung mit Schreibarbeiten beschäftigt. Von Gabriele keine Spur, bis wir am Ende der zweiten Oktoberwoche 1347 im Hafen von Messina den Anker auswarfen.

Aus der *Chronik* des Franziskaners Michele da Piazza:

> *Anfang Oktober im Jahre der Menschwerdung des Gottessohns 1347 fuhren zwölf Galeeren aus Genua auf der Flucht vor der göttlichen Rache, die unser Herr für ihre Sünden über sie gebracht hatte, in den Hafen von Messina ein. Die Genuesen trugen eine solche Krankheit in ihren Körpern mit sich, dass jeder, der auch nur mit einem von ihnen redete, mit der tödlichen Krankheit angesteckt wurde und dem Tode nicht zu entrinnen vermochte. Die Vorboten des Todes bei den Genuesen und unter den Einwohnern von Messina, welche die Krankheit schließlich mit ihnen teilten, werden im Folgenden genannt. Atemluft verbreitete die Infektion unter denen, die miteinander redeten, einer steckte den anderen an, und es hatte den Anschein, als werde das Opfer sofort von der Krankheit befallen und geradezu zerschmettert. Diese Wirkung in Verbindung mit dem inhalierten Infekt verursachte das Entstehen einer Art Beule, groß wie eine Linse, am Schenkel oder am Arm, die so in den Körper eindrang und ihn infizierte, dass das Opfer heftig Blut aushustete. Nach drei Tagen unablässigen Spuckens, gegen das es keine Heilmittel gab, starben sie – und mit ihnen nicht nur alle, die mit ihnen gesprochen hatten, sondern auch alle, die ihre Habseligkeiten erworben oder auch nur berührt hatten.*
>
> *Da die Menschen von Messina erkannten, dass der Tod, der sie heimsuchte, mit der Ankunft der Galeeren aus Genua in*

Verbindung stand, trieben sie die Genuesen schleunigst aus der Stadt und aus dem Hafen. Die Krankheit aber blieb in der Stadt und verursachte in der Folge enorm viele Todesfälle. Sie erzeugte so viel Abscheu, dass ein Vater, dessen Sohn erkrankte, sich schlichtweg weigerte, bei ihm zu bleiben, oder, wenn er doch wagte, ihm nahe zu kommen, wurde er seinerseits angesteckt und musste nach drei Tagen selbst sterben. Nicht nur eine Person in einem Haushalt starb, sondern der gesamte Haushalt, bis hin zu den Katzen und dem Vieh, folgte dem Hausherrn in den Tod. Aufgrund der hohen Sterblichkeitsrate versuchten viele Einwohner Messinas, ihre Sünden zu beichten und ihren Letzten Willen aufzusetzen, aber Priester, Rechtsgelehrte und Notare weigerten sich, zu ihnen zu gehen, und wenn doch jemand ihr Haus betrat, ob er nun die Beichte abnehmen oder ein Testament verfassen wollte, musste auch er bald sterben. Tatsächlich starben so viele Franziskaner und Dominikaner, die bereit waren, die Kranken zu besuchen und ihnen die Beichte abzunehmen und eine Buße festzusetzen, dass ihre Klöster beinahe leer waren. Was soll man dazu sagen? Leichen lagen vernachlässigt in ihren Häusern. Keine Priester, Söhne, Väter oder Verwandte wagten sich hinein; stattdessen zahlten sie Pedellen hohe Summen, damit sie die Leichen zur Bestattung trugen. Die Häuser standen offen, mit allen Juwelen, dem Geld und den Kostbarkeiten gut sichtbar, und wenn jemand dort hineingehen wollte, hielt nichts und niemand ihn auf; denn die Pest schlug so plötzlich zu, dass zunächst nicht genügend Ordnungshüter da waren; dann überhaupt keine mehr.

Als wir in den geschäftigen Hafen einliefen, erblickte ich die mit der Fahne Genuas beflaggten Galeeren – zwölf Schiffsrümpfe nebeneinander. Wie groß war die Zeitspanne zwischen der Ankunft der Überträger und den ersten Todesfällen – Wochen? Wie lange würde es dauern, bis die Rattenflöhe, verborgen in Kleidung, Truhen, Haaren und Tierhäuten, neue Wirte fanden und sie mit tödlichen Bakterien infizierten? Wie lange würde es dauern, bis diese Bakterien sich zuerst tausendfach, dann millionenfach vermehrten? Wie lange, bis das erste Opfer der Krankheit erlag? Ich wusste nicht, wie viel Zeit ich hatte, um Clara, Gabriele und mich hier herauszuholen.

Die Betriebsamkeit im Hafen schien so ahnungslos, dass es eine Qual war. Händler verkauften große Körbe mit silbern schimmernden Fischen, die Sonne schien, und unsere Matrosen zogen die Segel ein und riefen einander zu, in der Gewissheit, an Land etwas Ordentliches zu trinken, frische Mahlzeiten und Wasser zu finden. So ging es mir, wenn ich mir mit Benjamin alte Fotoalben anschaute und Bilder von unserer Mutter in Kniestrümpfen und einem hochtaillierten Kleid aus buntem Kattun sah und die Zukunft kannte, von der sie nichts wissen konnte – die Geburt ihrer drei Kinder und der Tod von zweien. Angesichts dieser betriebsamen Normalität fiel es mir schwer, mir die Katastrophe vor Augen zu führen, von der ich wusste, dass sie kurz bevorstand.

Als wir uns anschickten, von Bord zu gehen, sah ich Gabriele, sein grau glänzendes Haar teilweise bedeckt von einem grünen Filzhut, sein Umhang mit einer Metallklammer in Form von zwei sich überlappenden Blättern befestigt. Für seine erste Begegnung mit Messinas Rektor hatte er sich elegant gekleidet. Als Cane stehen blieb, um die Wachmänner anzuweisen, unsere Habseligkeiten auf einen Karren zu laden, trat Gabriele hinter mich. Clara hatte mit der Truhe zu tun, und wir waren ein paar Augenblicke unbeobachtet.

»Dreh dich nicht zu mir um, Beatrice«, flüsterte er. Nur mit Mühe konnte ich mich davon abhalten, genau das zu tun. Ich strengte mich an, um ihn bei dem Lärm im Hafen zu verstehen.

»Ich begebe mich auf den Weg zum Ospedale, um dem Rektor mein Empfehlungsschreiben vorzulegen. Sobald ich mich dort eingerichtet habe, werde ich versuchen, eine Möglichkeit zu finden, wie wir die Stadt rasch verlassen können, wenn es dazu kommen sollte. Ich werde dich suchen. Kannst du nicken, um mir zu zeigen, dass du mich verstanden hast?« Fast unmerklich senkte ich mein Kinn und wünschte, ich könnte sein Gesicht sehen. Sein Atem strich warm über meinen Nacken.

»Möge die Jungfrau dich behüten, meine reizende Beatrice«, sagte er. Ich sah ihm nach, wie er sich von mir entfernte und mit der Menschenmenge im Hafen verschmolz.

Clara war mit der Kontrolle des Ladevorgangs fertig und kam zu mir. »Wonach schaut Ihr, Signora?« Sie folgte meinem Blick. »Ist das Messer Accorsi, der Maler? Was macht der nur hier in Messina?«

»Ich habe gehört, er hat hier einen Auftrag angenommen.«

»War er auf unserem Schiff? Das muss er, sonst wäre er nicht gleichzeitig hier angekommen. Und die ganze Reise hatten wir keine Ahnung, dass er da war! Oder wusstet Ihr es und habt es mir verschwiegen?« Sie lächelte verschwörerisch.

»Ich habe es selbst erst vor Kurzem herausgefunden«, erwiderte ich und wich ihrer Frage aus.

»Ist das nicht ungewöhnlich, Signora?«

»Ziemlich«, antwortete ich, suchte, solange ich es wagte, Gabrieles Gestalt in der Menge und blinzelte, damit sein Bild nicht vor meinen Augen verschwamm.

Wir begaben uns vom Schiff aus zu Luganis Faktorei in Messina, von der Rundung des Hafens den Abhang hinauf und durch die schmalen Straßen der Stadt. Die meisten etablierten Händler betrieben häufig Zweigniederlassungen – *fondaci* – in anderen Städten. Aus meiner Tätigkeit als Schreiberin wusste ich, dass Lugani außer in Sizilien noch Zweigniederlassungen in Barcelona und Mallorca hatte. Lugani gab mir ein Zeichen, bei ihm zu bleiben, während Clara sich unter Canes Anweisungen um unser Gepäck kümmerte. Ich war erleichtert, eine Weile von Luganis rechter Hand befreit zu sein.

Die Zweigstelle in Messina war in den pummeligen Händen eines Mannes namens Provenzano degli Uberti, der sich, wie ich bald erfuhr, nur widerwillig von Genua hierher nach Messina hatte versetzen lassen. Er leitete den sizilianischen Hauptsitz des Handelsunternehmens, der ein Lager, ein Büro und eine kleine Ladenfront umfasste. Der Laden war vollgestopft mit Gewürzgläsern, Blöcken aus cremigem Bienenwachs, Spulen mit buntem Seidengarn und kleinen, festen Klumpen Farbstoff. Tuchballen – Seide, Leinen und Wolle in allen möglichen Farben – waren unter dem niedrigsten Regalbalken an jeder Wand des Ladens aufgereiht. In der Luft hing der starke Geruch nach Sandelholz. Provenzano – ich nannte ihn im Stillen beim Vornamen, da Lugani ihn so ansprach – saß hinter einem großen Holzschreibtisch, als wir sein Büro betraten, und lächelte uns entgegen. Mühsam wand er sich aus seinem schmalen Lehnstuhl. Nachdem er sich befreit hatte, begrüßte er uns mit einer Verbeugung.

»Messer Lugani, was für eine Freude, Euch endlich hier zu haben. In diesem primitiven Ort leiden wir unter einem Mangel an Kultur. Die Einwohner nennen Messina eine Stadt, und wir geben ihnen ja auch nach, dem Geschäft zuliebe natürlich.« Er tupfte sich die Stirn mit einem Taschentuch ab, das zu feucht aussah, um noch aufnahmefähig zu sein.

Provenzano watschelte um den Schreibtisch herum und sah mich aus zusammengekniffenen Augen an. »Und wer ist dieses reizende Geschöpf, das Ihr von Euren Reisen mitgebracht habt? Unsere schlichten Spatzenfedern sind fade im Vergleich zu ihrem prächtigen Gefieder.« Er hatte etwas so reizend Komisches und Selbstironisches an sich, dass ich nicht umhinkam, mit einem Lächeln zu reagieren.

»Das ist Monna Beatrice Trovato, meine neue Schreiberin. Sie wird uns im *fondaco* zur Seite stehen, bis die Ladung, die wir mitgebracht haben, vollständig erfasst ist und unsere nächsten Unternehmungen vertraglich abgesichert sind.« Das waren die ersten Details, die ich über das Ende meiner Anstellung bei ihm hörte. Ich hoffte, ich könnte rechtzeitig fertig werden, um der Pest zu entrinnen.

»Entzückend, ganz entzückend«, sagte Provenzano. »Gerade jetzt brauchen wir dringend eine Schreiberin.«

»Tatsächlich? Das müsst Ihr näher ausführen«, bat Lugani.

Mir wurde bang ums Herz, als Provenzano erklärte, der Inhalt des gesamten Lagers müsse katalogisiert werden; ich würde in nächster Zeit nicht hier wegkommen. Lugani und sein sizilianischer Faktorist verschwendeten keine Zeit, um auf das Geschäftliche zu kommen. Ich verbrachte den Rest des Tages mit den beiden im Lagerhaus.

Wolle, Farbstoff, Alaun, ungegerbte Tierhäute, Seide, Samt und Leder, Öl, Wein, Salz, Tonwaren, geschnitztes Holz und sogar kleinere Kunstwerke waren in Luganis Lager gestapelt. Als das Licht, das durch die kleinen Oberlichter drang, schwächer wurde und wir die Produkte nicht mehr erkannten, die wir auflisteten, war ich erschöpft und hungrig.

Lugani bat Provenzano, mich zu meinem Quartier zu bringen, das glücklicherweise zum Komplex der Faktorei gehörte. Das ganze Unternehmen lag hinter einer hohen Steinmauer mit Tor, das Menschen sowohl ein- als auch ausschloss; Gedanken daran, unbemerkt zu entkommen, erübrigten sich bei dem Anblick.

Clara hatte sich bereits in unserem gemeinsamen Raum niedergelassen, als ich eintrat. Beherrscht wurde er von einem riesigen Bett aus geschnitztem Holz mit bunt bemaltem Baldachin, an drei Seiten mit einer niedrigen Fußstütze versehen, die als Stufe und Bank gleichermaßen diente. In das große Bett hätten locker zwei Personen meiner Größe und drei von Claras gepasst, aber daneben stand ein kleines Ausziehbett, offensichtlich für eine Dienerin gedacht. Ein Tisch und ein Stuhl aus Walnussholz, eine Kommode und ein kleines Gestell mit einem Wasserkrug und einer Schüssel vervollständigten die Einrichtung. Die Fenster waren nicht verglast, aber mit Holzläden ausgestattet, die nach außen aufgingen. Sie waren geöffnet, und die warme sizilianische Brise wehte herein.

Trotz meiner Sorgen freute ich mich über ein einladendes Schlafzimmer. Clara half mir, meine Kleidung abzulegen und mich mit Wasser aus der Schüssel zu waschen. Dann ging sie hinaus und kam mit dem Abendessen zurück – gebratener Hecht, mit Rosinen gefüllt, und als Beilage kleine Pilze, die köstlich nach Herbst schmeckten. Clara hatte ein Talent dafür, sich mit dem Küchenpersonal gut zu stellen, und Provenzanos Koch offenbar bereits verzaubert. Ich bestand darauf, dass wir gemeinsam aßen.

»Habt Ihr meinetwegen mit Messer Lugani gesprochen?«

Beinahe hätte ich mich am Fisch verschluckt. »Ja, Clara, das habe ich in der Tat.« Ich versuchte zu lächeln.

»Was hat er gesagt, als Ihr mit ihm über unsere Zukunft gesprochen habt?« Krampfhaft versuchte ich mich an Luganis Worte zu erinnern, um etwas Positives zu finden.

»Er sagte, Mutterschaft würde dir gut stehen.« Clara wurde rot und lächelte, den Mund voll mit Pilzen. Das Herz wurde mir schwer. »Clara, ich möchte dich nicht beunruhigen, aber hast du bedacht, dass er dich vielleicht nicht heiratet? Ihr seid von sehr unterschiedlicher gesellschaftlicher Stellung.«

»Er hat einen Wachmann vor unsere Tür gestellt, der mich beschützen soll und unsere Zukunft.« Sie seufzte selig. »Gibt es noch einen größeren Beweis für seine Zuneigung?«

Ihre Gewissheit im Hinblick auf Luganis Zuwendung war fast pathologisch unschuldig; er musste ihr das Blaue vom Himmel versprochen haben, als er sie verführte. Das Bild von den beiden zusammen war mehr, als ich beim Essen ertragen konnte, und ich überließ ihr den Rest.

»Sollen wir zu Bett gehen, Signora? Die Kerzen sind fast heruntergebrannt.« Clara schloss die Fensterläden, und wir gingen zu Bett. Sie war schon lange vor mir eingeschlafen, und ich lauschte ihren Schnarchtönen aus dem Ausziehbett, während ich mich gegen die Kissen lehnte – die ersten, die ich im vierzehnten Jahrhundert gesehen hatte. Ich wünschte, ich hätte Claras Fähigkeit, mich in falscher Sicherheit zu wiegen.

Drei volle Tage verbrachte ich mit der Arbeit, die Lugani mir zugeteilt hatte, und zog mit dem sonderbaren Trio herum: Lugani, geschmeidig und elegant; Cane, scharfkantig und misstrauisch; und Provenzano, plump und witzig. Meiner Kleidung und meinen Haaren haftete der Duft von Gewürzen an, und die leuchtenden Farbtöne von Seide und feiner Wolle schimmerten auch noch hinter meinen Lidern, wenn ich die Augen geschlossen hatte.

Alles erinnerte mich an Gabriele. Bei den Wollspulen fiel mir unser abgeschiedener Treffpunkt ein, und die Gewürze brachten mir seinen flüchtigen Geruch in Erinnerung. Meistens sah ich ihn vor mir, wie er in Messinas Ospedale Tafelbilder vorbereitete. Manchmal beachtete er mich in meiner Fantasie gar nicht, während er konzentriert arbeitete. Spätnachts stellte ich mir vor, dass er seine Aufmerksamkeit auf mich richtete, wie auf dem Schiff. Ich wünschte, ich könnte Gabriele einen Brief schicken, aber das war unter Canes scharfer Kontrolle unmöglich.

Eine willkommene Abwechslung vom Aufstellen einer Liste aller im Lagerhaus befindlichen Gegenstände waren die Verträge, die ich für Luganis Geschäftskollegen aufsetzen musste. Die Männer variierten zwischen eleganten Edelmännern und verwitterten Händlern, doch allen war eine Leidenschaft gemeinsam: Geld. Clara sah ich nur bei den Mahlzeiten und wenn sie mir abends beim Auskleiden half. Cane ließ sie bei den Vorbereitungen der Mahlzeiten und beim Haushalt des *fondaco* aushelfen, sodass wir beide am Ende des Tages zu erschöpft waren, um zu reden. Nachts träumte ich von pestverseuchten Städten und wachte auf, weil ich im Dunkeln nach Luft schnappte. Clara schnarchte weiter.

Am Abend unseres vierten Tages in Messina kam Cane nach der Vesper zu meiner Unterkunft. Ich war so erschöpft, dass ich mich in das riesige Himmelbett hatte fallen lassen, weshalb Clara an die Tür ging.

»Ist deine Herrin unpässlich?«

»Sie hat sich zurückgezogen, Ser.«

Cane räusperte sich. »Sorge dafür, dass sie morgen früh aufsteht für einen Ausflug an den Hafen von Messina.«

»Ja, Messer. Worauf soll sie sich vorbereiten?«

»Sie wird Messer Lugani zu einer Besprechung über den Kauf einer Ladung aus Caffa begleiten. Sie soll Material mitbringen, um Verträge aufzusetzen. Zur Terz warten wir vor der Faktorei auf sie. Du musst deine Herrin nicht begleiten.«

»Ja, Ser. Nein, Ser.«

Canes Schritte entfernten sich. Wenn sie vorhatten, die Seeleute zu treffen, von denen die Pest aus Caffa eingeschleppt wurde, würde ich mich nicht an dem Ausflug beteiligen. Vielleicht könnten Clara, Gabriele und ich bei Tagesanbruch auf einem Schiff sein – oder falls nicht, uns verstecken, bis ein Schiff zur Verfügung stand. Aber zuerst musste ich Gabriele finden. Ich wartete, bis Clara schnarchte, stand dann auf und zog mich im Dunkeln an. Ein Wachmann schlief zusammengesunken auf einem Stuhl vor unserem Zimmer. Alles ging leicht, bis ich die Tore der Faktorei erreichte. Gerade als ich die Hand ausstreckte, um den Riegel zurückzuschieben, packte eine Hand meinen Arm, und dann war etwas Kaltes und Hartes an meinem Hals.

»Wie ich sehe, war unser Vertrauen doch fehl am Platze«, zischte Cane und grub seine Finger in meinen Unterarm. »Es ist spät, Monna Trovato, und dieses Messer ist scharf. Hättet Ihr die Güte, mir zu verraten, was Euch veranlasst, zu dieser späten Stunde noch unser Haupttor zu öffnen? Euch dürfte klar sein, dass es nicht ratsam ist, nach der Sperrstunde noch allein durch die Straßen zu gehen.«

»Ich brauchte frische Luft.«

»In Eurer Kammer ist genügend Luft. Selbst in einem Gefängnis ist reichlich Luft vorhanden. Wenn Ihr nur Luft sucht, dann sollte Euer Gemach vielleicht ein wenig mehr von einem Gefängnis haben? Es wäre doch sehr bedauernswert, unsere geschätzte Angestellte zu verlieren, bevor ihr Vertrag erfüllt ist.«

»Ja, Ser.« Das Messer bewegte sich an meiner Kehle, als ich schluckte.

»Solltet Ihr noch einmal die Absicht haben zu gehen, Monna Trovato, werde ich nicht zögern, diese Waffe zweckdienlich einzusetzen. Vielleicht überlege ich mir, ob ich nicht beim nächsten Mal, wenn ich Euch nicht dort vorfinde, wo ich Euch erwarte, Eure kleine Magd verstümmeln sollte.« Mit diesem entsetzlichen Nachsatz drehte er mich am Arm herum, schob mich zurück durch die Halle zu meiner Zimmertür. »Das bisschen Vertrauen in Euch, um das Ser Lugani mich gebeten hat, ist jetzt vertan. Bemüht Euch nicht, Eure Kammer erneut zu verlassen. Sie wird verriegelt – von außen, Signora. Und ich werde den Schlüssel an mich nehmen.« Bevor er die Tür vor meiner Nase zumachte, beugte er sich zu mir vor und flüsterte: »Genießt Eure Luft, Monna Trovato.«

Canes Misstrauen, das bisher unangenehm war, bedeutete jetzt eine Gefahr.

Diesmal schien der Hafen unheilvoll. Eine dunkle Wolke hing so niedrig darüber, dass sie die Mastspitzen verhüllte. Die rotgelbe Flagge, die am Tag unserer Ankunft munter in der Brise geflattert hatte, hing schlaff an ihrem Mast. Zwei Seeleute standen am Kai und tuschelten miteinander.

Lugani ging auf die Männer zu, Cane und mich im Schlepptau. »Wo sind eure Dienstherren?«

»Auf unserem Schiff ist eine Krankheit ausgebrochen.« Der Größere der beiden Seeleute kaute besorgt auf seiner Unterlippe. »Sie hat sowohl den Kapitän als auch den Kaufmann getroffen, Messer.« Der große Seemann schaute seinen Kameraden Hilfe suchend an, der jedoch nicht reagierte.

»Waren sie gestern krank, als die Besprechung verabredet wurde?« Ich kannte Lugani gut genug, um zu erkennen, dass sein milder Tonfall nicht seiner Stimmung entsprach.

»Nein, Ser.« Der Seemann schluckte, und sein hervortretender Adamsapfel hüpfte.

Cane trat bedrohlich vor. »Redet, bevor mein Herr die Geduld verliert.« Er und Lugani hatten ihre Rollenverteilung von guter Junge, böser Junge wahrscheinlich in jahrelanger Praxis perfektioniert.

»Der Kapitän hat hohes Fieber. Jede Flüssigkeit, die sein Körper ausscheidet, strömt einen so üblen Geruch aus, dass niemand außer dem Schiffsarzt sich um ihn kümmern will. Der Kaufmann ist bei den Engeln, Ser. Heute im Morgengrauen.« Der junge Mann schrak vor Canes zornigem Blick zurück.

»Wie kann es sein, dass er bei Sonnenuntergang noch gesund war und am Morgen schon tot ist? Wir haben seine Nachricht gestern vor der Komplet erhalten.«

»Ser, ich bitte um Vergebung, aber ich weiß es nicht.«

Lugani schaute mich schmallippig an, dann wieder die katzbuckelnden Seeleute. Ich fragte mich, ob er sich an meine Warnung erinnerte. »Kehrt auf euer Schiff zurück, Burschen, damit ihr niemanden ansteckt. Cane, setzt die Hafenmeisterei in Kenntnis darüber, dass an Bord der Galeeren aus Genua eine Seuche ausgebrochen sein könnte. Monna Trovato, Ihr kommt mit mir zurück zur Faktorei. Wir werden über die Angelegenheit sprechen.«

Die Galeeren lagen ein Stück vom Ufer entfernt vor Anker, und die Seeleute bemühten sich hektisch, das Ruderboot loszubinden, das sie benutzt hatten, um in den Hafen zu gelangen. Ein angespanntes Seil reichte vom Heck des Schiffes ins Wasser und verschwand unter der spiegelglatten Oberfläche des Hafens. An diesem Seil entlang schwamm eine kleine, geschmeidige Gestalt mit gebogenem, aufrechten Schwanz. Eine andere, genau gleiche Gestalt gesellte sich zu ihr. Ich beobachtete die Ratten, die abtauchten und ans Ufer schwammen.

»Monna Trovato.« Ich vernahm Luganis Stimme aus weiter Ferne durch das Rauschen in meinem Kopf. Alles um mich herum drehte sich, und ich spürte einen stechenden Schmerz unter den Armen und in der Leiste, dazu noch fiebrige Hitze. Meine Knie gaben nach, ich stürzte und war mir vage bewusst, dass ich auf dem Straßenpflaster landete.

Als ich aufwachte, sah ich eine Gruppe Reiter, die auf einen wilden Keiler einstachen, bis seine Flanken rot waren. Ich schloss die Augen wieder in der Hoffnung, wenn ich sie wieder öffnete, würde die Szene einen Sinn ergeben. Ich hatte keine Wahnvorstellungen – es war der bemalte Baldachin über meinem Bett in der Faktorei.

»Signora, seid Ihr wach?« Ich wollte die Hand heben; sie war tausend Meilen von meinem Körper entfernt und unglaublich schwer. »Könnt Ihr mir antworten?«

Ich zwang meinen Mund, sich zu bewegen. »Wie bin ich hierhergekommen?«

»Messer Lugani hat Euch auf den Armen hergebracht. Zunächst hielt ich Euch für tot! Ich bin so froh, dass es nicht so ist.« Clara brach in Tränen aus und barg ihr Gesicht an meiner Brust. Ich legte meine Hand auf ihren Hinterkopf, während sie schluchzte. Die warme Nässe sickerte durch mein Hemd – jemand musste mich entkleidet haben. Ich hoffte, dass es Clara war.

Ich richtete mich auf. Schmerz und Fieber, oder was auch immer ich am Hafen gespürt hatte, waren fort. Womöglich hatte ich die Symptome der Pest nachempfunden. »Wir müssen hier weg. Ich werde mit Messer Lugani sprechen. Wo ist er?«

Wie auf ein Stichwort klopfte es an der Tür. Clara wischte sich mit dem Ärmel die Tränen aus dem Gesicht und stand auf, um die Tür zu öffnen. Lugani stand im Rahmen. Er trug keinen Hut, und seine dunklen, kurzen Haare standen stachelig von seinem Kopf ab, als hätte er sie sich wiederholt gerauft. Sein Umhang hing schief. Noch nie hatte er einem gewöhnlichen Mann so ähnlich gesehen, empfänglich für die Launen des Schicksals. Beruhigt stellte ich fest, dass Cane nicht bei ihm war.

»Monna Trovato, allem Anschein nach hattet Ihr recht. Die Pest ist da.« Sein Eingeständnis traf mich noch härter als seine äußere Erscheinung. »Messer Cane und ich haben vor, die Stadt auf der Stelle zu verlassen. Ihr solltet Euch darauf vorbereiten, mit uns zu kommen.«

Nichts war mir lieber, als zuzustimmen. Nichts, außer Gabriele zu suchen und mit ihm fortzugehen. »Ser Lugani, ich möchte die Stadt ebenso gern verlassen wie Ihr. Dennoch muss ich zuerst meinen Bekannten aus Siena finden, Ser Accorsi, den Künstler, der jetzt in Messinas Ospedale wohnt, wo er einen Auftrag zu erledigen hat. Ich möchte ihn mitnehmen.«

Luganis Miene verfinsterte sich. »Dazu bleibt keine Zeit. Wir brechen vor dem nächsten Stundengebet auf.«

»Bestimmt könnt Ihr ein paar Stunden warten, wenn die

Möglichkeit besteht, noch ein Leben zu retten?« Wir starrten uns offen an, und ich sah seinen inneren Kampf – sein Leben gegen das Leben eines anderen.

»Da ist ein Schiff, *La Serena*, das Messina in zwei Stunden verlässt. Wenn Ihr nicht an Bord seid, müsst Ihr Eure eigenen Vorkehrungen treffen.«

Ich fällte eine rasche Entscheidung, die ich hoffentlich nicht bereuen würde. »Ja, dann brecht Ihr womöglich ohne mich auf.« Lugani nickte.

»Euer Gold ist sicher in Messer Provenzanos Händen. Möge Gott Euch beschützen.« Lugani machte auf dem Absatz kehrt und ging. Ich glaubte einen kühlen Wind zu spüren, den sein Umhang verursacht hatte, aber es hätte auch Angst sein können. Clara an meiner Seite gab ein leises Geräusch von sich.

»Clara, du kannst mit ihm gehen.« Sie schaute zu mir auf, und ich sah die Sehnsucht in ihren Augen. Sie würde nicht als seine Verlobte mitfahren, aber es könnte ihr zehn Monate Leben erkaufen. Ich beobachtete, wie sie diese Sehnsucht überwand und durch etwas anderes ersetzte: eine wilde, jugendliche Entschlossenheit.

»Nein, Monna Trovato. Ich bleibe bei Euch.« Ich umarmte sie rasch und spürte, wie ihre Gliedmaßen zitterten. Ich hoffte, wir beide würden unsere Entscheidungen nicht bereuen. Ich stand auf, zog mein Kleid an und band meine Haare in einen lockeren Knoten, während Clara sich an meinen Knöpfen zu schaffen machte. Dann begab ich mich auf die Suche nach Provenzano. Er begrüßte mich im Büro der Faktorei mit seiner üblichen Mischung aus guter Laune und freundschaftlichem Maulen. Vermutlich hatte Lugani ihm nicht gesagt, was bevorstand, da es ohne ihn niemanden gab, der die Faktorei führte. Lugani war schließlich Geschäftsmann.

»Signora, es ist immer wieder ein Vergnügen, Euer strahlendes Gesicht in diesem düsteren kleinen Laden zu sehen. Ich verwünsche den traurigen Tag, an dem Ihr abreist und mich einsam und allein auf diesem gottverlassenen Posten zurücklasst.« Sein fettes Gesicht legte sich in Falten, als er lächelte. Entweder bemerkte er den wilden Blick in meinen Augen und den ungewöhnlichen Zustand meiner Frisur nicht, oder er war zu höflich, um etwas anzumerken.

»Provenzano, wie ich hörte, habt Ihr etwas für mich.«

»Ihr wollt nur Euren Lohn? Wie enttäuschend. Wie ich hörte, verlassen die Herren Lugani und Cane Messina«, sagte ich und versuchte abzuschätzen, wie viel er wusste.

»Oh, sie reisen oft kurzfristig ab. Sie haben zu tun, sehr, sehr viel zu tun.« Er wackelte mit den Händen, um Geschäftliches anzudeuten.

»Haben sie nichts über eine Seuche im Hafen gesagt?«

»Messer Lugani sagte, sein Kontaktmann aus Genua sei krank geworden, aber mehr nicht.«

»Provenzano, im Hafen braut sich eine tödliche Seuche zusammen, die ganz Messina in Gefahr bringt. Ihr solltet die Stadt baldmöglichst verlassen. Natürlich erst, nachdem Ihr mir mein Geld gegeben habt. Ich kündige, ab sofort.« Ich streckte eine Hand aus.

Er schaute mich ängstlich an. »Was für eine Seuche?« Er hustete. »Ich bin Krankheiten gegenüber ziemlich empfänglich. Immer bin ich der Erste, der krank wird, und der Letzte, der sich erholt.«

»Schwellungen in der Leiste und unter den Armen, hohes Fieber, Blut spucken, Delirium und rascher Tod.«

Provenzanos Stirn überzog sich mit einer Schweißschicht. »Vielleicht ergreife ich diese Gelegenheit und ziehe mich aufs Land zurück. Würdet Ihr mitkommen?«

Noch ein Angebot, das ich ausschlagen musste. Wenn ich wüsste, dass ich Provenzano eine Überfahrt irgendwohin versprechen könnte, würde ich ihn auch mitnehmen.

»Ich muss zum Ospedale, um meinen … meinen Vetter zu finden. Er ist Künstler und hat hier einen Auftrag, und wir wollen uns zusammen eine Überfahrt nach Siena suchen. Könnt Ihr mir sagen, wo das Ospedale ist?«

Provenzano beschrieb mir den Weg und zog dann einen Schlüssel von einem Ring an seinem Gürtel. Er beugte sich über eine große Truhe, fummelte am Schloss herum und zog einen Lederbeutel mit Münzen für mich heraus. »Ser Lugani wird höchst verärgert sein, wenn ich meinen Posten verlasse.«

»Wenn Ihr tot seid, ist es Euch gleichgültig, ob er verärgert ist.«

Er blinzelte.

»Geht lieber in Eure Heimat, sobald Ihr könnt, und macht Euch keine Sorgen, was Euer Herr sagen wird. Und geht Ratten und kranken Menschen aus dem Weg.« Ganz gleich, wohin Provenzano ging, er würde der Pest nicht entkommen. Aber wenn er hier überlebte, hätte er wenigstens eine Arbeitsstelle.

Provenzano war es anscheinend gewohnt, Anweisungen von Autoritätspersonen Folge zu leisten. »Möge Gott Euch auf Euren Reisen beschützen, Signora.«

»Ich werde mich auf den Heimweg machen«, sagte ich mit größerer Zuversicht, als ich sie empfand, »und das hier wird mir dabei eine Hilfe sein.« Ich nahm den Beutel mit den klimpernden Münzen an mich. Als ich das Büro des *fondaco* verließ, merkte ich, was ich gesagt hatte: meine Rückreise ins mittelalterliche Siena wäre meine Heimreise.

Ich schnürte den Beutel auf und schüttete den glitzernden Inhalt in meine Hand. Ich hoffte, es würde reichen, um drei Kojen auf dem nächsten auslaufenden Schiff zu kaufen. Wenn es ein nächstes Schiff gäbe. Clara saß auf ihrem Ausziehbett. »Lass uns packen.«

»Wohin gehen wir?«

»Zuerst mache ich mich auf die Suche nach Messer Accorsi. Dann nach einem Boot, das uns hier rausbringt.«

Clara riss die Augen auf. »Der Maler? Ich sammle sofort unsere Habseligkeiten ein.« Sie knickste und ging.

Draußen drängte ich mich an Menschenmengen vorbei und fragte mich, ob darunter schon Angesteckte und demzufolge Ansteckende waren. Die Erscheinungsform mit Beulen in Leisten und Achselhöhlen war geläufig, doch die Lungenpest griff zuerst die Lunge an und konnte durch die Luft übertragen werden. Alle Formen waren tödlich. Jedes Mal, wenn ich an jemandem vorbeikam, hielt ich die Luft an.

Ich brauchte keine übernatürlichen Fähigkeiten, um zu spüren, dass etwas nicht in Ordnung war. Eine Frau stand händeringend in ihrem Hauseingang und sprach mit ein paar Ärzten in langen roten Wollroben mit weißem Pelzkragen. Es waren mehr Ärzte unterwegs als sonst, und mehr Priester.

Der schaurige Klang einer Totenglocke kündigte eine Prozession von Geistlichen an, denen schwarz gekleidete Sargträger folgten. Sie waren mit einem Holzsarg beladen, und eine Gruppe klagender Familienmitglieder ging hinter ihnen her. Am Ende des Zuges schlenderte eine Schar Neugieriger den Hügel hinauf zur Kathedrale von Messina – der Glockenturm ragte über den umstehenden Gebäuden auf. Niemand wusste genug, um vor den Toten zu fliehen oder den trauernden Familien auszuweichen, die die Kranken bis zu ihrem Tod begleitet hatten.

In einer Seitenstraße stand eine Reihe großer Holzeimer, aus denen verfaultes Gemüse hervorquoll, ein Berg weißer und rosafarbener Rüben ragte aus dem Eimer in nächster Nähe. Und obenauf die Kadaver von drei Krähen, deren schwarze Federn sich von den hellen Rüben abhoben. Hier war die Schnittkante der großen Seuche. Eine Erzählung ging mir durch den Kopf, die aus keiner Quelle stammte, die mir bekannt war.

Zuerst starben die Vögel in großen Mengen. Schwärme fielen mitten im Flug zu Boden, befallen mit der bevorstehenden Seuche, und dann folgten die Menschen, zunächst einer nach dem anderen und darauf in Schwärmen, um es ihren gefiederten Vorgängern gleichzutun, bis die Städte menschenleer waren.

Die restlichen Häuserblocks zum Ospedale von Messina legte ich im Laufschritt zurück.

Bis auf einen müde wirkenden Wachmann war die Eingangshalle unheimlich leer; meine Schritte hallten dumpf wider, als ich den Raum durchquerte. Die Tür am anderen Ende führte zu Messinas Version des *pellegrinaio*. Er war viel kleiner als der in Siena und von einer Wand zur anderen vollgestopft mit Elend. Einige Patienten lagen auf Pritschen, die meisten aber mussten mit aufgeschüttetem Stroh auf dem Steinboden vorliebnehmen. Zwei *mantellate* in schwarzen Roben schlenderten durch den Raum und kümmerten sich um die Kranken. Neben der Tür krümmte sich ein junger Mann vor Schmerzen. Er war bis zur Taille nackt, und die Schwellungen unter seinen Achseln und an seinem Hals zeugten von seiner Krankheit. Seine Haut war mit dunkelroten Flecken übersät, und er keuchte bei jedem Atemzug. Ich stellte mir vor, wie der Pesthauch durch meinen Mund, meine Nase, selbst durch die Poren in meiner Haut Einzug in meinen Körper hielt. Jeder kleinste Juckreiz ließ mich nach einem eingebildeten Floh schlagen, der den sicheren Tod mit sich brachte. Nichts, dem ich je in der Medizin oder woanders begegnet war, konnte es mit dem Gestank der Yersinien aufnehmen, die ihre Opfer forderten.

Meine Aufgabe fest vor Augen, streifte ich so lange durch das Labyrinth von Körpern, bis ich sicher sein konnte, dass Gabriele nicht darunter war. Die erschöpften Schwestern hatten nichts von einem grauhaarigen Maler gesehen oder gehört. Ich taumelte durch die Türen am gegenüberliegenden Ende des *pellegrinaio.*

Ich hatte eine wie ein Juwel funkelnde, leere Kapelle betreten. Hohe Buntglasfenster unter spitzen Bögen ließen schräge Sonnenstrahlen in Rot und Blau herein. Die Luft roch gut – abgelagertes Holz und ein Hauch Farbe. Ich ging weiter in die Kapelle hinein, vorbei an Holzbänken, in die verschlungene Blätter und Blüten geschnitzt waren. Jedes Detail fiel an diesem fremden, ruhigen Ort auf. Am gegenüberliegenden Ende der Kapelle stand der Altar, ein großer Steintisch mit einer Krypta darunter. Über dem Altar ein noch unfertiges Altarbild.

Ich betrachtete das Gemälde. War es Gabrieles? An manchen Stellen war Blattgold auf einen Hintergrund aus rötlich braunem Ton aufgetragen und leuchtete im Licht, das durch die Fenster fiel. Oben auf dem Tafelbild waren vier Heilige zu sehen: Christophorus, Lukas, Placidus, Nicholas. Ich ließ meinen Blick zur unfertigen *predella* hinunterwandern. Dort war Mariä Verkündigung dargestellt; Maria wich vor Gabriel zurück, ihre Arme wehrten die beängstigende Nachricht ab, sie werde den Sohn Gottes austragen. Wenn es Gabrieles Gemälde war, hätte das Modell Paola sein können – seine verstorbene Frau. Zu Recht hatte sie Angst gehabt, ein Kind zu bekommen, dachte ich zornig. Aber wo steckte Gabriele? Was mochte ihn bei helllichtem Tag von seiner Arbeit abhalten – Krankheit oder noch Schlimmeres? Die Wand hinter dem Altar war von einem blauen Samtvorhang bedeckt, den ich mit einer Hand beiseiteschob – dahinter war noch ein Raum, dunkler als die Kapelle.

Als meine Augen sich an das Dämmerlicht gewöhnt hatten, erblickte ich Pinsel in Tonkrügen auf einem Tisch neben den Rohmaterialien für Temperafarben – Pigmente, ein Korb mit Eiern, Mörser und Stößel, Blattgold. Dann schaute ich hinunter. Gabriele lag auf einer provisorischen Pritsche und hatte die Augen geschlossen. Er hatte sich auf einer Seite so eingerollt, dass er die Krümmung widerspiegelte, die Marias Körper im Augenblick der Verkündigung vollzog, um bevorstehendes Leid abzuwehren. Ich sah sein Gesicht in allen Details, als wäre es angestrahlt – seine langen, gebogenen Wimpern, die Schrägstellung seiner geschlossenen Augen, der leichte Schatten des neuen Bartwuchses auf seiner Wange. Er musste am Leben sein – hätte ich es nicht gemerkt, wenn es anders wäre? Er schlug die Augen auf, und seine heisere Stimme ließ mich zusammenfahren.

»Ich bin nicht tot, Beatrice, wenn du dich das fragen solltest.« Er hustete ein Mal laut.

Ich hätte gelacht, wenn ich nicht so ängstlich gewesen wäre. Ich ging auf ihn zu, doch Gabriele hob warnend eine Hand.

»Bleib auf Abstand.« Ich ließ die Hände sinken. »Wie es aussieht, hattest du recht mit Messina.« Seine Worte mündeten in einem Hustenanfall. Ich wollte mich neben ihn legen und seinen Körper umschlingen. Ich konnte mir beinahe vorstellen, wie sein langer, schlanker Rücken sich unter meinen Händen anfühlte, seine unrasierte Wange an meiner – aber das war unvernünftig und tödlich.

»Bitte, geh fort von mir, Beatrice. Deine Anwesenheit bringt dein Leben in Gefahr.«

»Ich kann nicht.« Ich stand wie angewurzelt, nahm den Anblick seines Gesichts und den Klang seiner Stimme in mich auf. »Kannst du gehen?«

»Ich kann nicht.«

Ich stellte mir vor, ihn aufzuheben und aus dem kleinen Raum zu tragen, aus der Kapelle, aus dem Ospedale, durch die Straßen von Messina und hinaus aufs Land, so wie er einst mich aus dem brennenden Skriptorium getragen hatte. Aber selbst wenn ich es gekonnt hätte, was dann?

»Beatrice, du musst die Stadt verlassen. Es hilft uns nicht, wenn auch du krank wirst.« Er hustete noch einmal und hielt sich die Hände vor das Gesicht. »Ich werde dich finden, wenn ich gesund werde. Manche überleben, oder nicht?«

Einige *müssen* einfach überleben. Gabriele schaute abrupt zu mir auf, einen seltsamen Ausdruck im Gesicht, als hätte er meine unausgesprochenen Worte gehört.

»In Anbetracht der Tatsache, dass du mein Tagebuch besitzt, und der Zeit, in der du lebst, weißt du, was mir widerfährt? Ist es irgendwo in dem Jahrhundert, in dem du einmal gelebt hast, verzeichnet?«

»O nein, ich habe keine Ahnung, was dir zustößt. Ich würde deinen Heiratsantrag nicht so ernsthaft in Erwägung ziehen, wenn ich gewusst hätte, dass du sterben würdest.« Gabriele lächelte matt. »Ich will«, sagte ich mit brechender Stimme.

»Jetzt nicht«, erwiderte er. »Ich kann den Gedanken nicht ertragen, dass du deinen kostbaren Schwur einem Sterbenden leistest, falls mir das bevorsteht. Ich weiß, was es heißt, wenn das Grab eine Ehe trennt.« Er schaute zum Durchgang, der in die Kapelle und zu seinem unfertigen Gemälde führte.

Ich griff in meine Tasche und fand die fünf Antibiotika, die ich aus meiner alten Heimat mitgebracht hatte. Sie waren eigenartig schwer, als hätte ihre Macht ihnen Gewicht verliehen. Ich legte sie auf Gabrieles Handfläche, ohne seine Hand zu berühren.

»Nimm jetzt eine davon«, sagte ich ihm. »Kannst du schlucken?«

Er führte eine Tablette an den Mund, zerkaute sie und zog eine Grimasse. »Ist dein Jahrhundert so bitter, Beatrice?«

»Für gewöhnlich schlucke ich sie an einem Stück.« Ich wusste nicht, wie ich seine eigentliche Frage beantworten sollte. »Nimm jedes Mal eine, wenn die Glocke zum Stundengebet läutet, bis keine mehr da sind.«

»Das werde ich, liebste Beatrice, bis entweder die Tabletten verschwunden sind oder ich.«

»Gabriele?« Er schaute zu mir auf. »Bitte, stirb nicht.«

»Ich werde mir Mühe geben«, erwiderte er, »und ich hoffe, du wirst es auch so halten.« Ich nickte. »Verlasse mich jetzt, Beatrice.«

»Kann ich dich zuerst berühren?«

»Du bist die Ärztin. Du weißt, wie die Krankheit von einem Körper auf den anderen übertragen wird.«

Wahrscheinlich handelte es sich um die Lungenpest, so wie er hustete. Wir beide waren wohl dem Untergang geweiht. Fünfzehn Jahre Ausbildung hinterlassen ihre Spuren – ich brachte es nicht über mich, ihn anzufassen. Aber mein Kopf füllte sich mit unverhofften Bildern – loderndes Gold und Rot und Blau, ein schimmernder, wehender Stoff, das Glitzern ausgebreiteter Flügel. Er hatte mich an den Visionen in seinem Kopf teilhaben lassen.

»Wenn wir überleben, suche ich dich auf, damit du dein Versprechen einlöst«, sagte er so leise, dass ich ihn kaum verstand. »Und jetzt, um der Liebe Gottes willen, geh bitte.«

Ich verließ den kleinen Raum und rannte los. Ich lief um das unfertige Gemälde, durch die hell leuchtende Kapelle, aus dem Ospedale. Ich rannte, rannte und weinte, bis meine Lunge brannte und meine Beine schmerzten, rannte, ohne zu wissen, wohin.

Clara war mit dem Packen fertig, aber ihre Herrin war noch nicht zurückgekehrt. Sie machte sich auf die Suche nach Messer Provenzano, der einen Karren hinter einem nervös wirkenden Pferd mit Truhen belud. Er gehe aufs Land, sagte er, und sie wäre klug, wenn sie es auch machte. Verzweifelt sah Clara zu, wie Messer Provenzano seine letzten Habseligkeiten auflud.

»Könnt Ihr mir helfen, meine Herrin zu finden, Ser?«

»Ich wüsste nicht, wie ich da helfen könnte, Signorina«, sagte er nicht unfreundlich. Clara barg ihr Gesicht in den Händen. »Na, na, nicht traurig sein. Ich sehe nicht gern ein junges Mädchen weinen.« Er tätschelte ihre Schulter unbeholfen, offenbar weder an junge Mädchen noch an Tränenausbrüche noch an beides zusammen gewöhnt.

Clara versuchte, sich zu beruhigen; sie hätte nicht so lange als Waise überlebt, wenn sie nicht wissen würde, wie sie ihren Rettern ein gutes Gefühl vermitteln konnte. Ihre Kehle tat weh, aber es gelang ihr, ein Lächeln aufzusetzen. »Wird Eure Reise Euch am Ospedale vorbeiführen?«

»Ich bin unterwegs zu meinem Wohnsitz im *contado*. Aber ich kann dich ein Stück mitnehmen.«

Clara wusste nicht einmal genau, wo ihre Herrin sich aufhielt – vielleicht wanderte sie durch die Straßen, verirrt oder krank. Clara schaute in Messer Provenzanos rundes Gesicht und spürte, wie Panik ihr die Kehle zuschnürte.

»Monna Trovato ist so klug und so freundlich. Wenn ich sie nun nicht finde? Was soll aus meiner armen Herrin werden, allein an diesem grässlichen Ort?« Clara brach in lautes Jammern aus, der Tonfall des Kindes, das sie vor Kurzem noch war.

Provenzano streckte die Hand aus und wischte ihr mit seinen dicken Fingern die Tränen von der Wange. »Ich bin sicher, dass sie zu finden ist. Wie schwer kann das schon sein? Sie hebt sich von jeder Menschenmenge ab wie ein Maure zwischen Mägden. Aber nein, das ist nicht ganz richtig, eher wie eine Magd zwischen Mauren. Mach dir nichts aus den Vergleichen. Und ich werde eine Notiz hier hinterlassen mit Anweisungen, wohin wir unterwegs sind, sollte sie zurückkehren und feststellen, dass wir fort sind.« Als Provenzano zu Ende geschrieben hatte, nahm Clara das Stück Pergament an sich, und als sie die Faktorei verließen, befestigte sie es am Eingangstor. Es wirkte verloren dort, blass vor dem dunklen Eisen. Clara stieg neben Provenzano auf den Karren und lehnte sich an ihn. Seine Körpermasse und seine ständige Unterhaltung spendeten ihr Trost. Doch als sie in die Straßen der Stadt kamen, hörte sie die Totenglocken der Kathedrale und schauderte.

Als sie die Piazza Ospedale erreichten, näherte die Sonne sich dem Horizont. Am Eingang zum Ospedale erinnerte sich der Wachmann tatsächlich an eine Frau mit blauen Augen und schwarzem Haar, die gekommen und schließlich wieder in Richtung Stadttore gegangen sei. Woanders konnte man nicht suchen.

»Ich muss aufbrechen«, sagte Provenzano, »bevor die Straßen zu gefährlich werden.« Clara stellte sich vor, hier zurückgelassen zu werden, allein in Messina mit der wütenden Seuche. Verzweifelt überdachte sie ihre Vorgehensweise. Plötzlich fiel ihr etwas ein: Essen, natürlich. Seine Körpermasse verriet seine Neigung, dieser Versuchung nachzugeben, die Clara gut und gerne liefern konnte.

»Wenn, der Himmel möge es verhüten, es uns nicht gelingt, meine Herrin zu finden, und es nach Eurem Geschmack wäre, werde ich Euch in der Eigenschaft einer Köchin und Magd auf Eurem Landsitz dienen. Vielleicht habt Ihr ein wenig von dem probiert, was ich zu bieten habe?« Sie hielt die Luft an und beobachtete sein Gesicht.

»Ah, ja. Du warst verantwortlich für diese herrliche Fasanenbrust.« Er schloss die Augen, und sie betete, dass die Erinnerung an den Fasan Wirkung zeigen möge. Zu Claras Erleichterung verzog sich Messer Provenzanos Gesicht zu einem Lächeln, und als er die Augen aufschlug, klopfte er auf den Sitz neben sich. »Komm, spring zu mir herauf. Ich würde sagen, es ist noch Platz für deine kleine Person, und vielleicht werden wir deine Herrin unterwegs finden. Wenn nicht, werde ich deine Gesellschaft und dein Talent in der Küche begrüßen.«

»Ich komme mit«, erwiderte Clara, erleichtert, aber auch

verzweifelt bei dem Gedanken, ihre Herrin im Stich zu lassen, wo immer sie sein mochte. Sie stieg wieder zu Provenzano hoch und schloss vor Müdigkeit die Augen. Als Clara sie wieder öffnete, sah sie die hohen Stadtmauern mit den dahinter aufragenden Hügeln. Im Stillen betete sie für Monna Trovato und sich selbst, während der Karren aus der Stadt rumpelte.

Sie waren erst ein paar Minuten unterwegs, als Clara eine Frau in blauem Kleid sah, die unter einem Baum neben der Straße zusammengesunken war.

»Haltet Euer Pferd an!«, rief sie schrill, ihr Herz begann zu rasen. Clara kletterte vom hohen Sitz herab, wobei sie in ihrer Eile beinahe stürzte, und lief über die Wiese zum Baum. Kleine braune Pfirsiche hingen an den Zweigen.

Ihre Herrin lehnte am Baumstamm, die Augen geschlossen, das Gesicht rot angelaufen. War das die Hitze oder Fieber? Die blauen Augen öffneten sich, ernst und tiefgründig, diese bemerkenswerten Augen, denen man unweigerlich treu ergeben sein musste.

»Ich dachte, ich hätte Euch verloren! Warum seid Ihr hier? Habt Ihr den Maler gefunden? Warum ist Euer Gesicht so rot?« Der Hauch eines Lächelns kräuselte kurz die Lippen ihrer Herrin.

»Ich habe ihn gefunden, ja. Du hast so viele Fragen.« Ihre Antwort fiel ungewöhnlich knapp aus. »Ich musste ihn dortlassen – er ist krank.«

»Wird er wieder gesund?«

»Das weiß ich nicht, Clara, ich weiß es nicht.« Sie verstummte. »Clara, ich habe entsetzlichen Durst … würdest du mir bitte etwas Trinkbares suchen?« Ihre Herrin schloss die Augen wieder. Das war sehr eigenartig – die ganze Zeit, während sie zusammen waren, hatte Monna Trovato sie nie um etwas gebeten. Und sie beklagte sich nie über etwas, das sie selbst betraf – höchst eigenartig, und beunruhigend.

»Seid Ihr krank, Signora?«

»Krank? Ich hoffe nicht. Ich weiß es nicht.« Sie sah ganz und gar nicht gut aus; Schweiß sammelte sich am Haaransatz.

»Ich hole Euch sofort Wasser«, sagte Clara hastig. »Geht nicht fort.«

»Wohin sollte ich?« Signora Trovato schlug die Augen wieder auf. »Die Wasserflasche ist in meiner Tasche, dort.« Clara griff in die Tasche und fand eine eigentümliche Flasche, exakt zylindrisch und aus hartem, glänzenden Metall – könnte es Silber sein? Ihre Herrin hatte sie ihr nie gezeigt. Sie lag kühl in ihrer Hand.

»Ich bin gleich wieder da. Die Brunnen sind nicht weit von den Stadttoren.« Ihre Herrin nickte lustlos. Clara sprach noch ein Gebet und flehte dabei alle Heiligen an, die sie kannte, und die Jungfrau, sie beide zu beschützen. Provenzano kam vom Karren herunter.

»Sie hat Durst, habt Ihr Wasser, Ser?«, fragte Clara besorgt. Provenzano schüttelte den Kopf.

»Ich habe gerade den letzten Schluck Wein getrunken. Darf ich Euch einen Haferkuchen anbieten, Monna Trovato?«

»Nein, danke. Ich habe zu großen Durst.«

Provenzanos Pferd wieherte laut, aufgeschreckt durch ein paar wilde Hunde, die zu nahe herangekommen waren. Während er wieder zu seinem Karren trampelte, um sich der Tiere anzunehmen, ging Clara zurück zu den Stadttoren. Die Wachleute erinnerten sich an sie und ließen sie passieren. Bis sie den Brunnen gefunden, das merkwürdige Gefäß gefüllt hatte und wieder durch die Tore gegangen war, hatte das Licht nachgelassen. Provenzano wartete noch an seinem Karren. Er war an den Straßenrand gefahren und zusammen mit seinem Pferd eingeschlafen. Aber als Clara zum Pfirsichbaum kam, war ihre Herrin verschwunden.

VIII

Der Rivale

Giovanni de'Medicis Bruderschaft San Giovanni Battista traf sich in einem Kellergewölbe des Palazzo Medici. Iacopo saß unbequem auf dem Stuhl seines Vaters und umfasste die Holzlehnen, bis die zierlichen Schnörkel sich in seine Handflächen gruben. Der Schreiber neben ihm hielt das Datum auf einem Stück Pergament fest, wobei die Feder kratzte. Iacopo sah zu, wie die schwarzen Buchstaben sich wie ein Spinnennetz über die Seite zogen: *Im Jahre eintausenddreihundertachtundvierzig, im Monat Februar* … Das flackernde Licht aus goldenen Wandleuchtern strahlte auf Gobelins, die das Leben Johannes des Täufers darstellten. Die Bruderschaft war benannt nach dem Schutzpatron von Florenz, und einige der wohlhabendsten und mächtigsten Männer der Stadt zählten zu ihren Mitgliedern. Acht von ihnen saßen um den langen Tisch, und Iacopo war, als taxierten sie ihn, um ihn dann mit einem einzigen Blick abzulehnen. Sein Brustbein ragte nicht einmal eine Handbreit über die massive Tischplatte hinaus.

»Ich habe heute eine Angelegenheit von höchster Wichtigkeit zu besprechen.« Iacopos Stimme quiekte, und er hielt inne, um sich zu sammeln.

»Welchem höheren Ziel können wir dienen, als Gott durch Wohltätigkeit zu gefallen?« Ser Acciaioli trug seine Gottergebenheit wie ein Abzeichen und ebenso anschaulich wie sein Familienwappen vor sich her, und gab für alle, die es hören wollten, endlose Frömmeleien von sich.

»Habt Ihr keine Antwort für Ser Acciaioli, *junger* Medici?« Das unangenehme Adjektiv kam von Ser Albizzi, einem mächtigen Mitglied der Arte di Lana – der Gilde der Wollweber.

»Alles in Gottes Namen und mit Gottes Hilfe«, gab Iacopo in einem Singsang von sich. Die acht Männer nickten, offenbar zufrieden mit seiner Antwort. Doch die Tagesordnung war lang, und Iacopos Angelegenheit wurde verschoben, bis Ser Acciaioli die Diskussion über einen Plan zu Ende führte, dem zufolge die ortsansässigen Bäcker Subventionen erhielten, damit die Armen der Stadt Brot bekamen. Der Raum war kalt, und alle Männer hüllten sich fest in ihre Umhänge. Ein Feuer im Kamin wärmte vor allem Ser Acciaioli, dem es trotz seiner Beschäftigung mit dem Leben nach dem Tode stets gelang, der Wärmequelle am nächsten zu sitzen.

Schließlich war Iacopo an der Reihe, und er räusperte sich. »Ich trauere noch immer um meinen Vater.« Ein guter Anfang, sah er, da einige Brüder ernst nickten.

»Wie wir alle«, sagte Ser Albizzi, doch Iacopo spürte einen ängstlichen Stich – wollte Albizzi damit sagen, dass der Sohn ein erbärmlicher Ersatz war?

»Sein Plan sollte weiterleben.«

Albizzis Blick wurde schärfer. »Ah. Euer guter Vater hat Euch also vor seinem verfrühten Ableben ins Vertrauen gezogen?«

Iacopo schluckte, ein Kloß saß in seiner Kehle. »Ja, Ser.« Die anderen Mitglieder der Bruderschaft tauschten wissende Blicke. *Sie vertrauen mir nicht so wie meinem Vater – noch nicht.*

Albizzi deutete auf den Schreiber, der dienstbeflissen auf sein Pergament krakelte. »Buonfiglio, du kannst jetzt gehen. Danke für deine Dienste heute Abend.« Der Schreiber verbeugte sich, sammelte seine Papiere ein und ging.

»Sagt uns, was Ihr wisst, junger Iacopo, und wir werden sehen, wie nützlich Ihr uns bei der Fortführung unseres Plans sein könnt«, sagte Acciaioli, setzte sich breitbeinig hin und beugte sich vor. »Ihr seid nicht Euer Vater, aber vielleicht habt Ihr genug von ihm in Euch, um etwas Wertvolles zu vollbringen.«

Iacopo kämpfte mit widerstrebenden Impulsen: dem Wunsch, sich des Vertrauens der Bruderschaft würdig zu erweisen, und der Wut darüber, dass sie ihn in diese Position der Dienstleistung verbannt hatten, statt die führende Rolle anzuerkennen, die er hätte erben sollen. Vorsicht, wohl eher Servilität genannt, setzte sich durch.

»Ihr werdet feststellen, dass ich für die Sache bestimmt bin, und fähig.«

Acciaiolis Unterlippe zuckte skeptisch. »Eure Fähigkeit wird zu beweisen sein.«

Iacopo richtete sich auf dem Stuhl seines Vaters möglichst hoch auf. »Mein Vater hat mir von den Herren in Siena erzählt, die unsere Sache gegen *i Noveschi* eventuell unterstützen. Nur ich weiß über seine letzten Treffen Bescheid, die er in den paar Tagen vor seiner Festnahme und seinem Tod angesetzt hatte. Ich begleitete ihn zu einem unserer Verschwörer in Siena, der mir jetzt vertraut wie meinem Vater, um unsere gemeinsame Sache voranzutreiben.« *Die Unterredung mit Signoretti entsprach der Wahrheit – obgleich das Vertrauen in Wirklichkeit noch zu beweisen war. Aber das würde schon noch kommen.* Iacopo sah, wie Acciaioli nickte, ein hart erkämpftes, wenn auch fast unmerkliches Zeichen seiner Anerkennung.

»Verstehe. Geht es anderen der Bruderschaft auch so?« Die acht stimmten zu. »Dann wollen wir uns den Plänen zuwenden, die wir für Siena haben, unseren hochnäsigen kleinen Nachbarn. Siena hat inzwischen viele *commune* im Griff, deren Loyalität – und Steuern – uns zustehen. Sienas Ackerland könnte die Einwohner von Florenz ernähren – das Korn könnte die Münder unserer Kinder mit Brot füllen, und die Trauben unsere Weinkelche. Seit Montaperti haben die Sienesen ihren Sieg zur Schau getragen, selbst jetzt, da alle, die gekämpft haben, zu Staub und Asche geworden sind. Nun ist es an der Zeit, Siena in seine Schranken zu weisen.« Die Tischrunde murmelte zustimmend. Acciaioli holte tief Luft und fasste zusammen. »Wie der junge Medici schon sagte, gibt es Männer in Siena, deren Unzufriedenheit sie leicht verführbar machen könnte, sich gegen ihre Regierung aufzulehnen. Briennes Pläne sind fehlgeschlagen, doch mit allem, was wir wieder aufgebaut haben, sollte der nächste Anschlag gegen Sienas Neunerrat glatter laufen.« *Die Neun*, dacht Iacopo – *unsere neun gegen deren neun.*

Albizzi nickte. »Vielleicht sollten wir uns dann zunächst einmal anhören, was der junge Medici zu sagen hat.«

Iacopo erzählte der Bruderschaft von den Plänen seines Vaters, von Signoretti und anderen Männern aus Adelsfamilien in Siena, die man benutzen könnte, um den Neunerrat zu stürzen und somit unwissentlich ihre *commune* in die wartenden Hände der Florentiner zu übergeben. Dabei beobachtete er die Gesichter rings um den langen Tisch – manche berechnend, einige skeptisch, andere wiederum schwer zu deuten. Es war kein überragender Sieg, aber wenigstens hörten ihm alle bis zum Schluss zu.

Die Männer standen auf, um zu gehen, als Iacopo die Hand hob, um noch etwas zu sagen. »Eins noch, werte Herren.«

Das Scharren der Stuhlbeine hörte auf, als die Männer sich zu ihm umdrehten.

»Ich habe den Mann gefunden, der meinen Vater dem Henker ausgeliefert hat.«

Ridolfi di Borge zog eine Augenbraue hoch. Er hatte eine einflussreiche Position in der Arte di Calimala inne, der Gilde der Textilveredler. »Ach ja, Iacopo? Dann sagt uns doch, was Ihr mit ihm gemacht habt.«

»Mit ihm gemacht?«

»Jetzt, da er gefunden wurde.«

Er macht sich über mich lustig. »Ich kenne seinen Namen und weiß, wer er ist.«

»Und seinen Aufenthaltsort?«

»Dessen bin ich mir nicht sicher.«

»Wie unangenehm. Und was werdet Ihr tun, wenn Ihr ihn wiederfindet? Den Täter eigenhändig erdrosseln und sich von demselben Henker aufhängen lassen, der Eurem Vater das Leben genommen hat?«

»Ich habe einen vertrauenswürdigen Mann, der für ein angemessenes Entgelt bereit ist, diesen Verräter seiner gerechten Strafe zuzuführen.«

»Und kennt Ihr dessen Aufenthaltsort, den dieses vertrauenswürdigen Mannes?«

Iacopo sah alles nur noch verschwommen, verzerrt durch helle Lichter und einen Bogen aus geometrischen Linien. Er wusste, bald würden Übelkeit und Kopfschmerzen einsetzen. »Er lebt in Siena.«

Ser Ridolfi grunzte. »So, so. Warum sagt Ihr uns nicht endlich den Namen des Mannes, und wie es Euch gelungen ist, ihn zu verlieren? Siena ist nicht so groß, als dass man sich darin für … wie lange ist es her? Sechs Monate? Einen ganzen Winter lang verstecken kann.«

Iacopo zuckte zusammen bei der Erinnerung an den misslungenen Anschlag auf das Gerüst, dann die verlorenen Monate, bevor er feststellte, dass der Maler Siena für einen Auftrag verlassen hatte. Er hatte den harten Winter in Florenz verbracht und sich bemüht, die Zügel im Geschäft seines Vaters aufzunehmen, hatte sich durch Papiere gewühlt, die er kaum verstand, sich mit Bankiers getroffen, die erkannten, dass der Sohn nur ein Abklatsch des Vaters war. Doch als der Winter seinen festen Halt lockerte, traf ein Brief von Baldi ein, der endlich herausgefunden hatte, wohin Accorsis Reise ging, als er Siena im Herbst zuvor verlassen hatte. »Sein Name ist Gabriele Accorsi, ein nicht sonderlich renommierter Maler, dem Siena wahrscheinlich weder beistehen noch eine Träne nachweinen würde.«

Ridolfi gab einen kehligen Laut von sich.

»Mein Vertrauensmann hat herausgefunden, dass Accorsi von Siena aufgebrochen ist, kurz bevor die Blätter sich verfärbten. Er war auf dem Weg nach Pisa«, fügte Iacopo hinzu.

»Und ist er noch in Pisa?« Ridolfi blickte finster drein. »Die Entfernung wäre zu bewältigen.«

Iacopos Kopf pochte; selbst das flackernde Kerzenlicht schmerzte in seinen Augen. »Ich glaube, er folgte einem Auftrag nach Messina.«

Ser Ridolfi lachte schäbig. »Messina. Verstehe. Ihr schlagt also vor, dass wir diesen drittklassigen Maler über Land und Wasser verfolgen, um ihn seiner gerechten Strafe zuzuführen? Und für welches Verbrechen?«

Iacopo wand sich. »Mit seinen letzten Worten empfahl mich mein Vater unserer Bruderschaft an. Der Mann in Siena hat einen Plan, Accorsi zu denunzieren, und ganz gleich, wessen man ihn beschuldigt, ich werde Zeugen finden, Verbündete meines Vaters, die gegen ihn aussagen werden.«

»Die Denunziation eines erfundenen Verbrechens, noch dazu falsche Zeugen vor Gericht? Iacopo, das ist Rache, keine Gerechtigkeit, und kriminell. Um es beim Namen zu nennen.« Das war jetzt Albizzi, mit ernster Miene.

»Rache und Gerechtigkeit sind hier miteinander verwoben«, beharrte Iacopo.

Ser Ridolfi lehnte sich auf seinem Stuhl zurück. »Euer Kopf, Iacopo, ist zu klein für die großen Gedanken darin.«

»Ich habe in den letzten Monaten fieberhaft um eine Methode gebetet, mit der ich den letzten Wünschen meines Vaters entsprechen könnte. Ich appelliere an Euch alle, Euch meinen Gebeten anzuschließen.«

Albizzi ergriff das Wort mit leiser, aber energischer Stimme. Seine Weisheit und sein klares Urteilsvermögen verliehen ihm inoffiziell Autorität in der Gruppe. »Gebete können wir zusagen. Wir wissen Eure kindliche Pietät zu schätzen, Iacopo, und Eure Worte sind eloquent. Dennoch …«

Ein Dennoch *gab es immer.*

»… ist Euer Plan noch unausgegoren. Ihr kennt die Identität des Verräters, aber er ist zu weit entfernt von Florenz, um ihn zu verfolgen, und sein Aufenthaltsort ist nicht bestätigt. Unter uns, ich habe Nachricht über eine Seuche, die in Messina ausgebrochen ist, von Caffa auf Handelsschiffen mitgebracht. Für uns ist die Gefahr einer Reise nach Messina zu groß. Aller Wahrscheinlichkeit nach ist Euer Mann der Krankheit bereits erlegen.« Iacopo schluckte, sein Speichel schmeckte bitter. Albizzi war offenbar noch nicht fertig mit seiner Zusammenfassung. »Ihr habt vor, diesen Accorsi wegen eines noch nicht benannten Verbrechens anzuklagen, das er nicht begangen hat, und ihn vor Gericht zu bringen. Das könnte Erfolg haben, wenn er in Siena wäre, aber seine Abwesenheit verhindert jede offene Vorgehensweise. Euer Vorschlag ist zu vage, um weiter erörtert zu werden.«

Albizzi rieb langsam seine Hände, als würde er seinen Gedanken zwischen den Fingern formen. »Ich schlage vor, dass wir uns für heute vertagen. Iacopo, sollte der Aufenthaltsort Eures Accorsi bekannt werden, sind wir bereit, Eure Pläne in allen Einzelheiten anzuhören.« Die sieben verbleibenden Älteren der Bruderschaft drückten auf unterschiedliche Weise ihre Zustimmung aus, manche in Worten, andere mit Nicken, Ridolfi mit einem Grunzlaut.

Albizzi erhob sich, sein dunkelblauer faltenloser Umhang bauschte sich auf. Auch die anderen erhoben sich, verneigten sich voreinander, gingen die Steintreppe hinauf und verließen den Palast. Iacopo blieb allein auf dem Stuhl sitzen, der einen

Zwerg aus ihm machte. *Wenn sie mich nicht bei der Verfolgung von Accorsi unterstützen, dann muss ich allein handeln.* Schweigend beobachtete er, wie das Feuer im Kamin herunterbrannte, bis nur noch schwach glühende Asche übrig war.

Nach der Besprechung mit der Bruderschaft setzte Iacopo einen Brief an Baldi in Siena auf, in dem er ihn um Neuigkeiten über den Maler bat. Baldis Antwort traf fast einen Monat später ein, Anfang März, und er wusste zu berichten, dass er von Accorsi nichts gehört und gesehen hatte. Ob er noch auf ein wenig Gold hoffen dürfe? Er sei sicher, dass es seine Suche voranbringen werde. Der Duomo werde ausgebaut – ob Ser Medici das wissen wolle? Arbeiter seien eingestellt worden, um Sienas Kathedrale größer zu gestalten als den Dom von Florenz. Vielleicht werde man Accorsi zurückrufen und ihn damit beauftragen, das neue Querschiff zu verzieren? Iacopo begriff, was diese beiläufige Nachricht eigentlich zu bedeuten hatte – ein sienesischer Stachel, der auf seine florentinische Eitelkeit zielte. Er verfasste einen Antwortbrief:

> *Wenn ich wieder nach Siena komme, werden wir über Euer Entgelt sprechen. Unterdessen forscht im Haushalt der Accorsi nach, ob Ihr etwas darüber erfahrt, wo der Maler sich aufhält. Sollte er Siena wieder betreten, dann setzt die Mühlen der Justiz gegen ihn in Bewegung, so wie wir es besprochen haben. Ihr werdet ihn denunzieren, und ich werde Zeugen auftreiben, die gegen den Maler aussagen. Ich lasse es Euch wissen, wenn ich eintreffe.*

Mitte März fand Iacopo einen Grund, nach Siena zurückzukehren; die Bruderschaft stimmte zu, dass es an der Zeit sei, Signoretti erneut aufzusuchen und festzustellen, ob man sich der Zusammenarbeit der *casati*-Herren sicher sein konnte. »Seht zu, wie Ihr diese Zusammenkunft bewerkstelligt«, hatte Ser Acciaioli gesagt, laut genug, um der Bruderschaft zu signalisieren, dass mit diesem Auftrag Iacopos Fähigkeiten geprüft wurden. »Und wenn Ihr Eure Sache gut macht, werden Euch vielleicht weitere Verantwortlichkeiten übertragen.« Iacopo fühlte sich wie ein einsamer Bauer auf einem Schachbrett, schwach und leicht zu opfern. Obwohl ein Bauer, wenn er nur weit genug nach vorn kam, hoch aufsteigen konnte – er konnte sogar Königin werden.

Ser Signoretti empfing Iacopo, wenn auch nicht mit Wärme, so doch wenigstens mit Duldung. Signorettis *studium*, in das Iacopo seinen Vater einst stolz begleitet hatte, betrat er nun allein, und der Raum, der im Sommer zuvor Wärme ausgestrahlt hatte, war jetzt zugig, dunkel und kalt. Iacopo stand vor Ser Signorettis Schreibtisch und spürte den durchdringenden Blick des Edelmanns wie ein Messer. Nach einem unerträglich langen Schweigen ergriff Signoretti endlich das Wort.

»Ihr seid gekommen, nehme ich an, um dort fortzufahren, wo wir aufgehört haben? Euch ist bekannt, dass sich seither vieles verändert hat.«

Iacopo hatte diesen Augenblick auf dem Ritt nach Siena unzählige Male geprobt, und die Wörter, stellte er erleichtert fest, kamen ihm glatt über die Lippen.

»Ser Signoretti, Zeiten ändern sich wie das Wetter, aber alle, die ein festes Ziel im Auge haben, halten den Kurs trotz der Stürme mit starker Hand am Ruder. Unser Ziel steht so fest wie eh und je; vielleicht sogar noch fester. Und der Nutzen, den Ihr daraus ziehen werdet, bleibt wie gewünscht.«

Signoretti gab einen kehligen Laut von sich. »Ich würde ja gern darauf bauen, dass der Sohn, der vor mir steht, versprechen kann, was der Vater angeboten hat – der Vater, der als Verbrecher von unseren Richtern zum Tod durch den Strang verurteilt wurde –, und ich wäre mir gern möglichst sicher, dass dieses Verbrechen unseren Familiennamen in keiner Weise befleckt, den wir mit großer Sorgfalt und Stolz hüten, wie es uns geziemt.«

Iacopo nickte ernst. In dem Augenblick empfand er den Auftrag seines Vaters wie einen schweren Mantel auf seinen Schultern. »Mein Vater ist für diese Sache gestorben, und ich bin sein Nachfolger. Ich komme mit Unterstützung der Bruderschaft San Giovanni, und wir werden natürlich unser Möglichstes tun, um die Stellung Eurer Familie in diesen Zeiten des Wandels zu stützen.« Iacopo sah an der Kopfhaltung des Edelmanns, dass er diesmal gut gesprochen hatte. Nun war da noch ein Thema anzusprechen: Accorsi.

»Als Gegenleistung für unsere Unterstützung, Ser Signoretti, politisch wie finanziell« – Iacopo rückte den Beutel mit den Goldmünzen an seinem Gürtel gerade, damit sie hörbar klimperten –, »als Gegenleistung für unsere Unterstützung würde ich um einen kleinen Gefallen bitten …« Ser Signoretti beugte sich vor, um ihm zu lauschen, verführt von der Aussicht auf Macht und Geld. *Jetzt habe ich ihn*, dachte Iacopo frohlockend.

Als Iacopo mit einem von Ser Signoretti eigenhändig unterzeichneten Brief nach Florenz zurückkehrte, in dem er seine Loyalität gegen *i Noveschi* bestätigte, erkannte selbst Ser Ridolfi Iacopos Erfolg an. Die Winterkälte ließ nach, und die Bäume schlugen aus. Und mit dem Frühling kam die Waffe, mit der die Bruderschaft Siena ins Herz treffen konnte.

Diesmal trafen sich Ridolfi und Acciaioli mitten in der Nacht mit Iacopo, und allein. Das Feuer wurde angezündet, aber die Ecken des Kellergewölbes waren dunkel und schienen Iacopo mit böswilligen Schatten gefüllt.

»Ihr habt Eure Hingabe an die Sache unter Beweis gestellt«, sagte Ser Acciaioli und deutete ein Lächeln an, das jedoch die Augen nicht erreichte, »und Eure Kompetenz, mit einem

Mann zu verhandeln, den Euer Vater einen Verbündeten genannt hat. Er wäre zufrieden.«

Das Lob verunsicherte Iacopo, da es von Acciaioli kam.

»Ser, ich begrüße die Gelegenheit, meiner *commune* zu dienen und die Pläne meines Vaters zu verwirklichen.«

Ser Acciaiolis Zähne blitzten im Schein des Feuers weiß auf. »Es ist gut zu hören, dass Ihr Euer Ziel weiterhin im Auge behaltet, Iacopo, gerade jetzt, da Loyalitäten auf dem Prüfstand stehen und Erfolg von der Ergebenheit der Männer abhängt, die nicht von ihrem Pfad abweichen. Seid Ihr nicht auch dieser Meinung, Ser Ridolfi?«

»Gewiss. Wir leben in schwierigen Zeiten.« Ridolfi hatte sich so hingestellt, dass Iacopo nicht beide Männer gleichzeitig ansehen konnte, sondern den Kopf drehen musste, wenn sie ihn ansprachen. »Es hat den Anschein, als könnte unser Iacopo an der Aufgabe wachsen, wenn man ihm die Chance gibt. Stimmt Ihr mir zu, Ser Acciaioli?«

Acciaioli nickte ernst. »Sieht ganz so aus. Ich bin zuversichtlich, dass wir in dem jungen Medici unseren Mann gefunden haben.«

Endlich ist meine Zeit gekommen. Sie werden mein Geburtsrecht anerkennen und meinen Beitrag zum Plan gegen Siena. Iacopo richtete sich gerade auf. »Ihr werdet niemals bereuen, mir eine Aufgabe übertragen zu haben.«

Ridolfis nächste Frage war eine Überraschung. »Wie verläuft Eure Suche nach dem Maler – Accorsi, wie Ihr ihn nanntet?«

Warum wollen sie das jetzt wissen? Ist das eine Prüfung, und wenn, was muss ich tun, um sie zu bestehen? Iacopo spürte, wie er rot wurde, und war froh über die im Raum herrschende Dunkelheit. »Ich weiß jetzt, wo er lebt, und das Haus steht unter Beobachtung. Und Ser Signoretti hat geschworen, vor Gericht gegen ihn auszusagen. Ich bin gut aufgestellt, um die Ziele meines Vaters zu erreichen.«

Ridolfis Blick huschte zu Acciaioli, bevor er sich wieder auf Iacopos Gesicht richtete. »Iacopo, wir haben einen Plan, der den Verräter Eures Vaters seiner Strafe zuführt und auch dem größeren Ziel dient – Siena unter die Kontrolle von Florenz zu bringen.«

»Ich wäre stolz, wenn ich das Werkzeug sein könnte.« Werkzeug, *dieses Wort hätte ich nicht verwenden sollen.* Werkzeug *ist ein Wort, das sie benutzen würden.* Aber Ridolfi und Acciaioli nickten beide bedeutungsvoll und begrüßten sein Ehrenwort.

»Das sind ausgezeichnete Neuigkeiten, Iacopo de'Medici.« So schwor Iacopo der Sache die Treue, bevor er das Ausmaß dessen erfuhr, was man von ihm verlangte. Und sobald er es vernommen hatte, sobald die beiden Mitglieder der Bruderschaft seines Vaters ihm den Plan in allen abschreckenden Einzelheiten dargelegt hatten, war es zu spät, sich zu weigern.

Iacopo hatte Nachricht von der Krankheit erhalten, überbracht von Händlern aus dem Orient, die vor Kurzem erst in Florenz eingetroffen waren. Die Infizierten starben einen qualvollen Tod, schwollen an mit eitrigen Beulen in der Leistengegend und unter den Armen und ertranken an ihrem eigenen erbrochenen Blut. Als sie sich von einem Mitglied eines Haushalts auf das nächste übertrug, dann auf die Ärzte, die sich um die Kranken kümmerten, und schließlich auf die Priester, die den Sterbenden die Letzte Ölung verabreichten, verbreitete sich das Gerücht von der ungewöhnlich raschen Ansteckung schneller als die Krankheit selbst. Die Mortalità, der große Tod, wie die Menschen sie mit der Zeit nannten, denn sie ging mit der Gewissheit der Zerstörung einher, die alle bisher bekannten Krankheiten übertraf. Ser Acciaioli, rechtschaffen in der Verfolgung der Frömmigkeit, die nach seinen Worten sein Schild gegen Ansteckung war, wandte sich im Kellergewölbe des Palazzo Medici an die Versammlung der Bruderschaft. »Unsere Bemühungen, einen Aufstand unter den *casati* von Siena anzuzetteln, reichten nicht aus, und sie waren zu langsam.« Dort verkündete er den Plan, den er und Ser Ridolfi gegen Siena ausgearbeitet hatten. Und Iacopo, sagte Acciaioli mit grimmigem Lächeln, werde ihn ausführen. »Gott hat uns mit dieser Mortalità eine Waffe zur Verfügung gestellt«, sagte er. »Iacopo, der seine Ergebenheit und seinen Wert bewiesen hat, wird sie schwingen.« Iacopo sah, wie die Gesichter rings um den Tisch stumm ihre Zustimmung kundtaten, aber er hörte ihre Worte nicht, weil es in seinen Ohren rauschte.

Zu diesem Zeitpunkt lernte Iacopo die Becchini kennen, die Sargträger der Stadt. Die Becchini zogen durch die Stadt in schwarzen oder dunkelroten Gewändern, die beinahe bis zum Boden reichten, und trugen Kapuzen und Masken, durch die nur ihre Augen zu sehen waren. Sie betraten ein von der Pest befallenes Haus, wenn niemand mehr hineinging, strichen für ihren Dienst maßlos überzogene Gebühren ein, die sie mit Gewalt einforderten. Nur wenige wollten ihre Arbeit tun, und sie konnten nach Belieben den Preis dafür festsetzen. Es hieß, die Becchini seien infolge ihrer Nähe zum Tod und des Kontakts mit den faulenden Leichen geistig verwirrt. Sie verhielten sich, als hätten sie keine Angst vor dem Fegefeuer. Banden drangen in Häuser ein, in denen noch niemand gestorben war, und verlangten Gold dafür, dass sie das Anwesen verließen; man wusste jedoch, dass sie die ansteckende Krankheit bei sich trugen und Zerstörung verbreiteten, wohin sie kamen.

»Iacopo, wo gehst du hin?« Der ängstliche Unterton in Immacolatas Stimme war berechtigt, denn ein Mann, der sein Haus verließ, um durch die Straßen von Florenz zu gehen, könnte sterben, bevor die Sonne am nächsten Tag aufging.

»Il Ponte Vecchio, Mamma.« Die Lüge kam ihm zögerlich

über die Lippen. »Ich habe dort geschäftlich bei einem Goldschmied zu tun.«

»Dein Vater hat dort noch nie Geschäfte gemacht. Warum fängst du jetzt damit an, wenn die Schmiede nach und nach ihre Läden aufgeben?«

»Die Geschäfte meines Vaters sind meine Aufgabe, nicht Eure.«

Aber Iacopos Mutter durchschaute ihn noch ebenso gut wie früher und ertappte ihn rasch bei einer Lüge. Er schloss die Augen, als ihm eine Erinnerung kam – er hatte einen Weinkrug umgestoßen, als er auf den Esstisch geklettert war, und anschließend die Katze beschuldigt. Immacolata hatte seinem Vater beim Essen die unglaubliche Geschichte erzählt und ihm Schläge erspart. Als Iacopo die Augen wieder aufschlug, war er verblüfft, das alternde Gesicht seiner Mutter vor sich zu sehen.

»Iacopo, du musst die Last deines Vaters nicht allein auf deine Schultern nehmen.«

Er schwieg und hätte sich ihr liebend gern anvertraut. Seit dem Tod seines Vaters erschien sie ihm größer, sie füllte den Raum, den sein verstorbener Vater hinterlassen hatte. Aufgrund seiner Einsamkeit und seiner verworrenen Gedanken verzehrte sich Iacopo nach ihrem Trost. Doch diese Möglichkeit gehörte der Vergangenheit an. »Mein Vater hat mich beauftragt, seine Arbeit fortzusetzen, hier in Florenz und außerhalb.«

»Du bist immer noch mein Sohn, wenn auch in Gestalt und im Handeln ein erwachsener Mann. Sag mir, was du vorhast, *caro* Iacopo.«

Auf keinen Fall konnte er sein dunkles Ziel preisgeben: seine geplante Partnerschaft mit der Mortalità selbst. »Das kann ich nicht.« Als Iacopo den Palazzo verließ, wusste er, dass seine Mutter ihn beobachtete.

Iacopo vereinbarte ein Treffen mit einem Anführer der Becchini, wobei er sich gegen Abscheu und Angst wappnete.

Man hatte ihm versichert, dass der Mann keinerlei Anzeichen der Krankheit zeigte, doch die Seuche konnte unsichtbar im Blut eines Mannes brodeln und nur darauf warten, in die Pestbeulen auszuarten, die den sicheren Tod ankündigten. Der verabredete Treffpunkt, eine aufgegebene *calzoleria*, deren Besitzer der Mortalità erlegen war, war unbeleuchtet und muffig. Unfertige Kniehosen und Schnittmuster für Schuhe lagen auf dem Tisch in der Mitte der Werkstatt. Niemand war da, um ihre Vollendung in Angriff zu nehmen. Der Sargträger stellte sich nur als Angelo vor und hielt sein Gesicht verborgen. Angelo – *Engel des Todes.*

»Ich habe einen Vorschlag für Euch«, sagte Iacopo und ließ einen Beutel Gold auf den Tisch zwischen ihnen fallen.

»Erzählt mir Euren Plan, und ich nenne Euch den Preis«, erwiderte Angelo.

Überwältigt von der enormen Aufgabe, die man ihm gestellt hatte, stellte Iacopo fest, dass sein Mund zitterte und er kaum sprechen konnte. »Ich möchte, dass Eure Leute nach Siena reisen«, sagte Iacopo, »und die Seuche dorthin tragen.«

»Wir brauchen mehr Gold als das, um die von Euch verlangte Entfernung zurückzulegen«, entgegnete Angelo heiser.

»Ihr werdet es in Raten erhalten, wenn Ihr ausführt, worum ich Euch gebeten habe. Ich werde mich hüten, zu viel im Voraus zu bezahlen.«

»Wir werden Namen, Wohnsitze und Arbeitsplätze benötigen, wenn wir Eure Bekannten in Siena besuchen sollen.«

Zielpersonen, nicht Bekannte, käme der Sache näher. »Die werdet Ihr auch bekommen.« Zuerst der Haushalt der Accorsi, danach die Bauherren der Kathedrale, die es wagten, Sienas Duomo zur »größten Kirche der Christenheit« auszubauen, die Gebrüder Lorenzetti, deren Gemälde den Palazzo zierten, Bürgervertreter, Richter, Architekten, Mitglieder der Biccherna, *i Noveschi*: Alle, deren Gewerbe, Kunst, Macht und Ansehen Siena zierten, würden von einem Schlag getroffen, der zu brutal war, um ihm zu widerstehen. Er stellte sich eine Horde Becchini vor, angetrieben vom Gold der Bruderschaft, die auf ihre Ziele zuflogen wie tödliche Raubvögel.

Iacopo schritt leichter aus, als das Gold fort war, er die aufgegebene Werkstatt verließ und wieder in die Sonne hinaustrat. Doch schon bald kehrte der Zweifel, sein vertrauter Gefährte, zurück, um ihn auf dem Heimweg zu begleiten.

Als er den Palazzo der Familie erreichte, hatte eine der Kammerfrauen ihm ein Bad hergerichtet. Immacolata ließ niemanden aus dem Haushalt ein, ohne den Schmutz von der Straße abzuwaschen, denn wer wusste schon, wie sich die Krankheit verbreitete? Er lag im lauwarmen Wasser, doch als er die Augen schloss, sah er die knochige Hand des Sargträgers vor sich, die nach dem Beutel mit Gold griff.

Zwei körperlose Stimmen kämpften in ihm, die eine stellte sein Ziel infrage, die andere trieb ihn weiter an.

Nun werde ich in die Fußstapfen meines Vaters treten.
– Du bist nicht dein Vater, Iacopo.
Ich werde mich beweisen, um ihm gleich zu sein.
– Und willst du das, so sein wie dein Vater? Seinen Weg der Gewalt gehen?

Iacopo wusste nicht, ob er diese Worte laut aussprach, oder ob sie nur in seinem Kopf existierten. Es fiel ihm mittlerweile schwer, den Unterschied festzustellen.

*

Ysabella nahm ihre Lehre bei Monna Tecchini auf, sobald der lange Winter von Siena abließ. Sie begleitete die Hebamme zu jeder Tages- und Nachtzeit und lernte, neues Leben auf die

Welt zu holen. Besonders eine Geburt, Zwillinge, die darum wetteiferten, den ersten Atemzug außerhalb des Mutterleibes zu tun, hielt Ysabella lang auf den Beinen. Beide Kinder überlebten, aber es gab Augenblicke, während sie Mühe hatten, die nassen Gliedmaßen zu entwirren, und in denen Monna Tecchini fürchtete, sie könnten nicht nur die Kinder, sondern auch die Mutter verlieren. Als Ysabella das Haus verließ, waren alle drei endlich außer Gefahr, zwei fest in Leinen gepackt, die Dritte drückte ihre beiden Wunder an die Brust.

Die Straßen waren dunkel, als Ysabella sich auf den Heimweg machte. Unterwegs kam sie am Haus der Gebrüder Lorenzetti vorbei, an dem ihr etwas Merkwürdiges auffiel. Sie ging langsamer. Zwei in schwarze Umhänge gekleidete Männer standen an der Tür des großen Hauses, unheimlich beleuchtet durch die Lampe oben an der Eingangstreppe. Einen Besucher zu dieser späten Stunde zu sehen war eigenartig genug, doch beim Anblick dieser Männer überlief es sie kalt, denn sie erkannte die typischen Gewänder der Becchini, die Gesichter der Sargträger unter ihren weiten Kapuzen verhüllt. Ihre Gegenwart bedeutete stets Tod, eine Leiche, die darauf wartete, zu Grabe getragen zu werden. An diesem Abend jagten sie Ysabella Angst ein. Erst am Morgen hatte sie die Lorenzettis gesehen, als die Glocken zur Prim läuteten und sie auf dem Weg zur Zwillingsgeburt an ihrem Haus vorbeiging. War einer der Brüder krank geworden und in so kurzer Zeit gestorben? Und wenn die Sargträger nicht gekommen waren, um den Toten abzuholen, warum waren sie überhaupt da, in dieser Finsternis nach dem Monduntergang?

Als die Tür aufging und die beiden Gestalten in dem schwarz gähnenden Eingang verschwanden, schlich Ysabella rasch von ihrem Beobachtungsposten fort nach Hause und versuchte das Bild der düsteren Doppelsilhouette loszuwerden, die einen Schatten auf Lorenzettis Tür geworfen hatte.

Zwei Tage später hörte sie, dass zuerst Pietro, dann Ambrogio gestorben war, die neue Seuche aus dem Orient wütete in ihrem Blut wie aus der Hölle freigelassene Dämonen. Ysabella begriff nicht, was sie gesehen hatte, denn die Becchini kamen doch, um den Tod aus einem Haushalt zu holen, nicht, um ihn hineinzutragen. Danach wurde sie in ihren Träumen jedoch von dem Bild der beiden verhüllten Männer verfolgt, Todesengel, die Verzweiflung mit sich brachten. In den darauffolgenden Wochen, wenn die Becchini auf der Straße vor der Bäckerei vorbeigingen, verbarrikadierte sie die Tür vor ihnen, doch das schützte ihr Haus nicht vor dem Eintritt des Todes.

Gabriele war noch nicht ins Haus seines Onkels zurückgekehrt, als das Sterben in Siena begann. Ysabella betete zuerst darum, ihr Vetter möge zu ihnen zurückkehren, doch als jeder Tag neue Schrecken brachte, wünschte sie sich allmählich, er möge fortbleiben. Ihr Vater, Martellino, starb zuerst – an einem Abend im Mai ging er früh zu Bett und beklagte sich über starke Kopfschmerzen. Am nächsten Morgen, als er nicht herunterkam, um die Kohlen im Backofen zu schüren, suchte Ysabella ihn auf.

Sie teilten sich keinen Raum mehr; nachdem Gabriele nach Messina aufgebrochen war, hatte Martellino seiner Tochter die *camera* im oberen Stockwerk angeboten. »Du bist jetzt fast eine Frau, obwohl es mir vorkommt, als wäre es erst ein paar Tage her, dass du ein Kinderkleid getragen hast. Könnte der Raum als *studium* für die Vorbereitung deiner Kräuter und Tinkturen dienen?« Er hatte gelächelt und ihre Wange mit einer Hand berührt, die wie immer nach gärender Hefe roch – aber er würde nie wieder lächeln, und ihre Kräuter vermochten ihn nicht zu retten. Ysabella fand ihren Vater an jenem Morgen im Bett. Er zitterte so heftig, dass sie hörte, wie seine Zähne aufeinanderschlugen, und die Beulen zeichneten sich deutlich auf der blassen Haut unter seinen Armen ab. Der Arzt wollte nicht kommen, da er um sein Leben fürchtete. Ysabella versuchte, ihren Vater gesund zu pflegen, badete ihn in ihrem Urin, vermischt mit frischem Wasser aus der Fonte Gaia, denn der Urin einer Jungfrau sollte angeblich über außergewöhnliche Reinigungskräfte verfügen. Sie legte Bündel duftenden Rosmarins um seinen Kopf und verbrannte Zitronenblätter und Wacholder, bis der Rauch den Raum vernebelte und sie das Gesicht ihres Vaters kaum erkennen konnte.

Als er anfing, Blut zu spucken und das Leinentuch mit rostroten Flecken übersäte, ging Ysabella hinaus auf die Straße, um einen Priester zu suchen. Selbst die Gemeindepfarrer blieben hinter verschlossenen Türen und waren nicht bereit, sich das eigene Grab zu schaufeln, wenn sie ihren Gläubigen den Pfad zum Leben nach dem Tod ebneten. Innerhalb eines Tages war Martellino tot, und Rinaldo wurde schwach. Er kam nicht aus dem Bett, um zu helfen. Ysabella schlenderte durch die Straßen, in denen die Leichen vor den Häusern übereinanderlagen, und versuchte, einen Totengräber zu finden, um ihren Vater zu beerdigen. Niemand wollte helfen, zumindest nicht für ein angemessenes Entgelt. Die Becchini forderten einen maßlos übertriebenen Preis, viel mehr, als sie aufbringen konnte. Als Ysabella bleich wurde, schlug der Sargträger lüstern grinsend vor, ihr Körper könne als Zahlungsmittel dienen. Ysabella schrak vor den Händen zurück, die aus dem langen schwarzen Umhang des Becchini nach ihr griffen, und lief nach Hause, wo die geschlossenen Fensterläden die einst blühende Bäckerei verbargen. Sie wusch ihren Vater so gut sie konnte, doch der Gestank seiner Leiche machte ihre Bemühungen zunichte. Sie zog seinen schweren Körper mit den Beinen zuerst die Treppe hinunter, wobei der Kopf auf jeder Stufe aufschlug, aber sie kam nicht weiter als bis zur Schwelle der Bäckerei. Dort ließ sie ihn liegen und bedeckte ihn mit einem Leinentuch.

Rinaldo starb einen Tag danach. Seine letzten Stunden waren genauso, doch die letzten Wochen seines Lebens waren ganz anders verlaufen als die seines Vaters. Sobald die Mortalità begonnen hatte, in Siena zu wüten, hatte Martellino Buße getan, gebetet und ein einfaches Leben geführt – wenig gegessen, und das, was er aß, kaum gewürzt, hatte sich bei jedem Glockenschlag zum Gebet hingekniet. Rinaldo hatte sich stattdessen Ausschweifungen hingegeben, war mit Horden von Männern zu Zechgelagen durch Wirtshäuser gezogen, hatte gespielt und sich geprügelt. Er kam lange nach Einbruch der Dunkelheit nach Hause, oft mit einer frischen Schnittwunde auf der Wange oder einem blauen Auge. Wenn Ysabella überhaupt Zeit hatte, ein wenig innezuhalten, dachte sie über die Seelen der beiden Männer nach und die entgegengesetzte Art und Weise, wie sie dem drohenden Tod begegneten.

Ysabella verbrannte das Bettzeug und die Kleidung, die Rinaldo getragen hatte, und Bianca zog sich mit der kleinen Gabriella in das Zimmer zurück, in dem sie früher zusammen geschlafen hatten, bedeckte das Gesicht des Kindes mit Tüchern, die in Duftöle getränkt waren. Ysabella bat sie nicht um Hilfe bei Rinaldos Leiche. Sie zog seinen Körper gerade so weit nach draußen, um die Tür schließen zu können. Diesmal fand sie einen Bettler, der bereit war, die Leichen für ein paar Soldi auf einen Karren zu laden, und sie folgte ihrem Bruder und Vater zu einem großen Graben auf dem Friedhof der Gemeinde, in dem ihre Leichen dumpf aufprallten und einen Schwarm Fliegen aufscheuchten. Damit war das Haus ohne Männer.

Ysabella rechnete fest damit, dass sie sich auch angesteckt hatte, doch nachdem sie einen Monat lang zugesehen hatte, wie alle aus ihrer Umgebung erkrankten und weggekarrt wurden, fürchtete sie ihren eigenen Tod weniger. Bianca und Gabriella blieb es auch erspart, vielleicht wegen ihrer Isolation – sie blieben die ganze Zeit in Biancas Schlafzimmer. Das Kind schlief in einer Wiege, die mit Seilen an einem Deckenbalken aufgehängt war, und jedes Mal, wenn es aufschrie, sprang Bianca mit klopfendem Herzen aus dem Bett. Doch wie durch ein Wunder blieb die Kleine gesund und schrie nur, weil sie Hunger, Durst oder eine volle Windel hatte. Gabriella nahm inzwischen ein wenig *poratta* von einem Holzlöffel zu sich, und Ysabella brachte alle Mahlzeiten für Bianca in deren *camera*, wobei sie sicherstellte, dass das in Öl getränkte Tuch und die Holzfensterläden den Pesthauch ausschlossen.

Alle paar Tage verließ Ysabella ihr Haus auf der Suche nach Nahrung. Der *mercato* hatte geschlossen, und fast alle Geschäfte waren gegen Handelsverkehr verbarrikadiert, der die Seuche mit sich bringen könnte. Die Übrigen verkauften ihre Waren zu überzogenen Preisen, denn nur wenige wagten zu bleiben und überhaupt etwas zu verkaufen. Ser Tornabuoni bot Eier und Kapaune zum dreifachen Preis an, und Zucker war nicht zu bezahlen, da man ihn dafür verwendete, die Ernährung der Kranken aufzubessern. Viele Läden standen leer. Ser Buonacorsi, bei dem Ysabellas Vater immer Weizen und Gerste für sein Brot gekauft hatte, war aufs Land geflohen, so wie viele der wohlhabenderen Kaufleute. Manche Häuser waren verwaist, weil alle Bewohner gestorben waren. Plünderer hatten die Gebäude leer geräumt und die Haustüren offen gelassen, die in ihren Angeln quietschten.

Ysabella konnte sich nicht vorstellen, die Bäckerei wieder zu öffnen, nachdem ihr Vater gestorben war, doch die restliche Familie musste ein Einkommen haben. Monna Tecchini war in den ersten Monaten der Seuche gestorben, doch sie hatte Ysabella gut ausgebildet, ihr Wissen über Kräuterkunde weitergegeben und sie gelehrt, Säuglinge mit den Händen aus ihrem wässrigen Zuhause in die gefährliche Welt zu locken. Ysabella stützte sich auf ihre Kenntnisse in Geburtshilfe und Heilkunde und hielt sich und die beiden anderen damit über Wasser. Nur wenige Ärzte nahmen sich in dieser Zeit der Kranken an, und diejenigen, die es doch taten, starben oft bei dem Versuch. Die Schnabelärzte – bewaffnet mit Vogelmasken gegen Ansteckung – gingen durch die Straßen, unheimlich in ihren Verkleidungen, und man vertraute ihnen immer weniger, je länger die Plage sich hinzog. Ysabellas Ziel, Trost zu spenden, auch wenn sie nicht heilen konnte, machte sie zu einer gern gesehenen Besucherin. Für Ysabella war jede Geburt ein Beweis für den Wunsch Gottes, dass die Menschen die Erde auch weiterhin bewohnen sollten. Diese Gedanken gaben ihr die Gewissheit, dass der Göttliche Siena noch immer ein Lächeln schenkte, selbst als die Pest die Stadt verwüstete.

An einem ungewöhnlich hellen Tag kam ein Besucher an die Tür. Ysabella war beinahe zu Tode erschrocken, als es klopfte, so fremd war das Geräusch. In diesen schrecklichen Zeiten während der Seuche würde niemand ein vom Tod gezeichnetes Haus wie das ihre betreten. Sie lief die Treppe von ihrem *studium* hinunter, in dem sie Kräuter für einen Umschlag getrocknet hatte. Der Geruch von Brennnessel und Raute folgte ihr bis an die Haustür.

Sie kannte den Besucher nicht. Sein Hals lag in dicken Falten über seiner dunklen Wolltunika, und seine Hautfarbe erinnerte sie an Maden, die sich in Fleisch vermehrten, das auf dem Markt zu lange in der Sonne gelegen hatte. Ysabella machte die Tür nur einen Spaltbreit auf und versperrte den Eingang mit ihrem Körper.

»Ich suche Gabriele Accorsi, den Maler. Wohnt der hier?«

Ysabella erschrak beim Namen ihres Vetters; es war viele Monate her, seit sie ihn woanders als in ihrem Kopf gehört hatte. »Er ist nicht da.«

»Aber das hier ist seine Wohnung?«

»Er ist zu einem Auftrag unterwegs.« Ysabellas Antwort wahrte gerade noch die Grenzen des Anstands. Diesen unbekannten Herrn zu verärgern würde zu nichts führen, da kein Mann im Haus war, um sie zu beschützen. Doch sie mochte den Besucher von Anfang an nicht und brachte es nicht über sich, Höflichkeit zu zeigen.

»Und wird er bald zurückerwartet?«

»Was fällt Euch ein, hier bohrende Fragen zu stellen, ohne Euren Namen zu nennen?« Ysabella war nie schüchtern gewesen, und die Monate, die sie angesichts des übermächtigen Todes überlebt hatte, hatten ihren ohnehin schon beachtlichen Willen gestärkt.

»Ich bin ein Freund von Accorsi. Giovanni Battista ist mein Name. Euer Verwandter und ich lernten uns zu seiner Zeit im Ospedale kennen, in dem ich Schreiber bin, Assistent von Fra Bosi.«

Ysabella kniff die Augen zusammen. Er hatte nicht mit ihren Kenntnissen rechnen können, die seine Lügen entlarvten. Aber sie ließ ihn fortfahren, um somit mehr zu erfahren.

»Ich und das restliche Personal des Ospedale, wir machen uns Sorgen, wo er wohl sein mag, und wir hoffen, dass es keine Nachricht über sein Ableben infolge der Pest gibt.«

Ysabella sah, wie der Blick des Mannes nach links wanderte, dann nach rechts, als wollte er die nächste Unwahrheit von einem unsichtbaren Blatt ablesen.

»Es ist ein Segen zu hören, dass mein Vetter noch Freunde hat, in Zeiten ohne Freunde infolge der Mortalità. Aber ich weiß so wenig wie Ihr, Messer Battista.« Der Mann war gefährlich. Sie hätte es auch gewusst, wenn er nicht diese Lügengeschichte erfunden hätte. Sie hatte Fra Bosis Schreiberin kennengelernt. Und was war eigentlich aus Monna Trovato geworden, nachdem sie Siena im Dienst des Kaufmanns aus Genua verlassen hatte? Gabriele hatte ihr die Geschichte erzählt an dem Abend, bevor er selbst nach Sizilien aufbrach. Seine Freude über den neuen Auftrag war gedämpft durch die

Sorge um das Wohlergehen der Schreiberin. Ysabella hoffte, Messina habe sich als Zufluchtsort für beide Reisende erwiesen.

»Eure Besorgnis ist freundlich, Ser Battista. Wo kann mein Bote Euch finden, sollte ich etwas Neues von meinem Vetter erfahren?«

Battista, falls das sein echter Name war, zögerte, bevor er ihr seine Adresse gab, was ihren Verdacht noch bestärkte. Was für ein Mann ist das, der sich nicht sofort an seinen eigenen Wohnort erinnert? Als der Besucher sich verabschiedete, vergewisserte Ysabella sich, dass er längst außer Sichtweite war, bis sie die Tür wieder schloss.

Mitten im Frühling waren die Becchini dazu übergegangen, zu plündern und zu brandschatzen, und allein der Anblick einer Gestalt in dunklem Gewand aus der Ferne ließ die feinen Leute schleunigst nach Hause eilen, um sich hinter verschlossenen Türen zu verbarrikadieren. Doch Iacopo traf sich auch weiterhin mit seinen Todesboten, schlich des Nachts aus dem Palazzo, um dem Blick seiner Mutter auszuweichen, und schickte ihn immer wieder auf Reisen, um Siena seiner größten Bewohner zu berauben.

Das erste Mitglied der Bruderschaft fand im Mai durch die Pest den Tod, bespritzte die Wände seines Schlafzimmers, als er seine letzten keuchenden Atemzüge tat. Innerhalb eines Monats war die halbe Bruderschaft tot. Albizzi, Ridolfi und Acciaioli überlebten, Iacopo ebenso, der einen Namen nach dem anderen von seiner heimlichen Liste der angesehensten Bürger Sienas strich. Es gab Augenblicke, in denen Iacopo sich beinahe wünschte, die Mortalità würde auch ihn dahinraffen und ihm ermöglichen, zu vergessen. Doch aufgrund eines merkwürdigen, perversen Glücks ließ sie ihn ungeschoren, um Zeuge all dessen zu werden, was er angerichtet hatte.

IX

Rundreise

Danach war ich bekannt als »diese Neurochirurgin, die sich im Urlaub die Pest geholt hat«.

»Es war eigentlich kein Urlaub«, sagte ich dann für gewöhnlich, obwohl das den Kern des Unerklärlichen nicht traf. Zu Thanksgiving ging es mir so gut, dass ich mit Nathaniel und Charles in ihrer schicken Wohnung an der Upper West Side feiern konnte – immer ein Mordsereignis, besonders, wenn Charles kochte. Linney wäre auch dort gewesen, hatte aber die Grippe. Nicht die Pest, versicherte sie. Wir drei mieden bewusst das Thema meiner Krankheit bis zum Dessert. Ich war seit Juni fort gewesen – fünf Monate, obwohl es für mich mehr als fünf Jahrhunderte waren.

»Nun zu der Reise, die du unternommen hast«, sagte Charles und lächelte schief, als er den letzten Gang der Mahlzeit auftischte, »erzähl mir einfach, wo du warst, damit ich die Gegend meiden kann. Und beim nächsten Mal zieh ein Flohhalsband in Betracht, okay, Liebes?« Ich musste lachen, und das Dessert, das Charles mir vorsetzte, ließ mich weiter strahlen – Kürbis-Crème-brûlée, die obere Schicht mit einem Handbrenner gebräunt. Der Duft nach Vanille und Muskat füllte den Raum, und der Espresso, den Nathaniel servierte, schmeckte im Zusammenhang mit der *crema* besonders blumig: Dunkelbraun an Weiß, worauf jeder Barista stolz wäre. Doch selbst die köstlichen Gerüche waren fade im Vergleich zu dem, woran ich mich gewöhnt hatte – frisch gemahlene Kräuter, die zu Kopf stiegen, das Glücksaroma von Früchten, die in einem Obstgarten im *contado* gepflückt worden waren, ein in Martellinos Holzofen gebackenes Brot. Als mir Tränen in die Augen stiegen, maßen die Jungs ihnen die falsche Bedeutung bei.

»Liebes, tut mir leid, wir wollten dich nicht hänseln. Wir hätten dich fast verloren.« Charles brachte seine Zuneigung stets wortreicher zum Ausdruck als Nathaniel, aber ich sah Nathaniel an, dass er sich Sorgen um mein Überleben gemacht hatte. So wie ich.

Die ältesten Erinnerungen aus der Zeit vor Messina waren kristallklar; ich konnte sie wie einen Film in meinem Kopf abspielen. Aber sie wurden zu Bruchstücken, je näher sie an den Augenblick heranrückten, in dem ich zum zweiten Mal einen Sprung durch die Jahrhunderte machte. Vielleicht weil die Krankheit schon in mir gebrodelt und mein Bewusstsein getrübt hatte. Oder vielleicht war Klarheit nicht möglich, wenn man, wie ich, die Grenze zwischen zwei Welten überschritten hatte. Warum auch immer, die letzten paar Stunden, die ich im vierzehnten Jahrhundert verbrachte, waren wie eine Collage aus Bildern, die man wahllos auf ein Blatt Papier geklebt hatte.

Ich weiß noch, dass ich unter einem Pfirsichbaum außerhalb von Messinas Stadtmauern saß. Ich habe Durst – schrecklichen Durst. Clara beugt sich über mich, ihre tränenfeuchten Augen weit aufgerissen. Aber ich schicke sie fort – um Wasser zu holen? Dann setzen die Kopfschmerzen ein, eigenartige, dumpfe, heimtückische Kopfschmerzen, wie eine Warnung. Wie lange ist sie fort? Ich bin mir nicht sicher.

Fliegen surren um eine zerquetschte Frucht auf dem Boden – ein Herbstpfirsich. Ich blicke auf und sehe, dass am Baum noch Früchte hängen, zu hoch, um danach zu greifen. Ich spüre noch die Schmerzen in meinen Beinen nach meinem Lauf vom Ospedale fort, dann, noch weiter zurück und ein wenig klarer, tauchen die leuchtenden Farben der unfertigen *predella* in der Kapelle vor mir auf. Was dort geschah – mein Verstand scheut vor der Erinnerung zurück.

Unter dem Baum liege ich unbequem auf einem Klumpen: meine Tasche. Ich suche nach der Wasserflasche, aber die ist natürlich fort. Ich habe sie Clara gegeben. Meine Hand kramt ganz unten in der Tasche und berührt ein Stück Papier. Es ist ein Brief, ein neuzeitlicher, handschriftlicher Brief. Als ich das Blatt gegen das Licht halte, das durch die Zweige des Obstbaums dringt, sehe ich das Wasserzeichen. Habe ich schon versucht, die Frucht zu erreichen? Ja, ich glaube schon. Wie ich sehe, ist es die Notiz von Donata, die ich seit Juni mit mir herumtrage, aber es war ein anderer Juni. Die Seite ist zerknittert und verschmutzt. Die Buchstaben verschwimmen vor meinen Augen; ich muss mich anstrengen, um die Wörter zu entziffern. Ich bekomme Fieber, und ich spüre unangenehm jede Naht meines Kleides.

Den Brief kenne ich – natürlich. Oben auf der Seite steht mein Name, *Beatrice*. Selbst in meinem Kopf spreche ich ihn inzwischen italienisch aus.

Cara Beatrice,
wie albern, dir zu schreiben, obwohl du nebenan wohnst, aber wie es aussieht, haben wir nie einen Augenblick Zeit zu reden, wenn ich von meinen lieben Ablenkungen umgeben bin.

Liebe Ablenkungen. Ich habe einmal gewusst, was es bedeutete, aber nun kann ich mich nicht mehr erinnern.

Wenn du deine Recherche ein paar Stunden unterbrechen kannst, könnten wir vielleicht versuchen, wie zwei Erwachsene zusammen auszugehen? Es gibt ein Lokal in der Nähe der

Fonte Gaia – Caffè Rossi –, das die Touristen noch nicht entdeckt haben. Und Signora Rossi macht Caffé wie sonst kein anderer in der westlichen Hemisphäre.

Espresso. Ich habe immer Espresso getrunken – der bittere, schwere Geschmack blüht in meinem Mund auf wie eine Halluzination. Ich glaube, ich weine, weil ich jetzt Salz schmecke, und ich weiß noch so genau, wie es sich anfühlte, neben Donata zu stehen, dass es beinahe wirklich ist.

Vielleicht morgen Nachmittag?
Ciao, Donata

Das Fieber steigt, das weiß ich, weil ich Schüttelfrost bekomme, und der Schatten des Baums sich auf dem Boden vor mir dreht und windet. Während ich lese, höre ich Donatas kluge, humorvolle Stimme.

Da muss es passiert sein, denn danach weiß ich nichts mehr. Ich glaube, dieser Brief hat mich nach Hause gebracht. Die ganze Zeit hatte ich ihn in der Tasche und hätte ihn benutzen können. Oder nicht? Was hat mich aus der Zeit herausgelöst, an der ich inzwischen hing? Die Pest, die sich in meinem Körper eingenistet und meine räumliche Wahrnehmung durcheinandergebracht hatte? Oder war es der Verlust von Bindungen, die mich hier festgehalten hatten, zu wissen, dass Gabriele in der Werkstatt hinter Messinas Kapelle leiden musste? Ich weiß es noch immer nicht. Aber als ich aufwache, schaue ich in ein sorgenvolles, bleiches Gesicht. Zuerst denke ich, es ist Clara, dann Donata. Doch dann dringt allmählich das Piepen und Wimmern von Maschinen ringsum in mein Bewusstsein. Ich liege in einem Krankenhausbett, und das Gesicht gehört Linney, umrahmt von ihrem dunkelroten Haar.

Aus dem, was man mir erzählte, fügte ich zusammen, was geschehen war. Eine Gruppe russischer Touristen auf einer Busfahrt durch Sizilien fand mich auf dem Boden liegend, im Fieberwahn und schwitzend eine halbe Meile von der Innenstadt Messinas entfernt. Sie hatten einen Krankenwagen gerufen, der mich ins örtliche Krankenhaus brachte. Anscheinend war es kein besonders gutes Krankenhaus, denn man brauchte fast vierundzwanzig Stunden, um herauszufinden, dass ich nicht nur einen Herzinfarkt hatte. Es war ein extrem heißer Oktobertag für Sizilien gewesen. Zum Glück besuchte Dottoressa Elena Ricci, eine Spezialistin für ansteckende Krankheiten aus Venedig, gerade Messinas Krankenhaus, um einen Vortrag über Staphylokokkeninfektionen in Kliniken zu halten. Auf ihren Rundgängen mit dem Intensivpflegepersonal hörte sie von der Frau mit der rätselhaften Krankheit, die, in mittelalterlicher Kleidung, bewusstlos in einem Obsthain vor den Stadttoren aufgefunden worden war. Nach ein paar Tests lag ich unter hoch dosierten intravenösen Antibiotika auf der Isolierstation.

Als das Pflegepersonal meine Handtasche durchsuchte, fanden sie meinen Namen auf einem Stück Pergament und bekamen heraus, wo ich arbeitete. Die mächtige, ratternde Maschinerie des amerikanischen Gesundheitswesens brauchte mithilfe der US-Botschaft nicht lange, um mich, sobald ich stabil und nicht mehr ansteckend war, in einem Flugzeug für Krankentransporte nach Hause bringen zu lassen und mich sicher an meinem früheren Arbeitsplatz unterzubringen – in New York. Nachdem *Yersinia pestis* in ihre Schranken verwiesen worden war, gelang es mir ziemlich schnell, mich zu erholen, obwohl ich stark abgenommen hatte und meine Beine zitterten, wenn ich für längere Zeit aufstand. Dennoch überlief mich auch ein paar Wochen später beim Anblick einer dieser großen Hausfliegen, die zum Herbstende hin auftauchen, ein kalter Schauder. Richtiger wäre es gewesen, mich vor Flöhen statt vor Fliegen zu fürchten, doch meine instinktive Reaktion machte da keinen Unterschied. Ich hatte eine Menge beunruhigender Träume. Manchmal fragte ich mich, ob meine Zeit im vierzehnten Jahrhundert nicht auch nur ein Traum gewesen war. Der einzige Beweis, dass ich Hunderte von Jahren in die Vergangenheit gereist war, war die Pest, die ich mit nach Hause gebracht hatte. Doch da sie selbst im einundzwanzigsten Jahrhundert noch nicht vollständig ausgerottet war, reichte der Beweis nicht aus.

Bevor ich aus dem Krankenhaus entlassen wurde, hatte ich Nathaniel gebeten, meine Post durchzusehen. Er brachte die dringendsten Angelegenheiten mit, so auch einen Brief von Bens Anwälten, doch nachdem ich ein paar Sekunden gelesen hatte, setzte ein stechender Kopfschmerz zwischen meinen Augen ein.

»Sag einfach allen, die es wissen wollen, dass ich noch lebe, mit dem Rest beschäftige ich mich später«, krächzte ich, »und Bens Nachbarin, das heißt, *meine* Nachbarin … Donata … ach, wie war noch ihr Nachname … Donata Guerrini – schreib ihr auch. Teile ihr nur mit, dass alles in Ordnung ist.« Ich schlief wieder ein, zum hundertsten Mal. Immer wieder träumte ich von Gabriele und wenn ich wach wurde, streckte ich die Hand nach jemandem aus, der nicht da war.

Sobald es mir gut genug ging, um das Krankenhaus zu verlassen, konnte ich auch wieder über Bens Geheimnis nachdenken. Zunächst waren meine Gedanken nur vage, ohne den Antrieb, tätig zu werden, bis der zweite Brief von den Anwälten kam.

Dottoressa Trovato,
wie wir von Ihrem Kollegen Signor Nathaniel Poole hören, wurden Sie krank, als Sie auf Sizilien unterwegs waren. Wir

hoffen, dass Sie wieder auf dem Wege der Besserung sind. Signor Signoretti, an den Sie sich, wie wir hoffen, als den angesehenen Pest-Wissenschaftler erinnern werden, hat uns in Ihrer Abwesenheit aufgesucht – durchaus nachvollziehbar, bat er um die Notizen Ihres Bruders, damit er die Arbeit beenden könne, die Sie hinterlassen haben. Wir können uns vorstellen, dass Sie noch Zeit brauchen, um sich zu erholen, und dass eine Rückreise nach Siena in der nächsten Zukunft nicht ansteht. Wir freuen uns auf Ihre Zustimmung, die eine sehr nützliche Veröffentlichung offenbar wichtiger Themen von großem historischen Interesse ermöglichen wird.

Meine erste Antwort, die ich nicht zu Papier gebracht habe, strotzte vor Hohn. Stattdessen schrieb ich:

Sehr geehrte Herren,
vielen Dank für Ihre Sorge um mein Wohlergehen. Ich genehmige keineswegs die Übergabe von Material an Signor Signoretti. Ich beabsichtige, das Projekt wieder aufzunehmen, und ich weiß Ihre schützenden Hände über den Dokumenten meines verstorbenen Bruders sehr zu schätzen. Ich gehe davon aus, dass Sie auch weiterhin diese Vorsicht walten lassen, falls in Zukunft weitere Nachfragen kommen. Bitte setzen Sie mich über alles in Kenntnis, was die Instandhaltung des Hauses meines Bruders in meiner Abwesenheit betrifft.
Mit freundlichen Grüßen,
Beatrice Alessandra Trovato, MD

Kein einziges Dokument von Ben würde ich seinem skrupellosen Konkurrenten überlassen, auch wenn er von einem Edelmann aus dem vierzehnten Jahrhundert abstammte, den ich persönlich kennengelernt hatte. Doch dass ich Eigentumsrechte an Bens Buch geltend machte, führte noch lange nicht dazu, tatsächlich die Arbeit daran wieder aufzunehmen – zumindest nicht sofort. Meine Konzentration schwankte, ich ermüdete schnell und gönnte mir zu jeder passenden Gelegenheit ein Nickerchen auf der blassrosa Couch in meiner Wohnung. Darüber hinaus war ich noch in New York. Alles, was ich in Siena gemacht hatte, auch bevor mein Leben zwischen zwei Zeiten aufgespalten war, schien unglaublich weit entfernt, und das mittelalterliche Siena sogar noch weiter.

Sobald ich kräftig genug war, fing ich wieder an zu operieren – zunächst in Teilzeit. Es wäre wohl leichter gewesen, den ganzen Tag zu arbeiten, als sich auszuruhen. Ruhe bedeutete Denken, und Denken bedeutete Erinnerung.

Fünf Wochen nach meiner Entlassung aus dem Krankenhaus beschloss ich, ins Metropolitan Museum of Art zu gehen, um mir eine Gastausstellung mittelalterlicher italienischer Kunst aus den Uffizien in Florenz anzusehen. Ich entdeckte einen Raum voller Tafelbilder aus dem vierzehnten Jahrhundert und ließ mich auf einer niedrigen Bank in der Mitte der Galerie nieder, um in den Bildern zu schwelgen. Es war später Nachmittag an einem Mittwoch, und ich war fast allein in der Ausstellung; alle meine älteren Mitbürger waren wahrscheinlich am Broadway in einer Nachmittagsvorstellung zum halben Preis. Ein Museumswärter in blauer Uniform stand unauffällig am Eingang, hatte einen geübten Blick für Störenfriede, während er die Museumsbesucher in Ruhe mit der Kunst kommunizieren ließ.

Ich betrachtete das längliche Gesicht einer Jungfrau Maria mit mandelförmigen Augen, die gebogene, pummelige Hand des Christuskindes, die nach der Wange seiner Mutter greift. Ich hatte jetzt ein schärferes Auge für diese Bilder – bemerkte die Gefühle in Gesichtern, die ich früher einmal als ausdruckslos empfunden hätte. Ich schaute auf das Datum: 1320. *Gabriele war neun Jahre alt, als das gemalt wurde.* Ich unterdrückte den Gedanken und den plötzlichen, stechenden Schmerz in meiner Brust.

Auch die Kleidung war mir inzwischen vertraut, und als ich die Augen schloss, spürte ich, wie ein langer Rock über meine Füße streifte, und der Geruch von Wolle stieg neben mir auf. Doch als ich die Augen wieder öffnete, saß ich noch immer auf der gepolsterten Bank mitten in der Galerie. Ich blieb zwei Stunden, stand hin und wieder auf, um die Bilder aus der Nähe zu betrachten. Die kleinen Details im Hintergrund kamen mir sehr real vor – eine Nachtigall in einem Käfig, der unter einer überdachten Loggia im ersten Stock hing, der Blick durch ein geöffnetes Fenster auf die Schafe, die grüne Hügel sprenkelten, Seiten eines Buches, Buchmalerei im Entstehungsprozess auf dem Pult eines Schreibers. Letzteres rührte mich am meisten an.

Anfang Dezember operierte ich wieder auf Hochtouren. Linney und ich arbeiteten Seite an Seite, und manchmal erwischte ich sie dabei, wie sie mich unter ihrer Haube her beobachtete, als wolle sie sich überzeugen, dass ich wirklich da war. Ich konnte es weder ihr noch mir versichern. Mein Verstand war mit dem beschäftigt, was ich zurückgelassen hatte, eine stille Parallelwelt, die in alles eindrang, was ich tat. Und obwohl ich mich in der Lage fühlte, zu schneiden, zu kauterisieren und zuzunähen, war mein Einfühlungsvermögen, das ich während einer OP inzwischen voraussetzte, verschwunden.

Der nächste Brief von den Anwälten vertrieb schließlich meine Trägheit nach der Pest. Jemand hatte versucht, in Bens Haus einzubrechen – mein Haus. Der Versuch war fehlgeschlagen, aber das Schloss musste erneuert werden. Ich genehmigte die Kosten und bat die Albertis, alles, was mit Bens Recherche zu tun hatte, in einen Safe bei der Bank von Siena einzuschließen.

Würde jemand ein Verbrechen begehen, um an die Informationen zu gelangen, die ich gesammelt hatte? Und wenn ja, warum – um sie zu veröffentlichen oder zu unterdrücken? Vor welchen Erkenntnissen hatte Ben gestanden, dass sie jemand stehlen wollte? War es möglich, dass die neuzeitlichen Signorettis etwas mit dem Einbruch zu tun hatten? Ich konnte nicht länger in New York sitzen und mir den Kopf zerbrechen. Meine Genesung war offiziell vollzogen.

Am nächsten Tag war ich mit einer heiklen Spinalstenose so früh fertig, dass ich Nathaniels Buchladen einen Besuch abstatten konnte. Seit dem Tag, an dem ich ihm Bens Tod mitgeteilt hatte, war ich nicht mehr dort gewesen; es kam mir vor, als wären seither siebenhundert Jahre vergangen. Nathaniel stand vor dem Laden und sortierte neu eingetroffene Bücher aus einer großen Holzkiste.

»Neue Lieferung?«

»Eine Haushaltsauflösung. Ein kompletter Satz Erstausgaben von Dickens ist dabei, und das ist nur der Anfang. Möchtest du helfen?« Nathaniel winkte mich zu sich, und ich leistete ihm gern Gesellschaft. Die nächste Stunde verbrachten wir damit, einvernehmlich auszupacken und zu katalogisieren. Schließlich legte ich das Buch, das ich in Händen hielt, auf den Tisch zwischen uns. Auch Nathaniel legte seins ab und betrachtete mich eingehend.

»Nathaniel, habe ich dir je gesagt, dass du schöne Augen hast?«

»Danke für das reizende Kompliment.« Er lächelte so goldig, dass ich ihn am liebsten geküsst hätte. Keusch natürlich. Ich seufzte laut. »Okay, Beatrice, sag mir, was dich umtreibt. Es kommt nicht alle Tage vor, dass du von meinen Gesichtszügen schwärmst.«

Ich schwieg eine Weile und versuchte herauszufinden, wie ich es erklären sollte.

»Ich bin hier nicht am richtigen Platz.«

»Hier?« Er erfasste das Schlüsselwort, das sich in dem Satz versteckte. Ich kaute auf meiner Unterlippe, bevor ich antwortete, und merkte dabei, dass es eine Angewohnheit war, die ich von Gabriele übernommen hatte. Ich konnte noch immer kaum daran denken, was ihm zugestoßen sein mochte, erst recht nicht darüber reden. Aber was meinte ich mit *hier*? Hier und jetzt? Das *Jetzt* ließ sich überhaupt nicht beschreiben.

»Wieder zu Hause. In New York, als Chirurgin, das alles.«

»War es so wunderbar in Italien, trotz allem, was passiert ist?«

Er meinte natürlich, dass ich krank geworden war, aber daran dachte ich nicht. »Wenn ich jetzt operiere, ist ein Teil von mir woanders. Das ist für eine Neurochirurgin nicht ideal.«

»Vielleicht ist ein voller Zeitplan gerade zu viel für dich.«

»Nein, das ist es nicht.« Ich schloss die Augen und sah das Skriptorium so vor mir, wie ich es vom letzten Tag vor meiner Abreise nach Pisa in Erinnerung hatte. Ich hatte den Dante fertiggestellt, und er lag vor mir. Die Tinte war noch nicht trocken. Die Sonne drang durch die dicken Scheiben der hohen Fenster und warf wellenförmiges Licht auf den Steinboden. Doch in meiner Vorstellung war ein Fenster noch immer zerbrochen, und Gabriele kam hindurch, von der Sonne wie von einem Strahlenkranz umgeben. Ich wusste, er war jetzt tot, mehr als sechshundert Jahre später. Aber war er zu seiner Zeit an der Pest gestorben?

»Du bist nicht sicher, ob du noch hierher gehörst?« Nathaniel sprach es als Erster aus, meine Gedanken aus den Monaten im vierzehnten Jahrhundert hatten endlich eine Stimme bekommen.

»Ich muss drüben in Siena noch etwas erledigen. Ich bin ziemlich plötzlich fortgegangen.«

Nathaniel streckte seine Hand aus und umfasste meine. Ich

lief Gefahr, mich abzusondern, mich von allem zu trennen, was ich einst kannte und haben wollte.

»Was wirst du tun – Bens Buch zu Ende schreiben?«

Ich nickte, den Rest verschwieg ich.

»Na, dann sollten wir lieber eine infernale Abschiedsparty schmeißen.«

»Ja, solltet ihr«, erwiderte ich und küsste ihm, plötzlich gerührt, die Hand.

»Muss Charles sich Sorgen machen?«, fragte Nathaniel lächelnd.

»Warum sollte er? Ich gehe doch fort, oder?« Ich erwiderte sein Lächeln. Wir sortierten die Bücher aus der Haushaltsauflösung zu Ende und setzten uns dann zusammen, um die Gästeliste aufzustellen.

Diesmal fiel das Packen schwerer. Ich wusste nicht, wie lange ich in Siena bleiben würde, in wie vielen Jahreszeiten – oder Jahrhunderten. Ich wusste nicht, ob dieser Gedanke Furcht oder Sehnsucht auslöste.

Ich packte alles aus meinem Medizinschrank ein. Als ich zu meinem Diaphragma kam, zögerte ich – Empfängnisverhütung mitzunehmen schien anmaßend. Aber es könnte ebenso lebensrettend sein wie Antibiotika angesichts der Risiken, die eine Schwangerschaft im vierzehnten Jahrhundert mit sich brachte. Also steckte ich es auch ein. Ich löste Rezepte für mich bei der benachbarten Apotheke ein: einen Vorrat an Antibiotika für zwei Wochen. Inzwischen dürfte ich gegen die Pest immun sein, aber andere vielleicht nicht, außerdem gab es jede Menge andere besorgniserregende Infektionen.

Dann suchte ich meine wenigen Schmuckstücke zusammen. In einem Samt-Etui befand sich ein herzförmiger Anhänger, der meiner Mutter gehört hatte, mit kleinen Rubinen besetzt. Ich hatte ihn oft herausgenommen und mir angesehen, ihn aber seit meinem Abschlussball in der Schule nicht mehr getragen. Jetzt legte ich ihn an und spürte das Gold warm an meiner Haut. Dann war die Kleidung an der Reihe, und ich packte so viel wie möglich in eine große gelbe Reisetasche, die ich seit dem Studium hatte. Sie roch komisch, tat aber ihren Dienst.

Die untere Schublade meiner Kommode war vollgestopft mit OP-Kleidung. Der Blick auf diesen Stapel aus Blau und Grün versetzte mir einen nachhaltigeren Schlag als der Abschied von lebenden Personen. Ich schloss die Schublade schnell, ohne den Inhalt zu berühren.

Am ersten Weihnachtstag flog ich nach Siena. Diesmal passten meine Schlüssel ins Schloss. Es gab keine Bäckerei – kein Hefegeruch aus Martellinos Öfen, aber trotzdem fühlte es sich an wie zu Hause – oder halbwegs zu Hause. Ohne mich auszuziehen, schlief ich auf dem kleinen Gästebett ein.

Felices Stimme, die sich mit dem Zwitschern von Winterspatzen im Garten vermischte, weckte mich. Ich wankte nach unten und sah Felice oben im Orangenbaum auf einem Ast hocken. Zu dieser Jahreszeit gab es weder Blüten noch Obst. Ganz nach Art eines Kindes kam sie ohne Umschweife direkt zum Thema.

»Du bist wieder da. Wo warst du? Du hast Weihnachten verpasst. Ich habe eine neue Puppe. Die hat rote Haare. Und du hast meinen Geburtstag verpasst. Mamma hat mir Pfirsichkuchen gemacht. Ich mag Pfirsiche. Du auch?« Sie kletterte vom Baum.

»Ich war zu Hause in New York«, antwortete ich. »Und es tut mir leid, dass ich deinen Geburtstag versäumt habe. Ich mag Pfirsiche.« Mein Italienisch war ein wenig eingerostet, aber sie nickte zufrieden.

»Ist deine Mamma zu Hause?« Sobald ich aus dem Krankenhaus entlassen war, hatte ich Donata einen Brief geschickt und mein dreimonatiges Verschwinden in groben Zügen erklärt. Ich fragte mich, was sie wohl gedacht hatte.

»Sie macht gerade Risotto.« Ich erinnerte mich daran, wie ich Donata zum ersten Mal hatte Risotto zubereiten sehen. Sebastiano konnte inzwischen bestimmt schon laufen. Wie zur Bestätigung ging die Hintertür zum Garten auf, und heraus trat ein unsicherer, aber fest entschlossener Sebastiano, der vor Vergnügen über sein Entkommen quietschend auf mich zutapste.

»Sebastiano, caro, vieni!« Donatas Kopf tauchte im Türrahmen auf.

»Beatrice! Was für eine Freude.«

Es war lange her, dass jemand meinen Namen laut auf Italienisch ausgesprochen hatte. Donatas Gesicht war von der Hitze des Herdes rot angelaufen, und aus einem lockeren Knoten in ihrem Nacken hatten sich goldene Haarsträhnen gelöst. Selbst in einem abgetragenen, geblümten Hauskleid sah sie wie ein Engel aus.

»Ich wusste gar nicht, dass du wieder da bist.«

»Ich bin gestern Abend gekommen, zu spät, um noch Hallo zu sagen.«

»Komm zum Essen«, sagte sie. Darum ließ ich mich nicht zweimal bitten.

Risotto im Dezember ist etwas ganz anderes als Risotto im Juli in einer Gegend, in der nach den jeweiligen Jahreszeiten gelebt wird. In Italien ist der Winter die Zeit der getrockneten Pilze, und in der Küche der Guerrinis empfing mich das intensive Aroma von Steinpilzen. Die Familie begrüßte mich, ohne Fragen zu stellen, und ließ mich essen, bevor ich erzählte. Ich hatte Hunger wie schon seit Wochen nicht mehr. Als ich mir die dritte Portion nahm, lachte Ilario.

»Haben sie dich in New York hungern lassen? Oder schmeckt das Essen dort nicht?«

»Nicht zu vergleichen mit dem hier.« Der cremige Reis, das Glas Rotwein, der bittere Geschmack des Rucola-Salats, sparsam mit Olivenöl, Zitronensaft und Salz gewürzt – das zusammen ergab eine himmlische Mahlzeit. *Vielleicht geht es mir jetzt gut, da ich wieder in Italien bin*, dachte ich; *es muss ja nicht das Mittelalter sein*. Dennoch wunderte ich mich.

Nach dem Essen deckten Felice und Gianni unwillig den Tisch ab und verschwanden anschließend nach oben, um mit ihren neuen Geschenken zu spielen. Donata und ich spülten, und Ilario zog sich mit Sebastiano ins Schlafzimmer zurück. Als ich kurz darauf in den Raum spähte, waren beide eingeschlafen, der Sohn selig auf der sich langsam hebenden und senkenden Brust seines Vaters ausgebreitet.

»Jetzt erzähl mir die ganze Geschichte, Beatrice«, forderte Donata mich auf, wischte sich die Hände an einem Küchenhandtuch ab und zog zwei Stühle für uns hervor. Ich nahm mir Zeit, mich bequem hinzusetzen, denn ich brauchte ein paar Minuten, um mir eine Strategie zurechtzulegen.

»Ich war in Sizilien, zu Recherchezwecken. Tut mir leid, dass ich dir nicht gesagt habe, wohin ich fahre; es ging alles viel schneller, als ich erwartet hatte.« Immer noch wahr, wenn auch trügerisch.

»Ein spontaner Abstecher nach Sizilien klingt abenteuerlich. Deine Recherchen müssen erfolgreich gewesen sein, dass sie dich so lange dort festgehalten haben.«

»Na ja, ich habe jemanden kennengelernt.« *Wenn du lügen musst, verwende die verfügbaren Fakten.*

»Wie romantisch – in Sizilien?«

»Wir landeten schließlich in Messina. Meine Arbeit geriet ein wenig aus der Bahn, als ich dort war. Obwohl er aus Siena ist.«

»*Cara* Beatrice, das klingt absolut märchenhaft! War es das?«

»Ja, bis ich krank wurde.«

»Das hast du geschrieben.« Sie hielt erwartungsvoll inne. Ich antwortete nicht sofort, und das Schweigen wurde ungemütlich. »Nichts von ihm, hoffe ich?«

»O nein, so etwas nicht!« Ich lachte erleichtert. Sie hatte geglaubt, ich hätte eine irre, durch Sex übertragene Krankheit. »Donata, ich brauche Kaffee. Kann ich uns welchen machen?« Alkohol brauchte ich eher als Koffein, um diese Geschichte zu erzählen, aber die Vorbereitung würde mir etwas Aufschub verschaffen.

»Nein, nein, bleib sitzen, *cara*. Ich mache das schon.« Mir gefiel es, wenn sie »cara« zu mir sagte. Und es kam von Herzen. Sie machte Espresso, und wir nippten eine Weile in einvernehmlichem Schweigen daran.

»Und jetzt, nachdem du deinen Kaffee hast, musst du mir meine harte Küchenarbeit mit der Geschichte entlohnen.« Sie lächelte aufmunternd.

Ich holte tief Luft. »Pest. Ich hatte die Pest.«

»Pest? Wie das?«

»Ich war irgendwo ausgesetzt und bin dann mit dem Flugzeug nach New York gebracht worden. Aber ich habe überlebt. Unversehrt, glaube ich.« Ich versuchte, ein Lächeln aufzusetzen, aber es geriet ein wenig schief. Meine Hände zitterten, und ich stellte meine Espressotasse ab, jedoch zu fest – Kaffee schwappte über den Rand auf den Tisch. Das Chaos erschreckte mich. Ich hatte in meinem Leben jede Menge Fehler gemacht, aber meine Hände waren dabei nur selten das Problem, zum Glück für meine Patienten. Ich schaute zu Donata auf und sah, dass ihr Tränen in die Augen stiegen.

»*Carissima* Beatrice, wie froh bin ich, dass wir dich gesund wieder bei uns haben.« Sie erhob sich plötzlich von ihrem Stuhl, kam auf meine Tischseite und legte mir die Hand auf die Schulter. »Ich habe mir solche Sorgen um dich gemacht, monatelang nichts von dir zu hören. Ich habe mir die schrecklichsten Sachen vorgestellt. Warum hast du es mir nicht gesagt?«

»Tut mir leid.« Was konnte ich schon als Entschuldigung vorbringen – *ich konnte dir nicht schreiben, weil ich im Siena des vierzehnten Jahrhunderts feststeckte*? Der Unterschied zwischen meiner Geschichte und der Wahrheit hing wie ein Vorhang zwischen uns. Ich schob meinen Stuhl vom Tisch ab und stellte mich neben sie. Bevor ich wusste, was ich sagen sollte, schlang Donata beide Arme um mich und barg ihr Gesicht an meinem Hals. Sie roch nach Steinpilzen und Kaffee und nach einem Hauch Maiglöckchenparfüm. Ich versteifte mich, überrascht von ihrer plötzlichen Umarmung, doch dann überwältigte mich die liebevolle Geste, und ich entspannte mich in ihren Armen. Es war eine Ewigkeit her, dass sich jemand derart an meiner körperlichen Zurückhaltung vorbeigemogelt hatte, und eine Erleichterung überkam mich, die keiner Worte bedurfte. Aber es war mehr als das. Meine Ohren dröhnten, mein Blick verdunkelte sich, und dann spürte ich Donatas Emotion aus erster Hand – die Zuneigung, die Angst vor Verlust, die pure Erleichterung. *Es ist wieder da*, dachte ich erfreut. *Es ist wieder da, und ich auch.*

In den nächsten Tagen traf ich mich mit den Anwälten, holte Bens Notizen aus dem Safe bei der Bank von Siena und stellte klar, dass ich die Arbeit am Manuskript ohne die Hilfe aufdringlicher Wissenschaftler wiederaufnehmen würde. Die Albertis reagierten schmallippig, was ich für ein Zeichen von Missbilligung hielt, aber sie blieben höflich. Gas und Elektrizität waren während meiner Abwesenheit abgestellt worden, und ich musste ein paar unerfreuliche Tage überstehen, bis meine Versorgung wiederhergestellt war. Demzufolge war ich nicht nur der Kälte ausgesetzt und auf Kerzen angewiesen, sondern konnte auch keinen Kaffee kochen – ein ziemliches Dilemma.

Ein paar Tage nach meiner Ankunft in Siena sanken die Temperaturen auf ein Rekordtief, und die Rohre in der Küche im ersten Stock froren zu. Kein fließendes Wasser zu haben erinnerte mich an die weniger angenehmen Aspekte des mittelalterlichen Lebens. Ich ging zur Bar an der Ecke und trank Espresso, um meinen Koffeinpegel aufrechtzuerhalten, doch während ich darauf wartete, dass es wieder warm wurde, platzte ein eingefrorenes Rohr und zerstörte eine verputzte Wand. Donata empfahl mir einen Klempner und Bauunternehmer für die Reparaturen und bot mir warme Mahlzeiten und Duschen an, bis ich zu Hause wieder ein neuzeitliches Leben aufnehmen konnte. Dann tauchte ich in die Recherchen ab. Ich besaß jetzt Information aus erster Hand über das mittelalterliche Siena, war jedoch nicht sicher, wie meine persönlichen Kenntnisse über das vierzehnte Jahrhundert mir helfen sollten, Bens Geheimnis auf die Spur zu kommen.

Bens unbeantwortete Frage war ebenso Teil seines Erbes wie das Haus, das er mir hinterlassen hatte. Seit dem Einbruch ahnte ich, wie weit jemand gehen würde, um meine Arbeit zu beeinträchtigen, und ich war noch entschlossener, sie fertigzustellen. Doch jenseits der gegenwärtigen wissenschaftlichen Herausforderung hatte ich noch ein persönliches Interesse. Das Unheil, das Ben aufgedeckt hatte, war für mich nicht mehr nur von wissenschaftlicher Bedeutung – es könnte Menschen umgebracht haben, die ich zu einer Zeit und an einem Ort geliebt hatte, der einmal mein Zuhause gewesen war.

Am Morgen des 28. Dezember wurde ich bei Tagesanbruch wach. Vor dem Fenster fiel ein bitterkalter Regen, und die Straße war leer, bis auf eine gegen die Kälte dick eingemummte Frau. Wonach suchte ich? Wollte ich den Faden da aufnehmen, wo Ben ihn verloren hatte, und ein neues Leben für die Forschung beginnen? Oder wollte ich einen direkteren Zugang zur Vergangenheit finden? *Darüber lesen oder darin leben?* Und wer wusste, ob ich meinen Wiedereintritt in die Vergangenheit überhaupt kontrollieren konnte? Das letzte Mal war es durch Zufall geschehen, soweit ich mich erinnerte.

Gabrieles Tagebuch könnte der Schlüssel zu meiner Rückkehr in seine Zeit sein. Aber wo war es? Das Buch war mir nicht ins vierzehnte Jahrhundert gefolgt – ich hatte es auf meiner Reise verloren, vielleicht weil Gabriele es damals selbst hatte. Wo sollte ich also stattdessen suchen?

Ich dachte über die verdrehte Logik nach. Wann hatte ich es zuletzt in der Hand? Die Zeit, in der Gabriele mir seine frisch notierten Aufzeichnungen reichte, zählte nicht – das war nicht die richtige Version des Buches, das ich verloren hatte. Aus der Erinnerung verfolgte ich meinen Weg zurück. Ich hatte es im Duomo gelesen, als ich zum ersten Mal in den Juli 1347 reiste. Dieses Buch, wenn ich es fände, könnte mir sagen, ob Gabriele die Pest überlebt hatte. Gabrieles handgeschriebene Zeilen tauchten vor meinen geschlossenen Augen auf wie ein leuchtendes Phantombild:

Ich finde die mysteriöse Gestalt, die am Rande meiner Gemälde schwebt und die Geschehnisse in den Szenen verfolgt, die ich darstelle. Es ist, als suche sie einen Pfad durch meine Gemälde in diese Welt.

Als suche sie einen Pfad durch meine Gemälde in diese Welt.

Da war etwas noch fesselnder und erschreckender: Vielleicht würde das Tagebuch, weit entfernt von seiner Ursprungszeit, wieder ein Tor zur Vergangenheit öffnen, wie zuvor schon einmal. *Du solltest lieber genau wissen, was du willst, bevor du danach suchst, Beatrice.* Noch als mir diese Worte durch den Kopf gingen, erhob ich mich von der Bank und ging aus dem Raum.

Rechtzeitig zur Messe kam ich zum Duomo. Fast fühlte ich mich beim Klang des Lateinischen so, als wäre ich wieder im vierzehnten Jahrhundert. Bis ich den Jungen neben mir anschaute, der am Smartphone seiner Mutter herumspielte. Nach dem Gottesdienst ging ich zu einer grauhaarigen Museumsführerin an einem Informationsschalter neben dem Eingang. Sie wandte sich mit einstudiertem Lächeln an mich und sprach mich in perfektem Englisch an. »Kann ich Ihnen helfen, Signorina?«

»Haben Sie hier eine Fundstelle?«

»Natürlich. Was haben Sie verloren?«

»Das ist fünf Monate her.«

»Kommen Sie jetzt zum ersten Mal wieder?« Ihre freundliche Fassade bekam Risse.

»Ich habe nicht gemerkt, dass ich es verloren habe.« Das klang selbst in meinen Ohren lahm.

»Eher unwahrscheinlich, dass wir Ihnen helfen können, aber geben Sie mir doch einfach eine Beschreibung des Gegenstands, dann frage ich die anderen vom Personal.«

»Es ist ein Buch.«

»Was für ein Buch? Unter diesen Umständen wollen Sie vielleicht einfach ein neues Exemplar kaufen.«

»Es ist unersetzlich.« Mir kam der furchtbare Gedanke, wie viel Ärger ich mit der Bibliothek von Siena bekommen würde, weil ich das Buch verloren hatte, sowie mit dem vertrauensseligen Fabbri.

Die Fremdenführerin zog die Augenbrauen hoch, schob mir aber ein kleines Stück Papier und einen Stift herüber. »Bitte notieren Sie hier eine Beschreibung und Ihre Kontaktdaten. Sie müssen davon ausgehen, dass wir es nach der langen Zeit nicht mehr finden werden.«

Ich schrieb ein paar Zeilen, und sie steckte den Zettel in einen braunen Briefumschlag. Ich unternahm einen Rundgang durch die Kathedrale und ging wieder zu der Kirchenbank, bei der alles angefangen hatte. Ich schaute sogar auf dem Boden nach, fand aber nur einen Touristenpass für Siena und eine Plastikhaarspange mit einem gelben Gänseblümchen.

Nachdem mein Versuch gescheitert war, Gabrieles Tagebuch zu finden, nahm ich Zuflucht in der wissenschaftlichen Arbeit. Ich erwog mein Beweismaterial: Giovanni de'Medicis Hinrichtung, die ich mit eigenen Augen gesehen hatte, dann der anrührende Brief von Immacolata Regate de'Medici über ihren trauernden, zunehmend unzugänglichen Sohn. Wenn das irgendwie mit Sienas extremer Zerstörung durch die Pest zu tun hatte, könnte die Familie Medici darin verwickelt sein – doch die Verbindung war mir noch unklar. Ich hatte Immacolatas Brief jetzt bei mir, sorgfältig in einem wasserdichten Umschlag verpackt. Sobald ich in die Bibliothek kam, holte ich ihn heraus und las ihn noch einmal, die Wörter waren mir inzwischen vertraut.

Seit dem Tode seines Vaters fürchte ich, dass meinen kleinen Iacopo eigenartige und sorgenvolle Gedanken umtreiben … Doch seit dem Unglück, das seinem Vater, meinem geliebten Mann, zugestoßen ist, die Hinrichtung, die zur Tragödie für unsere edle Familie wurde, brütet Iacopo allein vor sich hin und füllt endlose Seiten mit seiner kleinen, verkrampften Handschrift … Allem Anschein nach ist es kein Brief … Ich bete darum, dass die Freude wieder ins Gesicht meines Sohnes zurückkehrt und den Schatten vertreibt, der schwer auf unseren Herzen lastet.

Iacopo de'Medici. Giovanni de'Medici musste Iacopos Vater sein. Wie viele Medici konnten im Jahre 1347 hingerichtet worden sein? Das reichte mir als Anhaltspunkt.

Eine rasche Suche im Internet nach den Medici im vierzehnten Jahrhundert führte mich zu einem Giovanni, der wegen eines unbekannten Verbrechens hingerichtet wurde, aber 1342 – zu früh. Konnte die Website falsche Informationen aufführen? Meine vertrauenswürdigste Quelle war Donata, die mir bei einem Kaffee vorschlug, ich solle es mit der Krypta versuchen. Die Krypta war das Kellerarchiv der Universitätsbibliothek, das ich bei meinem ersten Aufenthalt in Siena nicht aufgesucht hatte. Es war in den Katakomben eines der ursprünglichen Universitätsgebäude eingerichtet und beherbergte einige der ältesten Dokumente in einem schwach beleuchteten Raum mit niedrigen Gewölbedecken. Die Feuchtigkeit wurde von einem Regiment brummender Maschinen an der Wand streng kontrolliert.

Den Rest des Tages verbrachte ich dort, assistiert von dem inzwischen vertrauten und unermüdlichen Emilio Fabbri. Ich setzte mein Lächeln à la Gabriele auf und erzählte ihm, wie hilfreich das Tagebuch bisher bei meiner Recherche war, wobei ich ausließ, dass ich es verloren hatte. Er habe doch hoffentlich nichts dagegen, wenn ich es noch ein wenig länger behalte? Er nickte zustimmend und ließ mich mit den von ihm zusammengestellten Dokumenten allein.

Fabbri schlug vor, ich solle mit Steuerurkunden anfangen, eine gute Möglichkeit, Menschen im Mittelalter zu finden, vorausgesetzt, dass sie ihre Steuern bezahlt hatten. Da es unwahrscheinlich war, dass ein Medici seine Steuern in Siena bezahlt hatte, ging ich nicht davon aus, dass diese Herangehensweise etwas bringen würde. Infolge einer merkwürdigen Fügung des Schicksals war sie trotzdem nützlich. Eine frühere Doktorandin an der Universität von Siena hatte ihre Doktorarbeit über Gegensätze zwischen den Finanzdokumentationen in Siena und Florenz im vierzehnten Jahrhundert geschrieben, ein Thema, das mich früher gelangweilt hätte. Aufgrund ihrer Arbeit waren jedoch eine Menge Steuerurkunden aus Florenz in den Archiven der Bibliothek vorhanden. Ich brauchte Stunden, um trotz meiner ungewöhnlichen Erfahrung als mittelalterliche Schreiberin die Seiten mit verblichener Schrift durchzulesen.

Kurz bevor die Bibliothek schloss, fand ich endlich seinen

Namen: Giovanni de'Medici, sowie den Rest seines Haushalts – Immacolata (Ehefrau) und Iacopo (Sohn). Zu meinem Glück hatte die Familie brav ihre Steuern gezahlt, und die Urkunden stammten aus dem Jahre 1345. Wenn es sich um den hingerichteten Giovanni handelte, hatte er länger als 1342 gelebt. Gerade als es spannend wurde, tauchte Fabbri auf und bat mich zerknirscht, meine Sachen zu packen, da er das Archiv für Besucher schließen müsse. Ich schaute auf meine Uhr – zehn vor fünf. In den zehn Minuten konnte ich noch jede Menge tun. Ich ging zu dem Stahlschrank, in dem Exekutionsberichte aus Sienas mittelalterlichem Gefängnis aufgehoben wurden. Mit Fabbris zunehmend besorgter Unterstützung fand ich das Jahr, nach dem ich suchte. Und dann hatte ich es auf einmal vor mir. Das Pergament war vergilbt, aber natürlich kannte ich die Handschrift und die Signatur – eine Eule und ein Messer wie ein Ast unter den Eulenkrallen.

An diesem Tag wurde Messer Giovanni de'Medici somit zum Tode durch den Strang verurteilt, ausgeführt vom Podestà und Richtern, die im Namen des Podestà handeln.
Eigenhändig unterzeichnet und von niemandem sonst,
Beatrice Alessandra Trovato

Ausgerechnet das hat mich überlebt? Ich war also doch dort gewesen. *Wenn irgendetwas mich in die Zeit zurückschicken sollte, dann das hier*, dachte ich und wartete auf den Donnerschlag. Aber ich spürte nichts Außergewöhnliches, bis auf die Kombination aus Nervenkitzel und Schock, die nicht ungewöhnlich war, nachdem ich ein Dokument vor mir sah, dass ich Jahrhunderte zuvor verfasst hatte.

Fabbris wiederholtes Räuspern dicht hinter mir brachte mich wieder in meine Zeit zurück: Punkt 17 Uhr. Ich legte die Unterlagen, die ich gefunden hatte, in eine Ablage, die mir zu diesem Zweck zur Verfügung gestellt worden war, und ließ meine Entdeckungen über Nacht in einer abgeschlossenen Lesekabine ruhen, während ich zum Abendessen nach Hause ging, duschte und mich früh schlafen legte.

In der Nacht träumte ich von Gabriele. Wir standen in dem Aufzug des Gebäudes, in dem ich aufgewachsen war; es roch nach Putzmittel. Im Traum wusste ich, dass Menschen aus zwei unterschiedlichen Welten sich in einem Aufzug begegnen konnten, weil er zwischen zwei Punkten hing und selbst keinen festen Platz hatte. Gabriele sah blass aus, als hätte er sich nicht vollständig materialisiert. Er sprach nicht, und als ich die Hand nach seinem Gesicht ausstreckte, berührte sie die Verkleidung hinter ihm. Er bemerkte mein Eindringen in seine körperliche Integrität nicht.

»Lebst du?«, fragte ich, aber anscheinend konnte er mich nicht hören, oder vielleicht hatte ich es nicht richtig ausgedrückt. »Ich meine, bist du in deiner Zeit am Leben?« Er lächelte, wie so oft, wenn ich etwas Amüsantes gesagt hatte. »Hast du alle deine Tabletten eingenommen?« *Medikations-Komplianz – lächerlich, dass ich damit meine jenseitige Begegnung vertat.* Aber Gabriele hatte sich bereits abgewandt. Langsam nahm er die Farben und Muster seiner Umgebung an – die Messingstange, die auf halber Höhe im Aufzug befestigt war, die falsche Holzmaserung. Gabriele würde das gefallen, dachte ich, als mir einfiel, wie gern er leblose Objekte in seiner Arbeit darstellte, doch bevor ich den Gedanken zu Ende führen konnte, war Gabriele verschwunden, der Aufzug öffnete sich, und herein strömte das helle, fluoreszierende Licht des Flurs im zehnten Stock.

Am nächsten Morgen wachte ich mit Kopfschmerzen auf. Ich machte mir eine Tasse Kaffee und setzte mich damit an den

Küchentisch, bis der Schmerz nachließ. Mein größeres Problem konnte jedoch nicht mit einem Kaffee gelöst werden. Ich hatte nur einem Menschen die Wahrheit darüber erzählt, was mir zugestoßen war, und der war jahrhundertealt. Kurz überlegte ich mir, Donata eine Zeitreise zu erklären. Bei dem Gedanken tat mir der Kopf wieder weh. Stattdessen machte ich, was ich 1347 gemacht hatte. Ich schrieb einen Brief, den ich nicht abzuschicken gedachte.

Lieber Nathaniel,
du warst so nahe an der Wahrheit, ich hätte es dir fast gesagt. Ich bin im letzten Sommer nicht einfach nach Siena gefahren; ich war in Sienas Vergangenheit. Und dort fand ich mich mitten in dem Geheimnis wieder, das Ben begonnen hatte aufzudecken. Aber ich entdeckte mehr als das: leuchtendere Farben, als ich sie je gesehen hatte, und intensivere Aromen und einen Lebensrhythmus, der vom Läuten der Glocken bestimmt wird. Den Rand dieser Existenz erblickte ich flüchtig schon vor langer Zeit, bevor die Chirurgie ihren Namen in Großbuchstaben auf meine Zukunft schrieb. Jetzt habe ich Dante in der mittelalterlichen italienischen Umgangssprache gelesen und für mich abgeschrieben. Ich habe im Rechtswesen und im Geschäftsleben eine Rolle gespielt zu einer Zeit, in der Verträge noch mit Hand geschrieben wurden und der Glaube ein wichtiger Teil des Alltags war. Ich habe mich der Geschichtspraxis gewidmet, nicht der Medizin, und dabei habe ich einen neuen Weg gelernt, mich in Menschen hineinzuversetzen, bei dem es nicht erforderlich ist, sie mit einem Skalpell aufzuschlitzen. Das alles hat mich total fasziniert und zufriedengestellt.
Du kennst mich gut genug, um zu bemerken, dass ich etwas auslasse. Wie du vorhergesagt hast, bin ich meinem Traummann begegnet. Mich schaudert, aber es ist so. Die

unnahbare Doktor Trovato, wirst du denken, hat endlich doch noch angebissen. Wie zu erwarten war, ist meine Wahl auf jemanden gefallen, der ziemlich unnahbar ist (oder seine Wahl ist auf mich gefallen, oder eine andere Macht hat uns beide ausgewählt, aber jetzt klinge ich mittelalterlich!), und daher besteht keine Chance – na ja, fast keine Chance –, dass aus uns was wird. Denn er ist nicht nur tot, verstehst du, er ist aus einem anderen Jahrhundert. Als ich ihn zuletzt sah, starb er gerade an der Pest, so wie ich fast. Aber er hatte keine neuzeitliche amerikanische Medizin zur Verfügung, um sich durchzubringen. Ich gab ihm eine Kostprobe, aber reichte das? Naheliegend wäre es jetzt, herauszufinden, ob er überlebt hat, und wenn, wieder zu ihm zurückzugehen. Und wenn ich zurückkehrte, um ihn zu suchen, und er wäre tot, was dann? Würde ich mir dann wünschen, ich wäre in meiner Zeit geblieben? Ich bin mir nicht sicher, ob du es glaubst oder nicht. An dem Ort und in der Zeit habe ich mich so zu Hause gefühlt wie noch nie, aber ich kann nicht sagen, ob es an ihm lag. Vielleicht spinne ich, aber dieser spezielle Irrsinn dreht sich um die Wahrheit, so unwahrscheinlich es klingen mag.

Als ich den Brief beendet hatte, war die Seite nass von Tränen.

Am nächsten Morgen ging ich wieder zu Fabbri. Er schien außergewöhnlich froh, mich zu sehen; womöglich war ich die einzige Person, die er seit Monaten gesehen hatte.

»Ich suche nach einem Giovanni de'Medici«, sagte ich, »der 1345 seine Steuern in Florenz gezahlt hat und 1347 gestorben ist. Welche anderen Quellen könnten nützlich sein? Ich würde gern mehr über seine Familie erfahren.«

Fabbri legte die blasse Stirn in nachdenkliche Falten. »Sie könnten nach Geburts- und Todesurkunden aus florentinischen Archiven suchen.«

»Kann ich die Information bekommen, ohne Siena zu verlassen?«

Fabbri schmerzte es offenbar, dass seine Quellen für meine Zwecke nicht ausreichten. »Wir können eine Fernleihe in die Wege leiten, wenn Sie wollen.«

Das wäre mir recht gewesen, doch leider würde es drei bis vier Tage dauern, eine Kopie der Seiten zu bekommen, die für mich von Interesse waren. Jetzt, da die Frage nach Giovanni de'Medicis Familie auf Eis gelegt war, stand es mir frei, nach der Antwort auf die Frage zu suchen, die ich aus Angst nicht gestellt hatte.

Donatas Büro befand sich im sechsten Stock, und es gab keinen Aufzug. Als ich die letzten Stufen der steilen Marmortreppe hinter mir hatte, rang ich nach Luft, und als Donata auf mein Klopfen hin die Tür öffnete, schaute sie mich besorgt an.

»Beatrice, du bist ganz grau.«

»Nicht in Form«, keuchte ich.

»Oh, die Treppe.« Donata lächelte mit einer Spur Bosheit. »Sie trennt die Studenten, die etwas Wichtiges zu sagen haben, von denen, die nur eine bessere Note wollen. Die Heuchler geben auf.«

Ich sank in einen Ledersessel und musste mich zuerst ein wenig erholen. »Ich bin eine wohlgesinnte Besucherin, aber ich brauche ein Getränk.« Donata lachte und füllte ein Glas mit Wasser aus einem handbemalten Krug auf einer Anrichte hinter ihrem Schreibtisch. Sie beobachtete mich nachsichtig, während ich trank.

»Jetzt, da du gut hydriert bist, sag mir bitte, Beatrice: Was verschafft mir diesen Überraschungsbesuch?« Donata setzte sich mir gegenüber auf einen bequemen Stuhl. Ich konnte mir vorstellen, dass sie bei ihren Studenten hinter ihrem Schreibtisch Platz nahm.

»Ich versuche etwas über einen Maler herauszufinden, der um 1340 in Siena lebte und arbeitete. Sein Name war Gabriele Beltrano Accorsi.« *Lebte. War.* Von ihm in der Vergangenheitsform zu sprechen wühlte mich derart auf, dass ich ein paar Sekunden Pause brauchte. Ich spürte, wie Donata mich betrachtete.

»Accorsi? Er war ein Schüler von Simone Martini in den Jahren, bevor Martini nach Avignon ging.« Sie zog ein dickes Buch aus dem Regal und blätterte es rasch durch. »Ja, hier ist er. Sein Geburtsjahr ist … 1311. Ob das derselbe Accorsi ist, an den du denkst?«

Mein Herz pochte. »Das könnte sein.«

Ich kam auf die Welt genau drei Jahre nach dem Tag, an dem Duccio di Buoninsegnas Maestà von einer großen, ehrfürchtigen Menschenmenge durch die Straßen zum Duomo getragen wurde …

Donata unterbrach meine Gedanken. »Und jetzt das Todesdatum, pass auf.«

Ich hielt die Luft an. Sie schaute noch immer auf die Seite.

… nicht Oktober 1347, bitte nicht Oktober 1347…

»Hm, kein Todesdatum. Ich vermute, es ist nicht bekannt. Es würde hier drinstehen.«

Ich atmete aus.

»Wenige seiner Gemälde wurden gefunden, aber wir gehen davon aus, dass mehr gemalt wurden als überdauerten. Möchtest du das hier lesen? Da steht noch etwas mehr.« Sie reichte mir den schweren Band, und ich vertiefte mich in den Abschnitt. Geboren in Siena. Seine Ehe wurde nicht erwähnt, aber ein paar Bilder, die ihm zugeschrieben wurden, waren aufgelistet. Das Gemälde des heiligen Christophorus, das ich im Museum des Duomo gesehen hatte, war dabei, das, auf dem ich, oder meine Doppelgängerin, am Rand des Flusses stand. Das Gemälde, an dem ich Gabriele hatte arbeiten sehen, die vier Engel an der Fassade des Ospedale, die Marias Himmelfahrt begleiten, fehlte bei der Aufzählung. Ich suchte nach einer Notiz über das Altarbild im Ospedale von Messina, fand aber nichts. Bedeutete das, es war nicht fertiggestellt worden? Als Donata das Wort ergriff, blickte ich auf.

»Ich würde gern ein wenig zusätzliche Recherche über Accorsi betreiben – einer von Sienas wenig bekannten Malern –, das ist irgendwie mein Thema. Aber ich brauche ein paar Tage – ich habe ein Manuskript, das diese Woche einem Verleger abzuliefern ist. Hältst du es bis nächsten Montag aus? Die nächste Mahlzeit der Guerrinis hängt von diesem Vorschuss ab.«

»Die Recherche über einen mittelalterlichen Freskenmaler kann kaum als Notfall betrachtet werden«, sagte ich und war um einen sorglosen Tonfall bemüht, »verglichen mit der Aufgabe, eine fünfköpfige Familie zu ernähren.«

»Was reizt dich so an Accorsi, wenn ich mir die Frage erlauben darf?« Donata lehnte sich auf ihrem Stuhl zurück. Sie sah bezaubernd akademisch aus mit ihrer Drahtgestellbrille, die sie sich auf den blonden Schopf geschoben hatte. Sie trug ein Tweedkostüm in gedämpftem Kürbisrot und hohe braune Lederstiefel. Ich hätte in den Sachen wie ein aufgegangener Hefeteig ausgesehen, aber sie sah hinreißend darin aus.

»Er hat gegen einen florentinischen Mörder ausgesagt und sich damit in Schwierigkeiten gebracht.«

»Und du glaubst, das hat damit zu tun, dass Siena sich nach der Pest nicht erholt hat und schließlich hundertfünfzig Jahre später unter die Vorherrschaft von Florenz fiel? Mir fehlt die Verbindung.«

»Mir auch, aber es könnte etwas mit der Familie des Mörders zu tun haben. Er war ein Medici. Ein früher zwar, aber immerhin.«

Donata zog die Augenbrauen hoch. »Du würdest auf jeden

Fall in der akademischen Welt heftige Wellen schlagen, wenn du es nachweisen könntest«, überlegte sie laut, »das meiste verursacht nicht mal ein leichtes Kräuseln. Forscher des Mittelalters tun gerne so, als wüssten sie alles, obwohl natürlich das Gegenteil der Fall ist.«

»Ich bin dir für deine Hilfe sehr dankbar.«

»Klar. Aber wonach suche ich?«

Wonach suchte *ich*? *Ich will wissen, ob er noch lebt, wenn ich zurückgehe, um ihn zu suchen.* Ich ließ mir eine vernünftigere Version der Frage für sie einfallen.

»Ich möchte wissen, was er malte, nachdem die Pest in Siena ankam, ob er überhaupt gemalt hat. Diese Jahre nach der Pest, bis zum Sturz des Neunerrats 1355, scheinen mir der Schlüssel zu der Geschichte zu sein.« Sie schaute mich neugierig an. Ich sagte natürlich nicht, dass ich wissen wollte, ob er die Pest überlebt hatte.

»Ich werde tun, was ich kann. Aber …«

»Aber?« Ich lächelte.

»Du scheinst dieses Thema furchtbar leidenschaftlich zu verfolgen, für eine Neurochirurgin.« Was in meinem Verhalten hatte sie zu dieser Feststellung veranlasst?

»Ehemalige Neurochirurgin.«

»So weit ist es also schon?«

»Ich habe kein Rückflugticket.«

»Willkommen in der darbenden Welt der Akademiker«, sagte Donata fröhlich. »Wenigstens hast du keine fünfköpfige Familie zu ernähren. Noch nicht.«

Jetzt hatte ich drei Projekte in der Warteschleife, für die ich auf die Hilfe anderer angewiesen war – die eines Bibliothekars, um etwas über die Steuerurkunden herauszufinden, der Fundstelle im Duomo wegen des verlorenen Tagebuchs, und Donatas, um etwas über Gabrieles Schicksal zu erfahren –, und ich war unruhig und reizbar. Die Heizung im Haus funktionierte wieder, aber durch die alten, holzgerahmten Fenster zog der Wind. Ich hatte ein eigenartiges Déjà-vu und stellte mir das Haus vor, wie ich es zu Gabrieles Zeit gesehen hatte. Silvester blieb ich zu Hause und putzte an Neujahr das ganze Haus, nur um mich besser zu fühlen. Ich schaute mir die kaputte Wand in der Küche an. Jemanden zu suchen, der sie über die Feiertage reparierte, war hoffnungslos; Donata hatte einen Bauunternehmer empfohlen, der sagte, er könne Mitte Januar anfangen. Beim Anblick der Putzbrocken kam ich auf die Idee, einen Teil selbst zu machen, und begann, die Wand mit einem von Bens alten Pfannenwendern abzuschaben. Ein großes Stück Putz fiel herunter, und ich sprang zurück, um meine Zehen zu retten. Doch als ich auf das Loch blickte, das entstanden war, hielt ich inne. Auf der Wand darunter, der viel älteren Putzschicht, waren Linien in einem verblichenen Braun zu erkennen – kein Schimmel, sondern *sinopia*, das Farbpigment, mit dem Fresken vor dem Ausmalen skizziert werden. Plötzlich hörte ich das Blubbern und Zischen meines Espressos, der überkochte, und lief zurück an den Herd, um ihn zu retten. Mit wild klopfendem Herzen machte ich mich wieder ans Abkratzen. Nach einer Stunde zeigte mir die freigelegte Fläche, dass ich recht gehabt hatte – es war die Skizze eines Mannes. Die Ähnlichkeit war nicht perfekt, doch die Gesichtszüge erinnerten mich an Giovanni de'Medici. Ich schabte weiter, bis der größte Teil der ursprünglichen Wand zu sehen war. Es war kein zusammenhängendes Gemälde, sondern eine Reihe von Skizzen. Es musste Gabrieles Atelier gewesen sein – wer sonst hätte im Obergeschoss von Martellinos Haus die Wand bemalt? Die Gewissheit, dass seine Hand, Hunderte Jahre zuvor, den Putz berührt hatte, rückte die Vergangenheit plötzlich näher. Auch ich wollte ihn berühren, um die Jahrhunderte zu verringern, die uns trennten. Dann ging mir auf, dass ich mit einem Küchenutensil an einem jahrhundertealten Kunstwerk herumgeschabt hatte.

Der Mann, dessen Gesicht an Giovanni erinnerte, war einer von zweien, die vor einem Geburtszimmer miteinander redeten, in dem ein Säugling in einem Becken gebadet wurde. Als ich das Gesicht des zweiten Mannes erblickte, blieb mir das Herz stehen. Dieses Gesicht erinnerte mich an Signoretti – den mittelalterlichen. Warum tauchten die beiden immer Seite an Seite auf, diese beiden ungleichen Edelmänner? War es nur Zufall? Verwendete Gabriele einfach die Gesichter, die er kannte? Ich wünschte, ich könnte ihn persönlich fragen. Ich legte den Pfannenwender beiseite, der inzwischen hoffnungslos verbogen war, und ging zu meinem Kaffee. Er war kalt, aber ich trank ihn trotzdem und betrachtete die Skizzen.

Eine Erinnerung an Gabriele, wie er malte, einen Pinsel wie die Verlängerung seines Arms haltend, während er nachdenklich auf der Unterlippe kaute, kam in mir hoch. Der Gedanke, er könnte in der Kapelle gestorben sein, in der ich ihn in Messina allein gelassen hatte, war unerträglich. Ich musste das Tagebuch haben.

An dem Abend beschloss ich, etwas trinken zu gehen. Ich setzte mich auf einen Hocker an dem abgenutzten Marmortresen und bestellte mir einen Sherry, wobei ich mir dekadent vorkam. Während ich wartete, kam eine bekannte Gestalt zur Tür herein. Sein helles Haar lag platt an seinem Kopf, als er seinen Winterhut absetzte, und seine schlanke, gebeugte Haltung erinnerte mich an eine Klammer. Im ersten Moment wusste ich ihn nicht einzuordnen, doch dann wurde mir klar, dass es Fabbri aus der Universitätsbibliothek war. Menschen sind manchmal ganz anders, wenn sie nicht bei der Arbeit sind. Ich deutete auf einen leeren Hocker, woraufhin er sich zu mir gesellte, nachdem er sich an einem Mantelständer neben dem

Eingang mehrerer Schichten Wolle entledigt hatte. Ich versuche gern zu erraten, was andere bestellen werden, und setzte auf einen Gimlet oder etwas anderes Altmodisches. Aber Fabbri überraschte mich erneut, als er einen Wodka mit Zitrone beim Barkeeper bestellte. So kann man sich irren.

»Dottoressa Trovato«, sagte er und nickte mir höflich zu. Zum Glück kam er nicht auf Gabrieles Tagebuch zu sprechen.

»Beatrice, bitte.«

»Wissen Sie, es ist ein komischer Zufall, dass ich Sie hier antreffe. Ich habe Ihre Papiere, Kopien aus der Bibliothek in Florenz. Sie trafen heute spät ein, aber da ich auf dem Weg zur Tür hinaus war, habe ich sie in die Tasche gesteckt. Der Briefkasten ist so weit von meinem Büro entfernt, dass ich nicht den ganzen Weg zurückgehen wollte.« Er reichte mir das Bündel Papiere und nahm dann einen genüsslichen Schluck von seinem Drink. Ich warf einen Blick durch den Raum, um sicherzugehen, dass mich niemand beobachtete – allmählich stellte ich mir vor, dass Signoretti mir überall hin folgte, auf einen Fehltritt wartend. Doch als ich die Seiten las, vergaß ich sowohl meine Paranoia als auch meinen Sherry. Ich sah Giovanni und Immacolata de'Medicis Namen auf den ersten Blick, fand aber keinen Eintrag über Iacopos Geburt, nur über Giovannis und Immacolatas einzige Tochter, getauft auf den Namen Cristina.

»Eigenartig.«

»Dottoressa?«

»Beatrice, bitte«, sagte ich automatisch und überflog die Seiten noch einmal.

Fabbri trank noch einen Schluck von seinem Drink, der rasch weniger wurde.

»Ich kann die Person nicht finden, nach der ich gesucht habe. Nur ein anderes Kind, das kurz nach der Geburt gestorben ist.« Konnten die Steuerunterlagen falsch sein, was Iacopo betraf? Ich hatte den Brief von Immacolata über ihren Sohn nach der Hinrichtung seines Vaters. Vielleicht war er später zur Welt gekommen? Die Unterlagen erstreckten sich auf mehrere weitere Jahre, aber die Geburt eines Iacopo de'Medici war nicht erwähnt.

»Sind die Dokumente hilfreich?« Der Bibliothekar hatte sein Glas leer getrunken und gab dem Barkeeper ein Zeichen, ihm ein zweites zu bringen.

»Ja, ziemlich. Vielen Dank. Ich bin froh, Sie hier getroffen zu haben.« Ich glitt von meinem Hocker und vergaß den Sherry.

»Ihr Drink?«

»Oh, ich hatte reichlich«, sagte ich zerstreut und legte Geld für den Barkeeper auf die Theke. Ich wollte schon gehen, aber als mir Gabrieles Fähigkeit einfiel, jedem das Gefühl zu vermitteln, etwas Besonderes zu sein, blieb ich stehen.

»Sie waren mir eine riesengroße Hilfe«, sagte ich. »Ich kann von Glück sagen, mit Ihnen zusammenzuarbeiten.« Er strahlte – Gabrieles Zauber funktionierte. Ich ging im Dunkeln nach Hause und fragte mich, woher Iacopo stammte, wenn nicht von seinen Eltern. Wenn sie denn seine Eltern waren.

Da mir ein arbeitsfreies Wochenende bevorstand, beschloss ich, dass es an der Zeit war, die Gastfreundschaft der Guerrinis zu erwidern und die ganze Familie zum Brunch nach amerikanischer Art einzuladen. Der Einkauf im Lebensmittelladen war eine Herausforderung. Ich brauchte drei Stunden, um eine Flasche Ahornsirup zu finden, und zweihundert Gramm kosteten umgerechnet zwanzig Dollar. Den Speck fand ich schneller, obwohl ich mich mit den Verpackungen nicht auskannte und beinahe Prosciutto gekauft hätte. Die Zutaten für Pfannkuchen waren leicht.

Der Brunch war ein voller Erfolg, wenn auch chaotisch. Ich ließ alle im Esszimmer Platz nehmen, außer Sichtweite der

Küche. Ich wollte Donata unter vier Augen zeigen, was ich gefunden hatte, nach dem Essen.

Felice und Gianni durften sich selbst Sirup nehmen und langten übermäßig zu. Sebastiano hatte beide Hände voll Pfannkuchen und am Ende der Mahlzeit war er über und über mit Sirup beschmiert. Donata und Ilario lobten mit vielen Oohs und Aahs die unbekannten Genüsse amerikanischer Küche. Am Ende des Brunchs war ich zufrieden, als ich sah, wie der schlanke Ilario unter dem Tisch seinen Hosenbund lockerte.

Ilario hatte den Kindern einen Ausflug zu einem mittelalterlichen Umzug auf dem Campo versprochen, packte sie alle warm ein und scheuchte sie zu meiner Haustür hinaus. Nachdem sie gegangen waren, wurde es ungewöhnlich still.

»Hast du dem Verleger dein Manuskript geschickt?«

»Am Donnerstag, kurz vor Abgabeschluss. Unser Abendessen für die nächsten Monate ist gesichert.« Donata schwenkte den Rest Kaffee in ihrer Tasse und stellte sie dann auf den Tisch.

»Donata, kannst du einen Moment mit in die Küche kommen? Es ist das reine Chaos, ich warne dich.«

»Du bist nicht die Erste, die eine unaufgeräumte Küche hat, Beatrice.«

»Na ja, es herrscht ein ungewöhnliches Chaos seit dem Rohrbruch. Aber ich möchte dir etwas zeigen.«

Sie zog die Augenbrauen hoch. »Jetzt bin ich aber neugierig.« Sobald wir den Raum betraten, freute ich mich, als sie nach Luft schnappte.

»Beatrice, das ist außergewöhnlich.«

Ich nickte. »Was meinst du, wer das gemalt hat?«

Sie kniff die Augen zusammen. »Schwierig zu sagen anhand der Skizzen, aber die Zeichnung hat Eigenschaften, die mich an Accorsis Arbeit erinnern. Das wäre ein eigenartiger Zufall, die Fresken deines Lieblingsmalers an deiner Küchenwand zu haben.« Sie hatte keine Ahnung, welcher Zufall es war. Sie betrachtete das Werk lange aus nächster Nähe und trat dann ein paar Schritte zurück. »Sieht aus wie Studien für die Geburt der Jungfrau. Offenbar hat die Signoretti-Kapelle hier in Siena Überreste eines Freskos, auf dem die Geburt der Jungfrau dargestellt ist, obwohl nicht genug erhalten geblieben ist, um den Maler zu bestimmen. Ich habe die Arbeit nie gesehen; sie wird für gewöhnlich nicht dem Publikum zugänglich gemacht.«

Die Signoretti-Kapelle. Die würde mir ganz bestimmt nicht zugänglich gemacht, nicht, wenn ich dafür den Signoretti aus dem einundzwanzigsten Jahrhundert, meinen derzeitigen Erzfeind, um Einlass bitten müsste. Der Flug durch fast siebenhundert Jahre war so atemberaubend, dass ich nicht reagieren konnte. Und was würde ich denn sagen? Ich konnte Donata nicht erzählen, was ich wusste, dass Gabriele nämlich das Signoretti-Fresko gemalt hatte, und ich konnte auf keinen Fall sagen, dass ich glaubte, die Modelle zu erkennen. Ich wäre sehr überrascht gewesen, wenn Gabriele diese Gesichter tatsächlich im endgültigen Gemälde verwendet und damit einen berüchtigten Medici in das Haus eines Edelmanns aus Siena gebracht hätte. »Kennst du jemanden, der einschätzen kann, was man damit macht? Ich habe das Gefühl, dass mein Haus plötzlich ein Museum geworden ist.«

Donata lachte. »Willkommen im Leben in Siena – das geht uns allen so. Ja, ich schicke einen unserer Restauratoren her, damit er einen Blick darauf wirft. Vermutlich ist dein Rohrbruch ein Segen.«

Wir betrachteten die Wand eine Weile und sahen unterschiedliche Dinge. Schließlich wandte sie sich wieder an mich.

»Beatrice, ich habe einen mir bekannten Kurator im Museo nach Accorsi gefragt. Du weißt, dass er Gemälde hier in Siena hat?«

»Das vom heiligen Christophorus? Ja, das habe ich gesehen.« Ich fragte mich, ob Donata es kannte. Die Ähnlichkeit einer Gestalt mit mir war mir ins Auge gesprungen, aber vielleicht würde sie einem Außenstehenden entgehen, zwischen all den Menschen, die er am Ufer gemalt hatte.

»Eigentlich sind es zwei. Das zweite ist nicht hier gemalt worden, sondern irgendwann im neunzehnten Jahrhundert von Messina hierher transportiert worden.« Bei ihren Worten bekam ich eine Gänsehaut. »Möchtest du es dir ansehen?«

»Was, *jetzt*?«

»Das Museum macht samstags um elf auf.« Donata rief Ilario an, um ihn über ihre Pläne zu informieren, und ich bestand darauf, dass wir aufbrachen, ohne den Abwasch zu erledigen.

Wir gingen zum Museum. Nach einer Woche mit ungemütlichem Wetter war die Sonne endlich aufgetaucht, alle Welt hielt sich draußen auf und genoss die Winterpause. Im Herzen war ich wieder in der kleinen Kapelle des Ospedale von Messina und ging durch die schräg einfallenden Sonnenstrahlen. Donata spürte, wie mir zumute war, und unterbrach das Schweigen nicht. Ich war mir ihrer Gesellschaft bewusst und froh, eine stille Begleiterin zu haben.

Nachdem wir den Lageplan des Museums studiert hatten, suchten wir direkt die richtige Galerie auf. Sogleich erblickte ich das Altarbild, das an der gegenüberliegenden Wand hing. Langsam durchquerte ich die Galerie, als watete ich durch Wasser. Als ich vor dem Gemälde stand, begann ich zu weinen.

»Beatrice, was ist los?« Donata legte mir eine Hand auf die Schulter.

»Es ist nicht fertig.«

»Ist das so eine Tragödie, *cara*?«

Mit tränenden Augen betrachtete ich das Gemälde – vier Heilige auf den Tafeln darüber: Christophorus, Lukas, Placidus, Nicholas – und die *predella* darunter, die das Leben der

Jungfrau erzählt. Und da war Paola-Maria mit ihrem verängstigten Gesicht und der ausgestreckten Hand, mit der sie die Verkündigung noch immer abwehrt. Doch sosehr ich auch hinschaute, ich sah nichts, was nicht auch damals schon da gewesen war. Hätte er es fertiggestellt, dann hätte ich gewusst, dass er überlebt hatte. Ich weinte so sehr, dass ich nichts mehr sehen konnte, und Donata führte mich an der Hand zu einer gepolsterten Bank in der Mitte der Galerie. Ich setzte mich mit gesenktem Kopf und schluchzte unablässig.

»Dieser Maler muss dir sehr viel bedeuten, wenn dich sein Werk so berührt.« Donata sprach leise.

»Verrückt, nicht wahr?«

»Vielleicht nicht.«

»Ich bin froh, dass du Kunsthistorikerin bist«, sagte ich schließlich mit rauer Kehle. Es musste ihr absurd vorgekommen sein, dass ich hier saß und Qualen litt, weil ein Altarbild nicht vollendet war.

»Du meinst, damit ich deinen Kummer verstehen kann?« Ich fing wieder an zu weinen und atmete dann tief ein. »Donata?«

»Carissima?«

»Wenn ich das Buch von Ben nicht zu Ende schreiben kann, glaubst du, du könntest bei der Fertigstellung helfen und es veröffentlichen lassen?«

»Post-Pest-Rehabilitation ist eigentlich nicht mein Fachgebiet, Beatrice.«

»Meins auch nicht, bis vor Kurzem. Aber wenn du meine gesamten Notizen hättest, könntest du es?«

»Gibt es etwas, das dich an der Fertigstellung hindern könnte? Ich hoffe, keine Krankheit, um Himmels willen.«

»Nein, nichts dergleichen.« Ich holte tief Luft. »Wenn ich wieder verschwinde, bitte, mach dir um mich keine Sorgen.«

Sie wich zurück und betrachtete prüfend mein Gesicht.

»Was hast du vor? Du willst doch damit nicht andeuten, dass du dein Leben wegen eines unvollendeten Gemäldes beenden willst.«

Daraufhin musste ich lachen, trotz der Tränen. »Nein, so theatralisch bin ich nicht, aber wenn es passiert, mach dir keine Sorgen um mich.«

Sie schwieg eine Weile. »Du möchtest, dass ich das hinnehme, ohne den Grund dafür zu begreifen?«

»Bitte«, sagte ich. »Ich kann es nicht erklären.«

Sie nickte ein Mal und wirkte beunruhigt. »Ich werde es versuchen.«

Ich umarmte sie, die Wärme und Festigkeit ihres Körpers gaben mit Halt, zumindest für den Augenblick, in der Gegenwart.

Meine von Gabriele inspirierte Galanterie gegenüber dem Archivar zahlte sich aus; das Telefon klingelte, gerade als ich ins Haus kam. Emilio sagte, er habe ein weiteres Medici-Dokument aus der Zeit gefunden, und vielleicht wolle ich ja einen Blick darauf werfen? Ich hatte noch nicht einmal meinen Mantel ausgezogen, also drehte ich mich um und ging wieder hinaus.

An diesem Tag erschien es mir kälter in der Krypta – vielleicht bildete ich es mir ein, denn die Klimaanlage war mit Sicherheit exakt eingestellt. Emilio hieß mich mit neuer Herzlichkeit willkommen. Er ging das Dokument holen, das in den üblichen Archivhüllen verpackt war. Es war ein Geschäftsbuch, und als ich es vorsichtig herauszog, summte es in meinen Ohren. Emilios Stimme drang nur gedämpft zu mir durch.

»Ich dachte, ich könnte in Sienas Urkunden nach einer weiteren Erwähnung der Medici aus dem vierzehnten Jahrhundert schauen. Sie wissen sicher, dass die Familie erst im sechzehnten Jahrhundert Berühmtheit erlangte, und aus dieser früheren Periode ist relativ wenig zu finden. Ich habe mir die niedergeschriebenen Verfahren der Biccherna durchgelesen, Sienas Finanzbehörde. Es sind vor allem Geschäftsbücher, das, was man nicht beachtet … es sei denn, man hat ein *bestimmtes Interesse.*« Bei der Betonung dieser letzten beiden Wörter lächelte er verschwörerisch. »Dieses Geschäftsbuch ist insofern interessant, als es nicht aus Siena kommt; ich glaube, es wurde falsch abgelegt – es ist nicht von der Biccherna. Die Buchführung ist eher typisch für Florenz, so wie die Namen. Und die Medici sind ein paar Mal erwähnt.«

Ich schlug die erste Seite auf und las:

Gelder, die Giovanni de'Medici geschuldet sind für den sicheren Transport von Luxusgütern zugunsten eines Kunden mit Interessen in Avignon – 70 Fiore in Gold –

Und das Datum stimmte – 1347. Langsam las ich die Einträge der nächsten paar Seiten durch und hatte Mühe, die verblassten Zeilen zu entziffern. Dann stieß ich auf einen bekannten Namen – Signoretti. Viel Geld floss an Signoretti – zuerst im Jahre 1347, aber mehr noch 1348 und 1349. Und nicht nur an Signoretti – ich erkannte in diesem Geschäftsbuch der Medici andere Namen von Adelsfamilien in Siena, daneben hohe Summen. Nachdem ich jetzt eine Vorstellung von mittelalterlicher Währung hatte, wusste ich, wie hoch sie waren. Ich schaute zu Emilio auf, der mich eigenartig anlächelte.

»Ich hoffe, die Erwähnung Ihres verstorbenen Bruders wird Sie nicht aus der Fassung bringen, Dottoressa, aber anscheinend war Signor Trovato ziemlich interessiert an dem Buch, das Sie in Händen halten. Ich habe seinen Namen im Verzeichnis der Ausleihe gefunden.«

Es war beunruhigend, aber auch spannend. Ich war auf der richtigen Spur. Und meine Hände berührten ein Buch, das

Ben wahrscheinlich kurz vor seinem Tod berührt hatte. »Danke, dass Sie es mich wissen lassen«, sagte ich. »Ich bin stolz, in seine Fußstapfen zu treten.« Das klang abgedroschen, aber ich meinte es ernst.

»Dann lasse ich Sie doch eine Weile damit allein«, sagte Emilio freundlich und entfernte sich zwischen den Regalen. Ich schaute wieder auf das kleine Buch. »Ben«, flüsterte ich, »hilf mir. Was soll ich sehen?« Eigentlich glaube ich nicht daran, mit den Toten Kontakt aufnehmen zu können, aber die Art und Weise, wie das Buch an einer bestimmten Stelle aufklappte, hatte etwas Unheimliches. Die Handschrift dort sah aus, als stammte sie von jemandem, der unter extremen Gefühlswallungen oder dringender Not litt. Auf der Seite waren weitere Zahlungen verzeichnet, diesmal in *fiorini d'oro* – Goldflorine –, an einen Mann mit nur einem Namen: Angelo. Die Zahlungen wurden an vielen Daten fortgeführt, maßlos hohe Summen, doch der Grund dafür war nicht notiert. Dann begann auf der nächsten Seite eine Liste. Es war eine Namensliste, alles in der verkrampften Handschrift. Ich ging die Namen durch, erkannte einige, darunter Pietro und Ambrogio Lorenzetti, die berühmten Gebrüder aus Siena, die die Sala della Pace bemalt hatten. Emilio kam zurück, als ich über dem Rest brütete, und ich zeigte ihm die Liste. Er las sie schweigend durch.

»Ich müsste nachsehen, um sicher zu sein«, sagte er stirnrunzelnd. Ich hielt die Luft an. »Einige Namen auf dieser Liste gehören zu Menschen, die in Siena in den Jahren 1348 und 1349 infolge der Pest verstarben. Obwohl es natürlich etwas ganz anderes sein könnte, das sie verbindet.«

Was um alles in der Welt hatte eine Liste der berühmtesten toten Bürger Sienas in einem Geschäftsbuch der Medici verloren? Mir wurde kalt, als ich mir einige Edelmänner aus Florenz vorstellte, die sich schadenfroh über die Namen beugen.

»Ich brauche viel mehr Zeit, um dieses Buch durchzuarbeiten«, sagte ich heiser. Vielleicht weil er annahm, dass mich Trauergefühle übermannten, was nur teilweise stimmte, nickte Emilio freundlich. Er verpackte das Geschäftsbuch sorgfältig, ich steckte es in meine Tasche und entschuldigte mich im Stillen, dass ich erneut das Vertrauen des Archivars ausnutzte. Als ich die Bibliothek verließ, schwirrte mir der Kopf.

Als ich nach Hause kam, hatte ich eine Nachricht auf dem Anrufbeantworter. Das Besucherzentrum des Duomo: Sie hätten ein Buch, das zu meiner Beschreibung passe und Anfang Juli gefunden worden sei. Ich könne es am nächsten Tag abholen.

Ich setzte mich an meinen Küchentisch. Ich schloss die Augen und stellte mir das Skriptorium im Ospedale vor, das frische Pergament unter meiner Hand, den Geruch nach Egidios Papier, der mit dem Dampf aus einem Kessel in der Ecke emporstieg. Ich hörte die Geräusche von Morgengebeten und das Läuten zur Prim. Waren Clara und Provenzano der Pest entkommen? War Ysabella eine Heilerin geworden? Hatte sie vielleicht sogar überlebt? Der Schwarze Tod dürfte sich inzwischen mit Macht seinen Weg durch Siena gebahnt haben. Damals. Ich öffnete die Augen und sah die cremefarbigen Wände der kleinen Küche vor mir.

Ich holte das Geschäftsbuch aus meiner Tasche. Es war offensichtlich das der Familie Medici, anfangs mit dem Namen Giovanni, später folgte Iacopos. Ich überflog eine Seite, auf der Transportkosten abgehakt waren, und als ich zu den nächsten Einträgen umblätterte, flogen zwei lose Pergamentstücke aus dem Buch zu Boden. Es waren Briefe – zwei verschiedene Briefe –, und die Handschrift auf beiden Seiten passte zu den frühen Einträgen im Buch.

Ich werde in einer Zelle gefangen gehalten und warte auf den Prozess wegen der Beseitigung dieses Nachtwächters, der so dumm war, sich uns in den Weg zu stellen. Hätte er gewusst, dass es klüger ist, einen Geschäftsmann ungestört seinen Geschäften nachgehen zu lassen, könnte er heute noch leben.

Ich wandte mich der nächsten Seite zu, mein Herz raste.

Ich stelle fest, dass die unerwartete Gefangenschaft und die Einschränkung meiner Freiheit Sehnsucht nach meiner Familie in mir ausgelöst haben, nach den Menschen, in denen Liebe und Treue zu Florenz so stetig fließen wie das Blut, das uns verbindet … Ich bitte dich, schnellstmöglich zu mir zurückzukehren … an meiner Seite zu stehen, damit mich jemand an ein Leben außerhalb dieser Mauern erinnert. Behalte diesen Brief für dich, mein Sohn, es soll unter uns bleiben.

Ich hielt Briefe in der Hand, die Giovanni de'Medici seinem Sohn in den Wochen vor seiner Hinrichtung geschickt hatte. Seinem Sohn Iacopo, von ungewisser Herkunft. Ich legte das Geschäftsbuch beiseite, nicht aber das, was ich darin versteckt gefunden hatte – *das* würde ich behalten, zumindest eine Weile. Im Stillen bat ich Emilio um Vergebung.

Anschließend nahm ich mir Bens Büchersammlung vor; es könnte meine letzte Chance sein, mit neuzeitlichem Blick etwas über Sienas Vergangenheit zu lernen. Ich überflog Titel und schlug ein paar Bände auf, ohne genau zu wissen, wonach ich suchte. Ich rief mir die Zeitschiene der Pest ins Gedächtnis und las rasch ein paar Texte in dem Versuch, mir möglichst viele nützliche Tatsachen zu merken.

Bens Schlafzimmer hob ich mir bis zuletzt auf. Noch immer stapelten sich Bücher auf dem Nachttisch und auf dem Boden, alle mit einer Staubschicht überzogen. Ich hatte sie bei meinem ersten Besuch durchgesehen, aber diesmal fand ich etwas, das ich übersehen hatte. Unten in einem Stapel, verborgen in einem zerlesenen Exemplar *Asterix der Gallier*, befand sich ein unscheinbarer brauner Briefumschlag. Darin steckte ein weiterer Umschlag, unverkennbar archivarisch. Ben musste ihn hier versteckt haben, vielleicht weil er seinen konkurrierenden Wissenschaftlern misstraute. Nachdem ich meine eigenen Erfahrungen mit ihrer Bereitschaft gemacht hatte, alles zu tun, um ihre Ziele zu erreichen, überraschte mich das nicht.

Das Dokument darin war Teil eines Briefes. Der Name des Empfängers und die Unterschrift fehlten, aber der Text jagte mir einen Schauer der Angst über den Rücken.

Mariä Empfängnis, 1348

Jetzt, da Accorsi wieder in Siena ist, müsst Ihr ihn aufsuchen und den Plan weiterverfolgen, den wir besprochen haben. Der Maler muss den Preis für sein Zeugnis zahlen. Schickt mir eine Nachricht, wenn es erledigt ist.

Auf diese Weise erfuhr ich zwei Dinge, in einem einzigen wunderbaren und schrecklichen Augenblick. Gabriele hatte die Pest überlebt, und jemand hatte vor, ihn umzubringen. Nicht eine Minute länger konnte ich zerknitterte Dokumente in meinem unwirksamen Zeitalter lesen. Ich nahm die Papiere mit und schloss die Tür zu Bens staubigem Zimmer.

Es war höchste Zeit zu packen. In der Annahme, ich könnte dorthin zurückkehren, brauchte ich viel mehr, als ich beim ersten Mal bei mir hatte. Zuerst warf ich den Inhalt meines Medizinschranks in einen Beutel, einschließlich meiner neuen Antibiotika, die ich mir selbst verschrieben hatte. Dann nahm ich die Kleidung in Angriff. Das blaue Kleid, mit dem ich nach Hause gekommen war, hatte man vernichtet, als ich im Krankenhaus lag, aus Angst vor infizierten Flöhen, aber ich entdeckte eine hübsche mittelalterliche Nachbildung in einer Boutique für Aufführungen historischer Ereignisse, dazu einen warmen Wollmantel mit Kapuze. Ich fügte zwei Paar Wollstrumpfhosen hinzu und einen Stapel BHs und Unterwäsche. Es war nicht so wichtig wie Antibiotika, aber bei meinem letzten Ausflug hatte ich neuzeitliche Wäsche vermisst. In Bens Wandschrank fand ich eine alte Feldflasche, die ansatzweise mittelalterlich aussah. Ich durchsuchte die Vorratskammer: ein Päckchen Vollkornkekse, getrocknete Johannisbeeren, Mandeln. Was noch? Ich hatte noch immer die Kette von meiner Mutter und ergänzte sie um alle Schmuckstücke, die ich anlegen konnte; ich war mir nicht sicher, ob ich eine Tasche mitnehmen konnte. Ich würde Fabbri das Geschäftsbuch zurückgeben, aber die Papiere, die ich darin gefunden hatte, behielt ich.

Ich hatte den Brief von Donata noch, in dem sie mich zum Kaffee einlud und der mich nach Hause gebracht hatte. Ich fand ihn in einer Schublade in meinem Schreibtisch, zerknittert und schmutzig, aber lesbar. Ich faltete ihn sorgfältig zusammen und packte ihn ebenfalls ein. *Die Person ist das Tor, nicht der Ort* … vielleicht würde ich ihn eines Tages wieder brauchen.

Meinen letzten Brief an Nathaniel steckte ich in einen Umschlag, adressierte ihn und klebte eine Briefmarke darauf. Ich ließ ihn auf dem Küchentisch liegen, putzte mir die Zähne und ging zu Bett. Ich brauchte Schlaf vor meiner Verabredung am nächsten Morgen mit einem 650 Jahre alten Tagebuch.

Es war Gabrieles Buch, und es sah wieder alt aus, so wie beim ersten Mal, als ich es anschaute. Meine Hände zitterten, als die Fremdenführerin es mir übergab. Ich bedankte mich bei ihr, und sie musterte mich mit seltsamem Blick, als fragte sie sich, wie bescheuert man sein müsse, um etwas so Wichtiges liegen zu lassen und dann sechs Monate zu warten, um es zurückzuholen. Zum Glück hatte es anscheinend niemand geöffnet und entdeckt, was es wirklich war. Aus Versehen machte ich einen Knicks, eine mittelalterliche Angewohnheit, und ergriff die Flucht, bevor mir noch mehr Dummheiten unterliefen.

Diesmal wollte ich im Ospedale sein, um das Tagebuch zu lesen, an einem Ort, an dem ich mich zu Hause fühlte. Ich folgte dem Weg, den ich mir in zwei unterschiedlichen Jahrhunderten eingeprägt hatte, bis ich die leere Stelle über dem Eingang vor mir hatte, auf der einst Gabrieles *Himmelfahrt* geprangt hatte.

Statt durch die Eingangstür zu gehen, begab ich mich zur Cappella delle Fanciulle – Kapelle der jungen Frauen –, die in den Pellegrinaio delle Donne führte, mein erstes mittelalterliches Zuhause. Drinnen erkannte ich nichts wieder – die Kapelle war geschmückt mit Fresken aus dem fünfzehnten Jahrhundert – die Dreifaltigkeit, eine Szene, in der Frauen am Grab Christi beten, die Kreuzigung, und ein viertes Fresko mit dem Titel *Madonna der Gnade*. Ich trat näher heran, um mir die Engel anzusehen, die den Umhang der Jungfrau Maria festhielten, sowie die Ehrfürchtigen zu ihren Füßen, die um Schutz baten. Ich stellte mir vor, ich wäre unter ihnen und schaute ins strahlende Gesicht der Jungfrau. Außer mir war niemand in der Kapelle. Ich schlug das Tagebuch auf der letzten beschriebenen Seite auf und begann zu lesen.

Ich kann jetzt nicht malen, da ich zu schwach bin, um zu stehen, und ich kann kaum eine Feder halten. Ich habe die letzte deiner Tabletten eingenommen, Beatrice. Der bittere Geschmack erinnert mich hinwiederum an die Lieblichkeit deines Gesichts. Nachdem du mich verlassen hattest, spürte ich einen plötzlichen Riss im Stoff meiner Kenntnisse über dich, als wärst du sehr weit entfernt, jenseits der Reichweite meiner Seele. Ich bete, dass dies nicht ein Zeichen dafür ist, dass du die Welt der Sterblichen verlassen hast.

Ich weiß jetzt, nach allem, was du mir erzählt hast, dass dieses Buch mich überleben wird. Daher kann es womöglich als ein Medium dienen, durch das ich mit dir in deiner Zeit sprechen kann. In diesem Wissen schreibe ich jetzt und stelle mir vor, dass deine Augen auf diese Seite schauen, durch sie hindurch, und meine Gedanken kennen. Ich hoffe zum Wohle von uns beiden, dass du weit genug fortgegangen bist, um dem Griff der dunklen Bestie zu entkommen, die jetzt meine Lunge zerreißt und meine Haut mit Fieber verbrennt. Vielleicht hast du einen Pfad in dein Jahrhundert gefunden, und wenn es eine Zuflucht für dich ist, bitte ich dich zu bleiben, außer Gefahr. Aber wenn ich diese schreckliche Krankheit überstehe, und der Weg für dich sicher ist, bete ich mit aller Kraft, die in meinem Körper verblieben ist, dass du zu mir und in unser Siena zurückkommst, wo wir unser beider Leben vor meiner Familie und in Gottes Namen miteinander verbinden können.

In Liebe und mit Gebeten um deine Sicherheit und um deine Rückkehr,

dein Gabriele,

Messina 1347

Das war der letzte Eintrag. Ich spürte, wie das kleine Buch meinen Händen entglitt, vernahm aber nie den Laut, den ich erwartete – kein Aufprall, als das Tagebuch auf den Boden traf. Stattdessen fiel es geräuschlos immerfort, als würde es in einen tiefen Abgrund gleiten.

X

Zeugnis

Diesmal war es viel schlimmer: vielleicht weil ich wusste, wie weit ich gehen würde und wie viel ich zurückließ. Während ich fiel, war mir, als würden die Bindungen zu allen, die ich liebte, bis zum Zerreißen gespannt. Ich sah Donata vor mir, wie sie Risotto umrührt, Nathaniel, der mich über einem staubigen Buchumschlag hinweg anlächelt, Linney, die auf dem Weg aus dem OP ihre blaue Plastikhaube abstreift. Ich vernahm ein hohes Heulen und spürte plötzlichen Druck auf den Ohren.

Ich weiß nicht, ob ich das noch einmal durchstehe, dachte ich, als der Schmerz in meinem Kopf kaum noch zu ertragen war. Als er aufhörte, stand ich in einem von Kerzen beleuchteten Raum und schaute auf leeren Putz; das Gemälde der Madonna war verschwunden. Das hieß, ich war vor 1500 angekommen. Zu spät traf mich die Erkenntnis, dass ich keine Sicherheit hatte, im richtigen Jahrhundert gelandet zu sein. Die Kapelle hatte einen kleinen Holzaltar und ein paar schmucklose Bankreihen. Dicke Wachskerzen steckten in Wandhaltern aus Eisen, ihre Flammen flackerten im Dunkeln. Es war kalt – eine unablässige mittelalterliche Kälte, nur ein wenig Glut in der Feuerstelle, um den Raum zu wärmen.

Meine Tasche war mitgekommen, nicht aber das Tagebuch. Vielleicht war das ein Zeichen dafür, dass ich in der Zeit gelandet war, in der es einem lebenden Gabriele gehörte? Es konnte auch bedeuten, dass es noch nicht existierte, weil ich zu früh dran war. Draußen vor der Kapelle hörte ich Schritte;

sie blieben direkt vor der Tür stehen und gaben mir Zeit zu überlegen. Wenn es jemand war, den ich kannte, würde es die Zeit bestätigen, in die ich gekommen war. Sollte es ein mir Unbekannter sein, hatte ich mehr Probleme als jenes, das richtige Datum herauszufinden. Ein Licht leuchtete draußen vor der Tür auf. Ich sah einen Schatten, den die neu angezündete Lampe warf, aber nicht, zu wem der Schatten gehörte. Die Schritte entfernten sich, und ich atmete durch. Als ich mich auf den Weg zu Umiltàs *studium* machte, läuteten die Glocken der Stadt zur Prim.

Kirchenglocken läuten in New York die ganze Zeit, doch ihre Wirkung wird abgemildert durch den anderen Lärm, der um Aufmerksamkeit buhlt – Handys, Autohupen, Sirenen. Hier sprachen die Glocken des Campanile mit unverfälschter Macht, und für mich klang der Ruf zum Gebet wie eine Begrüßung und eine Warnung gleichermaßen: *Siena hält dich fest in den Armen, und diesmal wirst du bleiben.*

Als der letzte Glockenschlag verklang, klopfte ich an Umiltàs Tür. Selbst wenn es das richtige Jahr war, wusste ich nicht, ob Umiltà oder jemand anders, den ich kannte, die Pest überlebt hatte. Als die Tür aufging und Umiltà höchstpersönlich vor mir stand, brach ich vor Erleichterung fast in Tränen aus.

»Dem Himmel sei Dank, und den Engeln über uns, Dank dem heiligen Christophorus, dem Schutzpatron der Reisenden, den heiligen Maurus und Placidus, die Euch unbeschadet aus dem weit entfernten Messina hergeführt haben, Ansanus, Savinus, Crescentius und Victor, die alle treu ergebenen Bürger Sienas beschützen, und der heiligen Maria, die wahrhaftig ihre Hand über Euch halten muss.« Umiltà hatte sich Gott sei Dank nicht im Geringsten verändert. Ich warf mich in ihre kleinen, drahtigen Arme und blieb dort, mein Gesicht an ihrer mit Wolle bedeckten Schulter vergraben.

»Beatrice, was ist Euch zugestoßen? Es ist über ein Jahr her, seit Ihr uns mit diesem Schurken Lugani verlassen habt.« Sie fuhr fort, noch bevor ich eine Antwort hervorbringen konnte. »Wir haben uns alle schreckliche Sorgen gemacht, nachdem Ihr fort wart. Darüber, dass Ihr Straßenräubern zum Opfer gefallen sein könntet oder dass Messer Lugani Euch womöglich nicht aus seinen Diensten entlassen hat oder, schlimmer noch, als wir von der aus dem Süden heranziehenden Verheerung erfuhren, dass Ihr der Mortalità erlegen seid. Beatrice, Euch gesund und munter an diesem bitterkalten Januarmorgen zu sehen ist wahrlich ein Wunder.«

Das war es, obwohl sie das Ausmaß des Wunders, das mich gerettet hatte, nicht erahnen konnte. Über ein Jahr hatte sie gesagt, und mir netterweise den Monat genannt. Also war es Januar 1349.

»Ich hatte solche Angst, dass alle gestorben sind. Es muss schrecklich hier gewesen sein, nach allem, was ich in Messina gesehen habe.«

»Der Große Tod hat Siena mit einer Grausamkeit getroffen, die nicht ihresgleichen findet«, erwiderte Umiltà und schlug mit der Faust in ihre offene Handfläche. »Die furchtbaren Szenen, die ich erlebt habe, werde ich nie vergessen. Die Bilder kommen zu jeder Tages- und Nachtzeit zu mir zurück, Visionen von Tod und Verwesung, und die Klagen aller, die zurückblieben und über ihre Verluste trauerten, verfolgen mich in meinen Träumen. Unser Fra Bosi, der dem Ospedale mit dem Feuer des geschriebenen Wortes Licht spendete, ist gestorben. Die Mortalità hat ihn vor dem ersten Frost hinweggerafft, zusammen mit der Hälfte aller Seelen Sienas. Wir Hinterbliebenen haben so viele zu beklagen, dass wir keinen Raum mehr haben – weder in unseren Gräbern noch in unseren Herzen.«

Mein früherer Chef, der aufbrausende, aber großzügige Hüter der Bibliothek des Ospedale, war tot. Ich wusste noch, wie Bosi auf den Stufen vor dem Ospedale gesessen und um seine brennenden Bücher geweint hatte, und ich spürte, wie auch mir die Tränen kamen.

»Beatrice, ich habe Gott oft gefragt, warum er manche zu sich nahm, während andere zurückblieben, um mit eigenen Augen anzusehen, was uns vorkam wie das Ende der Welt. Wir haben die Gebrüder Lorenzetti verloren – ihre Pinsel sind für immer zur Ruhe gekommen – und unzählige andere, deren Seelen Siena Leben eingehaucht haben. Die sich mit der Erweiterung des Duomo beschäftigten, fielen der Mortalità ebenfalls zum Opfer und ließen uns mit der leeren Hoffnung auf das große neue Kirchenschiff zurück, das unsere Aufopferung der gesamten Christenheit verkünden würde. Viele haben in vielen Ländern gelitten, aber zuweilen hatte es für uns hier in Siena den Anschein, als ziele jemand direkt auf unser Herz, unsere Kunst, unser Streben und unseren Glauben und versuche uns auszulöschen, nicht nur durch den Tod, sondern durch Verzweiflung, mit sehr, sehr böser Absicht.«

Mir wurde kalt. Wenn sie nun recht hatte, und jemand hatte es auf Siena abgesehen? Hatte Ben kurz davorgestanden, das aufzudecken mit seinem Brief von einer trauernden Medici-Witwe über ihren verstörten Sohn? Mit Geschäftsbüchern, die Zahlungen an Edelmänner aus Siena belegten sowie an jemanden, der rätselhafterweise nur unter dem Namen Angelo aufgelistet war? Hatte es etwas mit den Verbindungen zu tun, die ich zwischen den Familien Signoretti und Medici entdeckt hatte? Gab es einen schändlichen Grund, warum in einem Geschäftsbuch der Medici eine Liste von den Pesttoten in Siena steckte und die Signoretti der Neuzeit versuchten, mich daran zu hindern, noch mehr herauszufinden? Die Puzzlestücke verschoben sich in meinem Kopf, ergaben aber kein zusammenhängendes Bild. Selbst wenn eine Verschwörung existiert hätte – wie konnte sie in einer tödlichen Seuche zum Ausdruck kommen? Menschen schmiedeten Komplotte, Krankheiten nicht.

Während meine Gedanken sich überschlugen, fuhr Umiltà fort. »Ihr müsst mir Eure Geschichte ausführlich berichten, Beatrice, aber jetzt haben wir dazu keine Zeit. Der Maler Accorsi steht heute wegen Mordes vor Gericht. Seid Ihr bereit, Zeugnis abzulegen? Das Ospedale sammelt Zeugen zu seinen Gunsten.«

»Mord?« Gabriele lebte, aber war wegen Mordes angeklagt? »Wie sollte er jemanden umgebracht haben? Das letzte Mal, als ich ihn sah, lag er in einer Kapelle in Messina im Sterben.«

Umiltà zog ihre Augenbrauen so hoch, dass sie unter ihrer Haube verschwanden. »Tatsächlich? Ihr habt ihn in einer Kapelle dem Tode überlassen? Wie unbarmherzig. Infolge der Pest ist bedauerliches Verhalten zutage getreten, aber von Euch hätte ich es nicht erwartet. Dieser Prozess ist die Gelegenheit für Euch, Eure Herzlosigkeit wiedergutzumachen – gelobt sei Gott, dass er uns erlaubt, Buße zu tun. Und das alles geschah vor über einem Jahr? Was habt Ihr seither getrieben? Wart Ihr die ganze Zeit im Dienste Messer Luganis? Egidio befürchtete, so wie wir alle, Ihr wärt gestorben.« Das klang, als ginge es Egidio gut, oder zumindest war er am Leben. Ich wollte antworten, doch Umiltà hob eine Hand, um mir Einhalt zu gebieten. Das war mir ganz recht, da mir noch keine sinnvolle Erklärung eingefallen war.

»Beatrice, wir werden diese beunruhigenden Fragen auf später verschieben müssen. Ich werde Euch sagen, was Ihr für den Prozess wissen müsst, und Ihr werdet Euch für den Charakter des Malers verbürgen. Die Diffamierung ist sicherlich falsch, aber wir müssen das Gericht überzeugen, damit die Klage abgewiesen wird. Ich würde Ser Accorsi nur ungern hängen sehen.« Umiltà geleitete mich aus ihrem *studium*.

Ich auch, dachte ich und versuchte, nicht in Panik zu geraten.

»Gott sei Dank sind unsere Gesetze anders als in Frankreich, wo zwei Bürger, die jemanden diffamieren, schon ausreichen, um seine Schuld zu beweisen. Diese *fama* muss als das abgelegt werden, was sie ist: ein Gerücht, oder schlimmer noch, vorsätzliche Lüge.« Auch ich war froh, dass Siena nicht wie Frankreich war. »Messer Accorsi war gerade aus Messina zurückgekehrt, als die Büttel des Podestà ihm einen Besuch abstatteten. Er wurde unter Anklage gestellt und inhaftiert, bis der Fall vor Gericht gebracht werden konnte.«

Warum hatte er das Gemälde nicht fertiggestellt? Wie ist er zurückgekommen? Hat seine Familie überlebt? Ich stellte mir Gabriele vor, wie er die Tür im Haus seines Onkels öffnet und auf die sich selbst überlassenen Leichname seiner Verwandten trifft, der Duft von Martellinos Brot ersetzt durch den Gestank des Todes. Aber das war nur Angst, keine Vision. Mehr als die Hälfte von Sienas Bevölkerung war 1348 an der Pest gestorben – wie groß war da die Chance, dass Martellino, Bianca, Ysabella, Rinaldo und die kleine Gabriella überlebt hatten? Und Clara? Umiltà hatte sie nicht erwähnt, aber sie könnte in Messina gestorben sein, wo ich sie verlassen hatte.

»Ser Accorsi wurde von einem Zuträger denunziert«, fuhr Umiltà grimmig fort, während wir aus einer schmalen Straße in die schwache Wintersonne auf dem Campo traten, »einem anonymen Zuträger. Der Maler wurde beschuldigt, Christoforo Buonaventura umgebracht zu haben, einen Nachtwächter.«

Das war schlichtweg unerhört. »Giovanni de'Medici hat ihn getötet! Ich war bei dem Prozess, als er verurteilt und gehängt wurde.«

»Der Zuträger versucht, die Verurteilung aufzuheben und den Namen Medici reinzuwaschen. Er versichert, dass Ser Accorsi seine Beschuldigung nur deshalb vorgetragen hat, um den Verdacht von sich abzulenken.«

»Und ein anonymer Brief an die Podestà reicht aus, um den ganzen Prozess auf den Kopf zu stellen? Das ist doch lächerlich!« Angst durchsetzte meine Empörung.

»Ich habe gehört, es gibt einen Zeugen, der bereit ist zu bestätigen, dass Ser Accorsi den Tod von Ser Buonaventura herbeigeführt hat.« Ein Zeuge. Welcher Zeuge? Ich sah, wie sich das Netz um Gabriele immer fester zusammenzog. Und ich begab mich gerade mitten hinein.

Umiltà legte mir eine Hand auf die Schulter, um meine offensichtliche Sorge zu besänftigen. »Ich bin mir sicher, es ist eine falsche Anschuldigung; unser Maler ist kein Mörder. Beim Prozess werden die Einzelheiten aufgedeckt, und dort werdet Ihr Zeugnis ablegen, und alles wird, so Gott will, wieder gut, und Accorsi wird aus dem Gefängnis entlassen.« Ich konnte nur nicken. Ich war erleichtert, wieder in Umiltàs Gesellschaft zu sein, die sich stets um alles kümmerte. Vielleicht wäre es so gewesen, wenn ich eine Mutter gehabt hätte.

»Jedenfalls passt Eure Ankunft zeitlich gut«, sagte Umiltà kurz angebunden. Es war überraschend schwer, mit ihr Schritt zu halten. Ich konnte ihre Beine unter ihrem weiten Gewand nicht sehen, aber ich stellte sie mir verschwommen vor, wie sie herumwirbelten, wie die wirbelnden Beine eines Marathonläufers in alten Zeichentrickfilmen aus meiner Kindheit.

»Wohin gehen wir?« Ich keuchte, als wir aus dem Ospedale traten.

»Der Iudex Maleficiorum möchte die schwersten Verbrechen – Verrat, Mord, Blasphemie – vor dem Essen anhören. Er lässt die minderen Vergehen – kleine Diebstähle, Diffamierung und so weiter – für später liegen.«

Das nennt man eine saubere, ordentliche Herangehensweise an die Justizverwaltung. Ich hatte meine kompliziertesten Operationen auch lieber am frühen Morgen. Wir waren inzwischen auf der Piazza del Duomo und bogen in die Straße ab, die zum Campo führte. Etwas in meinem Rucksack bohrte sich in meinen Rücken, aber ich konnte nicht stehen bleiben, um es abzustellen.

»Was ist der Iudex Maleficiorum?« Auf Lateinisch klang es hässlich.

»Der Strafrichter, der vom Podestà ernannt wird. Ist das Justizsystem in Lucca wirklich so anders als in Siena?«

»Oh … wir haben nur ein anderes Wort dafür.« Umiltà akzeptierte meine Erklärung.

»Jetzt, Beatrice«, sagte sie und führte mich am Ellbogen weiter, »kennt Ihr den Maler gut genug, um zu seinen Gunsten auszusagen?«

Ich zauderte, denn ich wusste nicht, wie viel ich zu erkennen geben sollte. »Er hat mich vor dem Brand gerettet, das wisst Ihr natürlich. Danach sind wir uns hin und wieder begegnet. Unbeabsichtigt, natürlich, während er das Fresko am Ospedale gemalt hat, direkt vor den Fenstern des Skriptoriums.«

Umiltà blieb stehen, und ich stellte mich neben sie. Sie sah mich durchdringend an.

Ich spürte, wie mein Gesicht heiß wurde. »Messer Accorsi und ich waren zufällig auch auf demselben Schiff nach Messina. Ihr wisst, dass er dort einen Auftrag hatte?«

»Ich habe ihm geholfen, diesen Auftrag zu bekommen«, sagte Umiltà.

»Ach ja? Das war nett von Euch.« Offensichtlich durfte man Umiltà nicht unterschätzen. »Ich habe mich auf jeden Fall gefreut, ihn an Bord zu haben. Ich meine, seine Anwesenheit war höchst willkommen, da er es auf sich nahm, mich zu beschützen. Messer Accorsi ist sehr ritterlich.«

»Wie ich sehe, hat der Maler tatsächlich Eindruck auf Euch gemacht.« Ich war mir nicht sicher, ob Umiltà damit Belustigung oder Missbilligung zum Ausdruck brachte.

Der Palazzo Pubblico lag am unteren Ende der schrägen Piazza; es war, als zöge seine Schwerkraft uns unwiderstehlich an. Mir fiel Giovanni de'Medicis Miene ein, seine raubtierhaften, harten Gesichtszüge. Er war für einen Mord hingerichtet worden, den man nun Gabriele anhängen wollte. Ein Mord, für den Gabriele damals der einzige Zeuge gewesen war, obwohl jetzt ein weiterer Zeuge für die zweite Runde aufgetaucht war. Jemand wollte Rache für Giovannis Tod.

… *Der Maler muss den Preis für sein Zeugnis zahlen. Schickt mir eine Nachricht, wenn es erledigt ist.*

Im neuzeitlichen Siena war das ein interessanter akademischer Untersuchungsgegenstand, der es wert war, erörtert und veröffentlicht zu werden; jetzt ging es um Gabrieles Überleben. Welcher noch lebende Medici wollte Rache – seine Frau, Immacolata? Sein angeblicher Sohn, Iacopo, ungeachtet der fehlenden Geburtsurkunde? Ich dachte so angestrengt nach, dass ich Umiltàs Frage überhörte.

»Könnt Ihr zu seinen Gunsten aussagen? Ihr habt mir nicht geantwortet.« Umiltà blieb am Haupteingang des Palazzo stehen. Der weiße Stein des Gebäudes hob sich hell von den roten Ziegeln darüber ab, und die burgähnliche Zinnenmauer oben auf dem Palazzo sah aus, als bewegte sich ihre Silhouette vor den dahinziehenden Wolken. Ich wandte den Blick ab, um Umiltà anzusehen.

»Natürlich. Aber welche Fragen werde ich aller Voraussicht nach beantworten müssen?«

»Würdet Ihr die Fakten kennen, könnte man Euch bitten, sie zu liefern, aber in diesem Fall werdet Ihr einfach für den Charakter des Malers sprechen.«

Mit dem Charakter kam ich klar. Aber ich hatte mehr zu bieten. Wenn die Dokumente aus dem einundzwanzigsten Jahrhundert die Zeitreise mit mir unternommen hatten, dann hatte ich auch handfeste Beweise. Und ich musste mir ausdenken, wie ich sie einsetzen konnte, und zwar schnell.

Die Sala del Mappamondo, der Ratssaal des Palazzo Pubblico, war gesteckt voll. Ich suchte den Raum ab, konnte aber

Gabriele nicht entdecken. Ein großes Holzrad an der hinteren Wand der *sala* war mit einer Karte bemalt, die dem Saal seinen Namen gegeben hatte, und ich wusste, dass sie die Jahrhunderte nicht überdauern würde. An der gegenüberliegenden Wand stellte ein Fresko eine Madonna auf dem Thron dar, umgeben von Engeln und Heiligen. *Donata würde den Künstler kennen*, dachte ich, aber jetzt musste ich jemand anderen fragen. Ich beugte mich zu Umiltàs Ohr hinunter.

»Diese Maestà, wer hat sie gemalt?«

»Na, Simone Martini natürlich, unser Meister, der fortgegangen ist, und Accorsis Lehrer. Ich hoffe, das Werk des Meisters über ihm wird ihm die Kraft für seine Verteidigung geben.«

»Wo ist Ser Accorsi?«

»Man wird ihn unter Bewachung halten, bis sein Name reingewaschen ist.« Umiltà senkte ihre Stimme. »Verzweifelt nicht, Beatrice. Man wird ihm auf keinen Fall vor dem Prozess etwas antun. Danach, je nach Ausgang, kann ich ihn wahrscheinlich nicht beschützen. Aber ich will alles in meiner Macht Stehende tun, damit er freigesprochen wird.« Ich wollte gern glauben, dass ihre Macht ausreichend wäre.

Als ich wieder in meiner Zeit war, hatte ich oft versucht, mir Gabrieles Gesicht ins Gedächtnis zu rufen, und je weiter ich mich von meinem Bruch mit der Vergangenheit entfernte, desto schwieriger wurde es. In Stichworten hatte ich eine Beschreibung seiner Gesichtszüge gespeichert, aber die ergaben einen Katalog von Details, kein zusammenhängendes Bild. Als ich Gabriele wiedersah, war ich überhaupt nicht vorbereitet.

Er wurde von zwei schwer bewaffneten Wärtern begleitet, die schwarz-weiße Röcke – die Farben Sienas – trugen. Ich sah ihn von hinten, doch selbst dieser Anblick drang wie ein Messer in mich ein. Seine Arme hingen herab, sein graziler Gang war schleppend. Aus der Menge erhob sich kein Johlen, nicht einmal geflüsterte Kommentare waren zu hören; die versammelten Bürger achteten ihn. Als Gabriele die *sala* betrat, hob er den Kopf und legte ihn schief, eine Geste, die ich kannte, wie bei einem lauschenden Falken. Nun sah ich einen Teil seines Gesichts, sein rechtes Ohr, eine Wange mit Dreitagebart, seine gerade Nase im Profil, und in Sekundenschnelle übernahm der echte Gabriele den Platz monatelanger unzutreffender Fantasievorstellungen.

Ein Gerichtsdiener begann das Verfahren mit einer Verbeugung vor dem Richter. »Gabriele Beltrano Accorsi, ein Bürger der *commune* Siena, wird des Mordes an Cristoforo Buonaventura beschuldigt, einem Nachtwächter. Wir sind hier versammelt, um Zeugenaussagen zu hören und über die Frage seiner Schuld zu entscheiden.«

Ich warf Umiltà einen kurzen Blick zu, die ihre Augen vor Wut zusammengekniffen hatte. »Jemand hat ihn desselben Verbrechens beschuldigt, dessen Augenzeuge er war. Das stinkt nach *vendetta*, Beatrice«, zischte sie. *Vendetta*. Der Klang des Wortes war wie seine Bedeutung – gefährlich.

Als der erste Zeuge aufgerufen wurde, bekam ich einen Schreck: Ser Vitalis Signoretti. Er trug eine rote Samttunika mit Gürtel, verziert mit einem komplizierten Muster aus Diamanten in Gold gefasst, und darüber einen dunkelblauen, mit Pelz besetzten Umhang. Sollte ich wirklich gegen diesen mächtigen Edelmann Partei ergreifen mit nur einem Fetzen Zeitreise-Pergament, mit dem ich Gabrieles Verteidigung unterstützen wollte? Und falls ich gewinnen sollte, wie würde Gabrieles und meine Zukunft aussehen mit Signoretti als Feind und einem rachedurstigen Florentiner?

Als Signoretti in den Zeugenstand geführt wurde, schlugen meine Gedanken eine andere Richtung ein. Warum trat Signoretti jetzt als Zeuge auf, gegen einen Unschuldigen? Glaubte Signoretti denn wirklich, über Informationen zu verfügen, die

Gabriele mit dem Verbrechen in Verbindung brachten, oder war er gekauft worden? Ich dachte an das Geschäftsbuch der Medici mit den Spalten von Zahlungen an dieses Mitglied der *casati* von Siena. Da Gabriele gegen Giovanni ausgesagt hatte, dürfte er zur Zielscheibe der Medici geworden sein, und es war denkbar, dass ein übrig gebliebener Medici Signoretti als Waffe benutzte.

»In der fraglichen Nacht hörte ich durch ein Fenster zur Straße einen Streit – natürlich waren meine Familie und ich zur Sperrstunde längst im Haus.« Er sprach mit der aufreizenden Selbstgewissheit, die mit standesgemäßer Geburt einhergeht. »Ich öffnete die Fensterläden und sah Ser Accorsi, der heute hier vor Euch steht, im Gespräch mit dem viel betrauerten Ser Buonaventura. Zufällig bekam ich mit, wie Ser Buonaventura eine Erklärung für Ser Accorsis spätabendliches Umherstreifen verlangte. Ihr Wortwechsel wurde immer hitziger, und dann geschah das Verbrechen, für das er festgenommen wurde.« Also stand Aussage gegen Aussage, die eine von einem nur begrenzt zahlungsfähigen, vaterlosen Maler, die andere von einem mächtigen Mitglied der Aristokratie. Es sei denn, ich wäre das Zünglein an der Waage.

Ich beugte mich vor und machte meinen Rucksack auf. Ein Gerichtsdiener las jetzt die Denunziation wortwörtlich vor. Mich packte die Verzweiflung, die sich einstellt, wenn man auf der Treppe vor der Haustür plötzlich merkt, dass man womöglich den Schlüssel verloren hat. War er noch da?

Dort, eingezwängt zwischen meinem Schmuckkasten und fünf BHs steckte der Umschlag, den ich gesucht hatte. Im Stillen sprach ich ein Gebet an den Gott der Realien und Zeitreisen, als ich die Briefe von Giovanni an Iacopo herausholte, die er während seiner Gefangenschaft geschrieben hatte. Sie sahen wieder neu aus, zurück in dem Jahrhundert, in dem sie aufgesetzt wurden.

Der Iudex Maleficiorum, ein dementsprechend finster aussehender Justizbeamter mit dicken Hängebacken, sprach von seinem großen Holzthron herab. Seine Stimme polterte über die Menge. »Da es keine weiteren Zeugen gibt, um die Anklage zu bestätigen, werden wir nun von Messer Accorsi persönlich hören, was er zu seiner Verteidigung vorzubringen hat. Es handelt sich um einen ungewöhnlichen Fall, denn um den Angeklagten zu verurteilen, müsste eine frühere Verurteilung eines Mannes aufgehoben werden, der im Namen der *commune* hingerichtet wurde.«

Gabriele trat vor, um zu sprechen, und endlich erblickte ich sein ganzes Gesicht. Er hatte abgenommen, und seine Haut war blasser als bei unserer Begegnung im Sommer 1347. Aber seine Augen waren noch dieselben, und an diesem Tag nahmen sie die Farbe eines tosenden Meeres an. Er fasste sich kurz.

»Ich bestätige meine frühere Aussage. Ich habe mit eigenen Augen den Mord an Cristoforo Buonaventura durch Giovanni de'Medici gesehen. Ich bin des hier verhandelten Verbrechens nicht schuldig.« Seine Stimme war nicht laut, aber ich hörte jedes Wort.

»Messer Accorsi, habt Ihr weiter nichts zu Eurer Verteidigung hinzuzufügen?« Der Richter beugte sich vor.

»Nichts, Euer Ehren. Es ist schon gesagt und niedergeschrieben worden. Ich möchte das Gericht nicht mit der Wiederholung der Wahrheit behelligen.«

»Nun gut. Gibt es noch weitere Zeugen, die zugunsten des Angeklagten sprechen wollen?«

Umiltàs durchdringende Stimme hallte durch den Raum. »Ich empfehle Euer Ehren die Zeugin Beatrice Alessandra Trovato, Erste Schreiberin des Ospedale. Monna Trovato hat den Prozess niedergeschrieben, in dem der Mörder Medici verurteilt wurde, und war daher in den ursprünglichen Bericht über die Ereignisse jener schicksalhaften Nacht eingeweiht.

Darüber hinaus ist sie eine trauernde Witwe und Pilgerin, heilig aus der Sicht Gottes, und Ser Accorsis Auserkorene. Ihrer Aussage muss im Hinblick auf Charakter und Tatsachen Glauben geschenkt werden.«

Erste Schreiberin und Gabrieles Auserkorene? Eine Beförderung und eine Verlobung, alles in einem Satz. Über diese beiden Punkte müsste ich später ein Wort mit Umiltà reden.

»Monna Trovato, tretet vor, um Euer Zeugnis abzulegen.«

Ich schob mich durch die Menge, die zurückwich, um mich durchzulassen. Alles um mich herum war auf einmal eigenartig verzerrt, wie ein durch ein Kaleidoskop betrachtetes Bild – vielfach gespiegelt und versehen mit bunten Farbflecken. Am Ende des Wegs durch die Versammelten stand mir Gabriele gegenüber. Selbst quer durch den Raum und trotz seiner offensichtlichen Bemühungen um Haltung erkannte ich den Schock, der sich auf seinem Gesicht abzeichnete. Er strahlte eine Kraft aus wie die Hitze aus einem Hochofen. Ich blieb an der Stelle stehen, die mir vom Gerichtsdiener angewiesen wurde, und hielt den Brief hoch.

»Ich bin im Besitz eines Dokuments, das die Rolle nachweist, die Giovanni de'Medici beim Tod von Ser Buonaventura gespielt hat. Ich lege es mit allem Respekt dem Gericht vor.« Der Gerichtsdiener brachte den Brief zum Richter, der ihn vor sich auf dem Tisch ausbreitete. Er las schweigend.

»Monna Trovato hat einen Brief vorgelegt, der von Ser Giovanni de'Medici während seines Gefängnisaufenthalts geschrieben wurde.« Der Richter wandte sich dann an den Gerichtsdiener. »Bitte lest das Dokument laut vor, damit die Versammelten den Beweis vernehmen, der hierin enthalten ist.«

In der eintretenden Stille hörte ich den Gerichtsdiener schlucken. *»Ich werde in einer Zelle gefangen gehalten und warte auf den Prozess wegen der Beseitigung dieses Nachtwächters, der so dumm war, sich uns in den Weg zu stellen. Hätte er gewusst, dass* *es klüger ist, einen Geschäftsmann ungestört seinen Geschäften nachgehen zu lassen, könnte er heute noch leben.«*

Alle fingen gleichzeitig an zu reden – die Büttel, die Zuschauer, sogar die Wärter rechts und links von Gabriele. Der Richter musste zur Ordnung rufen, und es dauerte einige Minuten, bis der Raum wieder ruhig war.

»Monna Trovato, bitte erklärt Uns, wie Ihr in den Besitz dieses Dokuments gekommen seid, und warum es nicht vorher schon als Beweismaterial bei diesem Prozess eingereicht wurde.« Das Schweigen im Gerichtssaal war wie die Stille vor dem Sturm, wenn der Himmel grün wird und die Bäume unheimlich ruhig.

Wie ich in den Besitz dieses Dokuments gekommen bin? Auf diese Frage war ich nicht vorbereitet, also improvisierte ich.

»Ich habe es zwischen den Seiten eines anderen Buches entdeckt, Ser, zufällig. Eine Steuerurkunde für einen ganz anderen Zweck. Als mein Blick auf den Brief fiel, wurde sein Bezug auf den hier verhandelten Fall klar, und ich habe ihn heute mitgebracht, damit er vom Gericht geprüft wird.« *Ich habe ihn von so weit her mitgebracht, Mr. Iudex, wie Sie es sich in Ihren wildesten Träumen nicht vorstellen können.*

Der Richter legte die Fingerspitzen aneinander und betrachtete die Form, die seine Hände bildeten, als wäre es die faszinierendste Struktur der Welt. »Die Art des vorgelegten Beweisstückes legt nahe, dass die Anschuldigung überprüft und die Anklage vorerst zurückgestellt werden muss. Ich werde den Fall überdenken, nachdem wir uns heute vertagen. Gibt es noch weitere Aussagen, die Ihr vortragen wollt, Monna Trovato?«

Meine Meinung über Gabrieles Charakter schien überflüssig, aber ich wollte keine Gelegenheit auslassen, ihn vor dem Strang zu bewahren. »Ich möchte Messer Accorsis Ehrlichkeit, Freundlichkeit und guten Charakter bestätigen, wenn es dem Fall dienlich ist.«

Der Richter nickte ein Mal. »Notiert. Die Sitzung des Gerichts ist nun vertagt. Messer Accorsi wird bis zum Urteilsspruch im Gefängnis bleiben, der morgen zur Terz erfolgen wird.« Gabriele wurde von den Wärtern hinausgeführt. Er hatte einen eigenartigen Gesichtsausdruck, eine Mischung aus Verwunderung und Belustigung. Es war bemerkenswert, dass ich durch die Jahrhunderte herbeigeeilt und gerade rechtzeitig angekommen war, um ein Beweismittel vorzulegen, das Gabrieles Unschuld nahelegte, und danach nicht einmal die Möglichkeit hatte, ihm Hallo zu sagen.

Als Umiltà und ich wieder zusammen waren, umschloss sie meine beiden Hände mit festem Griff und schaute zu mir auf. »Wir haben ein paar Angelegenheiten zu diskutieren, Beatrice«, sagte sie mit Nachdruck. »Kommt jetzt mit mir in mein *studium.*« Sie hielt mich am Ärmel fest, als wir inmitten der Menge hinausgingen. Auf der Treppe murmelte ich kaum hörbar vor mich hin.

»Ein paar Angelegenheiten zu diskutieren? Das ist die Untertreibung des vierzehnten Jahrhunderts.« Umiltà schien mich nicht zu hören.

XI

Die Erste Schreiberin

Als Umiltà und ich den Campo überquerten, lief mein Verstand auf Hochtouren. *War ein Medici verantwortlich für Gabrieles fälschliche Festnahme, und war Signoretti Teil des Plans? Wenn ja, welcher Medici? Hatte Umiltà mir wirklich gerade eine neue Stelle angeboten? Und was hatte sie gemeint, als sie mich Gabrieles »Auserkorene« nannte?* Ich blieb stehen. Die leichte Steigung des Campo kam mir viel steiler vor, als ich sie in Erinnerung hatte.

»Ich muss mich setzen«, sagte ich zu Umiltà, die sich nie hinsetzen musste.

Sie seufzte und taxierte mich, als wäre ich ein lahmes Pferd, das ihr ein Schwindler angedreht hatte. »Ich nehme an, wir können weitere Unterhaltungen verschieben, bis Ihr Euch ausgeruht habt. Wohin soll ich einen Boten schicken, um Euch abzuholen?«

»Ich habe keine Unterkunft«, erwiderte ich, und als ich hörte, wie verloren das geklungen haben musste, ergänzte ich: »Ich bin gerade erst angekommen. Ich weiß nicht einmal, wo ich mich hinlegen kann.«

Umiltà riss die Augen auf. »Wollt Ihr damit sagen, dass Ihr mich schon kurz nach Betreten der Stadt aufgesucht habt, nur wenige Minuten bevor Eure Zeugenaussage zu Messer Accorsis Gunsten erforderlich war? Diese Ereignisse sind Gottes Werk.«

Die Zeitspanne war wirklich sehr knapp gewesen. »Suor

Umiltà, wenn ich nicht bald einen Platz finde, an dem ich mich ausruhen kann, muss ich mich mitten auf den Campo legen.«

»Natürlich, natürlich.« Sie klang jetzt beflissener, da sie wusste, dass ich nicht nach Siena zurückgekehrt war, ohne sie darüber in Kenntnis zu setzen. »Eure frühere Kammer steht noch immer leer. Sobald Ihr Eure neue Rolle als Erste Schreiberin übernehmt, anstelle von Fra Bosi, der Herr sei seiner verstorbenen Seele gnädig, werdet Ihr eine geeignetere Unterkunft benötigen, aber die wird vorerst ausreichen.« Es war weniger ein Stellenangebot als vielmehr eine Feststellung von Tatsachen. In dieser Hinsicht erinnerte Umiltà mich an Lugani. Ich fragte mich, was aus ihm und seinem misstrauischen Stellvertreter geworden war.

»Ich nehme sie«, sagte ich, ohne klarzustellen, welche »sie« ich nehmen würde – Stelle oder Unterkunft. Ich schaffte es zum Ospedale und in meine vertraute kleine Zelle zurück.

Ich hatte vergessen zu fragen, was aus Clara geworden war. Wieder in dem Raum, in dem ich ihr zuerst begegnet war, wurde mir ihre Abwesenheit schmerzhaft bewusst. Nichts hatte sich verändert, seitdem ich an jenem Septembermorgen fortgegangen war. Da waren die Holztruhe, das Bett, in der Ecke der *inginocchiatoio*, an dem ich mein erstes mittelalterliches Gebet versucht hatte, und der kleine Holztisch. Doch nun war der Raum bitterkalt, die geschlossenen Fensterläden vermochten die Zugluft kaum abzuschwächen. Ich betrachtete das Bett, in das ich mich hatte legen wollen, aber jetzt, da ich allein war, ließ mein Schlafbedürfnis nach. Ich stellte meinen Rucksack auf den Boden und begann auszupacken.

Meine Habseligkeiten passten leicht in die Truhe. Still lockte der *inginocchiatoio* mich. Ich ging hinüber und kniete. Die Bewegung war mir in den Monaten meines mittelalterlichen Lebens vertraut geworden. Ich schloss die Augen und stellte mir meine Religionslehrerin im ersten Schuljahr vor, Schwester Amelia. Ich hatte sie einmal um Hilfe gebeten, mir ein Gebet für einen Hund zu Weihnachten aufzusetzen. Ich weiß noch, wie sie vor mir in die Hocke ging, um mit einer Sechsjährigen auf Augenhöhe zu kommen.

»Gebete sind keine Währung, Beatrice. Wir beten zu Gott nicht, um eine Gunst zu erlangen. Gebete sind ein Akt des Lobes. Wir beten, um unsere Treue zu Gott auszudrücken.« Das hatte ich eigentlich nicht gewollt, aber ich setzte mich mit ihr hin, um zu lernen, was sie mir beizubringen versuchte. Den Hund habe ich allerdings nie bekommen.

Es war unter den gegebenen Umständen keine leichte Aufgabe, zu loben, statt zu bitten. Ich konnte die Gedanken nicht abwehren, die sich einschlichen, besonders ein Refrain, der offensichtlich eher ein Appell als eine Lobpreisung war. *Lass nicht zu, dass sie ihn hängen. BITTE, lass nicht zu, dass sie ihn hängen.*

Ich spürte den kalten Luftzug, als meine Zimmertür aufgerissen wurde.

»Seid IHR das tatsächlich?« Die hohe Stimme ließ mich aufspringen.

»Clara?«

Sie sah fast genauso aus, wie ich sie in Erinnerung hatte, rundes Gesicht, rosa angelaufen unter ihrer weißen Bundhaube. Sie stand breitbeinig auf der Schwelle, den Mund weit aufgerissen.

»Monna Trovato? Ich dachte, Ihr wärt tot!«

Sie lief auf mich zu und schlang beide Arme um meinen Hals. Sie roch nach Holzrauch und Nelken, und als wir uns umarmten, spürte ich die Rundung ihres Bauches zwischen uns. Schwanger. Wir lösten uns aus unserer Umarmung, und ich versuchte, nicht auf ihre mittlere Körperpartie zu starren.

»Clara, woher wusstest du, dass ich hier bin? Ich bin noch gar nicht richtig angekommen!«

»Von den anderen Stationen im Ospedale hörte ich, eine

Frau – eine frühere Schreiberin – habe beim Prozess des Malers ausgesagt. Ich kam sofort hierher in der Hoffnung, dass Ihr es seid.« Sie musste meinen verstohlenen Blick bemerkt haben, denn sie legte schützend eine Hand auf ihren Bauch. »Ja, ich bin mit der Verheißung eines neuen Lebens gesegnet.« Nach dem Vater zu fragen erschien mir nicht angebracht. »Seid Ihr gerade in Siena angekommen?«

»Ja«, antwortete ich und versuchte zu entscheiden, welche Geschichte ich ihr erzählen sollte.

»Wo wart Ihr? Als ich mit dem Wasser zurückkam, wart Ihr fort.«

»Man sagte mir, ich sei von einer Gruppe Reisender gefunden worden, die mich gesund gepflegt haben.«

Clara staunte. »Gelobt sei Gott für seine Wunder«, sagte sie, umarmte mich erneut und schmiegte ihr Gesicht in meine Halsbeuge. Schweigend hielten wir einander umschlungen, wie zwei Überlebende eines Schiffsunglücks. Als sie einen Schritt zurückwich, trat ein vertrauter Ausdruck in ihre Augen.

»Ihr habt bestimmt Hunger.«

Ich musste lächeln. »Clara, das hat Zeit.«

»Nein, nach Euren Reisen müsst Ihr halb verhungert sein – und Ihr seht dünner aus, als mir lieb ist.« Ich war mir nicht sicher, woher sie bei den vielen Kleidungsstücken, die ich trug, etwas über mein Gewicht aussagen konnte. »Ich suche sofort die Küche auf, um etwas Nahrhaftes und Warmes zu finden.«

»Gibt es *poratta*?« Mir fiel die duftende Suppe ein, die meine Einführung in die mittelalterliche italienische Küche gewesen war.

»*Poratta*, Signora? Ich finde bestimmt etwas Besseres.«

»Nein, bitte, *poratta* ist genau das, was ich möchte. Das ist der beste Willkommensgruß, den ich mir vorstellen kann.«

Clara lächelte. »Ich bin so froh, dass Ihr wieder bei uns seid, Monna Trovato.«

»Ich freue mich auch, wieder hier zu sein«, antwortete ich. Bevor ich noch etwas sagen konnte, war sie verschwunden.

*

Als Iacopo sich erneut zu Geschäften nach Siena aufmachte, die er nicht näher beschreiben wollte, hatte Immacolata genug von den Geheimnissen der Medici-Männer. Nach dem Abendessen ging sie in Giovannis *studium* – für Immacolata würde es nie Iacopos werden – und begann, die Papiere durchzusehen, die ihr Sohn zurückgelassen hatte. Der Raum war dunkel und kalt und roch nach geschmolzenem Wachs.

Iacopo gebärdete sich noch geheimnisvoller, nachdem die *magna* Mortalità in Florenz angekommen war. Die Stadt wurde verrückt vor Schrecken und Wehklagen, vor der Wut der Priester, die den Zorn Gottes über die Erde kommen sahen. Aber es war noch etwas anderes, etwas Verborgenes und Gefährliches in ihrem Sohn, das anscheinend die Mortalità selbst hervorgebracht hatte. Iacopo verließ den Palazzo in weitem Umhang mit Kapuze und kehrte lange nach der Sperrstunde von seinen Streifzügen zurück. Er zündete zu jeder Zeit Kerzen an, wenn er im zugigen *studium* schrieb, und fand immer wieder Boten, die seine Briefe trotz des durch die Stadt huschenden Schreckens austrugen, denn er bezahlte sie in Gold. Immacolata war dankbar, dass sie und Iacopo bisher von der Seuche verschont geblieben waren, doch ihr war, als hätte sie ihren Sohn an eine andere Inkarnation des Bösen verloren. Iacopo hatte sich einen langen, strubbeligen Vollbart wachsen lassen und war noch dünner geworden; die Knochen seines Gesichts reflektierten das Licht.

Immacolata blätterte in den Geschäftsbüchern, wobei ihr die Spalten schwarzer Tinte vor den Augen verschwammen. Nach Giovannis Tod und wenn Iacopo sich in Siena aufhielt, gehörte die Buchführung wieder zu ihren Aufgaben. Diesmal ging Immacolata zurück zu den Tagen und Wochen vor dem Tod ihres Mannes. Als sie die Einträge las, lief ihr ein kalter Schauer über den Rücken, als wäre ein Fenster geöffnet worden und hätte kalte Winterluft hereingelassen. Mehrere Namen tauchten wiederholt neben immer höheren Summen auf, Namen von Sienas mächtigen *casati*-Familien, selbst außerhalb der Stadtmauern wohlbekannt. Signoretti führte die Liste an, war aber nicht der Einzige. Riesige Summen waren diesen Männern aus Siena zugegangen, Männern, deren Familien die Macht in der *commune* anstrebten. Neben jedem dieser Beträge standen zwei Initialen, jedes Mal dieselben Buchstaben, in Giovannis gestochen scharfer Handschrift. Die Initialen sagten ihr etwas und riefen ihr einen Namen ins Gedächtnis, den sie in Giovannis Unterhaltung häufig gehört hatte. *Er dachte, ich hörte nicht zu, oder wenn doch, ich könnte es nicht verstehen.* Aber jetzt begriff sie: Das war nicht der Name eines Individuums, sondern die Bruderschaft von San Giovanni Battista. So flossen Florine in die Kassen der mächtigsten Edelmänner von Siena. *Was hattest du vor, mein toter, Komplotte schmiedender Gatte?*

Mit dieser neuen Erkenntnis, erschienen ihr die Tatsache, dass Iacopo die Arbeit seines Vaters übernommen hatte, sein Schweigen und seine immer häufigeren Ausflüge nach Siena als eine noch größere Bedrohung. Aber es reichte nicht, um zu verstehen, was Iacopo jetzt antrieb. Da musste mehr sein, etwas Dringendes. Schaudernd drehte Immacolata sich zu der kalten Feuerstelle um. Und dort fand sie, was sie suchte: einen halb verbrannten Brief, dessen braune Ränder sich bogen und von Asche bedeckt waren.

An Messer Iacopo de'Medici:
Ich habe getan, was Ihr verlangt habt. Der Maler Accorsi wurde von den Gesetzeshütern des Podestà ins Gefängnis

gebracht und wird noch in dieser Woche vor Gericht gestellt. Damit wird ihm heimgezahlt, dass er als Zeuge beim Prozess gegen Euren Vater aufgetreten ist. Im Erfolgsfall wird Euer Familienname von jeglichem Makel befreit, und der Maler wird am Galgen enden. Ser Signoretti hat mir eine Audienz gewährt, gleich nachdem er den Brief gelesen hatte, den Ihr geschickt habt, und war damit einverstanden, in den Zeugenstand zu treten und in Eurem Sinne auszusagen. Nach dem Prozess werde ich Euch aufsuchen, um meinen Lohn abzuholen. Werdet Ihr in der gewohnten Unterkunft anzutreffen sein? Diesmal haben wir ihn.
Mit Gottes Hilfe wird dieser Brief Euch veranlassen, schnell nach Siena zu reiten und mein Gold mitzubringen.
Persönlich niedergeschrieben am letzten Tag des Dezember 1348
G.B., Siena

Immacolata hielt den Brief fest und schloss die Augen. Was hatte ihr Kind vor, ihr Sohn, der die Gewalt seines Vaters in sich trug? Ihr fiel Iacopos letzter Brief ein, bevor ihr Gemahl erhängt wurde.

Vater ist noch im Gefängnis in Siena, und es heißt, sie werden ihn hängen. Kennt Ihr einen Accorsi in Siena? Mag sein, dass er ein Zuträger war, ich suche nach ihm. Ich werde bis zum Prozess in Siena bleiben.

Accorsi musste der Mann gewesen sein, der Giovanni wegen Mordes vor Gericht gebracht hatte. Immacolata schloss die Augen und sah Iacopo als Wickelkind vor sich, seine dunklen Augen, so anders als die hellen seines Vaters, groß in seinem winzigen Gesicht, in den ersten Tagen, als das Schreien eines Säuglings die abgestandene Luft aus ihrem Haus trieb. Ihr

Körper hatte sie im Stich gelassen, doch das Gold ihres Mannes hatte ihnen das Kind erkauft, das sie sich gewünscht hatten. Er wollte einen Erben, sie wollte einen Sohn. In Iacopo waren ihrer beiden Wünsche erfüllt, ob einvernehmlich oder nicht. Und Iacopo würde nie von seiner wahren Herkunft erfahren.

Immacolata ballte die Hand zur Faust. Iacopo hatte versprochen, gegen Ende der Woche zurückzukehren, und dann würde sie mit ihm sprechen. Sie würde ihn mit in ihre Familienkapelle nehmen, und dort würde endlich die Wahrheit ans Licht gebracht werden, so wie es sich zwischen Mutter und Sohn gehörte. Sie verließ das *studium* und schloss die Tür hinter sich.

*

Umiltàs Bote holte mich, als ich gerade die Innenseite der *poratta*-Schüssel mit einer Scheibe Brot auswischte. Kaum war ich bei Umiltà zur Tür hereingekommen, begann sie schon zu reden. »Zuerst sollten wir uns Eurer Anstellung zuwenden.« Umiltà saß an ihrem hohen Pult hinter einem Stapel Pergament, einem Wirtschaftsbuch und, nicht dazu passend, einem kleinen Holzkreisel. Ich fragte mich, ob sie damit spielte. »Es war äußerst schwer, das Skriptorium in Eurer Abwesenheit zu führen, und Egidio, obwohl er in der Lage ist, hin und wieder ein paar Zeilen zu kopieren – dank Euch, sagte er mir, bemerkenswert, wann hattet Ihr nur die Gelegenheit, ihn zu unterrichten? –, ist weder Euch noch unserem Fra Bosi ebenbürtig, möge seine Seele in Frieden ruhen. Euer Lohn wird natürlich Eurer neuen Verantwortlichkeit angemessen sein. Vor der Mortalità wäre Eure Einstellung womöglich infrage gestellt worden, aus Gründen, die sich nicht auf Euer Geschlecht und Eure Herkunft beschränken, doch in diesen kargen Zeiten, nachdem so viele verstorben oder aufs Land geflohen sind, beklagen sich nur wenige, wenn jemand vortritt, um eine Arbeit zu übernehmen, die getan werden muss. Stimmt Ihr mir zu?«

»Gewiss.« Erste Schreiberin des Ospedale? Mein mittelalterlicher Traumjob.

Umiltà fing an, Gegenstände auf ihrem Pult gerade zu rücken. Ich fragte mich, ob dies der Zeitpunkt war, um das Thema *vendetta* anzuschneiden, Signorettis Zeugenaussage und die Bedrohung durch Florenz. Gerade als ich einen Satz ausformulierte, holte Umiltà tief Luft und schlug mit beiden Händen so laut auf ihr Pult, dass ich zusammenfuhr. »Und jetzt lasst uns über Accorsi sprechen.« Ich wurde rot.

»Was ist mit ihm?«

»Mit dem Dokument, das Ihr vorgelegt habt, wurde Accorsi sehr entlastet. Ich hoffe, sie werden ihn freisprechen.«

Amen, Schwester, dachte ich. »Die Person, an die dieser Brief gerichtet war – Iacopo, Giovannis Sohn. Wie schwierig wäre es, ihn zu finden?«

»Warum solltet Ihr den Sohn eines zweifach bestätigten, einmal gehängten Mörders aus Florenz suchen?« So gesehen, war eine vernünftige Antwort auf diese Frage schwierig.

»Was ist, wenn Iacopo de'Medici etwas mit Gabrieles Inhaftierung zu tun hat?«

Umiltà kniff die Augen zusammen. »Seid Ihr so schnell, die Schlechtigkeit des Vaters auch dem Sohn zuzusprechen, obwohl Ihr nichts über den Mann wisst, außer seiner Herkunft? Und warum sollte Messer Signoretti sich mit einem kriminellen Medici verbünden? Anschuldigungen sind ein gefährliches Geschäft, Beatrice, das oft schiefgeht. Ihr könntet selbst bestraft werden wegen falscher Aussagen, besonders gegen derart mächtige Individuen, was dazu führen könnte, dass auch ich verdächtigt werde. Habt Ihr Beweise für Euren Verdacht?«

Beweise? Da gab es noch den anderen Brief, der aus Bens Zimmer. Aber ohne Unterschrift.

… schickt mir eine Nachricht, wenn es erledigt ist …

Ich müsste mir eine andere Strategie ausdenken.

»Danke für Euren klugen Rat, Suor Umiltà«, sagte ich kleinlaut.

Sie schaute mich prüfend an, wohl wissend, dass meiner raschen Zustimmung mit Misstrauen begegnet werden sollte, aber ich schenkte ihr ein ehrerbietiges Lächeln. Sie nahm die Geste für bare Münze.

»Nun lasst uns zur Verlobung kommen«, sagte Umiltà.

Mein Herz schlug plötzlich schneller. »Verlobung?«

»Mit Messer Accorsi natürlich. Heirat mit einer ehrbaren Frau kann einen verurteilten Mann vor dem Galgen retten. Habt Ihr dieses Verfahren in Lucca nicht? Ihr seid eine Witwe, keine Jungfrau, aber Eure Tugend ist makellos, daher dürfte die Wirkung ähnlich sein.« Das war ein interessantes rechtliches Argument. »Findet Ihr die Verbindung unter Eurer Würde? Ihr seid die frühere Gattin eines Notars, und er ist ein umherziehender Kunsthandwerker.«

»Er ist Künstler, kein Kunsthandwerker. Und er reist zu Aufträgen. Daran ist nichts falsch.«

»Ihr verteidigt ihn sehr liebenswert.«

»Ich nehme es nur genau.«

»In der Tat.« Sie schaute mich wieder durchdringend an. »Beatrice, bitte, nehmt Platz. Mein Nacken schmerzt vom Hochschauen zu Euch.« Ich ließ mich auf eine unbequeme Bank nieder und fragte mich, ob sie speziell dafür entworfen worden war, um Bittsteller, die Umiltàs *studium* aufsuchten, einzuschüchtern. »Stimmt Ihr der Verbindung zu, falls Messer Accorsis Unschuld vom Gericht bestätigt wird?«

»Ihr glaubt, er wird entlassen?«

»Die Beweislage spricht für ihn.«

»Er würde mich heiraten, nur weil ich als Zeugin für seine Verteidigung aufgetreten bin?« Aufgrund meiner Nervosität suchte ich wie gewöhnlich Zuflucht im Sarkasmus, der Umiltà wie üblich entging.

Umiltà beugte sich über ihr Pult. »Beatrice – der Maler hat seiner Liebe zu Euch auf der Fassade des Ospedale Ausdruck verliehen. Seid Ihr nicht sein dunkler Engel?« Zunächst hörte ich nur meinen Pulsschlag in den Ohren. Ich konnte nicht antworten. »Aha. Ihr müsst jetzt nicht antworten, Beatrice. Eure Worte werden die Wahrheit nicht ändern.«

Umiltà nahm den kleinen Holzkreisel von ihrem Pult und rollte ihn zwischen den Fingern. »Die praktischen Angelegenheiten sind von Belang, da es keinen Haushaltsvorstand gibt, der die Hochzeit organisiert.« Umiltà legte den Kreisel auf das Pult und drehte ihn schwungvoll. »Die Mutter des Malers ist bei der Geburt gestorben, und sein Vater folgte ein knappes Jahr später.« Der Kreisel wurde langsamer und kippte um. »Sein Onkel wurde leider zu Beginn der Mortalità beerdigt, als noch jemand da war, der die Todesfälle registriert hat.« Ich hatte Martellinos breites Lächeln und seine mehligen Hände vor Augen. Umiltà war sich nicht bewusst, welchen Schlag sie mir versetzt hatte. »Und Ihr habt keinen Vater oder eine andere Familie, um eine Hochzeit für Euch in die Wege zu leiten, auch nicht in Lucca?« Ich schüttelte den Kopf. »Dann kann ich die Stelle Eurer Familie vertreten, die Ihr verloren habt.«

Ich schluckte die gleichzeitigen Nachrichten von Martellinos Tod und Umiltàs Angebot, als meine Adoptivmutter zu agieren. »Ich bin sehr dankbar. Aber womöglich überlebt Ser Accorsi nicht, um überhaupt jemanden zu heiraten.«

»Ich stimme zu, dass es voreilig ist, Messer Accorsi ernsthaft als Bräutigam in Betracht zu ziehen, bevor er entlassen ist. Berichtet mir morgen nach der Terz, wenn wir das Urteil kennen und entsprechend handeln können. Ich gehe davon aus, dass Ihr bis dahin ausgeruht seid.«

»Ich werde da sein«, erwiderte ich und drehte mich um. Wie

es aussah, hatte ich gerade darüber gesprochen, dass Umiltà meine Hochzeit mit Gabriele anbahnte, der womöglich am nächsten Tag wegen Mordes verurteilt würde, es sei denn, mein Beweismittel könnte ihn retten. Ich taumelte zurück in meine Kammer. Diesmal brach ich in voller Montur auf dem schmalen Bett zusammen und versank im Vergessen.

Am Morgen des dritten Januar 1349 begab ich mich zum Campo, um die Verkündigung des Urteils durch den Herold anzuhören. Die Mortalità war still geworden, als das kalte Wetter einsetzte, und die wenigen, die noch in der Stadt waren, kamen für das Schauspiel nach draußen. Heralde hoben glitzernde Hörner und erfüllten die Piazza mit dem hohen, hellen Ton. Gabriele war nicht der Erste, dessen Schicksal an diesem Tag bekannt gegeben wurde, und ich wartete zitternd. Eine Verurteilung wegen Totschlags, eine andere wegen Diebstahls. Ich bekam kaum Luft. Dann erklang Gabrieles Name über der versammelten Menge, seine Abstammung, das Verbrechen, dessen man ihn beschuldigte, und schließlich die Nachricht über seinen Freispruch. Für gewöhnlich bin ich kein Fan lärmender öffentlicher Demonstrationen, doch diesmal brüllte ich mich heiser.

Ich hatte gehofft, Gabriele bei der Verkündigung seines Urteils wiederzusehen, aber von den Begnadigten war keiner zur Verkündigung ihrer Unschuld anwesend, auch die Verurteilten waren nicht da. Ich verließ den Campo und kehrte ins Ospedale zurück, um meine Verabredung mit Umiltà einzuhalten. Sie lächelte mir entgegen, als ich eintrat.

»Euer Maler wird heute noch entlassen; Gott wirkt Wunder durch die, die ihm dienen.« Mir gefiel, wie der mittelalterliche Verstand Glaube und Tatsache nahtlos verbinden konnte. »Habt Ihr über meinen Vorschlag nachgedacht?«

»Ja. Und meine Antwort lautet Ja.«

Umiltà strahlte. »Wenn das so ist, werde ich die notwendigen Schritte einleiten.«

»Schritte?«

»Ich habe Euch als geistesgegenwärtiger in Erinnerung, als Ihr es jetzt zu sein scheint. Was ist nur mit Euch passiert während Eurer Reise nach Messina? Sie scheint Euch arg mitgenommen zu haben.«

»Ich wurde in Messina krank.« Umiltàs Lächeln verschwand auf der Stelle.

»Welche Art von Krankheit?«

»Die Mortalità *magna*.«

»Das habt Ihr nicht gesagt.« Umiltà atmete einmal durch; ich sah, wie sich ihre Schultern unter ihrem Gewand hoben und senkten. »Ihr und Messer Accorsi seid von der grimmigen Hand der Mortalità berührt worden, aber ihrem Griff entkommen. Ihr und der Maler müsst unter dem Schutz desselben Heiligen gestanden haben.« *Oder wir haben ähnliche Antibiotika eingenommen*. Und auch Umiltà hatte überlebt – vielleicht hatte es geholfen, dass ich versucht hatte, eine Rattenfangaktion einzuleiten, bevor ich nach Messina aufbrach? »Ich werde mich der Förderung Eurer Verlobung widmen. In der Folge dieser Wunder gibt es keinen geeigneteren Weg, unserem Retter die Ehre zu erweisen.«

»Ausgezeichnet«, sagte ich. Solange sie die richtige Richtung einschlug, war es mir gleichgültig, wie sie dorthin gelangte. »Wann können wir Messer Accorsi besuchen?«

»Wir?« Umiltà lachte zum zweiten Mal, seit ich sie kannte. »Jetzt, da ich den Grund für Euren umnebelten Verstand kenne, werde ich eher ein Auge zudrücken. Ihr werdet im Ospedale bleiben, Euch als fromme Witwe und fleißige Schreiberin gebärden. Ich werde mich an den Haushalt der Accorsi wenden. Es würde sich für Euch nicht geziemen, sich in diesem frühen Stadium zu begegnen, und alles muss ohne einen Hauch von

Unschicklichkeit vonstatten gehen. Ich werde meine Rolle als Beschützerin Eurer Ehre sehr ernst nehmen, das dürft Ihr mir glauben.«

Wenn ich Umiltàs kampflustige Haltung und ihr vorgeschobenes Kinn betrachtete, glaubte ich ihr aufs Wort. Sie erinnerte mich an eine kleine Bulldogge. »Ihr könnt Euch darauf einstellen«, sagte sie und führte mich an die Tür ihres *studiums*, »dass Ihr in Eurer neuen Rolle als leitende Schreiberin viel zu beschäftigt sein werdet, um etwas anderes zu tun.« Umiltà hatte wie immer recht.

Als ich das Skriptorium betrat, sah ich einen Mann, der sich über die Siebe in der Ecke beugte. Als er mich hörte, drehte er sich um. Der kleine Egidio war nicht mehr klein. Seine Verwandlung in den Monaten meiner Abwesenheit hatte etwas von Alice im Wunderland an sich – sein Körper hatte sich gestreckt, und sein kleiner runder Jungenkopf blickte unbeholfen aus einer neuen Höhe herab. Als er mich sah, ließ er das Sieb fallen, das klappernd aufschlug.

»Egidio? Du bist zu einem Mann herangewachsen, seit ich fortgegangen bin, ich habe dich fast nicht erkannt.«

Er musterte mein Gesicht, dann meinen Körper, dann rasch wieder mein Gesicht und errötete bis an die Haarwurzeln. »Signora, Euch gesund zu sehen ist ein großer Segen.«

»Ich bin froh, wieder da zu sein.« Egidio beugte sich wieder über seine Arbeit; der Lumpenhalbstoff hatte sich auf dem Boden verteilt. »Die Jungfrau höchstpersönlich muss eine Hand über Euch halten. Ich kenne niemanden, der von der Pest betroffen war und überlebt hat, um darüber zu berichten.«

Mir fiel noch jemand ein. »Kannst du mir zeigen, was gemacht werden muss? Ich bin mir sicher, dass sich viel verändert hat.«

»Gern«, sagte er schlicht, und wir gingen an die Arbeit.

Ich hatte deutliche Anweisungen, Gabriele nicht aufzusuchen, also widmete ich mich den Aufgaben einer Schreiberin und war froh über die Ablenkung. Ich ließ mich erneut auf den Rhythmus des Skriptoriums ein, während die vertrauten Bewegungen sich wieder einstellten: das Pergament glatt streichen, mit Blei beschweren, Tinten aufstellen, eine Feder auswählen, die Seite linieren. Aber da ich mich in Gedanken mit Ser Signorettis Rolle bei Gabrieles Beinahe-Verurteilung und die mögliche Bedrohung seines Wohlbefindens durch die Medici beschäftigte, blieb ich angespannt. Ich hatte das Gefühl, etwas unternehmen zu müssen – aber was?

Ich hatte Gelegenheit, Clara am Sonntagabend nach der Vesper auszufragen. Den mittelalterlichen Januar hatte ich noch nie erlebt, und ich stellte fest, dass es keine wirksame Möglichkeit gab, warm zu werden. Feuerstellen wärmten nur jeweils eine Seite von mir, und sie wurden vor dem Zubettgehen mit Asche bedeckt. Demzufolge hing ich wie besessen an der Vorstellung, ein heißes Bad zu nehmen. Ich ließ nicht zu, dass Clara die Wanne füllte, trotz ihres Protests, weshalb eine Küchenmagd und ich die Eimer mit dampfendem Wasser nach oben in die Bäder für Frauen hievten. Ich war die Einzige, die so spät unbedingt noch baden wollte, daher waren Clara und ich allein im Raum. Dankbar sank ich ins Wasser. Clara setzte sich auf einen Hocker hinter mir und begann mir die Haare mit einer duftenden Mischung aus getrockneten Winterkräutern zu waschen. Als ich ihre Finger auf meiner Kopfhaut spürte, kamen mir die Wörter leicht über die Lippen.

»Clara, wohin bist du gegangen, nachdem ich Messina verlassen hatte? Eine mittellose Waise in einer Stadt, die von der Pest überfallen wurde?«

»Ich hatte das Glück, eine Unterkunft bei Messer Provenzano auf dem Lande zu finden«, sagte sie forsch. Ich richtete mich in der Wanne auf und schaute sie an. Ein kleines Lächeln umspielte ihre Mundwinkel. »Der gute Mann hat mir einen Platz in seinem Haushalt gegeben, als Köchin. Zunächst.«

»Zunächst?«

»Wir fanden, dass wir ziemlich gut zueinanderpassten. Ich hatte keine Zuflucht, wie Ihr sagtet, und er wollte nicht gern alleine sein. Sein Personal war sehr reduziert, und viele seiner Bekannten hat die Mortalità dahingerafft.« Sie verstummte, und wir schwiegen eine Weile. Ich glitt wieder ins Bad, und kurz darauf fuhr sie fort, mir die Haare zu rubbeln.

»Wo ist Provenzano jetzt?«

»Zurzeit ist er auf einer Geschäftsreise. Meint Ihr, wo er wohnt?«

»Ja, bitte, kläre mich auf.«

»Na ja, hier natürlich.«

Erneut richtete ich mich auf, und das Wasser spritzte aus der Wanne. »Hier? In Siena? Aber kommt er nicht aus Genua?«

»Warum sollte ich nicht die Gelegenheit beim Schopf ergreifen, wenn ich eine Rückreise nach Hause finde?«

»Provenzano hat dich hierhergebracht? Das war großzügig von ihm.«

»Ja, ich habe Glück, einen so großzügigen Gemahl gefunden zu haben.« Clara sagte es ohne eine Spur Dramatik, aber in meinen Ohren traf das Wort *Gemahl* die Luft wie Sprengstoff.

Wow, gute Arbeit, Clara. »Herzlichen Glückwunsch zu deiner Heirat«, sagte ich, zu verblüfft, um noch mehr von mir zu geben. Das erklärte das Ungeborene, obwohl mir allmählich klar wurde, dass man sich bei Clara leicht verschätzen konnte. Ich ließ mich wieder ins Bad sinken. Doch als sie fort war, fragte ich mich, ob sie bei mir bleiben würde, nachdem sie nun überraschend eine verheiratete Frau war.

Am Ende der ersten Januarwoche war ich zu rastlos, um den ganzen Tag im Skritptorium zu sitzen und zu schreiben. Der Gedanke, dass Gabriele aus dem Gefängnis entlassen war und mit Umiltà über meine Zukunft plauderte, machte mich rasend. Darüber hinaus hatte ich noch immer keinen Plan, wie man einen möglichen Unruhestifter der Medici aufstöbern sollte. Ich zog meinen Umhang über und ging zur Tür hinaus, ohne zu wissen, wohin.

Auf meinem Weg war mir, als verfolgte mich jemand. Nachdem ich vor Gericht ein Beweismittel vorgelegt hatte, das einem mächtigen Mitglied der *casati* von Siena widersprach, könnte ich ein Ziel sein. Ich dachte an den Überfall auf dem Weg nach Pisa und ging schneller.

Ich bog in die Via di Fontebranda ein; auf der breiten, geschäftigen Straße fühlte ich mich sicherer. Bald schon erblickte ich das einer Festung ähnelnde Gebäude, das den Brunnen beherbergte. Hier war das Viertel der Färber. Selbst bei dem kalten Wetter lag der Nachweis ihres Handwerks in der Luft: die ätzenden Gerüche nach Beize, dazu verwendet, damit das Tuch den Farbstoff beibehält. Der Gestank erinnerte mich an meine Reise mit Lugani. Drei Becken befanden sich unter den Bögen des *fonte*. Am ersten füllten Frauen ihre Gefäße zum Kochen und zum Wässern von Wein. Am zweiten standen zwei zitternde Pferde und tranken, ihren Reitern war offenbar noch kälter. Der Abfluss ins dritte Becken diente dem Wäschewaschen.

Ich ging hinein, um mich vor dem Wind zu schützen. Licht drang durch die Bögen unter dem Gewölbedach, doch weiter hinten waren die Becken dunkel. Ich beobachtete, wie das Licht auf der sich bewegenden Oberfläche spielte, die Muster kräuselten sich und entstanden neu, während die wenigen dick vermummten Frauen sich darüber beugten, um ihre Gefäße zu füllen.

»Die rätselhafte Verbindung zwischen Wasser und Licht ist ein Lebenswerk, selbst für einen Meister.«

Die Stimme riss mich aus meinen Tagträumen. Gabriele stand dicht hinter mir in Umhang mit Kapuze, der alles außer seinem Gesicht verbarg.

»Was um alles in der Welt machst du hier?«

»Ich betrachte dich, so wie du das Wasser betrachtest: Ich staune über die Schönheit der Schöpfung Gottes.« Künstler machen auf jeden Fall hübsche Komplimente – zumindest dieser Künstler.

»Eigentlich dürfen wir uns doch nicht treffen.« Mittelalterlicher Anstand gebot mir, meine Arme eng am Körper zu halten.

»Machen wir doch nicht.«

»Aber jetzt kann Umiltà uns nichts vorwerfen, denn wir haben uns zufällig getroffen.«

»Es ist kein Zufall. Ich bin dir gefolgt.«

»Du hast *was* gemacht?«

»Ich kam zum Ospedale, um mich mit Umiltà zu treffen. Da sah ich dich aus dem Tor kommen. Ich war die ganze Zeit ein paar Schritte hinter dir.«

»Du hast mich zur Paranoia getrieben.«

»Paranoia? Wieder so ein Wort aus deiner Zeit?«

»Es bedeutet, man glaubt, jemand führt etwas gegen einen im Schilde, obwohl es nicht stimmt. Verzeih, ich vergesse immer wieder, richtig zu sprechen.«

»Du sprichst wunderschön, wenn auch zuweilen rätselhaft. Aber ich führe ganz gewiss nichts gegen dich im Schilde.« Er neigte den Kopf zur Seite, und die Vertrautheit dieser Geste erfüllte mich mit Wärme. »Warum hattest du Angst, verfolgt zu werden?«

»Hast du nach dem Prozess keine Angst gehabt? Dich gefragt, wer dich denunziert und warum Ser Signoretti gegen dich ausgesagt hat?«

»Ich war dankbar für deine Aussage, die mir das Leben gerettet hat.«

»Gern geschehen. Aber der Verurteilung zu entkommen heißt nicht, dass da draußen niemand ist, der dir schaden will.«

»Ich sehe keinen Sinn darin, in Furcht zu leben. Ich habe eine Frau und einen Sohn verloren, die Mortalità überlebt und bin nun dieser falschen Anschuldigung entkommen. Ich kann mich frei auf den Straßen der Stadt bewegen, malen und heiraten, wie es scheint. Ich ziehe es vor, meine hart erkämpften Freiheiten zu genießen.«

»Und wenn er noch immer irgendwo da draußen ist – der Mann, der dich wegen Mordes hat festnehmen lassen?«

»Gibt es etwas, das du wissen könntest, Beatrice, in Anbetracht deines ungewöhnlichen Aussichtspunkts?«

»Vielleicht.«

»Dann sag es mir.«

»Es ist ein Verdacht, keine Tatsache.«

Gabriele lächelte. »Humor angesichts der Katastrophe, Beatrice; deine einzigartige Kunst.«

»Danke. Giovanni de'Medici hat einen Sohn.«

»Dem er den Brief geschrieben hat, den du wie durch ein Wunder im Gerichtssaal hervorgezaubert hast.«

»Er heißt Iacopo de'Medici. Und ich vermute, er ist auf Rache aus.« Der Name schmeckte bitter. »Aber ich weiß nicht, ob ich richtigliege.«

»Doch es könnte sein. Also müssen wir ihn suchen.«

»Gewiss. Ich könnte nach Florenz gehen und alle fragen, denen ich begegne, ob sie einen Mann namens Iacopo kennen. Oder ich könnte seiner Mutter einen Brief schreiben; ich glaube, ihr Name ist Immacolata. Er könnte ungefähr so lauten: ›Liebe florentinische Edelfrau: Euer Sohn versucht meinen zukünftigen Ehemann zu ermorden. Würde es Euch etwas ausmachen, mir zu sagen, wo ich ihn finde?‹«

»Scherzt du, liebe Beatrice?«

»Fällt dir etwas Besseres ein? Wir können keine Botschaft an ihn direkt schicken.«

»Ich denke darüber nach, wie wir diesen Mann finden oder ihn zumindest davon abhalten, noch mehr Unheil zu stiften – wenn er tatsächlich der Ursprung des Unheils ist. Ich würde nur ungern jemanden fälschlich beschuldigen, nachdem ich es gerade am eigenen Leib erfahren habe. Und ein junger Mann, der seinen Vater verloren hat, musste ohnehin schon genug leiden.« Aus Iacopos Perspektive hatte ich die Sache noch nie betrachtet. »Vorerst«, sagte er, »sind wir wieder dem Zorn unseres Gegners entkommen, wer er auch sein mag.«

Eine Frau kam, um ihren Eimer zu füllen, machte einen Knicks und lächelte Gabriele scheu zu. Ich schüttelte belustigt den Kopf. »Allem Anschein nach bezauberst du alle, Gabriele.«

»Dich auch? Nur darauf kommt es an.«

»Absolut.«

»Dann kann es sein, dass du einwilligst, sollte Umiltà meinen Heiratsantrag unterbreiten? Es wäre mir ein Trost zu wissen, dass ich Erfolgschancen habe.«

»Deine Chancen sind hundert Prozent.«

»Heißt das, es ist sicher?«

»Genau. Sind wir jetzt verlobt?«

Er lachte leise. »Es gibt Regeln, die zu befolgen sind, wie du sehen wirst. Jetzt, da ich deine Herkunft kenne, verstehe ich deine seltsamen Wissenslücken.«

»Die hättest du auch, wenn du um Jahrhunderte aus deiner Zeit geworfen würdest.«

»Dessen bin ich mir sicher.« Gabriele hielt inne. »Beatrice … was ist dir widerfahren?«

»Nachdem ich dich in Messina allein gelassen habe, meinst du?«

»Nachdem du mich dem Tode überlassen hast, zumindest dachte ich das.«

»Du hast mir gesagt, ich solle dich verlassen!« Meine Stimme hallte zu laut unter dem Gewölbedach wider. Nur ein Pferd und sein Reiter waren noch da – sie hoben den Kopf und schauten zu uns herüber.

»Ich habe es nicht böse gemeint. Aber bitte erzähl mir, was geschehen ist.«

»Auch ich wurde krank«, erwiderte ich. »Dieselbe Krankheit.«

»Ah«, sagte er. »Das habe ich befürchtet.«

»Ich glaubte, du würdest sterben. Eine Weile dachte ich, dass ich auch sterbe, in den seltenen Momenten, in denen ich überhaupt des Denkens mächtig war. Aber ich hatte einen Brief von einer Freundin aus meiner Zeit bei mir, und ich glaube, dieser Brief hat mich zurückgebracht. Ich bin auf einem Strom der Sehnsucht nach allem, was ich hinter mir gelassen hatte, gereist.« Zum ersten Mal sprach ich es laut aus, die eigenartige Geschichte meiner Rückkehr.

»Ich habe gehofft, dass du deinen Weg an einen sicheren Ort gefunden hast.«

»Er war sicher, ja. Meine Zeit ist gut darin, sich um Kranke zu kümmern.«

»Warum dann, wenn du in deiner Zeit Sicherheit hattest – warum hast du dich dann entschieden, zurückzukehren?«

Ich schwieg eine Weile. »Die Schönheit dieser Zeit hat mich zurückgerufen.« Gabriele nickte, als wüsste er genau, was ich meinte. »Ich habe gesehen, was du geschrieben hast.«

»Also haben meine Wörter dich gefunden, Beatrice?« Das letzte Pferd hatte seinen Durst am Brunnen gestillt, und sein Reiter führte es hinaus.

»Ja.«

Er lächelte. »Wie ich gehofft habe.«

»Und was geschah mit dir?«

Gabriele schob seine Kapuze zurück, und die Sonne, die durch den Eingang hereindrang, fiel auf sein grau leuchtendes Haar. »Deine seltsame Medizin hat mich gerettet. Aber es hat viele Monate gedauert, bis ich wieder auf den Beinen war, und noch länger, bis ich nach Hause reisen konnte. Als ich nach Hause kam, waren Martellino und Rinaldo tot. Gott sei Dank hat die Seuche Ysabella, Bianca und die kleine Gabriella verschont.«

»Gott sei Dank, in der Tat.« Ich stellte mir die beiden Frauen mit einem kleinen Kind in der Stadt vor, während um sie herum Tausende starben. »Gabriele, darf ich dich bitte berühren? Ich weiß, es ist nicht erlaubt, aber ich halte es nicht mehr aus.«

»Bitte«, sagte er.

Ich legte meine Hand an sein Gesicht. Seine Wange war warm. »Du *bist* echt.«

»Ich könnte mich dasselbe im Hinblick auf dich gefragt haben, aber deine Echtheit liegt auf der Hand. Und deine Hände sind sehr kalt.« Unser Gelächter hallte unter den Bögen wider. »Beatrice, wir sollten keine weitere Unschicklichkeit riskieren. Bald wird unsere Umarmung von Gott gesegnet sein.«

»Amen«, sagte ich. Keiner von uns machte Anstalten zu gehen. »Aber ich möchte weitere Unschicklichkeit riskieren.«

Gabriele starrte mich an, als hätte ich eine fremde Sprache gesprochen. In gewisser Weise hatte ich das auch. »Wirklich?« Gabriele flüsterte nur noch. »In diesem Augenblick?«

»Bitte, sag diesmal nicht Nein.«

Gabriele nahm meine Hände fest in die seinen. »Du führst mich in Versuchung, Beatrice.«

»Ich gebe mir die größte Mühe.«

In einer raschen Bewegung beugte Gabriele sich zu mir und hielt meine Hände zwischen uns fest. Dann war sein Mund nah an meinem Ohr, sein Atem heiß an meiner Wange. »Ich werde dir einen Vorgeschmack darauf geben, was diese Ehe bringen wird, Beatrice, aber nur einen Vorgeschmack. Und dann werde ich dich warten lassen. Denn im Warten liegt eine süße Qual, und die Erleichterung wird umso köstlicher, wenn sie schließlich kommt.« Er küsste mich auf die zarte Stelle unter meinem Ohr, an der mein Puls raste. Hitze schoss zwischen meine Beine. Ich hörte mich stöhnen, ein Laut, von dem ich nicht wusste, dass ich dazu fähig war. Den nächsten Kuss gab er mir auf meinen Hals. Er schob meinen Umhang beiseite, und seine Lippen strichen über die nackte Haut meines Dekolletés. Er hob den Kopf und schaute mich an.

»Du bist eine gefährliche Frau, Beatrice«, sagte Gabriele, schwer atmend. »Atemberaubend und gefährlich. Ich werde dich so in meiner Vorstellung bewahren, offen und verlangend, bis zu der Nacht, in der du endlich mir gehörst.«

»O Gott, bitte hör jetzt nicht auf, bitte.« Ich heulte beinahe.

Er presste sich an mich, sodass unsere zwischen uns gefangenen Hände in die weiche Stelle unterhalb meines Bauches gedrückt wurden, wo sich der Schmerz aufbaute. »Verzeih, Beatrice, aber ich muss einhalten. Wenn wir verheiratet sind, wirst du bekommen, was du verdienst. Und ich auch.«

Ich schaffte es, zu sprechen. »Du willst mich noch immer heiraten, auch wenn ich unverständliche Wörter sage und dich berühre, obwohl ich es nicht soll?«

Statt zu antworten, küsste Gabriele mich auf den Mund. Durch diesen Kontakt, sein beharrlicher Mund auf meinem, spürte ich seinen ganzen Körper und seinen Willen: die Anspannung und Kraft in seinen Gliedmaßen, das heftige Verlangen, das er kaum unter Kontrolle hatte. Es war nur ein Kuss, aber er hatte recht – dadurch wusste ich, was mich erwartete. Er zog sich zurück und gab meine Hände frei. Dann schloss er sanft und fürsorglich den Umhang um meinen Hals.

»Trotzdem, Beatrice, und genau deswegen.«

Nach meiner Begegnung mit Gabriele war ich für den Rest des Tages nicht zu gebrauchen. Ich musste drei vermasselte Seiten zerreißen, ich verschüttete ein Tintenfass, und ich konnte eine Spalte Zahlen nicht addieren. Gegen Abend war ich so erregt, dass ich zur Vesper in die Kapelle ging. Ich kniete mich in eine Bank und versuchte, meinen Kopf mit dem Lateinischen zu füllen, starrte aber stattdessen auf eine junge Nonne, deren Kleidung sie als Novizin auswies. Sie kniete im Gebet, ihre Körperformen unter ihrem Habit verborgen, und ich fragte mich, wie es für sie sein musste, auf einen himmlischen Bräutigam statt auf einen irdischen zu warten. Sie sah aus wie der Inbegriff der Abgeklärtheit, aber wer wusste schon, was unter dem Schleier vor sich ging. Ich gab das Beten auf und kehrte in meine Kammer zurück. Fast die ganze Nacht starrte ich in die undurchlässige Dunkelheit des Raums.

Die Glocken der Kathedrale läuteten zur Prim, als ich aufwachte. Statt einen weiteren Tag im Skriptorium damit zu vergeuden, Fehler zu machen, unternahm ich einen Spaziergang. Ich hatte ein paar Schmuckstücke verkauft, die ich aus dem einundzwanzigsten Jahrhundert mitgebracht hatte, und gab die Einkünfte für warme Wintersachen aus. Ich legte mir ein Paar weiche Lederstiefel zu, ein langes Leinenunterhemd, ein schlichtes Hauskleid, *gonella* genannt, und darüber trug ich das Kleid und den schweren grauen Mantel aus meinem Jahrhundert.

Bei dem kalten Wind draußen sehnte ich mich nach dem Daunenmantel, den ich an der Haustür in Bens neuzeitlichem Haus in Siena hatte hängen lassen. Ich zog mir die Kapuze über den Kopf und begab mich rasch auf den Weg zum *mercato*. Die Stände waren gerade aufgebaut, und ich steuerte auf die Auslage eines Gebäckverkäufers zu.

»Was ist da drin?« Ich zeigte auf einen hohen Stapel glänzender, handgroßer Pasteten mit Zuckerguss.

»Kürbis, Signora, gewürzt mit Nelken. Sie sind noch heiß, kann ich Euch in Versuchung führen?« Ich kaufte zwei, eine für jede Hand, die ich unterwegs aß, und streute dabei Krümel auf meinen Mantel. Der Kürbis war süß, gebacken in einer Eiercreme mit einer reichhaltigen Mischung aus Ei und Käse, und es wärmte mich von innen. Auf dem ganzen Markt wurde nur spärlich Wintergemüse angeboten – getrocknete Kräuter, Wurzelgemüse, ein paar Speisekürbisse und Körbe mit Zwiebeln und Knoblauch, die ihre papierenen Außenhäute verloren. Ganze tote Kaninchen hingen an ihren gebundenen Läufen, die reglosen, pelzigen Ohren zeigten auf den Boden. Die Menschenmenge war nicht so dicht, wie ich sie in Erinnerung hatte – *es ist Winter*, dachte ich zuerst, *nicht die beste Zeit, auf dem Markt zu stöbern*. Doch dann lag mir die Pastete schwer im Magen, als mir etwas klar wurde – *es ist nicht nur der Winter. Die halbe Bevölkerung ist tot.*

Die Glocken hatten gerade zur Terz geläutet, als eine bekannte Stimme mich aufschreckte. »Monna Trovato?« Die Stimme gehörte einer dick gegen die Kälte vermummten Gestalt. Als eine kleine Hand hervorkam, um die Kapuze zurückzuschieben, erkannte ich Ysabella, Gabrieles Cousine.

»Beatrice, bitte«, sagte ich lächelnd. »Ich bin so froh, dich wiederzusehen.«

»Ich ebenso.« Sie erwiderte mein Lächeln. »Eine Zeit lang dachten wir, Ihr wärt in Messina gestorben.«

»Beinahe. Ich habe von deinem Vater gehört, Ysabella, das tut mir leid.«

Ysabellas Lächeln verschwand. »Ich werde um ihn trauern bis zu dem Tag, an dem ich die Erde verlasse. Und Rinaldo ist auch tot. Aber sie sind bei Gott.« Sie musste sich sammeln. »Wir wollen nicht länger in Verzweiflung verweilen – wie ich hörte, ist jetzt die Zeit zum Feiern, und Gabriele spricht von nichts anderem mehr.« Ysabella lächelte wieder.

Ich errötete. »Ich versuche, die Zeit zu vertreiben, ohne den Verstand zu verlieren. Deshalb laufe ich hier in der Eiseskälte herum.« Mich ihr anzuvertrauen fiel erstaunlich leicht.

»Die Zeit zieht sich hin, wenn sie schrumpfen soll, und umgekehrt«, sagte sie weise. »Wollt Ihr mich zur *calzoleria* begleiten, wo wir uns gemütlicher unterhalten können? Ich muss ein Paar reparierte Schuhe abholen.« Wir betraten den Laden, der von einem Feuer im Ofen gewärmt wurde.

»Biancas Schuhe waren fast durchgelaufen«, erzählte mir Ysabella und begrüßte den Ladenbesitzer. Er verschwand in einem Hinterzimmer. »Ich bin im Haus die einzige Einnahmequelle, da mein Vater und mein Bruder verstorben sind, und es war nicht leicht gewesen, drei Mäuler mit dem Einkommen einer frisch gebackenen Hebamme zu füttern. Gabriele, sobald er wieder einen Auftrag hat, wird aushelfen, obwohl ein Künstler kein Bäcker ist.« Sie reichte dem Schuster ein paar Münzen, als er zurückkam, und steckte die Schuhe in einen Korb. »Ser, dürfen wir noch eine Weile in der Wärme Eures Ladens miteinander sprechen? Meine Cousine ist blau angelaufen vor Kälte.« Dass sie mich ihre Cousine nannte, freute mich zu hören. Er nickte, und Ysabella winkte mich auf eine Bank an der Wand.

»Beatrice, ich wollte mit Euch über etwas sprechen. Keine so erfreuliche Angelegenheit wie Eure Verlobung, fürchte ich.«

»Bitte. Wenn du Geld brauchst, kann ich bestimmt helfen.«

»Nein, danke für Euer Angebot, aber wir kommen vorerst zurecht.« Sie sprach leiser. »Im letzten Frühling hatten wir einen seltsamen Besucher, während Ihr und Gabriele fort wart. Er nannte sich Giovanni Battista, aber als er sagte, er sei der Schreiber vom Ospedale, wusste ich, dass er log. Er sagte, er sei auch mit Gabriele befreundet, aber das habe ich ihm nicht geglaubt.«

»Was wollte der Mann?«

»Er hat Gabriele gesucht«, antwortete sie. »Das hat mir ganz und gar nicht gefallen.«

»Hast du ihm etwas gesagt?«

»Ich habe ihm erzählt, Gabriele sei nicht zu Hause – zu der Zeit hatten wir keine Ahnung, ob er die Mortalità in Messina überlebt hatte –, und ich wies den Mann ab. Aber als Gabriele des Mordes angeklagt wurde, habe ich mich doch gefragt, ob dieser Besucher etwas Böses im Schilde führte.«

Giovanni Battista – weder Umiltà noch Egidio hatten einen Battista als Schreiber im Ospedale während meiner Abwesenheit erwähnt. »Das klingt verdächtig. Hast du ihn noch einmal gesehen?«

»Nein, nie. Du kennst niemanden mit dem Namen?«

»Nein. Würdest du ihn wiedererkennen?«

»Ganz bestimmt – ein Mann, der noch unangenehmer aussieht, ist kaum vorstellbar.« Ysabella verzog ihre Miene. »Er hat mir allerdings eine Adresse gegeben, obwohl sie vielleicht ebenso falsch ist wie sein Name.«

»Ich bin für jede Auskunft dankbar.« Ysabella nickte, nannte mir den Straßennamen und erklärte mir den Weg dorthin. Es war in einem Stadtteil, den ich nicht gut kannte.

»Bitte, sei vorsichtig, Beatrice. Der Besucher sah gefährlich aus.«

Ich nickte. Aber ich vermutete, so wie Ysabella, dass ein Mann, der darauf aus war, Gabriele Schwierigkeiten zu bereiten, wahrscheinlich nicht seinen echten Namen und die richtige Adresse angegeben hatte.

Die Glocken des Torre läuteten und verkündeten die Stunde. »Ich muss gehen, Beatrice. Ich habe Milch für die kleine Gabriella versprochen.« Ysabella umarmte mich, bevor wir die *calzoleria* verließen. »Herzlich willkommen, Cousine«, flüsterte sie mir ins Ohr. Ihr Worte wärmten mich, als ich zum Ospedale zurückging. Aber der Gedanke an den Besucher, der vorgab, ein Schreiber zu sein, nistete sich unangenehm in meinem Hinterkopf ein.

XII

Heimholung der Braut

Ich schrieb meinen eigenen Heiratsvertrag. Umiltà diktierte, und Gabriele sah schweigend zu.

An diesem neunten Tag des Januar im Jahre 1349 schwöre ich, Gabriele Beltrano Accorsi, Beatrice Alessandra Trovato zu meinem Weibe zu nehmen, unter Eid und in Gegenwart von Gott und Zeugen. Und ich, Beatrice Alessandra Trovato …

Sobald die Tinte trocken war, unterzeichneten Gabriele und ich. Auf der Schwelle blieb Gabriele stehen und sah mich an. In dieser Atmosphäre mittelalterlicher Zurückhaltung kam es mir schockierend intim vor, ihm direkt in die Augen zu schauen. Er neigte den Kopf und ließ sich dann von Umiltà hinausführen. Ich bin nicht die Erste, die zwei Namen nebeneinander auf einem Heiratskontrakt als Last empfindet, aber unseren Schwur so deutlich unter dem Datum dokumentiert zu sehen bewirkte mehr, als meine Verbindung mit Gabriele zu zementieren. Die Zahlen verankerten mich fest und unentrinnbar an diesem Ort und in dieser Zeit.

*

Ihr batet mich, Neuigkeiten über Eure Jagdbeute einzuholen. Er ist aus Messina zurück. Die Denunziation hat ihre Wirkung verfehlt, trotz unseres Zeugen. Dieser Emporkömm-

ling, diese Hure von Schreiberin hat ihren Maler vor dem Galgen gerettet – das Gericht des Podestà hat ihn freigelassen. Und jetzt wird Accorsi sein Lustobjekt ehelichen, denn ihre Verlobung wurde vor ein paar Tagen auf dem Campo verkündet.

Ich stehe noch immer für Eure Sache zur Verfügung, wenn der Preis stimmt. Soll ich morgen bei Euch vorsprechen? Der Wein, den Ihr mir beim letzten Mal geholt habt, war ausgezeichnet, also besorgt mir denselben.

Guido Baldi

Nach dem fehlgeschlagenen Prozess blieb Iacopo bis spät in die Nacht auf und verfasste eine Liste von Sienas Toten. In seinem Magen machte sich Übelkeit breit, und sein Schädel brummte. *Jetzt, da die Bruderschaft meine Ergebenheit und meine Fähigkeit zur Kenntnis nehmen muss, werde ich zu ihrem Anführer aufsteigen, wie mein Geburtsrecht es fordert. Ich habe deinen ersten Befehl ausgeführt, Vater: Siena, geschwächt durch die Pest, ist reif für die Übernahme. Bist du nicht stolz auf deinen einzigen Sohn?*

Natürlich erhielt er keine Antwort.

Doch Iacopos Erfolg war bedeutungslos, denn Accorsi war ihm erneut entschlüpft. Dieses anhaltende Versagen war eine Qual und hielt Iacopo Nacht für Nacht in seinem einsamen Zimmer wach. Sehnsüchtig nach Schlaf suchte Iacopo einen Apotheker auf und fragte nach einem Trank, der die Nächte erträglich machen würde. Mit dem bitteren Geschmack von Mohn auf der Zunge schlief er endlich ein, und dann wachte er tagelang nur auf, um noch mehr einzunehmen, mit verdünntem Wein gemischt. Er kam wieder zu sich, sobald das Fläschchen leer war, mit schlechtem Atem und knurrendem Magen. Schließlich schrieb er mit zitternden Händen eine Antwort an Baldi.

Messer Baldi,
ich bin Eure Vorhaben leid, die unweigerlich misslingen. Sammelt alle Auskünfte über den Maler, mit wem er lebt, welchen Zeiten er folgt. Das wird meinen Zielen dienlicher sein. Diesmal werde ich planen, und Ihr werdet meine Wünsche ausführen. Ich erwarte, in ein paar Tagen von Euch zu hören – seht zu, dass Ihr beim nächsten Mal gut vorbereitet seid.
Im Namen des Herrn, amen.

Während er auf Baldis Antwort wartete, besuchte Iacopo die Verbündeten der Bruderschaft in Siena, um sich ihrer fortgesetzten Loyalität zu versichern. Noch immer gab es *casati*-Familien in Siena, welche die Hoffnung nährten, man könne *i Noveschi* mit florentinischer Hilfe bald stürzen. Die Stadt Siena, nur noch ein Schatten ihres früheren Selbst, müsste durch eine gut geplante Verschwörung innerhalb ihrer Mauern leicht zu Fall zu bringen sein. Iacopo ging Ser Signoretti aus dem Weg, einst der stärkste Unterstützer seines Vaters in Siena, denn er befürchtete, der Ausgang des Prozesses habe den Mann gegen ihn aufgebracht. Der Bruderschaft hatte Iacopo weder über den fehlgeschlagenen Prozess berichtet noch darüber, dass er Signoretti als Hauptzeugen benutzt hatte. Mit Gottes Hilfe würden sie nicht erfahren, was er getan hatte, und ihn daher nicht für den Verlust dieses wichtigen Verbündeten verantwortlich machen.

Iacopo gelang es während der Besprechungen, die Stimmen in seinem Kopf im Zaum zu halten, obwohl ihn danach stechender Kopfschmerz heimsuchte, der ihm Tränen in die Augen trieb. Am Ende einer Woche, als Baldis Antwort noch immer auf sich warten ließ, kehrte Iacopo wieder nach Florenz zurück, wo er auf Neuigkeiten wartete und versuchte, dem aufmerksamen Blick seiner Mutter zu entgehen.

Iacopo rechnete mit einer Einladung zur nächsten Versammlung der Bruderschaft, bei der er womöglich für den Erfolg seines Einsatzes belohnt werden würde, aber keine Botschaft traf ein. Während die Tage vergingen, wurde er nervös, dachte sich düstere Möglichkeiten aus – vielleicht war der Plan aufgedeckt worden, und sie alle riskierten den Tod am Strang. An einem Nachmittag, als der Wind kalt vom Arno herüberwehte und durch Iacopos schweren Umhang fuhr, kam endlich ein Bote und verlangte, Iacopo solle bei Ser Albizzi zu Hause vorsprechen, statt am üblichen Treffpunkt der Bruderschaft. Albizzi bat ihn, durch den Dienstboteneingang einzutreten, sicherheitshalber, um nicht gesehen zu werden.

Ser Albizzi empfing Iacopo in seinem *studium* und bedeutete ihm, Platz zu nehmen. Als Albizzi seinen Diener hinauswinkte, machte sich ein Triumphgefühl über alles Erreichte in Iacopo breit. *Jetzt endlich bekomme ich, was mir zusteht. Ich habe mich über alle Erwartungen hinaus als wertvoll erwiesen, und ich werde der Anführer der Bruderschaft sein, wie schon mein Vater.*

Als der Diener gegangen war, räusperte Albizzi sich.

»Ihr habt Eure Sache gut gemacht. Erstaunlich gut.«

»Danke, Ser. Euer Lob ist höchst willkommen.« Iacopo wartete darauf, was nun mit Sicherheit kommen würde, die Verkündigung seiner neuen Rolle innerhalb der Gruppe sowie Pläne für das Vorantreiben der Verschwörung gegen Siena unter seiner Führung. Stattdessen schwieg Albizzi jedoch. Das Feuer im Kamin knackte, und ein Holzscheit fiel plötzlich in einem Funkenregen herab. Ein Stück landete auf den Schieferplatten vor dem Kamin und glühte auf, bevor es erlosch und schwarz wurde.

Albizzi beugte sich zu Iacopo vor. »Iacopo, ich werde mich kurz fassen. Wenn ich fertig bin, werden wir nichts mehr von dem hier Geschehenen erwähnen. Nickt, um mir anzuzeigen, dass Ihr mich verstanden habt.« Iacopo nickte stumm. »Ich will ehrlich zu Euch sein, weil ich Euren Vater geachtet habe, und jetzt, da er nicht mehr unter uns weilt, kann er Euch nicht beschützen.« Iacopos Herz begann erwartungsvoll zu pochen, als versuchte es, aus seiner Brust zu treten. *Mich beschützen? Wovor?* Albizzi senkte die Stimme bis zum Flüsterton. »Eure Kenntnisse sind jetzt eine Gefahr für die Bruderschaft.«

Iacopo konnte seine Reaktion nicht zügeln. »Eine Gefahr? Die noch verbliebenen Brüder, dem Herrn sei Dank für ihr Überleben, wissen so gut wie ich, welche Pläne geschmiedet und wie sie umgesetzt wurden. Was hat sich geändert?« Iacopos Stimme überschlug sich vor Angst und brach beim letzten Wort.

»Euer Versagen im Hinblick auf Ser Signoretti ist der Bruderschaft bekannt, und die Führung traut Euch nicht mehr. Ich befürchte, sie werden dafür sorgen, dass Ihr die Geheimnisse der Verschwörung nicht offenlegt – ein für alle Mal. Ihr seid hier nicht mehr sicher, Iacopo. Verstanden?« Iacopo konnte nur schweigen, während seine Gedanken sich überschlugen. *Alles, was ich getan habe, für sie und für Florenz, soll so enden?*

»Wenn wir hier fertig sind, werdet Ihr das Haus auf dem Weg verlassen, auf dem Ihr hereingekommen seid. Behaltet Eure Kapuze auf und lasst Euch auf Eurem Heimweg nicht sehen. Ich habe alles mir Mögliche für Euch getan. Ist das klar?« Iacopo erhob sich mit zitternden Beinen. Es war klar – erschreckend klar.

*

Natürlich wusste ich überhaupt nichts über mittelalterliche Hochzeiten. Da ich bereits theoretisch den erfundenen Notar aus Lucca geheiratet hatte, hätte ich besser informiert sein sollen als die durchschnittliche Frischvermählte. Ich schwieg und ließ Umiltà und Clara freie Bahn.

Der nächste Schritt war die Empfangsbestätigung der Mitgift in Gegenwart des Notars.

»Ich habe Eure Mitgift aus den Mitteln des Ospedale bereitgestellt«, sagte Umiltà forsch. Ich hätte meinen Brautpreis nur zu gern gewusst, brachte es aber nicht über mich, danach zu fragen. »Jetzt brauchen wir einen Notar.«

»Was ist mit dem Notar des Ospedale?«

»Tot«, erwiderte Umiltà finster. »Seit der Mortalità sind nur noch wenige übrig, und viele sind Scharlatane. Finanzielle Abwicklungen sind in diesem schrecklichen Jahr beinahe zum Stillstand gekommen, und jene, die stattgefunden haben, wurden miserabel verwaltet. Der Herr sei gepriesen, dass der Winter ein wenig Erleichterung von der Seuche mit sich brachte.« Mit wurde übel bei dem Gedanken, was das Tauwetter im Frühling bedeuten könnte. Gabriele und ich dürften immun sein, aber das galt für die meisten anderen Menschen nicht.

»Verfasst eine Bekanntgabe, die von den Ausrufern am Morgen vorgelesen werden soll. Ich werde einen der Kandidaten auswählen«, sagte Umiltà. Ich ging zurück ins Skriptorium und schrieb eine mittelalterlich klassifizierte Anzeige nieder.

Drei Tage später kam Clara vor Tagesanbruch in meine Kammer und rüttelte mich wach. Ich rollte aus dem Bett auf den Boden, der eiskalt war. Als Clara ihre Laterne auf den Tisch stellte, sah ich, dass sie strahlend lächelte. »Er hat Euren Ring geschickt.«

»Die Hochzeit findet *heute* statt?«

Clara lachte. »Ich frage mich wirklich, wieso eine Witwe wie Ihr manchmal so unwissend ist wie ein Säugling. Der Notar waltet über Euer gegenseitiges Einverständnis und den Austausch der Ringe. Der Maler ließ den hier für Euch anfertigen, aber Umiltà befürchtet, dass er Euch nicht passen könnte.« Clara hielt mir ein kleines Samtkästchen hin. Ich nahm es entgegen, öffnete es aber nicht. »Obwohl ich keinen Zweifel daran habe, dass der Maler Euren Körper perfekt kennt, zumindest die Teile, die er sehen kann.« Sie kicherte. Auf keinen Fall unschuldig.

Ich klappte das Kästchen auf und schaute hinein. »O mein Gott.«

»Ist er nicht wunderschön? Messer Accorsi hat ihn eigens für Euch beim Goldschmied in Auftrag gegeben.« Der Ring war mit einem Muster aus ineinander verschlungenen Ranken und Blüten graviert, der Mittelpunkt einer jeden Blume ein polierter, nicht facettierter roter Stein.

»Er ist prächtig.« Ich schob den Ring über meinen kalten Finger, der daraufhin ganz warm wurde. Nur ungern gab ich ihn Clara zurück.

»Ihr werdet ihn bald genug schon wiederhaben, Signora, und ehe Ihr Euch's verseht, wird noch mehr als ein Ring um Euch geschlungen sein.«

»Clara!« So hatte ich sie noch nie reden hören.

»Euch sind die Freuden der Ehe nicht fremd, ebenso wenig wie mir«, sagte sie keck. »So, und jetzt lasst Euch beim Kleid und bei der Frisur helfen.« Ich verlor kein Wort darüber, dass meine Vertrautheit mit diesen Freuden nichts mit der Ehe zu tun hatte.

Der Notar sah aus, als wäre er mindestens neunzig. Sein Gesicht war voller Runzeln, und wenn er schrieb, zitterten seine Hand und das hängende Fleisch an Gesicht und Hals unter der Anstrengung. Umiltà hatte wie üblich den Vorsitz. Gabriele traf mit einem jungen Mann als Zeugen ein, einem mir Unbekannten. Gabriele stellte ihn als Tommaso Barocci vor, einen Malerkollegen und Freund aus Martinis Werkstatt.

Ich wusste gar nicht, dass du Freunde hast, dachte ich. Aber natürlich gab es vieles, was ich über Gabriele nicht wusste. Tommaso begrüßte mich freundlich, und ich erwiderte die formelle Begrüßung. Als Clara eintrat, war sie nicht allein – eine vertraute bullige Gestalt folgte ihr.

»Provenzano!«

Er verbeugte sich, sein breites Gesicht legte sich in Lachfalten. »Ich wäre schon früher gekommen, um Euch zu sehen, aber ich war geschäftlich in Arezzo. Ich bin Euch zu tiefstem Dank verpflichtet, Monna Trovato, denn Eurem Rat folgend, bin ich aufs Land hinausgegangen, fort von der Peitsche der Mortalità. Und noch mehr Dank schulde ich Euch dafür, dass Ihr mir Eure liebreizende Magd geliehen habt. Ich habe sie behalten, zu unser beider Vergnügen.« Er legte einen Arm um Clara, die sich mit fortschreitender Schwangerschaft seiner Körperfülle anglich.

»Es ist sehr schön, Euch zu sehen«, sagte ich und meinte es ernst.

»Ganz meinerseits«, erwiderte er, »besonders zu einem so glücklichen Anlass. Ich habe der kleinen Clara ein paar Wochen mehr in Euren Diensten zugestanden – bis zur Hochzeit. Sie bat mich darum, und natürlich konnte ich es ihr nicht abschlagen. Die Frau eines Kaufmanns sollte keine Dienstmagd sein, schon gar nicht, wenn ein Kind unterwegs ist! Aber Ihr seid keine gewöhnliche Dienstherrin.« Es blieb keine Zeit mehr, sich zu unterhalten. Wir alle hielten den Atem an, während der Notar unter Mühen das Papier bekritzelte.

Sobald die Mitgift ordnungsgemäß in der zittrigen Handschrift des Notars festgehalten war, stellten Gabriele und ich uns gegenüber. Die Stimme des Notars zitterte, aber er bekam die Worte heraus.

»Wollt Ihr, Gabriele Beltrano Accorsi, diese Frau, Beatrice Alessandra Trovato, zu Eurem Weibe nehmen?«

»Ja, Messer«, sagte Gabriele.

»Und wollt Ihr, Beatrice Alessandra Trovato, diesen Mann, Gabriele Beltrano Accorsi, zum Manne nehmen?«

»Ja, Messer.«

Gabriele holte den Ring hervor, den ich am Morgen anprobiert hatte.

»Ich nehme an, er passt Euch, Signora?« Gabriele ließ ihn sanft über meinen Ringfinger gleiten. Ich sah, wie Tommaso weit ausholte, als wollte er etwas werfen, und dann Gabriele auf den Rücken schlug, so fest, dass wir bei dem Geräusch alle zusammenzuckten. Als mir klar wurde, dass dies wohl üblich war, lachten alle.

»Mariate«, sagte Umiltà, und so war es, einfach so.

Mariate, aber nicht, wie ich bald erfahren musste, *ite*: verheiratet, aber mehr nicht. Das würde der letzte Schritt werden, die Heimholung der Braut. Umiltà wählte einen verheißungsvollen Tag Ende Februar für die Zeremonie aus: nur noch ein paar Wochen bis dahin. Das Ospedale hatte noch ein paar Tuchhändler und Näherinnen zur Verfügung, und eine Gruppe setzte sich an die Arbeit, um mir ein Hochzeitskleid zu nähen. Nach knapp einer Woche konnte ich es für letzte Veränderungen anprobieren. Es war dunkelblau mit einem langen Rock, der hinter mir bis auf den Boden fiel, hatte Schleppenärmel und ein hellgelbes Unterkleid. Darunter trug ich ein Leinenhemd – die Schichten raschelten, wenn ich mich bewegte.

»Blau für Reinheit«, sagte Umiltà, und das Blau war bestickt mit goldenen Lilien. Umiltà wollte es sicherheitshalber in ihrem *studium* aufbewahren. Ich gab es nur widerwillig aus der Hand.

An meinem nächsten freien Nachmittag machte ich mich auf die Suche nach der Adresse des angeblichen Giovanni Battista. Ich landete vor einem miesen Weinladen, der mich an Gegenden in New Yorks Bowery erinnerte, bevor alle Trunkenbolde verscheucht worden waren, damit sich angesagte Clubs ansiedeln konnten. Ich sammelte viele forschende Blicke, von der heruntergekommenen Kundschaft und dem Weinhändler gleichermaßen, der wie der Fußboden einer Bar kurz vor Feierabend roch. In den drei Minuten, in denen ich in dem Laden war, musste ich zwei Grabschern ausweichen und ein Angebot der Bezahlung für mehr als nur Grabschen ausschlagen. Aber es war offensichtlich keine Wohnung, und niemand dort hatte von einem Giovanni Battista gehört. Das überraschte mich nicht, und erleichtert trat ich wieder hinaus an die frische Luft.

Als Nächstes musste ich die Frage nach den Medici verfolgen. Leider funktionierte mein Einfühlungsvermögen nicht als Peilsender, obwohl es praktisch gewesen wäre. Iacopo war mindestens ein Mal in Siena gewesen, da er wusste, dass sein Vater hier im Gefängnis saß, und er musste irgendwo untergekommen sein. Ich könnte anfangen, mich in Gasthäusern zu erkundigen, aber ich wollte meinen letzten Versuch nicht wiederholen, und ich brauchte einen vertrauenswürdigen Mann, den ich um Hilfe bitten konnte. Gabriele war bis zur Hochzeit tabu, aber Provenzano wäre perfekt. Er war groß genug, um Ärger abzuwenden, und nichtsahnend. Irgendwie musste das geschehen, ohne meine Freunde in Gefahr zu bringen; die beste Strategie wäre, sie in Unwissenheit zu lassen. Als Clara mein Mittagsmahl brachte, setzte ich meinen Plan in Gang.

»Clara, gibt es hier in der Nähe eine gute Unterkunft für Reisende?«

»Semenzatos ist die beste, und die bekannteste«, erwiderte sie und stellte das Tablett sorgfältig ab. »Erwartet Ihr einen Gast aus einer anderen Stadt zur Hochzeit?« Sie schaute mich neugierig an. »Ihr hattet doch gesagt, dass Ihr keine Familie habt.« Sie hatte mir eine ausgezeichnete Tarnung verschafft.

»Alle möglichen Familienangehörigen kriechen aus dem Gebüsch, wenn eine Hochzeit verkündet wird.« Ich erwiderte ihr strahlendes Lächeln. »Der Vetter meines verstorbenen Mannes kommt vielleicht zu dem Fest.«

»Man muss sich eine Unterkunft im Voraus sichern. Es stehen nicht viele Räume zur Verfügung, und die Nachfrage ist groß.«

»Wen soll ich schicken? Im Idealfall jemanden, der redegewandt ist, gut situiert … jemand …« Ich verstummte und tat so, als wollte ich die Möglichkeiten abwägen. »Meinst du, Provenzano könnte hingehen?«

»Ich bin mir sicher, er wird entzückt sein! Ich werde ihn auf der Stelle fragen.« So weit, so gut.

Claras Mann freute sich übermäßig, mich zu sehen. Unsere Unterhaltung lief unweigerlich auf seine Erlebnisse in Sizilien hinaus, und dann kamen wir darauf zu sprechen, was aus seinem früheren Dienstherrn geworden war. Überrascht stellte ich fest, dass Provenzanos Gesicht vor Verlegenheit rot anlief.

»Ach, Monna Trovato, eine ausgezeichnete Frage, ganz gewiss eine ausgezeichnete Frage.« Er zog ein Taschentuch hervor, um seine Stirn abzutupfen, obwohl es ganz und gar nicht warm im Raum war.

»Was genau ist denn so ausgezeichnet an der Frage?«

»Vielleicht freut es Euch zu hören, dass er die Mortalità tatsächlich überlebt hat.«

Ich hasste niemanden so sehr, um ihm die Pest an den Hals zu wünschen. »Das sind wirklich gute Neuigkeiten.«

Provenzano wurde noch verlegener. Ich wartete auf Aufklärung. »Messer Lugani hat Euch sogar einen Brief geschickt, über mich.« Unglücklich verstummte er.

»Er hat *mir* einen Brief geschickt?«

Provenzano kramte in seiner großen Tasche und reichte mir das gefaltete Pergament mit reumütigem Blick. »Ich wollte Euch nicht behelligen, aber da Ihr gefragt habt, kann ich ihn wohl kaum behalten.« Ich faltete den Brief auseinander und begann zu lesen.

Am Vorabend des Dreikönigsfests, Januar 1349

Im Namen Gottes. Amen.
Von Messer Provenzano erhielt ich die erfreuliche Nachricht, dass er sowohl eine gute Anstellung als auch eine reizende Frau gefunden hat, die, wie ich meine, Eure treue Dienerin war?
Meiner Niederlassung in Messina, wie Ihr Euch denken könnt, fehlt jetzt kompetentes Personal, damit die Geschäfte laufen. Ich weiß aus der Zeit, die Ihr bei mir beschäftigt wart, dass Ihr der Aufgabe entsprechende Fähigkeiten besitzt. Ich würde sicherlich Zeit für häufige Besuche finden, wenn Ihr die Stelle annehmt, und würde mich freuen, unsere frühere Bekanntschaft wiederaufzunehmen. Eure professionelle Kompetenz ist das Geringste, was mir meine Reisen in den Süden versüßen wird.
Auch Messer Cane hat überlebt, was Euch freuen wird zu hören, und er hat versprochen, Euch zu überprüfen, während Ihr lernt, was für die Anstellung erforderlich ist. Ich bin mir sicher, dass Euch dieses Stellenangebot in Anbetracht Eures mageren Lohns und Eurer fehlenden familiären Bindungen zusagen wird.
Ich freue mich auf Eure Zustimmung.
Messer Girolamo Lugani, Genua

Der Mann war wirklich unglaublich. Ich schaute zu Provenzano auf, der sich duckte und auf meine Reaktion wartete. Ich faltete den Brief zusammen und reichte ihn ihm.

»Ihr könnt ihm sagen, ich sei anderweitig gebunden«, sagte ich, »in mehr als einer Hinsicht.« Und als das aus dem Weg geräumt war, wandten wir uns dem Gasthaus am Ort zu.

Provenzano war zum Glück ebenso ahnungslos wie Clara. Ich veränderte die Geschichte ein wenig – mein Vetter ziehe

Unterkünfte in Siena in Betracht, ob er sich bei Semenzato nach Verfügbarkeit erkundigen könne? Und wenn er schon dort vorspreche, wäre es von besonderem Interesse herauszufinden, welche anderen Besucher die Taverne aufsuchten – und woher sie kamen. Dieser Vetter habe eine besondere Haltung Florentinern gegenüber, sagte ich beschönigend – sein Großvater sei bei Montaperti ums Leben gekommen, und danach habe er die *commune* verachtet. Provenzano kam meiner Bitte fraglos nach. »Alle Familienangehörigen von Monna Trovato sind meine Freunde«, sagte er lächelnd.

Provenzano kam am nächsten Tag und bedauerte mir mitteilen zu müssen, dass das Gasthaus mit einer Gruppe Weinhändler aus Poggibonsi voll belegt sei, die für einen längeren Aufenthalt in Siena weilten. »Vielleicht ist es auch ganz gut so, wenn Ihr Vetter das Haus meidet. Allem Anschein nach frequentieren Florentiner dieses Etablissement, zumindest einer. Messer Semenzato sagte, es gebe da einen Kerl aus Florenz – dünn und krank wirkend, der einen merkwürdigen Tagesablauf habe und sich längere Zeit hier aufhalte. Der Mann war ein paar Mal da, zum ersten Mal vor über einem Jahr – kurz vor dem Prozess gegen de'Medici. Jetzt ist er wieder weg, aber Euer Vetter wäre gut beraten, wenn er angesichts seiner Bedenken eine Unterkunft fände, die solche Leute eher nicht beherbergt.«

»Habt vielen Dank, Provenzano«, sagte ich.

»Ganz und gar nicht. Semenzatos Wein war auf jeden Fall sehr gut, besonders mit der Aal-Tarte dazu.« Dabei tätschelte er fröhlich seinen Bauch. Als wir uns verabschiedeten, fragte ich mich, wie diese neue Information mir helfen könnte. Ob der Besucher, der sich wiederholt bei Semenzato aufhielt, Iacopo de'Medici sein könnte? Wenn ja, war er jetzt fort. Es reichte noch immer nicht, um weiterzumachen.

*

Iacopo plante seine sofortige Rückkehr nach Siena, da er wusste, dass die Bruderschaft ihm auflauerte. Wenn er jetzt durch die Straßen ging, die er einst seine Heimat nannte, fuhr er bei jedem Geräusch zusammen und schaute über die Schulter nach einem gedungenen Mörder, der ihn zum Schweigen bringen sollte. *So entlohnen sie mir also meine Treue, diese Männer, die mein Vater Brüder nannte.*

Hätte dieser Mörder doch nur in seiner Vorstellung existiert. Als Iacopo nach einer späten Besprechung zum Palazzo Medici zurückging, bog er in eine schmale Gasse ab – lieber eine Abkürzung als eine belebte Straße. Seine Wahl erwies sich beinahe als tödlich. Am anderen Ende der *via* tauchte eine verhüllte Gestalt aus einem dunklen Eingang auf und kam schnell auf ihn zu. Als sich ein Zweiter dem Ersten anschloss, begannen Iacopos Ohren zu dröhnen und übertönten die Schritte der Männer auf den Steinen. Er drehte sich um und rannte los, sein Atem schnitt wie ein Messer durch seine Brust, bis er seinen Familiensitz erreichte. Florenz, einst sein Zuhause, war keine Zuflucht mehr.

An dem Morgen, als Iacopo nach Siena aufbrechen wollte, nahm Immacolata ihren Sohn mit in die Kapelle. Dort knieten sie nieder und beteten gemeinsam, wie sie es seit seiner Kindheit nicht mehr getan hatten.

»Iacopo, ich weiß, dass die Geschäfte deines Vaters dich belasten.«

Die Art und Weise, wie seine Mutter ihn ansah, ließ Iacopo befürchten, dass sie mehr wusste, als er ihr gesagt hatte. »Geschäfte haben im Haus nichts verloren«, erwiderte Iacopo und versuchte, seine Stimme stabil zu halten.

»Nicht, wenn die Geschäfte das Haus und alle, die darin leben, in Gefahr bringen. Dein Vater ist gestorben, als er genau diesen Geschäften nachging.« Iacopo schüttelte den Kopf und antwortete nicht. *Wenn ich schweige, wird sie nicht weiter fragen.*

Seine Mutter seufzte. »Ich fürchte, dieses Geschäft geht inzwischen weit über Rechnungen und Geschäftsbücher hinaus und belastet nun dein Gewissen. Wenn du nicht mit mir reden willst, dann rede wenigstens mit Gott. Versprichst du mir das?« Er nickte, und nur teilweise, um seine Mutter zufriedenzustellen, denn er sehnte sich danach, von den schrecklichen Dingen, die er gesehen und getan hatte, befreit zu werden. Als sie seine Hand ergriff, zwang er sich, ihrer vertrauten Umarmung nicht nachzugeben.

»Ich muss nach Siena zurück«, sagte er schließlich, und mehr erfuhr sie nicht von ihm. Als er losritt, schaute ihm seine Mutter vom Eingang des Palazzo ernst hinterher.

Semenzatos Gasthaus war voller Händler, woraufhin er gezwungen war, sich eine andere Unterkunft zu suchen. Es war umständlich, aber vielleicht besser so; er wäre schwieriger zu verfolgen. Er traf sich mit Baldi in der kleinen Taverne im Erdgeschoss des neuen Gasthauses, das er gewählt hatte.

Baldis Gesicht glänzte vor Schweiß im flackernden Licht des Kamins. »Der Maler und seine Hure heiraten. Das Ospedale ist mit Vorbereitungen beschäftigt, und niemand wird etwas erwarten. Es wird so leicht sein, als wollte man einem kleinen Kind die Rassel abnehmen.«

»Eine Hochzeit bedeutet viele Zeugen«, wandte Iacopo stirnrunzelnd ein.

»Eine Hochzeit heißt, dass niemand mich kommen sieht«, erwiderte Baldi, »und der Maler wird so beschäftigt sein, sein neues Weib ins Bett zu bekommen, dass er nicht wissen wird, was ihn getroffen hat. Das heißt, wenn ich ihn schlage. Und sein neues Weib gebe ich noch obendrauf, ohne Aufpreis.« Baldi lachte über seinen eigenen Humor, zu laut. Stammkunden ein paar Tische weiter hoben die Köpfe.

»Ich habe Euch doch gesagt, bleibt leise«, zischte Iacopo.

»Die sind zu betrunken. Und jetzt zeigt mir die herrlichen Florine, die Ihr versprochen habt. Ich weiß, wo der Maler wohnt, und im Haus sind jetzt nur Frauen und Mädchen. Er wird zwischen den Beinen seines neuen Weibes sein, und der Rest wird kein Hindernis darstellen.«

»Seht zu, dass Ihr es diesmal hinbekommt«, sagte Iacopo grimmig, »sonst werdet Ihr für Euren Fehler bezahlen.« Baldi lachte erneut und nahm die Florine zwischen seine dicken Finger.

*

Die Nacht vor der Hochzeit war kalt und hell. Clara kam, als ich gerade aus meinem geöffneten Fenster auf eine Gruppe leuchtender Sterne schaute. Wie sehr würde sich diese Konstellation in den Jahrhunderten zwischen jetzt und der Zeit, in der ich zu leben pflegte, verändern – wie viele Sterne würden geboren oder sterben, und im Sterben das Aufgehen neuer Sterne bewirken?

»Wenn Ihr erfriert, wird mir Euer Bräutigam nie verzeihen«, rief Clara aus und schloss die Fensterläden. »Und jetzt kommt, es ist Zeit für Euer Bad.« An unserem Hochzeitsabend sollten Gabriele und ich ein Bad nehmen, getrennt natürlich, und dann mit Freunden aus der Kindheit baden. Aber ich hatte niemanden – nicht hier. Ich fragte mich, mit wem Gabriele wohl baden würde. Tommaso? Das konnte ich mir kaum vorstellen. Als Clara mein Kleid aufschnürte, hielt sie plötzlich inne.

»Clara?«

»Signora, verzeiht. Ich habe … nachgedacht.«

Ich drehte mich zu ihr um. »Nachgedacht?«

Sie errötete leicht. »Na ja, ich habe mich etwas gefragt.«

»Was denn?«

»Ob wir uns oft sehen werden, sobald Ihr in Eurem neuen Zuhause seid. Ich bin ja jetzt verheiratet, und Provenzano wird mich bei sich behalten wollen, wie es sich für meine neue Stellung schickt, aber ich möchte Euch nicht gern verlassen.«

»Mein neues Zuhause.« Meine Gedanken waren in eine Richtung gezogen, der sie nicht folgen konnte, in der mein neues Zuhause mein neues Jahrhundert bedeutete.

»Ich wäre froh, wenn ich Euch eine andere Magd suchen könnte, die meinen Platz einnimmt.« Clara holte tief Luft und sprach schnell, als müsste sie sich trösten. »Natürlich wäre es sinnvoller für Euch, jemanden zu finden, der unbelastet ist, denn ich habe ein neugeborenes Kind, außerdem einen Ehemann. Werdet Ihr mir die Ehre erweisen, einen angemessenen Ersatz auszuwählen?«

»Clara, wir werden uns trotzdem noch sehen.«

»Seid Ihr sicher?«

»Natürlich. Ich werde unglücklich sein, wenn ich dich verliere.«

»Oh, Signora, Ihr seid die wunderbarste Herrin, die man sich vorstellen kann«, rief Clara und umarmte mich stürmisch.

Als sie zurückwich, sah ich aus den Augenwinkeln den Dampf, der einladend aus dem Bad in die kalte Luft stieg. Ein kleines Feuer brannte im Kamin, kam aber gegen den Februarwind nicht an, der durch die Fensterläden drang.

»Möchtest du mit mir baden, Clara? Ich will das viele heiße Wasser nicht für mich verschwenden.«

»Ich? Ihr wollt mit mir baden?«

»Ja, bitte.« Sie lächelte breit und hatte keine Einwände.

Als wir uns gemeinsam im kalten Raum auszogen, musste ich sie unwillkürlich anstarren. Ihr geschwollener Bauch und ihre großen Brüste fingen das Kerzenlicht ein und leuchteten, als strahlten sie von innen.

»Verzeih, ich wollte dich nicht anstarren. Du bist wunderschön.«

»Danke«, sagte sie und senkte verlegen den Kopf. »Mein Provenzano sagt dasselbe, aber ich kann an dem Umfang nichts schön finden.«

»Deine Schönheit liegt in dem Umfang«, sagte ich und hielt ihre Hand fest, um sie zu stützen, während sie über den hohen Wannenrand kletterte. Wie sanken beide in das warme Wasser, sangen gemeinsam, während der Duft nach Thymian und Eisenkraut mit dem Dampf aufstieg. Ich schloss die Augen, und in die stille Wärme drang ein unerwartetes Geräusch, das eines schlagenden Herzens, und damit einhergehend das Drängen eines fremden Bewusstseins – hell, zitternd und munter. Es musste von Clara kommen, wurde mir klar, als in meinem Kopf der Gedanke kreiste, dass ich ein Leben spürte, das kurz davorstand, auf die Welt zu kommen. Wir saßen im Bad, beide genossen wir die Wärme des Wassers, und das Dritte die Wärme seiner Mutter in Vorbereitung auf die kommenden Tage.

Am Tag der Heimführung der Braut wachte ich auf und fühlte mich anders – als schaute ich durch ein Kaleidoskop, die Bilder gebrochen und glitzernd. Beim Zwitschern eines Winterspatzen vor meinem Fenster wurde mir die Kehle eng, und der Duft nach Orangen erfüllte die Luft wie eine Halluzination. Ich kam mir vor, als wäre ich überall zugleich, noch im Bad mit dem Geräusch eines Herzens im Ohr, am offenen Fenster mit Blick auf die wandernden Sterne und in Siena, Ende Februar 1349. Nachdem wir unseren Eid in der Kapelle des Ospedale geleistet hatten, gingen Gabriele und ich hinaus in den Hof unter den Klängen von Trompeten, an den Hörnern flatterten gezackte Wimpel in Sienas Farben Schwarz und Weiß.

»Sono onorato di presentarvi Beatrice Alessandra Trovato è Gabriele Beltrano Accorsi …«

In meiner Vorstellung wirbelten die Wörter weit und schnell durch die Stadt zu den Mauern, die uns Sicherheit hätten gewähren sollen, vorbei an den Toren ins winterliche Grau und Braun des Landes rund um Siena und darüber hinaus – bis hin zu dem wilden Kontinent, der eines Tages zu meiner Heimat werden sollte. Doch nun war ich in Siena zu Hause.

Es war so warm, dass man draußen feiern konnte, einer dieser perfekten Tage, die Ende Februar vorkommen und die Befreiung vom Winter verheißen. Im Innenhof des Ospedale flatterten bunte Bänder; Banner und Gobelins hingen an Fenstern und hohen Mauern. Alles um mich herum war in Bewegung, bis auf Gabriele, der beständig an meiner Seite war, sein Haar grau glänzend vor dem tiefblauen Himmel und dem Rot seiner Tunika und seines Umhangs. Als die Hörner aufhörten, erklang Musik – Flöten und eine Trommel –, und es wurde getanzt. Auf der anderen Seite des Kreises erblickte ich Bianca, und in ihren Armen ein kleines Mädchen mit braunem Lockenschopf – *die kleine Gabriella*, dachte ich, und mir fiel ihre qualvolle Geburt ein. Sie sah aus, als könnte sie schon laufen, aber vielleicht nicht tanzen, daher hielt ihre Mutter sie lachend auf dem Arm, während wir uns auf den Steinplatten bewegten.

Jemand reichte mir einen Kelch *clarée*, und ich trank den würzigen Weißwein, wobei ich das Feuer von Nelken und Ingwer spürte. Ich setzte mich an einen Tisch, Gabriele wieder an meiner Seite, gerade aufgerichtet auf seinem Stuhl. Ein Diener reichte uns eine Schüssel kleiner Orangen; die Schnitze platzten süß und herb in meinem Mund, und Gabriele lehnte sich herüber, um mir einen Tropfen vom Kinn zu wischen. Tabletts mit gebratenem Fasan tauchten auf, geschmückt mit ihrem prächtigen Gefieder, als lebten sie noch, und Akrobaten in Rot und Schwarz brachten alle zum Staunen. Wir tanzten wieder zu den Klängen von Lauten und Gesang, die sich in die abendliche Luft erhoben.

Wir verließen den Innenhof. Die Gäste folgten uns, jubelnd und singend, hielten Fackeln und Kerzen gegen die zunehmende Dunkelheit hoch. An der Tür von Martellinos Haus blieben wir stehen; das Haus, das einmal Ben – und mir – gehört hatte, würde wieder mein Zuhause sein. Der fehlende Geruch nach gebackenem Brot fehlte, wo sonst ein süßer Hefeduft Trost spendete. Aber wir schritten Arm in Arm über die Schwelle. Als die Menschenmenge uns durch die Bäckerei und die Treppe hinauf folgte, packte ich Gabrieles Arm und flüsterte ihm ins Ohr. »Gabriele, gehen diese Leute bald? Ich hoffe inständig, dass es nicht zu eurer Tradition gehört, die Ehe vor einer jubelnden Menge zu vollziehen.«

Er lachte kurz auf, und der Laut wärmte das Haus, wie es der kalte Kamin nicht mehr vermochte. Er beugte sich zu mir herunter. »Die gehen, sobald sie sicher sein können, dass wir angekommen sind. Dann können wir in der Wonne unserer Abgeschiedenheit schwelgen.« Wonne unserer Abgeschiedenheit. Das klang sehr gut in meinen Ohren.

*

Nach seiner Begegnung mit dem jungen Medici sammelte Baldi das Zubehör zusammen, um seine Aufgabe auszuführen. Der von ihm gedungene Zimmermann, der froh war, in diesen kargen Zeiten überhaupt einen Auftrag zu bekommen, hatte schnell gearbeitet und eine Leiter hergestellt, die bis zu einer Loggia im ersten Stock reichte, und Baldi fand einen Schmied außerhalb der Stadtmauern, bei dem er einen Dolch kaufte, der leicht zu verbergen war.

Von einer Gasse gegenüber der *via* beobachtete Baldi, wie die Hochzeitsgesellschaft das Haus der Frischvermählten erreichte – genau wie er vorausgesagt hatte, waren die Gäste trunken vom feinen *clarée* des Ospedale. Er schlich in den Schatten der Gasse, setzte sich, schlang seinen Umhang um sich und wartete bis zum Monduntergang.

XIII

Nos Moderni

Die Gäste verließen allmählich das Haus, wünschten alles Gute und gaben schlüpfrige Ratschläge. Aber als sie fort waren und Ruhe eintrat, waren wir noch immer nicht allein. Clara hatte darauf bestanden, mir dieses letzte Mal noch zur Hand zu gehen. Sie entfernte meinen Umhang und begann, mein Kleid am Rücken aufzuschnüren. Gabriele streute frische Binsen auf den Boden und legte im Kamin Holz nach, bis es knackte und eine Woge der Hitze ausströmte. Und wenn Claras Anwesenheit nun als Begleitung betrachtet wurde, vom mittelalterlichen Standpunkt aus? Ich hoffte nur, sie würde nicht den ganzen Abend bleiben.

Gabriele zündete Kerzen an und stellte sie in die Wandleuchter. Im schwankenden Licht konnte ich die schwachen Umrisse der Skizzen erkennen, die Gabriele angefertigt hatte und die ich in meiner Küche entdeckt hatte. Das Bett wirkte unheimlich groß, drapiert mit einem schweren roten Baldachin. Clara zog mir das Kleid aus und ließ mich im langärmeligen Unterkleid stehen. Schließlich machte sie einen Knicks und ging mit scheuem Lächeln, das ihre Grübchen zur Geltung brachte, hinaus.

Ich lehnte mich an die Wand, den kalten Putz im Rücken. Unter dem Kleid trug ich ein langes Leinenhemd, in dem ich einst ungehemmt herumgelaufen wäre – aber jetzt, selbst mit zwei Kleidungsstücken übereinander, kam ich mir nackt vor.

»Du frierst«, sagte Gabriele.

»Die Wand ist kalt.«

»Dann komm da weg und ans Feuer.«

Ich vernahm Geräusche aus der Küche unter uns – Gabriella lachte, Bianca, die ihre Tochter in einem Tonfall beruhigte, der nach Zubettgehen klang. Die Wörter konnte ich nicht richtig verstehen.

»Wohne ich jetzt hier?«

»In der Tat. Mit uns. Mit mir.«

»Einfach nur so – bumm – das ist mein Haus, und ich bin deine Frau?«

»*Bumm?* Heißt das auf einmal?«

»Genau.« Mein neuer Ring zwickte in das Fleisch zwischen meinen Fingern.

Gabriele lächelte freundlich. »Noch vor ein paar Wochen hast du dich darüber beklagt, wie langwierig unsere Verlobungsprozedur ist, oder?«

»Es ist einfach seltsam – gerade noch wohne ich im Ospedale, und schon stehe ich hier und bin mit dir verheiratet.«

»Es muss immer einen Augenblick geben, in dem das Davor zum Danach wird; so wie es eine Trennung zwischen ungeboren und geboren gibt, oder zwischen Leben und Tod.«

Mir fiel das Atmen schwer. »Hier drinnen ist es ein wenig stickig, können wir das Fenster aufmachen?« Ich sah Gabriele an, dass ich einen unerhörten Vorschlag gemacht hatte, das fest verschlossene Fenster eines mittelalterlichen Schlafzimmers im Februar zu öffnen. Doch bevor ich es zurücknehmen konnte, hatte er einen Stuhl hinübergezogen, sich darauf gestellt und die Fensterläden geöffnet, um das Pergament zu entfernen.

»Ich bin hier, um deine Wünsche zu erfüllen, meine Frau und Geliebte«, sagte er, »obwohl ich mich allmählich frage, ob sich das womöglich als schwierig erweisen könnte.«

Ich spürte, wie mir die Hitze ins Gesicht stieg, und war froh über die Brise vom offenen Fenster. »Ich bin nervös.«

»Glaubst du, das geht nur dir so? Beatrice, schau dir meine Hände an.«

Ich betrachtete seine langen Finger, die leichte Rundung seiner Knöchel, die erstaunlich zarten Knochen seiner Handgelenke. Ich wollte die Hand ausstrecken und ihn berühren, konnte es aber nicht. Ich hatte gerade einen Mann geheiratet, der Jahrhunderte älter war als ich, und mich diesem Ort und dieser Zeit verschrieben. Hatte ich diese Hand wirklich einmal gehalten?

»Gabriele, du zitterst.«

»Wie sollte ich nicht. Es ist unglaublich, dass wir die Jahrhunderte überbrückt haben, die uns trennten.« Er ließ die Hände sinken.

»Vielleicht sollten wir eine Weile reden«, schlug ich vor. Er nickte zustimmend. Am Kamin standen zwei Stühle, und wir setzten uns. »Fang doch an.«

Gabriele zog die Unterlippe in den Mund, um seine Frage zu überdenken. »Würde es dir etwas ausmachen, mir von den Menschen zu erzählen, die du zurückgelassen hast?«

»Wie jetzt, meinst du meine Freunde?«

»*Famiglia*, *amici*, *consorterie* – in welcher Reihenfolge auch immer.«

»Ich habe keine Familie.« Das klang harscher, als ich beabsichtigt hatte.

»Möchtest du über die Familie reden, die du einmal hattest?«

»Das könnte mich aus der Fassung bringen.«

»Wozu ist ein Ehemann gut, wenn nicht, um dich zu trösten?« Ich lächelte zum ersten Mal, seitdem die Tür sich hinter uns geschlossen hatte. Aber ich war noch nicht so weit, über Ben zu sprechen. Ein paar Sekunden verstrichen, während wir dem Knacken des Feuers im Kamin lauschten. »Beatrice, ich habe dich noch nie so wortkarg erlebt.«

»Verzeih. Ich bin nicht ganz ich selbst.«

»Du bist dein *neues* Selbst.«

»Du bist immer so freundlich, ganz gleich, wie schwierig ich bin. Das ist eine nette Eigenschaft.«

»Ein gutes Zeichen für unsere Ehe«, sagte er.

»Regst du dich nie auf?«

»Wenn nötig.«

»Sehr pragmatisch.«

»Ich ziehe es vor, meine Energie für das, was kommt, zu sparen. Die Nacht ist lang.«

Mein Gesicht wurde wieder heiß. »Ich werde dir von Nathaniel erzählen.«

»Bitte.« Gabriele schaute mich erwartungsvoll an.

»Nathaniel besitzt – oder wird besitzen – einen Buchladen in New York City – das existiert natürlich noch nicht. Jenseits des Ozeans.«

»Worauf gründet deine Freundschaft mit diesem … Herrn?« Gabrieles Tonfall hatte sich verändert – er klang formeller.

»Herr? Ich vermute, er ist ein Herr. Er hat ausgezeichnete Manieren. Und er kümmert sich um mich – ich meine, hat sich gekümmert.«

»Gekümmert, sagst du?«

»Oh, nicht so, wie du denkst, er war nicht mein Freund oder so.«

»Freund?« Wir waren auf unterschiedlichen Planeten. Das würde nicht leicht werden.

»Hmm … Liebhaber? Meinst du das? Nein, er war einfach ein großer, liebevoller Freund.«

»Gut, wenn man solche Freunde hat.«

»Er ist ohnehin schwul, und im Grunde verheiratet.«

»Verstehe«, sagte Gabriele steif, aber es war klar, dass er nichts verstand.

»Schwul bedeutet … er liebt einen Mann namens Charles. Charles ist Arzt, aber er hat es meistens mit Toten zu tun.«

»Beatrice, ich möchte dich und deine Zeit nicht als krank beurteilen, aber dein engster Freund ist ein Sodomit und liebt einen Mann, der mit Toten zu tun hat?«

Das lief nicht gut. Ich spürte, wie meine Geduld nachließ, auf die Probe gestellt durch die Anforderungen einer Verpflanzung von einem Jahrhundert ins andere und einer Ehe, die sich plötzlich zuspitzte – wegen Nathaniel. Meinem Nathaniel, der mich ohne Erklärung verstand und mir nie wieder ein Buch empfehlen würde.

»Was bildest du dir ein, meine Freunde als widerwärtig abzustempeln? In deiner Welt hängen sie Verbrecher auf, während eine Menschenmenge dem Henker zujubelt.« Ich funkelte ihn wütend an.

»In deiner Zeit sterben Verbrecher nicht durch die Hand der Regierung?«

»Na ja, nein, manchmal. Nur nicht sichtbar.«

»Dann macht deine Regierung es heimlich, damit die Menschen nicht an ihrer kommunalen Justiz teilhaben können?«

»Es ist nicht so, wie es aus deinem Mund klingt.«

»Wie bringt ihr dann eure Verbrecher um?«

»Das ist ein noch weniger romantisches Thema als Nathaniel«, sagte ich und fing auf einmal an zu weinen.

»Beatrice, verzeih. Ich hätte dich nicht so drängen dürfen.« Gabriele zog ein Taschentuch aus seiner Tunika. »Darf ich dir die Tränen abwischen?« Ich beugte mich vor, und er streckte auf seinem Sitz die Hand aus, um meine Wange zu berühren. Seine Hand an meinem Gesicht zu spüren war eine solche Erleichterung, die durch die uns trennenden Jahrhunderte drang, dass mir noch mehr Tränen kamen.

»Liebe Beatrice, gibt es ein unverfänglicheres Thema? Anscheinend bereisen wir die Kluft zwischen unseren Welten ziemlich riskant.«

»Erzähl mir von deiner Frau.«

»Auch das ist kein besonders unverfängliches Thema.«

»Diesmal höre ich zu, während du sprichst.«

»Du bist eine anspruchsvolle Frau, Beatrice.«

»Das wusstest du nicht? Dann werden dir in den nächsten Jahrzehnten noch üble Überraschungen bevorstehen.«

»Ich hoffe, jahrzehntelang überrascht zu werden, wie du sagst. Langeweile ist eine armselige Belohnung für Treue.«

Ich musste lächeln. »Ich möchte noch immer etwas über deine verstorbene Frau hören, wenn du bereit bist zu reden.«

Er seufzte. »Was willst du wissen?«

»Hast du sie geliebt?«

»Die Frage ist schwer zu beantworten.«

»Würdest du das deiner nächsten Frau über mich sagen, wenn ich sterbe?«

»Nein«, antwortete er schlicht.

»Was würdest du denn sagen?«

»Ich würde sagen, dass ich dich mehr liebte als die Malerei, mehr als die Luft zum Atmen, mehr als mein eigenes Leben. Ich würde sagen, dass die Leere, die durch dein Weggehen entstand, so unfassbar groß war, dass ich fürchtete, ich könnte in diesen bodenlosen Abgrund stürzen, aus dem ich nie wieder ans Licht finden würde.«

Es dauerte fast eine Minute, bevor ich meine Stimme wiederfand. »Ich hätte dich nicht zwingen sollen, diese Frage zu beantworten.«

»Es ist dein Vorrecht, meine Gedanken zu kennen, so wie ich deine. Aber vielleicht können wir den Lernprozess langsamer angehen?«

»Gute Idee.« Ich erhob mich von meinem Stuhl und stellte mich neben ihn, unsicher, warum ich aufgestanden war. Die Kerzen flackerten in der Zugluft aus dem offenen Fenster. Gabriele schaute zu mir hoch.

»Sagst du mir, was du jetzt denkst, Beatrice?«

Ich dachte über seine Frage nach. »Mein Verstand ist leer.«

»Ausgezeichnet«, erwiderte Gabriele und erhob sich ruckartig. Mit einer flinken Bewegung nahm er mein Gesicht zwischen seine Hände und küsste mich auf den Mund. Seine Lippen waren warm und sehr weich. Eine Hand streichelte meinen Nacken, die andere glitt an meinem Rücken hinunter.

»Gabriele, ich muss dir etwas sagen.«

Er schaute mich nachsichtig an. »Ich vermute, das wird nicht dein letztes Thema heute Abend sein.«

»Ich bin keine Jungfrau. Ich hoffe, du bist nicht davon ausgegangen, eine zu heiraten.« Ich stellte mir vor, wie er wortlos den Raum verließ.

»Ich bin auch keine«, sagte er nur.

»Das weiß ich, klar. Aber … es macht dir nichts aus, dass ich … befleckt bin, oder so?«

Er lächelte. »Wieso? Ich hoffe von deiner Erfahrung zu profitieren.«

Die Andeutungen in seiner Antwort trieben mir die Röte ins Gesicht. »Du hältst mich nur deswegen für amüsant, weil ich aus einem anderen Jahrhundert stamme.«

»Du hast mich verwöhnt, Beatrice. Keine Frau aus meiner Zeit könnte dir jemals das Wasser reichen.«

»Aber ein anderes Transplantat aus der Neuzeit könnte es?«

»Es wird nie eine Frau aus welchem Jahrhundert auch immer geben, die mich mehr anrührt als du.«

»Du hast noch niemanden sonst aus meinem Jahrhundert kennengelernt.«

»Das ist auch nicht nötig«, erwiderte er. »Und jetzt hoffe ich, dass ich dich ausreichend von meiner Zuneigung überzeugt habe, um mir einen weiteren Kuss zu gestatten.«

Ich stellte meine Einwände ein. Kurz darauf lösten wir uns voneinander, atemlos.

»Beatrice, bitte dreh dich um.«

»Weshalb?«

»Wenn ich versuche, dein Kleid zu entfernen, ohne es aufzuschnüren, werde ich es wahrscheinlich in Fetzen reißen. Hast du noch weitere Fragen?«

»Später vielleicht«, sagte ich über die Schulter und hörte ihn glucksen.

Der Zeitaufwand und die Mühe, die erforderlich sind, um eine mittelalterliche Braut zu entkleiden, könnte bei jedem die Vorfreude ins Unermessliche steigern. Bis Gabriele mich vom Unterhemd befreit hatte, zitterten nicht nur meine Hände. Hinter mir holte Gabriele tief Luft.

Ich wollte mich schon umdrehen, doch er hielt mich auf.

»Warte.« Sein Atem drang warm in mein Ohr. »Es ist ein Luxus, dich so zu betrachten.« Seine Finger folgten seinen Worten, und meine Haut wärmte sich darunter auf. »Der sanfte Bogen deines Halses, die Krümmung in deinem Rücken, genau hier.« Er berührte mich kurz im Kreuz, und ich schauderte. »Ich muss zugeben, Beatrice, in diesem Augenblick denke ich nicht daran, dich zu malen. Ganz und gar nicht.«

Ich hielt die Luft an und spürte seinen Blick.

Endlich drehte er mich sanft zu sich um. »Beatrice, du zitterst wieder. Soll ich das Fenster schließen?«

Ich begehrte ihn so sehr, dass meine Beine schwach wurden. »Gabriele, hast du noch nie eine hungrige Frau mit ins Bett genommen?« Die Antwort stand ihm ins Gesicht geschrieben.

»Nein. Wir beide sind Jungfrauen auf unsere Art, Beatrice – du, was Ehe betrifft, und ich … im Hinblick auf erwidertes Verlangen.«

Einen Moment lang war ich für uns beide verlegen, doch dann siegte mein Körper über meinen Verstand. »Nun, wenn ich dich entjungfere, musst du dich auch entkleiden. Sonst ist es ungerecht.«

»Wir müssen unter allen Umständen Gerechtigkeit walten

lassen«, erwiderte Gabriele heiser, als ich nach seinem Gürtel griff.

Wir standen voreinander, umgeben von unseren Kleiderstapeln. Ich war auf den Anblick seines Körpers nicht vorbereitet. Fast jeder Zoll seiner Haut war in den Monaten, seitdem ich ihn kannte, vom Hals bis zu den Fußgelenken unter Stoff verborgen gewesen. Aber ungeachtet des reinen Schocks über den Anblick seiner schönen, atemberaubenden Nacktheit hatte ich die Verbindung von Gefühl und Verlangen noch nie so gespürt wie in diesem Augenblick.

»Komm zu mir, Beatrice«, sagte Gabriele. Ich trat einen Schritt vor, schmiegte mich an ihn – Brust, Bauch, Schenkel – und barg mein Gesicht an seinem warmen Hals. Sein Puls schlug rasch unter meinen Lippen, der unwiderlegbare Beweis, dass dieser Mann, mehr als sechshundert Jahre vor mir geboren, in meinen Armen lebendig war. Mir schwirrte der Kopf, die Welt kippte. Und es war mehr als Verlangen, das mir den Blick trübte und meinen Kopf mit Klang erfüllte – mein zusätzlicher Sinn schaltete sich ein, als die körperlichen Schranken zwischen uns endlich fielen. Doch im Gegensatz zu allen anderen, deren Verstand ich bereist hatte, war Gabriele sich meines Eindringens bewusst, und im Gegensatz zu den anderen konnte er sich widersetzen.

»Darf ich?«, fragte ich in der Hoffnung, dass er wusste, was ich meinte.

»Du darfst«, erwiderte er und schaute zu mir herab. »Aber sieh dich vor, denn ich werde reagieren, auf meine Weise.«

»Was soll das heißen?«

»Beatrice, du musst es wissen.«

»Ich möchte, dass du es laut aussprichst.«

Er hielt meine Arme fest. »Ich habe fast unerträglich lange darauf gewartet, dich in Besitz zu nehmen. Mag sein, dass ich nicht sanft sein kann.«

»Ich möchte nicht, dass du sanft bist.«

Er kniff die Augen zusammen. »Ich bin viel stärker als du.«

»Beweise es, Gabriele.«

Und dann ließ er mich in seinen Kopf. In dem schockierenden Moment erfuhr ich, wie es sich anfühlt, ein Mann zu sein – dieser Mann –, mein netter, redegewandter, ritterlicher Gabriele, getrieben von einem übermäßigen Verlangen, das ihn für alles andere blind machte. Ich sah mich mit seinen Augen, sah, was er mit mir machen wollte, spürte die Leidenschaft hinter dieser Absicht. Es war anregend und gefährlich.

»Willst du *das* von mir, Beatrice? Bist du sicher?«

Ich sprach meine Antwort nicht laut aus. Wir taumelten über den Steinboden an den Rand des riesigen Himmelbetts, das uns mit lautem Quietschen und intensivem Wollgeruch in Empfang nahm.

Als Gabriele sich zwischen meine Beine schob, erfuhr ich, wie stark er wirklich war, und er bewies es ohne Zurückhaltung. Ich hatte ihm freie Bahn gegeben, und er nahm mich beim Wort. Danach verschwamm für lange Zeit die Grenze zwischen meinem Verstand und meinem Körper.

Gabriele weckte mich ein paar Stunden später, seine Finger streichelten mein Bein unter den aufgehäuften Decken. Die Kerzen waren heruntergebrannt, und ein schwaches silbriges Mondlicht fiel durch die offenen Fensterläden. Im ersten Moment wusste ich nicht, wo ich war. Dann wurde mir schlagartig die Realität meiner zeitlichen und räumlichen Versetzung bewusst, die Jahrhunderte, die mich von meiner Zeit trennten. Ich packte Gabriele an der Schulter, und er legte seine Hand auf meine.

»Beatrice, habe ich dir Angst eingejagt?«

»Nein, natürlich nicht. Aber wärst du nicht verängstigt, wenn du mitten in der Nacht in einem fremden Bett aufwachtest, über sechshundert Jahre von allem dir Bekannten entfernt?«

»Bereust du deine Entscheidung, Beatrice?«

»Nein.« Es war nicht Reue, es war die Wahrheit, die in der Dunkelheit offen dalag. Aber mein Herz schlug langsamer, während ich seiner Stimme lauschte. »Ich kann es kaum glauben, dass ich hier bin.«

»Auch ich bin aufgewacht in der Sorge, ich wäre wieder allein, nur mit einer Erinnerung, die mir Gesellschaft leistet.« Gabrieles Hand wärmte meine Finger, und ich entspannte mich in der Sicherheit dieses schlichten Körperkontakts. »Beatrice, darf ich es wagen anzunehmen, dass wir beide dieselbe Art von Bestätigung brauchen?«

»Welche Art von Bestätigung?« Er drückte seinen Mund auf meinen. »Oh, das war eine ausgezeichnete Bestätigung. Bitte, mach es noch einmal.« Gabriele fuhr fort, uns beiden ziemlich gründlich meine körperliche Realität zu bestätigen, bis wir nass geschwitzt waren, trotz des offenen Fensters.

»Ich wünschte fast, ich könnte für ein paar Stunden Mann sein«, sagte ich ihm danach, noch immer erregt durch das Gefühl, dieser rasenden Begierde bedingungslos nachzugeben.

»Sieht so aus, als könnte dir das gelingen, wenn du weiterhin so in meine Gedanken eindringst. Und wenn ich es dir weiterhin erlaube.«

»Das hoffe ich doch«, sagte ich ehrlich. »Es würde mir sonst fehlen.«

»Ich werde es zulassen – unter einer Bedingung«, erwiderte Gabriele mit veränderter Stimme.

»Welche?«

Er räusperte sich. »Diesmal, Beatrice, wirst du mir erzählen, während ich mit dir schlafe, wie es sich anfühlt, in deinem Körper zu sein. Ich habe nicht die Macht, die du besitzt, aber ich möchte wissen, wie es ist … genommen zu werden.«

»Ich muss dabei reden?«

»Ja, Beatrice. Und wenn ich eine Pause einlegen muss, damit du Luft holen kannst, werde ich es tun, bevor ich weitermache. Und du musst ehrlich sein, und ausführlich. Das ist doch nur gerecht, oder?«

»Es ist gerecht«, antwortete ich und schauderte bei der Aussicht.

»Dreh dich um und knie dich hin, Beatrice; dann kannst du besser reden.« Ich folgte seiner Anweisung und spürte seine Brust an meinem Rücken. »Und jetzt fang an zu sprechen«, forderte Gabriele mich auf, »und hör erst auf, wenn du nicht mehr fähig bist zu sprechen.« Und ich tat, worum er mich gebeten hatte, bis ich nicht mehr konnte.

Stundenlang schwankten wir zwischen Wachsein und Schlaf, während das Mondlicht schräg auf die Bettlaken fiel. Manchmal wachte ich zuerst auf und streckte die Hand nach ihm aus, manchmal suchte seine Hand nach mir, dann wiederum konnte ich nicht sagen, wer sich zuerst bewegte. Ich konnte nicht genug von ihm bekommen, und er war so beharrlich, wie ich begierig war. Wir schoben einander über die Linie der Vernunft hinaus, bis wir gänzlich aufhörten zu reden. Die Nacht roch nach ausgebrannten Kerzen, und irgendwo vernahm ich den Ruf einer einsamen Eule. Der Mond war untergegangen, als wir uns voneinander und von den Bettdecken lösten. Gabriele stützte sich auf einen Arm.

»Morgen kann ich nicht laufen«, sagte ich und schaute zu ihm hoch.

»Du kannst im Bett bleiben, Beatrice. Obwohl es ermüdender sein kann, im Bett zu bleiben, statt aufzustehen, wenn das so weitergeht.«

Ich lachte, aber seine Atmung war anders geworden, und als ich sein Gesicht berührte, war es nass. »Gabriele, warum weinst du?«

»Ich habe Angst, so wie du.«

»Wovor?« Er war sicher in seiner Zeit, im Gegensatz zu mir.

Er holte tief Luft, bevor er antwortete. »Ich befürchte, diese Leidenschaft, die ich für dich empfinde, wird neues Leben erzeugen.«

Ich hatte mehr als nur ein Mal daran gedacht, was es bedeuten könnte, im vierzehnten Jahrhundert ein Kind auszutragen, bar der beruhigenden Gegenwart neuzeitlicher Medizin. »Wir haben ein flammendes Inferno überlebt, ein einstürzendes Gerüst, einen Sturm auf hoher See, deinen Mordprozess, die Pest. Meinst du nicht, wir können ein Kind überleben?«

Gabrieles Schulter zuckte, und einen Moment lang fürchtete ich, dass er schluchzte. Stattdessen aber lachte er, ein heller, wohltuender Klang in der samtenen Dunkelheit. »Wenn du mich weiterhin so zum Lachen bringst, auch wenn ich in Tränen aufgelöst bin, dann sind wir für eine von Gott gesegnete Ehe bestimmt.«

»Amen«, sagte ich, und diesmal schliefen wir ein.

XIV

Der Beichtvater

Ich wurde wieder wach, ohne zu wissen, warum. Dann spürte ich es, das innere Brummen, das ich so gut kannte. Ich entwirrte die Laken, schlüpfte aus dem Bett und tastete im Dunkeln nach meinem Unterhemd. Das Brummen war jetzt lauter und wurde begleitet von einer aufblitzenden Vision – eine dunkle, mondlose Nacht, eine provisorische Leiter, der hervorstehende Rand einer Loggia. Gefahr, ich spürte sie. Aber woher?

In der schmalen Gasse setzte Baldi die Leiter zusammen. Sie entglitt ihm beinahe, schwankte in seinen Händen, als er sie seitwärts drehte, dann aufrecht hinstellte. Das obere Ende traf einen Keramiktopf, der auf dem Rand der Loggia stand und sich gefährlich zur Seite neigte, aber nicht herunterfiel. Schnaufend lehnte Baldi die Leiter an das Gebäude, klemmte sie fest und begann hinaufzusteigen.

Die erste Sprosse prüfte er mit einem Fuß – sie hielt. Beim Aufsteigen bog sich die Leiter unter seinem Gewicht. Sein Fuß erreichte die achte Sprosse, die neunte, die zehnte. Dann war der hervorstehende Rand der Loggia in Reichweite, er griff danach, seine Finger schabten über rauen Putz, bis er hoch genug war, um über die Mauer zu klettern. Als er die Türen öffnete, quietschten die Scharniere.

Im Raum war es dunkler als in der Gasse. Einerlei, er würde seine Beute finden – betäubt von verbrauchter Lust, nachdem er es mit seinem neuen Weib getrieben hatte. Baldi erkannte allmählich die Umrisse des Himmelbetts. Da war eine längere Gestalt, bedeckt mit einer gemusterten Decke, oder lagen da zwei? Er tastete nach dem Dolch an seiner Taille. Accorsis neue Braut hatte schwarzes Haar, aber auf der Decke war kaum etwas zu sehen.

Dann erblickte er einen zweiten Kopf, einen kleinen, neben dem großen. Bevor er das, was er dort sah, deuten konnte, schlug das Kind die Augen auf und stieß einen ohrenbetäubenden Schrei aus. Baldi sprang ans Bett, um eine Hand über den kreischenden Mund zu legen, doch dabei biss ihn diese Höllenbrut fest in den Finger.

Bei Gabriellas Schrei rannte ich los. Als ich in das Zimmer platzte, fiel Bianca in die Schreie ihrer Tochter ein. Es war dunkel, doch ich konnte erkennen, dass da ein Fremder war, ein großer Fremder, der nicht hierher gehörte. Ich sah um sich schlagende Hände – Gabriellas kleine, Biancas weiße, wilde, die zu Fäusten geballt auf den Eindringling eindroschen. Er fingerte an seiner Taille nach etwas, während er versuchte, Biancas Schläge abzuwehren. Eine Kombination aus gesundem Menschenverstand und meiner besonderen Fähigkeit sagte mir, dass es ein Dolch sein würde. Ich stürmte zum Bett und zielte auf den Arm des Angreifers, bevor er fand, was er suchte.

Der Mann war schwer und roch nach Schweiß. Er grunzte, als ich ihn schlug. Dann richtete er seine Gewalt gegen mich: Er warf mich auf den Rücken, hielt meine Arme mit einer Hand auf dem Bett fest und schob sein Knie zwischen meine Beine. Bianca bearbeitete seinen Rücken mit den Fäusten, doch er zuckte nicht einmal. Jetzt sah ich den Dolch, der aufblitzte, als der Mann ihn aus der Scheide an seinem Gürtel zog. Dann knackte es, als würde Metall auf Knochen treffen, und der gewaltige Körper des Eindringlings brach über mir zusammen, presste die Luft aus meiner Lunge und deckte mich mit schmutzigem Wollstoff zu.

»Das ist Giovanni Battista, der Mann, der behauptet hat, Schreiber im Ospedale zu sein«, verkündete Ysabella und schwenkte den blutigen Kerzenhalter, den sie benutzt hatte, um den Eindringling auf den Schädel zu schlagen. Wir alle starrten auf den gestrandeten Körper des unerwünschten Besuchers. Der Mann lag auf dem Boden, Blut trat aus seiner Kopfwunde. Bianca hatte sich an die Wand gedrückt und hielt die erschrockene Gabriella in ihren Armen, als Gabriele in den Raum stürmte.

»Wir werden noch mehr herausbekommen, wenn er wach wird«, sagte Gabriele finster, »bald. Macht die Wandleuchter an, damit wir sein Gesicht sehen.«

Ysabella nahm dazu ein glühendes Holzscheit aus dem Kamin, während Bianca verschwand und Gabriella in Sicherheit brachte.

Unser Angreifer begann zu stöhnen und sich zu strecken. Gabriele nahm den Dolch vom Bett, hockte sich neben Baldi und hielt ihm die Klinge an die Kehle.

»Damit wir uns verstehen«, sagte Gabriele, und wir warteten, bis Baldi die Augen aufschlug.

»Schweinehund«, sagte er.

»Kann sein, aber das ist in dieser Situation nicht von Belang«, erwiderte Gabriele. »Sag uns deinen richtigen Namen. Wir wissen, dass du nicht der Schreiber vom Ospedale bist, als den du dich ausgegeben hast.«

»Ich war der Schreiber, bis diese Hure mir meine Stelle weggenommen hat.«

Das war also der Guido Baldi, den ich ersetzt hatte, von dem Fra Bosi mir an meinem ersten Arbeitstag erzählt hatte.

»Der Versuch, deine Nachfolgerin umzubringen, ist eine

ziemlich extreme Reaktion auf den Verlust deiner Arbeit«, sagte ich, noch immer zitternd von dem durch den Angriff ausgelösten Adrenalinstoß.

»Ich wurde beauftragt«, sagte Baldi und wich vor der Dolchspitze zurück.

»Von wem? Das würde ich zu gern wissen«, sagte Gabriele ruhig.

Baldis Blick richtete sich auf Gabriele, dann auf mich. »Was wäre Euch die Auskunft wert?«

»Dein Überleben könnte dir vielleicht etwas wert sein«, antwortete Gabriele ungerührt.

Baldi knurrte. »Ich werde es Euch sagen, wenn Ihr mich nicht ausliefert.«

Im Kerzenlicht schimmerte die Schweißschicht auf Baldis Gesicht, und ich sah seine kleinen, tief liegenden Augen. Gabriele und ich tauschten Blicke. Die Information könnte es wert sein.

»Du solltest im Gefängnis sein, Baldi«, sagte Gabriele.

»Eigentlich wollt Ihr meinen Meister, Accorsi. Ich bin jetzt mit ihm fertig.«

»Na schön. Sag mir, wer dich gedungen hat, und ich werde dich nicht ausliefern«, sagte Gabriele. »Aber wenn du lügst, oder wenn Probleme auftauchen, die man dir zuschreiben könnte, werde ich es als meine Aufgabe ansehen, dich festnehmen zu lassen. Oder Schlimmeres.«

Wir warteten auf Baldis Antwort.

»Iacopo de'Medici aus Florenz.«

*

Immacolata bewegte sich in ihren Räumlichkeiten mit einem neuen Freiheitsgefühl, jetzt, da die Männer ihres Haushalts fort waren. Der Schock über Giovannis Tod hatte nachgelassen und einer verstörenden Zufriedenheit Platz gemacht. Als sie sich auf ihrem großen Ehebett ausstreckte, machte sie sich keine Sorgen mehr, dass sie aus Versehen einen behaarten Arm oder ein Bein ihres Mannes streifen könnte. Früher, wenn sie ihn nachts geweckt hatte, folgte, wenn sie Glück hatte, ein Tag mit Beschimpfungen, und wenn sie Pech hatte, wurde sie geschlagen; jetzt war niemand da, den sie wecken konnte.

Aber Iacopos Abwesenheit nagte an ihr. Eine Woche nachdem ihr Sohn zuletzt nach Siena aufgebrochen war, wachte Immacolata mit wild pochendem Herzen aus einem Traum auf. Darin hatte Iacopo unbeweglich in einem flachen Boot ohne Ruder gesessen, ein Boot, das eher Wasser schöpfte, als hindurchzupflügen. Es steuerte unaufhaltsam auf den Horizont zu, und obwohl sie versuchte, ihn zurückzurufen, entfernte er sich aus ihrer Reichweite und schrumpfte zu einem winzigen Punkt.

Als Immacolata bei Tagesanbruch wach im Bett lag, rieb sie sich die Augen, um das Bild aus dem Albtraum zu vertreiben. Sie ging die Treppe hinab und wollte etwas Warmes trinken. Aus der düsteren Halle kam ihr der Hausknecht entgegen.

»Ein Brief für Euch, Signora«, sagte er und reichte ihr ein gefaltetes, mit Wachs versiegeltes Pergament.

Im Namen Gottes. Amen.
Cara Mamma,
Geschäfte haben mich hier länger als geplant aufgehalten, und ich weiß nicht, wann ich zurückkehre. Rechnet nicht mit einer Nachricht von mir.
Euer Iacopo

Immacolata umschloss den Brief, als wäre es Iacopos Hand, nicht seine Worte. Die Botschaft, bar jeglicher Details, verunsicherte sie. Sie stellte den Kelch mit Hypocras, aus dem sie nicht getrunken hatte, auf den Küchentisch und ging langsam wieder die Treppe hinauf.

Sie fand den alten Brief, den sie in einer Schublade versteckt hatte, und faltete ihn auseinander, um ihn noch einmal zu lesen.

Ich habe getan, was Ihr verlangt habt. Der Maler Accorsi wurde von den Gesetzeshütern des Podestà ins Gefängnis gebracht und wird noch in dieser Woche vor Gericht gestellt. Damit wird ihm heimgezahlt, dass er als Zeuge beim Prozess gegen Euren Vater aufgetreten ist. Im Erfolgsfall wird Euer Familienname von jeglichem Makel befreit, und der Maler wird am Galgen enden. Ser Signoretti hat mir eine Audienz gewährt, gleich nachdem er den Brief gelesen hatte, den Ihr geschickt habt, und war damit einverstanden, in den Zeugenstand zu treten und in Eurem Sinne auszusagen. Nach dem Prozess werde ich Euch aufsuchen, um meinen Lohn abzuholen. Werdet Ihr in der gewohnten Unterkunft anzutreffen sein? Diesmal haben wir ihn.
Mit Gottes Hilfe wird dieser Brief Euch veranlassen, schnell nach Siena zu reiten und mein Gold mitzubringen.
Persönlich niedergeschrieben am letzten Tag des Dezember 1348
G.B., Siena

Die Initialen sagten ihr nichts. Aber diese Worte – *diesmal haben wir ihn* – ließen vermuten, dass es andere Gelegenheiten und fehlgeschlagene Versuche gegeben hatte. Welche Versuche waren fehlgeschlagen? Sie hoffte inständig, dass Iacopo es bei unrechtmäßiger Denunziation belassen hatte, belassen würde. Das Verbrechen war abscheulich genug. Aber wenn er nun eine schlimmere Übeltat im Sinn hatte? Wenn er Mord plante, die endgültige Rache?

Was nützen die Geheimpläne von Männern, wenn sie nur Tod und Verderben bringen? Ich lasse nicht zu, dass mein Sohn seinem Vater mit Blut an den Händen zum Galgen folgt. Die Wörter hallten in ihrem Kopf wider wie ein Gebet zur Komplet.

Immacolata traf Ende Februar mit einer Kutsche in Siena ein. Zunächst ging sie zu dem Gasthaus, in dem sie Iacopo in den schrecklichen Tagen nach Giovannis Tod aufgesucht hatte. Messer Semenzato persönlich öffnete auf ihr Klopfen hin die Tür.

»Habt Ihr hier einen Gast namens Iacopo?« Bevor sie seinen Nachnamen aussprach, ein Name, der hier in Siena womöglich keinen guten Klang hatte, verstummte sie und wartete auf die Antwort des Wirts.

»Wir sehen nicht oft Frauen, die nach einem Mann ohne Familiennamen suchen«, sagte er und kniff die Augen zusammen. Die Glocken im Torre läuteten zur Vesper. Immacolata hatte so spät nicht ankommen wollen; eine gefährliche Zeit für Fremde in einer Stadt.

»Er reist unter verschiedenen Namen«, sagte Immacolata, wobei die Antwort ihr leicht über die Lippen kam. Womöglich war es nicht einmal eine Lüge. »Und er kommt häufig aus Florenz zu Geschäften hierher.«

»Kann sein, dass er schon einmal hier war, aber jetzt sind meine Zimmer voll belegt mit Händlern aus Poggibonsi.« Der Wirt nahm Immacolata genauer unter die Lupe. Sie hatte für die Reise ein sorgfältig hochgeschlossenes Kleid aus dunkelroter, grün eingefasster und mit einem Rankenmuster bestickter Wolle angezogen. Eine ältere Frau zu sein hatte seine Vorteile – kaum einer würde vermuten, sie könnte Probleme bereiten. Messer Semenzato öffnete die Tür noch weiter, als er die in ihrer Hand glitzernden Florine erblickte.

»Wie kommt Ihr darauf, dass er schon einmal hier gewesen sein könnte, Ser?«

»Ein Florentiner war ein paar Mal hier, nannte sich aber nie Iacopo. Er kam vor Kurzem, um sein übliches Zimmer zu mieten, aber ich hatte keinen Platz mehr.«

»War er dunkel und schlank?«

»Schon möglich«, antwortete der Wirt.

»Wisst Ihr, wohin er gegangen sein könnte, wenn er nicht hier ist?«

»Ich fürchte, nein«, erwiderte der Wirt, und es gelang ihr nicht, weitere Auskünfte aus ihm herauszubekommen, bis auf eine Empfehlung für eine Herberge, bei der sie ihre Pferde und sich selbst über Nacht einmieten könnte. Sie hoffte, der nächste Tag würde ihr mehr Glück bringen, denn einen alleinreisenden Mann mit einem Decknamen in einer Stadt dieser Größe zu finden wäre eine entmutigende Aufgabe.

Als Baldi nicht rechtzeitig zu ihrem vereinbarten Treffpunkt kam, wusste Iacopo, dass auch dieser letzte Plan schiefgegangen sein musste. Accorsi lebte noch, und er war von der Anklage wegen Mordes befreit. War Baldi tot oder festgenommen, und welche Geheimnisse würde er preisgeben, wenn man ihn unter Druck setzte? Iacopo kehrte auf sein Zimmer im neuen Gasthaus zurück, als das Tageslicht nachließ. Sein neuerliches Scheitern lag ihm wie ein Stein im Magen.

Iacopo starrte auf das abgescheuerte Holz des Schreibtischs und bildete sich ein, in den Kratzmustern Gestalten zu erkennen. Er musste sich einen neuen Plan ausdenken und diesmal allein handeln, und schnell. Seine Tage waren bestimmt gezählt, wenn die Bruderschaft es nun für angebracht hielte, sich seiner zu entledigen. *Ich habe tausend Männer mit der Mortalità als meine Waffe zu Fall gebracht – da werde ich doch noch einen weiteren eigenhändig umbringen können?* Aber als er nun auf diese Hände hinabschaute, diese glatten, unerprobten Hände des Sohns eines Edelmanns, kamen ihm Zweifel.

Iacopo wachte auf, als jemand laut an seine Tür klopfte. Das Licht, das schräg durch das einzige Fenster der *camera* fiel, sagte ihm, dass er verschlafen hatte. Das Klopfen wurde stärker, anschließend vernahm er eine vertraute Stimme.

»Iacopo, mach die Tür auf.« *Mamma*. Iacopo sprang aus dem Bett, schaute sich nach einem anderen Ausgang um oder einem Versteck. Da war nur die Tür, hinter der seine Mutter stand.

»Iacopo, ich gehe erst, wenn ich mit dir gesprochen habe.« Der Türgriff rappelte, aber das Schloss hielt stand. Iacopo schwieg und rührte sich nicht, damit kein Geräusch ihr seine Anwesenheit verriet. Der Lärm an der Tür hörte auf. Ob sie gegangen war? Er wartete eine Minute, zwei, atmete flach. Dann hörte er einen Schlüssel im Schloss knirschen, die Tür schwang auf, und seine Mutter kam herein.

Er starrte in ihr Gesicht, so vertraut und doch so unerwünscht. Er war über ihren Trost oder ihre Hilfe inzwischen hinaus, obwohl er sich nach dem Zuspruch sehnte, den sie ihm einst gespendet hätte. *Mein Herz ist ein Fremdling, gefeit gegen Vertrauen oder Wärme.*

»Wie habt Ihr den Schlüssel gefunden?« Seine Stimme klang harsch, wie die seines Vaters.

»Der Wirt hatte Mitleid mit mir, einer Mutter, die in der Fremde nach ihrem Sohn sucht.«

Ein Bild von Giovannis rot angelaufenem Gesicht in den Stunden nach dem Galgentod erschien vor Iacopos innerem Auge, und hinter seinem rechten Auge machte sich bohrender Schmerz bemerkbar. »Ich darf nicht gestört werden. Ihr wisst, dass ich wichtigen Geschäften nachgehe, mit denen mein Vater mich beauftragt hat.«

»Ich muss mit dir reden.« Sie schloss die Tür hinter sich. Um ihren Mund und in den Augenwinkeln waren Falten zu sehen. *Sie ist alt,* dachte er, *aber nicht zu alt, um sich einzumi-*

schen. »Ich weiß, du suchst den Mann, der gegen deinen Vater ausgesagt hat«, sagte sie.

Bei ihren Worten verließ ihn der Mut, doch er bemühte sich um eine feste Stimme.

»Das geht Euch nichts an.«

»Iacopo, ich fürchte um deine Sicherheit in dieser Stadt, die deinem Vater das Leben genommen hat. Komm mit mir zurück und lass uns eine Möglichkeit suchen, die Wunde, die der Verlust deines Vaters gerissen hat, ohne weitere Gewalt zu heilen.« Er konnte nicht zulassen, dass diese Unterhaltung fortgesetzt wurde, dieses schreckliche Flehen.

Früher hätte Immacolata die Hand nach ihrem Sohn ausgestreckt, um ihn zu berühren, nun aber behielt sie die Hände bei sich. »Wenn du nicht mit mir sprechen willst, dann suche dir wenigstens einen Beichtvater, der deine Sünden anhört. Ich werde darum beten, dass deine Seele befreit wird von allem, was sie belastet.«

Befreiung von allem, was meine Seele belastet. Kann ich auch nur darauf hoffen? Er stellte sich vor, wie die Worte aus ihm herausströmten und ein Priester ihm die Absolution erteilte.

»Ich werde Euren Ratschlag überdenken«, sagte Iacopo abschließend. »Aber geht jetzt, denn ich muss mich um die Geschäfte meines Vaters kümmern.«

Immacolata schaute ihrem Sohn prüfend ins Gesicht, als könnte sie dort etwas finden. Dann ging sie, ohne ein weiteres Wort zu verlieren, und zog die Tür hinter sich zu.

Nachdem sie fort war, kam eine ungewollte Erinnerung aus seiner Kindheit in Iacopo hoch, so real, als hockte er noch immer unbemerkt an der Schlafzimmerwand seiner Mutter. Er sah mit an, wie seine Mutter beide Arme schützend erhoben hatte, sah sie zusammenzucken und hörte sie um Gnade flehen, während die Schläge seines Vaters unablässig auf ihren Kopf und ihre Gliedmaßen herabprasselten. Iacopo hätte ihr am liebsten geholfen, kroch stattdessen aber fort aus Angst, selbst Zielscheibe dieses furchtbaren Zorns zu werden. *Will ich der Sohn dieses Vaters sein?* Ob er es wollte oder nicht, spielte keine Rolle, denn anscheinend hatte er keine andere Wahl.

*

Wir verhörten Baldi, bis die Sonne aufging, aber er wusste nicht viel oder gab es nicht preis. Baldi wusste nicht, wo Iacopo (er nannte ihn den Medici-Jungen) untergekommen war – bisher war er bei Semenzato gewesen, aber jetzt nicht mehr. Baldi erwartete einen Brief mit ihrem nächsten Treffpunkt, nachdem die Tat vollendet war. Grimmig stellte ich mir vor, was Baldis Erfolg bedeutet hätte. Ja, er habe den Brief aufgesetzt, in dem Gabriele denunziert wurde, und den Unfall auf dem Gerüst in die Wege geleitet. Mehr bekamen wir aus ihm nicht heraus. Schäbig grinsend, erinnerte er uns an unser Versprechen, und wir setzten ihn vor die Tür. Jetzt wussten wir, was Iacopo geplant hatte, aber nicht, wo er zu finden war.

Ysabella ging hinauf ins Bett, und Bianca legte Gabriella in die Wiege; nach dem nächtlichen Aufruhr war das Kind in unserem Bett eingeschlafen, einen Arm über den Kopf gelegt und sein langes Nachtkleid um die Beine geschlungen.

Gabriele und ich setzten uns an den Küchentisch. Uns kam es so vor, als wäre seit unserer Hochzeit ein Jahr vergangen.

»Unser Eheleben ist nicht so friedlich, wie ich es mir vorgestellt hatte«, sagte Gabriele. Er lächelte, dieses reizende Lächeln, das er nur mir schenkte, und nahm meine Hände zwischen seine.

»Frieden ist wohl eher unwahrscheinlich, wenn wir beide einbezogen sind«, entgegnete ich sarkastisch. »Von Baldi wird vermutlich keine Gefahr mehr ausgehen, aber sein Auftraggeber ist irgendwo da draußen.«

»Wir könnten in den Gasthäusern der Stadt nach ihm suchen«, sagte Gabriele. Ich nickte, aber nun fiel mir ein, was ich auf meiner Hin- und Rückreise zwischen zwei Jahrhunderten gelernt hatte. »Ich glaube, dieser Angriff auf dich ist nur ein Bruchstück eines größeren Plans.« Gabriele hob fragend eine Augenbraue. »Nichts für ungut; dein Leben ist natürlich kein Bruchstück.«

»Das Leben eines Mannes ist das winzige Flackern einer Kerze im strahlenden Licht der göttlichen Präsenz«, erwiderte Gabriele ernst.

Ich schenkte meinem mittelalterlichen Gemahl ein Lächeln. »Stimmt, aber das habe ich nicht gemeint. Ich hätte dir das alles vorher erzählen sollen, aber hier war irgendwie viel los.« Ich hatte ihn nur zwei Mal sprechen können, seitdem ich in dieses Jahrhundert zurückgekehrt war, unsere Hochzeitsnacht war die zweite Gelegenheit. Aber jetzt hatten wir Zeit, und ich fing an. Dabei fiel mir unsere Nacht auf dem Schiff ein: die Flut von Wörtern, die Erleichterung, meine Gedanken zu sammeln und sie einem mitfühlenden, nachdenklichen Zuhörer einzugeben. Gabriele hörte zu, den Kopf wie ein Falke zur Seite geneigt, ganz aufmerksam.

Als ich auf die Verbindung Signoretti-Medici zu sprechen kam, richtete Gabriele sich plötzlich kerzengerade auf und atmete tief durch. »Jetzt verstehe ich«, sagte er mit angespannter Stimme. Er ließ meine Hände los und lehnte sich zurück.

»Was verstehst du?«

»Was mir vorher schon hätte klar sein sollen. Ich muss es vor vielen Monaten gesehen haben, woraufhin ich die Gesichter der beiden Männer in meinen Skizzen zusammenbrachte … aber ich habe den Sinn dessen, was ich gesehen habe, nicht erkannt, bis jetzt.« Ein kalter Schauer lief mir über den Rücken, als Gabriele mir die Zeichnungen beschrieb, die ich in meiner neuzeitlichen Küche in Siena entdeckt hatte. Er fuhr fort und merkte nicht, welche Wirkung seine Worte auf mich hatten. »Manchmal ist die Wahrheit unsichtbar, weil sie so weit von allem Vorstellbaren entfernt ist. An dem Abend, als Cristoforo ermordet wurde, habe ich länger gearbeitet, um noch einen Abschnitt des Freskos in der Kapelle von Ser Signoretti fertigzustellen. Als ich ging, beobachtete ich zwei Männer, die aus Signorettis Haus traten, später, als ehrenhafte Gäste noch unterwegs sein sollten. Und wie du ja weißt, habe ich an dem Abend das Verbrechen mit eigenen Augen gesehen, das die Kräfte des Bösen nicht nur gegen mich, sondern gegen uns beide und unsere Familie in Bewegung setzte.« Gabriele hielt inne. »Aber jetzt, da du mir erzählt hast, was du weißt, glaube ich, dass es die Florentiner waren, die an dem Abend aus Signorettis Haus kamen, dieselben, die kurz darauf Cristoforo Buonaventura bedroht und getötet haben.«

»Giovanni und Iacopo haben also an dem Abend Signoretti besucht?«

Gabriele nickte. »Das glaube ich. Ich kann mir jedoch nicht vorstellen, wie wir uns Sicherheit verschaffen sollen.«

Ich stand auf, das Herz schlug mir bis zum Hals. »Aber ich. Wir können selbst zu Signoretti gehen. Auf der Stelle.«

»Suche dir wenigstens einen Beichtvater, der deine Sünden anhört. Ich werde darum beten, dass deine Seele befreit wird von allem, was sie belastet …«

Einen Beichtvater. Ja, er würde einen Priester aufsuchen, und mit der damit verbundenen Erleichterung würde er sich für seine nächste und letzte Aufgabe stählen. Iacopo zog seinen Umhang über, setzte seinen Hut auf und folgte den gewundenen Straßen, die ihn zum Duomo führen würden.

Der hoch aufragende Dom überraschte ihn immer wieder. Die schmale Straße öffnete sich plötzlich auf den Platz, auf dem sich Sienas Duomo und Ospedale wie für ein Duell gegenüberstanden, zwei Kräfte, die sich auf einem erstaunlich kleinen Raum begegneten. Der Maßstab erschien ihm noch verzerrter als sonst, die Gebäude zeichneten sich scharf vor dem unangenehm hellen Himmel ab. Er ging die lange Treppe hinauf und betrat das dämmrige Innere der Kathedrale.

Der Beichtstuhl befand sich in einer kleinen Seitenkapelle. Er glitt auf den kleinen Holzsitz und neigte den Kopf zum Metallgitter.

»Vergib mir Vater, denn ich habe gesündigt ...« Er vernahm das Knacken eines Holzsitzes auf der anderen Seite der Trennwand, als der Priester sich bewegte, um die Beichte in Empfang zu nehmen.

»Sprich, mein Sohn, denn Gottes Ohr ist offen für deine Gebete.« Die Vertrautheit dieser Worte verblüffte ihn. Nur Gottes Ohr war jetzt da, um zu hören, was er zu sagen hatte. Und im Rausch plötzlicher Freiheit – Anonymität und die Aussicht auf Absolution – begann Iacopo zu sprechen; langsam zunächst, dann immer schneller erzählte er die Geschichte von ihrem schrecklichen Anfang an. Er berichtete über die letzten Bitten seines Vaters, die Hinrichtung, die Verzweiflung. Es folgten die Anwerbung Baldis, das Gerüst, der inszenierte Überfall, der gefälschte Beweis und der neue Prozess, der Anschlag auf Accorsi in seiner Hochzeitsnacht. Seine Stimme überschlug sich förmlich, die Last hob sich von seiner Seele, während er seine Sünden an Gott abgab. Doch als er über das Treffen mit den Becchini erzählte, die finsteren Absichten der Bruderschaft und den Erfolg, hörte er, wie der unsichtbare Priester nach Luft schnappte. Iacopo hielt inne und spürte, wie sein Gesicht rot anlief. Hatte er zu viel gesagt? Aber es war nur ein Atemzug, mehr nicht. Iacopo merkte, dass er den Kopf gegen das Gitter gedrückt hatte, und als er eine Hand an die Stirn hob, konnte er den Abdruck des Gitters darauf ertasten.

»Bete jetzt mit mir«, sagte der Priester, »und mit mir flehe

Gott um Vergebung an.« Iacopo passte seine Worte der körperlosen Stimme an. »Als Buße sollst du an jedem Tage deines Lebens für diese verstorbenen Seelen beten, so wie wir heute. Jetzt geh mit Gott und sündige nicht mehr.« Bei den letzten Worten des Priesters hob Iacopo den Kopf. »Ego te absolvo«, stimmte der Priester schließlich an, und der Klang füllte Iacopos Ohren, der erste Balsam seit dem Tod seines Vaters. Er erhob sich steif, trat aus dem Beichtstuhl, ging zurück zu den großen Toren der Kathedrale und hinaus in die Wintersonne.

Bartolomeo saß reglos im Beichtstuhl, voll der Gräueltaten, die er gerade erfahren hatte. *Gott schenke mir Kraft, denn dein Beistand wird uns allen Trost spenden, denen, die dir wahrhaftig dienen.* Aber sein Gebet brachte ihm kaum Trost. Die Beichte des Fremden brannte in seinem Ohr. *Drei Mordversuche, ein falsches Zeugnis.* Das allein wäre schon zu viel gewesen, doch dann kam das Schlimmste: die Entsendung einer Armee pestverseuchter Krimineller, die durch Siena streifen und den Untergang der Stadt sicherstellen sollten. Keine Buße könnte eine solche Sünde je wiedergutmachen. *Die Unantastbarkeit des Beichtenden ist absolut …* Pater Lupini hatte es unzählige Male gesagt. *Aber so etwas?* An dem Tag kamen keine anderen Sünder mehr, um zu beichten, aber Bartolomeo blieb, gelähmt von den Sünden, die er in Gottes heiligem Namen vernommen hatte, in der kleinen Kabine hinter dem schweren Vorhang sitzen, bis die Glocken zur Vesper läuteten.

*

Immacolata reiste nicht zurück nach Florenz. *Du magst zwar der Erbe deines Vaters sein, Iacopo, doch du bist nicht mein Herr und Meister, nicht in diesem Fall.* Iacopo hatte wie eine Marionette gewirkt, zum Leben erweckt durch die unsichtbare Hand seines Vaters. Er war durch die Kräfte verdorben worden, die seinen Vater zu Gewaltakten antrieben und dann in sein Grab stießen. Immacolata befürchtete, dass diese Kräfte nun Iacopo demselben Schicksal entgegentreiben würden: Mord und Tod. *Gott, bitte höre dieses Gebet einer Mutter an und bewahre meinen Sohn vor der Verdammnis.* Aber sie würde über diese mütterliche Bitte um göttliche Intervention hinausgehen – sie musste dem Plan ihres Sohnes auf dieser sterblichen Erde entgegentreten.

*

Als wir zum Palazzo Signoretti kamen, ragten die riesigen Holztüren oben an der Treppe über uns auf, ein unheimliches Symbol für die Schwelle, die wir überschreiten wollten. Ich schaute Gabriele an. »Sind wir verrückt?«

»Mut muss von Verrücktheit angefeuert werden, anderenfalls sollten wir uns alle lieber in unseren Betten verkriechen.«

Wir gingen die Treppe hinauf und klopften. Der Hausknecht, der sie öffnete, kannte uns beide – mich von meinem Besuch mit Cane und Gabriele von seiner Zeit, die er in Signorettis Kapelle verbracht hatte, um zu malen –, was uns über die erste Hürde hinweghalf. Er geleitete uns in einen Audienzsaal, in dem wir stehend darauf warteten, dass Signoretti sich zu uns herabließ. Es dauerte unangenehm lange; als ich dann Signorettis schwere, maßvolle Schritte auf den Stufen vernahm, brach mir der Schweiß aus.

»Welchem Umstand verdanke ich die Freude über diesen unerwarteten Besuch?« Ich sah Signoretti aus größerer Nähe als beim Prozess, und bemerkte die Zeichen des Alters in seinem Gesicht. Nur anderthalb Jahre waren vergangen, doch er hatte tiefere Falten, sein dichtes Haar war ergraut. Die Mortalità hinterließ ihre Spuren an denen, die das Glück hatten, zu überleben.

»Verzeiht, wenn wir Euch zu dieser Stunde stören, aber Ser Accorsi und ich haben eine sehr wichtige Angelegenheit zu besprechen.« Signorettis Blick huschte unstet von meinem Gesicht zu Gabrieles, dann wieder zurück. »Ich bin glücklich, diese edle Dame meine Frau nennen zu dürfen«, sagte Gabriele.

Signoretti zog eine Augenbraue hoch. »Nun, ich bin sicher, dass Ihr mich nicht aufgesucht habt, um mir Eure Vermählung bekannt zu geben. Nehmt doch Platz.«

Hinter seinem mächtigen Schreibtisch sah Signoretti aus, als befände er sich in einer Festung, während Gabriele und ich ungeschützt auf Hockern außerhalb der Festungsmauern kauerten. Gabriele ergriff als Erster das Wort.

»Zunächst möchte ich betonen, dass ich Euch Euer ehrliches Zeugnis bei meinem Prozess neidlos zugestehe, Ser Signoretti. Ich bin jetzt ein freier Mann und habe das Recht auf meiner Seite. Den Prozess können wir hinter uns lassen.« *Mutiger Schritt*, dachte ich, aber er schien seine Wirkung auf den riesigen Gorilla im Raum nicht verfehlt zu haben.

Signoretti nickte kurz. »Ich bin froh, dass der Gerechtigkeit genüge getan wurde. Ist das der Grund für Euren Besuch? Wenn ja, einen schönen Tag noch, und genießt Eure wohlverdiente Freiheit.«

Noch nicht, Signoretti, wir haben noch mehr für dich. »Vielen Dank für Eure guten Wünsche; ich bin froh, dass keine Missgunst zwischen uns bestehen bleibt. Aber es gibt noch einen Grund, warum wir gekommen sind. Wir suchen einen Herrn aus Florenz, einen Ser Iacopo de'Medici. Vielleicht wisst Ihr infolge Eurer weitreichenden geschäftlichen Interessen, wo er sich aufhält?«

Ein langes, unheilvolles Schweigen trat ein. Mir wurde unterdessen klar, wie lächerlich es war, dass Gabriele und ich, machtlos und vollkommen bedeutungslos, davon ausgingen, dieser Edelmann würde sich unserer Sorgen annehmen. Tatsächlich riskierten wir wahrscheinlich unser Leben – er könnte uns leicht auslöschen, weil wir ihm Unannehmlichkeiten bereitet hatten. Er griff nach der Glocke auf seinem Schreibtisch, um seinen Diener zu rufen; jetzt wurden wir entweder entlassen oder Schlimmeres. Fieberhaft suchte ich nach einer Strategie der Absicherung, im Idealfall eine, die uns beide unversehrt aus diesem Palazzo befördern würde. Meine geniale Idee kam gerade rechtzeitig.

»Ihr kennt doch bestimmt Suor Umiltà?« Signoretti ließ von der Glocke ab.

»Ja, ich kenne die barmherzige Schwester tatsächlich gut«, sagte er vorsichtig.

»Auch sie ist auf der Suche nach Iacopo de'Medici. Sie hat uns sogar hierhergeschickt, um Euch um Hilfe zu bitten. Und sie hat nur Euer Bestes im Sinn … Eures wie unseres.«

Es sah so aus, als würde die Lüge funktionieren, denn Signorettis Glockenhand blieb auf seinem Schoß liegen. »Suor Umiltà ist in die Angelegenheit einbezogen?«

»Ziemlich.« Ich verschränkte die Arme vor der Brust und wartete, dass meine Worte in sein Bewusstsein vordrangen.

Nach einem weiteren, quälend langen Schweigen sprach Signoretti mit leiser Stimme. »Und wenn ich mit diesem Iacopo de'Medici geschäftlich zu tun hätte, warum solltet Ihr ihn zu dieser ungewöhnlichen Stunde suchen? Eine normale geschäftliche Angelegenheit könnte warten.«

Ich schaute Gabriele an, und er nickte fast unmerklich. »Ser de'Medici hat gestern Abend einen Mörder in unser Haus geschickt, dessen tödliches Vorhaben zum Glück vereitelt wurde. Aus dem Geständnis des Handlangers erfuhren wir von der Absicht seines Herrn. Ich möchte Euch keinesfalls mit diesem Verbrechen in Verbindung bringen, aber ich hoffe, dass Euch Informationen vorliegen, die uns zu ihm führen. Wir glauben, dass unser Leben davon abhängt.«

»Und darf ich fragen, was Euch zu der Hoffnung verleitete, solche Information von mir zu bekommen? Außer meinen ›weitreichenden geschäftlichen Interessen‹, natürlich.« Er war auf der Hut, während er versuchte, möglichst viel aus uns herauszuholen.

»Vielleicht hattet Ihr geschäftlich mit diesem Mann zu tun, ohne seine kriminellen Absichten zu erahnen«, hob Gabriele an, »aber da ich Eure Kapelle erst spät verließ an jenem schicksalhaften Abend, für den Ihr als Zeuge auftratet, sah ich zwei Männer aus Eurem Palazzo kommen. Kurz darauf wurden diese beiden Männer, wie es scheint, von Cristoforo Buonaventura angehalten, was seinen Abgang von dieser Welt beschleunigte.« Gabriele schritt behutsam durch ein Minenfeld – er beschuldigte Signoretti nicht direkt, einen Meineid geleistet zu haben, einen Verbrecher zu beherbergen, vielleicht sogar mit ihm unter einer Decke zu stecken. »Für den Fall, dass Ihr vielleicht entscheiden wolltet, ob Ihr nach dem Tod seines Vaters weiterhin Geschäfte mit dem jungen Medici machen sollt, dann hoffe ich, dass diese Information Euch bei Eurer Entscheidung helfen wird. Und wenn Ihr uns als Gegenleistung über seinen Aufenthaltsort in Kenntnis setzen könntet, stünden wir in Eurer Schuld.«

Mein Herzschlag klang wie eine Trommel in meinen Ohren. »Falls ich«, sagte Signoretti nach einem weiteren langen, angespannten Schweigen, »in Zukunft also in der Lage sein sollte, Iacopo de'Medici zu begegnen, wäre es klug, weitere Verflechtungen zu meiden. Habe ich Euch da richtig verstanden?«

»Klug, in der Tat«, erwiderte Gabriele.

»Eure Auskünfte sind mir sehr willkommen. Aber ich habe keine Kenntnis darüber, wo der Mann sich aufhält. Ich wünsche Euch Gottes Segen bei Eurer Suche.« Mit diesen Worten verbeugte sich Signoretti, um das Ende unserer Besprechung zu signalisieren, und rief seinen Diener, uns hinauszugeleiten.

»Ein richtiges Geständnis hat er nicht abgelegt«, sagte ich. Draußen vor dem Palazzo Signoretti kam mir blitzartig die Erinnerung an meine unerfreulichen Begegnungen mit dem neuzeitlichen Signoretti, dem Nachfahren dieses Mannes. Jetzt war mir klar, warum der zukünftige Signoretti die Dokumente unterdrücken und sogar stehlen wollte, an denen Ben gearbeitet hatte. Mehr noch, als ein konkurrierender Wissenschaftler zu sein, der begierig war auf akademische Reputation, würde der neuzeitliche Signoretti es wahrscheinlich nicht gern sehen, wenn seine edle Familie in eine Verschwörung mit Florenz verwickelt gewesen wäre, um Sienas Regierung zu stürzen. Selbst wenn es sich um eine Verschwörung vor siebenhundert Jahren handelte.

»Er musste nicht gestehen«, antwortete Gabriele und brachte mich wieder in die mittelalterliche Gegenwart. »Aber vielleicht haben wir einen Aspekt des Medici-Plans durch unsere Bemühungen vereitelt.«

Ich hoffte, es stimmte. »Aber wir wissen noch immer nicht, wo Iacopo ist.«

Erleichtert durch die Beichte wappnete sich Iacopo für seinen nächsten Einsatz – einen Besuch im Palazzo Signoretti, um dieses Bündnis abzusichern. Seit dem fehlgeschlagenen Prozess hatte er den Mitverschwörer seines Vaters nicht mehr gesehen. Ser Signoretti empfing Iacopo in dem kleinen Zimmer, statt in dem großen, das seinen hochgeschätzten Gästen vorbehalten war: kein gutes Zeichen. Die Begegnung verlief nicht so, wie Iacopo es sich erhofft hatte.

»Ser Signoretti«, hob Iacopo an, »ich bin hier, um die Angelegenheit meines verstorbenen Vaters voranzutreiben und Euch meiner anhaltenden Unterstützung zu versichern.«

»Messer de'Medici«, erwiderte Ser Signoretti, allerdings mit hochgezogener Augenbraue, die zum Ausdruck brachte, dass »Messer« eine unverdiente Anrede war. »Der Prozess war eine Katastrophe. Wusstet Ihr denn nichts von der Zeugin, der Schreiberin aus dem Ospedale mit ihren Dokumenten?«

»Ser Signoretti, die Schreiberin war sicherlich eine Überraschung, aber …«

»Überraschungen sollte es nicht geben. Schon gar nicht, wenn ich vor Gericht in den Zeugenstand trete.«

»Ja, Messer, gewiss. Aber die Bruderschaft San Giovanni bleibt dem Bündnis treu ergeben, so wie andere der Gemeinschaft. Unsere Pläne für Siena, besonders Eure Rolle dabei, sollten durch den Ausgang des Prozesses nicht geändert werden.«

»Ich habe genug von Euren Plänen, Iacopo. Ihr seid zwar Giovanni de'Medicis Sohn, aber ich fürchte, dieses Erbe reicht nicht mehr.«

»Aber Ser, ich …«

»Ihr könnt gehen.« Bevor Iacopo sich eine Antwort überlegen konnte, erschien ein Diener aus den Schatten an der Wand der *sala* und packte seinen Arm mit festem Griff. Ehe er sich's versah, stand Iacopo unter dem Türsturz des Palazzo, die große Doppeltür hinter ihm fiel ins Schloss.

*

Gabriele und ich hatten nicht das Glück, Iacopo in den Gasthäusern zu finden – und wir versuchten es bei allen. Schon möglich, dass manche Wirte gelogen haben, viele waren verschlossen und stellten sich schützend vor ihre Stammkunden. Aber meine Bemühungen, mich in die Menschen hineinzuversetzen, entlarvten keine Lüge, die uns hätte weiterhelfen können.

»Ich kann mir nicht vorstellen, dass keins dieser Gasthäuser einen kleinen dunklen Florentiner bei sich aufgenommen hat«, sagte ich ungehalten – wir hatten eine wenig hilfreiche

Beschreibung von Baldi bekommen, um unsere Suche zu beschleunigen.

»Anscheinend werden wir es nur durch Fragen nicht herausbekommen«, sagte Gabriele.

»Wir können nicht einfach hier herumsitzen und warten, dass er einen anderen anheuert, der uns umbringt.«

Aber uns fiel nichts Besseres ein. Wir gingen nach Hause, als die Glocken zur Vesper läuteten.

Wir schliefen alle zusammen in Gabrieles und meinem Zimmer und hatten von innen eine schwere Truhe vor die Tür zur Loggia geschoben. Beim Einschlafen lauschte ich den Atemzügen meiner neuen Familie.

Am nächsten Morgen, als ich mich fertig machte, um zum Ospedale zu gehen, klopfte es an der Haustür. Bianca saß am Küchentisch und zeigte der kleinen Gabriella, wie man Steine aus einer Schüssel getrockneter Linsen fischt. Ysabella drehte sich stirnrunzelnd am Herd um.

Gabriele tauchte unten an der Treppe auf, die Haare vom Schlaf noch zerzaust. »Ich erwarte keine Besucher – du vielleicht?« Ich schüttelte den Kopf. Wer auch immer vor der Tür stand, klopfte erneut, und Gabriele wurde wachsam und misstrauisch. Er schaute durch das vergitterte Fenster der Haustür. »Wen sucht Ihr?«

»Bin ich hier richtig bei den Accorsis? Ich habe eine Botschaft für Ser Gabriele Accorsi von Ser Luciano Datini di Padova.«

»Ich kenne keinen Datini«, sagte Gabriele, die Hand an der Tür. Mir fiel auf, dass er nicht vorhatte, sie zu öffnen.

»Er ist ein angesehener Händler in Padua, der einen Künstler aus Siena beauftragen will. Ihr wurdet vom Rektor wärmstens empfohlen, Ser.« Nach kurzem Zögern entriegelte Gabriele die Tür und machte sie auf. Der Bote stand auf der Schwelle mit dem Brief in der Hand, und Gabriele griff danach.

»Verlangt Messer Datini eine sofortige Rückmeldung?«

»Er ist erpicht auf eine Antwort.«

Gabriele zögerte, bevor er den Boten ins Haus bat. Er brach das Siegel des Briefes. »Messer Datini hätte gern ein Tafelbild für seine Sammlung. Er sagt, er habe mich gesehen, als ich das Fresko am Ospedale gemalt habe, kurz vor seiner Fertigstellung, und kenne die Qualität meiner Arbeit.«

»Natürlich hat er dich ausgesucht«, sagte Ysabella, deren Anspannung einem Lächeln wich.

»Vielleicht, weil zahlreiche der besten Meister gestorben sind«, erwiderte Gabriele bescheiden. »Ich brauche auf jeden Fall Arbeit; seit Messina hatte ich keine mehr, und wir haben viele Mäuler zu stopfen.« Er schaute wieder auf den Boten, der noch immer auf der Türschwelle stand.

»Wann möchte Messer Datini mich sehen?«

»Er hofft, Ihr könnt ihn heute zur Nona treffen. Er weilt nur kurz in Siena.«

Gabriele las den Brief noch einmal sorgfältig durch. »Ihr könnt Messer Datini ausrichten, ich werde ihn zur verabredeten Zeit treffen.« Gabriele ließ den Boten zur Tür hinaus.

»Ich glaube, ich bin Datini begegnet, bevor ich nach Pisa aufgebrochen bin«, sagte ich. »Er bewunderte dein Fresko draußen am Ospedale.« Gute Nachrichten waren schön, aber mir gefiel der Zeitpunkt nicht. »Vertraust du ihm?«

»Hätte ich den Auftrag ablehnen sollen? Lange währendes Interesse an meiner Arbeit scheint doch ein angemessener Beweis seiner Absicht.« Ich zog die Stirn kraus; unter normalen Umständen wäre sein Argument sinnvoll gewesen, aber hier handelte es sich nicht um normale Umstände. »Beatrice – meine Kunst ist mein Lebensunterhalt und mein Leben. Wenn ich Aufträge ablehne, werde ich bald keine Arbeit mehr haben.«

»Ich könnte uns eine Zeit lang ernähren.« Ich war mir nicht sicher, ob ich gerade eine Idee vorgebracht hatte, die womöglich in unserem ersten öffentlichen Ehestreit mündete.

»Natürlich könntest du das«, sagte Gabriele ohne eine Spur Zorn, »aber vorerst haben wir dringlichere Probleme.« Er zeigte auf Gabriella, die einen Stuhl an den Ofen gezogen hatte und versuchte, in Ysabellas Suppentopf zu rühren. Bianca schnappte nach Luft und rettete sie – und die Suppe. Nachdem diese häusliche Krise beigelegt war, beschloss ich, zum Ospedale zu gehen, wo ich mit Umiltà beratschlagen konnte, wie Iacopo de'Medici zu finden sei. Gabriele begleitete mich nach draußen und hielt mich am Arm fest.

»Beatrice – pass auf, wohin du heute gehst.«

»Du auch. Vielleicht könntest du Tommaso bitten, mit dir zu kommen?«

Gabriele lächelte. »Er wäre sehr amüsiert, zu erfahren, dass ich Angst habe, mich allein mit einem potenziellen Kunden zu treffen.« Ich verstand das als höfliche Ablehnung meines Vorschlags. Gabriele küsste mich sanft auf die Wange und ließ meinen Arm los. Ich drehte mich um und machte mich auf den Weg zum Ospedale.

Nachdem ich Umiltàs Glückwünsche zu meiner Hochzeit entgegengenommen hatte, die sie mit einem bohrenden Blick vorbrachte, unter dem ich errötete, erzählte ich ihr die Geschichte in gekürzter Form – dass Baldi ins Haus eingebrochen sei und gestanden habe, im Auftrag von Giovanni de'Medicis Sohn zu handeln.

»Rache«, sagte Umiltà finster. »Ich werde die Ordnungshüter der *commune* rufen, damit sie Baldi suchen und ins Gefängnis werfen.«

Als ich ihr erklärte, dass wir Baldi die Freiheit als Gegenleistung für Informationen zugesagt hatten, befürchtete ich, Umiltà könnte vor unterdrücktem Zorn platzen. Es gelang mir, sie zu überreden, Baldi unbehelligt zu lassen, aber sie bestand darauf, eine Gruppe Wächter des Ospedale auszusenden, um die Stadt nach Iacopo abzusuchen. »Und da Ihr schon einmal hier seid«, fügte Umiltà hinzu, als wäre sie mitten in einem Satz gewesen, »könnt Ihr auch gleich eine schriftliche Anweisung an die Wächter aufsetzen, die den Mann beschreibt, den sie suchen, und sie bevollmächtigt, ihn im Namen des Ospedale festzunehmen.«

Die Vollmacht erforderte einige Versionen, bis sie Umiltàs Zustimmung fand, aber schließlich schwärmten die Wächter aus, und ich begab mich zur Piazza del Duomo. Seit meiner Rückkehr ins vierzehnte Jahrhundert war ich nicht mehr in der Kathedrale gewesen. Der Blick auf die gestreifte Fassade machte mich nervös, obwohl ich inzwischen wusste, dass ein Besuch mich wahrscheinlich nicht gegen meinen Willen durch die Zeiten schleudern würde. *Die Person ist das Portal, nicht der Ort.* Als mir die Wörter einfielen, erinnerte ich mich an den kleinen Priester mit der Kopfverletzung. Ob Pater Bartolomeo die Pest überlebt hatte? Ich ging die Marmortreppe hinauf und betrat das Kirchenschiff.

Eine Gruppe Priester hatte sich im Oratorium versammelt, um das Stundengebet anzustimmen, und mit Erleichterung stellte ich fest, dass Bartolomeo unter ihnen war. Ich setzte mich in eine Bank, bis der Gesang aufhörte, und Bartolomeo kam auf mich zu.

»Pater.« Er wandte sich mit besorgter Miene zu mir um. »Ich bin Beatrice Trovato, die Schreiberin des Ospedale. Ich freue mich, Euch lebend und gesund anzutreffen.« Da Bartolomeo sehr wahrscheinlich nichts von meiner Vermählung gehört hatte, musste ich mich noch nicht entscheiden, ob ich mich schon Accorsi nennen sollte. Ich wusste nicht, ob frisch vermählte mittelalterliche Frauen in der Position waren, ihren Mädchennamen zu behalten, vermutete jedoch, dass es nicht ratsam war.

Sein aufgescheuchter, verängstigter Ausdruck entspannte sich. »Der Herr sei mit Euch, Monna Trovato«, sagte er. Bartolomeo war dünner als beim letzten Mal, als ich ihn gesehen hatte, und seine Augen schienen größer als zuvor. Sein kurz geschnittenes Haar war flaumig wie Kükenfedern.

»Danke gleichfalls«, erwiderte ich automatisch. Bartolomeo war der durchlässigste Mensch, dem ich je begegnet war; seine Emotionen umgaben ihn wie ein schimmernder psychischer Heiligenschein. An diesem Tag spürte ich massives Unbehagen in seiner Gegenwart. Er sah nicht gut aus. Seine Haut war aschfahl, und er hatte dunkle Ringe unter den Augen. Er war unsicher auf den Beinen, und ich führte ihn zu einer Bank. Die anderen Priester waren verschwunden.

»Kann ich Euch irgendwie helfen?« Ich setzte mich neben ihn.

»Niemand außer Gott kann helfen.«

»Ich kenne mich ein wenig mit Heilkunst aus«, sagte ich. »Vielleicht kann ich Gottes Absicht ein wenig unterstützen?«

»Das Schweigen des Beichtstuhls gilt uneingeschränkt«, sagte er zusammenhanglos, wie ich dachte. »Uneingeschränkt«, wiederholte er, und dann war ich plötzlich in seinem Kopf. Ich vernahm eine Stimme – eine dünne, schwankende Stimme, die immer lauter und eindringlicher wurde. Mir war, als hörte ich mir die Aufzeichnung eines alten Radioprogramms an, verzerrt und rauschend. Die Wörter schlängelten sich mit ihrer Botschaft durch Bartolomeos Kopf in meinen.

… ich wollte, dass ein Mann zu Tode stürzte, aber obwohl die Bolzen am Gerüst nachgaben, war der Mann unverletzt. Vater vergib mir, denn ich habe gesündigt. Ich habe einen Unschuldigen vor Gericht gebracht, aber er wurde freigesprochen. Vater vergib mir, denn ich habe gesündigt. Ich habe einen Bewaffneten losgeschickt, um einen anderen Mann zu töten, und ich habe gehofft, dass es ihm gelingen möge. Vater vergib mir, denn ich habe gesündigt …

Bartolomeo stöhnte, ein Kontrapunkt zu den Wörtern in seinem Kopf.

Mit dem Ziel, Siena zu vernichten, habe ich die Becchini angeheuert, meinen Anordnungen Folge zu leisten ... Die letzte Beichte wurde durch Bartolomeos eigenes Grauen tausendfach verstärkt, die Stimme des Büßers war zu einem dämonischen Heulen verzerrt.

Dann war ich wieder bei mir, mein Herz hämmerte, als wäre ich eine Treppe hinaufgerannt. »Pater, sagt mir, was Ihr gesehen habt.«

»Uneingeschränkt, uneingeschränkt«, entgegnete Bartolomeo und legte den Kopf zwischen die Hände.

»Das ist kein Geheimnis, das man wahren sollte.«

»Ich habe nichts gesehen«, erwiderte er unglücklich.

»Was habt Ihr denn *gehört*, wenn Ihr schon nichts *gesehen* habt?«

Bartolomeo wiegte sich vor und zurück. »Die Heiligkeit des Beichtstuhls ist unumstößlich. Vergib mir Vater, denn ich habe gesündigt ... *te absolvo* ... *te absolvo* ...«

»Bartolomeo, wenn Ihr Zeuge eines Verbrechens seid, *müsst* Ihr reden.« Bartolomeo schaut von seinen Händen auf, Tränen rannen über sein Gesicht.

Er musste mir nicht alles erzählen, was er wusste, denn ich sah es mit lebhafter Klarheit vor mir, aufblühend in seinem Kopf. Ich hatte Bens Verschwörer gegen Siena gefunden, und ich wusste jetzt genau, was er getan hatte, und wie.

Ich übergab Bartolomeo den fürsorglichen Händen eines beflissenen älteren Priesters und ging wie betäubt nach Hause. Ysabella umarmte mich an der Tür. »Du siehst aus, als hättest du ein Gespenst gesehen, Beatrice. Ist etwas passiert?« Es war tatsächlich etwas passiert, aber es war kaum zu glauben und noch schwieriger zu erklären – diese Geschichte von einem Priester, der die anonyme Beichte eines Massenmörders angehört hatte.

»Habe stundenlang auf einen Vertrag gestarrt«, erwiderte ich. Sie schaute mich schräg an, drang aber nicht weiter in mich. Bianca war oben mit Gabriella, die zahnte und nörgelig war; Gabriele war unterwegs zu seiner Besprechung am Nachmittag. *Ich kann nicht in Angst und Schrecken leben*, Beatrice, hätte Gabriele gesagt. Aber das war schwer.

Kaum hatte ich meinen Umhang aufgehängt, als es an der Tür klopfte; Ysabella und ich schraken auf. Eine Frau stand draußen, die ich noch nie gesehen hatte.

»Ich bin Immacolata de'Medici«, sagte sie leise. »Bin ich hier richtig bei Accorsis?«

Ihr Name war wie ein Donnerschlag.

Ysabella trat vor. »Welchem Umstand verdanken wir diesen unerwarteten Besuch, Signora?«

»Es betrifft meinen Sohn«, antwortete Immacolata. Mein Blick trübte sich, und ich erblickte kurz eine Gestalt in einem sich entfernenden Boot ohne Ruder. Dann schaute ich Immacolata wieder ins Gesicht. »Sein Name ist Iacopo de'Medici.« *Also ist sie seine Mutter.*

»Signora«, sagte ich, »wollt Ihr Platz nehmen?«

Immacolata blieb stehen. »Mein Sohn war auf der Suche nach einem Messer Accorsi. Wie ich hörte, wohnt der Maler hier, mit seiner Gemahlin.«

»Das bin ich. Aber Messer Accorsi ist nicht hier.«

»Erwartet Ihr ihn heute Abend zurück? Ich würde es vorziehen zu bleiben, bis er wiederkommt.«

Ich mochte zwar die Gemahlin sein, doch Ysabella war noch immer Herrin des Hauses. »Bitte, setzt Euch«, bot Ysabella an, geleitete unsere Besucherin zu einem Stuhl und holte einen Weinkelch. Als Immacolata ihn an die Lippen führte, zitterte ihre Hand, und sie verschüttete ein paar Tropfen auf ihren Schoß. Die dunkle Flüssigkeit bildete kleine Perlen auf dem Wollstoff ihres Mantels.

»Vielen Dank.« Sie leerte den Kelch, stellte ihn aber nicht ab.

»Darf ich fragen, warum Euer Sohn nach meinem Gemahl gesucht hat?« Zum ersten Mal hatte ich von »meinem Gemahl« gesprochen. Ich wünschte, es wäre unter glücklicheren Umständen passiert.

»Ich fürchte, mein Sohn plant Messer Accorsis Tod«, erwiderte Immacolata, »noch während wir miteinander sprechen. Und ich möchte seinen Erfolg verhindern.« Das einzige Geräusch im Raum war der Weinkrug, der Ysabella aus der Hand fiel und am Boden zerbrach.

XV

Höhenangst

Iacopo ging in dem kleinen Schlafzimmer des Gasthauses auf und ab und studierte die Sätze ein, die er geplant hatte. *Ser, ich habe viel von Eurem künstlerischen Können gehört und wäre entzückt, eine Eurer Arbeiten in meiner Sammlung zu haben. Zu albern. Geehrt? Zu ehrerbietig. Ich würde eine Eurer Arbeiten in meiner Sammlung begrüßen. Besser.* Die verworfenen Versionen des Briefes lagen jetzt zerknüllt auf dem Rost des Kamins, in dem ein kleines Feuer brannte. Er erreichte die Wand und drehte sich wieder um. Das verborgene Messer drückte an seinen Oberschenkel. Auch wenn Iacopo nie jemanden umgebracht hatte – Fleisch musste Eisen nachgeben.

Iacopo konnte mit seinem Opfer nicht im Gasthof bleiben – es gäbe zu viele Zeugen. Er würde einen abgeschiedenen Ort vorschlagen, eine Stelle, von der man einen ausgezeichneten Blick über Siena hätte, eine Aussicht, die man in ein Gemälde einbeziehen könnte. Er würde Accorsi überreden, ihm zu folgen, damit sie den richtigen Blickwinkel für das in Auftrag gegebene Gemälde besprechen könnten.

Iacopo wünschte, er hätte jetzt einen Vertrauten, jemanden, der ihm für das Bevorstehende Kraft schenkte. Doch es war niemand mehr da. Gerade als ihm dieser Gedanke kam, hörte Iacopo eine vertraute Stimme, aus nächster Nähe.

- Iacopo.
Vater?

- Kennst du meine Stimme nicht?
Der Mann, den ich eingestellt habe, um unsere Aufgabe auszuführen, hat mich betrogen.
- Er war eine schlechte Wahl.
Die Bruderschaft hat mich entlassen, obwohl ich ihnen gut gedient habe.
- Sie wären einem Anführer gefolgt, der stark genug ist, sie zum Handeln zu bringen.

Selbst in Iacopos Fantasie setzten die Worte ihm zu.

Was bleibt mir noch, Vater?
- Du wirst meinen Tod rächen und Accorsi vor Gericht bringen. Das muss reichen.

Iacopo blieb vor dem Kamin stehen und sah den Flammen zu, die sich wie Schlangen wanden.

Und wenn ich das nicht mache?

Diese letzte Frage blieb unbeantwortet. Iacopo fragte sich, ob der Geist seines Vaters wirklich aus dem Grab heraus sprach, oder ob die Stimme ein Produkt seiner eigenen gequälten Seele war. Dann war keine Zeit zu verlieren, denn der Besucher war endlich eingetroffen.

Gabriele war noch nicht zurück von seiner Besprechung. Ysabella blieb zu Hause, um auf ihn zu warten, und ich ging mit Immacolata, meiner unvorhergesehenen Wegweiserin. Sie führte mich zum Gasthaus, in dem Iacopo untergekommen war. Wie ich vermutet hatte, war es ein Haus, in dem wir auf unserer Suche am Tag zuvor nachgefragt hatten.

Ich probierte es an dem Handknauf seiner Zimmertür, die

erstaunlicherweise aufging. Es war ein normaler Raum – ein kleines Bett, ein abgenutzter Schreibtisch und ein Schaukelstuhl, im Kamin ein kleines Feuer. Aber es war niemand da. Ein zurückgelassener Brief lag auf dem Tisch, zerknittert und mit Tintenflecken übersät. Als ich ihn las, begann meine Hand zu zittern.

Ser Accorsi:
ich habe viel von Euren künstlerischen Fähigkeiten gehört und wäre entzückt, eine Eurer Arbeiten in meiner Sammlung zu haben … Es heißt, vom Torre del Mangia habe man einen Ausblick über das wunderschöne Siena, der sich zu malen lohnt. Dort, hoch oben über der Stadt, werden wir auch einen ruhigen Platz finden, an dem wir uns ungestört unterhalten können.

Ich hatte nicht das Schlimmste befürchtet, aber es wäre besser gewesen.

Ich rannte so schnell ich konnte aus dem Gasthaus. Immacolata, überraschend flink, folgte mir. Ich stürmte in die dicht gedrängte Menge auf dem Campo und suchte das Gesichtermeer nach Gabriele ab. Eine Theatertruppe in leuchtendem Gelb und Rot verstellte mir plötzlich den Blick; ich zwängte mich hindurch und lief weiter. Während ich den Abhang der Piazza del Campo hinuntereilte, frischte der Wind auf, der Himmel zog sich zu, ein Blitz zuckte auf, dem ein unheimliches Donnergrollen folgte. Ich erreichte den Eingang zum Torre und trat genau in dem Augenblick ein, als der Regen einsetzte.

Es gibt solche und solche Höhen – manche derart extrem, dass sie alle nervös machen, bis auf diejenigen, die nach äußerstem Nervenkitzel suchen. Das letzte Mal war ich als Touristin im

Torre gewesen, und ich erinnerte mich an die schmale Wendeltreppe aus Stein und die schwindelerregende Aussicht. Diesmal jedoch gab es weder elektrisches Licht noch Handlaufseile. Der Aufstieg auf diesen bedrohlichen Turm war gefährlich, und oben konnte Gabriele im Sterben liegen oder bereits tot sein. Immacolata war ein paar Schritte hinter mir und keuchte. Ich ging weiter, Beine und Lunge brannten, und schaute nur auf die Steine direkt vor mir.

Ich kam auf die Höhe der großen Glocke des Torre mit dem grauenvollen offenen Ausblick, an den ich mich noch erinnerte. Der Wind wehte stark und heulte in den höchsten Tönen. Aber vor mir lag noch eine Treppe, steil und gefährlich, die auf die Turmspitze führte.

Iacopo war überrascht gewesen, als er Accorsi vor sich sah: seine Größe, die unnatürliche Haarfarbe, seine leise, ruhige Stimme, gegen die Iacopo schrill klang. Der Maler schien weder Gefahr zu wittern, noch konnte er das heftige Pochen von Iacopos Herz hören. Iacopo hatte Mühe, mit Gabrieles langen Schritten mitzuhalten.

Die ersten paar Treppenfluchten im Torre waren erträglich, eingeschlossen und dunkel. Doch als die Mauerschlitze auftauchten und den Blick nach draußen freigaben, wurde Iacopo schwindelig, und er musste sich mit der Hand an der Mauer abstützen. In Höhe der Glocke war Iacopo vor Erschöpfung und Angst nass geschwitzt. Accorsi ging voraus und zeigte keinerlei Anzeichen von Erschöpfung. *Aber natürlich – er ist die meiste Zeit seines Lebens Gerüste hinaufgeklettert; ein Kunsthandwerker, kein Edelmann.* Iacopos Überlegungen vermittelten ihm kaum Trost. Accorsi trat an den Rand des Turms, legte eine Hand auf die hüfthohe Mauer und blickte über die Stadt. »Ich wollte unsere schöne Stadt schon immer aus diesem Blickwinkel einfangen, sicher von ihren Mauern umgeben.«

Jetzt, jetzt musste es passieren. Während er sich in diese kostbare Aussicht verliert. Genau dort, unterhalb seiner Rippen – ein harter Stoß mit dem Dolch. Iacopo zwang sich, die letzten beiden Stufen hinaufzusteigen. Unter ihnen breitete sich der Campo mit seinen roten Backsteinen aus – entsetzlich tief unten. Ein Blitz erhellte den Himmel, und das Donnergrollen danach ließ Iacopo zusammenfahren und stolpern, bis er direkt hinter dem Maler stand. *Jetzt, jetzt musste es sein.*

Als ich aus dem dunklen Treppenschacht hinaustrat, erblickte ich den Duomo, dessen Umrisse sich im grellen Licht der Blitze vor den sich zusammenballenden Wolken abzeichneten. Rings um die Kathedrale waren die roten Dächer der Häuser Sienas zu sehen, dann, hinter der Krümmung der Stadtmauern, die braunen Hügel des *contado*, die am Horizont auf den Himmel trafen. Eingerahmt von dieser Aussicht standen dort Iacopo und Gabriele. Ich war nicht zu spät. Iacopo hatte mir den Rücken zugewandt, sein dunkles Haar wehte im Wind. Selbst von hinten erkannte ich den Mann, der vor Monaten Gabriele bei der Arbeit beobachtet hatte. Ich erinnerte mich an den eigenartig verschwommenen Blick, den Mund, der sich stumm bewegte. Ein Kunstmäzen, wie er sich genannt hatte, obwohl er eigentlich ein Mörder war. Iacopos langer Umhang reichte fast bis zum Boden und ließ ihn zwergenhaft erscheinen. Doch nicht seine Kleidung erregte meine Aufmerksamkeit – es war das Messer in seiner Hand, dieses Dreieck aus nacktem Eisen, das auf Gabrieles Rücken zielte. Gabriele lehnte an der Brüstung und nahm die atemberaubende Aussicht in sich auf, ohne die Gefahr hinter sich zu bemerken. Ich konnte unmöglich rechtzeitig bei ihm sein, um den Stoß des Messers zu verhindern. Das aber gelang jemand anderem.

Immacolata stürzte aus dem Treppenschacht und schrie den Namen ihres Sohnes. In meinem neuzeitlichen Leben hatte ich einmal einen Dreikäsehoch gesehen, der von einer Bordsteinkante auf eine befahrene Straßenkreuzung lief. Seine Mutter, zu weit entfernt, um ihn mit körperlichem Einsatz zu retten, stieß einen markerschütternden Schrei aus, der nicht nur ihren Sohn zum Stillstand brachte, sondern auch den Verkehr und alle Erwachsenen im Umkreis von zehn Metern. Immacolatas Stimme brachte den Dolch mitten im Flug zum Stillstand.

Iacopo drehte sich halb zur Stimme seiner Mutter um, hielt das Messer jedoch fest, weiterhin auf sein Ziel gerichtet. Auch Gabriele drehte sich um und sah, was ihm vorher, als er sich in den Ausblick vertieft hatte, entgangen war.

»Steck deinen Dolch ein, Iacopo«, sagte Immacolata.

»Das ist der Verräter, der für den Tod meines Vaters verantwortlich ist.« Iacopo hatte eine unpassend hohe Kinderstimme.

»Ich weiß, was *er* getan hat«, sagte Immacolata, »aber was hast *du* getan?«

»Ich bin den Anordnungen meines Vaters gefolgt.« Iacopo trat einen Schritt vor und hob die Klinge an Gabrieles Kehle. Er hielt das Messer ungeschickt, als hätte er noch nie eins in der Hand gehabt.

Mein Mund war so trocken, dass ich kaum sprechen konnte. »Ich weiß, was Ihr getan habt, Iacopo.«

»Sie weiß gar nichts!« Iacopos Stimme wurde panisch.

»Ich weiß, dass Ihr die Mortalità als Waffe gegen Siena eingesetzt habt, Iacopo de'Medici.«

Immacolatas Miene veränderte sich. Wie musste es sein, die Mutter eines Sohnes zu sein, der Tausende umgebracht hatte? »Ist das wahr?«

»Zwei Informanten haben es bestätigt.« Ich dachte an meine Quellen: Bartolomeo und Ben.

»Iacopo, leugnest du diese Anklage?«

»Ihr würdet dieser Frau eines Malers mehr Glauben schenken als Eurem eigenen Sohn?«

»Ja, wenn sie die Wahrheit sagt, und du nicht. Du hast mich monatelang angelogen. Jetzt lüge nicht schon wieder.«

Iacopo zuckte zusammen. »Ich habe getan, was mir aufgetragen wurde«, erwiderte er, aber nun schwankte seine Stimme. Dennoch ließ er das Messer nicht fallen.

»Dann stimmt es?«

»Ich habe die Becchini dafür bezahlt, dass sie nach Siena gehen und die Seuche verbreiten sollten. Ich habe die *commune* in die Knie gezwungen, wie die Bruderschaft es von mir verlangt hat, und wie mein Vater es gemacht hätte, wenn er noch am Leben wäre. Und es war gut ausgeführt – sehr gut!« Iacopo hob die Stimme, schrill und verzweifelt.

Wie die Bruderschaft es von mir verlangt hat. Selbst wenn man Iacopo Einhalt geböte, waren da draußen andere, die noch immer Komplotte schmiedeten. War das die Verschwörung, auf die Ben gestoßen war? Der Sturz des Neunerrats von Siena war erst in sechs Jahren, der Beginn der Schwächung des großen Regimes, und Sienas Unabhängigkeit würde in mehr als hundert Jahren unter florentinischer Vorherrschaft enden. Würde diese Bruderschaft, wer immer sie waren, ihre Hand dabei im Spiel haben? Wenn die Besprechung mit Signoretti nun Teil des Plans gewesen war? Wenn die Verwüstung durch die Pest nur der Anfang war?

Meine Gedanken überschlugen sich. Unterdessen redete Gabriele leise auf Iacopo ein, als versuche er, ein scheues Pferd zu besänftigen. »Wenn Ihr auf meinen Tod aus wart, hättet Ihr meine Mitbürger in Frieden lassen sollen.«

»Ich habe mir Euren Tod für zuletzt aufgehoben, Accorsi.«

Immacolatas Worte hatten einen stählernen Klang. »Iacopo, du hast eine Waffe benutzt, die kein Mann schwingen sollte. Und wenn du diesen ehrlichen Mann tötest, der da vor dir steht, dieser Mann, der seine Pflicht gegenüber der *commune* erfüllt hat, werde ich nicht um dein Seelenheil beten.«

»Meine eigene Mutter würde mich aufgeben?«

»Ich werde leugnen, je einen Sohn gehabt zu haben.«

»Das Blut meines Vaters fließt in meinen Adern. Sein Blut und seine Sache.« Da es mir nicht gelungen war, Iacopos Geburtsnachweis zu finden, brauchte ich keine übernatürlichen Kräfte, um zu wissen, was Immacolata sagen würde.

»Du hast nicht sein Blut und brauchst dich seiner Sache nicht anzunehmen. Du bist ein Findling, den ich mein Eigen genannt habe. Und jetzt sehe ich das Böse in dem Kind, das ich auserwählt habe.« Immacolatas Worten folgte absolute Stille. Nur der Wind pfiff durch die Öffnungen in der Turmspitze, eine hohe Totenklage. Dann straffte Iacopo die Schultern, als wäre ihm eine Last genommen worden.

Giovanni de'Medici ist nicht mein Vater. Zunächst brachten die Wörter Iacopo Erleichterung. *Mein Vater hat nicht seine Frau geschlagen, bis ihre Schultern voll blauer Flecken waren. Mein Vater hat nicht Schläge auf meinen Kopf niederprasseln lassen, während ich um Hilfe schrie, die nie kam. Mein Vater hat nicht einen Nachtwächter von Siena umgebracht und ist nicht wegen dieses Verbrechens erhängt worden.*

»Wenn er nicht mein Vater ist, dann bin ich von ihm befreit und kann tun, was ich will.« Dabei wurde Iacopo ganz leicht ums Herz.

Immacolata hatte sich von ihrer Stelle am oberen Ende der Treppe nicht entfernt. »Du hast die Freiheit, diesen Unschuldigen am Leben zu lassen. Aber Sünden, die du bereits begangen hast, und Sünden, die du von diesem Tage an begehen wirst, werden in Ewigkeit über dir und deiner Seele schweben.«

Nach den Worten seiner Mutter schwand Iacopos Erleichterung so schnell, wie sie gekommen war. Denn wenn er sein Geburtsrecht nicht verantwortlich machen konnte, blieb ihm nur, seinem eigenen erbärmlichen Selbst die Schuld zu geben.

Seine Worte in Angelos Ohr hatten den Fluch der Mortalità über Sienas edelste Bürger gebracht, und seine eigene zitternde Hand hielt jetzt Accorsi ein Messer an die Kehle. Alles, was Iacopo einst für wahr gehalten hatte, fiel in sich zusammen – seine Eltern und seine Bestimmung.

»Er hat mich verachtet, weil er wusste, dass ich nicht sein eigen Blut war. Verachtet Ihr mich auch?«

»Ich bin deine Mutter, und ich liebe meinen Sohn, wie jede andere Frau, die ein Kind im Leibe austrägt. Was mich an dir abstößt, ist nicht dein Blut, sondern deine bösen Taten. Hör jetzt auf mich und lass das Messer fallen. Lade nicht noch eine weitere Schuld auf dich.«

Iacopo ließ langsam den Arm sinken, das Messer glitt ihm aus der Hand. Die drei beobachteten ihn: Accorsi, wachsam und reglos, die schwarzhaarige Frau, die sein Geheimnis aufgedeckt hatte, und seine eigene Mutter, vertraut und fremd zugleich. Iacopo war, als entferne er sich unwiderruflich von dem Ufer, an dem sie standen. Sie gehörten zur Welt der Lebenden, einer Welt, der er nicht mehr angehören konnte.

Iacopo stieg auf die Mauer.

»Iacopo, komm runter.« Jetzt schwang Furcht in der Stimme seiner Mutter mit. *Vielleicht liebt sie mich ja. Aber ihre Liebe reicht nicht.*

»Ich werde den Maler am Leben lassen, Mamma« – selbst jetzt kam Iacopo nicht umhin, sie so liebevoll anzureden –, »aber ich werde nicht heruntersteigen. Nichts hält mich jetzt mehr auf dieser Erde, weder Eure Angst noch Eure Liebe. Ich bin über beides hinaus.«

Iacopo schob sich seitwärts über die Mauer, bis er aus Gabrieles Reichweite war. Die Sekunden zogen sich in die Länge. Es hätte ein Gemälde sein können: Iacopos Gestalt stand dunkel vor dem Hintergrund dahinziehender Wolken, und Immacolatas Hände tauchten weiß wie ein Taubenpaar aus den Ärmeln ihres Mantels auf. Ich hatte das Gefühl, als wäre Iacopo ein Teil der Mauer, des Himmels, des Windes, der seinen Umhang schwingen ließ wie die Flügel eines Engels. Dann begann die Glocke im Turm zur Vesper zu läuten: das Abendgebet.

»Herr vergib mir«, sagte Iacopo, »und beschütze meine Mutter.« Dann stürzte er sich von der Mauer hinab.

Immacolatas Aufheulen zerschnitt die Luft, als Iacopos Körper auf den fernen, muschelförmigen Campo unter uns zutaumelte. Für den Bruchteil einer Sekunde sah Iacopo mit seinen ausgestreckten Armen und Beinen so aus, als könnte er fliegen.

XVI

Zu Hause

Ich stand, die Hände an den kalten, nassen Stein der Brüstung gedrückt. Von dem hohen Torre aus sah ich, wie Immacolata über den überfüllten Campo lief, ihr Mantel ein dunkelgrüner Fleck. Die Menschen traten vor ihr zur Seite, und sie warf sich auf Iacopos ausgestreckten Körper, verhüllte ihn wie eine Decke, während der Regen auf sie beide hinabprasselte.

Gabriele und ich schauten schweigend hinab. Wir beobachteten, wie die Ordnungshüter der Stadt in ihren schwarzweißen Gewändern Iacopos Leiche forttrugen. Wir schauten so lange zu, bis die Menge sich zerstreute, der Wind sich legte und der starke Regen in einen stillen Nebel überging.

In der Ruhe nach dem Sturm vernahm ich mit der Zeit Geräusche ringsum – ein Schwarm Spatzen zwitscherte im überhängenden Dach des Torre, Wasser tropfte von einem Balken auf den Steinboden, Gabrieles Atemzüge neben mir. Ich spürte die von ihm ausströmende Wärme, und ich roch die nasse Wolle seines Umhangs. Die Sonne stand niedrig über den Hügeln rings um Siena, als Gabriele sich von der Aussicht losriss, mich anschaute und meine Hände in die seinen nahm.

»Andiamo a casa?«, fragte Gabriele.

Nach Hause. Das Gewicht all dessen, was zu Hause bedeutete – seine bisherige Bedeutung und das, was es neuerdings hieß –, lag auf diesen drei wonnigen italienischen Wörtern.

»Sì«, antwortete ich.

Und wir gingen im nachlassenden Licht nach Hause.

XVII

Epilog

An dem Abend, nachdem Beatrice ihren Flug nach Siena bestätigt hatte, träumte Ben, dass er sie mit ins Museum nahm. In dem Traum gingen sie Hand in Hand von einem leeren Raum in den nächsten. Beatrice schaute immer wieder in eine zerknitterte Museumsbroschüre; die Umrisse des Lageplans schwankten im schwachen Licht. Sie gingen stundenlang, das eigenartig surreale Gewebe des Traums streckte und verzog sich im Lauf der Zeit. Schließlich gelangten sie in Bens Lieblingssaal, in dem das unvollendete Altarbild von Accorsi, das er in Messina angefangen hatte, allein an der hinteren Wand hing und den Raum mit seiner Kraft ausfüllte.

Hey, kleines B, hier ist ein Gemälde, das ich dir immer schon zeigen wollte – Bens Gedanken im Wachzustand drangen in das Reich des Schlafs –, *selbst im halbfertigen Zustand ist es noch umwerfend, findest du nicht?* Aber im Traum spürte er, wie Beatrice sich von ihm entfernte, ihre Hände verloren den Kontakt.

Er stand im Türrahmen dieses letzten Saals, unfähig, die Schwelle zu überschreiten. Beatrice ging zum Altarbild und blieb stehen, schaute sich das Gemälde an, als wäre es ein Fenster, kein Kunstwerk. An Beatrices Schulterhaltung und der Art, wie sie den Kopf zur Seite neigte, sah er, dass sie nachdachte, ihr schwarzes Haar fiel wie ein dunkler Wasserfall über ihren Rücken. Beatrices Hand verschwand in der flachen Leinwand, dann tauchten die andere Hand, ihr Körper und ihr Kopf in das Gemälde ein, als wäre es ein stiller See. Beatrices lange

Haarsträhnen verschwanden zuletzt, und das Gemälde schloss sich glatt über ihnen.

Ben wachte allein in seinem Schlafzimmer in Siena auf, in dem Stadtkarten die Wände bedeckten und wacklige Bücherstapel neben dem Bett standen. Doch als der Traum verblasste, blieb das Bild von Beatrice vor seinem inneren Auge bestehen. Sie würde bald bei ihm sein, seine kleine Schwester, die Neurochirurgin, die so klein nicht mehr war. »Vielleicht steigst du am Ende doch noch in die Geschichte ein, kleines B«, sagte Ben laut und lächelte im Dunkeln, »so wie ich. Das wäre doch nicht schlecht, oder?« Und diesmal versank er in einen ruhigen, traumlosen Schlaf.

Es war Sebstianos zweiter Geburtstag. Donata müsste bald ihre Arbeitsstelle verlassen, um Zutaten für den Ricottakuchen zu kaufen, den Felice und Gianni so mochten. Ihr jüngstes Kind war noch nicht alt genug, um selbst einen Nachtisch auszusuchen, würde ihn aber bereitwillig essen, wie die meisten Sachen. Donata trödelte an jenem hellen Märznachmittag noch im Lesesaal der Unibibliothek herum, fuhr mit den Fingern über den Einband des Buches, das sie aus den Archiven angefordert hatte. Das Leder war abgenutzt und mit einem verblichenen Muster aus Blättern und Ranken in Gold geprägt. Donata legte das Buch auf den mit Samt bezogenen Ständer. Ein Gemälde von Sienas Campo verzierte das Deckblatt. Donata kannte diese Perspektive gut – es war ein Ausblick auf die Piazza vom Torre herab, die neun Abschnitte, die sich fächerförmig vom Palazzo Pubblico ausbreiteten, und der Duomo, der erhaben über der Stadt aufragte, die er beschützte.

Donata beugte sich vor, um sich die nächste Seite anzuschauen, und beim Lesen überkam sie ein Gefühl, als stünde jemand dicht hinter ihr, nah genug, um sie zu berühren.

An mein geliebtes Siena,
die Stadt, die mir ihre Tore und ihr Herz über die Jahrhunderte hinweg geöffnet hat,
und in Erinnerung an meinen Bruder,
eigenhändig niedergeschrieben im Jahre des Herrn 1349
Beatrice Alessandra Trovato

Donata starrte auf die Inschrift. Die Bäume hatten noch nicht ausgeschlagen, und das Licht strömte ungehindert durch die hohen Buntglasfenster herein. Sie blieb reglos sitzen, bis die Glocken zur Nona, läuteten. Dann legte sie das Buch beiseite und ging nach Hause, um einen Geburtstagskuchen zu backen.

Nachrichten der Universität Siena; Ausgabe 213, März
Drei Wissenschaftler hintereinander haben überraschende Informationen über Sienas mittelalterliche Vergangenheit ausgegraben. Diese Arbeit hat jedoch von den Wissenschaftlern, die sich ihr gewidmet haben, ihren Tribut gefordert. Beniamino Emilio Trovato, der bekannte Historiker aus Siena, der dieses Projekt begann, starb plötzlich an Herzversagen, bevor er seine Arbeit abschließen konnte. Die zweite, die sich damit befasste, seine in Amerika geborene Schwester Beatrice Alessandra Trovato, verschwand auf mysteriöse Weise, bevor sie das Projekt beenden konnte. Die Spur ihrer Bemühungen, das Geheimnis einer sechshundertfünfzig Jahre alten Verschwörung zu enthüllen, ist von Professoressa Donata Guerrini aufgegriffen worden, einer angesehenen Wissenschaftlerin für Kunstgeschichte an der Universität Siena. Frau Prof. Guerrini hat öffentlich bekannt gegeben, die Arbeit sei Beniamino Trovatos Entdeckung, und darauf bestanden, dass sie in seinem Namen veröffentlicht wird, womit sie den Zorn konkurrierender Wissenschaftler auf sich

zog, die gegen die Wahrhaftigkeit seiner Quellen und wissenschaftlichen Methoden zu Felde zogen. Höchst verstörend ist, dass die Beweislage anscheinend impliziert, dass Mitglieder der bekannten Familie Signoretti aus Siena vor über sechshundert Jahren Mitverschwörer der Medici waren und zum Sturz des Neunerrats von Siena beigetragen haben. Seitdem Frau Prof. Guerrini an diesem Projekt zu arbeiten begann, wurde zwei Mal in ihrem Büro eingebrochen, zum Glück ohne Verlust wichtiger Dokumente oder Verletzung ihrer Person. Der Grund für die Einbrüche, so wird vermutet, hänge mit dem angeblichen Signoretti-Streit zusammen, der bisher jedoch noch nicht nachzuweisen ist. In einem Interview hat Frau Prof. Guerrini verblüffende Fakten preisgegeben in Bezug auf eine mögliche Verantwortung der Medici für die schrecklichen Verluste unter der Bevölkerung Sienas während der Pest sowie auf Beteiligung am gewaltsamen Sturz des Neunerrats von Siena sieben Jahre danach.

Mithilfe des örtlichen Archivars Emilio Fabbri hat Frau Prof. Guerrini die Schriften eines zuvor unbekannten sienesischen Chronisten des Mittelalters ausfindig gemacht. Interessanterweise hat der Autor denselben Familiennamen wie Dr. Trovato und ihr Bruder. Als Frau Prof. Guerrini im Interview zu diesem bemerkenswerten Zufall befragt wurde, gab sie keinen Kommentar ab. In einer harmonischen Verbindung zwischen Wort und Kunst ist die Chronik illustriert vom Maler Gabriele Beltrano Accorsi aus dem vierzehnten Jahrhundert, einem Schüler von Simone Martini. Accorsis Werk war bisher nicht dafür bekannt, auch Textillustrationen zu beinhalten, und die zahlreichen Buchmalereien werden Akademiker, die sich mit der Kunst Sienas nach der Pest befassen, mit reichhaltigem Material versorgen. Die Chronik selbst gibt Einblicke in das Aussehen der ursprünglichen Fonte Gaia und lässt vermuten, dass Accorsi persönlich der Maler des lange umstrittenen fünften Freskos an der Fassade des Ospedale war. Schließlich und höchst dramatisch hat die Recherche in diesem Werk des Chronisten aus dem Trecento Beweise erbracht, die Sienas besonders verheerende Verluste während der Pest und die Unfähigkeit, sich nach dem Rückgang des Schwarzen Todes zu erholen, erklären. Diese Trovato-Historiker, in Vergangenheit und Gegenwart, haben gemeinsam Sienas großartige Geschichte um ein neues und verblüffendes Kapitel ergänzt.

Anmerkungen der Autorin

Dieses Buch ist eine besondere Form von historischer Fiktion – eine erfundene Erzählung, eingebettet in tatsächliche Begebenheiten. Historische Fiktion verlangt Genauigkeit, und die wiederum erfordert Recherche – Recherche, um nicht nur große Fragen zu wichtigen historischen Ereignissen und Konflikten zu beantworten, sondern auch die des alltäglichen Lebens. Hat ein mittelalterliches Kind in Italien Milch getrunken? Welche Sprache wurde in dem Teil des Landes gesprochen, der nach 1340 »Toskana« genannt werden sollte, und würde es italienisch klingen? War intellektuelles Leben und die Kunst des Lesens und Schreibens möglich oder wahrscheinlich für Frauen im Italien des vierzehnten Jahrhunderts? Und wie wurden Verbrecher angezeigt und vor Gericht gestellt?

Aber obwohl die Recherche das notwendige Gerüst für diese Geschichte lieferte, reichte sie nicht. Weil das hier keine historische Abhandlung ist, sondern ein Roman. Und eine erfundene Geschichte bewegt sich per definitionem zwischen den Fakten und geht darüber hinaus. Das ist das Privileg, die berauschende Freude einer Schriftstellerin.

Wo hören die Fakten auf, und wo fängt die Dichtung an? Das mittelalterliche Siena büßte tatsächlich nach – und zum Teil als Folge – der großen Pest seine ökonomische, kulturelle und politische Berühmtheit ein. Und es schnitt während und nach der Seuche noch schlechter ab als die anderen Städte in der Toskana. Eine Reihe von Vorfahren der Medici wurden im vierzehnten Jahrhundert wegen Kapitalverbrechen vor Gericht gestellt, aber die Quellen sagen Unterschiedliches darüber aus, ob einer für seine Verbrechen hingerichtet wurde, und wann. Es gab einen fehlgeschlagenen Komplott, ersonnen von Walter von Brienne aus Florenz, um die Regierung Sienas zu stürzen, und mächtige florentinische Familien scheinen involviert gewesen zu sein. Doch die Einzelheiten über die Rolle der Familie Medici bei dieser Verschwörung habe ich frei erfunden, und im vierzehnten Jahrhundert gab es keine berühmte Familie Signoretti in Siena. Es gab einen Giovanni de'Medici, der ein paar Jahre nach dem in diesem Buch genannten geboren wurde; ich hatte nicht die Absicht, ihn zu porträtieren, aber seine Existenz war der Ursprung einer Idee. Immacolata und Iacopo sind ebenfalls frei erfunden. Außerdem gibt es in der »wahren« Historie keinen rätselhaften verschwörerischen Text, der von einem Ränkeschmied gegen Siena verfasst wurde. Und soweit ich weiß, gibt es keinen Maler namens Gabriele Beltrano Accorsi, der bei dem sehr realen Simone Martini lernte. Jedoch existiert Unsicherheit über den Schöpfer des fünften Freskos am Ospedale in Siena, was sich als nützliche Grundlage für freie Erfindung erwiesen hat. Unsicherheit ist von Natur aus interessant, und sie hat mir erlaubt, Menschen und Ereignisse zu erfinden. In Originalquellen wird man vergeblich danach suchen. Zumindest glaube ich es.

Dank

Dieses Buch zu schreiben war eine große Freude, doch Leser verliehen den Wörtern Flügel. Ich schulde den engagierten Menschen, die Kommentare abgaben und mich aufmunterten, großen Dank: Hannah Stein, Alex Bassuk, Heidi Hoover, Christine Leahy, Paul Josephs, Loren Levinson, Michael Rose, Jason Wexler, Julia Stein, Helaina Stein, Adam Grupper und Carol Higgins-Lawrence. Manche schickten mir um zwei Uhr morgens eine E-Mail, in der sie um die nächste Lieferung baten, manche verbrachten ganze Urlaube über meinem Manuskript, andere wiederum lektorierten auf Google Docs quer über Zeitzonen hinweg und manche, die heroisch allein erziehen, setzten ihre Kinder stundenlang vor den Fernseher, damit sie selbst weiterlesen konnten.

Zwei Wissenschaftlerinnen bin ich zu Dank verpflichtet: Jane Tylus von der New York University und Neslihan Şenocak an der Columbia University, deren Großzügigkeit und Fachkenntnis mir halfen, das vierzehnte Jahrhundert zum Leben zu erwecken. Rita Charon, Vorsitzende des Narrative Medicine Program an der Columbia University, hat mich in den Fluren des Krankenhauses und bei Wein und Austern über den Balanceakt zwischen praktizierender Ärztin und Schriftstellerin aufgeklärt. Aufrichtiger Dank geht an meinen Englischlehrer aus der elften Klasse und Dichter Harry Bauld, der mir Jahrzehnte nachdem er mich unterrichtet hat half, ein Zuhause für mein Buch zu finden.

Ich hatte das Glück, mit drei erfahrenen Lektorinnen zu arbeiten – Judy Sternlight, Julie Mosow und Tara Parsons –, die die Herausforderungen des Lektorats zu einer beglückenden und echt lustigen Erfahrung machten. Ich bin meiner Herausgeberin und Vorsitzenden der Scribner Group, Susan Moldow, zu tiefstem Dank verpflichtet, die sich für mein Buch eingesetzt hat, sowie meiner gewissenhaften und einfühlsamen Korrektorin Shelley Perron. Ich bin Richard Mayeux, Vorsitzender des Department of Neurology an der Columbia University, zu Dank verpflichtet, der mir ein akademisches zweites Zuhause verschaffte und mich unermüdlich in meiner Laufbahn als Ärztin, Wissenschaftlerin und Autorin unterstützt hat. Mein besonderer Dank geht auch an die Verkehrsgesellschaft des Staates New York dafür, dass sie die U-Bahnen zur Verfügung stellt und wartet, in denen ich den größten Teil dieses Buches geschrieben habe.

Das Manuskript würde noch immer auf meinem Laptop schmachten, wenn meine wundervolle Agentin Marly Rusoff nicht wäre. Ihr Glaube an meine Geschichte, ihre intellektuelle Begleitung und nicht nachlassende emotionale Unterstützung sind mehr, als ich erhoffen konnte. Michael Radulescu, unerschütterlicher Meister der Auslandsabteilung, sorgte beständig für gute Laune und Begeisterung, während er mich durch unverständlichen internationalen Papierkram führte.

Schließlich geht mein Dank an meine Mutter, Bonnie Josephs, die meine erste Lektorin und treue Leserin war, und noch viel mehr; an meinen Vater, Herb Winawer, der starb, während ich dieses Buch schrieb, der aber wusste, es würde eines Tages veröffentlicht werden; und an meine Kinder Ariana, Chiara und Leo, die mir zuhörten, als ich ihnen die Geschichte erzählte, mir Mut und gute Ideen gaben und mir bei einem schrecklichen Gewitter auf die Spitze des Torre del Manga in Siena folgten. Und ich hätte es nicht geschafft ohne Susanna

Stein, die mir in meinen schlimmsten Momenten des Zweifels versicherte, das Buch sei gut, die es las und kommentierte und kritisierte und lobte, mittelalterliche Musik spielte und mittelalterliche Gerichte kochte, und alles machte, was ich nicht konnte, weil ich schrieb (und noch immer schreibe).

Quellenangabe

S. 106
Dante-Übersetzung von Carl Streckfuß

S. 305 f.
Chronik des Franziskaners Michele da Piazza
aus: *Der schwarze Tod in Europa: Die große Pest und das Ende des Mittelalters* / Originaltext bei Conradi (1972), dt. bei Bergdolt (2011) / auch bei: Johannes Nohl, *Der schwarze Tod, eine Chronik der Pest 1348 bis 1920*